KB108827

13

민음의 비평

현장비평

13

민음의 비평

현장비평

노태훈 비평집

민음사

서문

| 크리티컬 에세이 |

평론집의 미덕은 역시 '잡글'에 있다고 생각했다. 공들여 쓴 '본격비평'을 가지런히 모은 게 아니라 그때그때 써야만 했던 글들, 때로는 어쩔 수 없이 때로는 자신 없게 때로는 지나치고 과감하게 썼던 그 흔적들이 한 사람의 평론가를 읽는 가장 큰 즐거움이라고 여겼다. 그런데 그게 나의 일이 되니 차마 그럴 수가 없었다. 지난 글들에서 느껴지는 부끄러움과 허술함, 나태함과 편협함을 눈에 띄는 대로 최대한 걷어 내고야 이렇게 모을 수 있었다.

어느덧 10년 가까운 시간을 한국문학 평론가로 살았다. 너무 많은 것들이 변했고 어떤 것은 결코 변하지 않기도 했다. 많은 일을 경험하면서 끊임없이 놓치지 않고자 했던 것은 '현장'에 대한 감각이었다. 예리한 분석가이기보다 성실한 독자가 되려 했고, 부지런하고 꾸준하게 작품을 따라 읽고자 했다. 하지만 그것이 절대 쉬운 일은 아니었다.

*

일전에 모 평론가가 '각주가 없는 글'이 쓰기 어렵다고 말한 걸 들었다. 자료와 싸우고 또 분석하면서 실증적인 탐구를 해 나가는 방식과 자신의 삶과 견주어 가면서 스스로의 감각이나 느낌을 섬세하게 드러내는 비평적 글쓰기의 차이를 얘기하는 것 같았다. 비평에서 비평가인 '나'를 어떻게 보여 줘야 할까, 아니 비평가인 '나'가 글 속에 드러날 이유가 있을까, 같은 질문들을 나도 하고 있었다. 자신의 비평은 남성 평론가의 텍스트로 읽힐 수밖에 없음을 자각하는 평론가도 있었고, 성찰과 고민 속에서 끝내 자신을 드러내지 않는 비평도 있었으며, 무엇보다 특정 사례를 떠올릴 필요도 없이 한국문학장의 여성 평론가들은 그 어느 때보다 '나'와 치열하게 싸워 오고 있다.

나는 어떨까. 언젠가 "'나'를 지우고 비평 행위를 한다는 것이 명백히 불가능함을 알게 되었고, 설령 그것이 비평이 아니라 에세이에 가까워진다 하더라도 애써 '나'의 흔적을 지우기보다는 드러내자는 쪽으로 생각이 바뀌었다."라고 쓴 적이 있다. 하지만 돌이켜 보면 솔직해지자는 명분 아래 오히려 나의 부끄러움과 무지는 감추고 입바른 말들을 늘어놓기에 바빴던 것 같다. 그렇게 했음에도 편견과 배제가 노출되는 것은 피할 수 없었고. 작가를 탐구하고 작품을 분석한다는 명목으로, 거기에 비평이라는 행위가 가져다주는 기묘한 중립성과 엄정함에 취해 내가 마치 판관이 된 것처럼 여겼던 것도 같다.

그러면서도 동시에 문학비평가가 할 수 있는 일이라는 것이 작품에 대한 평가가 아니면 무엇일까, 늘 고민해 왔다. 선호를 드러내지 않는 비평은 가능할까. 비평에서 작가나 작품을 언급하지 않는다면 그것을 문학비평이라 부를 수 있을까. 이 글에서는 아마도 특정한 작품은 동원되지 않을 텐데, 물론 일종의 메타비평의 성격을 띠고 있기는 하지만 이런 글은 에세이와 구별될 수 있을까. 소위 '비평적 에세이'로 이름붙일 때, 그 글은 비평가의 사유를 음미하는 것 이상의 역할을 할 수 있을까. 문학비평가는 정말로 '삶'을 비평할 수 있을까.

*

등단이라는 말을 스스로 쓰지 않은 지는 좀 오래되었고, 데뷔라는 말로 표현해 오다가 최근에는 이렇게 말하기 시작했다. 2013년부터 비평 활동을 하고 있다, 라고. 그런데 이런 수식에서 마치 고학력자가 '출신 학교를 표기하지 않습니다.'를 프로필에 걸어 놓았을 때의 묘한 불편함을 느낀 것도 최근의 일이다. '2013년부터 비평 활동을 시작했다.'라고 쓸 수 있을 때, 그 뒤에 감추어진 맥락들은 불필요한 것일까, 불가피한 것일까. 어쩌면 삭제해도 무방하지만 공개되어도 나쁠 것이 없는, 마이너스 값의 제곱 같은 게 아닐까.

아무튼 대부분의 비평가가 그렇겠지만 나 역시 문학비평가가 되어야겠다는 확고한 생각이나 모종의 준비가 있지는 않았다. 막연하게 언젠가는 나도 이런 글을 쓰고 싶다는 마음이었고 다소 우연한 계기로 한 편의 글을 완성해 응모하게 되었다. 투고를 하면서도 비평가가 된다는 것이 어떤 의미인지, 비평 활동이라는 것은 어떻게 이루어지는지 거의 알지 못했다. 그런데 나는 이런 '무지'가 일종의 특권이었음을 역시 최근에야 조금 깨닫게 되었다. 늘 문학에 관한, 문학비평에 관한 교육을 받아 왔고, 물론 직접 알지는 못했지만 평단에서 활동하는 수많은 선배들, 선생님들의 글을 읽으면서 혹은 그 문학사를 배우면서 자연스럽게 친연성을 가질 수 있었던 것이고, 그 결과로 나는 대단한 결심이나 엄청난 각오 없이도 그냥 비평가가 될 수 있었던 것이다.

그래서 나는 비평가가 되고 나서야 내가 얼마나 문학을 사랑하는지를 증명하기 위해 애를 써야 했다. 아니, 반드시 그렇게 해야 할 것 같았다. 갑자기 나는 선생님이 되었고, 문학평론가로 불리기 시작했으며, 평론 쓰는 사람이라는 말로 소개를 하게 됐다. 그건 서서히 일어난 변화가 아니라 2013년 9월 이후 모르는 번호로 걸려오는 청탁 전화를 받고, 문단의 모임 자리에 잠깐 나간 직후 곧바로 생겨난 일이었다. 그즈음은 이런 생각뿐이었다. 내가 이제 비평가가 되었다고? 내가……? 지금……?

그러기에 나는 한국문학에 대해 모르는 것이 너무 많았다. 이 필드에 대한 무지를 들킬까 봐, 특히 읽지 않은 작품이 얼마나 많은지 누군가가 알게 될까 봐 그야말로 전전긍긍했다. 공부하지 않은 채로 시험장에 앉아 있는 수험생의 심정으로 나는 만약 그 '순간'이 온다면 겸허하게 인정해야겠다는 마음도 먹고 있었다. 그런데 놀랍게도 그런 순간은 단 한 차례도 찾아오지 않았다.

*

여러모로 비평가라는 직함은 예상과 달랐다. 무엇보다 내가 생각했던 형태의 비평은 대체로 주어지지 않았다. 비평가로서의 삶에는 어떠한 절차도 없었고, 단지 문예지로부터의 청탁이 있을 뿐이었다. 대체로 쪽글 형태의 리뷰였으며 그마저도 선택권 없이 작품이 지정되는 경우가 많았다. 본격적인 작가론이나 주제론 성격의 글을 쓰게 된 것은 한참 뒤의 일이었고 문학 잡지의 말미에 이름을 싣는 것도 흔치 않은 기회였다.

비평을 둘러싼 한국문학의 구조적 체계를 미처 이해하지 못했을 때였지만 적어도 내가 알고 있던 비평의 방식이 이러한 '청탁' 시스템이 아니라는 생각은 계속 맴돌았다. 자신이 쓰고 싶은 글이 아니라 의뢰받은 글만을 소화하는 비평가가 자율적이고 독립적이지 못하리라는 사실은 자명하고, 쉬지 않고 글을 써내도 최소한의 생활조차 어려운 이 세계에서 그렇게 버틸 이유도 없었다. 다른 직업군과 마찬가지로 비평가에게도 제일 두려운 것은 해고이고, 그것은 명시적으로는 일어나지 않는다. 그저 '개점휴업'의 상태가 되는 것이다. 그래서 나는 블로그를 시작했다.

*

문예지에 실린 비평을 읽는 독자가 얼마나 될까. 그것도 짧은 지면을 차지한 알려지지 않은 평론가의 글을. 그 글은 문예지의 구색을 갖추는 데는 꽤 도움이 될 테지만 대화의 씨앗조차 되지 않을 만큼 영향력은 미미하다. '비평이 무엇인가'라는 질문만큼이나 비평가를 곤혹스럽게 하는 것은 '비평은 누구나 한다'는 사실이다. 작품을 읽고 그에 대한 느낌을 적어 내는, 즉 모든 종류의 독후감은 당연하게도 비평이 아니라고 할 수 없을 것이다. 동시에 그래도 비평이라는 행위는 상당히 훈련된 전문가가 정제되고 논리적인 언어를 사용해 작품에 대한 분석과 해석을 겸하는 일로 여겨지기도 한다. 다시 말해 '무슨 말인지 하나도 모르겠는 글', 그런 글들이 문예지에 실린다.

우리는 누구나 자신의 경험을 '확장'시키고 싶어 하고, 문학작품을 읽는 일도 마찬가지다. 독서는 가장 개인적이고 내밀한 행위 중 하나이지만 비평의 자리는 그것에 관해 '함께' 말할 때 열린다. 그런데 누군가는 비평의 무용성을 주장하기도 한다. 작품은 자유롭게 감상하면 그만이지 전문가의 해석 같은 건 불필요하다고. 문학이라는 유통 과정에서 관행적으로 따라붙는 비평에 대해 회의적인 사람도 많다. 문예지에서 비평가는 적폐나 권력의 이름으로 퇴출되기도 하고, 긴 글을 읽을 독자는 이제 없다며 비평의 분량도 점점 줄어들고 있다. 문학 단행본에 실리는 해설은 점점 더 요식 행위처럼 취급되기 일쑤다.

내친김에 한국문학의 비평적 글쓰기에 자주 제기되는 문제 중 하나인 '주례사 비평'에 관해서도 얘기해 보자. 작품에 대한 상찬만을 늘어놓고 비판 정신을 도외시하는 행태를 적시하는 아주 오래된 용어인데, 요즘은 '스타 만들기'에 복무하는 비평이라고도 불리는 것 같다. 비평에 대해서 엄숙하게 일침을 놓는 사람들은 이렇듯 '비판'이라는 말을 즐겨 쓴다. 비판 정신, 비판적 관점, 비판적 시선…… 그런데 결혼식에 참석해 그 앞날을 축복하고 있는 주례에게 비판적 태도를 가지라고 말할 수 있을까.

그러니까 문제는 주례사 자체가 아니라 비평가가 서 있는 주례라는 위치다. 그렇게 보면 요즘은 '사회자'의 역할을 비평이 담당하고 있는 듯도 하다. 작품에 대한 적절한 정리와 평가, 독자와 작가를 매끄럽게 이어 주는 역할 같은. 그렇지만 비평가에게 제일 어울리는 자리는 역시 하객일 것이다. 기본적으로는 축하하는 마음을 갖되 이 결혼이 정말 축복할 만한 일인지, 아니 차라리 결혼이라는 제도가 도대체 필요하기나 한지 질문하고 토론하는 일을 일삼는 아주 까다로운 하객 말이다.

*

비평가들도 그렇지만 문학 창작자에게 가장 답답한 일은 도무지 자신의 작품에 대해 아무런 피드백을 들을 수 없는 경우이다. 단행본이 출간되면 상황은 조금 나아지지만 그마저도 '반짝'인 경우가 대부분이고, 문예지에 발표하는 작품들은 대부분 작품을 쌓는 정도의 작업으로만 남는다. 처음 블로그에 글을 쓰기 시작했을 때, 나는 원고는 지면에 쓰고 비평은 블로그에서 한다는 마음을 먹었다. 누군가의 말처럼 책은 출판사가 팔고 비평가는 문학을 판다는 거창함 같은 것은 없었고 나 자신만의 감각을 기록해 두고 싶었다. 감상을 요구받아 힘겹게 써내는 글이 아니라 아무런 제약도, 형식도 없이 떠오르는 말을 다 써 버리고 싶었다.

이런 일이 상당한 불안을 동반하는 과정이었음은 다소 뒤늦게 알게 되었다. 작품에 대한 일종의 피드백을 염두에 둔 행위이기는 했지만 이 글들을 누군가 읽으리라는 생각을, 또 작가가 직접 확인할 수 있다는 생각은 깊이 하지 않았던 것 같다. 그래도 매너를 갖춘 하객이고 싶었는데, 뒷담화를 하다 들킨 기분이었다.

심지어는 발표된 소설들에 별점을 매기기 시작하면서 비평가라는 자의식에 취해서 그 행위를 다소 즐기기도 했던 것 같다. 작품을 열심히 따라 읽지 않는 사람들을 일종의 직무유기자로 몰아세우고, 그럴 듯한 언어로 휘감아 그 작품이 좋다는 것인지 싫다는 것인지 알 수 없게 만드는 행위를 경멸하면서 날선 표현을 자주했다. 문학비평가는 당연히 일종의 전문가이자 프로이므로 필드에서 가열하게 뛰어야 한다고 생각했고, 다소간의 저열함을 무릅쓰고서라도 정확하게 평가해야 한다고 여겼다. 그런데 어느 순간 그 모습이 내가 그토록 경멸하던, 문학을 신비화하고 우상화하는 문학주의자들과 닮아 있었다.

*

트위터에 어떤 작품에 관한 언급을 짧게 남긴 뒤, 그에 관한 문제 제기 성격의 메일을 받은 적이 있다. 대체로 정당한 비판이었고, 수긍할 수 있는 내용이었다. 다만 그런 생각은 남았다. 이건 그냥 몇 줄의 트윗일 뿐이잖아?

그때쯤 조금씩 깨닫기 시작했던 것 같다. 내 스스로의 인정이나 감각과는 별개로 나는 한 사람의 비평가이고, 내가 뱉는 말, 쓰는 글은 모조리 비평의 텍스트로 읽힐 수 있다는 것을. 다시 말해 '비평은 블로그에 한다'는 그 순진하고도 단순한 결심이 얼마나 많은 것을 의미하는지 그제야 알게 된 것이다.

언젠가 나는 "이 시대의 시인이나 소설가들은 상업성에 초연한 태도를 가지면서도 누구보다 적극적인 마케터가 되어야 한다. 그러지 못할 경우 손쉽게 외면당하고, 그렇게 잘할 경우 더 손쉽게 비난 받는다."라고 쓴 적이 있다. 또 최근의 문학적 경향에 대해 "이제 한국 문단은 좋은 작품을 써내는 것에 더해 어떤 기획과 조직의 능력까지 창작자에게 요구하"고 있다고도 썼었다. 비평가라고 해서 다를 바는 없는 것 같다. 그러니까 나는 문학을 판다는 이름으로 비평가인 나를 세일즈 했을 뿐이었다.

*

최근에 어떤 비평가가 문학은 질문하는 장르라고 정의하면서 끝끝내 대답하지 않는 권력에 대해서 이야기한 것을 보았다. 그런데 동시에 나는 질문할 수 없는 사람들을 떠올리게 되었다. 자신의 발언권이나 채널의 소유 여부 같은 것이 아니라 말 그대로 질문을 할 여력 없이 작품을 쓰는 데 간신히 에너지를 쏟을 수 있는 사람들. 나는 그런 사람들이, 특히 그런 비평가들이 한국 문단에 많다고 생각한다.

어떤 비평적 의제가 던져졌을 때 그곳에 참여할 수 있는 비평가들은 극소수에 지나지 않는다. 지금 쓰고 있는 이 글처럼 비평의 불안에 대해 이야기할 기회도 제한된 사람들에게 주어진다. 매해 데뷔하는 시인, 소설가들이 몇 명이고 이 중 아주 적은 창작자만이 활동을 이어 갈 수 있다는 분석은 흔하지만 비평가는 그런 분석의 자료도 되지 못한다. 어렵사리 자신의 단행본을 가질 수 있는 시인, 소설가는 있어도 비평가는 없다. 독자를 곧바로 만나기 위해 다양한 시도를 하는 창작자의 대열에 비평가는 대체로 속하지 못한다. 그럼 대체 지금 한국의 문학비평가는 무얼 할 수 있을까.

*

한국문학이 정치적 올바름에 매몰되어서 작품은 물론 비평이 '온건'해지고, 여성-서사에 지나치게 의미를 부여하는 편향이 발생한다고 말하는 사람들이 있다. 또 최근 한국문학의 변화를 이끌고 있는 가시화된 '독자'에 대해 회의적인 시선을 보내는 비평가도 있다. 경청할 만한 논의이지만 납득하기는 어렵다. 다소 문학 바깥의 이야기이기는 하지만 검열이나 소송 같은 말이 창작자의 입에서 나오고 '시민 독재' 운운하는 것을 지켜보면 황당하다는 생각마저 든다.

문학을 비롯한 모든 예술에서 금기를 깨트리는 상상력, 불온함과 광기, 충동과 욕망 같은 것들이 얼마나 새로운 감각을 가져다줄 수 있는지 안다. 그리고 위대한 예술이 대체로 그래 왔다는 것도. 하지만 문학이 싸워야 할 것은 부당한 억압이나 불편한 구속이지 부도덕한 일탈의 실현이나 비윤리적 욕망의 해소 같은 게 아니다. 정치적 올바름에 대한 강박이 창작자들을 질식시킨다고 여기는 입장에 서 있는 사람들이 왜 페미니즘에 대해서는 일종의 완전무결함을 강조하는지 고민해 볼 필요가 있다. '진짜' 페미니즘을 구별하려 들고 거칠고 공격적인 담론에 지레 선을 긋는 태도에는 사실 여성의 문제에 관해서라면 유독 다른 잣대가 작동하고 있다는 방증이 숨어 있기도 하다. 어떤 이념적 흐름에는 무수한 입장들, 논의들, 담론들이 쏟아져 나오는 것이 당연히 자연스러운 일이고, 우리가 투쟁해야 할 것은 노선이지 그것에 반기를 드는 일이 아니다.

그러나 문학비평은 이렇게 말하는 것으로 그쳐서는 안 된다. 작품을 읽고 작가와 호흡하며 때로는 환호하고 때로는 싸워야 한다. 자신의 비평적 견해를 뒷받침할 작품이 존재하지 않는다면 그것은 틀렸거나 적어도 너무 이르다는 뜻이다. 반대로 작품의 성취에 가려 비평이 빛을 발하지 못할 때도 물론 있다. 그래서 비평가는 자주 옹색하고 궁색해진다. 어떤 작가에게, 어떤 작품에게 자신을 투영하지 않고 비평은 가능하지 않음을 인정할 때 남는 것은 그저 작품을 읽는 일밖에 없다. 비평은 대체로 늘 불안하지만 작품에 기대 무너지지 않을 수 있다. 그렇다면 작품을 읽을 수 있게 하는 비평은 무엇일까. 리뷰나 해설, 작품론이나 작가론? 월평이나 계간평?

문학비평의 새로운 형식을 고민해야 할 시기라고 생각한다. 어떤 것이 가능할지 아직은 잘 모르겠다. 우선은 여기 실린 글들이 지난 10년 정도의 한국 소설을 회고하는 하나의 방식이 될 수 있다면 좋겠다. 2000년대가 그랬고, 2010년대가 그랬듯 2020년대의 한국문학도 상당한 변화가 있을 것이다. 그 현장에 늘 있고 싶다.

차례

3부 앞에서 뒤에서 옆에서 좇으며

4부 누군가가 누군가를 만나는 것

1부

리허설이 없는 무대에서

쓰지 않는 '한국' 소설, 읽지 않는 한국 '소설'

삼조 늙은이들은 누구나 없이 그런 소리를 하시죠. 그러나 그 다 소용 없어요. 장가가 다 뭐예요. 집이 다 뭐예요. 죽어라 농사를 지어서 입에는 거미줄이 치는 세상입니다. 대체 조선에 나오면 뭘 해 먹고 삽니까? (중략) 말 마세요. 산지옥이에요.

—유치진, 「토막」에서

최근 국립극단에서는 '근현대 희곡의 재발견' 시리즈의 일환으로 유치진의 「토막」(1932)을 상연했는데, 처참한 비극적 서사와는 별개로, 무대 위에서 재현되었던 이 장면에 대부분의 관객들은 씁쓸하게 웃을 수밖에 없었다. 이미 수십 년 전에 이 땅이 지옥이라고 외치고 있었다는 점도 그렇지만 2015년 한국의 현실과 1932년 일제강점기의 조선이 어떤 거리감도 없이 청년 세대의 공감대를 형성할 수 있다는 점이 무엇보다 놀라운 일이었다. 나는 이 대사가 너무도 정곡을 찔러 혹시 대본을 약간 수정한 것이 아닌가 생각했는데, 유치진의 원작은 그 언어 그대로, 토씨 하나 다르지 않고 고스란히 실려 있었다.

헬조선 담론이 횡행하는 지금 한국 사회에 대한 총체적 불신, 즉 혐오는 그러나 어느 시대와도 비교 불가해 보인다. 한국 사회의 병폐와 구조적 모순이 문제된 것이 어제오늘 일은 아니지만 적어도 지향해야 할 어떤 목적과 가치가 남아 있었던 지난 시대와 달리 현재의 한국은 단호하고 용기 있게 떠나 버리는 것만이 그나마 '나'를 지키는 일이 되었다. 거대 담론이 사라지고 미시적 개인의 문제가 중요해진 시대라고는 하지만 여전히 정치와 경제, 폭력과 자본 등 삶을 위협하는 구조는 더욱 공고해졌고 그나마 남아 있는 사적 영역에서 특히 청년들은, 생존을 건 투쟁 중이다. 한때 문제의 원인을 '신자유주의'로 돌려 저항의 구심점으로 삼았던 시도도 있었지만, 그마저도 잠깐의 '점령'에 그쳤을 뿐이다.

'못 살겠다'고 말하면 '그래도 굶어 죽지는 않잖아'라고, '아프다'고 말하면 '그게 청춘'이라고, 어른이 되려면 '천 번'은 흔들려야 한다고 얘기하는 기성세대들에게서 청년들은 더 이상 아무런 위로도 받지 못한다. 이제 그들은 '열정'이나 '노력' 같은 수사가 사회의 구조적인 문제를 감추고 그것을 개인의 책임으로 교묘히 전가하는 어휘임을 눈치채고 있다. 그러나 이 공고한 21세기 한국 사회는 청년들을 위한 틈을 결코 허용하지 않는다. 때때로 타오를 듯한 분노가 표출되기도 하지만 사회가 끼얹는 찬물에 금세 식어 버리고, 그들은 다시 자신의 처지를 한탄하며 그저 자조와 체념의 시간을 보낸다. 그 무기력한 반복 속에서 그들에게 남은 유일한 가능성은 '탈조선'을 상상하며 버티는 것이다. 그들은 꿈을 위해 '열정'이 필요하다는 것도 알고, 아직 자신들이 원하는 삶을 살아가기에는 스스로의 '노력'이 부족하다는 것도 안다. 그러나 동시에 뼈저리게 알게 된 사실은 이 땅에서는 아무리 노력해도 꿈을 이루는 것이 불가능하다는 것이다. 그러니까 그들은 답을 모르는 세대가 아니라 문제가 무엇인지 몰라 허둥대다가 그게 한국이라는 사회 자체임을 발견한 세대인 것이다.

도스가 윈도가 되고 보석글이 아래한글이 되고 유닉스 기반의 PC통신이 인터넷으로 발전해 가는 것을 몸으로 겪었고 그 모든 운영체제 프로그램을 대부분 능숙하게 다룰 수가 있다. 예전이라면 전문 사진사나 찍을 법한 사진도 우리는 몇십만 원짜리 카메라로 척척 찍고 과거엔 방송국에서나 하던 동영상의 촬영과 편집도 간단하게 해치울 수 있다. 한마디로 우리는 우리 윗세대와는 완전히 다른 나라에서 자라났고 이전 세대에 비하자면 거의 슈퍼맨이라고 할 수 있다. 우리는 후진국에서 태어나 개발도상국의 젊은이로 자랐고 선진국에서 대학을 다녔다. 그런데 지금 우리에겐 직업이 없다. 이게 말이 돼?[1]

사실 헬조선의 '전조'는 풍요가 몰락하던 20세기 끝자락을 지나 2000년대에 다다르자 조금씩 나타나기 시작했는데, 지금과는 사뭇 다른 분위기였음을 알 수 있다. 김영하가 "20대라는 존재에 대해 생각"하며 쓴 이 소설에서 위와 같은 대목은 스스로의 '능력'이 부족하다고만 여겨 왔던 청년 세대에게 일종의 통쾌함을 안겨 주었다. 그리고 그것은 그들에게 '능력'이 아닌, 사회구조적인 어떤 문제가 자신들의 안정된 삶을 가로막고 있음을 알게 했다. 그러나 이때까지만 해도 그들 모두 '88만 원'으로 살아가야 할지 모른다는 불안이 한국 사회 자체에 대한 혐오로 이어지지는 않았다.

얼마 지나지 않아 한국의 청년들은 이 사회가 새로운 계급사회로 진입하고 있으며, '능력'이라는 것도 별로 중요하지 않다는 사실을 깨닫는다. '세습'이라는 철 지난 어휘가 부의 이동을 묘사하고 '금수저'를 물고 태어나야만 성공이 가능해지는 시대는 이미 자본주의 따위가 문제가 아닌 것이다. 그렇다면 문제는 한국이라는 사회 자체임을, 2015년을 살아가고 있는 인터넷 세대가 알아채지 못할 리 있겠는가.

1 김영하, 『퀴즈쇼』(문학동네, 2007), 194쪽.

내가 여기서는 못 살겠다고 생각하는 건…… 난 정말 한국에서는 경쟁력이 없는 인간이야. 무슨 멸종돼야 할 동물 같아. 추위도 너무 잘 타고, 뭘 치열하게 목숨 걸고 하지도 못하고, 물려받은 것도 개뿔 없고. 그런 주제에 까다롭기는 또 더럽게 까다로워요. 직장은 통근 거리가 중요하다느니, 사는 곳 주변에 문화시설이 많으면 좋겠다느니, 하는 일은 자아를 실현할 수 있는 거면 좋겠다느니, 막 그런 걸 따져.[2]

한국을 떠나 끝내 호주로 향하는 "계나"의 이야기를 그린 이 소설은 최근 청년들의 문제를 에두르지 않고 '직접적'으로 드러내 많은 독자들의 호응을 받았다. "계나"가 무작정 한국을 떠나 호주에서 이상적인 삶을 살아갔다면 이 작품은 흔한 '이민 스토리'에 그치고 말았을 것이다. 하지만 호주와 한국을 오가며 '내가 한국에서 살아갈 수 있을까'를 끊임없이 고민하는 "계나"의 모습이 독자로 하여금 이 이야기를 결코 심상하게 읽어갈 수는 없도록 만들었다. 결국 '행복'을 찾기 위해 호주행을 결정한 "계나"의 선택에 모두가 동의하지는 않았을 것이라 생각한다. 오히려 "계나"의 일견 단순한 행복론에 고개를 갸우뚱거리며, 그럼에도 불구하고 한국 사회를 떠날 수 없는 이유를 끊임없이 고민한 사람이 더 많았을지도 모른다. 어찌 되었든 이 소설이 한국 사회의 청년들이 당면한 고민에 대해 꽤 핍진하게 접근했음은 인정하지 않을 수 없다. 하지만 동시에 이 소설이 한국이라는 사회가 지닌 무수한 문제들에 대해 '일부'만 말했을 뿐이라는 점을 염두에 두자. 이쯤 되면 궁금한 것이다. 도대체 다른 한국 소설들은 지금 무슨 이야기를 하고 있는 것일까.

오늘날 한국 소설은 독자가 없다고 아우성을 치지만 독자들은 한국 소

2 장강명, 『한국이 싫어서』(민음사, 2015), 11쪽.

설에 '한국'이 없다고 불만을 토로할지 모른다. 한국 소설에 대한 무수한 편견에도 불구하고, 끝내 한국 소설을 읽으려는 독자가 있다면 그것은 어떤 이유에서일지 곰곰이 생각해 볼 필요가 있다. 한국어로 구성된 아름다운 문장을 읽고 싶다면 시를 택하는 편이 낫고, 이야기의 만족도를 찾자면 이미 해외에서 그 가치를 검증받은 외국 소설이 나을 것이다. 그럼에도 한국 소설을 읽는 독자는 누구인가. 나는 개인적으로 열에 여덟은 이른바 '순문학 덕후'이고, 그나마도 이들은 직간접적인 문학 관계자일 가능성이 높으며, 겨우 둘 정도의 독자가 새롭게 관심을 갖고 '한국' 소설을 들여다 볼 것이라 생각한다. 그런데 지금 한국 소설은 다수의 마니아 독자와 소수의 신규 독자를 모두 놓치고 있다.

물론 한국 소설은 대체로 한국에 관해 이야기한다. 그러나 이때의 한국이란 중요한 사적(史的) 배경으로 서사를 '지배'하거나 소설이 그려 내고자 하는 관계나 감정의 단순한 '후경(後景)' 정도에 그치는 사례가 대부분이다. 전자는 주로 장편에서, 후자는 주로 단편에서 드러나는 특징인데, 최근 주목받은 성석제의 『투명인간』(창비, 2014)이나 이기호의 『차남들의 세계사』(민음사, 2014), 권여선의 『토우의 집』(자음과모음, 2014)이나 김도연의 『마지막 정육점』(문학동네, 2015), 혹은 최민석의 『풍의 역사』(민음사, 2014)와 손아람의 『디 마이너스』(자음과모음, 2014) 등 몇몇 장편을 떠올려 보기만 해도 한국 소설에서 '한국'이라는 배경이 어떻게 활용되는지 쉽게 알 수 있다. 과거의 사건을 다른 관점으로 조망하거나 실험적인 형식을 동원해 새롭게 그려 내는 기법은 그 자체로 의미 있는 것이지만 거개의 한국 소설이 현재를 외면하고 과거로 달려가는 점은 아쉽다고밖에 말할 수 없다. 물론 현재와 씨름한 몇몇 작품이 없는 것은 아니었지만 그 성과는 사실 미미했음도 지적할 수 있겠다.

단편의 경우 상대적으로 지금, 여기의 세태를 순간적으로 포착해 예리하게 제시하는 작품이 종종 있지만 이는 문예지에 발표된 당시에 그러할 뿐, 소설집으로 묶여 나올 때는 이미 시차가 꽤 벌어져 있는 상태일 수밖에 없다. 김채원의 『쪽배의 노래』(문학동네, 2015), 함정임의 『저녁 식사가 끝난 뒤』(문학동네, 2015), 이장욱의 『기린이 아닌 모든 것』(문학과지성사, 2015), 구병모의 『그것이 나만은 아니기를』(문학과지성사, 2015), 박성원의 『고백』(현대문학, 2015), 전성태의 『두 번의 자화상』(창비, 2015), 김중혁의 『가짜 팔로 하는 포옹』(문학동네, 2015), 김종옥의 『과천, 우리가 하지 않은 일』(문학동네, 2015) 등의 소설집은 문단의 주목을 받았고, 뛰어난 작품들을 몇몇 품고 있기도 하지만 이런 관점에서 선뜻 내세울 만한 작품이라고 하기는 쉽지 않다. 이 '다이내믹 코리아'에서 멀게는 3~4년 전의 작품들부터 근작까지 그러모은 소설집이 당대에 육박한다는 느낌을 주지 못하는 것은 어쩔 수 없는 한계이기도 할 것이다.

따라서 사실상 2015년의 '한국'에 관한 소설은 아주 소수로 존재하거니와 영화나 드라마, 웹툰 등 여타의 서사 장르들이 이를 충분히, 훌륭한 방식으로 다루고 있어 명함을 내밀기조차 쉽지 않다. 그러니 이런 상황에서 『한국이 싫어서』와 같은 작품이 독자의 이목을 끄는 현상은 단순하게 넘길 일이 아니라 한국 소설에 대한 어떤 '신호'로 받아들여야 할 일인지 모른다. 아직 당대의 서사를 소설이라는 방식으로 접하고 싶어 하는 독자가 제법 존재한다는 긍정적인 신호라고 여길 수도 있겠지만, 더 이상 독자들이 인간에 대한 깊이 있는 이해와 성찰, 삶에 관한 통찰력과 세계를 조망하는 거대한 시각 등 이른바 '순문학적인 가치'를 한국 소설에서 기대하지 않는다고 볼 수도 있는 것이다. 어느 쪽이든 문제는 '독자'다. 독자를 늘리는 것은 순문학의 입장에서 대단히 요원한 일이고, 사실 썩 갈급하지도 않은 문제라고 생각하지만 독자를 '지키는' 것은 무척 중요한 일이다. 한국 소설의 '애독자'가 하나둘 사라지기 시작할 때 진짜 위기가 시작되기 때문이다.

신경숙의 표절로부터 아이유의 '제제'에 이르기까지 한국 독자들의 문학에 대한 관심이야말로 새삼 대단한 것 같다. 끝내 문학적 아이콘의 몰락을 거부하려던 문단의 권위적 몸부림을 단호하게 심판한 것도, 문학 작품의 해석에 열띤 의견을 제시해 '해석과 표현의 자유'에 관한 논의를 이끌어 냈던 것도 모두 독자의 힘이었다. 이를 '대중'이라고 묶어 손쉽게 취급해서는 곤란하다. 그들은 대체로 같은 목소리를 내지만 발화의 맥락은 모두 다르기 때문이다. 그들에게 공통점이 있다면 모두 '읽은' 사람들이라는 점이다. 신경숙이 알려진 작가라서가 아니라 그들 모두가 「전설」과 「우국」의 그 대목을 '읽었기' 때문에, 아이유가 싫어서가 아니라 『나의 라임 오렌지나무』를 '읽었기' 때문에 그토록 열렬하게 소리칠 수 있었던 것이다.

지난여름, 일본에서는 개그맨 마타요시 나오키(又吉直樹)가 문예지에 발표한 첫 작품, 중편 「불꽃(火花)」으로 아쿠타가와상을 수상했는데, 한 인터뷰에서 그가 "누구든 백 권의 책을 읽었다면, 그는 반드시 책을 좋아하게 될 것"이라고 했던 말이 여전히 뇌리에 남아 있다. 일견 낭만적으로 느껴지기도 하지만 '읽었다'는 행위만이 애정을 보증할 수 있다는 단호한 말로도 들린다.

어떤 영화가 백만 명의 관객을 동원했다면 그것은 그 영화를 본 사람이 거의 백만 명이라는 말과 다름 없다. 그러나 만 권의 책이 팔렸다고 했을 때, 그 책의 독자가 만 명이라고 말할 수는 없다. 책을 사 두고 읽지 않는 사람, 몇 페이지만 읽은 사람, 절반만 읽은 사람, 띄어띄엄 발췌해 읽는 사람 등 독서의 형태는 실로 다양하고, 이를 일일이 파악해 낼 방법은 없다고 봐야 할 것이다. 그러므로 독자를 지켜 내는 핵심은 소설을 '파는' 것이 아니라 '읽게' 만드는 데 있다.

그러나 독자에게 읽기를 권장하는 문단의 방식은 판매에만 초점이 가 있으며 그마저도 너무 관습적이다. 각종 문학상은 그토록 내홍을 겪으면서도 여전히 아무 일도 없었다는 듯 '난립'하고 책마다 의례적인 추천사와 과도한 상찬은 빠지지 않고 여기저기 '난무'한다. 그러면서 동시에 보도자료를 돌리고 사인회나 낭독회를 준비하며 각종 '굿즈'로 사전 마케팅에 열을 올린다. 그러나 독서가 철저히 개인적인 활동이고, 결국 담론의 장이라는 것은 '읽은 후'에야 마련된다는 점을 염두에 둔다면 사실 독서를 둘러싼 모든 '기획'은 사후적으로 이루어져야 한다. 현재 한국 문단의 비극은 이것이 불가능하다는 것에서 우선 온다.

읽지 않기 때문이다. 애독자들은 서사가 아니라 '책'을 소비하기 시작한다. 비평가들은 청탁을 기다리다가 서평이나 리뷰를 '써야 할' 책만 읽고 있다. 그러니 읽고 쓰는 것에서 나와야 할 '문학 권력'이 엉뚱한 곳에서 나타난다. 한국 소설의 서사가 얼마나 다양한지 극소수의 독자를 제외하면 대다수는 알지 못한다. 꽤나 주목을 받고 문학상까지 받은 작품 중에서도 고작 수십 명의 독자를 확보했을 뿐인 책이 수두룩할 것이다. 문단의 동력이 읽고 쓰는 것에서 나오지 않고 구조적인 관행에 의해 위태롭게 유지될 때 많은 작품들은 책장 속으로 그냥 사라져 버린다.

재차 강조하건대 놀랍게도 한국 소설 독자들은 읽지 않아도 되는 상황에 내몰린다. 다르게 말하면 '순수 독자'가 거의 없다는 뜻이기도 하다. 한국 소설의 애독자들은 발간되는 책들을 고심하며 골라 보려 하지만 어쩔 수 없이 띠지와 수상작, 출판사 등에 영향을 받는다. 그리고 그 책을 사는 순간 읽는 것은 잠시 뒤로 미룬다. 이미 그 책과 관련된 충분한 '경험'이 서사를 별로 궁금하지 않게 만들기 때문이다. 게다가 애독자라면, 한국 소설의 이야기는 충분히 예측 가능하다고 느끼고 있을 것이며, 그 책이 꼭 읽어야 되는 책이라면 누군가 알려 줄 것이라고 믿는다.

문제의 원인은 복합적이고, 해결도 요원해 보인다. 그러나 결국 읽지 않아도 되는 이유는 단 한 가지밖에 없다. 소설을 읽어도 그것에 관해 이야기할 일이 없기 때문이다. 대다수의 작가들은 작품을 써도 단 한 줄의 평도 얻지 못하는 경우가 허다하며, 대부분의 독자들은 많은 작품을 읽어도 그에 관해 누군가와 즐겁게 소통하는 일이 드물다. 그 공허함 속에서 순문학의 세계는 점점 쪼그라들고 있다.

한국 문단은 '그들만의 리그'가 맞다. 그러나 한국 문단의 문제는 그것이 그들만의 리그라서 발생하는 것이 아니다. 이 안에서 우리끼리 재미있게 놀지 못하기 때문이다. 이제 문학이라는 것이 어떤 총체적 관념이라는 믿음을 버리고, 순문학을 하나의 '장르 문학'으로 여겨야 될 때가 온 것이 아닐까. 그 '독서 공동체'에서 수많은 독서 경험들이 공유되고, 읽음을 바탕으로 한 교류가 계속될 때 그나마 이 세계가 지속될 수 있으리라 생각한다. 변화의 조짐이 보이기 시작하는 것은 즐거운 일이다. 각종 팟캐스트를 통한 소통, 소설리스트(sosullist.com)와 같은 시도, 《analrealism》이나 《더 멀리》, 울리포프레스 등의 독립출판, 「비밀독서단」과 같은 방송 프로그램이 그러한 사례일 것이다.

피에르 바야르가 『읽지 않은 책에 대해 말하는 법』(여름언덕, 2008)에서 강조했던 것은 '읽지 않은 책'이 아니라 '말하는 법'이었다. 누구도 읽지 않고 말할 수는 없다. 이제 '읽기'를 위한 완전히 새로운 형태의 문학 운동이 필요한 것이 아닐까. 그리고 바로 지금이 바야흐로 고민이 시작될 적기다.

《세계의문학》 2015년 겨울호

‘나’로부터 다시 시작하는 문학사

최근 한국 소설의 징후

흥미진진한 문학적 탐구를 지속해 온 프랑스의 문학비평가 피에르 바야르는 『나를 고백한다』에서 자신의 아버지 세대가 겪었던 2차 세계대전의 여러 ‘선택’의 국면들을 추적하면서 자기 스스로를 그 자리에 가져다 놓는다. 그러면서 그가 내린 결론은 어떤 “분수령”에 이르렀을 때 ‘나’의 “잠재 인격”이 어떻게 발현될지는 ‘모른다’는 것이다. 실제로 맞닥뜨리지 않고는 절대로 ‘나’를 알 수 없다는 것, 그러나 그러한 ‘나’를 가정하고 자문해 보는 것이 결코 무의미한 일은 아니라는 것이 이 책의 요지이다.[1]

또 한 권의 책을 보자. 일본의 제국주의 시대에 형성된 도쿄대학교 출신 문학 엘리트주의자들의 기원을 파헤친 『문학가라는 병』은 흥미로운 사례를 제시하는데, 그것은 일본의 헤르만 헤세 수용에 관한 것이다. 저자에 따르면 이른바 “청춘”과 “독서”는 고학력 엘리트 청년의 특권이었고, 특히 “청춘은 근대 산업사회의 고학력 남자에게 주어진 특권적인 현상”이어서 “헤르만 헤세와 소녀의 조합은 대중과 여성의 진출에 의해 질이 떨

1 피에르 바야르, 김병욱 옮김, 『나를 고백한다』(여름언덕, 2014), 4부 참조.

어져 버린 교양주의적 독서를 상징"한다고 여겨졌다고 한다. 요컨대 『데미안』과 『수레바퀴 아래서』가 보여 주는 "남성 동맹"과 "여성 혐오"가 "엘리트의 청춘"에 잘 상응한다는 것이다.[2] 이를 통해 저자는 이러한 결론에 다다른다.

> 내가 고찰하려고 한 대상은, 세상의 눈으로 볼 때 일류의 경험을 가졌지만 그 때문에 특권적인 '이류'라는 예감과 자각에 들볶이는 남성들이 자신의 삶에 어떤 의미를 부여해 갈까 하는 문제였다. 이 책에서 살펴보았듯 그것은 현 제제를 향한 애매모호한 다가섬, 문화인의 그럴싸한 발언, 자신은 '문학' 쪽에 서 있다는 착각, 남자로 태어나 훌륭한 '일'을 해 보자는 결의로 이어지거나, 반대로 속세의 욕망을 내던진 삶을 보여 주려는 허영심 등으로 이어진다.[3]

이제 지금의 한국 문단으로 돌아와 보자. 위의 논의가 그렇게 멀게 느껴지지 않을 것이다. "저에게 한국문학계의 성별은 남성입니다. '문학'을 떠올리면 특정한 성별이 떠오르지 않거나, 각각의 작가와 개별 작품이 떠오릅니다. 그러나 '문단'을 의인화해 보면 저에게 그 성별은 분명 남성입니다."[4]라는 윤이형의 언급처럼 한국 문단이 일종의 '남성 동맹'이며, '여성 혐오'의 혐의가 명백하다는 점은 이제 새삼스러운 말이 되었다. "#문단_내_성폭력" 운동 이후 지금까지 한국문학은 꽤 많은 변화를 겪어 왔다. "문단에서 벌어진 여성 혐오, 범죄 기록물들을 '독립적으로' 만들어

2 다카다 리에코, 김경원 옮김, 『문학가라는 병』(이마, 2017), 6장 참조.

3 위의 책, 340쪽.

4 윤이형, 「나는 여성 작가입니다」, 참고문헌없음 준비팀 엮음, 『참고문헌없음』(2017), 178쪽.

보는 건 어떨까요? '우리에겐 필요한 언어'가 있지 않습니까?"[5]라는 질문에 호응하듯 문단의 해묵은 관행에 대해 어려운 고백과 힘겨운 폭로가 이어졌고, 『82년생 김지영』을 통과하면서 '여성 서사'도 적지 않게 쏟아져 나왔다. 그러나 여전히 갈 길이 멀어 보이고, 이 견고한 구조는 하나도 바뀐 것이 없다고 생각되는 것은 왜일까. 혹시 '나'만 그렇게 느끼는 것은 아닐까.

*

평론의 미덕은 작가와 독자, 그리고 텍스트를 경유하면서 객관적 해석의 틀로 비평가의 자의식을 최대한 드러내지 않으면서 가치 평가를 행하는 일로 여겼던 적이 있다. 그러나 얼마 지나지 않아 '나'를 지우고 비평 행위를 한다는 것이 명백히 불가능함을 알게 되었고, 설령 그것이 비평이 아니라 에세이에 가까워진다 하더라도 애써 '나'의 흔적을 지우기보다는 드러내자는 쪽으로 생각이 바뀌었다.(지금도 그런 편이다) 그러나 페미니즘을 필두로 한 세계의 거대한 전환과 그 격랑 속의 한국문학이라는 장에서 나는 "한국 남성 평론가라는 하나의 텍스트"[6]일 수밖에 없고, 그런 '나'는 도대체 어디까지 말할 수 있을지 좀처럼 가늠하지 못했다.

때문에 최근 《21세기문학》 여름호 특집란에 실린 여러 글들은 놀랍게 읽혔다. "미투(#MeToo) 릴레이 매니페스토, 촛불1"이라는 제목으로 모인

5 김현, 『질문 있습니다』(서랍의 날씨, 2018), 18쪽.

6 황현경, 「소설이라는 형식 — 요즘 소설 감상기」, 《문학동네》, 2018년 봄호, 443쪽.

여성 평론가들의 '질문'과 '응답'은 지금 이 한국문학의 변화에서 멀찌감치 서 있는 듯한 '나'를 계속 돌아보게 만들었다. 현실과 문학을 앞에 두고 결국은 '나'를 이야기하지 않을 수 없는 그 자리, 그러니까 이른바 '당사자성'을 획득하고 터져 나오는 목소리들을 들으면서 내가 고민했던 비평가로서의 '나'는 고작 "감상"에 관한 것이었음을 새삼 깨달은 것이다. 발표되는 소설들을 두루 읽어 가며 왜 이 소설이 좋은 소설인지, 또 이 소설은 왜 덜 좋은 소설인지를 스스로 묻고 답하는 일에는 '인상'이나 '감상'이라는 표현밖에는 붙이지 못할 것이다. 어떤 소설이 '나'를 소환하고, 그 자리에 붙들리게 만들고, 끝내는 그 소설의 자리에서 더 물러서지 않겠다는 결심을 하게 하는 일은 나로서는 아직 경험해 보지 못한 영역이다. 다시 말해 이른바 '문학적 현실'이 그 정도로 나를 육박해 오는 일은 좀처럼 없었던 것이다. 그래서 일단 이런 결론에 다다랐다. 좋은 소설이 무엇인가라는 질문은 지금 할 필요가 없다.

*

지금 한국 문단은 무엇이 바뀌고 있을까. 말할 것도 없이 독자다. 문학의 생산자들이 지금처럼 독자들의 눈치를 볼 때가 있었나 싶을 정도로 독자의 영향력은 막강하다. 그것은 독자의 성별이나 세대가 바뀌었다거나 구매력 또는 선호도의 변화를 의미하는 것이 아니다.[7] 독자라는 집단의 체질 자체가 달라진 것이다. "'(문학) 텍스트'를 읽는 것과 현실을, 삶을,

7 최근 한국문학의 주요 독자층은 늘 20~30대 여성이었다. 다만 비평의 장으로 '독자'라는 개념이 활용되어 들어올 때, 그 독자는 남성에 의해 소환된 혹은 남성을 위해 호명되었음은 부정할 수 없는 사실이다.

세상을 읽는 것이 근본적으로 다르지 않(아야 한)다고 생각"[8]하는 지금의 독자들은 더 이상 현실에서 얻을 수 없는 위안을 문학에서 찾는다거나 위대한 '문학적 경험'을 기대하지 않는다.(상상력에 기반한 새로운 세계로의 진입은 여전히 그 수요가 있지만 순문학의 영역이 아니다.) 게다가 "다종다양한 플랫폼과 콘텐츠의 세계를 향유하며 새로운 지식과 교양, 정치와 윤리 및 쾌락 원칙들을 발견해 나가는 젊은 독자들의 현실"[9] 속에서 한국문학은 사실상 독자와 마주 설 자리를 잃은 상태였다. 그러므로 페미니즘의 물결과 그에 따른 문학의 변화, 독자의 호응 등은 한국문학에 모처럼 활기를 가져다준 사건이라 하지 않을 수 없다.

김미정이 잘 지적한 바 있듯 이제 독자들은 '이건 정말 내 이야기'라는 식의 공감만을 원하지 않는다. 세상을 내 손으로 '직접' 바꿀 수 있음을 경험한 지금의 세대는 "명료한 사실로서의 메시지, 정보"에 호응하고, 이를 통해 '나도 그랬다'는 논의를 스스로 이끌어 낸다. 이제 독자들은 문학의 수용자가 아니라 그 문학적 경험을 다시 스스로의 콘텐츠로 만들어 내는 생산자이기도 하다. "문학장을 향해 직접 자신을 발화하고 욕망을 주장하기 원하는 새로운 독자들은" 이미 "문학의 여러 제도나 관념과 교섭"하고 있으며 "실제로 문학의 변화에 적지 않은 영향을 끼"치고 있다.[10] 이러한 변화 속에서 확실히 '남성 동맹'의 한국 문단은 "불안"하다.

8 백지은, 「텍스트를 읽는 것과 삶을 읽는 것은 다르지 않다」, 《문학과사회 하이픈》, 2018년 여름호, 18쪽.

9 오혜진, 「퇴행의 시대와 'K문학/비평'의 종말」, 《문화과학》, 2016년 봄호, 103쪽.

10 김미정, 「흔들리는 재현·대의의 시간—2017년 한국 소설 안팎」, 《문학들》, 2017년 겨울호, 48쪽.

*

"페미니즘이 새로운 감각을 분할하는 정치"[11]일 때, 이제 우리는 모든 문학을 '다시' 읽어야 하는 난경에 처한다. 이미 많은 시도들이 이루어지고 있지만 흔히 누구나 '명작'으로 취급하던 텍스트들은 재독을 거쳐 심판대에 올라야 하고, 앞으로 발표될 무수한 작품들은 여성의 문제나 소수자의 정체성을 단순하게 취급할 수 없을 것이다. 따라서 게으르고 낡은 독자-비평가들은 설 자리를 잃을 수밖에 없다. 미학적/정치적 이분법의 논의를 넘어 이제 싸움은 누가 더 부지런히 읽고 쓰느냐에 달려 있다.

아무리 게으른 비평가라도 『82년생 김지영』(민음사, 2016)은 읽었을 가능성이 크다. 그러나 조남주가 그 이후 발표한 여러 작품들을 두루 검토하거나 『82년생 김지영』 이전의 조남주가 어떤 작가였는지 탐색하는 논의는 보지 못했다. 이를테면 지금의 평단은 오래된 논의를 반복할 수 있는 도구로, 또 모처럼 다중 독자와의 접점을 염두에 두고 쓸 수 있는 소재로 『82년생 김지영』을 활용할 뿐이다. 실제로 『82년생 김지영』에서 '김지영'이라는 인물이 '보편성'이나 '평균성'을 갖는지를 따져 묻고, 소설에 동원된 통계학적 자료의 진위 여부를 검토하는 일은 전혀 중요하지 않다. 이미 그런 식으로 작품을 바라보는 시기는 지났고, 이 텍스트는 어쨌든 '소설'이므로 이는 무의미한 관점에 가깝다. 지금 더 중요한 것은 오히려 『82년생 김지영』이 "정치적으로 올바른 텍스트가 아니"고, "로맨스 대신 페미니즘을 선택한 여성들이 '착한 여자'로 남으면서 손에 쥘 수 있는 무기"[12]라고 읽어 낼 수 있는 시각이다. 요컨대 한국문학의 체질과 성별이

11 허윤, 「로맨스 대신 페미니즘을! — '김지영 현상'과 '읽는 여성'의 욕망」, 《문학과사회 하이픈》, 2018년 여름호, 51쪽.

12 위의 글, 51~52쪽.

근본적으로 바뀌고 있다는 것을 알아채야 한다는 것이다.

조남주의 「가출」(《창작과비평》, 2018년 봄호)은 "차라리 출가했다고 하면 믿었을" 72세 아버지의 '가출' 소식으로 시작하는 소설이다. 그 아버지가 홀연히 자취를 감춘 뒤 남은 가족, 즉 '엄마'와 3남매가 묘한 활기와 유대감을 느끼면서 오히려 집안이 서서히 안정되어 가는 모습은 살부(殺父)의 서사를 가출이라는 완곡한 방식으로 그려 낸 일종의 판타지로 읽히기도 한다. 이렇게 읽어 보면 어떨까. 어쩌면 이 소설은 신경숙의 『엄마를 부탁해』(창비, 2008)가 10년 뒤에 도달한 지점일지 모른다고. 이제 실종되는 것은 엄마가 아니라 아버지이고, 그 부재 속에서 남은 가족들은 절절한 그리움에 빠지는 것이 아니라 비로소 각자의 방식으로 해방된다. 여기에 아버지 역시 스스로의 굴레를 벗어던지고 나름의 자유를 찾는 것으로 그려지고 있으니, 한국 소설에서 '가족'은 이제야(아직도) 가부장제에서 빠져나오는 중이 아닐까.[13]

*

페미니즘과 더불어 한국 소설에 활력을 불어넣는 서사는 '퀴어'다. 단순히 소재로 동원되는 것이 아니라 '작가-인물'인 '나'의 정체성과 밀접하게 맞닿아 있다는 점에서 지금 퀴어는 픽션의 영역을 확장시키는 역할까지 감당하고 있다. 마치 이성복이 "몸의 언어 혹은 언어의 몸은 엄청난 돌파력으로 머리의 언어가 구축한 삶의 가건물을 여지없이 무너뜨린다."[14]라

13 이 문단은 조남주, 『가출』(K-픽션 023)(아시아, 2018)의 해설 일부를 가져왔다.

14 이성복, 『고백의 형식들 — 사람은 시 없이 살 수 있는가』(열화당, 2014), 149쪽.

고 쓴 것처럼, 날것 그대로의 '몸의 언어'는 최근의 퀴어 서사가 획득한 문학적 결실이다. 또한 그것은 '나'에 관한 것이기에 무시무시한 '돌파력'을 갖는다.

그러한 '나'를 밀고 나가는 작가로 김봉곤을 언급하지 않을 수 없다. 등단작인 「Auto」로부터 출발해 『여름, 스피드』(문학동네, 2018)로 그러모은 이 작가의 작업은 퀴어라는 정체성을 가감 없이 드러내는 전략을 취하고 있고, 그것은 무척 유효해 보인다. 오해를 무릅쓰고 말하자면 김봉곤의 소설은 당사자성이나 소수자성에 골몰하지 않은 척, 로맨스의 가면을 쓰고 명랑을 가장하고 있는 것으로 보인다. 강지희는 황정은과 박상영의 작품을 함께 읽으면서 "광장은 이들의 새로운 지성과 명랑으로 폭발하며 다시 태어나고 있다."[15]라고 말했는데, 김봉곤의 글쓰기는 그런 지점을 공유하면서도 '광장'으로 나가지 않는다. 나는 여기에 세계에 대한 소수자의 근원적인 공포와 두려움이 내재되어 있다고 생각한다.

짐짓 사랑에 모든 것을 내맡기는, 그래서 그 사랑에 끝내 스스로를 소진시키는 김봉곤의 인물들이 주는 묘한 해방감은 그로부터 거리를 두고 읽을 때라야 비로소 발생하는 게 아닐까. '나'의 끊이지 않는 리비도의 발현은 마치 절대적인 로맨스로의 현현처럼 보이지만 사실 김봉곤의 소설이 겨냥하고 있는 지점은 세계의 혐오에 응수하고 절대로 뒤로 물러서지 않겠다는 결기에 가까운 것이 아닐까. 여기에서 나는 "자신이 '무엇이다'라는 정체감을 다소 흐릿하게 만든다 할지라도 분명히 개별의 해방에 기여"[16]하는 텍스트로 「시절과 기분」(《21세기문학》, 2018년 봄호)을 읽고 가지 않을 수 없다.

15 강지희, 「광장에서 폭발하는 지성과 명랑」, 《현대문학》, 2018년 4월호, 354쪽.

16 김녕, 「선명(鮮明)에서 창연(蒼然)으로 — 혐오에 응수하는 최근 퀴어 텍스트들에 대한 스케치」, 《실천문학》, 2018년 여름호, 174쪽.

게이 작가인 '나'가 첫 소설집을 출간하고, 그 소설집을 서점에서 발견한 옛 여자 친구 혜인을 만나기 위해 부산으로 내려가는 이 소설은 얼핏 정체성의 혼란 상태에 놓인 인물을 설정해 둔 것처럼 보인다. 물론 실제로도 그렇다. 동성애자로서의 정체성을 획득하기까지, 또 지금 혜인을 만나고 돌아오는 길에서 '나'는 무수히 흔들린다.

> 고요한 밤 풍경 속, 나는 오다 카즈마사의 베스트 앨범을 재생하고 눈을 감았다. 또 한번 내가 될 시간이었고, 나의 농도를 회복하기에 음악은 제법 효과적일 것이었다. 뛰는 심장의 무늬를 구별하고 싶지 않았다. 어떤 답을 찾고 싶지도 않았다. 그저 열차가 멈추기 전까지 이 진동이, 흔들림이 계속되기만을 바랄 뿐이었다.[17]

하지만 그 "흔들림"은 "열차가 멈추기 전까지"만 지속될 것이다. 어떤 차이와 판단과 결정에 대해 '나'는 과거를 돌아보기도 하고, 미래를 그려보기도 하겠지만 "내가 될 시간"인 지금에 대한 확신은 변함이 없다. 그 도저한 자기 긍정의 세계가 김봉곤으로 하여금 세계에 대한 두려움을 이겨내게 한다. 김봉곤의 인물들이 가장 사랑하는 것은 그래서 사실 '나' 자신이다. "다른 사람들은 전부 가짜고 당신은 진짜"라는, "모든 가능한 해석들을 단 하나의 섬뜩한 이야기로 통일"시키는 "나르시시즘 각본"이 김봉곤의 텍스트이다.[18] "'나'는 '나' 외에 무엇도 아니"[19]라는 방식의 철저한 단독자적 자기 긍정은 니체적인 방식으로 읽히기까지 한다.

17 김봉곤, 「시절과 기분」, 《21세기문학》, 2018년 봄호, 80쪽.

18 크리스틴 돔백, 홍지수 옮김, 『자기애적 사회에 관하여』(사이행성, 2017), 184쪽.

19 김녕, 앞의 글, 176쪽.

그럼에도 이러한 '나'의 자리가 소수자성을 넘어 개별적인 주체의 해방으로 이어질지는 낙관할 수 없다. "소수자 정체성의 차이를 드러내면서도 그것을 본질적이고 이행 불가능한 절대적인 벽으로 삼는 대신, 그로부터도 벗어나 다시금 포착되지 않는 곳으로 나아가는 '개별'에 힘을 실"[20]어야 한다는 주장은 정치적인 것을 넘어 미학적으로 나아가야 한다는 말로 들리기도 한다. 만약 그렇다고 하면 스스로의 정체성에 대한 확신과 이를 바탕으로 한 투쟁의 서사들이 설 자리가 줄어들 가능성도 배제하지 않을 수 없기 때문이다.

*

이주란의 경우는 어떨까. 이주란은 『모두 다른 아버지』(민음사, 2017) 이후 완전히 다른 소설가가 된 것 같다. 연작처럼 읽히는 「H에게」(《릿터》, 2017년 10/11월호), 「멀리 떨어진 곳의 이야기」(《자음과모음》, 2017년 가을호)는 누군가에게(아마도 H라는 소설가(각본가)에게) 띄우는 편지의 형식이다. 이주란은 "어떤 소설가는 한때 멀리 떨어진 곳의 이야기를 듣는 걸 병적으로 좋아했다고 한다. 그를 만나게 된다면 농담을 절반쯤 섞어 내가 태어나고 자란 곳에 대해 얘기하고 싶다."[21]라고 쓰면서 '나'가 유년기를 보낸 "경기도 김포의 선수동이라는 농촌 마을"[22]의 이야기를 들려준다.

어쩌면 시시콜콜한, 그러나 뇌리에는 생생히 남아 있는 지나간 이야기

20 위의 글, 같은 곳.

21 이주란, 「멀리 떨어진 곳의 이야기」, 《자음과모음》, 2017년 가을호, 40쪽.

22 이주란, 「H에게」, 《릿터》, 2017년 10/11월호, 182쪽.

들을 파편적으로 쏟아 내면서도 이 작가가 이야기의 어떤 부분은 여지없이 감춘다는 점은 주목할 만하다. 이를테면 "많은 사람의 삶을 달라지게 만"든 "교회"에서의 어떤 "사건"에 관해 '나'는 단 하나의 정보도 주지 않는다. 다만 그 이후 "A의 집에도", "교회에"도 갈 수 없었다고만 서술하고 있다. 무슨 일이 어떻게 일어났는지에 관해 별다른 설명을 하지 않는 서술 태도는 이주란의 근작에서 공히 나타나는데, '나의 이력서'로 발표된 「두 번째 나」의 경우에도 자신이 지금 "완전히 망쳐 버렸다"는 관계가 무엇인지, "언니가 정말로 괜찮다는 걸 믿을 수가 없"는 그 사건이 어떤 것인지 전혀 설명해 주지 않는다.[23] 그런데 이주란 소설에서는 이러한 공백이 서사의 결여로 느껴지지 않는다. 그것은 독자의 독해를 염두에 둔, 그러니까 호기심 유발이라든가 서사적 전략 같은 것이 아니고 그냥 지금은 이야기하지 못하겠다는, 아니 어쩌면 이야기하고 싶지 않다는 태도인데, 이 불친절함이 이상하게 이주란의 소설에서는 수긍이 된다.

"나는 앞으로 미안하면 미안하다고 말하고 살 것이다."[24]라고 반복해서 말하는 '나', "자신 없으면 자신 없다고 말하고 가끔 넘어지면서 살고 싶다. 무리해서 뭔가를 하고 넘어지지 않으려고 긴장하는 것이 싫다."[25]고 생각하는 '나', "저는 저같이 살아온 삶을 연기하는 배우가 아니라…… 이게 진짜 제 삶이니까요."[26]라는 얘기하는 '나', 이들 모두가 이주란의 '나'이다.

23 이주란, 「두 번째 나」, 《문학동네》, 2018년 여름호, 105쪽.

24 이주란, 「일상생활」, 《현대문학》, 2018년 2월호, 68쪽.

25 이주란, 「멀리 떨어진 곳의 이야기」, 《자음과모음》, 2017년 가을호, 20쪽.

26 이주란, 「H에게」, 《릿터》, 2017년 10/11월호, 196쪽.

뭐가 문젠데 그래.

억울해. 부잣집에 태어나서 공부 잘하고 행복하게 살고 싶어.

음, 가만있어 보자…… 만약에 두 번째 네가 있다면 어떻게 살고 싶어?

진짜 내가 부자로 살고 있으면…… 두 번째 나는 하고 싶은 거 하고 살 거야.

그럼 지금의 너를 두 번째 너라고 생각해. 진짜 너는 어디선가 잘살고 있다고.

그게 뭐야. 난 하나뿐이잖아.

아니지, 그건 모르는 일이지.

으응?

순간 정말 그럴 수도 있겠다는 생각이 들었고 나는 눈물을 닦으며 언니를 바라보았다.

너라도 하고 싶은 거 하고 살아. 언니가 도와줄게.

저…… 정말?[27]

'나'가 하나뿐이라는 생각에서 벗어나는 것, 그때의 '나'와 지금의 '나'는 다르고, 여기의 '나'와 멀리 떨어진 곳의 '나'가 다르다는 인식이 이주란 소설에는 도처에 깔려 있다. 김봉곤의 경우처럼 이주란 역시 이 거리를 능수능란하게 재면서 여러 '나'들을 횡단하고 이를 통해 자기 긍정을 획득한다. 이주란 소설의 인물들은 흔히 "자기혐오를 앓고 있"[28]다고 여겨지고, 그 "일상은 자주 비틀리고 어긋나 우스운 꼴로 나타난다"[29]고 평가

27 이주란, 「두 번째 나」, 앞의 책, 103~104쪽.

28 인아영, 「자기혐오라는 뜨거운 징후 — 이주란의 최근 소설을 중심으로」, 《실천문학》, 2018년 여름호, 184쪽.

29 이지은, 「'헛' 같은 내 인생 — 이주란론」, 《문학동네》, 2018년 여름호, 119쪽.

되지만, 이 작가가 최종적으로 도착하는 곳에는 언제나 '나'에 대한 새로운 발견과 깨달음이 있다. "나는 언니가 정직하다고 생각한다"(「두 번째 나」), "나는 내가 잘 우는 만큼 잘 웃는다는 사실을 알게 되었다"(「일상생활」) 등 이주란 소설의 마지막 문장은 '나'를 좀 더 잘 알게 되었다는 것으로 갈무리된다. 그것은 자기 자신에 대한 "철저한 인정"[30]에서 비롯되는 것이며, 이는 "매번 리뉴얼"되는 "개인"[31]이라고 부를 수도 있을 것이다.

*

이처럼 '나'에 대한 자기 긍정은 무혐오의 방식으로 귀결되지는 않는다. 록산 게이의 『헝거 — 몸과 허기에 관한 고백』(노지양 옮김, 사이행성, 2018)을 경유한 황정은의 말을 빌리자면, 어쩌면 자신의 심연을 깊이 들여다본 자만이 획득할 수 있는 최종 심급은 "당신의 잘못이 아니다."[32]라고 이야기해 줄 수 있는 상태일지 모른다. 요컨대 '나'를 숙고하고 단단하게 자신을 인정할 수 있는 사람만이 당신의 잘못이 아니라고 분명하게 말할 수 있는 것이다. 스스로에 대한 혐오를 깊숙이 가지고 있지만 '나'에게 그것만 있는 것은 아님을 깨닫는 일, 어떤 수치심은 '나'가 아니라 당연히 가해자의 몫임을 끝없이 되새기는 일들이 '나'를 생의 다음 단계로 건너가게 한다.

30 인아영, 앞의 글, 189쪽.

31 이지은, 앞의 글, 120쪽.

32 황정은, 「흔(痕)」, 《문학동네》, 2018년 여름호, 374쪽.

이런 걸 말해도 되는 걸까. 이런 글을 쓰고 나면 작가로서, 록산 게이가 『헝거』에서 걱정한 바와 같이 이 경험을 바탕으로 비좁게 소비되는 것은 아닐까. 이 글은 그러니까, 이것을 읽은 누군가에게는 이전의 내 모든 소설과 앞으로의 소설을 읽을 때마다 달라붙는 글이 되지는 않을까. 내 모든 글이 이 경험을 기반으로 읽히지는 않을까. 그러나 지금 내 삶은 그 일의 결과가 아니다. 그것 말고도 다른 일들이 내 삶에 있었고 나는 삶과 읽기와 쓰기를 통해 조금씩 학습하면서 본의든 아니든 조금씩 변해 왔다. 그 일은 내 전부가 될 수 없다.[33]

이것은 용기가 필요한 일이다. 그리고 지금 한국의 여성 작가와 독자들은 그 용기를 가지고 있다. 황정은이 이렇게 쓰면 평론가인 나는 곧바로 「정오(正午)에 우리가」(《대산문화》, 2017년 여름호)와 같은 작품에서 "새나"와 "요나"가 겪었던 일을 대입한다. 그리고 고민을 거듭한다. 억압과 폭력의 기억으로 점철된 여성 인물들의 이야기를 어떻게 "비좁게 소비"하지 않고, 작가의 모든 글로 수렴시키지 않은 채 깊이 읽어 낼 수 있을까. 아직은 잘 모르겠다. 그럼에도 이렇게 쓰고야 마는 것은 "당신의 잘못이 아니"라는 것을 분명히 알고 있다고 말하고 싶기 때문이다. 그들이 '나'에게 남긴 흔적은 분명하고, 아무리 시간이 흘러도 잊히지 않지만 지금의 '나'는 그것만으로 삶을 망쳐 버리지는 않는다고, 결코 "그 일은 내 전부가 될 수 없다."는 작가의 말에 전적으로 동의하기 때문이다.

33 위의 글, 372쪽.

*

문학사를 조금이라도 들여다본 사람이라면, 근대문학, 특히 소설의 기원이 '내면의 발견', '고백의 형식', '개인의 탄생' 등으로 일컬어지는 것이 낯설지 않을 것이다. 바야흐로 100여 년 전의 한국에서도 『무정』(1917)과 같은 소설로 근대문학이 출발하고 있었는데, 이를 두고 장정일은 이광수가 "사소설을 쓰지 않았기에 한국문학사는 일본 문학사에 편입되는 것을 면했다."라고 쓰면서 "'무정'이 보유한 '최초'라는 역사적 의미는 그만큼 무겁다."라고 평한다.[34] 동시에 사소설은 "작가가 '나'를 화자이자 주인공으로 내세워 자신의 심경과 사생활을 파헤치는" 데 "이 장르의 묘미와 난관"이 있으며, "작품이 독자의 관심을 끌기 위해서는 작가 자신의 삶이 그만큼 극적이 되어야 한다는 데 있다."라고 쓰고 있다. 나는 여기에서 장정일의 사소설 정의나 이광수의 『무정』에 대한 평가를 검토해 보려는 것이 아니다. 다만 그가 말한 대로 "극적이 되어야 한다는" 그 삶, 바로 이것이 모든 '여성'과 '퀴어'의 서사이고, 그것이 '나'를 통해 터져 나오는 지금이 어쩌면 새로운 문학사적 기점일 수도 있다고 생각해 보는 것이다.

'저자의 죽음'을 말했던 롤랑 바르트를 떠올리면 '나'라는 저자를 발견해서 그 텍스트를 설명하는 행위는 "비평의 승리"[35]이고, 동시에 소설의 패배일지도 모른다. 하지만 이것이 곧 "언어보다는 현실의 삶을, 그리고 인간을 좀 더 돌보아야 할 필요"에 의해, "문학의 미래를 걱정하는 일보다 현실의 우리를 걱정하는 일이 더 시급하기 때문"에 발생하는 것이라면 굳

34 장정일, 「우리가 이광수에 대해 모르고 있는 것」, 《한국일보》, 2018년 8월 8일 자.

35 롤랑 바르트, 김화영 옮김, 『텍스트의 즐거움』(동문선, 1997), 33쪽.

이 문학이 승리할 필요는 없을 것 같다.[36] 그리고 대부분의 문학주의자들이 말하듯, 소설의 패배와 소설에서의 몰락은 대체로 아름다우므로 그들도 심각하게 근심할 필요는 없을 것이다.

《문학들》 2018년 가을호

36 조연정, 「문학의 미래보다 현실의 우리를 — 문학의 정치적 올바름에 대하여」, 《웹진 문장》, 2017년 8월호. https://webzine.munjang.or.kr/archives/140590.

여성-서사-재현의 '확대'와 '심화'

일련의 페미니즘 논쟁을 따라가며

아리스토텔레스는 『시학』에서 모방이 인간의 본성에 내재한 것이라 말하면서 모방의 대상과 수단, 양식에 대해 설명한 바 있다.[1] 이때의 모방이란 곧 재현(representation)[2]의 의미로 '다시-드러남(드러냄)'을 의미한다. 이 재현이라는 말에는 현상에 대한 부정, 그리고 현상 뒤의 어떤 실체나 본질에 대한 믿음이 내포되어 있다.[3] 즉 재현은 원본 혹은 실재의 이미지를 '다시 드러나게' 하는 행위이며, 어떤 '매개'를 통해서만 존재하게 된다.

재현의 양상이 주체-대상, 과거-현재, 원본-모방, 진리-오류 등의 관점에 따라 무수히 많은 개념적 논의를 낳을 수 있다는 점을 차치하고 말 그대로 '다시-드러냄'의 우위를 상정해 본다면, 시각적 즉물성과 "기계적

1 아리스토텔레스 외, 천병희 옮김, 『시학』(문예출판사, 2002), 1~4장 참조.

2 'representation'의 개념은 언어나 이미지 들에 대한 주체의 "표상"이라든가, "대의제"의 의미로도 쓰이지만 여기에서는 그 다채로운 기의의 속성에 주목하기보다 다소 좁은 의미에서, 예술작품이 현실 세계를 반영해 내는 양상을 가리키는 "재현"으로 한정 짓고자 한다.

3 채운, 『재현이란 무엇인가』(그린비, 2009), 29쪽.

인 재생산"이 가능한 사진과 영화를 먼저 꼽지 않을 수 없다. 특히 영화는 강력한 "현실 효과"를 만들어 내는 "움직임"을 통해 극사실주의적 매체로 기능하기도 한다.[4] 크리스티앙 메츠는 영화가 "관객이 지각적으로 참여함과 동시에 감정적으로 참여하는 과정을 유발시키고, 단번에 일종의 믿음을 조성"한다고 설명한다. 또한 그는 "매우 설득력 있는 재현"을 통해 관객은 감정적·지각적으로 영화에 참여하게 되고 이 과정에서 "복제품에 현실성이 부여"된다고 덧붙인다.[5] 그러나 이러한 영화에서의 재현 역시 결코 "객관적"일 수는 없는데, 영화에는 항상 카메라라는, "시선"의 상관물이 개입하기 때문이다.[6]

문학의 재현에 관해서 말해야 한다면 우리는 '언어'로 돌아갈 수밖에 없을 것이다. 감독과 관객이 본 것이 일치하는 영화와 비교할 때, 문학은 작가와 독자가 읽은 것이 언제나 다르다. 재현된 것이 '다시' 재현되고, 그 재현이 '모두' 다르게 받아들여지는 것은 언어가 이미 세계의 재현이기 때문이다. 그러므로 문학은 '재현의 재현의 재현의……' 장르다. 모든 예술은 세계의 재현이고, 어떤 것은 고도의 추상화에 이르기도 하지만, 중층적으로 구체적인 재현의 방식에 가장 가까운 것은 역시 소설일 것이다.

요컨대 소설은 미메시스의 구현이고, 작가는 영원히 리얼리티와 대결해야 한다. 누군가가 현실을 떠난 소설의 가치를 절하한다면 그것은 현실과의 투쟁에서 도피했다고 생각하기 때문일 것이다. 반대로 현실

4 크리스티앙 메츠는 에드가르 모랭을 인용하면서 "형태의 외관과 움직임의 현실성의 결합은 구체적으로 살아 있다는 감정을 일으키게 하며, 객관적으로 현실을 지각한다는 생각을 갖게" 하는데, 이것은 "우리 삶에서 볼거리들은 모두 움직이기 때문"이라고 설명한다. 크리스티앙 메츠, 이수진 옮김, 『영화의 의미작용에 관한 에세이1』(문학과지성사, 2011), 17~18쪽 참조.

5 위의 책, 14~17쪽 참조.

6 위의 책, 251쪽 참조.

의 삶이 육박해 오는 소설을 인정한다면 설령 패배했더라도 끝내 싸웠기 때문일 것이다. 그런가 하면 어떤 부류의 사람들은 소설이란 필연적으로 미학적 관습의 기술(art)이며 본질적으로 삶과 다를 수밖에 없다고 주장하기도 한다. 반면에 소설과 삶 사이의 거리를 파괴하고 현실을 닮은 이야기를 만드는 것이 아니라 현실 자체를 이야기로 '전환'하려는 시도도 있다. 다시 말해 사실들이 형식을 지배하는 소설, 사건들이 다른 무엇도 아닌 그 사건 자체를 설명하는 것처럼 보이는, '매개되지 않은 소설'을 지향하는 것이다. 그 지향의 두 가지 방식이라 할 수 있을 극사실주의(hyperrealism)와 초현실주의(surrealism)는 마치 양극단에 있는 것처럼 보이지만 불가능한 재현의 방식이라는 점에서 본질적으로 같다. 그리고 대부분의 소설들은 현실의 완벽한 재현과 상상의 총체적 체험 사이 어디쯤에 애매하게 서 있다.

*

지금 한국 소설에서 '재현'의 문제가 첨예하게 인식되고 있음은 재론의 여지가 없다. 그리고 그것이 여성-서사에 의해, 페미니즘으로 견인되고 있다는 것에도 이견이 없을 듯하다. 그러나 그 재현이 어떻게 이루어져야 하는지, 올바른 재현은 어떻게 가능한지, 그리하여 좋은 소설이 된다는 것은 무엇인지에 관해서는 역시나 의견이 분분한 것 같다.

『82년생 김지영』으로 촉발된 페미니즘 서사에 대한 논쟁은 '정치적 올바름'과 '예술적 자율성'이라는 익숙한 대립쌍으로 전개되어 온 듯하다.[7] 하지만 논의의 결은 사뭇 달랐는데, 기존의 문학사적 논의들이 사실

7 이러한 논의에는 최근 퀴어 소설에 관한 활발한 비평적 담론도 포함해야겠지만, 이 글에서는 여

상 두 가치를 모두 인정하면서 그것들의 문학적 '조화'를 도모하며 결을 맺었다면, 현재 비평계 논의의 핵심은 두 가치에 대한 회의와 반성에 가깝다.

이른바 'PC함'(Political correctness, 정치적 올바름)이라는 것이 새삼스러운 개념이라고 해도, 또 소수자와 정체성에 관한 논의가 이미 역사적으로 여러 차례 있었다고 해도, 지금 첨예하고 갈급한 것은 '정치적 올바름'이 "추구해야 할 가치라기보다 오히려 피해야 하는 태도"[8]임을 인식하는 것이라는 논의를 우선 참고해 보자. 이것은 곧 "정말로 정치적 신념을 실천하고자 한다면 문학은 좀 더 '오염'되어야 한다."[9]라는 말과도 같아 보인다. '정치적 올바름'이 기본적으로 "갈등을 회피하고 예방하기 위한, 결국 차별과 억압의 역사가 새겨진 구체적인 존재와 직접 관계를 가지게 될 가능성을 줄이기 위한 기술"이라는 언급은, 다수가 'PC'한 태도를, 일종의 '교양인의 매너'로 유지할 때 "사회를 근본적으로 바꾸는 동력이 되지 못할 것"이라고 진단하게 만든다.[10] 다시 말해 '정치적 올바름'이란 차별과 혐오를 막는 최소한의 태도이지, 최후의 보루가 아니라는 것이다. 또한 그 '정치적 올바름'만이 문학의 목표일 때 달성되는 것은 정치적 각성이 아니라 교훈의 전달일 뿐이라는 말 같기도 하다.

하지만 놀라운 것은 이 자명한 진단이 적어도 2018년 한국 사회에서는 틀렸다는 것이다. 후지이 다케시는 한 시인의 글을 인용하며 "우리가 지닌 수많은 차이들을 우리의 힘으로 바꾸기 위해서는 우선 그 차이들을 다루

성-서사의 재현에 관한 일련의 비평적 흐름을 따라가 보는 것으로 갈음하려 한다.

8 후지이 다케시, 「정치적 올바름, 광장을 다스리다?」, 《문학3》, 2017년 2호, 27쪽.

9 이은지, 「문학은 정치적으로 올발라야 하는가」, 《문학3》, 2017년 3월 7일자. http://www.munhak3.com/detail.php?number=970.

10 후지이 다케시, 앞의 글, 26~27쪽.

는 방법을 배워야 한다."[11]라고 덧붙였는데, 그것은 애초에 '정치적 올바름'에 대한 '강박' 없이는 불가능한 것이었기 때문이다. '세월호'가 그랬고, '페미니즘'이 그랬으며, '퀴어'가 그러하듯 우리에게 정치적으로 올바른 문학은 의외로 적었다. 아니, 어쩌면 시도된 적조차 없었을지 모른다. 소설 속 인물들이 일제히 윤리적인 태도를 견지하고 모든 사건이 정치적으로 올바른 방향으로 전개될 때, 그것은 마치 현실의 "더럽고 지저분한 충돌의 과정 없이 뜻하는 바를 거스르는 것들을 깨끗이 도려내고서 의미를 획득하는 문학"이고 "신자유주의의 기율을 내면화한 자폐적 주체"일지도 모른다.[12] 하지만 우리에게 그런 문학이 있었나. 미학적 완결성을 떠나 정치적으로만은 완벽하게 올바른 서사를 상상해 본 적이나 있었나.

소설이 독자를 불편하게 만들기는 쉽고, 또 그 텍스트 속에 작가는 어렵지 않게 숨을 수 있다. 하지만 독자를 최대한 불편하지 않게 만드는 이야기, 작가로서의 '나'가 확신을 갖고 용기를 내어 이야기의 중심이 되는 것은 엄청나게 어려운 일임을 우리는 이제야 알아 가고 있다. 어쩌면 정치적 올바름에 대한 강박은 오히려 작가로 하여금 그러한 편향의 형식을 '선택'할 수 있도록 길을 열어 주고 있다는 측면에서 역설적으로 미학적 자율성에 기여하고 있는 것은 아닐까.

*

『82년생 김지영』의 서사를 "실효성"이라는 개념으로 들여다본 조강석

11 위의 글, 29쪽.

12 이은지, 앞의 글.

의 논의에서는 "재현적 논리"라는 표현이 반복해서 등장한다.[13] 소설이 어떤 메시지를 던지고, 그것이 독자에게 효과적으로 가닿는 방식의 하나로 "사실의 힘"이 있다는 것이다. 그리고 그 사실을 소설에 디테일하게 기입하는 것이 실효성의 성취로 이어진다고 보고 있다. 별로 반박할 여지가 없는 논의이고, 그러한 논의를 통해 조강석은 『82년생 김지영』의 성취를 충분히 인정하고 있기도 하다. 그런데 결국 『82년생 김지영』이 '통계'나 '기사' 같은 "더 많은 디테일"을 동원했고, 역설적으로 그 때문에 "실효성이 심각하게 침해"되었다고 말할 때, 그가 상정하는 '실효성'이나 '재현적 논리'가 어떤 것인지 재차 물을 수밖에 없다.

이를테면 황현경은 조강석의 '실효성'을 받아쓰면서 "창작자와 수용자 사이에서 발생"하는, "상호가 같은 층위에 있을 것을 전제"하는 개념이라 정의한다.[14] 그러면서 "실효성이 발생했는지"는 "사후적으로 확인할 수는 있되 창작 단계에서 실효성까지 미리 높일 수는 없다."라고 말하는데, 이는 곧 창작자가 할 수 있는 최선의 일은 "필연적 미학을 거친 인식"을 보여 주는 것이라는 판단일 것이다.[15]

이런 논의에서 '재현'은 현실의 반영이라는 완고한 전제 속에 있다. 대한민국 여성의 삶이 얼마나 소설 속에서 '그럴듯하게', '마치 내 이야기처럼' 그려지고 있느냐가 중요해지고, 개별 독자들이 어떻게 그 재현을 받아들이는지가 그 실효를 확인하는 절차가 된다. "미학적으로는 어쩌면 태

13 조강석, 「메시지의 전경화와 소설의 '실효성' — 정치적·윤리적 올바름과 문학의 관계에 대한 단상」, 《웹진 문장》, 2017년 4월호. https://webzine.munjang.or.kr/archives/139778.

14 황현경, 「소설이라는 형식 — 요즘 소설 감상기」, 《문학동네》, 2018년 봄호, 447~448쪽.

15 그는 조강석이 실효성을 "다소 좁게 또 엄밀하게 취급하고 있는 것 같"다고 했으나, 조강석은 위의 글에서 랑시에르를 경유해 예술의 실효성을 "불일치의 실효성"으로 설명하면서 예술의 작동 원리 전반을 폭넓게 검토하고 있으므로 오히려 총체적인 실효성의 개념에 더 가깝다고 할 수 있을 것 같다.

만하게 여겨질 수 있는 이 소설이 왜 이토록 화제가 될 수밖에 없는지, 우리는 소설의 태만을 지적하는 일보다 태만한 현실에 분노하는 일을 먼저 해야 하는 것이 아닐까."[16]라는 질문을 참조하자면, 소설 '이후'를 현상하게 하는 그 동력을 '재현'의 관점에서 찾을 수 있기는 한 것일까.

『82년생 김지영』을 두고 '너무 많은' 사실을 기입했다는 의견들과 자의적으로 '일부의' 극단적 통계 자료만을 가져다 썼다는 비판은 왜 동시에 제기되는 것일까. 한국 사회를 살아가는 여성이라면 누구나 공감할 수밖에 없다는 감상과 다른 무수한 여성을 배제한, 특정 계급·세대만의 이야기라는 독해는 어떻게 공존할 수 있는 것일까.

> 더 약자를, 더 소수자를 재현하는 것만으로는 정치적으로 올바른 텍스트가 될 수 없다. 문학이 정치적 올바름을 사유하기 위해서는 어떻게 재현할 것인가의 문제를 놓쳐선 안 된다. 최근 한국문학의 탈출구를 페미니즘문학이나 퀴어 문학으로 호명하려는 시도가 놓인 곤경이 여기에 있다. 여성과 퀴어가 등장한다는 소재 차원에서 접근하는 것만으로는 정치적으로 올바른 문학이 될 수 없다. 오히려 여성 문학이나 퀴어 문학에 대한 사유를 중단하기 위해 '정치적 올바름'이라는 프레임을 빌린 것처럼 보일 정도다.[17]

"『82년생 김지영』은 정치적으로 올바른 텍스트가 아니다."라고 논의의 방향을 삼는 허윤의 글을 참조하면 문제는 '정치적 올바름'이 아니라 '어떻게 재현할 것인가'로 돌아온다. 이른바 '소재적 재현'을 넘어 새로운

16 조연정, 「문학의 미래보다 현실의 우리를 — 문학의 정치적 올바름에 대하여」, 《웹진 문장》, 2017년 8월호. https://webzine.munjang.or.kr/archives/140590.

17 허윤, 「로맨스 대신 페미니즘을! — '김지영 현상'과 '읽는 여성'의 욕망」, 《문학과사회 하이픈》, 2018년 여름호, 50쪽.

미학과 정치를 획득할 수 있는 재현에의 '의지'와 문학적 재현의 '체계'가 필요하다는 말일 것이다.[18] 그것은 곧 "'재현 너머' 혹은 '재현 아닌' 재현"을 상상해야 한다는 의미와도 통할 텐데, "어쩌면 재현 너머를 의식하는 언어와 상상이 역으로 재현을 불신하게 만드는 역효과를 냈"으며 "아이러니하게도, 재현에 대한 탐구가 재현의 실패를 가져왔다."라고 진단하는 백지은의 논의[19]를 참조하자면, 마치 도돌이표처럼 이 논의는 다시 철저한 재현의 필요성으로 귀결되는 듯도 하다.

*

재현에 있어 가장 활발하게 전개되는 현재의 논의는 소설이 젠더의 문제, 또 그 위계와 권력에 의해 발생하는 폭력에 대해 어떻게 재현해야 하는가에 관한 것이다. 앞서 간략하게 살펴본 정치/미학의 대립적 논쟁이 결국 기존의 오래된 구도를 재확인하면서도 한 걸음 더 나아간 측면이 있다면, 결코 그 이전의 재현 방식으로는 돌아갈 수 없으리라는 예감에 대다수가 동의하게 되었다는 점일 것이다. 이를테면 임현의 「고두」가 "'문단 내 성폭력'에 대한 고발이 시작되기 전"에 쓰인 소설이고, 그 이후였다면 "마땅히 침묵해야 할 입장에"서 "쓰지 않았을 것"이라는 말[20]은 대책 없

18 『82년생 김지영』의 성과를 "여성 차별적인 현실에서 평범한 여성들이 겪는 보편적인 경험을 어떻게든 문학적으로 가시화하려는 노력"으로 읽은 김영찬의 글에서 자주 언급되는 표현이다. 김영찬, 「비평은 없다」, 《쓺》, 2017년 하권, 166~167쪽.

19 백지은, 「'K문학/비평의 종말'에 대한 단상(들)」, 《웹진 문장》, 2017년 2월호. https://webzine.munjang.or.kr/archives/15136.

20 황현경, 해설 「틀린 옳음」, 임현, 『그 개와 같은 말』(현대문학, 2017), 298~299쪽.

이 막연한 논평처럼 보이지만 사실은 적확한 지적이다. 비윤리적 남성의 자기 궤변을 복합적으로 고찰하기 위한 재현의 방식이 남교사와 여학생의 구도로 설정되는 것에 대해, 피해자 여성을 삭제하고 일방적인 가해자 남성의 목소리로만 서사를 전개하는 것에 관해 '그 이후'였다면 아마 작가는 조금 더 숙고했을 것이다. 젠더와 윤리, 위계와 폭력 같은 주제 의식을 실현하기 위해 불가피하게 가장 '뻔한' 플롯을 선택해야 할지도 무척 고민했을 것이다.

이러한 재현의 결과를 놓고 우리는 작가를 단죄할 것이 아니라 계속 질문을 던져야 한다. 소설이 던지는 '메시지'에 그 재현이 반드시 필요한 것이었는지, 필요했다고 하더라도 재현의 방식에 관한 고민이 얼마나 치열했는지, 그리고 왜 어떤 것은 재현하지 않았는지. 폭력을 재현하려는 시도가 재현이라는 폭력이 되는 순간[21]은 비일비재하고, 이제 그렇게 되지 않기 위해 작가들은 분투할 것이다. 그럼에도 완벽하게 윤리적인 재현은 당연히 불가능하다. 앞으로 불편한 '재현'은 무척 축소되고, 안전하고 올바른 '재현'만이 가능해질 것이라는 다소 단순한 전망도 설득력이 없는 것은 아니다.

이른바 '납작한' 페미니즘 서사의 경향이 미학적 후퇴라는 일부의 지적에 대해 수긍할 수 있는 면이 있다고는 해도, 이러한 흐름이 문학사적 전진인 것은 분명하다. "여성과 성 소수자를 비롯한 타자(성)에 대한 모종의 배제와 위계화를 경유·승인함으로써 성립해 온 것"[22]이 한국문학사라면 지금의 문학적 주체들은 그러한 문학사의 전복을 꿈꾸고 있기 때문이

21 최근 한 포럼에서 이러한 주제로 비평가, 작가, 독자가 함께 대화를 나눈 바 있다. 「재현의 폭력, 폭력의 재현」, 요즘비평포럼 좌담회, 2018년 9월 20일.

22 오혜진, 「서문을 대신하여」, 권보드래 외, 『문학을 부수는 문학들 — 페미니스트 시작으로 읽는 한국 현대문학사』(민음사, 2018), 9쪽.

다. 만약 지금 '갱신 없는' 여성-서사가 반복되고 있다면 그것은 이념적 유행을 좇거나 미학적 태만을 보여 주는 것이 아니라 "현실의 폭력적 사태들을, 즉 아무리 반복되어도 교정되지 않는 현실의 뻔함을 되비추려는 거울"[23]로서 소설이 기능하고 있는 것이다.

> 중요한 것은 여성 혐오적 현실에 대한 생경한 반영에 그치기보다 재현의 대상과 재현 주체 사이의 거리를 인정하고 재현의 한계를 인정하는 데서 출발하는 것이다. 성폭력의 현실이 있고 문학은 그것을 전달해야 한다는 식의 사고를 넘어서지 못하면 문학은 단순한 사건 보고서나 일기, 매뉴얼의 수준에서 한걸음도 더 나아가지 못한다.[24]

강화길의 작품을 비판적으로 검토하면서 페미니즘 서사의 새로운 실천이 "자신이 알고 있는 익숙한 세계를 동어반복하기보다 내가 모르는 나 바깥의 어둠에 한줄기 빛을 비추려는 시도"[25]가 되어야 한다고 주장하는 심진경의 논의는 다시 '재현 너머'를 상상해 보자는 제언 같다. 그리고 그것은 이제 소설에서 "'명료한 사실'로서의 메시지, 정보"[26]를 바라는 독자 제반의 기대와 반대되는 것처럼 보이기도 한다. 그러나 이러한 논의에서 계속해서 강조되는 것은 무엇을, 어떻게 재현하느냐의 문제이고, 그 틀에서 보면 '사실'과 '상상'은 별반 다르지 않다. 결국 정치와 미학의 대립처럼 보이는 이 구도가 재현의 관점에서 보면 형식주의적, 방법론적 차이를

23 조연정, 「같은 질문을 반복하며 — 2018년 한국문학의 여성 서사가 놓인 자리」, 《릿터》 13호, 2018년 8/9월, 38쪽.

24 심진경, 「새로운 페미니즘 서사의 정치학을 위하여」, 《창작과비평》, 2017년 겨울호, 57쪽.

25 위의 글, 같은 쪽.

26 김미정, 「흔들리는 재현·대의의 시간 — 2017년 한국 소설 안팎」, 《문학들》, 2017년 겨울호, 44쪽.

확인하는 것에 가깝다는 것이다. 오히려 이 지점에서 우리가 간과하면 안 되는 것은 어떤 걸 얼마나 재현하느냐의 문제보다 무엇을 재현하지 않고 있느냐는 점이다.

현실에서 일어난(날) 일들을 소설로 완전히 재현해 낼 수 있다는 것은 일종의 문학적 신앙이다. 시뮬라크르식의 '재현의 재현' 같은 관점을 굳이 참조하지 않더라도 누구에게는 충분한 재현이 다른 누군가에게는 무척 불충분할 수 있다. 또한 우리가 문학을 매개로 '현실'이나 '경험' 같은 말들을 쉽게 할 때, "그 좁은 의미의 현실적 경험을 벗어나는 것, 아니 심지어 그 현실 속에서도 경험될 수 있는 '초현실적'인 것이나 '비현실적'인 것의 존재를 무시"[27]하는 결과가 빚어질 수도 있다는 지적은 재현의 논의에 꼭 따라 붙는다.

> 문학의 정치성은 르포르타주처럼 사태의 증언과 재현의 직접성에서 비롯되는 것이 아니라 저 사태의 파편적 진실을 품고 있는 증언의 배후와 공백에 대한 물음과 상상력으로부터 발생한다. 문학은, 그리고 시의 정치성은, 폭력적인 세계에 대한 하나의 증언과 고발에서 직접 발생하는 것이 아니라, 그 증언자가 미처 말하지 못한 공백과 증언의 심층에 놓인 상처와 기억, 어둠 속에서 밝혀지지 않고 잊혀진 파편적 사실들을 상상력으로 복원하는 언어에서 발현된다.[8]

놀랍게도 이런 논의의 종착지는 다시 '재현-너머'이다. 요컨대 문학은

27 김대산, 「이론적 삶의 본질을 찾아서 — 비이분법적인 관계적 이원론을 지향하며」, 《쓺》, 2018년 하반기호, 144쪽.

28 송승환, 「재현의 정치성에서 상상의 정치성으로 — 김시종과 김혜순의 시」, 《쓺》, 2017년 하반기호, 120쪽.

'문학적'인 어떤 것을 발견해 내야 하고, 재현은 단순히 사실을 받아 적는 것으로 그쳐서는 안 된다는 의미일 것이다. 그러나 이런 방식의 진단은 무책임하고 단순하다. 문학의 정치성은 "사태의 증언과 재현의 직접성에서 비롯되"기도 하고, "미처 말하지 못한 공백과 증언의 심층에 놓인 상처와 기억" 같은 것들은 현실의 실천적 인식을 종종 가로막기 때문이다. 사실과 상상, 실재와 언어는 문학에서 결코 분리되지 않는다.[29] 그러므로 긴박한 재현의 필요성과 재현-너머의 상상력을 강조하는 두 입장 모두 결국 재현/반재현의 이분법적 구도에 갇혀 있다고도 볼 수 있다.[30] 다시 강조하건대 우리가 재현의 관점에서 문학을 바라볼 때 중요한 것은 재현하지 않은 것이고, 이제 그것을 어떻게 읽어 낼지에 관해 우리는 고민해야 한다.

*

텍스트를 읽고, 그 재현의 양상에 따라 해석을 진행하고 수용의 의미를 파악하는 작업은 가장 일반적인 비평의 방식일 것이다. 그리고 지금 한국문학은 적극적인 "읽기와 쓰기를 통해 참여하는 '독자-공동체'"에 의해 그 비평적 동력을 얻고 있다. 이것은 "'독자-공동체'의 자리가 비평을 잠식한다는 뜻보다, 비평적 체험이 독자-공동체를 발생시킨다는 뜻"에 가까울 것이다.[31] 주로 SNS를 통해 촉발되는 젊은 여성 독자들의 활력을

29 이를테면 위안부 피해자들의 증언을 서사화하면서 현실과 기억의 재현 (불)가능성에 대해 총체적으로 접근하고 있는 최근 김숨의 일련을 작업들을 떠올려 보라.

30 랑시에르는 흔히 모더니즘에서 "'재현의 불가능성'을 예술의 본질로 표방하는 입장들이 실은 '반재현적 재현론'에 불과하다고 비판"한 바 있다. Jacques Rancière, *The Future of Image*. Trans. by Gregory Elliot(London: Verso, 2007), p. 112.(강우성, 「이론의 수용을 넘어—'이론비평'을 위하여」, 《쓺》, 2018년 하반기호, 105쪽에서 재인용)

애써 무시하려는[31] 논의도 있지만,[32] 스스로의 삶과 현실이 어떻게 문학적으로 재현되는지를 지켜보는 그 시선들이 전례 없이 날카롭다는 점은 명확하다.

이런 흐름은 비평이 할 수 있는 역할에 대해 회의적인 생각을 갖게도 한다. 즉각적으로 터져 나오는 독자들의 반응과 요구에 비평적 담론의 형성은 불가능한 것처럼 보이기 때문이다. 비평의 역할이 단순히 문학의 재현과 현실을 견주는 것으로 그친다면 이러한 진단은 틀리지 않을 것이다. 얼마나 그 소설이 '그럴듯한지'를 소재와 세목으로 따지고, 형식의 관점에서 미학적 성취만을 가려낸다면 말이다.

그러나 앞서 언급했듯 지금 우리가 더 깊이 있게 바라봐야 할 것은 재현되지 않는 것 혹은 재현되지 못한 것들이다. 다시 「고두」 이야기를 꺼낼 수밖에 없는데, 서영인은 임현의 이 작품을 김이설의 「부고」와 겹쳐 읽으면서 비로소 그 "불편함을 더 분명하게 이해할 수 있었다."[33]라고 말한다. 그것은 윤리 교사의 자기 고백 뒤에 숨어 있는 여학생의 삶, "윤색되고 은폐된 연주의 존재" 때문이고, 그래서 「고두」는 "성폭력의 사건을 부차화시키면서 윤리적 태도라는 보편성"으로 읽힐 수밖에 없었다는 것이다. 그

31 백지은, 「텍스트를 읽는 것과 삶을 읽는 것은 다르지 않다」, 《문학과사회 하이픈》, 2018년 여름호, 21쪽.

32 복도훈은 "그러나 긴급하고도 미룰 수 없는 정치적 현안과 인권이 소중하다면, 마찬가지로 선을 긋듯이 명확히 나누어지지 않는 실존의 수수께끼에 대한 상상과 숙고, 그것을 빚어내는 형식에 대한 고려가 뒷전이어야 할 까닭도 없다."라고 썼는데, 그는 "정치적 현안과 인권"에 관한 문제가 "실존의 수수께끼에 대한 상상과 숙고", "형식에 대한 고려" 없이 발현된다고 생각하는 것일까. 지금 한국문학은 그가 문학의 역할이라고 그토록 부르짖는 "인간 실존의 회색빛 수수께끼"를 가장 열렬히 탐구하는 중이 아닐까. 복도훈, 「'정치적으로 올바른' 소송의 시대, 책 읽기의 어려움」, 《쓺》, 2017년 하반기호, 101쪽.

33 서영인, 「미투 이후의 문학비평 — 김이설의 「부고」와 임현의 「고두」에 부쳐」, 《21세기문학》, 2018년 봄호, 224쪽.

리고 그 '연주'의 삶을 김이설의 「부고」를 통해 발견하면서 "젠더 폭력이라는 사건들 위에 얹힌 동시대의 연결된 서사로, 그리하여 단독적으로 가능하지 않은 보편적 문제의식의 연쇄"로 이 작품들을 더 깊이 읽어 낼 수 있었다고 말한다.

「고두」를 김멜라의 「적어도 두 번」과 겹쳐 읽은 인아영의 작업도 마찬가지다. 「고두」의 재현이 문제가 된다면 우리는 「적어도 두 번」의 재현을 통해, "만약 미성년과 성관계를 맺은 뒤 자신의 행동을 회고하며 변명하고 있는 화자가 「고두」의 '나'처럼 '중년' '남성' '교사'가 아니라면? 그처럼 존재의 조건만으로도 권위를 부여받은 화자가 아니라면? 예컨대 '20대' '여성' '학생'이라면? 게다가 한국문학에서 좀처럼 드물게 재현되는 레즈비언이라면? 그래서 그녀가 가해자로 지목된 성추행 사건의 피해자가 미성년 여성이라면? 그것도 앞을 보지 못하는 시각장애인이라면? 그렇다면, 우리의 독법은 어떻게 달라지는가?"[34]라고 질문해 볼 수 있는 것이다.

이럴 때 "소설의 재현법이 달라지고 어떤 인물들의 표상이 달라졌다면, 거기에는 분명 구획된 미학의 언어만으로 설명할 수 없는 사정"[35]이 있다는 말은 적절해 보인다. 하지만 달라진 재현을 설명할 수 있는 새로운 언어를 만들어 내는 일은 쉽지 않다. 지금 우리에게 필요한 것은 '답'이 아니라 무수한 '질문'이다.

동시대의 현실을 반영하고, 진단하는 소설의 작업이 단독적일 수 없다

34 인아영, 「답을 주는 소설과 질문하는 소설 — 임현의 「고두」와 김멜라의 「적어도 두 번」」, 《웹진 문장》, 2018년 9월호, https://webzine.munjang.or.kr/archives/142592.

35 김미정, 「벤치와 소녀들 — '호모 에코노미쿠스'를 넘어서」, 《21세기문학》, 2018년 가을호, 195쪽. 이 글에서도 임솔아의 「병원」이 장강명의 「알바생 자르기」를 다시 읽게 만들고 있다. 다만 "혜미라는 캐릭터의 평면성은 소설적 결함이라기보다 오히려 소설 배경의 결과라고 해야 할 것"이라는 해석에는 동의하지 않는다.

는 깨달음은 사실 새삼스럽다. 만약 "미투 이후 문학비평가"가 "해야 할 일"[36]이 재현의 양상을 서로 비교, 보충해 가며 풍부하게 읽어 내는 일이라면 여성-서사는 훨씬 더 범람해야 한다. 그것은 그간 한국문학사에서 등장하지 않았던 여성-인물, 여성-사건, 여성-배경이어도 좋고,[37] 여성이 중심이라면 너무도 익숙한 여성의 재현이어도 상관없을 것 같다. 모든 여성-서사의 재현 양상은 어쨌든 조금씩 다를 것이고, 그것이 충분해질 때에야 더 '나은' 여성-서사에 관해 이야기할 수 있을 테니까.

*

서구 문학의 재현의 역사를 탐구한 아우어바흐는 20세기 소설에 이르러 소설의 "모든 것은 자기가 제시하는 세계의 현실에 대하여 저자가 어떤 태도를 갖느냐에 달렸다."라고 말했다. 그 태도의 변화가 소설의 인물, 기법 등 형식적인 전환을 야기한다는 것이다. 그가 현대 소설의 중요한 기법으로 언급한 것은 "여러 사람들이 각각 다른 시점에서 받은, 각각 다른 여러 개의 주관적 인상의 힘을 빌려 객관적 진실에로 이르려고 하는 방법"이다. 그것은 "매우 예외적인 한 사람만의 견해만을 맞는 것으로 정해 놓고 그 사람이 보고 말하는 진실만을 받아들이도록 꾸며 놓은, 1인적 주관주의(unipersonal subjectivism).와 다르다"고 그는 설명하는데,[38] 바

36 서영인, 앞의 글, 227쪽.

37 미성숙하고, 다원적이며, 비규범적인 '여성'은 "적어도 아직 한국 (제도권) 문학에는 도착하지 않은" 것 같다는 오혜진의 논의를 참고할 수 있다. 오혜진, 「비평의 백래시와 새로운 '페미니스트 서사'의 도래」, 《21세기문학》, 2018년 여름호, 252~257쪽.

38 에리히 아우어바흐, 김우창 · 유종호 옮김, 『미메시스』(민음사, 2012), 700~702쪽.

흐친이 썼던 것처럼, 이른바 다성적 목소리, 다면적 재현으로 20세기 소설을 분석한 사례로 볼 수 있을 것이다.

이 논의를 이어받아 지금 2018년의 한국 소설을 들여다보면 흡사 "1인적 주관주의"의 '확대'와 '심화'가 다채롭게 펼쳐지고 있는 것처럼 보인다. 정체성을 기반으로 단독자적 사유와 공동체적 연대가 반목과 공존을 되풀이하는 이 역동적인 풍경 속에서 어떤 작가들은 만약 재현이 가능하다면 그것은 '나'로서만 가능한 것이 아닐까 묻고 있기도 하고,[39] 또 일군의 작가들은 여전히 새로운 방식의 재현을 고민하기도 하며,[40] 다시 디테일과 실감을 무기로 사실주의로의 접근을 시도하기도 한다.[41]

분명한 것은 한국 소설에서 재현의 양상이 2014년 이후로 급격하게, 전방위적으로 변화하고 있다는 점이다. 그것은 당연히 한국 사회의 여러 현실적 변화와 궤를 같이하는데, 이러한 활력은 지금 여성-서사로부터 온다. 여성이, 여성을, 여성적인 어떤 것을 활발하게 재현하는 것이 그리 특별한 사건이 아니라고 생각할 수도 있다. 그러나 여성이, 여성의 문제가 재현의 '중심'이 된 적은 무척 드물었음을 이제야 우리는 알게 되었지 않나. 그리고 이 전례가 없던 움직임의 연속이 어디로 향할지 누구도 알지 못한다. 다만 지금 이러한 소설의 변화와 재현의 양상이 근본적이고 본질적인 문학의 젠더를 바꿔 내는 과정임은 부인할 수 없을 것이다.

우리는 지금 새로운 문학의 출발점에 서 있다.

《문학과사회》 2018년 겨울호

39 이주란, 김봉곤에게서 그러한 징후를 발견할 수 있다. 졸고, 「'나'로부터 다시 시작하는 문학사 — 최근 한국 소설의 징후」, 《문학들》, 2018년 가을호 참조.

40 앞서 언급한 김숨을 비롯해 이상우, 정지돈, 한유주 등의 근작이 그러하다.

41 최근 SNS를 통해 그야말로 폭발적인 반응을 얻은 장류진의 등단작 「일의 기쁨과 슬픔」(《창작과비평》, 2018년 가을호)을 그 사례라 할 수 있을 것이다.

(순)문학이라는 장르와 매체

아직도 순문학이라고?

이제 어떤 사람들에게는 아직도 순수문학과 장르 문학을 구분해서 말하는 일 자체가 불필요해 보일지 모르겠다. 영역을 나누고 경계를 짓고 그룹을 만드는 일은 문학이 할 일이 아니라고도 생각할 것이고 언어로 표현된 모든 텍스트는 일종의 대문자 문학이라고 여길 수도 있으며 문학이 아니라 '이야기'를 말하면서 매체의 차이를 무화시킬 수도 있을 것이다. 그러니까 "언제부터 소위 '순문학' 혹은 '본격문학'과 기타 문학을 날카롭게 구분했는지는 별도로 살펴볼 일"이지만 "적어도 지금 이런 구분은 납득하기 힘들"고 "굳이 구분하자면 '좋은' 문학과 그렇지 않은 문학이 있을 뿐"이라는 주장 같은 것이다.[1]

그러나 모든 예술의 첫 번째 인식은 장르다. 어떤 작품이 속한 문화적 체계를 인식하지 않고서는 하나의 작품을 이해할 수 없다. 위대한 작품은

1 오길영, 「한 비평가의 몇 가지 '불평'」, 《웹진 문화다》, 2019년 4월 22일 자. http://www.munhwada.net/home/m_view.php?ps_db=letters_vilage&ps_boid=41.

늘 그 체계를 깨트리며 등장하는데 그것은 곧 예술의 체계, 즉 장르가 선행되어야만 가능한 일이다. 문학사 연구에서 장르론으로 한 획을 그은 폴 헤르나디는 자신의 저서 『장르론(*Beyond Genre*)』(1972)에서 문학비평의 개념 중에서 장르의 개념만큼 '문학적'인 것은 없다고 말했다. 문학은 언어예술로서 미술이나 음악 등과 우선 구별되고 다시 운문, 산문, 희곡 또는 서정, 서사, 극과 같은 방식으로 나뉠 수 있다. 다시 그 아래에는 시와 소설 같은 장르가 자리하고, 앞으로 계속 논의하게 될 소설 역시 무수한 이형(異形)을 갖고 있다. 이럴 때 근본적인 궁금증이 생기는 것은 자연스러운 일이다. 각자의 기준에 따라 유형을 나누고, 텍스트의 종류를 설정하는 일이 도대체 왜 필요할까.

폴 헤르나디의 답은 이렇다. 첫째, 텍스트의 전체를 충분히 이해하지 못한 채 개별적 텍스트를 이해할 수 없다는 것이다. 그 반대도 물론 마찬가지인데, "한 텍스트에 대한 우리의 정확한 이해는 우리가 그 작품에 적용하는 '최후의 확고한 장르 개념'의 영향에서 이루어진다."[2]는 언급을 참조할 수 있다. 둘째, 문학작품을 읽어 낼 때 장르의 관점을 피하는 일이 그렇지 않은 경우보다 훨씬 어렵기 때문이다. 문학은 다 문학이지 장르를 구분하고 유형화하는 일은 불필요하다고 생각하는 사람이 있다면, 그는 명백히 문학의 장르적 '유사성'을 인지하고 있는 것이라고 폴 헤르나디는 설명한다. 우리는 늘 작품 속에서 어떤 '유사성'을 찾으려 하면서도 동시에 '의외성'을 발견하는 일에 환호하는데, 이 역시 장르적 관점이 전제되어야 가능한 일이다.

그런데 문학이나 영화와 같은 서사물에서는 '장르물'이라는 이상한 말이 사용됩니다. 마치 다른 것들은 장르에 속해 있지 않은 것처럼. 정말 이상

2 폴 헤르나디, 김준오 옮김, 『장르론』(문장사, 1983), 13~14쪽.

하지 않아요? 소설이라면 일단 소설 자체가 장르인걸요.

'장르물'의 반대는 무엇일까요? 문학에서는 종종 '순문학'이 이에 대비되는 개념으로 등장합니다. 이들 사이에 vs.를 넣고 토론하는 글들이 꽤 보이네요.

그런데 '순문학'이란 괴상한 단어죠. 아무도 '순음악'이나 '순미술'이란 말을 쓰지 않잖아요. '순수 미술' 같은 단어가 쓰이긴 하지만 그건 '실용미술'에 대응하는 개념으로 '순문학'과는 의미가 다릅니다.[3]

문학과 영화를 포괄하여 자신의 장르적 관점과 취향을 다채롭게 보여주는 듀나의 책에서 "장르물이란 무엇인가?"라는 챕터는 당연히 제일 처음에 위치한다. 그는 "이야기꾼들에게 장르물의 재료들은 낯선 무언가가 아니며 순수성은 의미가 없"[4]다고 말하면서 예컨대 가즈오 이시구로의 『나를 보내지 마』, 마거릿 애트우드의 『시녀 이야기』, 최진영의 『해가 지는 곳으로』, 이종산의 『커스터머』와 같은 작품이 순문학과 장르 문학을 구분하려는 시도 아래에서는 설명하기 어려워진다고 서술하고 있다.

흔히 '경계를 없애자.'라는 주장의 근거가 바로 하나의 장르적 성격으로 설명이 불가능한 작품들의 등장이다. "한국문학의 장르적 정체성이 급격한 해체"을 겪고 "각 문학 장르 간의 이질혼효가 두드러지는 현상"[5]은 2000년대 이후 특히 두드러졌고 이제 순문학에서의 '장르적' 차용은 전혀 새로운 일이 아니다.[6] 그리고 이제는 누구도 (확신할 수는 없지만) 장르

3 듀나, 『장르 세계를 떠도는 듀나의 탐사기 — 도대체 이야기가 뭐냐고 물으신다면』(도서출판 우리학교, 2019), 18쪽.

4 위의 책, 23쪽.

5 복도훈, 『SF는 공상하지 않는다』(은행나무, 2019), 172쪽.

6 편혜영이 『홀』(문학과지성사, 2016)로 미국의 미스터리 문학상 '셜리 잭슨상'을 수상하고 김언수

소설을 문학이 아니라고 말할 사람은 없을 것이다. 하지만 또 분명한 것은 장르 소설을 '순문학'이라고 했을 때도 썩 유쾌하지 않을 사람이 대부분이라는 점이다.

여기에서 순문학이라는 용어를 짚고 넘어가지 않을 수 없다. 장르의 개념은 유(類)와 종(種)을 어떤 기준에 의해 구분, 설정하는 것으로 시작하는데 한국문학은 그런 점에서 무척 취약하다. 우선 대부분의 사람들이 '문학'이라는 단어를 거의 '소설' 개념으로 쓰고 있다는 것부터 지적해야 한다.(본고에서도 마찬가지다.) 순문학, 장르 문학이라고 명명할 때 이미 소설 이외의 텍스트는 그다지 고려되고 있지 않다. 또 장르를 구분해 보자는 말을 하면서 '장르 문학'이라는 용어를 쓰는 것도, '순수'라는 말이 문학 앞에 붙는 것도 아주 이상한 일이기는 하다. 하지만 장르 문학이라는 용어에서의 '장르'가 서브컬처 담론에서 파생된 용어로서 본래 의미와 조금 다르게 여겨지는 것처럼, 순수문학에서의 '순수' 역시 사전적 의미와는 다르다.[7] 오히려 문제가 되는 것은 '순수'라는 수식어가 아니라 듀나의 지적처럼 '문학적', '문학성'이라는 표현이다. 문학적이라는 말은 '미술적'이나 '음악적'과 달리 어떤 경우 가치 평가의 의미를 담고 있다. 문학성 역시 마찬가지인데 듀나는 이런 개념들이 "정말 실체 없"[8]다고 말하지만

의 『설계자들』(문학동네, 2010)이 독일 '범죄 스릴러 베스트셀러' 2위에 오르는 등 한국의 순문학 작가가 장르 소설로 해외 독자의 주목을 받는 일은 의외로 빈번하다.

7 래리 샤이너에 따르면 '순수예술(fine arts)'은 현대에 이르러 '발명'된 개념이다. 본래 예술(art)은 "솜씨 좋게 우아하게 또 만들어졌고 실용적 그리고/또는 상징적 목적을 염두에 둔 것이라면 어떤 물건이든 또는 어떤 활동이든 모두 포함하는 광대한 영역"이었다. 그러나 후대에 예술을 '그 자체로' 감상하려는 움직임이 있었고 그것이 18세기 서구에서 일련의 과정을 거쳐 '순수'라는 이름을 획득하게 되었다고 저자는 설명한다. 래리 샤이너, 조주연 옮김, 『순수예술의 발명』(인간의 기쁨, 2015), 21쪽.

8 듀나, 앞의 책, 19쪽.

사실 문학적이라거나 문학성이 높다거나 할 때의 '문학'은 어떤 (순)문학을 명확히 내포하고 있다. 즉 실체가 없는 것이 아니라 너무나 단단하게 형성된 '제도'를 가리키고 있는 것이다.

순문학이라는 장르와 그 제도[9]

2004년 한 좌담에서 김영하는 "한국의 본격문학도 이제 장르화의 위험에 대해 생각해 봐야 할 때"라고 말하면서 주인공들의 음울함, 가난한 주거 형태, 희미한 가족 관계, 비슷한 취미 생활 등이 일종의 암묵적 합의로 존재하는 것 같다고 언급했다. 당시 패널들 역시 "보이지 않는 뭔가에 억눌려서 씌어진 듯한 작품들", "관습의 미로에 빠진 것 같"다, "한국문학의 인물들과 갈등 관계는 거의 비슷하"다는 부정적인 평가로 그 의견에 동의한다.[10] 하지만 문학이 '장르화' 된다는 것은 결코 위험한 일이 아니었다. 곧 김애란, 편혜영 같은 작가가 본격적으로 주목을 받았고, 박민규, 윤이형, 조하형, 백민석 등의 작가들도 SF소설을 발표해 순문학의 체계를 '교란'시켰기 때문이다. 이때 순문학비평은 이런 작품들이 단순히 이야기의 즐거움이 아니라 삶에 대한 새로운 시선을 던져 주기 때문에 SF소설과 구별된다고 논하기도 하고,[11] "가장 장르 서사다운 것이 어떤 의미에서는 가장 '문학적'인 것과 통할 수 있음을 기억하는 일이 필요"하다며 문학 아

9 불가피하게 여기에서 기술된 내용 일부는 노태훈, 「순문학이라는 장르 소설 — 한국문학과 문학성에 대한 단상」(《문장 웹진》, 2016년 11월호)과 겹친다.

10 김봉석·김영하·박상준·이상용·김동식, 「좌담: 장르 문학과 장르적인 것에 관한 이야기들」, 《문학과사회》, 2004년 가을호, 1155쪽.

11 강유정, 「한국 소설의 새로운 문체, SF(Symptom Fiction)」, 《작가세계》, 2008년 봄호.

래에 장르 서사를 두기도 한다.[12] 2010년대에 이르면 배명훈, 최제훈 등의 작가가 다시 순문학과 장르 문학의 경계에 서서 작품을 쌓아 나가기 시작하는데, 대체로 이런 작가들을 장르적 기법을 차용해서 순문학에서 찾아보기 어려운 "서사성"을 획득한 작가로 호명하곤 했다.[13]

길게는 15년 전에 촉발된 저 논의들로부터 지금 우리는 얼마나 멀리 와 있을까. 여전히 "본격문학과 장르 문학의 대립을 이른바 문단 시스템 안의 문학과 문단 시스템 밖의 문학으로 환원하는 일부 시도 또는 상대방을 각각 친구/적으로 분할하는 일을 반복"[14]하고 있는지도 모른다. 그런데 혹시 '문학적'인 일이 아니라는 이유로 순문학이라는 개념을 제도와 시스템의 차원에서 제대로 고찰해 본 적이 없는 것은 아닐까.

> '문학성' 있는 신진 작가를 발굴하고(등단 제도), 상을 주고(문학상 제도), 꼼꼼한 읽기를 통해 의미화를 하고(비평 작업), 문학성과 대중성을 공히 갖춘 '작가'를 만들며 그 과정에서 운이 좋다면 베스트셀러도 만들어(계간지-출판사 연합) 아직은 잘 팔리지 않거나 앞으로도 별로 팔릴 가능성은 없지만 어쨌거나 문학적인 의미는 있다고 가정되는 작가를 뽑고 그들의 책을 내는 서클이 굴러가도록 하기 위해서는 세대마다 새로운 인력이 투입되어야 한다.[15]

순문학이라는 말이 주는 여러 불편한 함의는 본격문학, 문단문학, 주

12 박진, 「장르들과 접속하는 문학의 스펙트럼」, 《창작과비평》, 2008년 여름호, 34~35쪽.

13 강지희, 「장르의 표면장력 위로 질주하는 소설들」, 《창작과비평》, 2011년 가을호, 396~397쪽.

14 복도훈, 앞의 책, 26~27쪽.

15 금정연, 「순-문학적으로 살아남기」, 《문학과사회 하이픈》, 2016년 가을호, 114쪽.

류 문학 같은 용어로 대체되기도 하다가 최근에는 제도권 문학이라는 말이 자주 쓰이는데 사실 그 어떤 것도 만족스러운 용어는 아니다. 다만 분명한 것은 순문학이라는 개념이 체제나 제도에 상당 부분 기반하고 있다는 점이다. 장르 문학이라는 말이 SF, 판타지, 추리, 스릴러, 미스터리, 공포(호러), 탐정, 로맨스, 모험, 팩션, 무협 등 이야기의 소재나 문법이 유사한 일련의 계열을 묶어 부르는 용어로 이해하면 크게 무리가 없는 것에 비해 순문학은 이런 방식의 분류나 설명이 거의 불가능하다.

한국에서의 순문학은 신춘문예나 문예지를 통해 등단한 작가가 주로 문예지에 발표하고 또 보통은 문예지를 발간하는 출판사들로부터 출간하는 작품을 말한다고 일단 정의할 수 있을 것이다. 그리고 이 시스템이 작동될 수 있도록 "주니어"가 동원되며,[16] 그 성격이 정부나 기업의 "공개 채용 제도"에 가깝다는 것도 새삼스러운 지적이다.[17] 장르 문학이 이런 방식의 작가 발굴 시스템이나 문학상 제도를 사용하지 않는 것은 아니고, 순문학 역시 최근에는 제도의 바깥에서 등장하는 작가가 종종 나온다는 점을 감안하면 반드시 '문단이라는 체제'가 순문학의 조건이라고 볼 수는 없지만 작품 자체의 성격보다는 작가의 탄생과 활동 무대로 우선 구획되는 측면이 강한 것은 사실이다.

그럼에도 불구하고 우리가 순문학이라는 범주의 명명을 포기하지 않는다면, 혹은 어떤 이유에서든 포기할 수 없다면 조금 수상쩍고 모호한 이 개념을 '제도'가 아니라 '장르'의 관점에서 최대한 정리해 볼 필요는 있을 것이다. 순문학은 겉으로는 모든 소재와 기법을 포괄하는 듯 보이기

16 김대성은 이 "주니어 시스템"이 "사람을 키우고 보살피며 자리를 나누고 생산하는 구조라기보다 사람들을 분리하고 연대를 불가능하게 만드는 '유연한' 배제 장치에 가깝다."라고 언급했다. 김대성, 『대피소의 문학』(갈무리, 2019), 118~119쪽.

17 장강명, 『당선, 합격, 계급』(민음사, 2018), 7쪽.

때문에 그것만의 특징을 이야기하기는 쉽지 않다. 하지만 대체로 순문학은 작품을 통해 하나의 세계를 창조하기보다 인물의 내면에 좀 더 집중하고, 문장의 깊이를 중시하면서 묘사에 공을 들이며, 이야기 자체의 재미나 흥미보다는 그것으로부터 삶이나 인간에 대한 보다 근본적인 사유에 가까워지려는 성격을 지닌다고 말할 수는 있을 것이다. 이를테면 장르 문학이 '내가 만든 세계'에 가깝다면 순문학은 '내가 보는 세계', '내가 경험한 세계'에 가까울지도 모르겠다. 물론 순문학이라고 해서 반드시 그런 것도 아니고, 장르 문학에도 그러한 성격이 없다고 할 수 없다.

그러니까 순문학은 정말로 이상한 '장르'다. 오히려 소설(fiction)이라는 장르 아래에 문학(literature)이 위치한다고 생각해야 더 자연스러워 보이기도 한다. 즉 우리가 늘 순문학이 훨씬 더 크고 본질적인 개념이라고 여기는 것은 착각일 가능성이 크다는 것이다. 그리고 그 혼동과 오해는 굉장히 뿌리가 깊다. 모든 글쓰기를 포함하는 대문자 문학 중에서 순문학은 언어예술의 한 장르이고, 아주 진입 장벽이 높은 영역이다. 음악으로 보면 클래식에, 영화로 보면 아트 시네마에 비유할 수도 있겠다.(여러 층위에서 다른 지점이 많긴 하지만.) 특히 앞서 언급한 문학적, 문학성과 같은 표현이 굴절된 형태로 통용되는 것은 대체로 한국의 순문학이 '교과서'를 통해 학습되기 때문인데 단순한 이야기 이상의 것, 현실을 깊이 들여다보는 눈, 공들인 묘사와 문장, 보편적 주제 의식 같은 것이 교과 과정을 통해 우리에게 자연스럽게 '문학적'인 것으로 받아들여지게 된다. 나아가 더 큰 문제는 한국 순문학을 '학습'한 대부분의 독자들이 한국어로 쓰여 있고, 한국의 작가가, 한국의 이야기를 할 테니 못 읽을 이유가 없다고 당연히 생각한다는 것이다. 그런 관점에서 순문학을 읽을 때 부딪히는 난관은 꽤 커서 결국 대부분의 독자는 떨어져 나가고, 향유의 단계에 진입한 아주 소수의 독자만이 순문학의 영역에 남는다.

물론 이런 특징은 장르 문학이라고 해서 크게 다를 것 같지는 않다. 장르의 '문법'이라는 이름으로 소수의 마니아만 확보한 채 일종의 관습적 편견을 낳아 많은 신규 독자를 배제시키기도 하고, 장르적 전회와 월경 같은 일들이 발생할 때 그것이 장르의 동력이 아니라 후퇴로 이어지는 일도 많다. 요컨대 '장르'의 운명은 늘 그런 것이고, 순문학이라고 해서 다르지는 않다는 말이다.

순문학에 관해 조금 더 이야기해 보자. 장르 문학이 그 장르의 문법을 얼마나 잘 구사하는지, 또 얼마나 새롭게 상상해 내는지에 따라 작품의 가치를 평가받는 측면이 크다면, 순문학은 그 작품이 얼마나 '깊이'를 확보하고 있느냐가 중요한 문제일 따름이다. 순문학에서의 서사성이란 오로지 그 문학적 깊이를 확보했을 때라야만 의미가 있다. 재미있는 이야기는 순문학이 하지 않아도 된다. 그런 쪽이라면 영화나 만화, 드라마나 웹툰 등 다양한 장르들이 훨씬 능숙하고 월등하며, 이미 꽤 많은 독자를 확보한 장르 소설도 많고, 한국이 아닌 외국의 콘텐츠, 텍스트까지 고려한다면 설 자리가 거의 없다. 그러므로 '한국문학은 재미가 없어서 안 읽는다'는 반응은 당연한 것이다. 원래 순문학이라는 것은 때때로, 아주 가끔 재미있을 따름이지 대체로 모두에게 고된 '행위'다.

따라서 한국문학이라는 타이틀을 달고 진지하게 출판된 순문학 텍스트가 그저 '이야기' 이상의 어떤 의미를 갖지 못한다면 그것은 명백히 '장르적'으로 실패한 것이다. 장르 문학이 특유의 장르적 문법이나 구상된 세계의 정합성, 이야기의 밀도 등으로 독자의 평가를 받는다면 순문학은 '문학성'이 기준일 수밖에 없다. 그런데 계속 언급하듯 문학성이라는 말, 깊이라는 말은 얼마나 모호한가. 그것은 우리 각자의 주관적인 판단과 결부되어 쉽게 정의 내리기 어렵다. 어떤 이에게는 아름다운 문장과 묘사가, 또 어떤 이에게는 지적 자극과 통찰력 있는 작가의 관점이, 또 누군가에게는 이야기가 주는 울림과 감동이 그 기준일 수 있다. 요컨대 문학성은 각자가 만들어 가는 개념이며 합의된 정의를 내릴 수 없는, 결국 '취향'이다.

그런데 '취향'이라니? 이것이야말로 정말 장르적인 표현이 아닌가. 하나의 장르가 생성되고 또 소멸되는 것에는 "이성적인 이유 따위는 없"다는 말과 다르지 않다.[18] 취향은 "치열한 경합 및 각축을 통해" 만들어지는 것이고, 어떤 것이든 선택할 수 있으며 '존중'을 바랄 수 있는 영역이므로 "문학적 취향"이라는 말도 어색할 이유가 없다.[19] 그러니 여러 문학의 장르들 중에 나의 취향이 순문학이라고 말할 수 있다면 이때 순문학은 명백히 하나의 장르 문학이다.

순문학의 실체와 문예지 소설

〈2018년 문예지 수록 단편소설〉

	지면	수록 작품 수
계간	21세기문학	17
	대산문화	8
	문학과사회	18
	문학동네	22
	문학들	11
	문학의오늘	19
	실천문학	15
	자음과모음	20
	작가들	8
	창작과비평	16
	황해문화	5
월간	문학사상	14
	현대문학	44
	문장 웹진	32
	웹진 비유	68

18 듀나, 앞의 책, 25쪽.

19 오혜진, 『지극히 문학적인 취향』(오월의봄, 2019), 12쪽.

격월간	릿터	12
	악스트	15
반년간	쓺	9
	한국문학	10
기타	문학3	14
	신춘문예	24
계		401

〈2018년 주요 순문학 단행본〉

강	2
걷는사람	3
광화문글방	1
나무옆의자	1
난다	1
다산책방	2
마음산책	2
문학과지성사	11
문학동네	19
문학사상	2
문학세계사	1
문학실험실	2
미메시스	20
민음사	7
북스피어	2
삶창	1
생각정거장	1
스위밍꿀	1
실천문학사	1
아르띠잔	1
아르테	2
아시아	1
엉터리북스	1
워크룸프레스	1
위즈덤하우스	2
은행나무	8

자음과모음	3
작가정신	1
창비	7
큐큐	1
폭스코너	1
한겨레출판	2
해냄	1
현대문학	15
계	**127**

한 해 동안 발표되는 한국의 순문학 단편소설은 대략 400편 내외이다. 장편 연재는 제외한 숫자이고, 엽편 혹은 중편의 경우도 구분하지 않고 일반적인 단편소설과 같이 포함했다. 여기에 지방지를 비롯한 여러 군소 문예지, 요즘 활발한 독립 문예지, 동인 문예지 등은 빠져 있다. 아울러 기타 지면(웹 포털, 문예지를 제외한 잡지 등)과 곧바로 단행본으로 출간되는 중단편소설을 고려하면 그 수는 더 증가할 것이다.

단행본의 경우는 사실 유의미한 통계로 보기 어려울 정도로 애매한 지점이 많다. 이미 발표된 단편소설을 모아 소설집으로, 연재되었던 작품을 장편소설로 발간한 경우를 비롯해 앤솔러지나 문학상 수상집 등이 대부분이기 때문이다. 전작 장편소설로 한정한다면 단행본 출간은 거의 없다고 봐도 무방하다.

이런 정도의 규모가 한국 순문학의 외형이다. 어떤 과정을 통해 어떤 작가가 어떤 작품을 쓰는지를 들여다보면 너무나 복잡한 일들이 이 시스템 안에서 일어나지만 그걸 일일이 따지는 것은 이 글의 목적이 아니다. 여기에서 말하고 싶은 것은 한국 순문학의 장은 철저히 '문예지 소설'이라는 점이다. 대다수의 독자에게 가닿는 단행본의 시장은 순문학 시스템에서는 사후적으로 일어나는 일일 뿐이다. 문예지의 편집자, 편집위원이 작가에게 작품을 청탁하고, 작가는 작품을 문예지에 발표하며, 그 작품을 비평가들이 읽고 분석한 뒤, 각종 문학상[20] 심사를 통해 1년 단위의 단편 소설을 정리하는 과정, 이것이 순문학의 실체이다.[21]

그러니 이런 매커니즘을 통해 작품이 소비되는 것이 핵심이지 작가가 누구인지, 소설의 소재나 주제가 무엇인지는 부차적인 문제에 가깝다. 즉 순문학이라는 장르 아래 이런저런 형태의 소설이 있을 뿐이다. 이 체제 속에서 순문학 작가들은 '장르적'으로 잘 단련되어 있고, 여러 번의 '심사'를 거치기 때문에 대부분의 작품들은 일정 수준 이상의 질을 담보하고 있다. 한국 문단의 염원은 늘 위대한 장편소설(novel)이지만 한국에서 순문학은 '단편소설'에 최적화되어 있고, 그것은 극복해야 할 단점이나 한계가 아니다. 다소 비약을 감수한다면 한국의 순문학 단편소설은 단지 짧은 이야기(short story)라고는 할 수 없는, 어쩌면 '시적인 어떤 것에 가까운 산문'일지 모르고, 그것이야말로 완벽히 '장르'라고 부를 수 있을 것 같다.

대체로 순문학의 시스템은 문학이라는 이름의 권력을 가지고 있고, 그를 통해 그 바깥의 문학을 배제하고 차별해 왔다. 작품의 청탁에서부터 평단의 리뷰, 문학 관련 매체의 언급과 홍보, 각종 지원 제도, 문학상 심사 등 순문학의 시스템 안에서 그 바깥의 문학은 너무도 흔하게 또 자연스럽게 배제 당한다.[22] 지금 순문학 장에서 '문학주의'의 입장으로 타 장르에 대한 완강한 거부감을 드러내는 분위기는 거의 사라진 것처럼 보이지만,

20 단편소설을 대상으로 한 순문학 문학상은 이상문학상, 현대문학상, 황순원문학상, 김유정문학상, 이효석문학상, 젊은작가상, 문지문학상, 오영수문학상 등이다.

21 물론 "2015년 《악스트》 창간 이후로 한국문학잡지의 지형도는 숨 가쁘게 바뀌어 왔"고, "새로운 문학잡지들이 다수 창간되고 많은 주요 문예지가 기존 포맷에 변화"를 준 것은 사실이다. 그 변화의 기저에는 당면한 삶의 문제를 외면하지 않으려는 '현장성'이 있었고, 이러한 흐름이 '순문학'이라는 장르적 지형도에 어떤 변화를 가져다줄지는 조금 더 지켜봐야 할 것 같다. 장은정, 「현장-스코어-비평」, 《문학과사회》, 2019년 봄호, 303쪽.

22 장강명, 앞의 책, 7장 '등단 연도를 언제로 할까요' 참조, 272~296쪽.

오히려 더 문제적인 것은 약간의 진입을 허용하면서 균형을 갖췄다고 생각하는 시혜적인 태도이다. 그것은 순문학의 문학적 편견을 감추기 위한 알리바이이고, 아주 낭만적이고 순진하게, 대결 구도를 설정하는 일이 무용하다는 원론적인 주장을 하면서 개별 작품의 계보와 특성을 무시해 버리는 무책임한 비평적 무능이다.

순문학을 넘어서? 순문학의 바깥에서?

나는 소설 속 인물들에게 좋거나 좋지 않은 일이 일어나고, 서로에게 좋거나 좋지 않은 말이나 행동을 해 그로 인해 서로가 서로에게 좋거나 좋지 않은 감정을 갖게 되고, 그로 인해 서로에게 가까워지거나 서로에게서 멀어지고, 서로가 좋거나 좋지 않게 사람이 달라지고 뭔가가 바뀌는 식으로 이야기가 전개되는, 어쩌면 재래식 소설이라고 할 수 있는 소설은 언젠가 이후로 쓸 수 없게 되었는데 거기에는 여러 가지 이유들이 있었지만 무엇보다도 그런 소설 속에 등장시킨 소설적 인물들은 나와는 상관없는 남들 같았고, 그 인물들에게 이래라저래라 하고 그들에 대해 이야기하는 것은 나와는 상관없는 남들의 일에 참견하는 것 같았는데, 나는 남들의 일에 참견하는 것을 좋아하지 않았고, 그렇지 않아도 너무나 문제가 많은 세상에서 소설 속 인물들 간에 문제를 생기게 하고 서로 갈등하게 하는 것이, 그것이 소설가가 해야 하는 짓인지에 대해 너무나 회의적으로 된 상태였는데,(나는 내가 쓰는 소설 속에서라도 누군가에게 안 좋은 일이 안 일어나기를 바랐다.) 7인의 사무라이가 내 머릿속에 출현하게 된 것이 그것과 무슨 상관이 있는지는 알 수 없었다.[23]

23 정영문, 『강물에 떠내려가는 7인의 사무라이』(워크룸프레스, 2018), 59~60쪽.

다른 모든 장르 문학처럼 순문학에도 여러 형태의 소설이 있을 수 있지만, 수많은 형태 중 순문학만의 특성이라고 할 만한 단 하나의 유형을 꼽으라면 정영문의 작품이 적절할 것 같다. 이야기가 아닌 소설, 어떤 세계를 만들어 내고 거기 인물을 등장시켜 일련의 사건을 진행시키는 방식이 아닌, 결국 서술자인 '나'에 관한 서술일 수밖에 없는 소설이 그것이다. 재현에 대한 회의, 실재이면서 허구인 어떤 세계, 기호와 언어로 텍스트를 구성한다는 것의 의미, 혼종과 탈주를 감행하면서 소설이라는 장르 자체를 흔드는 일 등이 순문학이 밀고 나갈 수 있는 한 실험적 사례일 것이다.

창작자에게 장르가 작품의 조건을 제약하는 하나의 틀이라면 수용자의 입장에서 장르는 취향이나 스타일에 따른 선택지일 뿐이다. 순문학과 SF를 동시에 좋아할 수도 있고, 무협 소설을 주로 읽고 순문학은 전혀 읽지 않을 수도 있으며, 순문학만을 읽고 장르 문학에는 관심이 없을 수도 있다. 그것은 그저 취향에 따른 선택이고, 선호가 있을 뿐 위계는 존재할 수 없다.

단숨에 읽어 내려갔다, 빠져들어 쉴 새 없이 페이지를 넘겼다, 시간 가는 줄 몰랐다, 같은 말은 순문학에 어울리지 않는다. 계속 멈추게 하고 다시 읽게 만드는, 정확히 무슨 이야기인지 몰라도 상관없는, 아무것도 논리적으로 설명되지 않아도 그 인물들을 사랑할 수밖에 없는 이상한 소설, 깔끔하게 맞아 떨어지는 세계의 이야기 같은 것은 나와는 맞지 않는다고 여기는 사람들이 순문학의 독자다. 이 독자들과 함께 순문학이라는 장르를 지키는 일은 지금 제도권 바깥의 미(비)등단 작가들로부터 활발히 이루어지고 있다. 《Motif》, 《영향력》, 《베개》, 《TOYBOX》, 《소녀문학》, 《젤리와 만년필》, 웹진 《비유》, 《과자》 등 그들에게는 순문학이라는 자부심도 없고, 장르 문학에 대한 경계나 배제도 없다. 문학 안에서만 무언가를 도모하려는 폐쇄적인 태도는 없지만 동시에 자신들의 퍼포먼스가 (순)문학적이라는 점은 분명히 알고 있다. 언제나 그랬듯이 새로운 세대에 의해 순문학은 갱신될 것이고 그때가 되면 정말로 '순문학 vs. 장르 문학' 같은 대결 구도는 사라질 수 있을지 모른다.

《현대비평》 Vol. 1. 2019년 8월호.

7:3

문학의 젠더를 물을 수 있을까? 작가의 성별, 인물의 성 정체성, 독자의 분포 같은 것들은 얼마나 유의미한 정보일까? 남성적 서사, 여성적 감수성, 이야기의 힘, 섬세한 내면 같은 수식이 여전히 유효할까? 남성과 여성이라는 이름으로 구분되지 않는 다양한 젠더 정체성의 시대에 성별을 따지는 일이 필요할까? 여성이 주인공이고 여성의 이야기가 다루어지지만 남성 작가가 썼다면 그것은 여성 서사일 수 없을까?

2010년대의 페미니즘 리부트 이후 한국문학이 얼마나 많은 변화를 겪었는지 거론하는 것은 이제 새삼스러운 일이 되었다. 문학의 형질적 갱신에서부터 그 구조적 쇄신에 이르기까지 한국문학은 페미니즘에 큰 빚을 지고 있다. 나아가 퀴어 문학이 더 이상 낯설지 않게 된 '지금'을 고려한다면 한국문학은 그 자체로 치열한 정체성 정치의 장이었으며 그 동력으로 '여기'까지 왔음이 분명하다. 한국문학의 담론은 지난 시기의 문학들을 남성의 역사로만 규정하고 '무결'한 페미니즘의 새 시대를 열겠다는 단순한 선언이나 단절에 매몰되지 않고,[1] 문학을 견인하는 주체로서 '시민-독

1 오혜진, 「서문을 대신하여」, 권보드래 외, 『문학을 부수는 문학들』(민음사, 2018), 9쪽.

자'의 자리를 발견하는 것으로 비평적 작업을 이어 왔다.[2]

윤이형 작가는 "저에게 한국문학계의 성별은 남성입니다. '문학'을 떠올리면 특정한 성별이 떠오르지 않거나, 각각의 작가와 개별 작품이 떠오릅니다. 그러나 '문단'을 의인화해 보면 저에게 그 성별은 분명 남성입니다."[3]라고 말했다. 오은교 평론가는 "이 제도권이 평시에는 남자의 얼굴을 하고 있다가 비상시에는 여자의 얼굴로 교체되는 순간들에 대해, (……) 여성 창작자들에게 전례 없던 기회와 싸우지 않고는 대답하기 곤란한 질문지가 쏟아지는 상황들에 대해"[4] 묻고 싶다고 썼다. 이제 우리는 한국 문학에, 아니 정확히는 한국문단에 어떤 젠더 프리즘[5]을 적용해 보아야 할까. 적어도 분명한 것은 문학을 성별의 잣대로 들여다보는 일이 그것이 무용해질 때까지는 유용하다는 점일 것이다.

나는 여기에서 한국문단의 '실체'를 일부 들여다보고자 한다. 여성 작가들이 득세해 남성 작가는 설 자리가 없어지고, 퀴어-페미니즘 일변도의 서사 속에 '다른' 이야기는 쓰기 어렵게 되었다는 '인상비평'식의 판단이 아니라, 한국 문단의 핵심이라 할 수 있을 문예지의 지면이 어떻게 분배되어 왔는지, 소설 단행본은 어떻게 출간되고 있는지, 어떤 작가들이 작품을 발표하고 있는지 등을 구체적으로 살펴서 이로부터 다음의 질문에 답을 찾고자 한다. '지금 한국 문단의 남성 작가들은 어떤 상황에 처해 있나.'

2 소영현, 「서문-문학은 위험하다: '현실, 재현, 독자'로 본 비평의 신원 증명 혹은 그 기록지」, 소영현 외, 『문학은 위험하다』(민음사, 2019), 10~11쪽.

3 윤이형, 「나는 여성 작가입니다」, 『참고문헌없음』(참고문헌없음 준비팀, 2017), 178쪽.

4 오은교, 「여자의 얼굴을 한 문단의 비상사태와 장치로서의 문학」, 《문학과사회 하이픈》, 2020년 여름호, 115쪽.

5 김미현의 평론집 제목에서 빌려 온 표현이다.

*

한국 문단의 지형도는 최근 시시각각 바뀌고 있으며 작품을 발표하는 방식도 상당히 다양해졌다. 새로운 플랫폼과 독립잡지의 출현, 비(미)등단 작가들의 활동 등을 고려해 다채로운 양상들을 포착해야 마땅한데, 여기에서는 다소 전통적인 루트를 따라가 보기로 한다. 대상은 주요 (순)문학 문예지를 중심으로, 기간은 2019년 한 해를 기준으로 삼았다.

〈2019년 문예지 수록 단편소설〉

	지면	수록 작품 수	여성	남성	기타
계간	창작과비평	17	13	4	
	문학과사회	16	9	7	
	문학동네	26	20	6	
	자음과모음	18	11	7	
	실천문학	14	11	3	
	문학의오늘	19	11	8	
	대산문화	7	3	4	
	문학들	13	11	2	
월간	현대문학	25	15	10	
	문학사상	16	13	3	
	문장웹진	56	41	15	
	웹진 비유	28	19	8	1
격월간	릿터	14	11	3	
	악스트	17	13	4	
반년간	한국문학	10	9	1	
	쓺	6	3	3	
기타	문학3	14	9	4	1
계		**316**	**222**	**92**	**2**

2019년 한 해 동안 주요 문예지에 발표된 단편소설은 총 316편이다.[6] 이 중 남성 작가의 작품은 92편으로 전체 지면의 29퍼센트 정도에 해당한다. 여성 작가의 비중이 예상대로 높기는 하지만 극단적인 양상은 아니라

고 할 수 있다. 오히려 2019년도 신춘문예 등단 작가의 성별이 거의 절반으로 양분되어 있다는 점을 감안한다면[7] 남성 작가의 진출과 활동이 위축되어 있다고 보기는 어렵다.

〈2019년 주요 소설 단행본〉

출판사	출간 단행본 수	여성	남성
문학과지성사	10	6	4
문학동네	21	13	8
민음사	15	9	6
은행나무	7	4	3
자음과모음	6	4	2
창비	14	12	2
한겨레출판	7	5	2
현대문학	12	8	4
계	**92**	**61**	**31**

주요 한국문학 출판사들의 소설 단행본 발간 상황도 크게 다르지 않다. 총 92권의 단행본 중 남성 작가의 비중은 약 34퍼센트 정도를 차지하며 문예지 지면의 성별 분포와 비슷한 양상을 보인다. 여러 변수가 있을 수 있고 다소 도식적이고 편의적인 방식으로 갈음한 결과이지만 현재 한국 문단에서 남성 작가가 약 30퍼센트의 지분을 갖고 활동하고 있다고 여기면 큰 무리가 없을 듯하다. 다만 그것이 '많은지' 혹은 '적은지'에 관해서는 각자가 판단할 수밖에 없겠다.

6 표본이 너무 적거나 공모제로 전환하는 등의 변화가 있었던 《황해문화》, 《학산문학》, 《작가들》 등은 제외했고 《현대문학》의 경우 중편 단행본으로 발간되는 핀 시리즈는 포함시키지 않았다.

7 2019년 신춘문예 등단 작가는 총 25명이며 남성 작가는 12명이다. 목록은 「2019년 신춘문예 당선 작품 모음」(《뉴스페이퍼》, 2019년 1월 3일 자)에서 확인 가능하다. http://www.news-paper.co.kr/news/articleView.html?idxno=32001.

〈2019년 남성 작가 문예지 발표 소설〉

작가	수록 작품 수	작가	수록 작품 수
강명균	1	안준원	2
강태식	1	양선형	2
고광률	1	오성은	1
고종석	2	오한기	1
김갑용	1	원재운	1
김경욱	2	이기호	1
김기홍	1	이동욱	1
김덕희	1	이상욱	1
김봉곤	3	이승우	1
김상렬	1	이장욱	2
김솔	1	이태형	1
김종옥	1	이현석	2
김중혁	1	임국영	2
김탁환	1	임현	1
김태용	1	장강명	3
김학찬	1	전성태	3
김홍	3	정성우	1
김홍정	1	정영수	3
도재경	1	정용준	1
명학수	1	정지돈	1
민병훈	4	조갑상	1
박상영	2	조성기	1
박선우	4	조현	1
박일우	1	채기성	1
박창용	1	천정완	1
박형서	2	최민석	1
배명훈	1	최승랑	1
백가흠	3	최제훈	1
백민석	1	한명섭	1
서동욱	2	한수산	1
성석제	1	홍성욱	2
손홍규	1	계	92

2019년 기준 문예지에 단편소설을 발표한 남성 작가는 총 63명이다. 그중 3편 이상의 작품을 발표한 작가는 총 8명인데, 이 경우 소화할 수 있는 최대치를 발표했다고 봐도 좋을 것이다.[8] 면면을 살펴보면 활동 경력이나 성향과 스타일 등을 두루 고려했을 때 유의미한 편향이 발견되지는 않는다. 요컨대 단순히 작가의 작품 발표 수로 파악할 수 있는 정보는 상당히 제한적이고, 결국 작품을 구체적으로 살피는 수밖에 없겠다.

*

2019년에 발표된 남성 작가의 작품을 살펴볼 때 가장 눈에 띄는 지점은 역시 젠더 이슈를 다루는 양상들이다. 꽤 많은 작품들이 페미니즘, 미투 운동 등을 언급하기도 했고, 퀴어 서사도 적지 않게 발표되었다는 점을 상기하면 남성 작가 역시 시대의 흐름과 서사적 변화에 무감하지는 않았다고 할 수 있겠으나 대체로 여성 인물에게서 기인한 남성 인물의 곤혹스러움을 재현하는 형태였다는 점은 문제적이다.

고종석이 동시기에 발표한 두 작품, 「이 여자의 일생」(《문학동네》 2019년 여름호)과 「아버지-의-이름」(《문학과사회》 2019년 여름호)은 자전적 요소가 다분한 '소설가'의 이야기다. 전자의 경우 작가인 '나'가 발표하는 노벨문학상 수상 소감문의 형식으로 이루어져 있다. 문제적인 것은 이 '나'의 성별이 여성이라는 점인데, 이 소설에서 언급되는 작품들과 삶의 이력들이 고종석 본인의 것이기 때문이다. 작가는 스스로 소설 말미에 "화자를 수상 가능성 제로인 현실 속의 어느 소설가(나 자신?!)에게 매우 가깝

8 여성 작가의 경우에도 최대 4편을 발표한 작가는 기준영, 손보미, 장류진, 장희원, 최유안, 최진영 등 6명이었고, 5편 이상이 몰린 경우는 없었다.

게, 성(性)과 가족 관계를 제외하고는 거의 동일하다 할 만큼 가깝게 만들었다."(130쪽)고 「작가의 말」을 부기해 두었지만, 이 소설에서 "여성 소설가인 제가 (……) 권력의 또는 반(反)권력의 완장이라도 찬 듯 페미니스트를 새된 목소리로 자처하기엔 제게 스스럼이 너무 많았"고, 그럼에도 "제 작품에서 어떤 종류의 페미니즘을 읽어 내어 상찬해 준 비평가들"(111쪽)에게 고맙다고 말하는 대목을 자연스럽게 받아들이기는 어렵다. 마찬가지로 후자의 작품에서도 고종석은 '소설가 K'의 일생을 반추하면서 아버지에 대한 복합적인 감정을 드러내는데, 프로이트적 살부(殺父) 모티프와 더불어 어머니에 대한 모성적 집착과 여성성에 대한 편향은 다분히 문제적이라 하지 않을 수 없다. 고종석 특유의 자의식 과잉과 자조적 엘리트주의가 페미니즘의 문제와 결부될 때 이는 위트나 기지로 손쉽게 소비될 수 있는 범주를 넘어선다. 섬세한 고민이 전제되지 않은 페미니즘의 소재적 재현과 섣부른 단정은 당대 독자의 감각과 큰 괴리가 있다.

남성 작가들이 재현하는 젠더 문제에서 소설가인 '나'가 직접 등장하는 경우가 많다는 점은 꽤 증상적이다. 젠더 이슈와 의도적으로 선을 긋는 장강명의 경우에도 사회 경제적 이슈를 다룰 때 '소설가 장강명'이 등장하는 경우가 잦은데 이는 다양한 입장과 상황을 관찰자의 시선으로 전달하게 하지만 핵심적인 부분을 파고들지 못하고 겉핥기로 그칠 때가 많다. 이기호의 「위계란 무엇인가」(《자음과모음》 2019년 가을호)를 한 사례로 들 수 있겠다. 추운 밤은 아니지만 "그해 여름방학이 시작되고 보름쯤 지난 후" "새벽 2시"에 '채연'이 "내 연구실로 찾아"(116쪽)오기 시작한다. 문창과 교수인 '나'는 집필을 핑계로 늦은 시각까지 연구실에서 밤을 보내기 일쑤였고, 언젠가부터 그 밤에 '채연'이 끼어든 것이다. 여기까지 언급하는 것만으로도 이제 우리는 어떤 불길한 서사를 짐작하게 되겠지만 조금만 더 들여다보자. '채연'과 꽤 많은 밤을 보낸 '나'는 자신에게 왜 잘해 주냐는 '채연'의 질문에 "우정이지, 뭐."라고 대답하면서도 "손을 잡고 싶다는 마음"(127~128쪽)이 있었음을 굳이 부정하지 않는다. 다음 날 술을 마시고 나타난 '채연'은 '나'에게 어딘가로 차를 태워 달라는 부탁을 하고, 목적지는 '정현지'라는 "채연과 같은 시 동인 선배"(133쪽)의 집이었다. 아마도 '채연'과 모종의 애증 관계였을 '정현지'와의 몸싸움을 '나'가 말리는 것으로 그 밤의 소동, '채연'과의 만남은 끝이 난다. 그리고 '채연'은 사라진다. '나'는 그 밤의 일이 "익명게시판"에 올라오는 곤욕을 겪긴 하지만 "정년 보장 심사를 별 어려움 없이 통과"하고 "위계"의 뜻과 "무서운 것과 불안한 것"에 어떤 "차이"(137~138쪽)가 있는지를 고민한다.

아마도 이 소설의 상황은 이기호가 꾸준히 고민하던, '누군가를 환대하고 도움을 주며 손을 내미는 행위가 정말로 가능한가'의 또 다른 버전일 것이다. '나'는 '채연'을 결국 외면했으므로 역시나 실패의 기록이다. 거기에 더해 20대의 여학생이 늦은 시각 남자 교수의 연구실로 찾아올 때, '나'는 '뻔하게' 행동할 것이라는 자기 고백이기도 하다. 그러나 아마 지금의 한국문학 독자라면 이런 상황에 놓인 남교수의 내면에 관해 별로 궁금하지 않을 것이며 '채연'을 비롯한 인물, 또 소설의 사건을 재현하는 방식에 동의하기 어려울 것 같다. 이기호는 자신이 정교수로 재직 중인 소설가이자 기득권 남성이며 자신의 안위만을 걱정하는 소시민임을 부정하지 않는 방식으로, 즉 스스로를 대상화하려 한다. 그러나 그것이 어떤 젠더 이슈에 연루될 '가능성'이 있는 당사자성을 근간으로 하고 있다면 이 소설은 예비된 변명 이상이 되기 어렵다. 이기호는 '채연'에게 퀴어성을 부여해 사태를 복합적으로 그려 내려는 시도를 하는데 이 역시 소재적 활용에 그칠 뿐이다.

김경욱의 「하늘의 융단」(《문학사상》 2019년 1월호)도 비슷한 양상을 보인다. 고교 영어 교사 '곽춘근'이 여학생의 브래지어 끈, 스타킹 올 등을 만졌다는 혐의로 조사를 받게 되는데 소설은 내내 이 남성 인물의 내면을 따라간다. '곽춘근'은 의도는 그렇지 않았지만 시대의 변화를 따라가지 못하는 중년 남성으로, 딸 가진 아버지로, 모종의 계략에 빠진 인물로 그려진다. 가해자에 초점을 맞추고 그 내면을 들여다보는 방식이 사태의 본질을 고찰하기 위한 목적이 아니라 이 인물에 이입해 가해를 납득하게 만드는 방향이라면, 더군다나 그것이 유년기의 기억이나 예이츠의 영시처럼 다분히 '낭만적'으로 그려진다면 공감을 얻기는 어려울 것이다. 더욱 문제적인 것은 이기호의 사례와 마찬가지로 김경욱 역시 이 남성에게 '퀴어성'을 부과해서 그가 받는 성추행의 혐의로부터 "저는 그럴 수 있는 사람이 아닙니다."라는 발화를 이끌어 낸다는 점이다. 인물의 성 정체성과 그 인물이 저지르는 성추행 사이에는 사실 큰 관련이 없고, 성의 문제를 욕망의 차원에서만 접근하는 방식에 동의하기 어렵다.

김종옥의 「농담」(《문학과사회》 2019년 봄호)은 이 작가의 전작인 「개죽음」(《문학동네》 2018년 여름호)과 근작인 「스토킹」(《악스트》 2020년 1/2월호) 사이에 놓여 있다. 대체로 남성 대학생 주인공을 설정하고 그 인물의 방황을 여성 인물과의 관계를 통해 재현하는 방식인데, 다소 난감한 지점이 적지 않다. 여성 캐릭터가 남성 주인공의 우울과 투쟁에 성적(性)으로 동원되는 아주 전형적인 사례라고 할 수 있을 이 소설이 어떤 관점에서 새롭게 읽힐 수 있을지 잘 가늠이 되지 않는다. 학원 옥상에서 담배를 피우며 여자 얘기를 하던 '나'가 '그녀'를 발견하는 것으로 시작해 결국 "하고 싶어."로 끝나는 이야기에서 남는 것은 결국 과잉된 남성의 성적 자의식 외에는 없다고 봐도 무리가 없을 듯 하다.

*

대표적인 사례들을 몇 가지 들었으나 오성은의 「요의가 온다」(《한국

문학》 2019년 상반기호)나 명학수의 「은하」(《문장웹진》 2019년 3월호) 등의 작품도 비슷한 문제점을 노출하고 있다. 젠더 이슈를 다루는 남성 작가들의 작품은 소설이라는 장르, 소설가라는 인물, 작가 자신의 자전적 요소 등을 활용하는 경우가 적지 않다. '나'를 드러내고 1인칭의 세계에 적극적으로 뛰어드는 경향은 최근 한국 소설에서 흔히 발견되지만 남성 작가가 젠더 이슈를 다룰 때라면 조금 더 섬세한 고민이 요구된다는 점은 분명한 것 같다. 여성 작가가 여성 인물의 불안과 공포를 다층적으로 그려 내고 피해와 가해의 양상을 면밀하게 재현하면서, 그럼으로써 많은 혼란과 실패를 노출하게 됨에도 불구하고 그 자체가 여성 작가인 자신에게 어떤 영향을 미칠지 신중하게 접근하는 것에 비해, 남성 작가는 다소 안전하고 평범하게, 그러면서도 때로는 성급하고 과감하게 젠더 이슈를 다루는 측면이 있기 때문이다.

2019년에 발표된 작품들 중 김봉곤 작가의 「그런 생활」(《문학과사회》 2019년 여름호)이 있다는 점은 이 글의 논의에서 비켜 갈 수 없는 지점이다. 지금 이 글은 남성/여성이라는 이분법으로 작가를 구분하고 그 경향을 애써 추려 보고 있으나 사실 작가의 젠더를 고찰하는 일은 상당히 복잡하고 난감한 일이다. 박상영 작가가 언급했듯 작가인 '나'와 가장 가까운 화자이지만 그 성별이 다를 때, 예상치 못했던 독해의 이견들이 발생하고 결국 "작가라는 존재의 '한계'로부터 완벽히 독립적이고 자유로운 작품은 존재할 수 없다."[9]는 사실이 자명해진다. 작가와 작품을 분리한다는 것은 일종의 환상이고 그 분리의 '목적'이 무엇인지를 떠올려 보면 대체로 그것은 작가로부터 작품을 구출해 내기 위한 시도이기 때문이다. 반면에 어떤 작가들은 작가인 자신을 소설에 최대한 밀착시켜 스스로를 독해의 대상으로 밀어 넣기도 하는데 "당신 인생에 관한 소설을 쓰고, 당신

9 박상영, 「할 수 없다」, 《문학과사회 하이픈》, 2018년 겨울호, 167쪽.

인생으로 대가를 지불할 것"[10]이라는 말처럼 그것은 무척 위태로운 소설적 장치다.

명칭을 어떻게 하든 소설이라는 장르에 작가인 '나'를 직접적으로 기입하는 방식은 오래된 전통이다. 고백록의 시대가 있었고, 자서전과 자전적 소설이 있었으며, 사소설과 오토픽션까지 무수한 시도와 논의들이 있어 왔다. 자전소설은 간단히 말해 작가—서술자—인물의 구도에서 이 세 층위를 일치시키는 방식이다. 자연인으로서의 '나'와 이야기를 전달하는 '나', 그리고 소설 속에서 움직이는 '나'를 구분하지 않고, 1인칭의 세계로 합치하려는 그 시도는 그러나 당연하게도 여러 국면에서 '불가능'하다.

자전소설은 '나'를 드러내는 형식이며 그것은 작가인 '나'가 자신을 철저하게 대상화하는 일과도 같다. 즉 가감 없고 솔직하게 자신을 재현하겠다는 태도는 주체에 대한 환상을 동반한다. 따라서 픽션이 작동하는 기본 원리가 그 허구를 사실로 받아들이겠다는 '믿음'인 것처럼, 이를테면 필리프 르죈이나 스즈키 토미가 탐구했듯 자전소설은 '약속'의 영역이다. 그 약속은 자서전이나 사소설처럼 장르적으로 이루어지기도 하지만 무엇보다도 텍스트에 담긴 '표지'들로 담보된다. 인물에 대한 정보, 벌어진 사건들과 에피소드, 그리고 메타적인 장치들.

자전소설의 작가들은 소설이 현실을 원작으로 하는 2차 창작일 수 없다고 믿는다. 소설은 현실을 각색하거나 재창조하는 것이 아니라 '나'의 현실 그 자체라는 의미일 것이다. 동시에 그들은 소설이 현실을 그대로 재현할 수 없다는 사실을 누구보다 잘 알고 있다. 하지만 '나'를 쓰지 않고는 견딜 수 없을 때, 쓸 수 있는 이야기는 오직 '나'에 관한 것일 때, '나'를 쓰기 위해 모종의 모험을 감행할 때 소설의 곤경은 생겨난다.

10 알렉산더 지, 서민아 옮김, 『자전소설 쓰는 법』(필로소픽, 2019), 328쪽.

누군가의 소설이 누군가에게 고통과 상처가 되어 현실에서의 피해자를 만들어 내는 일은 그것의 의도성과 무관하게 명백히 작가의 비윤리적인 태도의 결과일 것이다. 그 피해를 '법적·제도적으로 따져 물을 수 있는가' 하는 질문과는 별개로 그것이 '소설'이기 때문에 면죄부가 될 수는 없다. 그것이 '자전'소설이 지불해야 할 대가이고 감당해야 할 불안이다. 예컨대 자전소설은 늘 '무대 뒤'를 보여 주려 하지만 무대 뒤의 풍경을 결국 '무대 위'로 가져오게 되고, 나아가 현실의 '나'가 무대로 등장하는 게 아니라 무대가 된 현실을 살아가는 '나'로 자아 연출의 '역전'이 필연적으로 일어나는데 그 딜레마는 결코 해소될 수 없기 때문이다.

하지만 당연하게도 우리는 자전소설에 대해 지나친 회의나 우려를 표할 이유는 없다. 소수자의 삶이 가시화되는 것, 세계를 1인칭으로 그려내는 것, 당사자로서 발화하는 것 등에 대해 자전소설은 자기 검열의 기제를 강화하는 방식이 아니라 더 큰 가능성의 영역을 확보해 나가야 한다. 이른바 정체성 정치의 '정체성'에서 주체의 "억압에 대한 경험"과 "대안의 가능성"이 중요한 두 축이라고 논의되는 것처럼,[11] 자신에 대해 쓰면서 자아에 대한 믿음을 잃지 않는 것이야말로 자전소설의 핵심 명제일 것이다.

다원성에 기초한 3세대 개인주의를 역설한 이졸데 카림에 따르면 우리는 지금 우연과 불확실성, 분열과 개방의 상태에 놓여 있다. "타자에게 더 이상 정상의 기준으로 제시될 수 없"고 "스스로에게도 정상을 제시하지 못"하는 일은 "소수자의 전형적인 경험"이었지만 "오늘날은 주류 사회도 소수자 사회처럼 기능"하고 있다고 그는 설명한다.[12] 또 그는 이 축

11 크레시다 헤예스, 강은교 옮김, 『정체성 정치』(전기가오리, 2020), 21쪽.

12 이졸데 카림, 이승희 옮김, 『나와 타자들』(민음사, 2019), 60쪽.

소된 자아와 감소된 정체성의 시대는 우리를 무척 혼란스럽고 수고롭게 만드는데, 결국 "어떻게 동등하면서도 동시에 서로 다를 수 있을까?"[13]에 대한 해답을 찾는 일이 사회의 미래를 결정할 것이라고 역설하기도 한다. 한 사람을 구성하는 정체성이 다양할 때, 소위 무수한 정체성이 '나'에게서 교차될 때, 우리는 어떻게 그것을 '나'로 통합시키고 또 증명할 수 있을까. 혹은 분열과 모순을 인정하고 여러 '나'를 어떻게 승인할 수 있을까.

여기에서 김봉곤 작가의 「그런 생활」에서 문제가 된, '사적 대화 무단 인용'에 관해 길게 논의할 이유는 없을 것 같다. 다만 조남주 작가의 근작을 살펴봄으로써 이 글의 질문을 이어가 보고자 한다. 「오기」는 페미니즘 소설로 큰 성공을 거둔 작가 '나'가 고교 은사인 '김혜원 선생님'을 만나게 된 이야기다. 무수한 악플에 시달리면서 작품의 후유증에 시달리던 '나'는 선생님의 부탁으로 거절해 오던 외부 강연을 수락하고 그날 선생님으로부터 아버지에게 당했던 가정폭력의 경험을 전해 듣게 된다. 그 일은 '나'가 유년기에 겪었던 가정폭력을 상기시켰고 '나'는 그 이야기를 소설로 써서 발표하는데, 선생님으로부터 "어떻게 남의 얘기를 고스란히 훔쳐다가 쓸 수가 있"[14]느냐는 항의 전화를 받게 된다.

> 이번 소설이 내 이야기였다는 말은 하지 못했다. 나도 말을 하고, 글을 쓰고, 생각과 감정을 드러낼 자격이 있는 사람이라고 항변하는 것 같아 싫었다. 대체 그 자격은 무슨 기준으로 누가 왜 정하는 건데. 나 자신에게도, 누구에게도, 선생님에게도 그런 조건을 들이대고 싶지 않았다. 그냥, 너무 지쳤다. 나는 전화를 끊어 버렸다.[15]

13 위의 책, 71쪽.

14 조남주, 「오기」, 《릿터》, 2020년 4/5월호, 139쪽.

결국[15] '나'는 가장 악플을 많이 달았던 사람이 그날 동석했던 선생님의 제자라는 사실을 알게 되고 "그 밤 우리 세 사람이 얼마나 많은 이야기를 나누었는지, 얼마나 서로를 깊이 이해했는지, 얼마나 서로에게 위로가 되었는지"를 떠올림과 동시에 "내 흔적을 악착같이 따라다니며 그렇게 모욕적인 글들을 남"긴 "그 두 마음"이 "과연 다를까" 하고 생각한다.[16] 이렇게 바꿔 말해 볼 수도 있을 것 같다. '이건 정말 내 이야기야.'라고 감탄하는 독자와 '내 이야기를 이런 식으로 갖다 쓰다니.'라며 분노하는 독자는 얼마나 다를까, 라고. 혹은 그 이야기가 작가의 실제 경험이라면 그 소설은 정말 다르게 읽히는가, 하고.

*

최근의 한국문학에서 재현의 윤리를 논할 수 있는 사례는 적지 않고 특히 여성과 퀴어, 장애인 등 소수자 정체성의 재현에서 여러 논의가 있어 왔음에도 다시금 이에 대해 성찰하고 고민해야 할 시점임은 분명하다. 특히 당사자성에 기초한 1인칭 담론을 형성해 나가고, 창작자들에게 은연중에 '더 고백해.', '네 이야기를 써.', '우리는 네가 궁금해.', '네가 겪은 더 끔찍한 이야기를 해 봐.'라고 말하면서 내밀한 자기 고백에 환호하고 또 그 '용기'에 박수를 보내며 대체로는 여성인 작가들에게 늘 '사실'을 확인하려 들었던, 피해자의 위치에 있는 당사자성에만 날카로웠던 그 비평의 잣대를 돌아볼 필요가 있을 것이다. 비평이 문학의 유통에만 활용되고

15 위의 책, 140쪽.

16 위의 책, 142쪽.

그 상품성에 복무하는 것도 문제지만 문학의 스캔들을 추동하고, 폭로를 추인하는 방식으로 작동해서도 곤란하지 않을까.

문학을 바라보는 여러 관점에서 작가의 성별을 문제 삼는 것은 재차 언급하건대 그것이 무용해질 때까지는 유용하다. 이를테면 듀나의 사례처럼, 익명에 기대고 있기는 하지만 작가의 성별, 세대, 출신, 경력 등 실제 작가를 둘러싼 여러 정보가 작품의 감상과는 무관할 때 우리는 흥미로운 독서를 경험하게 된다. 남성 작가지만 여성의 이야기를 주로 쓰는 작가, 여성 작가지만 늘 주인공은 남성인 작가, 퀴어 정체성을 드러내고 퀴어의 이야기를 쓰는 작가, 퀴어 서사를 쓰지만 자신은 이성애자인 작가, 트랜스젠더 작가, 양성애자이면서 '무성'의 이야기를 쓰는 작가 등 다채롭고 무수한 사례가 쌓이면 더 이상 남성/여성 작가의 비중이나 비율은 의미 없는 자료가 될 것이다. 아니, 아예 그런 조사가 불가능해질 것이다. 문학의 편견은 늘 그렇게 깨져 왔고 이는 매우 지난하고 오랜 시간이 요구되는 일인데, 한국문학은 조금씩 변화하기 시작했다고 나는 믿는다.

《요즘비평들》 1호, 2021년 11월.

독립 문학은 가능한가

"근데 형, 인디 음악이 뭐야?"

"음, 앞으로 더 열심히 하라는 음악."

— 고레에다 히로카즈, 「진짜로 일어날지도 몰라 기적」에서

*

새삼스럽지만 '독립'이라는 말은 번역어임을 감안하더라도 여러모로 예술 앞에 붙기에는 어색한 수식어다. 대체로 그것이 상업성이 전제되지 않는, 수익의 발생 여부가 창작의 과정에 영향을 끼치지 않는 일종의 '비(非)의존'을 뜻한다고 이해될 수 있지만 예술이 그 자체로 자족적이거나 순수한 영역일 수 없음을 떠올린다면 '독립'은 여전히 의아한 표현이기 때문이다.

그럼에도 불구하고 많은 예술 장르에서 '독립'은 새로운 가치의 획득, 장르의 쇄신과 확장, 또 창작의 동력이 되어 왔다. 주지하듯 자본주의 사회에서 모든 가치는 '화폐'의 단위로 결정되며 그 교환 속에서 '예술' 역시

유통된다. 전통적으로 "창조적 행위의 산물들은 특정한 가치를 갖지 않는, 절대적으로 비교 불가능하고 교환 불가능한 것으로 파악"되어 왔다. 즉 "예술 작품이나 이론적 담론은 문화와 세속적 공간 너머에 있는 숨겨진 현실을 재현한다는 믿음에서 연유"해 '가치화된 것'과 '세속적인 것'으로 구분되어 왔다. 이러한 인식에 따르면 예술은 늘 현실과는 '다른' 무엇, 현실에서 얻을 수 없는 어떤 '깨달음', 현실을 넘어서는 '통찰' 같은 말들로 가치화된다. 그러나 보리스 그로이스가 지적하듯 예술의 문화경제학적 유통은 "둘 사이 경계의 지양이나 구분된 두 영역의 최종적 융합이 아니라 교환을 통해서만 이루어진다".[1] 요컨대 어제의 '고전적 예술'이 오늘날 '낡아 빠진 키치'가 되는 것이다. 그리고 그것은 예술(가)의 지위가 곧 '거래'의 문제라는 사실에 다름 아니다.

최근 한국문학에서 '독립'이라는 수식어가 유통되는 양상은 매우 특이하다. 예컨대 독립 영화, 독립 만화 등의 표현은 그다지 낯설지 않고, 이들 장르가 자신들의 플랫폼을 나름대로 혁신해 가며 그 난경을 헤쳐 나가고 있음은 어렵지 않게 확인이 가능하다.[2] 다시 말해 '상업'이라는 뚜렷한 대척점, 그리고 장르의 기반이 되는 기술의 발달, 플랫폼의 변화가 이를 견인했다고 거칠게 요약할 수 있을 텐데, 그것은 곧 문학이 왜 '독립'의 가치를 획득하지 못했는지 짐작할 수 있게 하는 면이 있다.

독립 문학이라는 말은 왜 형성될 수 없었을까. 설마 문학은 그러한 구분이 필요 없을 정도로 충분히 민주적이고 공정한 필드를 가지고 있었던

1 보리스 그로이스, 김남시 옮김, 『새로움에 대하여』(현실문화, 2017), 177쪽. 강조는 필자.

2 독립 영화의 경우, 한국독립영화협회가 매해 펴내는 『독립 영화』 및 『독립 영화 쇼케이스』를 참조할 수 있고, 각종 영화제나 영화 플랫폼 등에서 그 '카테고리'를 확인할 수 있다. 독립 만화는 성상민, 『지금, 독립 만화 — 며느라기가 세상에 나오기까지』(한국만화영상진흥원, 2019)를 참조할 수 있는데, 1990년대 이후 한국 독립 만화의 흐름을 개괄하는 데 유용하다.

것일까. 당연히 그렇지는 않다. 특히 한국문학에서라면 '대중'이나 '상업'의 딱지가 붙은 작품들을 배제하려는 완고한 분위기가 늘 있었고, 주류와 비주류, 본격과 장르, 메이저와 마이너 등 구별 짓기의 시도 역시 빈번했던 것이 사실이다. 문제는 여타 장르의 논의와 달리 한국문학에서는 그것이 얼마나 '순수'하냐는 질문으로 거의 귀결되었다는 점이다.

소위 순문학에 제도적·상업적 독립의 관점은 거의 고려되지 않는다. 제도는 문학의 권위를 담보하고, 상업성은 추구해서는 안 된다는 전제가 언제나 깔려 있어서 그 믿음은 형식이 아니라 내용을 늘 문제 삼는다. 독자의 흥미를 유발하기 위해, 그리하여 판매를 통한 수익을 올리기 위해 쓰는 글이 아니라 작가 정신에 입각해 인간 존재의 근원적인 사유를 촉발하는 글이 '순수'하다거나 '본격'적이라는 평가를 받는 것이다. 그러나 당연하게도 그러한 글이 발표되고 출간되는 과정은 순수하지 않고, 순수할 수도 없다.

그래서 문제는 문학의 '권력'으로 이어진다. 작품을 실을 수 있는 자격, 자주 호명될 수 있는 조건, 문학상을 수상하고 꾸준히 단행본을 낼 수 있는 토대 등은 문단의 견고한 제도로부터 파생된다. 한국문학은 제도권 주류 문학이 상업성으로부터 '독립'되어 있다는 일종의 환상에 빠져 기본적인 노동환경과 창작 시스템을 정착시키지 못하고 기형적인 구조를 형성해 왔다. 그 결과 문학에서의 독립은 문학이 아니라 '문예지'의 형태로, 또 아이러니하게도 유통의 건전성과 최대한의 상업성을 추구하는 방향으로 이어졌다.[3]

3 2018년 기준 한국의 문학 잡지는 총 712종이며, 이 중 시 전문 잡지가 534종으로 75퍼센트를 차지한다. 대형 출판사 또는 모기업의 지원, 나아가 문예위의 문예지 발간 지원 사업의 수혜를 받는 일부 문예지들을 제외한다면 사실상 대부분이 '독립 문예지'라고 할 수밖에 없다. 한국문화예술위원회 정책혁신부 편, 『문예연감 2019』(한국문화예술위원회, 2020), 133~134쪽.

문학 권력의 문제나 독립 문예지의 논의가 최근 다시 주목받는 것은 2000년대 초중반의 양상과는 다소 다르다. 독자로부터 문예지가 외면당하고 있으며 다채로운 문학적 시도가 가능해야 한다는 원론적인 입장은 동일하지만 이제 창작자들은 "이윤만을 중시하는 풍토 속에서 문학의 진정성을 지키는"[4] 일에 골몰하지 않는다. 오히려 작품이 합당하고 정당한 대우를 받아야 한다는 것, 비윤리적이고 비합리적인 관행적 의사 결정 구조를 바꿔야 한다는 것, 문학의 유통 역시 예술 노동을 전제로 한 계약 행위라는 것 등이 시대적 변화에 따른 인식이자 새로운 세대의 요구다.[5]

그러므로 이러한 현상은 상업적 유통의 바깥 혹은 공적 영역으로부터의 이탈, '아마추어리즘'의 발현이라는 독립의 가치에 사실상 반한다. 그것은 독립이라는 수식어가 문학 자체에 붙지 못하고, 문예지/출판/서점 같은 플랫폼에 달라붙는 현상과도 같다. 이럴 때 "모두가 경험 가능한 가치가 독립 출판이라는 만듦과 유통의 과정을 통해 각자에게서 발현되고 경험되는지, 사실은 그것이 관습에 기댄 또 다른 동일성만을 드러내지 않"[6]는지 질문하는 것은 중요하다. 즉 독립이 문학을 둘러싼 제도나 유통의 차원이 아니라 문학 그 자체의 독립, 다시 말해 '독립 문학은 가능한지' 우리는 물어야 하는 것이다.

4 최강민, 「독립 문예지의 의미와 가능성」, 《오늘의 문예비평》, 2010년 여름호, 55쪽.

5 〈"시 한 편에 3만원? 그런 청탁 거부합니다" 젊은 시인들의 반란〉, 《한국일보》, 2020. 1. 16.

6 이여로, 「독립 출판을 어떻게 해석할 것인가?」, 《문장웹진》, 2020년 7월호. https://webzine.munjang.or.kr/archives/146329.

*

2015년 신경숙 작가의 표절 사태 이후 문학 권력 문제가 다시 가시화되고, 여러 문예지의 변화가 있었음은 주지의 사실이다. 혁신이라는 이름 아래, 많은 문예지가 편집위원을 새로 구성하고, 잡지의 체제를 바꾸었으며, 폐간과 창간도 속속 이어졌다.[7] 대체로 주요 문예지들은 "제도권 안에 포함되어 있되, 제도권 안에서 활용 가능하면서 부분으로써 독립성을 살리"[8]려는 데 그 목적을 두었다고 할 수 있다. 바꾸어 말하면 한국문학의 단행본을 출간하는 출판사로서의 역할은 유지하면서 전통적인 문예지의 한계는 벗어나고자 하는 시도였다고도 할 수 있겠다. 따라서 이때의 '독립성'은 최소한의 개방 정도를 의미하는 것이었다.[9] 비/미등단 작가가 작품을 발표하는 일, 장르나 성향이 현저히 다른 작품이 수록되는 일, 다양한 형태의 문학이 실리는 일 등이 드물게 있었지만 여전히 기성 문예지의 청탁 시스템이 작동되는 경우가 많았다.

2015년 5월에 창간되었던 《더 멀리》는 '문학·비문학, 등단·비등단 혹은 여기와 저기를 구분하지 않'는다고 표방하면서 활발한 투고 검토를

7 소설가들이 주축이 된 《악스트》와 편집자 중심의 《릿터》, 문학실험실의 《쓺》 창간을 비롯해 창비의 《문학3》, 《문학과사회》의 '하이픈', 《자음과모음》의 복간과 이후 '게스트 에디터' 체제, 문학동네의 웹 연재 플랫폼 《주간 문학동네》 등 기성 출판사 문예지의 변화가 지속되었으며, 《세계의 문학》, 《작가세계》, 《문예중앙》, 《21세기문학》 등은 폐간의 수순을 밟았다. 또한 '걷는사람', '아침달', '워크룸프레스' 등의 신생 출판사가 등장해 문학 출간이 다양화되기도 했다.

8 백다흠, 「문예지의 변신은 문학의 변신인가? 《악스트》의 사례」, 강동호 외, 『지금 다시, 문예지』(미디어버스, 2016), 31쪽.

9 장은정은 이 시기 주요 문예지들의 창간과 혁신을 '설계–비평'이라는 용어로 정리했다. 지면으로서의 비평의 비중은 줄어들었지만 문예지의 기획과 구조화에 있어 비평적 '행위'는 확대되었으며, 그것이 새로운 형태의 운동성을 갖게 되리라고 예측하고 있다. 장은정, 「설계–비평」, 《창작과비평》, 2018년 봄호, 309~320쪽 참조.

진행했고, 그 결과 2017년 3월 12호를 끝으로 종간하기까지 새로운 필자가 여럿 등장할 수 있었다. 2016년 2월에 창간된 《영향력》 역시 전업 작가가 아니더라도 누구나, 언제든지 글을 쓸 수 있다는 의미에서 '키친 테이블라이팅 계간 문예지'로 스스로를 소개하면서 매호 투고를 받았다. 《영향력》은 최근 13호를 끝으로 폐간 결정을 내렸지만 등단에 관계없이 다양한 필자들이 글을 실었으며 주요 필자였던 나일선 작가의 소설집 『우리는 우리가 읽는 만큼 기억될 것이다』(밤의출항, 2019)를 발간하기도 했다. 또 2017년 5월에 창간된 《베개》는 원고를 상시 접수하면서 '느슨한 연결'과 '수평적 관계'를 강조해 왔고, 최근 잡지에 발표된 산문들을 모아 『지난 여름의 구름』(시용, 2020)을 펴냈다. 이들 잡지를 통해 작품 활동을 시작한 시인·소설가들이 적지 않았고, 각자가 꾸린 지면을 통해 지속적으로 발표를 이어 올 수 있었던 것은 다행한 일이다. 하지만 이미 폐간을 결정한 《더 멀리》, 《영향력》, 그리고 5호 이후가 불투명한 《베개》까지, 독립 문예지는 어쨌든 "자본으로부터 독립할 수 없"고, 또 "언제든 폐간을 선택할 수 있다"는 점에서 결국 늘 불안에 시달리게 되는 것이 사실이다.[10]

《젤리와 만년필》과 《소녀문학》 같이 소수자 정체성을 표방한 흥미로운 잡지들도 2018년 각각 3호, 4호에서 휴간을 선택하지 않을 수 없을 정도로 대안 매체를 유지하는 일은 버겁다. 대다수의 독립 문예지가 텀블벅 등의 펀딩 사이트를 통해 독자를 모으고, 이를 기반으로 최소한의 안전망을 확보하려 하지만 적자를 조금 줄이는 수준에 그칠 뿐이다.[11] 패션과 문학을 결합한 '비주얼 문예지'로 화제를 모았던 《모티프(MOTIF)》도 재정

10 김현, 「독립, 상업, 실험」, 《실천문학》, 2015년 가을호, 220쪽.

11 한국문화예술위원회가 시행하는 문예지 발간 지원 사업으로 2020년도에 총 47종의 문예지가 7억 4천만 원의 예산을 지원받았고, 신생 독립 매체 중 《모티프》와 《토이박스》가 수혜를 받았다.

적 어려움을 여러 차례 토로하고, 비정기적으로 4호까지 발행했으나 휴간에 들어간 상황이다.[12]

그럼에도 불구하고 여전히 많은 독립 문예지들이 활발하게 만들어지는 것은 창작자들이 스스로 지면을 확보하기 위함이라고 봐야 할 것이다. 등단이라는 한국문학 특유의 시스템이 여전히 공고한 상황에서 그 관문을 통과하기 위해 애쓰기보다 독자를 직접 만나기 위한 수고를 감수하는 편이 더 낫다는 판단이기도 할 것이다. 실제로 많은 독립 문예지들이 등단과 비등단의 경계를 허무는 일에 큰 역할을 했고, 조금씩 그 효과가 나타나고 있기도 하다. 등단 과정을 거치지 않았음에도 단행본을 출간하는 시인·소설가가 늘어나고 기성 문예지의 청탁에도 비/미등단자가 그 대상이 되고 있으며, 각종 문학 지원 사업 역시 등단 여부보다는 '활동 증명'이 기준이 되고 있다.

그러나 독립 문예지가 개별 창작자의 기성 문단 진입의 교두보 역할만을 하고, 자체적인 매체의 지속성을 갖지 못한다면 이는 곧 등단의 대체재로 기능할 우려가 크다. 요컨대 이제 한국 문단은 좋은 작품을 써내는 것에 더해 어떤 기획과 조직의 능력까지 창작자에게 요구하게 될지 모른다. 한국의 문단을 "입시-공채 시스템"[13]이라고 진단한 장강명의 논의를 빌리자면 독립 문예지의 증가는 문단으로의 진입에 다양하고 복잡한 '수시 전형'이 또 하나 생겨났다는 것으로 이해될 수도 있기 때문이다.

12 이리, 「[기획] 대안 독립 매체 만세! #4. 포즈Pause, 포즈Pose」, 〈SRS〉, 2020. 6. 18. https://www.s-r-s.kr/post/independent4.

13 장강명, 『당선, 합격, 계급』(민음사, 2018), 18쪽.

*

문학의 경계를 허물고 그 범위를 넓히면서 말 그대로 '독립'의 가치를 실현하기 위해 더욱 다양한 시도들이 현재 계속 이어지고 있다. 최근 간행되고 있는 독립 문예지, 새로 생겨난 문학 플랫폼 등은 앞선 독립 잡지들의 경험을 자양분 삼아 다채로운 방식을 도모하고 있는데, 크게 네 가지 형태로 분류될 수 있을 듯 하다.

첫째로 팀 단위 기획을 통해 매체의 다양성과 지속성을 동시에 확보하는 방식이다. 동인지의 방식이라 할 수 있을 텐데, 기존의 문학 동인지가 각자의 작품을 모아 책자로 간행하는 다소 단순한 형태였다면 현재의 팀 단위 문예지는 주제를 선정하고 꼭지를 기획하여 외부 필자를 섭외하는 등 조금 더 역동적인 구성을 도모하는 형태라고 할 수 있다. '문학스튜디오 무시'가 펴내는 '올-라운드 문예지' 《토이박스(TOYBOX)》는 2020년 6월 제4호로 「철세계:SF」를 발간했다. 총 4부로 구성된 이 잡지는 "시인, 소설가와 더불어 사진가, 미술 작가, 만화가, 조음음성학 연구자, 과학도, 영상 제작자 등 다양한 분야의 예술가들"[14]이 참여해 다채로운 형태의 SF 문학을 보여 주는데 특히 'SF시' 같은 독특한 장르를 시도하고 있다는 점이 눈에 띈다.

16명의 여성 기획 편집자들이 모인 '팀 소동'이 발행하는 《노이지(NOIZY)》도 주목할 만하다. 이 잡지는 "여성 소수 약자 문예 잡지"를 표방하면서 여성 창작자들의 작품과 인터뷰, 리뷰와 좌담까지 일관성 있게 구성하고 있다. 올해 1월에 창간호를 내고, 여러 사정으로 2호는 내년으로 미뤄졌지만 '비평 에세이 앤솔러지' 출간을 기획하는 등 활동을 이어가고 있다.

14 「펴내는 말」, 《TOYBOX》 VOL.4_철세계:SF, 2020. 6, 1쪽.

광주의 작은 문학 스터디에서 시작된 문학 모임 '공통점'도 '우리는 문학을 통해 같은 통점이 된다'는 모토로 올해 《공통점》 4호까지를 발간했다. 시가 중심이지만 테마가 있는 산문이나 인터뷰 등 지면이 조금씩 다채로워지고, 지역 문예지로서 지역의 문화 예술 지원 사업의 혜택을 다소나마 받을 수 있다는 점이 안정성을 주는 면이 있다.

둘째로 한 작가를 중심으로 잡지를 만드는 방식이다. 우선 해당 작가의 독자들의 호응을 기대할 수 있고, 일반적인 기성 문예지의 작가 특집과 달리 긴 호흡으로 상당한 분량을 할애해 작가를 조명할 수 있어 소구력이 크다고 할 수 있다. 최근 3호를 발간한 《비릿(be:lit)》이 대표적이다. 오선영, 박정윤 작가에 이어 이랑을 주제로 3호를 꾸렸는데 여러 '트랙(track)'으로 구성된 한 장의 앨범을 듣는 느낌으로 구성되어 있다는 것이 특징이다. 시, 소설, 에세이, 인터뷰, 만화, 사진 등 다양한 형태가 실려 있으며 부산 지역 문예지로서 지역성에 대한 고민도 엿볼 수 있다.[15]

《독사(DOXA)》와 《에프터 센티멘탈(After Sentimental)》, 《글리프》도 작가 특집호의 구성을 가진다. 《DOXA》는 1호 이산화, 2호 한켠 작가를 다루었고, '재미있는 비평'을 표방한다. 단언할 수는 없겠지만 장르 문학 작가들에 관심을 두고 있는 듯하고, 2차 창작까지 시도하고 있다는 점이 특징이다. 《After Sentimental》은 1호에서 김사과, 2호에서 황정은 작가를 다루었다. 작품에 대한 다양한 해석과 감상이 실려 있어 풍성하게 읽힌다. 《글리프》는 '작가 덕질 아카이빙'이라는 표제에 걸맞게 해당 작가에 대한 거의 모든 정보를 수집하여 정리하는데, 양적으로도 방대하고 질적으로도 상세해서 무척 인상적이다. 1호는 정세랑, 2호는 구병모, 3호는 김

15 《비릿》에 대해서는 다음의 좌담을 참고할 수 있다. 노태훈·이유리·서호준·차도하·한의연, 「2020년 예술위 현장소통소위원회·문장웹진 공동 기획 연속 좌담: Ⅳ. 신진의 시선으로」, 《문장웹진》, 2020년 7월호. https://webzine.munjang.or.kr/archives/146222.

금희 작가를 대상으로 하고 있으며 작가의 생애와 작품의 타임라인 구성, '모의덕력평가 문제지' 같은 컨텐츠가 신선하다. 국어국문학과 재학생 다섯 명이 꾸리는 것으로 생각되는 이 잡지는 작가론의 토대가 될 자료로서의 역할 뿐만 아니라 한 작가의 과거와 현재를 찬찬히 조망할 수 있다는 점에서 분명한 강점을 가진다.

세 번째는 웹을 중심으로 한 문예 플랫폼이다. 문예지의 미래가 그다지 밝지 않고, 특히 종이 문예지는 종말이 머지않았다는 이야기가 심심치 않게 들려오는 지금, 결국 웹 플랫폼으로의 이동이 불가피하고 종이 잡지는 고사할 것이라는 전망에 완전히 동의하기는 어렵지만 웹 문예지의 발전 가능성이 적지 않은 것은 사실이다. 문예위에서 운영하는《문장웹진》과 2018년부터 서울문화재단의 지원을 받아 시작된《웹진 비유》가 대표적인 웹 문예지라고 할 수 있고 특히《웹진 비유》는 신진 작가 발굴, 유연한 기획과 프로젝트 운영 등 이른바 독립 문예지의 특성도 상당 부분 갖추고 있다. 다만 두 매체 모두 공적 지원을 받는 매체라는 점에서 독립 혹은 대안 매체로 정의하기는 어려울 것이다.[16]

웹 플랫폼은 초기 구축 비용이 꽤 요구되는 편이며 플랫폼을 유지·관리할 수 있는 관리자의 능력이 필수지만 많은 인원이 투입되지 않아도, 또 복잡하고 번거로운 인쇄 및 출판 과정을 거치지 않아도 된다는 장점이 있다. 차현지 작가는 홀로 문학 웹 플랫폼 「에스알에스(SRS)」의 큐레이팅을 맡고 있는데, 개인이 운영하는 플랫폼임에도 불구하고 유/무료의 다양한 텍스트가 꾸준히 업로드되고 있다. 문학 플랫폼 「던전」은 올해 3월부터 본격적으로 서비스를 시작했는데, '매일 만나는 한국문학'이라는 모토로 '계간, 월간 등으로 진행되던 문예지 출간 관행과 출판사 중심 문학 생

16 3호까지 발간하고 잠정 중단된 웹진《과자당》의 사례를 떠올리면 공적 지원을 받더라도 매체의 지속성은 쉽게 보장될 수 있는 것이 아니다.

태계의 대안으로 문학 저변을 확대하려는 온라인 문학 플랫폼'임을 천명하고 있다.[17] 월 7,000원 정도의 비용으로 무제한 열람이 가능하며 매일 6개 내외의 작품이 꾸준히 연재되고 있다. 시, 소설, 희곡, 산문, SF, 판타지 등 다양한 장르가 청탁이 아닌 투고를 통해 실린다는 점도 특징이다. 최근 오픈한《웹진 아는 사람》도 흥미로운 시도를 다채롭게 선보이고 있다. 한소리 시인을 비롯해 전세은, 한윤희 세 사람이 꾸려 가는 "《아는 사람》은 1인 기획자를 중심으로 매 프로젝트마다 팀원이 달라지거나 추가되는 다회성 문화예술 프로젝트 집단이자 독립 출판사"라고 스스로를 소개한다. 사이트에 누구나 자신의 작품을 게시판에 올릴 수 있고, 각종 테마로 공모를 시행하기도 하며, '문학 스트리밍' 같은 낭독 콘텐츠를 서비스하기도 한다. 최근 '편지'를 키워드로 공모한 결과를 『아마도 익스프레스』(아는 사람, 2020)로 펴내기도 했다.

마지막으로 메일링 서비스를 소개하지 않을 수 없다.《일간 이슬아》의 성공 사례[18]가 개별 창작자들에게 새로운 가능성을 열어 준 것은 분명해 보인다. 일일이 언급하기 어려울 만큼 많은 시인·작가·평론가들이 메일링 서비스를 시도했다. 대체로 월간 구독의 방식으로 독자를 모아 월 1만원의 구독료를 받고 주 1회 정도 글을 메일로 보내 주는 형태를 취하고 있다. 창작자의 입장에서 메일링 서비스는 "누구나 글을 쓸 수 있는 지면이 확보 가능한 시스템"이며, "능동적으로 지면을 만들 수 있다는 점"이 가장 큰 매력이라고 할 수 있겠다.[19] 하지만 독자의 입장에서 알 수 없는 글에

17 「던전」에 대해서도 앞의 《문장웹진》 좌담을 참고할 수 있다.

18 이에 관해서는 이슬아, 「《일간 이슬아》는 어떻게 확장될까」, 《자음과모음》, 2019년 봄호, 188~195쪽 참조.

19 한지윤, 「메일링, 누구나 지면을 확보할 수 있는 시스템」, 《기획회의》 통권514호, 2020. 6. 20., 43쪽.

대해 직접 당사자에게 계좌 이체를 통해 가격을 지불해야 한다는 점은 번거로운 일이며, 결국 개인 간의 약소한 거래 수준에서 서비스가 이루어질 가능성이 커 장기적이고 안정적인 대안 매체라고 보기는 어려울 듯하다.

*

앞서 대체로 문예지 중심으로 독립 문학의 가능성을 살펴보았지만, 사실 문학의 확장은 다양한 형태로 진화하고 있다. 이를테면 '소곡' 팀의 '시실(seal) 스티커',[20] 공동 시집을 만드는 '팀 유후',[21] 여러 독립 서점의 기획과 컨텐츠, 각종 예술 지원 사업에서 파생되는 프로그램 등 문학의 형태는 끊임없이 변주되고 있다. 또 창작 지면으로서의 역할이라기보다 문학을 매개로 한 콘텐츠 생산이 대부분이기는 하지만 팟캐스트나 유튜브 등의 매체를 활용해 자기 영역을 구축해 나가는 사례도 적지 않다. 여기에 제도권 문학이 아니라 장르 문학, 나아가 웹 소설 등의 영역까지 확장하면 실로 문학의 양태는 그 어느 때보다 다양한 것처럼 느껴진다.

이럴 때 독립 문학을 한다는 것, 혹은 독립 문학을 추구한다는 것은 어떤 의미일까. 자유롭게 자신이 쓰고 싶은 글을 써서 자본에 구애받지 않고 어딘가에 발표하면 그걸로 된 것일까. 그렇지는 않을 것이다. 독립 문예지, 독립 출판, 독립 서점, 웹 플랫폼, 메일링 서비스, 팟캐스트와 유튜브 등의 다양해진 문학 매체가 고민하는 것은 결국 '독자'의 문제다. 지금

20 시의 구절과 사진을 결합해 스티커 형태로 제작하여 새로운 문학적 경험이 가능하도록 기획된 프로젝트.

21 아예 같은 제목으로 시를 써서 모은 『유월 오후의 우유』, 특정 문구 뒤에 빈 칸을 두고 각자 채워 넣은 시를 모은 『아무 해도 끼치지 않는』 등의 작업이 있다.

열거한 매체들이 어떤 형태라고 하더라도 SNS를 통하지 않을 수 없다는 것은 문학이 가장 피하고 싶은 것이 '고립'임을 보여 준다고 할 수 있다.[22] 즉 독립 문학은 취향의 공동체[23]를 형성하기 위해 부단히 노력해야 하고, 그것은 결코 쉬운 일이 아니다. 문학은 "어떤 주체가 소외되거나 그 취향이 배제되는 일, 자신의 감성적 영역 — 읽기와 쓰기의 공간 — 을 배분받지 못하는 일이 없어야" 하고, 끊임없이 "감성과 취향의 실험을 수행"해 나가야 하는 일이기 때문이다.[24] 이는 당연히 하나의 독립으로 가능하지 않으며 각자의 영역에서 무수한 독립들이 공존할 때 비로소 독립 문학은 그 가능성을 발견할 수 있을 것이다.

《쓺》 2020년 상반기호

22 「던전」의 운영자인 서호준 시인은 플랫폼 운영에서 가장 큰 고충을 '홍보의 어려움'이라고 말한다. 시스템을 구축하고, 좋은 작품을 업로드하고, 원활한 사용자 환경을 만드는 일은 돈과 시간, 노동력으로 가능하지만 이 공간을 알리는 일, 독자들에게 가닿는 일이야말로 독립매체가 직면하는 최대의 난관이라고 그는 말한다.(노태훈·이유리·서호준·차도하·한의연, 앞의 좌담) 또한 메일링 서비스 통합 홍보용 계정(@mailingservice9)을 운영하는 한지윤도 홍보에 어려움을 겪는 동료들 때문에 계정을 개설하게 되었다고 말한다.(한지윤, 앞의 글)

23 이를테면 흔히 문학적 취향은 정치적 이념보다 후순위로 여겨지기 십상이지만 페미니즘 리부트 이후 한국문학장에서는 조금 다른 풍경들이 펼쳐지기 시작했다. 이에 관해서는 오혜진, 『지극히 문학적인 취향 — 한국문학의 정상성을 묻다』(오월의봄, 2019), 9~13쪽 참조.

24 안서현, 「포스트 시대의 문학지」, 《자음과모음》, 2019년 봄호, 154쪽.

진심으로 축하드립니다

문학상 이야기

지난해 큰 파장을 몰고 왔던 이상문학상 사태는 올해 다시 수상 작품집을 내기 시작하면서 일단락되는 듯하다. 당초 선정작의 '저작권' 문제가 이슈가 되었으므로 "이상문학상 작품집 출간을 위해 작품을 재수록하는 과정에서 작가의 출판권과 저작권에 관해 어떠한 침해도 없도록 한다는 내부 시행 규정"[1]을 마련하는 것으로, 또 여기에 심사 제도를 보완하고 상금과 고료까지 인상했으니 말끔하게 봉합된 것처럼 보이기도 한다.

2020년 젊은작가상의 경우 문제가 되었던 소설이 삭제된 채로 개정판이 나왔고 환불과 교환 절차가 진행되면서 역시 사태가 가라앉는 수순으로 접어들었다.[2] 문학상 운영 자체의 문제라기보다는 수상작으로 결정된 작품의, 또 해당 작가의 윤리적 문제가 도화선이었다고 봐야겠지만, 문학

1 「2021년 제44회 이상문학상 심사 및 선정 경위」, 『제44회 이상문학상 작품집』(문학사상, 2021), 315쪽.

2 「『여름, 스피드』와 『제11회 젊은작가상 수상 작품집』에 대한 후속 조치」, 문학동네 홈페이지 공지 사항, 2020. 7. 21., https://www.munhak.com/bbs/board.php?bo_table=notice&wr_id=179, 확인일: 2021년 2월 22일.

상을 받지 않았다면, 문학상의 이름으로 수많은 독자에게 가닿지 않았다면 사태의 전개는 조금 달랐을지 모른다.

김유정문학상은 지자체와 기념사업회, 문학촌 등이 뒤얽혀 수상자가 발표되었다가 취소되는 등의 내홍이 있었고, 여전히 갈등은 해결되지 않은 것으로 보인다.[3] 아마도 한국에는 수십 개의 문학관이 존재할 것이고, 각 지역에서는 문화 사업과 지역 홍보의 일환으로 문학 축제, 문학상 등을 지원하고 있다.

한국문학의 현장에서 문학상은 대체 어떤 의미를 가지는 것일까. 한국에 수백 개의 문학상이 존재한다는 말은 한국문학의 규모나 영향력과 비교해 단순히 너무 많다는 정도의 판단으로 끝낼 일이 아니다. 이 괴리의 내부를 들여다보면 얼마나 많은 인적·물적 자원이 투여되는지, 그에 비해 공정하고 합리적으로 운영되는 문학상이 얼마나 적은지 깨닫게 되고 그 결과 문학상에 대한 신뢰는 바닥으로 떨어진다.[4] 작품에 대한 독자들의 현재의 감각과 문학상 수상작, 수상 작가에 대한 괴리는 말할 것도 없다. 기본적으로 문학상은 작품을 읽고 검토하여 '심사'하는 행위와 그 수상자에게 영예와 포상을 '부여'하는 일을 수반한다. 대체로 1년 단위의 기준을 설정한다고 했을 때, 한 해에 쏟아지는 그 많은 작품들을 검토하고 성과를 논의하려면 얼마나 많은 인력과 노동력, 에너지와 동력이 이 제도에 투입되어야 할지 짐작이 가지 않는다. 그러나 대개의 문학상은 요식 행위나 상부상조의 행태로 운영되고, 놀랍게도 우리가 익히 알고 있는 문학상의 경우도 크게 다르지 않다.

3 「김유정문학촌, 올해 문학상 수상자 선정 안 한다」, 《강원도민일보》, 2020년 10월 13일 자., http://www.kado.net/news/articleView.html?idxno=1043077, 확인일: 2021년 2월 22일.

4 최근 크게 이슈가 되었던 표절작의 문학상 수상 사태는 한국의 문학상 운영이 얼마나 처참한 지경에 놓여 있는지 단적으로 보여 준다.

한국의 문학장은 수많은 제도가 복잡하고도 단단하게 얽혀 그 실체를 파악하는 데 어려움이 크다. 문학상은 이 제도의 일부로 중요한 자리를 차지하고 있으며 뭉뚱그려 논의할 수 없을 만큼 그 성격도 다양하다. 우선 운영 주체로 이를 구분해 보자면, '출판사/언론사/지역(문화)단체/문학 단체(문예지)' 정도로 정리할 수 있겠다. 그러나 출판사와 지역단체가 결합한다든지 언론사와 문학 단체가 공동으로 주관하는 경우도 적지 않아서 명확하게 구분되지는 않는다. 여기에 시와 소설, 수필, 시조, 동화, 희곡 등 여러 문학 장르를 염두에 둔다면 어떤 기준으로 어떻게 분류해야 할지조차 가늠이 쉽지 않다.

이러한 난점에도 불구하고 현재 한국의 문학상에서 중요하게 다루어져야 하는 지점이 있다면 그것은 문학상의 대상 작품이 출간된 단행본이 '아닌 경우'라고 할 수 있다. 이미 출간된 책에 관해 수여하는 상은 작가의 성취를 치하하고, 그 작품의 가치를 널리 알리는 역할을 한다. 이 경우 문학상은 그 숫자가 많다고 해서 부정적으로만 볼 필요도 없다. 설사 그 책이 가장 훌륭한 작품이 아닐지라도 각자의 판단은 당연히 다를 수 있고, 또 그 문학상을 운영하는 주체의 지향이 반영되는 것이 나쁜 일은 아닐 것이다. 그러나 해당 문학상의 대상작이 책이 아니라 개별 발표작이 된다면 문제는 완전히 달라진다.

나는 여기에서 다루고자 하는 범주를 다시 명확히 해야 할 필요성을 느낀다. 등단이나 데뷔를 위한 제도, 즉 '공모'는 지금 논의하고자 하는 주제가 아니다. 신춘문예나 문예지 신인상, 또 장편 공모까지 작가를 문학장으로 편입시키는 제도에 관해서는 그간 많은 논의가 있어 왔다. 등단이 문학의 기점이 될 수 없고, 다양한 방식을 통해 문학이 가능하다는 것을 여러 매체와 창작자들이 보여 주고 있으며, 단 하나의 사례지만 신춘문예가 폐지되기도 했고, 기왕의 제도를 지속한다면 공정한 방식이 되어야 한다고 많은 사람들이 목소리를 내기도 했다.

그러나 문학상은 기성 작가와 제도에 관한 문제이고, 작품이나 작가에 대한 각자의 호오가 깊이 관여되기 때문에 본격적으로 논의의 대상이 되지 못했다. 특히 해마다 문예지에 발표된 중·단편소설에 수여하는 문학상의 경우 그 주목도와 영향력에 비해 제도 자체에 대한 비평적 검토가 부족했던 것으로 생각된다.

한국의 순문학장에서 생산되는 단편소설은 1년에 약 400여 편이다. 월간, 격월간, 계간, 반년간 등의 (웹을 포함한) 문예지에 주로 발표되며 대부분 작가의 소설집에 향후 실리게 될 작품들이다. 한국문학을 순문학이라고 지칭할 때, 소설 분야로 한정한다면 그것은 문예지 단편소설을 정확히 가리킨다. 장편소설은 흔히 말하는 본격문학, 문단문학, 주류 문학, 특히 제도권 문학이라는 개념과 들어맞지 않는다. 문예지 단편을 쓰는 작가가 또 그 문예지를 통해 연재하거나 문예지를 발행하는 출판사를 통해 장편소설을 펴내기 때문에 그렇게 묶이는 것뿐이다. 즉 한국의 순문학은 문예지 단편소설을 중심으로 생산되며 이를 토대로 작가는 단행본 작업을 해 나갈 수 있는데, 그 가교 역할을 하는 것이 바로 문학상이다. 다시 말해 '문예지 → 문학상 → 단행본'이 순환하는 구조가 한국 순문학의 제도이며, 주요 출판사들이 각각의 단계에서 결코 손을 놓지 못하는 이유이기도 하다.[5]

조금 더 상세히 설명하자면, 어떤 작가가 순문학장에 등장했다면 그는 반드시 문예지에 단편소설을 발표해야 한다. 장편 공모로 데뷔했다고 해도 마찬가지다. 문예지에 단편소설을 발표하지 못하면 순문학장에서 그는 일단 바깥으로 튕겨져 나간다. 스스로가 단편 체질이 아니어서, 혹은 청탁이 없어서 장편에 매진하고, 또 그것이 나름대로 성과를 낸다고 해도

5 물론 이 구조의 앞에는 '등단(공모)'의 구조가 있고, 뒤에는 '아카데미'와 '비평'이 숨어 있다.

그는 문단의 작가가 되지는 못한다.[6]

문예지에 단편소설을 발표했다고 하더라도 대부분의 작가들은 유의미한 반응을 얻지 못한다. 대체로 문예지의 독자는 문학장의 내부에 있는 사람들이고 이것은 곧 그 작품이 일종의 심사 대상이 됨을 의미한다. 그리고 한 해가 마무리될 때쯤 드디어 문학상의 장이 열린다. 한 해 동안 발표된 중·단편소설 전부를 대상으로 한다는 그 문학상들에서 호명을 받는다면 그는 단행본 계약을 따낼 가능성이 크다. 만약 그렇지 못하다면 그에게 단행본의 기회는 무척 요원해진다.

그렇게 해서 주요 출판사로부터 소설집을 펴내게 된 작가는 다시 문예지로 호출된다. 꾸준히 단편소설을 발표하게 될 가능성이 크고, 어쩌면 장편 연재의 기회도 주어질지 모른다. 그렇게 다시 문학상의 후보가 되고, 수상자로 선정된다면? 그는 이제 확실하게 주목받는 작가가 된다.

이 과정을 주도하는 문학상이 바로 아래와 같다.(가나다순)

① 김승옥문학상
② 김유정문학상
③ 문지문학상
④ 이상문학상
⑤ 이효석문학상
⑥ 젊은작가상
⑦ 현대문학상

여기에 지금은 사라진 '황순원문학상', 수도권 외 지역 작가를 대상으

6 나는 이런 작가의 사례를 무수히 알고 있지만 굳이 언급은 하지 않기로 한다.

로 한 대구의 '현진건문학상', 주요 문예지로부터 추천을 받아 수상작을 선정하는 울산의 '오영수문학상' 등을 포함할 수 있고, 별도의 '상'을 수여하지는 않지만 앤솔러지 형태의 단행본을 펴내는 『올해의 문제 소설』, 『'작가'가 선정한 오늘의 소설』 등도 고려한다면 열 개 남짓의 규모라 할 수 있겠다. 어쨌든 2021년을 기준으로 그것이 어떤 형태든 한 해 동안 문예지에 발표된 단편소설을 대상으로, '문학상'의 이름을 부여하는 제도는 위의 7개다.

구체적으로 살펴보면 출판사가 시행의 주체가 되는 '김승옥문학상', '문지문학상', '이상문학상', '젊은작가상', '현대문학상'과 지역 문학단체가 주체가 되는 '김유정문학상', '이효석문학상' 등으로 분류할 수 있다. 하지만 '김승옥문학상'이 순천시의 지원을 받고 있고, '이효석문학상'은 《매일경제》 신문사가 공동 주최하고 있으며, '김유정문학상'은 출판사 은행나무에서 수상 작품집을 발간하고 있으므로 앞서 언급했듯 명확하게 구분되지는 않는다. 이 문학상들은 등단 연도나 대상 작품의 범위가 조금씩 다르기는 하지만 대체로 1년간 문예지에 발표된 단편소설을 대상으로 삼는다. 앞서 언급한 400여 편의 소설들이다. 심사는 어떻게 진행될까.

위의 문학상 중 검토한 작품의 대상과 수를 그나마 언급하는 쪽이 문학동네가 주관하는 '젊은작가상'과 '김승옥문학상'이다. '젊은작가상'은 문예지를 통해 한 해 동안 계간 리뷰가 운영되고 이를 바탕으로 예·본심을 진행하며 '김승옥문학상'은 대상작(2020년의 경우 총 25개 문예지의 147편)을 심사위원들이 블라인드로 읽는다고 고지되어 있다. 그러나 이 두 문학상도 예심 리스트를 공개하지는 않는다. 이를테면 '한국SF어워드'는 검토 대상이 되는 모든 작품의 리스트를 공개하고, 누락된 작품에 대해서는 제보를 받기도 하는데,[7] 순문학에서 그런 일은 거의 일어나지 않

7 SF어워드 홈페이지 https://sfaward.kr 참조.

는다.

그나마 문학동네 주관의 두 문학상은 검토 대상의 범위를 밝히고 있지만 나머지 문학상은 심사 과정을 거의 알 수가 없다. 나는 심사위원들이 어떻게 작품을 배분하여 읽는지, 어디까지 검토하는지, 어떤 방식으로 선정하게 되는지 파악할 엄두조차 내지 못했다. 대체로 심사위원들이 자기가 읽은 범위에서 추천작을 선정하고 본심 리스트를 만들어 독회를 하는 것으로 추측될 뿐이다. 가령 이상문학상은 문학 관계자들에게 추천을 받는다고 고지하고 있지만 자신들이 가진 메일 리스트에 추천 양식을 송부해 회신을 받는 구조다. 이 과정이 어떻게 이루어지고, 응답은 어떻게 정리되는지 당연히 알 수 없다. 결국 이렇게 되면 심사위원이나 해당 관계자가 읽은 작품이 리스트로 올라갈 가능성이 크고 매우 심각한 문제를 낳기도 한다.[8]

아주 많은 경험을 한 것은 아니지만 여러 차례 심사에 참여한 개인적인 기억을 떠올려 보면 심사 과정 자체는 공정한 편에 가깝다고 여겨진다. 작품 외적인 어떤 요소가 심사에 일부 영향을 끼치기도 하지만 추천된 작품들에 대해 자유롭게 논의를 나누고, 합의를 도출해 내는 과정은 무리가 없었다. 그럼에도 불구하고 예심 과정, 검토 대상 작품, 선정 절차 등 아주 기초적인 수준의 정보가 공개되지 않은 채 '심사평'으로 갈음하는 것은 분명히 문제가 있다.

문학상의 운영 주체에 대해서도 다시 한번 고려가 필요하다. 문예지를 발간하고, 단행본을 펴내는 출판사가 문학상을 운영한다는 것은 부자연스러운 일임에 분명하다. 최근에는 출판사에 근무하는 창작자가 늘어

8 잘 알려져 있듯 최근 이상문학상의 수상작은 《문학사상》에 게재된 작품들이다. 후보작을 포함하면 그 수는 더 커지는데, 이것은 폐쇄적이고 자의적인 운영을 노골적으로 드러내는 것이기는 하지만 실제로 추천된 작품의 범위가 좁을 가능성도 크다.

나고 있으므로, 소위 '제척'의 문제도 피할 수 없게 되었다. 자사 문예지에 실린 작품은 문학상의 대상작에서 제외해야 하지 않는가 하는 생각도 들고, 오로지 한국의 순문학만이 이런 기형적인 형태의 문학상들을 운영하고 있는 것처럼 보이기도 한다.

일본의 아쿠타가와상과 나오키상은 "공익재단법인 일본 문학진흥회"에서 운영하고, 노벨문학상이나 부커상, 공쿠르상, 퓰리처상 등도 당연히 작품의 게재, 출판과 관계가 없는 단체에서 운영한다.[9] 아마도 한국의 문학 출판사들은 운영의 실무와 진행을 담당할 뿐, 문학상 심사의 주체는 '심사위원'들에게 위임했다고 생각하는 듯하다. 즉 문학상을 외주나 하청의 형태로 인식하고 한 발짝 뒤로 물러선 채 가장 훌륭한 작품을 독자에게 소개한다는 명분을 강조하는 것이다.

이것은 상당히 큰 문제인데, 심사위원이 거의 고정되거나 출판사와 가까운 관계의 작가·평론가들로 채워지기 일쑤고 이 경우 일종의 편향이 발생할 수 있기 때문이다. 물론 나는 출판사나 문예지가 운영하는 문학상이라면 그러한 편향이 당연하고 그 색깔을 강조해야 한다고 생각하는 쪽이다. 이를테면 등단 7~10년 이하의 젊은 작가를 대상으로 문학상을 운영했던 '젊은작가상'과 '문지문학상'은 그 후보작 리스트가 확연히 다른데, 그것은 오히려 상당히 흥미로운 일이다. 문제는 이 문학상들이 시간이 지날수록 보편적 기준의 감식안을 드러내려고 한다는 점이다. '에콜'이나 '학교'의 시대는 지났다고 하지만 자신들의 관점을 변별적으로 내보이려 하기보다 경쟁하듯 작가를 선점하려 들 때 문학상은 출판 권력을 위해 존재할 수밖에 없게 된다.

저작권과 출판권, 인세의 문제도 여기에 결부되어 있다. 족히 10개의 문학상이 존재하고, 그 작품들은 다시 수상 작품집으로 만들어져야 하므

9 도코 고지 외, 송태욱 옮김, 『문학상 수상을 축하합니다』(현암사, 2017), 각 장 참조.

로 심사 과정에서 이것이 고려되지 않을 수 없다. 다른 문학상을 이미 받은 작품, 작가가 이미 표제작으로 소설집에 실은 작품 등은 암묵적으로 후보작에서 제외될 가능성이 크다. 문학상의 결과가 책으로 발간되고, 이것이 다시 출판사에 수익을 가져다주는 구조 속에서 엄정한 심사가 이루어질 가능성은 당연히 낮아진다. 여기에 더해 대부분의 문학상이 그 상금을 수상 작품집의 선인세로 작가에게 지급한다는 문제가 있다. 작품은 이미 문예지에 발표되었으므로 재수록료 정도의 부담만이 있고, 상금은 선인세로 처리하며, 문학상이라는 이름으로 판매할 수 있으니 출판사가 이를 포기할 이유가 없다.

결론적으로 현재 운영되는 문학상들은 운영의 공정성과 합리성에 대해 당연히 고민을 해야겠지만 이 문학상들이 사실상 공적 기능의 수행과는 무관하다는 점을 강조하지 않을 수 없다. 문학상의 공공성을 제고하고 제도적 개선을 위해 노력해야 할 곳은 문학 단체와 국가기관이다. 친일 문학상에 대해서만 목소리를 높일 것이 아니라 불공정하고 불합리한 문학상 운영, 윤리적·법적 비위에 대해 주시해야 할 것이고, 새로운 제도적 기반을 만들기 위해 정책적·재정적 지원도 필요하다.

두 가지 대안 정도가 떠오른다. 첫째는 새로운 문학상을 만드는 것. 나는 한국문학의 독자들의 펀딩을 받아 운영 기금을 만들고 충분한 시간과 보상을 통해 작품을 선별하여 순수하게 상금과 영예를 수여하는 이상적인 문학상을 그려 보기도 했지만[10] 불가능에 가까울 듯하고, 문학 지원 사업의 일환으로 문학상을 제정해 보는 것이 하나의 시도가 될 수 있지 않을까 생각한다. 특히 젊은 창작자, 비평가들을 대상으로 하는 다양한 지원 사업 중 하나로 발표되는 작품을 읽고 검토하는 일을 부여한다면 긍정적

10 백희나 작가가 수상한 스웨덴의 아스트리드 린드그렌 문학상(ALMA)이 여기에 가장 가까웠다.

인 효과가 있지 않을까. 물론 대규모의 예산과 인원이 투입되어 기존에 운영되던 문학상의 범위나 한계를 뛰어넘어야 의미가 있을 것이다.

조금 더 현실적인 대안은 문학상 아카이빙이다. 현재 문예 연감이나 문예지 아카이브는 양이 지나치게 방대하고 실효성도 떨어져 활용도가 낮은 편이다. 해마다 시행되는 문학상의 결과를 수집하여 효과적인 방식으로 정리한다면 기초 자료로 활용도가 높을 뿐 아니라 정보 공개 차원에서도 일종의 모니터링 역할을 할 수 있을 것이다. 특히 해당 아카이빙 서식에 문학상을 운영하는 주체가 반드시 공개해야 할 여러 카테고리들을 배치해 둔다면 공정하고 투명한 문학상 운영에 기여할 수 있으리라 생각된다.

나는 지난 10년간의 문학상 내역을 정리하면서 여러 흥미로운 지점을 발견할 수 있었다. 물론 위에서 언급한 비판적인 내용이 주를 이루지만, 어떤 작품을 새롭게 발견할 수 있는 토대가 되기도 했던 것이다. 이를테면 수상작이 되지는 못했지만 거의 모든 문학상에 후보작으로 오른 작품, 역시 수상자가 되지는 못했지만 10년간 가장 많은 작품을 문학상의 후보작으로 올린 작가, 후보작으로 언급된 것이 드물지만 수상작으로 선정된 작품 등 여러 얘깃거리가 눈에 띄었다. 아낌없이 축하를 전하면서도 그 과정과 결과에 대해 격의 없는 토론을 벌일 수 있는 문학상이 언젠가 생겨나기를 바란다.

《문장웹진》 2021년 3월호

연결되는 '우리'와 회복하는 '나'

최근 한국 소설이 역사를 다루는 방식에 대해

1 역사와 소설의 젠더적 전환

소설에 대한 범박한 정의는 '누군가가 어떤 시공간에서 무슨 일을 겪는 과정을 언어로 표현한 것' 정도일 것이다. 더 단순하게 말하면 '사건들의 집합'일 것이고 그것은 소설이 시간의 흐름에서 벗어날 수 없다는 의미이기도 하다. 이럴 때 소설은 역사와 구분되지 않는다. 잘 알려져 있듯 '이야기(story)'의 어원은 언어권을 막론하고 '역사(history)'와 밀접한 상동성을 지닌다. 근대소설이라는 장르 역시 그 자체로 인간의 역사의식과 떼려야 뗄 수 없는 관계 속에서 형성되어왔다.

동시에 소설은 꾸며낸 것, 즉 '허구'이고 역사는 '실제'로 일어난 일이라는 정반대의 특징을 지니고 있기도 하다. 물론 역사가 과거의 일들을 모조리 재현하고 기록할 수는 없으며 모종의 선택과 배제, 축약과 과장을 하게 된다는 점, 또 소설이 완전히 새로운 현실을 창작하는 것이 아니라 때로는 실화에 입각하기도 한다는 점에서 '사실/허구'의 방식으로 소설과 역사를 구분할 수는 없을 것이다. 이를 벗어나는 무수한 사례를 우리는 알고 있고 그 예외들이 소설 장르를 갱신하는 기반이 되어 왔던 것도 사실이다.

소설과 역사의 관계나 그 길항에 관해서라면 여러 층위에서 논의가 가능하겠으나 최근 한국 소설에서 역사의 재현 양상을 살펴보고자 하는 이 글에서는 2010년을 전후해 활발히 논의되었던 '장편 대망론'을 그 출발점으로 삼는 것이 어떨까 한다.[1] 장편소설, 그러니까 서구적 의미의 근대소설(novel)이 한국문학에서 불충분하다는 것, 순문학 단편소설 중심의 문학장이 '위대한' 소설의 생산을 가로막고 있다는 문제의식은 꽤 오래전부터 있어왔다. 장편소설이란 곧 신문 연재소설을 의미하던 20세기 초 흥미 위주의 대중적 역사소설은 매문(賣文)으로까지 비판받았고, 이후 매우 복잡다단하게 전개된 한국 사회의 현실 속에서 이에 대한 갈급한 문학적 대응만큼이나 거시적이며 근본적인, 삶과 인간 존재의 근원을 사유하게 하는 문학은 늘 요구되어 왔다. 이것이 곧 역사 인식, 이른바 '총체성'에 관한 논의였으며 고전이자 명작으로 일컬어지는 서구의 정전을 한국에서 찾기 위한 분투였음은 말할 것도 없다. 그러나 지금 한국문학에서 역사와 소설을 언급할 때 이러한 논의가 그다지 유효하지 않다는 점 역시 분명한 것 같다.

소설에서의 역사, 혹은 역사를 다루는 소설에 대한 논의는 근대소설이라는 양식에 중심을 두고 전개되면서 정치한 장르적 분석이 동반되어 왔다. 하지만 하나의 문학적 형식이 "사회적 구조의 반영" 혹은 "고의적인 개입"이거나 의도된 전략의 "동원"이 아니라 다양한 배열·패턴·형태가 중첩하고 충돌하면서 빚어진 결과물이라는 캐롤라인 레빈의 논의를 참조할

1 2000년대 중후반 장편 연재 및 공모의 활성화와 더불어 김훈, 신경숙을 위시해 황석영, 김연수, 박민규, 천명관 등의 작가가 주목받는 장편을 발간함으로써 장편소설의 가능성에 대한 여러 차례의 논쟁이 있었다. 이에 관해서는 김형중, 『살아 있는 시체들의 밤』(문학과지성사, 2013); 김영찬, 『문학이 하는 일』(창비, 2018); 한기욱, 『문학의 열린 길』(창비, 2021) 등을 참조할 수 있다.

때,[2] 소설과 역사에 관한 쟁점의 핵심은 '장르적'이라기보다 '젠더적'이다. 그는 텍스트를 분류하는 행위로서의 장르를 넘어 형식이라는 포괄적인 개념을 통해 기존의 형식주의 도식을 넘어서고자 하는데, 현실에 대한 미학적 결과물로서의 형식이 아니라 다양한 사회적 형식들이 충돌하면서 전개되는 서사에 주목한다. 즉 "심층적인 사회 모순으로부터" 발생하는 "고통스러운 역사적 경험"뿐만 아니라 일상적이고 사소한 "형식적 만남" 역시 강조하는 것이다.[3] 다시 말해 전통적인 서사의 인과성이나 개연성이 아니라 우연성이나 충돌 혹은 균열의 양상을 통해 새로운 해석의 가능성을 발견할 수 있다는 주장인데, 최근 한국 소설에서 과거를 재현하는 방식들에도 일면 적용될 수 있다고 여겨진다. 이를테면 최은영의 『밝은 밤』(문학동네, 2021)은 현재의 '나'로부터 할머니 '영옥'을 거쳐 증조모까지 거슬러 올라가는 이야기인데, 할머니로부터 전해들은 과거의 일들을 '나'가 서술자가 되어 전달하고 있다. 이러한 장치에는 별다른 서사적 맥락이 부과되어 있지 않은데, 이는 20세기를 살아 내야 했던 한국의 여성들을 재현하는 인과의 형식보다 이들을 현재의 '나'와 연결하는 것이 훨씬 더 중요하기 때문이다. 다시 말해 서사적 개연성을 일정 부분 포기하더라도 이 소설의 결말에서처럼 '나'와 언니, 엄마와 할머니, 그리고 증조모까지 한 장의 사진에 담는 것에 서사적 목표가 있다는 것이다. '나'와 분리되지 않는 역사, '나'에게 육박해 오는 과거의 삶을 서술하려 할 때 선택지는 두 가지다. 일인칭으로 쓰거나 소설가 '나'를 등장시키거나.

전자가 『밝은 밤』이라면 후자의 사례로는 강화길의 『대불호텔의 유령』(문학동네, 2021)이 있다. 작가 자신의 단편 「니콜라 유치원」으로 시

2 캐롤라인 레빈, 백준걸·황수경 옮김, 『형식들』(앨피, 2021), 49~53쪽.

3 위의 책, 64쪽.

작해 한국전쟁 이후의 인천 대불호텔을 중심으로 일어난 기묘한 사건들을 추적해 나가는 이 소설은 『밝은 밤』과 마찬가지로 전형적인 '역사소설'의 도식을 띠지는 않는다. 역사적 인물이나 공간, 사건 등은 말 그대로 모티프만 제공할 뿐, 실제 역사와는 직접적인 관련성을 지니지 않기 때문이다. 흥미로운 것은 현재 '나'의 서사에 과하다 싶을 정도로 서사적 알리바이가 설정되어 있다는 점이다. 다시 말해 대체로 과거의 '사실'과 현재의 '허구'로 구성되는 일반적인 픽션의 맥락과는 무척 다르다는 것이다. 소설이 역사를 비틀거나 재해석하는 일은 종종 있지만 그 경우에도 자전적 현재가 동반되는 사례는 흔치 않다. 역사소설에서 작위의 흔적을 최대한 지워서 과거의 이야기에 몰입하게 만드는 일반적인 서술 전략에서 벗어나 그것이 소설가 '나'에 의해 재구성된 서사임을 적극적으로 밝히는 형식은 역사를 다루는 최근의 한국 소설에서 공통적으로 발견되는 특징이다.[4]

이처럼 두 작품은 20세기를 살아갔던 과거의 여성들을 상이한 형태로 추적하면서 대조적인 서술 방식을 택하고 있다. 하지만 과거의 사람들과 현재의 '나'가 어떤 식으로든 연결되어 있다는 인식을 두 작품이 공유하고 있다는 점은 분명하다.

> 엄마가 가리킨 건 거북이 해변에서 다 같이 일렬로 서서 찍은 사진이었다. 엄마가 찍었는지 사진에는 엄마가 없었다. 맨 왼쪽에는 모시적삼을 입은 증조할머니가, 그 옆에는 나와 언니가, 끝에는 할머니가 서로의 손을 잡

4 이를테면 20세기의 혁명을 꿈꾸던 한인 공산주의자 '정웰링턴'의 일대기를 그리고 있는 정지돈의 『모든 것은 영원했다』(문학과지성사, 2020)는 "미래를 전망함"이라는 소제목 이후 소설 후반부의 상당 부분을 자신이 왜 이 소설을 쓰게 되었는지, 어떻게 쓸 수 있었는지를 서술하는 데 할애하고 있다.

고 웃고 있었고, 파도의 흰 포말이 발을 적시고 있었다. 엄마는 돋보기를 끼고 그 사진을 한참 들여다보더니 미간을 찌푸리고 옅게 미소 지었다. 그러고는 사진을 노트 안에 따로 끼워 넣었다.[5]

어떤 방식으로든 계속 기억할 수밖에 없는 사랑. 이야기 속에서 뢰이한은 계속 살아 있다. 그녀는 셜리 잭슨이고, 고연주이고, 지영현이고, 차오이고, 끊임없이 그들의 이야기를 엿보는 중화루의 말 많은 직원이며, 대불호텔이다. 그녀는 박지운이다. 떠나지 못하는 사람들. 떠날 수 없는 사람들.[6]

과거의 이야기가 얼마나 역사에 부합하는지, 그들의 삶이 결국 어디로 향하게 되었는지에 주목하는 것이 아니라 그것이 '나'를 어떻게 변화시키는지에 집중하는 것, 나아가 그것이 '소설'을 만들어 내는 힘으로까지 이어지는 과정은 최근 한국문학에서 논의되어 온 '일인칭'의 흐름과도 관련이 있어 보인다. 또한 "역사가 우리를 망쳐 놨지만 그래도 상관없다."라는 첫 문장으로 시작해 일제강점기로부터 20세기 한인 디아스포라의 이야기를 건져 낸 민진 리의 『파친코』(문학사상, 2018), 1991년 '라타샤 할린스 살인 사건' 혹은 '두순자 사건'을 재구성해 LA 폭동 이후 코리안타운의 2019년과 연결시킨 스테프 차의 『너의 집이 대가를 치를 것이다』(황금가지, 2021) 등의 한국계 미국인 작가의 작품들을 참조하면 소수자가 재현해 내는 역사의 양상이 어떻게 달라지고 있는지를, 그리고 그 근본적인 변화가 젠더에서 비롯하고 있음을 단번에 알 수 있다.[7] 혐오와 배제의 언

5 최은영, 『밝은 밤』(문학동네, 2021), 327쪽.

6 강화길, 『대불호텔의 유령』(문학동네, 2021), 297쪽.

7 최근 많은 주목을 받은 캐시 박 홍의 『마이너 필링스』(마티, 2021) 역시 이러한 맥락에서 읽힐 수 있는 섬세한 작업이며, 여기에서 언급되듯 차학경에 대한 재조명도 이루어지고 있다. 이에 관

어를 어떻게 자긍심의 언어로 바꿀 것인가를 무척 섬세하고도 전복적으로 다룬 일라이 클레어의 논의를 빌리자면 "지배 문화가 사회 주변부로 밀려난 사람들을 보는 방식과 우리(소수자를 의미 — 인용자)가 우리 자신을 보는 방식 사이의 깊은 틈"에서 새로운 명명과 서사들은 생겨난다.[8] 고통과 상처 속에 함몰되지 않고 스스로를 긍정하면서 회복하기 위한 역사적 인식이 인상적으로 재현된 두 작품을 더 살펴보고자 한다.

2 연결되(지 않)는 시간과 삶이라는 역사

18일 하오 2시 2분쯤 부산 중구 대청동 2가 24 미국문화원(원장 체리 R. 랭크·47)에서 불이 나 연건평 6백 평의 3층 콘크리트 건물 중 1층 사무실 2백평을 모두 태워 2천여 만 원의 재산 피해를 내고 1시간 만에 진화됐다. 이 불로 1층 도서관에서 책을 보고 있던 동아대 상경과 2년 장덕술 군(23)이 미처 빠져나오지 못해 불에 타 숨지고 동아대 회화과 4년 김미숙 양(24) 등 3명이 중화상을 입었다. 수사에 나선 경찰은 20대 여인 2명과 청년 1명이 문화원에 들어와 불을 지르고 달아난 사실을 확인하고 이들을 긴급 수배했다. 경찰은 또 불이 나기 직전에 문화원을 폭파시키겠다는 내용의 불온 유인물이 문화원 주변에 뿌려진 사실을 중시, 좌경 불순분자 등의 소행으로 보고 수사를 펴고 있다.[9]

해서는 「책이라는 예술 작품, 『딕테』: 차학경 『딕테』 김경년 번역가 서면 인터뷰」(《자음과모음》, 2021년 가을호, 62~81쪽)와 《뉴욕타임스》 특집 기사"Overlooked No More: Theresa Hak Kyung Cha, Artist and Author Who Explored Identity"(2022년 1월 10일 자, https://www.nytimes.com/2022/01/07/obituaries/theresa-hak-kyung-cha-overlooked.html)를 참조할 수 있다.

8 일라이 클레어, 전혜은·제이 옮김, 『망명과 자긍심』(현실문화, 2020), 59쪽.

9 「부산 남녀 3인조 미 문화원에 방화」, 《경향신문》, 1982년 3월 19일 자.

광주와 부산을 오가며, 또 과거와 미래를 넘나들며 자기만의 스타일을 형성해 온 박솔뫼에게 '부산 미문화원 방화 사건'이 포착된 것은 어쩌면 자연스러운 일일지도 모른다. 첫 소설집 『그럼 무얼 부르지』(자음과모음, 2014)에서부터 『우리의 사람들』(창비, 2021)에 이르기까지 광주항쟁은 박솔뫼 특유의 세대 감각과 함께 늘 배면에 자리하고 있었으며, 부산이라는 공간 역시 이 작가의 표지와도 같기 때문이다. 1982년 3월 18일의 부산 미문화원 방화 사건은 그 전해 1월 말 전두환의 방미(訪美)에서 비롯되었고 1980년 12월에 있었던 광주 미문화원 방화 사건과도 관련이 있었다. 이 사건의 주동자는 고신대 학생 문부식과 김은숙 등이었는데 『미래 산책 연습』(문학동네, 2021)에서는 김은숙이 주로 언급된다.

『미래 산책 연습』은 두 가지 이야기가 함께 진행된다.[10] 하나는 '수미'의 이야기다. 1980년대에 부산과 울산에서 유년기를 보내고 지금은 일본으로 유학을 가 있는 '수미'에게는 자신이 중학생 때 그 시간을 함께 보냈던 '윤미 언니'가 있다. '윤미 언니'는 미문화원 방화 사건에 연루되어 수감 생활을 했고 출소 후에 '수미'와 같이 지내게 되었는데, '수미'는 '윤미 언니'를 통해 감시와 의혹의 눈초리, 죄책감과 두려움 같은 것들을 조금씩 경험하게 된다.

또 하나의 이야기는 소설가 '나'의 것이다. 부산의 오래된 공간을 관광하던 '나'는 우연히 낡은 목욕탕을 방문하게 되고 그곳에서 '최명환'을 만난다. 이제는 근대역사관이 된 미국문화원, 용두산공원, 부산타워, 오래된 아파트 등으로 둘러싸인 부산의 구도심에서 '나'는 '최명환'을 통해 다소 즉흥적으로 월세 계약을 맺는다. 서울에 여전히 연인과 직장을 둔 채

10 일반적으로 두 이야기가 병렬적으로 진행될 때 장 구분이나 분량에 있어 균형을 맞추는 경우가 대부분인데, 이 소설은 총 12개의 장으로 구분되어 있지만 대체로 '나'의 비중이 더 높고 하나의 장에서 반드시 하나의 이야기만 서술되지도 않는 독특한 형식을 취하고 있다.

로 '나'는 시간이 날 때마다 부산을 찾아 글을 써 보려고 하지만 그곳을 산책하고, 음식을 먹고, 여러 사람들을 만나고 책을 읽으며 대부분의 시간을 보내게 된다. '김은숙'이 등장하는 것은 '최명환'에 의해서다.

> 나는 최명환에게 김은숙은 어떤 사람이냐고 물었다. 최명환은 창가를 바라보고 나도 서서히 붉게 변하는 어두운 하늘을 바라보고 그러다 고개를 돌려 그를 보았을 때 그의 옆얼굴은 겁에 질린 것처럼 보였는데 그의 얼굴에 드리워진 나의 그림자 때문이었다. 그의 얼굴에 드리워진 나의 그림자가 어떤 이유에서인지 그의 얼굴에 본 적 없는 감정을 보이게 하였다.
>
> 최명환은 내게 들을 준비가 되었냐고 묻듯이 잠시 나의 얼굴을 쳐다보았다.
>
> —어떻게 처음 그 사람을 알게 되었는지 말해 줄게.
>
> 최명환은 잠긴 목소리로 천천히 자기의 이야기를 하기 시작하였다.[11]

하지만 '김은숙'의 이야기는 서술되지 않고 '나'의 서사도 여기에서 멈춘다. 이 선택은 매우 흥미롭게 느껴지는데, 이어지는 '수미'의 마지막 장 역시 친구 '정승'이 새로 만나게 된 애인에 대해 "무슨 일이 있었는지 천천히 이야기해 줄게."(241쪽)라는 말을 하는 것으로 끝나기 때문이다. 여기에서 자연스럽게 독자들은 소설의 시작으로 돌아가게 된다. 왜냐하면 이 소설은 '정승'이 새로 애인을 만나게 된 과정을 '수미'에게 말하면서 시작되기 때문이다. 마찬가지로 소설의 서두에서 '나'와 '최명환'과의 만남이 서술되지만 여기에서 '김은숙'은 언급조차 되지 않는다. 그저 '나'가 육십대 여성인 '최명환'을 만나게 될 것이고, 그의 회고록을 부탁받게 될 것이

11 박솔뫼, 『미래 산책 연습』(문학동네, 2021), 224쪽. 이하 인용 시 쪽수만 표기한다.

고 "나는 그것을 우선 어딘가에 써 두어야겠다고 생각했다."(18쪽)라는 문장들로 이어질 뿐이다. 그렇다면 '김은숙'의 이야기는 어디로 간 것일까.

이 지점에서 박솔뫼가 역사를 다루는 방식에 관해 언급할 필요가 있겠다. 과거의 사건들에 관한 이 작가 특유의 '거리'는 일견 무심하다는 인상을 준다. 시간이 흐르는 어떤 공간에서 '나'는 현재를 살고 있고, 과거에는 누군가가 어떤 일을 겪었으며, 미래에는 또 무슨 일이 벌어질 것이다. 과거는 '기록'으로 남아 있고, '나'는 현재를 서술할 수 있으며, 미래는 알 수 없다. 여기에서 박솔뫼는 더 나아가지 않는 것처럼 보이기도 한다. 그러나 현재는 자꾸만 과거가 되면서 동시에 미래가 되고, 과거를 열렬히 추적하면 그곳에 갈 수 있듯 미래에 대한 생각을 "여러 번 반복하여 익히고 걸치고 입어 버리면 나는 그 순간을 어느 순간 겪어 버릴지 모른다."(17쪽)는 점에 주목하지 않을 수 없다.

> 이 부분(『밥 딜런 평전』의 일부 — 인용자)을 읽다가 현재와 미래를 생각하는 사람들 와야 할 것들을 끊임없이 생각하고 지금에서 그것을 지치지 않고 찾아내는 사람들은 이미 미래를 살고 있다고 생각했다. 시간을 끊임없이 바라보고 와야 할 것들에 몰두하고 사람들의 얼굴에서 무언가를 찾아내고자 하는 이들은 와야 할 것이라 믿는 것들을 이미 연습을 통해 살고 있을 것이라고. 어떤 시간들은 뭉쳐지고 합해지고 늘어나고 누워 있고 미래는 꼭 다음에 일어날 것이 아니고 과거는 꼭 지난 시간은 아니에요.(91쪽)

이 소설의 출발점이 되었다고 할 수 있을 단편 「매일 산책 연습」에는 '나'와 '최명환'의 이야기만이 짧게 그려져 있다. 즉 『미래 산책 연습』은 '수미'와 '윤미 언니'의 이야기가 보태지면서 비로소 '김은숙'을 이야기할 수 있었던 것이다. '김은숙'의 이야기는 '윤미 언니'에게도, 광주의 생존자이자 증언자인 '조윤미'에게도, 그 시절 바쁘게 사무실로 출퇴근하며 가족들로부터 벗어나 악착같이 돈을 모으던 '최명환'에게도, '나'가 읽고 있는 『티보가의 사람들』 속에도 있다.

박솔뫼가 아카이브를 활용해 독특한 소설적 형식을 구축하고 있음은 잘 알려져 있다. 오래된 공간을 탐사하듯 돌아다니고 자료를 수집해 직접적으로 제시하는 방식은 실재하는 본래의 것, 즉 오리지널 텍스트나 이벤트가 아니라 사후에 기록되거나 그것의 '곁'에 있던 맥락을 통해 '그것 자체'를 재구(再構)하는 행위로서 기능한다. '나'가 '김은숙'의 삶으로 곧바로 뛰어들지 않고 '최명환'을 거쳐서, 또 과거로 곧바로 돌아가지 않고 끊임없이 현재와 거리를 두면서 기록과 자료로 접근하는 것은 박솔뫼가 상정하는 픽션의 윤리라고도 할 수 있을 것 같다. 『미래 산책 연습』이 1980년의 광주나 1982년의 방화 사건을 직접적으로 다루고 있다고 말하기는 어려울 것이다. 그렇다면 그러한 역사는 이 소설에서 부차적이거나 소재적인 것으로 쓰이고 있나? 그렇지는 않다. 기억의 정치학을 넘어 일종의 미학적 전략으로서 '아카이빙 픽션'은 망각에 대한 저항이나 투쟁이 아니다. 촘촘한 복원으로서의 아카이빙이 아니라 매우 느슨하지만 '직관적'인 총체로서의 아카이빙은 그러므로, 절대로 그 '대상' 자체를 마주해서는 안 된다.[12] '김은숙'이 등장하지 않음으로써 이 소설은 어떤 것을 경험하지 않아도 이해하면서 '미래'를 도모할 수 있게 된다.

이미 지나간 시간들, 벌어진 사건들에 대한 소설은 필연적으로 과거를 서술할 수밖에 없다. 하지만 박솔뫼는 계속해서 미래를 얘기한다. 언젠가 '나'가 '최명환'의 회고록을 쓰게 될 미래, '수미'가 "어떻게 처음 언니와 만나게 되었는지를 써 둬야겠다고 마음먹게"(12쪽) 되는 미래, 1980년 겨울 광주에서 "'2000년을 위한 파티'를 열었다는"(193쪽) 광주 전남 미술인

12 이에 관해서는 「영화를 보다가 극장을 사 버림」에 관한 짧은 리뷰를 쓰면서 다룬 바 있다. 「아카이빙 픽션」, 웹진 《과자당》 2호, 2019.

들의 미래.

'나'는 1980년 5월 이후 광주의 "시간은 흐를 리 없고 흐르지 않는 시간은 그런데 어떤 식으로든 흐르고 80년 6월이 80년 7월이 8월이 81년이 82년이 그런 식으로 그러니까 어떤 식으로든 흐를 수밖에 없기 때문에 흐르고 있다는 생각"을 하면서 "80년 5월 이후에도 시간은 흐르고 사람들은 살아 있다는 사실이 동시에 시간은 흐르고 사람들은 이미 죽었다는 사실이 부산 미문화원에 불을 붙인 이들을 참을 수 없게 하였을 것이라고 짐작하면서 동시에 이 역시 착각일 수 있음을 생각"(같은 쪽)한다. 어떤 일이 일어나도 시간은 흐른다는 것, 결코 되돌아갈 수 없다는 엄연함은 미래를 연습하는 일을 떠올리게 한다. 1980년 광주에서 2000년의 한국이 "진실이 알려진 미래이며 민주적인 미래"라고 믿는 것, "누가 그 일을 지시했는지 알고 있고 그들은 법의 심판을 받았다."(같은 쪽)고 여기는 것, "2000년은 그러한 미래이며 우리는 파티를 여는 동안 그러한 미래를 살고 있다."(195쪽)고 쓰는 것.

이제 우리는 '윤미 언니'의 삶을 다시금 떠올리게 된다. 이십 대의 나이에 신념에 차 저항을 꿈꾸었던, 그것이 의도치 않은 희생으로 이어지고 모든 것들이 좌절되었지만 그럼에도 함께 더 나은 미래를 꿈꾸었던 사람들을 오래도록 기억하고 스스로를 돌보며 남은 생을 살아가는, 그래서 담담하고 단단하게 한 시절을 살아낸 '윤미 언니'는 그 자체로 역사다.

3 무관하지 않은 고통과 순환하는 시간

한강의 『작별하지 않는다』(문학동네, 2021)를 읽는다.

그 꿈을 꾼 것은 2014년 여름, 내가 그 도시의 학살에 대한 책을 낸 지두 달 가까이 지났을 때였다. 그후 사 년의 시간이 흐르는 동안 나는 그 꿈의 의미를 의심하지 않았다. 그 도시에 대한 꿈만이 아니었을지도 모른다고, 빠르고 직관적이었던 그 결론은 내 오해였거나 너무 단순한 이해였는지도 모른다고 처음 생각한 것은 지난여름이었다.[13]

최근 한강의 소설들에서 발견되는 특징 중 하나는 "에세이로 이름 붙일 수도 있었겠지만, 그런 선택의 순간이면 늘 그렇게 했듯 소설로 이름 붙였다."[14]라는 언급처럼, '나'라는 개인의 경험만으로 그칠 수 없는 지점에 대해 '소설'이라는 의미를 부여한다는 것이다. 그것은 당연하게도 역사적 인식, 공동체적 감각과 밀접하게 연결되며 『소년이 온다』(창비, 2014) 이후 작가의 행보와도 관련이 깊다.

직접적으로 언급되는 것은 아니며 자전적 요소도 약간의 변형이 있지만 『작별하지 않는다』는 광주의 이야기를 쓴 작가를 연상시키는 화자 '경하'의 2014년 무렵에서 시작한다. 『소년이 온다』가 1980년 광주의 일을 먼 곳의 전화 통화로 감지했던 유년기의 기억 정도로 '나'와 연결시켰다면 이 소설은 곧바로 '나'의 꿈으로부터 출발한다. 눈이 내리는 날 수천 그루의 검은 통나무와 무덤들을 향해 속수무책으로 밀려드는 바닷물에 끔찍한 고통과 절망을 느끼며 깨어날 때, '나'는 그것이 자신이 쓴 '광주'와 관련이 있으리라고 생각한다. 하지만 곧 그렇지 않다는 것을, "처음부터 다시 써"(25쪽)야 한다는 것을 매섭게 깨닫게 되고, '인선'의 사고를 마주하게 된다.

『소년이 온다』가 마치 임철우의 그것처럼 역사의 폭력에 희생된 넋에

13 한강, 『작별하지 않는다』(문학동네, 2021), 11쪽. 이하 인용 시 쪽수만 표기한다.

14 한강, 「교토, 파사드」 부기, 《문학과사회》, 2020년 봄호, 148쪽. 한강은 장혜령의 『진주』(문학동네, 2019)에 관해서도 '에세이를 초과하는 것이 있어 소설로 내는 것도 좋겠다'는 의견을 피력했다.

게 올리는 진혼곡에 가까웠다면, 『작별하지 않는다』는 역사를 직시하면서 기어코 그 고통을 끝까지 재현해 내는 혼신의 쓰기다. 목공 작업 도중 손가락이 절단된 '인선'은 그 신경을 살리기 위해 극심한 고통을 지속적으로 느껴야만 하는데, 이는 곧 이 소설이 역사를 다루는 방식과도 같다. 광주의 무참한 학살과 폭력의 현장을 다루는 것으로 끝내지 않고 다시 제주로, 대구로, 베트남으로, 대만으로, 오키나와로 확장해 가는 것, 훼손되는 육체와 부서지는 마음을 손쉽게 회복시키지 않고 반복을 통해 아주 미약한 불꽃만을 남겨 두는 것, 그리하여 그 시간들을 견뎌 낸 단단하고 용감한 사람들을 기억하는 것이 그것이다.

> 그다지 호평을 받지 못했던 인선의 마지막 영화는 '아버지의 역사에 부치는 영상 시'라는 영화제 기획자의 우호적인 촌평을 부제처럼 매달고 상영되었는데, 지금처럼 미간에 주름을 만든 채 인선은 그 말을 반박했다. 아버지를 위한 영화가 아닙니다. 역사에 대한 영화도 아니고, 영상 시도 아니에요.(236쪽)

역사의 참상과 비극을 기억하고 이를 증언하는 사람들을 영상에 담은 '인선'의 영화는 이데올로기로 인해 폭력과 전쟁에 노출된 남성성에 관한 것도, 기억하고 기록해야 할 과거의 사실에 관한 것도, 은유와 상징도 아니었다. 이 소설과 마찬가지로 그것은 '경하'와 '인선'이 실행하기로 했던 '우리의 프로젝트'였다. 이는 "살아 있는 누구도 더이상 곁에 남지 않"았다는 말에 "내가 있잖아."(238쪽)라고 단호하게 대답하면서 오래도록 응시하고 준비해서 끝내 감행하는 재현이다. 한강은 이 '연대'를 결코 포기하지 않는다.

제주4·3사건에서 경산 코발트 광산 사건으로 이어지는 광포한 학살의 재현은 이 소설이 무엇보다 고통에 집중하고 있음을 보여 준다. 왜 그런 일이 일어나야 했는지, 어떻게 그 일들이 전개되었는지와는 별개로 어떤 고통이 있었는지를 지독하게 따라가면서 "절멸을 위해 죽인 아이들"(318쪽)에게까지 도달할 때, 이런 고통은 "정확히 보지 않는 편이 좋은 종류의 것 아닐까."(256쪽)라고도 생각하게 된다. 봉합 전문 수술 병원 로비에 붙어 있던 사진들처럼, 끔찍한 사건이 보도된 신문 기사나 자료들처럼 굳이 들여다보지 않아도 고통은 충분히 짐작할 수 있는 것이 아닐까, 더 직접적으로 재현할수록 고통은 오히려 소비되기만 하는 것은 아닐까.

> 호송차 여러 대에 올라타기 시작하는데 줄 뒤쪽에서 젊은 여자가 아니메, 아니메, 하고 울부짖었습니다. 굶주려 그랬는지, 무슨 병을 앓았는지 배에서 숨이 끊어진 젖먹이를 젖은 부두에 놓고 가라고 경찰이 명령한 겁니다. 그렇게 못한다고 여자가 몸부림을 치는데, 경찰 둘이 강보째 빼앗아 바닥에 내려놓고 여자를 앞으로 끌고 가 호송차에 실었어요.
>
> 이상한 일입니다. 내가 그 말 못할 고문 당한 것보다…… 억울한 징역 산 것보다 그 여자 목소리가 가끔 생각납니다. 그때 줄 맞춰 걷던 천 명 넘는 사람들이 모두 그 강보를 돌아보던 것도.(266-267쪽)

그렇지 않다고 한강은 쓰고 있다. 왜냐하면 그 고통이, 끔찍하고 절망적인 경험이 '나'와 무관하지 않기 때문이다. '눈'으로 집약되는 이 소설의 이미지들을 떠올려 보자. 쏟아지는 땀과 찬물 샤워, 밀려드는 바닷물과 쌓이고 녹아내리는 눈, 사람의 몸에서 마구 흐르는 피와 눈물 등 소설에는 '물'이 흘러넘친다. 이를 통해 결국 닿게 되는 인식은 "그들의 얼굴에 쌓였던 눈과 지금 내 손에 묻은 눈이 같은 것이 아니란 법이 없다."(133쪽)는 것이다. 이 압도적인 순환 앞에서 '나'는 꿈과 현실을 구분하려는 것조차 의미가 없음을 깨닫게 된다. 그러나 작가는 그것을 통해 역사적 실체를 무화시키거나 이를 보편적인 고통으로 수리하지 않는다. 이를테면 어디로 끌려가 목숨을 잃었을지 모를 오빠 '강정훈'을 찾기 위해 그토록 연약해 보이던 인선의 엄마 '강정심'이 어떤 추적을 했는지 여러 자료와 기록들을 통해 보여 주며 또한 제주에서 "삼만 명", "육지에서 이십만 명"이 살해되었고 그중 "열 살 미만 아이들이 천오백 명"(317쪽)이었음을 소설은 구체적으로 적시하고 있기 때문이다.

『작별하지 않는다』는 소설가 '나'를 통해 시간과 사람을 '연결'시킨다는 것, 역사적 기록과 자료들을 적극적으로 활용한다는 점에서 『미래 산책 연습』과 많은 지점을 공유한다. 무엇보다 앞서 박솔뫼의 소설에서 '김은숙'의 이야기가 생략되었듯 『작별하지 않는다』 역시 2014년 제주로 향하던 여객선의 존재가 전혀 언급되지 않는다는 점에 주목하고 싶다. 아이들의 죽음과 바닷가의 무덤, 구하지 못한 목숨들과 남아 있는 사람들의 삶에서 '세월호'를 떠올리지 않기란 불가능하다. 아마도 그 연결은 각자의 몫으로 남겨 둘 수밖에 없을 것이다.[15]

4 소설의 역사, 역사의 소설

최근 한국 소설에서, 특히 장편소설에서 경우 역사적 재현의 시도가 빈번한 것은 분명해 보인다. 여기에서 상세히 읽지 못했지만 『듣기 시간』(문학실험실, 2021)에 이른 김숨의 일련의 작업은 '증언'이라는 역사적 발화와 소설적 장치에 대해 다시금 숙고하게 만들었고, 박상영의 『1차원이 되고 싶어』(문학동네, 2021)와 같이 2000년대를 전후한 '레트로적 재현'

15 손홍규의 『예언자와 보낸 마지막 하루』(문학사상, 2021)는 '해원'이라는 인물을 통해 전봉준, 박헌영, 노무현, 세월호 희생자의 죽음을 연결시키는데, 여러 기록들을 토대로 소설적 '각색'을 한 것에 가깝다.

역시 주목할 만하다. 현호정의 『단명소녀 투쟁기』(사계절, 2021)는 한국 고전 설화를 '우리의 이야기'로 다시 쓰는 매우 흥미로운 시도를 보여 주고 있고, 멸망과 재건을 거친 22세기의 사람들이 21세기를 추적하는 김초엽의 『지구 끝의 온실』(자이언트북스, 2021) 역시 '역사'와 무관하다 할 수 없을 것이다.

어쩌면 소설에서 역사를 언급하지 않고 이야기를 만드는 일은 불가능할지도 모른다. 다만 중요한 것은 어떤 것이 역사가 '되는지', 그리고 '역사소설'이라는 장르는 어떻게 만들어지는지에 관한 논의일 것이다. 주지하듯 젠더적 관점에서 역사는 계속 새롭게 발견되고 있으며 소설 역시 그러한 역할을 수행하고 있다. 일반적으로 역사소설은 여타 장르물과 마찬가지로 '나'와 떨어져 있기 때문에 그 서사의 문법 속에서 이야기를 즐길 수 있다는 특징이 있다. 동시에 역사는 늘 현재적 관점에서 해석되는 것이기 때문에 지금-여기의 '나'와 결코 분리될 수 없기도 하다. 이 양가적인 성격 속에서 역사를 다루는 소설은 그 감각을 조금씩 변화시켜 나간다. 선이 굵고, 거대하고, 유구하고 장대한 '대하소설' 형태의 역사소설이 요구되던 시대가 있었다. 현대사의 크고 작은 역사적 사건들에 주목해 그것을 화두로 삼는 소설도 역시 필요했다. 이제 우리는 2020년대에 어떤 역사소설이 필요한지 물을 수밖에 없고 그 대답으로서의 한국 소설은 의외로 많고, 또 계속해서 다채로워질 것이다.

《문학동네》 2022년 봄호

2부

좀처럼 손을 놓지 않는 악수

어떻게 우리는 모두 김연수가 될 수 있는가

김연수를 읽는 몇 가지 독법

0 이것은 소설이다, 소설이 아니다

"소설은 이야기이다."라는 명제는 항상 옳다. 이야기를 아무리 쪼개고 흩뜨려 놓아도 언제나 거기에는 사람이 있고 풍경이 있다. 이야기가 진실인지의 여부도 별다른 문제가 되지 않는다. 소설 읽기란 일종의 계약과 같아서 독자의 신뢰만 전제된다면 이야기의 사실성은 따지기 좋아하는 사람에게나 중요할 뿐이기 때문이다. 여기서 신뢰라는 말에 주목해 보자. 독자는 무엇을 믿는 것인가. 작가를? 이야기를? 혹시 그것은 소설이 아닐까. "이야기는 소설이다."라는 명제는 틀렸기 때문에.

저편에서는 "이것은 소설이다."라고 자꾸만 외친다. 이것은 꾸며낸 이야기라고, 작가인 "나"가 여기에 있고, "보세요. 지금 제가 쓰고 있다니까요."라고 무수히 말한다. 다른 한편에서는 "이것은 소설이 아니다."라고 힘주어 강조한다. 지금 이것은 우리 모두가 눈앞에서 마주하는 현실이라고, 어서 주위를 둘러보라고 강변한다. 전자에 모더니즘의, 후자에 리얼리즘의 딱지를 붙이는 것은 이제 촌스러울 수 있지만 아직 어색한 일은 아니다. 이 두 방식의 경계에, 혹은 그 언저리에 김연수의 근작들이 위치하고 있다.[1] 한쪽에서는 여전히 박민규가 "쓰고 싶은 것"을 계속해서 써 나가고 있고, 이편에서는 김연수가 "써야 할 것"을 묵묵히 쓰고 있다. 놀랍게도 "이것은 소설인데요, 또 소설은 아니에요." 혹은 "이것은 소설이 아닌데요, 또 소설입니다."와 같은 방식으로.

작가란 모름지기 이야기의 힘을 믿는 사람일 것이다. 동시에 그 이야기를 어떻게 전달하고, 공유할 것인지를 누구보다 고민하는 사람일 것이다. 그런데 이야기가 그것을 읽는 사람의 삶을 변화시킬 수도 있을까. 물론 그럴 것이라고, 그래 왔다고 전통적인 문학관은 응답할 것이다. 우리의 성장 아래에는 무수한 이야기들이 깔려 있었으니까 말이다. 하지만 그것이 소설이라면 어떨까. 이야기가 곧바로 소설일 수는 없다고 생각하는 일군의 쿨한 작가들은 이야기가 가진 근본적 속성에 회의적인 것처럼 보인다. 그들은 이야기가 소설이라는 옷을 입는 순간 그것은 예술 장르의 일종으로 속박당하고, 다만 작가가 할 수 있는 것은 그것을 얼마나 잘 가지고 놀 수 있는지를 보여 줄 따름이라는 듯이 작품을 써 나간다. 다시 말해 이들은 소설 그 자체에 관심이 있는 작가다. 그런가 하면 소설가는 소설이 아니라 다른 사람의 인생에 관심이 있는 것이라 말하는 작가도 있다. 이들은 한 사람을 이해하기 위해 혹은 우리가 발 딛고 있는 세계를 올바로 바라보기 위해 소설에 복무한다. 이들에게 이야기는 곧바로 소설이 되어야 하는 것이며 소설이라는 외피는 드러내지 않을수록 좋은 것이다. 물론 이 두 부류가 옳고 그름의 문제로 판별할 수 있는 성질이 아님은 굳이 언급하지 않아도 될 것이다.[2] 그러나 전자를 장르로서의 서사 즉 소설이

1 이 글에서 다룰 김연수의 작품은 다음과 같다. 단편으로 「주쌩뚜디피니를 듣던 터널의 밤」(《세계의문학》, 2012년 봄호), 「푸른색으로 우리가 쓸 수 있는 것」(《문학과사회》, 2012년 여름호), 「우는 시늉을 하네」(《문예중앙》, 2013년 봄호), 「동욱」(《실천문학》, 2013년 봄호), 「벚꽃 새해」(《창작과비평》, 2013년 여름호), 「파주로」(《21세기문학》, 2013년 여름호)와 장편으로 『원더보이』(문학동네, 2012), 『파도가 바다의 일이라면』(자음과모음, 2012)이다. 이하 인용 시 작품명과 쪽만 기입한다.

라 명명하고, 후자를 근본으로서의 서사 즉 이야기라고 부를 수 있다면 김연수의 근작들이 소설과 소설 아닌 것(이야기) 사이를 줄타기 하고 있음은 언급해야 한다. 이 경계를 무너뜨리는 것은 전위적인 실험성이 아니다. 그는 무의식에 의존하거나 비의식적 글쓰기를 통해 소설 아닌 소설을 만들어 버리는 흔한 방법이 아니라 전통적인 소설관에 깊숙이 뿌리박은 채 "소설-되기"를 실현해 자신만의 소설을 만들어 나가고 있는 것이다.

이미 여러 차례 지적되어 온 김연수식 글쓰기의 특징을 떠올려 보자. 제라르 주네트가 프루스트를 통해 말한 바 있듯, "X가 Z에 관해서 Y에게 말한 서사"는 단순한 기법상의 문제가 아니라 서사 그 자체로 "우리들 경험의 조직결"이다.[3] 그리고 이렇게 분열되고 겹쳐진 서사야말로 "문학적"이다. 그러한 글쓰기는 『세계의 끝 여자 친구』(문학동네, 2010)에 이르는 동안, 또 그 이후 몇몇 단편들에서 김연수가 계속해서 시도하고 있는 이른바 "이야기의 윤리학"[4]의 연장선상에서 파악될 수 있는 성질의 것이다. 그러나 두 편의 장편소설을 (다시) 썼던 2012년을 기점으로 김연수의 작품들은 미묘한 변화를 보인다. 이를테면 이야기를 생략하거나 과잉하는 방식으로 그 자리에 독자를 불러들여 "김연수-되기"를 요청하고 있는 것이다. 요컨대 이제 그의 소설들은 소설이면서 소설이 아닌, 그저 김연수라고 부를 수밖에 없는 방식으로 끊임없이 침잠해 들어가고 있다.

2 이와 유사한 관점에서 오르한 파묵은 프리드리히 실러의 논의를 빌려 와 소설을 쓰는 두 가지 방식에 관해 설명한다. 자신이 소설을 쓰고 있음을 인식하지 못한 채 자연스럽게 저절로 써 나가는 "소박한(naive)" 작가와 이와 반대로 텍스트의 인위성과 현실성을 끊임없이 고민하면서 써 나가는 "성찰적인(sentimental)" 작가가 있다는 것이다. 파묵도 힘주어 말하고 있듯, "소설 창작은 소박한 동시에 성찰적인 일"이다. 오르한 파묵, 이난아 옮김, 『소설과 소설가』(민음사, 2012), 20쪽.

3 제라르 주네트, 권택영 옮김, 『서사 담론』(교보문고, 1992), 229쪽.

4 신형철은 『세계의 끝 여자 친구』의 해설을 통해 김연수의 서사가 "세계의 붕괴 — 삶의 이야기화 — 이야기의 연결"의 구성을 띠고 있음을 지적한 바 있다.

1 이야기의 풍경 혹은 풍경의 이야기 — 그때, 그곳에서

김연수의 소설은 풍경의 소설이다. 그에게서는 항상 인물이나 사건보다 배경이 앞선다.[5] 세계가 먼저 있고, 그 이후 모든 것이 존재한다. 그리고 그 세계는 항상 완벽하다. 윤리적인 의미가 아니라 그것은 다만 자족적이라는 의미에서 그러하다. 『원더보이』에서 세계의 모든 것을 기억해 버리는 이수형을 떠올려 보자.

> 기억 속 저장공간 중에서 가장 정교했던 것은 '1974년 기억의 서울'이었어. 그는 광화문 네거리에서 종로5가까지의 거리를 통째로 머릿속에 넣은 거야. 그건 일 년에 걸쳐서 아주 공들여서 만든 가상의 거리였어. 건물의 2층과 3층까지 포함해서 상점들과 집들과 나무들과 횡단보도와 노점상들까지. 거기에다가 늘 볼 수 있는 상인들까지 모두 머릿속에 넣은 것이니까. 1974년 그 모든 걸 외운 뒤부터는 아무리 긴 글이나 대화라도 그는 토씨 하나 틀리지 않고 기억할 수 있었지. '1974년 기억의 서울'에 이미지로 만들어서 모두 때려넣은 뒤, 언제라도 '1974년 기억의 서울'을 걸어가기만 하면 되는 일이었으니까.(『원더보이』, 173쪽)

이수형은 숫자들을 색깔로, 단어의 초성을 다시 숫자로 변환해 이를 이야기로 만들어 버린다. 하나의 단어, 하나의 색채가 만들어 낸 어떤 이미지를 다시 이야기의 형태로 조합하는 것이 그의 능력이었다. 이를 통해

5 풍경에 관한 가라타니 고진의 논의를 참조하면, 그는 풍경을 역사와 타자의 배제를 통해 형성되는 것으로 설명하면서 근대문학의 조건 중 하나로 내세운다. 여기에서 풍경은 내면적 인간에 의해 "발견"된다. 그러므로 근대적 인간에 의해 발견되는 풍경이란 하나의 "인식틀"이며, 그 "기원은 은폐"되고 마는 것이다. 그러나 여기에서 풍경은 여전히 인물 뒤에 서 있다. 가라타니 고진, 박유하 옮김, 『일본 근대문학의 기원』(도서출판b, 2010) 17~48쪽 참조.

그는 하나의 풍경 속에 그가 기억해야 할 모든 것을 입력한다. 색깔과 어휘들이 숫자로 변환되는 과정을 넘어 여기에 이르면 인간이라는 개체마저도 세계의 일부에 지나지 않는다. 펼쳐진 풍경의 일부로, 세계를 구성하는 이미지로 인물은 기능할 뿐이다. 따라서 이때의 풍경이란 인물과 사건을 보조하는 '배경'으로서가 아니라 이 모두를 포괄하는 "커다란 풍경"[6]이다. 1974년의 서울처럼 과거의 기억이란 언제나 완벽하다. 기억은 그것이 떠오르는 순간 그 자체로 완벽함을 보장하기 때문이다. 그 완벽함을 비집고 들어갈 인간은 결코 없다. 그저 그 풍경 속에 존재하고 있을 뿐, 어느 누구도 과거로 돌아가 그 기억을 부술 수는 없을 테니까 말이다. 그러니까 어떤 인물의 이야기가 가능해지려면 그 이야기가 가능해질 수 있는 풍경이 준비되어 있어야 한다. 「주쌩뚜디피니를 듣던 터널의 밤」(이하 「터널의 밤」)에서 어머니를 기억하는 두 남매의 이야기는 밤이어서, "달도 이미 져 버린, 아주 깊은 밤"(「터널의 밤」, 319쪽)이어서 가능했다.

> 다시 안산의 그 터널까지 가는 동안, 큰누나는 이런 이야기를 내게 들려줬다. 장례를 치르고 난 뒤, 그간 갖가지 옷들을 입고 찍은 엄마의 사진을 하나하나 들여다보다가 큰누나는 그 사진을 찍는 동안 두 사람이 인생을 한 번 더 산 셈이라는 걸 알게 됐다고 한다. 옷을 꺼내 입을 때마다 엄마는 그 옷에 얽힌 이야기를 큰누나에게 들려줬고, 큰누나 역시 자신이 기억하는 그 시절의 엄마에 대해서 얘기했단다. 한 집에서 같은 밥을 먹고 살았지만, 사는 동안에는 서로 바라보는 바도, 생각하는 것도 달라서 가족이라도 결국에는 남이라고 생각했단다. 그래서인지 엄마의 기억과 큰누나의 기억은 조금씩 달랐다고 한다. 아마도 엄마와 큰누나의 기억은 나의 기억과도 많이 다를 것이다. 하지만 그럼에도 큰누나는 두 사람의 삶이 서로 겹친

6 오르한 파묵, 앞의 책, 15쪽.

다는 것을 알게 됐단다. 그래서 엄마가 다시 한번 인생을 살 수 있다면, 그건 우리도 또 한 번의 삶을 사는 게 된다는 사실을. 다시 말하면, 우리가 또 한 번의 삶을 살 수 있다면 엄마 역시 다시 한번 인생을 살 수 있다는 사실을. 우리는 그렇게 연결돼 있다는 사실을.(「터널의 밤」, 320쪽)

김연수 소설의 핵심 중 하나는 같은 사건에 대한 각자의 기억이 모두 다르다는 것이다. 그것은 한 사람의 인생을 총체적으로 재구성하는 수준이기도 하고,(『파도가 바다의 일이라면』) 엄마의 마음을 돌리려고 아버지와 함께 내려왔던 20년 전 통영의 어느 날이기도 하며,(「우는 시늉을 하네」) 둘이서 같이 봤던 영화에 관한 것이기도 하다.(「벚꽃 새해」) 그 서로 다른 이야기들이 겹쳐질 때 비로소 세계의 풍경은 완성되는데, 이를 가능하게 하려면 또 하나의 풍경이 필요하다. 다시 말해 과거의 기억이나 사건이 하나의 '원풍경'으로 존재한다면 이를 지금 여기로 소환할 수 있게 하는 또 하나의 '현풍경'이 있어야 한다는 것이다. 그리고 이 풍경들은 다시 "커다란 풍경"이 되어 세계를 이어 가게 하는 원동력이 된다. 그러니 우리가 주목할 것은 "주세투테피니", 즉 "모든 게 끝났다는 걸 나는 안다."(Je sais tout est fini.)로 시작되는 아다모의 「상 투아 마미(Sans Toi M'amie)」가 아니라 이를 듣게 했던 "터널의 밤"인 것이다.

"자정 너머 스멀스멀 기어나온 안개에 가려 흐릿해지던 반달"과 "드문드문 불빛들이 반짝이던 아파트 건물의 육중한 몸피", "줄줄이 휘어지는 가로등 불빛"들로 구성된 그 여름밤의 고속도로 위를 큰누나와 '나'는 달리고 있었다.(「터널의 밤」, 304쪽) '나'가 그 새벽의 도로를 왕복해 가며 엄마의 노랫소리가 들린다던 터널을 네 번이나 통과할 수 있었던 것은 큰누나에게 엄마의 여생을 떠맡기다시피 했던 미안한 마음 때문이라든가, 정말로 그 터널 속에 엄마의 목소리가 있을 것이라 믿어서가 아니었다. 자정을 넘긴 일요일 늦은 여름밤, 이상하게도 낮보다 환했던 밤의 고속도로를 달렸기 때문이다. 그뿐이다. 이 풍경 속에서 인물들은 서로의 이야기를 공유하고 그것이 겹치는 지점에서 일종의 깨달음을 얻는다. 그것은 대체로 사랑의 외피를 걸치고 있지만 각성이기도 하고, 성장이기도 하며, 연대이기도 하다.

우연히 찾아간 시계방의 노인이 들려준 이야기를 통해 헤어진 두 연인은 그들이 함께 보냈던 시간들이 헛되지 않았음을 깨닫게 된다.(「벚꽃 새해」) 또한 그 깨달음은 재개발 지역에서 연쇄 방화를 저지른 아이를 어렵사리 이해하면서 마음속에 "관계의 불"이 타오르기 시작하는 담임선생의 연대 의식으로 나타나기도 한다.(「동욱」) 이들에게 필요했던 것은 그저 각자의 이야기가 서로 만날 수 있는 풍경이었다.[7]

한 인물을 둘러싼 풍경을 집요하게 그려 내고 있는 『파도가 바다의 일이라면』(이하 『파도가』)을 보자. 대개의 김연수 소설이 그렇듯 여기에서도 가족 혹은 연인의 부재와 그것의 복원이 중요한 모티프가 되고 있다. 범박하게 요약하자면 이 소설은 미국으로 입양된 딸이 한국의 친모를 찾아가는 과정이라 할 수 있는데, 이 과정에서 딸, 즉 카밀라 혹은 정희재는 자신의 엄마 정지은에 관해 놀라운 사실들을 알아 나간다. 정지은의 아버지가 진남조선소 노동자 농성 과정에서 크레인을 뛰어내려 자살했다는 것, 이후 정지은이 정신적 충격 속에서 방황하면서 아이를 가진 사실, 그리고 이를 둘러싼 오해와 음해들. 결국 딸인 카밀라를 강제로 입양 보내고 정지은이 자살을 선택하기까지, 뒤늦게 엄마의 생애를 복원하려는 카밀라에 의해 이 모든 것들은 재구된다. 그러나 이 과정에서 흥미로운 것은 김연수가 작가의 말에서도 언급했듯 "쓰지 않은 이야기"(『파도가』, 327쪽)가

7 이러한 풍경의 공간들이 구체적으로 거론되고 있음은 특기할 만하다. "안산"의 터널, "종로"의 "명품시계 정시당", "뉴타운 개발 예정구역" 등 인물들의 이야기가 만나는 곳은 존재근거로서의 공간이나 상징적 장소의 차원을 넘어 문학적 토포스로 기능한다.

있다는 것이다. 소설의 말미에 이르러서야 밝혀지지만 정지은이 사랑한 사람은 독일어 선생 최성식도 아니었고 친오빠 정재성도 아니었다. 그는 자신의 아버지를 죽음으로 몰아갔던 진남공업주식회사의 사장 이상수의 아들, 이희재였다. 둘의 관계는 적어도 처음 만났던 1985년 6월부터 정지은이 자살한 1988년 6월까지, 3년간 이어졌다고 보아야 할 것이다. 그런데 놀랍게도 소설 속에서 이 둘의 이야기는 거의 등장하지 않으며 소설 말미에 에필로그 식으로 잠깐 언급될 뿐이다. 다시 말해 김연수는 정지은과 이희재의 사랑이라는 이 소설의 핵심을 최대한 배제한 채 그 '풍경'만을 그리고 있는 것이다. 이것은 보여 주기도 말해 주기의 방식도 물론 아니거니와 단순한 암시의 수준도 아니다. 왜냐하면 명백하게 이 소설은 정지은과 이희재의 사랑이 정희재라는 인물로 현현되었음을 드러내기 때문이다. 이희재가 거꾸로 걸어 놓았다는 지도는 정지은의 「북패(北浿)」라는 시로 쓰였고, 그녀가 아이의 이름을 '희재'로 짓겠다는 고백 역시 자신이 쓴 도서반 문집 속 수필에 드러나 있다.

인물이나 사건들을 풍경 속에 가려 놓고 그 풍경이 아니면 절대 가능하지 못할 소설을 써내면서, 김연수는 이를 플롯의 차원으로 확장하고 있다. 예컨대 꽃을 그리는 화가가 꽃은 흐릿하게 그려 놓고 주위의 흙은 알갱이 하나까지 세세하게 그리고 있는 형국이랄까. 풍경이 단순히 인물과 사건의 배경이라는 개념이 아님은 여기에서 명확해진다. 이를테면 여러 개의 사건들이나 여러 명의 인물들이 풍경이 될 수 있다는 것, 정지은이 곧 카밀라이자 희재가 될 수밖에 없는 것은 이 세 명을 제외한 모든 것들은 일종의 풍경에 지나지 않기 때문이다. 그러니까 1980년대의 '진남'이라는 정지은과 이희재의 세계를 만들어 놓고 정희재를 그저 그 속에서 '걸어가게 만들기만 하면' 된다는 것. 그리하여 그 거대한 풍경이 독자로 하여금 쓰지 않은 이야기를 읽을 수 있게 하고, 이때 비로소 하나의 소설은 완성된다.

2 두 개의 이야기, 그리고 소설가의 일

21세기 한국 단편소설의 정수로 손꼽히는 김연수의 「다시 한 달을 가서 설산을 넘으면」(『나는 유령작가입니다』, 창비, 2005, 이하 「설산」)에서 죽은 여자 친구의 흔적을 더듬을 수 있게 해 주는 것은 그녀가 마지막으로 대출한 도서 『왕오천축국전』이다.(물론 이것'만'은 아니다.) 인물의 부재를 텍스트를 통해 확인하고 다시 그 텍스트를 둘러싼 이야기로 인물을 이해하는 행위는 김연수 소설의 반복되는 플롯이다. 그런데 단순한 이야기가 아니라 이를 '글'로써 수행한다는 것, 이럴 때 우리는 어쩔 수 없이 소설 혹은 소설가를 요청하게 된다. 그러므로 「설산」에서 또 하나 기억해 둘 것은 소설의 주인공인 남자가 '소설을 쓴다'는 사실이다. 그렇다면 여기에서 다루고 있는 김연수의 근작들은 어떠한가. 애초에 작가가 될 생각을 한 것은 아니지만 주변 인물의 권유에 의해 작가가 되기도 하고,(『원더보이』, 『파도가』) 종합병원 소아과에서 간호사로 근무하던 사람이 "평생의 꿈이던 소설가가 되겠다며 병원에 사직서를" 내기도 하며,(「터널의 밤」) "매일 밤 캄캄한 방 안에 누워 낮 동안 읽은 재미난 이야기들을 고단한 아내에게 들려주는 노인"이 등장하고,(「벚꽃 새해」) 소설가들의, 소설에 관한 이야기가 그려지기도 한다.(「푸른색으로 우리가 쓸 수 있는 것」, 「파주로」) 이처럼 끊임없이 쓰는 자를 등장시키는 김연수의 소설들은 "변신"[8] 하는 자들에게 숨겨진 이야기가 무엇인지를 찾는 과정이다. 다르게 말하면 변신의 가능성이 이야기에 있다는 것이기도 하다.

8 그는 자신의 소설적 최소 단위가 "변신"이라고 언급한 적이 있다. "정지되어 있는 사람들에게는 관심이 안 가고……그러니까 그 사람이 왜 바뀌었는지가 궁금한 거예요. 그때부터 이야기가 다 숨어 있다고 보거든요." 김연수·진은영·김홍중, 「좌담: '나를 죽이지 못한 것은 나를 강하게 만든다'」, 《문학동네》, 2012년 겨울호, 108쪽.

「우는 시늉을 하네」에서 부재한 사람은 아버지다. 어머니가 소설가의 지위를 부여받았다. 아버지의 죽음을 계기로 아버지를 이해해 보고자 마음먹은 자는 이들의 아들 영범이다. 영범이 십 대였던 때 이들은 이혼했다. 어머니는 헤어질 결심을 굳히고 고향인 통영으로 내려와 버렸고, 어머니를 설득하기 위해 아버지와 함께 그 먼 길을 내려왔던 열네 살의 기억과 가출해 혼자 통영에 내려와 어머니가 이미 재혼했다는 소식을 들었던 열여섯의 기억을, 영범은 가지고 있다. "할 말은 많지만 그냥 그걸로 끝"(「우는 시늉을 하네」, 132쪽)이었던 그때 통영의 풍경 속에 그가 다시 도착한 장면은 어머니를 기다리면서 소설을 읽던 아버지의 모습이다.

> 윤경의 말이 옳았다. 가족이라고 해도 자신의 진심을 강요할 수는 없었다. 그런데 말이다, 그건 자기 자신에게도 마찬가지였다. 그토록 우스꽝스러울 정도로 평범한 진심이라면 자기 자신에게도 강요해서는 안 되는 일이었다. 그래서였다. 아버지의 삶이 실패하게 된 건 그 때문이었다. 그렇게 옛일을 떠올리다가, 아버지를 생각하고, 또 딸아이를 생각하다가, 영범은 문득 아버지가 읽었다던 그 책을 서가에서 발견했다. 그러니까 '늦여름'이라는 게, 독일어로 'Der Nachsommer'라는 게 한문으로는 '晩夏'라는 걸 그제야 깨달았던 것이다.(「우는 시늉을 하네」, 137쪽)

지금 자신의 이혼을 결심한 영범이 열네 살이었던 20년 전 두 사람은 이혼했다. 그때 "아버지는 상인이었다."로 시작되는 이 소설을 읽었음을 고백하는 아버지를 영범은 믿지 못한다. 2011년에 출간된 『늦여름』을 아버지가 20년 전에 읽었을 리가 없기 때문이다. 그래서 그는 아버지가 "뭐든, 그 순간 최선을 다하는 거지."라고 얘기할 때도 "최선을 다해도 안 되는 일이 있어요. 예를 들면 아무리 최선을 다해도 아직 나오지도 않은 책을 읽을 수는 없는 것처럼."이라고 생각한다.(「우는 시늉을 하네」, 128쪽)

그런데 그 아버지가 읽었다던 책을 어머니인 윤경의 서가에서 발견할 때, 소설 속 남녀가 사랑을 확인하는 유치한 사랑 묘사에 그어진 밑줄을 확인했을 때, 영범은 아버지의 "평범한 진심"과 그 순간의 "최선"을 비로소 이해하게 된다. 그런데 이것은 좀 이상하지 않은가. 아버지가 그동안 보여 왔던 행동들, 즉 윤경을 찾아 통영으로 내려갔던 일이라든가 영범의 이혼을 말리기 위해 처음으로 혼자 영범의 집으로 찾아온 일 등은 진심으로 증명 받지 못한다는 말인가. 그저 같은 책을 읽었을 뿐인데, 마치 정말 모든 지혜가 책 속에 있는 것처럼 텍스트의 의미를 지나치게 강조하는 것은 아닌가. 특히 소설이라는 것에 대한 도저한 믿음은 도대체 어디서 오는가. 이런 질문들을 김연수에게 던질 수 있을 듯하다. 핵심은 여기에 있다. 하나의 인간을 이해하려면 내가 모르는 다른 "이야기"가 필요하다는 것. 아버지가 보여 준 행동들을 영범은 모두 알고 있다. 윤경에게 아버지를 이해시키려는 영범의 발언에서 심지어 그것이 진심이었다는 것도 충분히 알고 있었음이 드러난다. 그러나 어머니를 찾아 홀로 외가로 온 열여섯의 소년이 1년 전에 어머니가 재혼했다는 사실을 알았을 때, "속에서 자꾸만 뭔가가 울컥울컥" 치밀어서 "이러다간 안 되겠다, 울자."라고 마음을 먹어도 "도무지 눈물은 나오지 않"는 상황이 있다는 것이다.(「우는 시늉을 하네」, 132쪽) "우는 시늉을 해 보"아도 나오지 않던 그 눈물은 "갑자기" 어떤 "순간"에 쏟아지고 만다.(「우는 시늉을 하네」, 133쪽) 그러니까 한 사람을 이해한다는 것은 결코 "시늉"만으로 되지 않는다는 것, 그것은 노력이 요구되는 일이면서도 벼락처럼 다가오는 것이기도 하다는 것. 그 이해의 이면에는 나와 당신을 둘러싼 이야기들이 있다는 것.

그런데 그 이야기가 반드시 소설이어야 할 필요는 없지 않은가. 아버지와 어머니, 그리고 나의 이야기가 담긴 어떤 사물이어도, 또는 이들을 이어 줄 어떤 사람이라도 무방하지 않은가 반문할 수 있다. 아니, 오히려 그 편이 더 설득력을 가진다고 보아야 할 것이다. 그래서 소설의 '등장'은 서사적 논리나 개연성의 차원이 아니다. 그것은 믿음의 차원이다.

'전치과(全齒科)에서 24번 어금니를 뽑으면서 내가 알게 된 것은 고통(苦痛)이 단수(單數)라는 것이었다. 여러 개의 고통을 동시에 느끼는 경우는 거의 없다는 것. (중략) 한 번 감각이 비틀리기 시작하자, 기괴하기 짝이 없는 현실이 내 눈앞에 펼쳐졌다. 예컨대 나는 낮에도 죽은 사람들을 보고 다녔다. 말하자면 실수로 두 번 찍은 필름의 영상처럼 두 개의 세계가 겹쳐 있었다. 그다음에는 세 개, 네 개의 세계가 계속 겹쳤다. 그러면서 현실(琅實)은 객관적으로 존재하는 단층(單層)적인 시공간에서 주관적으로 변화하는 다층(夢層)적인 시공간으로 바뀌었다. 기이한 점은 그렇게 죽은 자들과 얘기하면서 거리를 걸어 다니는 동안, 나의 고통은 씻은 듯이 사라졌다는 점이었다.'(「푸른색으로 우리가 쓸 수 있는 것」, 92~93쪽)

소설가 정대원 씨를 우연히 병원에서 만나 그의 작품을 찾아보게 되는 주인공은 드디어 소설가다. 「24번 어금니로 남은 사랑」이라는 제목으로 1965년 9월에 발표된 정대원의 단편 속 남자 주인공이 말하는 고통에 주목해 보자. 고통이란 언제나 단수라는 것. 이유인즉슨 실연의 고통을 잊기 위해 치과를 찾아가 생니를 뽑았지만 전혀 아프지 않았다는 것이다. 나아가 현실의 고통을 사라지게 한 것이 "세계의 겹침"이었다는 언급은 핵심적이다. 단층의 시공간은 딱 그만큼의 세계를 보여 준다. 설령 그것이 "진심"이라고 하더라도 그것을 온전하게 받아들일 수가 없는 것은 그것이 "한 번"이기 때문이다.[9] 세계에 대한 다른 이야기가 겹쳐 들어와 그것이

9 저 유명한 『참을 수 없는 존재의 가벼움』에서 주인공 토마스는 독일의 속담을 인용하면서 이렇게 말하지 않았던가. "한 번은 중요치 않다. 한 번뿐인 것은 전혀 없었던 것과 같다. 한 번만 산다는 것은 전혀 살지 않는다는 것과 마찬가지다."(밀란 쿤데라, 이재룡 옮김, 『참을 수 없는 존재의 가벼

다층의 시공간으로 바뀔 때, 풍경은 변화한다. 이것이 다른 인간, 다른 삶에 대한 이해의 단초로 기능함은 물론이다. 그런데 다시 지적하거니와 이 과정을 매개하는 존재가 39살의 김씨 성을 가진 소설가라는 사실이 심상하지 않다.[10]

「파주로」는 이러한 관점에서 상당히 인상적인 작품이다. 이 소설의 주인공은 소설가로, "외국이 배경인 역사소설"과 "소통의 불가능성을 주장하는 연애소설"을 썼고, "달리기도 하는 사람"이다.(「파주로」, 98쪽) 나아가 십 년 전쯤 「달의 다른 얼굴」이라는 소설을 지금은 폐간된 계간 《소설과 사상》에 실었던 인물이다.[11] 이쯤 되면 여기 주인공 '건우'는 작가 김연수라고 보아도 무방하다. 이럴 때 소설가에 관해 언급하는 여러 진술들은 흥미롭게 읽힌다.

> 그간 어머니는 문성만 신부님의 신앙시집이 출간될 때면, 출판사에 몇십 권씩 주문해서는 주위 사람들에게 나눠 주곤 했다. 특히 내게는 한 권이 아니라 다섯 권씩 보냈는데, 이유를 물었더니 나만 읽지 말고 주변의 소설가들에게도 나눠 줘 좋은 길로 인도하라는 것이었다. 도대체 어머니는 소설가가 어떤 사람이라고 생각하는 걸까?(「파주로」, 96쪽)

> "역시 소설가라 기억력이 남다르구나."(98쪽)

움』(민음사, 2003), 15쪽.

10 김윤식은 이 소설에서 "2009년", "세브란스 병원", "《한겨레》 신문", "1000번 버스" 등 이른바 "실명"의 등장이 특징적이라고 지적하고 있다. 나아가 "자기를 숨기는" "국적 불명"의 소설이 "제법 글답다"라고 인정받는 세태 속에서 김연수가 "민첩"하게 대응하고 있다고 설명한다.(김윤식, 『내가 읽은 우리 소설』(도서출판 강, 2013), 116쪽.) 이는 짧은 몇 개의 문장으로 언급된 것이지만 김연수의 근작들을 이해하는 데 퍽 유효한 지점이라 생각된다.

11 이 소설은 실제로 《소설과 사상》 1998년 겨울호에 발표되었다.

"(고등학교 때의 주인공이 — 인용자 주) 조르바 이야기를 하더라고. 자기는 조르바 같은 삶을 꿈꾼다고. 어떤 도그마에도 갇히고 싶지 않다면서. 그래서 내가 이 아이는 우리와 다른 길을 가겠구나, 라고 생각했지. 그게 소설가의 길 아니겠니?"

도대체 또 이 분은 소설가가 어떤 사람이라고 생각하는 것인지.(99쪽)

"역시 소설가라 생각하는 게 남다르구나."(104쪽)

"역시 소설가라 사회 현실에 예민해."(106쪽)

돌아가신 신부님의 장례식장에 내려온 소설가는 성당 고등부 시절에 알고 지내던 두 살 위의 형 조용식을 만나게 된다. 그가 전해 준 이야기에서 주인공은 1982년의 어느 밤 자신의 아버지가 신부님, 조용식, 그리고 광주로부터 도피한 수배자 오인수와 함께 밤하늘에서 "세 개의 빛"을 보았다는 사실을 알게 된다. 이윽고 이를 통해 "아버지에게도 그 세 개의 빛을 생각하는 시절이 한 번쯤은 있었으리라는 것을"(「파주로」, 115쪽) 깨닫게 되는 과정은 전형적인 김연수식 플롯이라 할 수 있다. 그러나 여기에서 김연수는 한 발 더 내딛고 있다. 소설가로서의 자의식과 현실에의 인식이라는 두 문제점에 대한 김연수의 태도를 보자. 소설가는 어떤 사람인가. 다른 사람들을 "좋은 길로 인도"하는, "사회 현실에 예민"한 사람이다. 또 소설가는 "어떤 도그마에도 갇히고 싶지 않다면서" "다른 길을" 걸어가는 "남다른" 사고의 소유자다. 일반적으로 그러하다는 말일 것이다. 그러나 김연수는, 이미 짐작했겠지만 사뭇 다르다.

"뭐, 또 십자가라도 본 건가요? 그래 놓고 왜 사제의 길은 포기했나요?"

"에이, 아니야. 십자가 같은 거. (중략)"

"누굴 사랑한 건 아니고요?"

"아니야, 그런 건."

"에이, 소설가들은 그런 거 좋아하는데. 신앙시집이나 조르바 같은 거 말고요."(「파주로」, 107쪽)

소설가는 진리를 설파하거나 현실을 벗어나 영혼의 자유를 꿈꾸는 존재가 아니다. 오히려 그들은 속세에 뿌리박고 사람과 사람의 관계를 눈여겨보는 존재다. 이러한 자각이 어떠한 의미를 가질 수 있는지는 건우가 조용식과 그의 딸 애라를 차에 태운 채 파주로 향하는 마지막 장면에서 암시되고 있다. 그가 열세 살 애라를 옆자리에 태우고 해 줄 수 있는 이야기라고는 애라와 나이가 같은 "안네"의 이야기밖에 없었는데, 내용인즉슨 『안네의 일기』에서 "은신처 바깥에서는 게슈타포가 사람들을 체포해서 가스실로 보내 버리는데, 안네의 관심사는 사랑, 오직 사랑뿐이었"(「파주로」, 114쪽)다는 것이다. 그러나 소설가는 혼자 속으로 생각할 뿐, 이야기를 하지는 않는다. 「우는 시늉을 하네」와 달리 섣불리 "소설"을 인물에게 주입시키지 않는 것이다. 다만 그는 고속도로를 달리다가 "노란 달이 떠 있는" 것을 보고 잠든 애라를 깨워 달을 가리킨다. 뒷자리에 잠들어 있는 형이 "저 달을 볼 때마다 1982년의 어떤 빛을 떠올"리는 것처럼, 애라 역시 "2013년 3월 27일 새벽 3시 23분"의 달을 기억해 주기를 바라는 것이다.(「파주로」, 115쪽) 바로 이 지점에서 김연수는 기존의 자기 서사 문법을 넘어선다. 그것은 다른 사람의 이야기가 아니라 자신의 이야기를 만들어 내겠다는, 안네의 입을 빌려 사랑을 이야기할 것이 아니라 김연수의 입으로 새로운 풍경을 만들겠다는 것이다. 소설가는 결국 이야기를 '만들어 내는' 존재이며, 마지막에 남는 것은 타인의 이야기가 아니라 '나'의 이야기임을, 그것이 바로 "소설가의 일"[12]임을 그는 말하고 있는 것이다. 이를 김연수가 발견한 새로운 고백체의 형식이라 불러도 좋지 않을까. 물론 그것은 이야기로서만 가능하다.

> 고등학교 때 신부님한테 자주 들은 이야기였는데, 그간 완전히 잊고 지내다가 그를 통해서 들으니 그 시절의 일들이 오롯이 되살아났다. 다른 사람들도 나와 다르지 않았던지 저마다 그 시절의 일화들을 두서없이 얘기했다. 그렇게 각자가 기억하는 신부님의 모습에 대해서 말하는 걸 듣고 있노라니 함께 시간을 보낸 사람들에게는 서로 나눌 수 있는 이야기가 저절로 생긴다는 것을 알 수 있었다. 이야기는 사람들 사이에 있었다. 이야기를 듣는다는 건 함께 경험한다는 뜻이다.(「파주로」, 102~103쪽)

3 이야기라는 신앙, 소설이라는 신학 — "두려워하지 마라, 나는 너에게 마치 펼쳐진 책처럼 될 것이다"[13]

그런데 여전히 왜 그것이 소설이어야 하는지는 불명확하다. 대다수의 작품에서 대부분의 인물들이 소설을 읽거나 쓰고 있고, 이를 통해 부재하는 한 인물에 대한 이해의 폭을 넓히는 것은 김연수 작품의 일관된 흐름이다. 그에게 소설은 마치 모든 삶과 인간에 관한 진리가 담겨 있는 종교처럼 보인다. 신앙을 가지지 않는 사람에게 종교가 무익한 것처럼, 소설의 세계를 쉽사리 믿지 않는 독자에게 김연수식의 구조는 결코 환영받지 못

12 김연수는 2012년 2월 29일부터 2013년 1월 29일까지 약 1년간 문학동네 블로그에 「소설가의 일」이라는 제목으로 자신의 이야기를 풀어낸 바 있다.

13 사사키 아타루, 송태욱 옮김, 『잘라라, 그 기도하는 손을 — 책과 혁명에 관한 닷새 밤의 기록』(자음과모음, 2012), 118쪽.

할 것이다. 그러니 집요하게 다시 묻자. 왜 소설이어야 하는지.

『원더보이』는 공감과 이해라는 것이 '초능력'을 통해서라야 가능함을 보여 준다. "다른 사람의 고통을 온전히 이해하고, 또 그걸 다른 사람들에게 그대로 전달할 수 있는 능력"(『원더보이』, 192쪽)을 가지고 있는 소년 정훈이 작가가 되겠다고 결심하고 결국 『원더보이』를 써낸 것은 어쩌면 당연한 귀결이라 할 수도 있겠다. 타인의 고통을 이해하고 그들과 생각을 공유하는 일은 생각보다 훨씬 어려운 일임을 우리는 알고 있다. 세계의 온갖 폭력에 노출된 채 우리는 그러한 자극에 점점 더 둔감해져 간다. 그 둔감함은 거의 무기력에 다다라서 이제 엄청난 사회의 변화들이 일어난다 해도 그것이 내 개인의 삶에는 아무런 영향을 주지 못할 것 같은 지경에 이른 것 같다. 이럴 때 타인의 고통이란 너무도 사소한 것이 아니겠는가. 결코 사그라지지 않는 나의 고통마저 감당하기 힘든 상황에서 말이다. 그러니 고립과 고독만이 남은 이 세계에서 다른 사람의 아픔에 공감하고 이를 이해할 수 있는 능력이 있다면 그것은 '초능력'이 아니고 무엇이겠는가.

> "네게는 고통받는 이들의 삶과 완벽하게 공감하는 능력이 있으니 이미 절반은 작가나 마찬가지지. 하지만 그보다 더 중요한 건 독자들에게 자신이 보고 듣고 맛보고 경험한 것들을 그대로 전달할 수 있는 재능이야. 넌 그걸 가지고 있어."(『원더보이』, 224쪽)

이럴 때 소설 쓰기란 초능력의 실천에 다름 아닐 것이다. 이야기가 세계를 변화시킬 수 있다는 믿음, 이야기를 통해 "혼자가 아니라"(『원더보이』, 320쪽)는 사실을 확인할 수 있다는 것. 이러한 신앙이야말로 김연수 소설을 지탱하는 힘이다. 이야기가, 아니 소설이 우리를 구원해 줄 수는 없다고 하더라도 다만 이를 통해 서로를 이해할 수 있으리라는 소박하지만 절실한 믿음. 이때 소설 읽기란 "날개 달린 희망"이자 "심연을 건너가는 것"이며, "우리가 두 손을 맞잡거나 포옹하는 것"과 같은 의미를 가진다.(『파도가』, 327쪽)

이 지점에서 김연수가 놓치지 않은 것은 소설 쓰기만큼이나 소설 읽기가 중요하다는 것이다. 소설을 읽는 독자는 작가가 그려 낸 세계를 제한된 언어로 머릿속에서 상상해 내야 한다. 이것은 고도의 지적 활동이며 사실 신비로운 과정이기까지 하다. 하얀 종이와 그 위에 쓰인 검은 글자만을 보면서 하나의 세계를 구축해 가는 독서의 과정은 인간의 상상력과 재현 능력의 위대함을 보여 주기 때문이다.[14] 그러니 당신이 소설을 읽어 본 경험이 있다면, 그것이 짧든 길든 끝까지 읽어 냈으며 그 소설의 인물과 시공간을 경험했다면, 이미 당신은 그 신비로운 '초능력'을 가진 사람이다. 다시 말해 이것은 소설에 관한 믿음을 독자에게도 요구하는 것이며, 쓰기와 읽기의 경계를 지우고 그 심연을 건너가려면 우리도 믿어야 한다고 말하는 것이다. 이는 소설이라는 장르에 대한 믿음이면서 동시에 작가 김연수에 대한 믿음과도 관련된다. 그렇지 않고서야 예컨대 아래와 같은 언급은 불가능하다.

> "천재적으로 책을 읽으려면 작가가 쓰지 않은 글을 읽어야만 해. 썼다가 지웠다거나, 쓰려고 했지만 역부족으로 쓰지 못했다거나, 처음부터 아예 쓰지 않으려고 제외시킨 것들 말이지. 그것까지 모두 읽고 나면 비로소 독서가 다 끝나는 거야. 책을 다 읽는 일은 하루면 끝나는 것인데, 평생 읽어도 다 읽지 못하는 책이 이 세상에 수두룩한 까닭은 바로 그 때문이지."(『원

14 또한 이러한 능력이 역사적 전개에 따라 "발전"되어 왔음은 더욱 흥미로운 사실이다. 이에 관해서는 로제 샤르티에, 굴리엘모 카발로 편, 이종삼 옮김, 『읽는다는 것의 역사』(한국출판마케팅연구소, 2006).

더보이』, 234쪽)

『원더보이』와 『파도가』가 어떤 공통점을 가진다면, 나아가 이 두 작품을 함께 쓰인 소설이라고 본다면 그것은 부모의 흔적을 찾아 헤매는 주인공이나 소설 쓰기를 모티프로 한다는 메타적 속성 같은 것이 아니라 "쓰지 않은 이야기"가 있다는 점에 있을 것이다. 그러나 이 두 소설이 감추고 있는 지점은 조금씩 다른데, 『원더보이』가 결국 정훈과 엄마 이새인의 만남을 꿈의 장면으로 처리하고 끝낸 반면 『파도가』의 마지막 장면은 정희재가 이희재를 만나는 순간과 이희재가 정지은을 만났던 순간이 공존하는, 1984년과 2012년이 만나는 장면으로 끝이 난다. 다시 말하면 전자는 과거의 기억을 간직한 채 현재를 감추는 방식이며 후자는 현재를 보여 주며 과거를 쓰지 않는 방식이라고 할 수 있겠다. 어느 쪽이든 독자가 핵심 서사를 채워 넣어야 한다는 점은 다르지 않다. "그것까지 모두 읽고 나"야 "비로소 독서가 다 끝나"기 때문이다.

백지의 공포 앞에서 떨고 있는 사람이 작가라면 무수한 문자들 앞에서 절망하는 사람은 독자다. 그러므로 읽는다는 것은 두렵고 무서운 일이다. 나아가 "벌거벗은 형태의 읽기", 혹은 최대의 독서란 읽을 수 없는 책을 읽는 것이며 이는 곧 타인의 꿈을 꾸는 것인데, 이것이 실현된다면 우리는 누구라도 미쳐 버릴 수밖에 없다고, 사사키 아타루는 말하고 있다. 그러므로 우리는 "자신의 무의식에 문득 닿는 그 청명한 징조만을 인연으로 삼아 선택한 책을 반복해서 읽을 수밖에" 없다.[15] 인류 최대의 책이 성경이 된 것은 예수의 위대함이 아니다. 우리 모두 그것을 반복해서 끊임없이 읽고 있기 때문에, 이해라는 심연에 조금이나마 가닿을 수 있는 것이다.

15 사사키 아타루, 앞의 책, 39~41쪽.

여기까지 오면 우리는 '김연수'라는 서사의 반복이 무엇을 의미하는지 짐작 가능해진다. 요컨대 독자의 지위는 서로 초능력을 발휘해야 한다는 측면에서 작가의 그것과 같다고 볼 수 있고, 소설은 곧 그것 자체로 삶이거나 인간이라는 등식이 성립하는 것이다. "천재의 책 읽기"에 관한 위 인용문에서 "책"을 "인간"으로 바꿔서 읽어 보라. 이때의 책은 물론 소설을 의미하거니와 결국 소설을 읽는 행위는 그 자체로 인간을 이해하는 행위라 할 수 있을 것이다. 다른 사람의 삶을 읽어 나간다는 것은 그래서 단순한 독서가 아니라 세계와 맞서는 투쟁이 될 수 있다. 그러니 이렇게 말할 수도 있지 않을까. 타인의 고통에 공감하는 '우리'가 있다면, 나의 이야기와 당신의 이야기가 만나 '우리'의 이야기가 된다면, "뭐라도 할 것이라고." "절대로 가만히 있지 않을 거라고."(『원더보이』, 320쪽)

4 쓰지 않은 이야기, 끝나지 않는 독서

「푸른색으로 우리가 쓸 수 있는 것」에서 소설가 정대원이 죽기 직전 주인공에게 보낸 육필 원고에는 그가 「24번 어금니로 남은 사랑」을 어떻게 쓰게 되었는지 자세히 서술되어 있다. 치과에서 이를 뽑은 직후, 그는 실연의 고통을 참지 못해 가지고 있는 칼로 목을 찔렀고, 마침 옆에 있던 간호사가 그를 죽음에 문턱에서 살렸으며, 이후 석 달간 그녀의 집에 머무르면서 조금씩 그 고통에서 빠져나왔다는 이야기가 그것이다. 그녀는 그에게 소설 쓰기를 종용했고 그녀의 말을 "거역할 수 없었"던 그는 그녀가 결국 "원고지 뭉치와 볼펜 한 다스"를 사 오자 "종일토록 머릿속의 문장들을 받아 적기 시작"한다.(「푸른색」, 95쪽)

그런데 쓰다 보니 작가의 고질이 발휘돼 나는 한 다스의 볼펜에 포함된 빨간색 볼펜을 집어 들고는 '정말 여기까지가 다인가?'라는 질문을 던졌다. 그러자 모든 게 불분명해지기 시작했다. 나는 내가 무엇을 놓치고 있는지 알 수 있었다. (중략) 그제야 나는 볼펜을 쥐는 즉시 내 머릿속에서 줄줄 흘러나온 검은색 문장들이 아니라 쓰지 못하고 있는 빨간색 문장들을 써야만 한다는 것을 깨달았다. 그렇다면 나는 온몸에 남은 오감의 경험을 문장으로 표현해야만 할 텐데, 그건 쉽게 문장으로 표현되지 않았다.(「푸른색」, 96쪽)

"아무리 잘 쓴 문장도 실제의 경험에 비하자면, 빈약하기 짝이 없"다는 것, 그것은 "자기 경험의 주인이 되지 못하"는 "인간의 근원적인 고통과 별로 다르지 않다는" 것이 정대원의 깨달음이었다. 그러니 그의 소설은 다시 빨간색 볼펜으로 고쳐졌어야 했다. 이를 통해 그는 "구원받는"다.(「푸른색」, 96쪽) 그러니까 소설가는 구원받기 위해 끊임없이 몰락하고 타락해야 하는 처지일 수밖에 없는 것이다. 경험의 세계는 너무도 완고해서 머릿속에서 나온 검정색 글씨로는 결코 도달할 수 없는 어떤 지점이 있고 그것을, 독자들은 너무도 잘 알고 있다. 그래서 작가들은 "빨간색 볼펜을 들고 내가 쓰지 못한 것을 쓰기 위해서 안간힘을" 쓰는 것일 테다.(「푸른색」, 96쪽) 그러므로 "쓰지 않은 이야기"를 읽어 달라는 것은 작가의 직무유기가 아닌가. 또는 결국 쓰지 못했거나 쓸 수 없었음을 고백해 버리는 것은 아닌가.

그녀의 얘기인즉슨, 내가 24번 어금니를 왼손에 들고 계단을 내려가는 동안, 그녀는 아무리 손님이 원한다고 하더라도 멀쩡한 이를 뽑는 건 잘못된 일이 아니냐며 의사에게 따졌다는 것이다. 그러자 의사는 빙그레 웃으면서 마취도 하지 않고 이를 뽑았는데도 아프다고 소리치기는커녕 이마를 찌푸리지도 않았다면, 그게 무엇을 뜻하는 것 같냐?고 되물었다. 너무 고통이 크기 때문인가요? 그녀가 순진하게 묻자, 의사는 그건 멀쩡한 이가 아니라는 증거지. 라고 말했다. 뽑고 보니 그 이는 뿌리부터 썩어 있었어. 그러니까 하나도 안 아팠던 거야.(「푸른색」, 97쪽)

내가 믿고 있던 진실이 사실은 "거대한 환상"이었을지 모른다는 정신적 충격에 정대원은 "파란색 볼펜"을 집어 들고 자신의 소설을 고치기 위해 책상에 앉지만, 단 한 줄의 문장도 쓰지 못했다. 이후 자신이 암 선고를 받기까지 무려 33년 동안이나. "파란색 볼펜"으로 쓸 수 있는 문장은 그저 "아무도 없는 동물원을 가득 메운 침묵 같은 문장들"이었다고 정대원은 고백한다.(「푸른색」, 99쪽) 그러니 39살의 소설가가 2009년 5월 23일 토요일의 일을 어떻게 쓸 수 있겠는가. 그저 "푸른색으로", 내가 아니라 "우리가 쓸 수 있는 것"들을 써 나갈 수밖에.

밀란 쿤데라는 소설을 "작가가 실험적 자아(인물)를 통해 실존의 중요한 주제를 끝까지 탐사하는 위대한 산문 형식"이라 정의했다.[16] 이러한 문학사적 정의와 또 이를 위해 빽빽하게 채워 넣은 서사 안에는 그러나, 독자의 자리는 거의 마련되어 있지 않다. 커다란 풍경 속에서 결국 소설가도 한 명의 독자로서 자리하는 김연수의 소설들은 그래서, 성글지만 미덥다. 이러한 지점에서 "우리는 믿어야 할 충분한 이유를 발견했기 때문에 믿는 것이 아니며, 확신에서 비롯된 복종은 이미 우리의 주체성을 통해 '매개된' 것이기 때문에 진정한 복종이 아니"라는 지젝의 언급을 음미할 만하다.[17] 요컨대 소설은 믿음을 전제로 한 만남의 한 형식이기도 하면서,

16 밀란 쿤데라, 권오룡 옮김, 『소설의 기술』(민음사, 2013), 191쪽.

17 슬라보예 지젝, 이수련 옮김, 『이데올로기라는 숭고한 대상』(인간사랑, 2003), 75쪽.

어쩌면 이제 우리가 만날 수 있는 단 하나의 가능성일지도 모른다.

《중앙일보》 2013년 9월 23일 자.

선택하지 않는 편을 선택하겠습니다

황정은의 「양의 미래」에 관한 몇 가지 주석

1 양의 미래?

1976년에 태어나 2005년부터 소설을 쓰기 시작해 두 권의 소설집과 두 권의 장편소설을 발표한 황정은이라는 작가가 있다. 처음의 황정은은 곧잘 '환상'이라는 키워드로 연결되는 작가였다. 그것은 더할 나위 없이 적확한 지적인 것처럼 보였고, 이 작가도 좀체 그것을 포기할 생각이 없어 보였다. 그러나 지금의 황정은에게 환상성의 프리즘을 가져다 대면 보이는 색깔이 별로 없을 것이다. 그가 천착하고 있는 것은 자신이 발 디디고 있는 현실이기 때문이다. 아니, 보다 정확히 말하자면 처음부터 황정은은 현실을 벗어난 적이 없었다. 그저 방향이 달랐던 것이다. 이제 이 작가는 환상에 서서 현실을 보는 것이 아니라 현실에 서서 환상을 보고 있다. 이 기저에 지금 여기의 현실은 그것 자체로 환상이라는 것, 그렇지 않고는 견뎌 내기 어려울 만큼 이 세계가 잘못되어 있다는 것, 끝이 분명한 고통을 어떻게 감당해야 할 것인가에 관한 사유가 깔려 있음은 물론이다.

『야만적인 앨리스씨』(문학동네, 2013)가 거두어들인 성취는 굳이 언급하지 않아도 될 터, 황정은 문학의 빛나는 지점들은 오히려 『야만적인 앨리스씨』 이후 발표한 단편들에서 더욱 두드러지는데, 「상류엔 맹금류」(《자음과모음》, 2013년 가을호), 「양의 미래」(《21세기문학》, 2013년 가을호), 「아무도 아닌, 명실」(《한겨레웹진 한판》, 2013년 12월), 「누가」(《문예중앙》, 2013년 겨울호) 등이 그것이다. 이 네 편의 단편들은 각기 다른 이야기를 하고는 있지만, 황정은이라는 이름 아래 쓰였으므로, 어쩔 수 없는 공유의 영역을 갖는다. 이 글은 그중 「양의 미래」에 대한 것이다.

그런데 왜 하필 「양의 미래」인지를 언급하지 않을 수 없겠다. 나는 이 소설이 작년에 발표된 단편들 중 가장 탁월하다고 생각했고, 작품은 일찌감치 어떤 문학상의 영광을 안았었다. 그러나 몇몇 소란스러운 일들로 인해 이 작가는 수상을 거부했고, 수상작 단행본은 절판되어 버렸다. 그래서 「양의 미래」는 작가의 다른 작품들에 비해 오히려 덜 주목받는 결과가 초래되었고, 언급하기 조금 까다로운 텍스트가 되었다. 하지만 이 작품은 훨씬 더 많이 소비되어야 한다. 「양의 미래」라는 이 불운한 단편만을 두고도 나눌 수 있는 이야기가 무수하기 때문이다.

「양의 미래」는 중학교 때부터 학교보다는 일터에 가까웠던 한 여성의 이야기다. 그 여성의 성이 양씨여서, 주인공의 미래에 대해 서술하는 작품이었다면 이 글은 불필요했을지 모르겠다. 그런데 끝내 주인공의 이름은 나오지 않아서, 아니 양씨의 인물이란 도대체 등장하지를 않아서, 작품을 읽고 먹먹해진 뒤, 머릿속에 남은 생각은 도대체 "양의 미래"가 무슨 뜻일까 하는 것이었다. 그리고 나는 끈덕지게 이를 해명하고 싶었다.

앞서 언급한 작가의 다른 작품, 「누가」라는 제목도 마찬가지다. 우선은 'who'의 의미로 읽힌다. 집에 초인종이 울리고 누구냐고 묻는 장면이 몇 차례 그려지기 때문이다. 그런데 황현경 평론가의 말처럼 이 소설 속에서 집의 주인이 바뀌고 그것이 어떤 사람에게서 다른 사람으로 이어진다는 점에서 '累家'로도 읽을 수 있겠다. 나는 그저 '누추한 집(陋家)'으로 읽을 수도 있을 것이라 생각했었다. 이 작품은 다른 사람의 흔적 속에서 살아가야 하는, 타인의 취향에 고스란히 노출될 수밖에 없는 사람들이 겪는 '층간 소음'을 다루고 있기 때문이다. 하지만 지금 이 소설에 관해 길게 이야기하고자 하는 것은 아니고, 다만 황정은이 짓는 소설의 제목이 심상하지만은 않다는 말을 하고 싶은 것이다.

중의적이라고밖에 할 수 없는 소설의 제목은 흥미로운 해석의 발단이 된다. 황정은이 자신의 소설 속에서 '이름 짓기'에 얼마나 공을 들이는지는 따로 설명을 하지 않아도 될 정도니, 소설의 제목이야 오죽하겠는가.

그러니 "양의 미래"란 도대체 무엇인가.

2 양(孃)의 미래

이 소설의 주인공이 어떤 삶을 살아가고 있는지 잠시 이야기하자. 어머니는 몇 년째 간암으로 누워 있고, 아버지는 그 어머니를 돌보는 데 모든 삶을 소모하고 있다. 그들의 딸인 주인공은 상업계 고등학교를 다녔지만 언제나 늘 일했던 기억밖에는 없다. 열일곱에 그녀가 일했던 곳은 한 옷가게였다. 그곳에서 그녀는 최초의 수치를 경험한다.

> 검은색 스웨터와 흰색 스웨터를 두고 망설이는 듯한 그녀에게 나는 흰 쪽을 권했다. 따뜻한 색이라서 손님에게 잘 어울린다고 말하자 그녀는 양손에 스웨터를 쥐고 정색하며 나를 바라보았다. 흰색이 어째서 따뜻한 색이죠? 그녀는 내게 물었다. 흰색은 차가운 색이야, 아가씨, 차가운 색이라고. 백색은 한(寒)색, 미술 시간에 못 배웠어요?
>
> 나는 얼굴이 빨개졌다. 이미 빨개졌는데 더욱 빨개지는 것을 느끼며 그냥 서서 그녀를 바라보았다. 벌거벗고 선 기분이었다. 나의 무식이나 부주의를 창피한 방식으로 깨달아서가 아니었다. 아가씨, 라고 불렸기 때문이

었다. 학생 아니고 아가씨, 그게 그렇게 부끄러웠고 왠지 모르게 눈물이 고였다. 나는 얼마 뒤 그 가게에 나가는 것을 그만두었고 다시는 돌아가지 않았다.[1]

왜냐하면 그녀는 일을 하다 또래의 동급생들을 마주할 때가 있었는데, 그때는 "부끄러웠어도 대수롭지 않다고 여길 수 있는 부끄러움"을 느꼈기 때문이다. 그 부끄러움의 출처는 "아가씨"라고 불린 데서 온 것이었다. 황정은의 소설에서 양이라 불리는, 곧잘 성씨나 '미스'라는 접두사와 결합되어 통용되는, 여성 하위 주체들의 이야기가 등장하는 것은 새삼스러운 일이 아니다.

그렇다면 당연하게도 여기 '양'이라는 것은 '김 양, 박 양, 최 양' 할 때의 그 양일 것이고, 그렇다면 "양의 미래"란, 이 주인공, 혹은 '양'으로 불리는 무수한 주체들의 미래를 지시하는 것일 테다. 그리고 그 미래란 부끄러움을 느끼면 바로 그곳을 떠나 버리고 다시 돌아가지 않는, 그녀가 가진 삶의 태도를 의미할 것이다.

3 양(量)의 미래

그렇다면 아래의 언급은 어떠한가.

나는 그곳에서 하루 열 시간씩 일했다. 매일 엄청난 양의 물건을 계산대

1 황정은, 「양의 미래」, 《21세기문학》, 2013년 가을호. 이 글에서 따로 언급하지 않은 채 직간접적으로 인용되는 텍스트는 모두 여기에 근거한다. 수월한 읽기를 위해 일일이 쪽수를 표기하지 않는다.

위에서 끌어당기거나 밀쳤고 엄청난 양의 사람들을 계산대 바깥으로 서둘러 내보냈다. 사소한 시비 끝에 계산대를 넘어온 손님에게 뺨을 맞거나 하는 일도 있었는데 자주 있는 일은 아니었다. 별다르게 기억할 일이 없었다.

그녀는 다시 일터로 나갔다. 이번에는 마트의 계산대였다. 황정은은 "폐결핵 진단을 받고 잘리듯 계산대 일을 그만둔 것이 5년째 되는 해였다."라는 단 하나의 문장으로 주인공의 무수한 시간을 요약해 버리지만 그녀가 보낸 마트에서의 저 시간들은 실로 "엄청난 양"일 것이다. 인용한 부분에서도 반복되는 저 "엄청난 양"이라는 어휘에 주목해 보자. 이 경우 양은 '量'이겠다. 하루에 열 시간씩 마트에서 찍어 대는 바코드의 양, 그녀가 맞이하는 사람들의 양, 별달리 기억할 일이 없는 지긋지긋한 반복의 시간들. 이때 양은 자본주의의 표상에 다름 아닐 것이고, 우리는 이 작품을 자본주의의 미래, 혹은 우리 사회의 미래로 고쳐 읽을 수도 있을 것이다. 그리고 그 결과는 저기 그녀와 같은 '양'들일 것이다.

4 '~양'(어떤 모양을 하고 있거나 어떤 행동을 짐짓 취함을 나타내는 말)의 미래

이 소설에서 주인공이 겪는 가장 큰 사건은 '진주'라는 여자아이의 실종이다. 그녀는 서점에서 일하고 있었고, 그 서점에서는 담배를 팔았다. 그녀는 늘 신분증을 확인했고, 진주라는 아이가 왔을 때도 그렇게 했다. 진주는 저기 위에 있는 남자가 시켰다고 말했다. 그녀는 그렇다면 직접 오시라고 말씀드리라 했다. 결국 그 남자는 직접 내려와 위협적 태도로 담배를 사 갔고, 다시 서점 입구에서 진주와 이런저런 말들을 주고받는다. 그녀는 그 모습을 지켜보았고 그게, 세상에서 본 진주의 마지막 모습이었다. 그래서 그녀는, "비정한 목격자", "보호가 필요한 소녀를 보호해 주지 않은 어른"이 된다.

이후 그녀는 진주 어머니의 방문을 매일 겪는다. 진주의 어머니는 서점으로 와 실종 전단지를 돌리면서 그녀에게 끊임없이 그날 보고 들은 것에 대해 물어본다. 이윽고는 아예 서점 앞에 돗자리를 펼치고 진주의 사진들을 걸어 놓는다. 서점 주인의 종용으로 그녀는 진주 어머니에게 다가간다.

> 아줌마 어쩌라고요.
>
> 내가 얼마나 바쁜지 알아요? 내가 여기서 얼마나 많은 일을 하는지 알아? 날씨가 이렇게 좋은데 나는 나와 보지도 못해요. 종일 햇빛도 받지 못하고 지하에서, 네? 그런데 아줌마는 왜 여기서 이래요. 재수 없게 왜 하필 여기에서요. 내게 뭘 했느냐고 묻지 마세요. 아무도 나를 신경 쓰지 않는데 내가 왜 누군가를 신경 써야 해? 진주요, 아줌마 딸, 그 애가 누군데요? 아무도 아니고요, 나한텐 아무도 아니라고요.

그녀는 결국 이 말을 속으로만 한다. 마치 그녀가 "아무도 없고 가난하다면 아이 같은 건 만들지 않는 게 좋아."라고 어떤 책에 몰래 적어 놓듯이, "어머니가 이제 죽었으면 좋겠어. 아버지도."라고 남자 친구인 호재에게 말했는지 기억하지 못하듯이, 그녀는 저 말들을 하는 척만 한다. 하지만 그런 말들을 하는 '양' 진주의 어머니를 내려다보는 것만으로도 그녀는 그 서점을 떠날 수밖에 없는 존재가 된다. 그녀는 다시, "빠르게 걸었고 다시는 그곳으로 돌아가지 않았다."

5 (고)양(이)의 미래

그녀는 서점에서 일하던 게 좋았다고 했다. "입은 흔적이 있는 팬티를 환불해 달라며 내미는" 고객도 없었고, 서점 계산대에서 바라보는 바깥의 풍경도 마음에 들었으며, 무엇보다 서점 입구 화단에 살고 있는 고양이들 때문이었다. 그 고양이들에게 "시루, 인절, 콩"이라는 이름을 붙여 준 것은 호재라는 인물이었다. 호재는 "대다수가 적어도 학사인 나라에서 학사도 받지 못한 남자는 곤란하다, 라는 것을 절감했다."라고 말하는 그녀의 남자 친구였다. 또 "좋은 일자리를 잡으려면 더 많은 것이 필요하다고", "자신의 이력엔 특별한 것이 아무것도 없다고 말했고 그것을 절감했다."라고 다시 말하는 인물이기도 하다. 이 두 남녀의 사랑이 서로에게 상처를 남기고 끝날 것이라는 사실 역시 "절감"할 수밖에 없는 일일 것이다.

> 화단엔 늘 고양이가 몇 마리 있었다. 고양이들은 사라졌다가 다시 나타나고는 하며 밥을 먹고 갔다. 화단에서 밥을 먹고 자란 암컷들은 새끼를 배면 화단으로 돌아왔다. 어미 고양이와 새끼들, 그들이 대를 바꿔 가며 어디론가 갔다가 돌아오곤 하는 동안 호재의 우산은 그대로 관목 위에 펼쳐져 있었다.

다시 이 서점 앞의 고양이들을 지켜보자. 이 고양이들은 사라졌다가도 어느새 다시 나타나서 밥을 먹고, 또 새끼를 낳기도 한다. 아이 같은 것은 낳지 않겠다고 무수히 다짐하는 그녀가 이 고양이들에게 마음을 쏟게 되는 것은 짐작하기 어려운 일이 아니다. 고양이들은 그녀처럼, 사라지고 돌아오길 반복한다. 다른 점이 있다면 고양이들이 다시 제자리로 돌아오는 반면, 그녀는 완전히 새로운 곳으로 가 버린다는 것이다. 그것이 "새끼"들을 낳아 "대를" 이을 수 있는 고양이들과, 그럴 수 없는 그녀의 이유일지도 모른다. 그녀는 서점을 떠난 뒤 여전히 궁금했다. "어미 고양이는 계속 새끼를 낳았을까. 그 새끼들도 새끼를 낳을까." 아마 그럴 것이다. 그래서 '(고)양(이)의 미래'와 '그녀의 미래'는 달라질 것이다. 그녀는 "병신 같은 건 싫다고 생각"할 테니까. 만약 그녀가 죽음을 눈앞에 두면 "걱정이 될 테니까 말이다. 세상에 남을 그 병신 같은 것이."

6 양(兩)의 미래

그녀가 일하던 서점은 지하에 위치하고 있었는데, 그 지하에는 또 한 층의 지하에 창고가 있었다. 그 창고에서 작은 문을 통해 또 한 계단을 내려가면 서점의 면적만큼이나 넓은 지하 공간이 나타났다. 그 지하 공간에서 늘 쪼그려 앉아 점심을 먹으면서 그녀는 생각한다. '저 벽 뒤에는 무엇이 있을까.' 재오라는 인물은 그녀에게 그 벽 뒤에 거대한 터널이 있다고 알려 준다. 아파트 단지 주민들이 유사시에 대피할 수 있도록 지은 방공호 같은 터널이라고 말이다. 이후 그녀가 아파트 관리인에게 그것에 대해 얘기했을 때, 관리인은 벽 뒤엔 아무것도 없다고, 그저 곰팡이가 심해서 일종의 가벽을 세워 놓았을 뿐이라고 말한다. 진주라는 소녀가 사라져 버린 지금, 그녀는 그 벽 뒤에 무엇이 있는지 궁금해진다. 그래서 그녀는 어느 날 망치를 찾아내 벽을 뚫어 보려고 한다. 나무로 만들어진 그 벽은 망치로 몇 번만 휘두르면 쉽게 부서질 것이었다. 그런데 바로 그 때문에 그녀는 그렇게 할 수 없었다.

터널이 있는 것과 터널이 없는 것.

요즘도 나는 그 순간에 내가 어느 쪽을 더 두렵게 여겼는지를 생각해 보고는 한다. 나무 벽의 구멍을 통해 검은 공동을 확인하는 것과 진물 같은 곰팡이로 덮인 또 다른 벽을 확인하는 것. 어느 쪽이 더 섬뜩하고 소름 끼치는 일일까. 나는 그걸 알 수 없었고 아마 앞으로도 알 수 없을 것이다.

그녀는 결국 선택하지 못했다. 그 '양'극단의 결과를 모두 받아들일 수 없었기 때문이다. 그녀는 어떤 것을 선택하더라도 자신이 원하는 것을 얻지 못할 게 뻔했다. 그녀가 살아온 삶이 그러했기 때문이다. 모든 선택의 순간들에서, 그녀는 차라리 선택을 하지 않고 피하는 게 나았다. 어차피 "검은 공동"이거나 "진물 같은 곰팡이"의 상태 중 하나일 것이기 때문이다. 그래서 그녀에게 주어진 미래란 언제나 양(兩)의 미래이다. 그녀는 벽을 부술 '양' 망치를 들어 보이지만 결국 그 순간을 피해 달아나고, 항상 '양'쪽 모두를 염려하는 사람으로 남을 것이다.

7 양(羊)의 미래

이제 그녀를 다시 한번 따라가 보자. 그녀는 "어렸을 때부터 일을 했다."고 했다. 자신의 어릴 적을 회상하면 언제나 햄버거 체인점, 패밀리 레스토랑, 도서 대여점, 전단을 돌리던 거리, 시식용 새우를 튀기던 마트 모퉁이 따위가 생각난다고 했다. 가끔 동급생을 일터에서 마주치더라도 잠깐 부끄러웠을 뿐이라고 했다. 겪고 나면 잊을 수 있는 부끄러움이라고 했다. 그리고 그 시절을 억울하다거나 아깝다고 생각하지 않는다고도 했다. "그랬네." 정도로 잠깐 깨닫고 마는 것이라고 했다. 이 "그랬네."의 정서야말로 황정은 특유의 것이다.

황정은이 같은 계절에 발표한 「상류엔 맹금류」 역시 비슷한 맥락에 있다. 그냥 그렇게 되었다는 것, 별다른 수가 없으니 그냥 산다는 것. 이 "그냥"의 태도는 자조도 체념도 아닌, 독특한 감성이다. "어쩌라고" 하는 식의 분노도, 입을 꾹 닫고 자기 안으로 파고 들어가는 방식도 아니다. 이를테면 「아무도 아닌, 명실」에서의 이런 문장 같은 것이다. "점차로 없고 점차로 사라져 가는 것이 있다. 그뿐이다."

그것은 '양(羊)'의 방식이다. 맞다. 몸은 회백색의 털로 덮여 있고, 대개 흰 뿔이 있으며, 털은 직물의 원료로 쓰이고, 고기나 젖, 가죽도 이용하는 그 가축이다. 이 동물은 먹이를 찾아 끊임없이 이동하며, 위협이 닥치면 그저 높은 곳으로 도망갈 뿐이다. 그 유약한 속성을 가져와 인간들은 이미 자신들을 '길 잃은 어린 양'이라는 수사로 표현하기도 했다. 이를테면 황정은의 텍스트는 '증상 없는 자'들의 조용한 행렬이다. 그리고 황정은은 이들을 따르는 목자(牧者)의 역할을 자청한다.[2]

프로이트가 보여 준 개체의 사유를 사회로 대입시키고 있는 지젝의 논의를 참고해 보자. '증상'은 지금의 사회가, 현실이 올바르지 않다는 것을 드러내는 일종의 기표이다. 증상은 '나타나야' 한다. 발현되지 않는 증상은 당연히 분석될 수도 치료될 수도 없다. 그런데 오히려 우리가 주목해야 할 것은 증상으로 드러나지 않는 사회의 모습이 아닌가. 절망하고 분노하는 하위 주체가 아니라 당장 눈앞의 생활에 모든 힘을 소모해서 절망하거나 분노할 여력조차 없는, 그래서 보이지 않는 존재들 아닌가. 이들은 증상이 드러나기 전에 '사라져 버린다'.

서점엔 아침부터 저녁까지 일하는 직원이 넷이었고 오전과 오후에 일하는 아르바이트 직원들이 있었다. 서점 주인은 채용 정보를 인터넷 커뮤니티에 올렸다. 그걸 보고 더 좋은 직장에서는 아마도 자신을 받아주지 않

2 증상이라는 어휘를 본 순간 짐작했겠지만 이 부분은 지젝의 사유를 배면에 깔고 있다. 지젝의 『이데올로기라는 숭고한 대상』(인간사랑, 2002), 『까다로운 주체』(도서출판b, 2005) 등을 두루 참조했지만, 그것에 관해 주석을 달고 설명하는 방식은 이 글의 목적이 아니다.

을 거라고 여기는 아이들이 왔다. 멍한 눈길로 사방을 둘러보고 시키지 않은 일은 하지 않고 실수해서 혼을 내도 특별하게 더 주눅 드는 기색 없이 다만 물끄러미 이쪽을 보는 아이들. 그런 아이들은 급여를 받고 나면 이튿날엔 출근을 하지 않고 연락도 되지 않는 경우가 많았다.

「양의 미래」에서 그녀는 이들처럼 스스로 입을 막아 버린 주체다. 이들은 어떤 문제에 봉착했을 때, 그리고 그것이 증상으로 나타나려고 할 즈음에 그 상황을 피하거나 도망간다. 다른 방식은 결코 없다. 이런 인물들에 관해 우리가 어떻게 이야기할 수 있을지, 황정은이 하나의 전범을 보여 주고 있다고 생각한다. 또 그것이 지금 소설이 감당해야 할 문제라고도 생각한다. 증상은 어찌 되었든 드러나게 되어 있고, 그 증상에 대해 분노의 방식으로 대응하는 것이 김사과라면, 그것에 대해 침묵 혹은 혼잣말로 일관하는 것이 김숨이라고 할 수 있다. 반면 황정은은 증상이 되지 못하는 자들이 있음에 주목하고, 다시 강조하거니와 이들을 따라가는 목자의 역할을 자청한다.[3]

나는 여전하다. 여전히 직장에 다니고 사람들 틈에서 크게 염두에 두지 않을 정도의 수치스러운 일을 겪는다. 못 견딜 정도로 수치스러울 때는 그 장소를 떠난 뒤 돌아가지 않는데, 그런 일은 물론 자주 일어나지는 않는다.

3 바꾸어 얘기하자면 이렇게 말할 수도 있을 것 같다. 사회의 증상이 문제라면 그 증상을 없애야 할 것이고, 그렇게 되면 세계는 완벽해질 것이다. 그런데 역설적이게도 그러한 증상의 해체는 세계의 종말을 의미한다고 지젝은 말한다. 증상에 대한 유일한 대안은 무(無)이기 때문이다. 여기에서 다시 라캉을 빌려와 정신분석의 최종 결과는 "증상과 자신을 동일화"하는 것이라 지젝은 설명한다. 결국 증상은 그 사회의 병리적인 측면을 드러내 보이는 것이지만 동시에 그것이 사회를 가능하게 하는 실정적인 조건이 된다는 것이다. 그러므로 "증상 없음"이야말로 정말로 치명적인 증상일 수 있다. 그러나 다시 강조하건대, 이런 얘기는 지금 이 글의 목적이 아니다.

다음에 다른 동네로 이사를 가게 되면 그 동네에도 아카시아 나무가 많기를 소망하고 있다. 그러나 아카시아가 단 한 그루도 없는 동네에 살게 되더라도 나는 별 불편 없이 잘 적응해 갈 것이다.

나는 여전하다.

8 양(陽)의 미래

그녀는 여전히 살아 있을 것이다. 그리고 누구도 신경 쓰지 않기 위해, 걱정하지 않기 위해 혼신의 힘으로 노력할 것이다. 하지만 진주라는 소녀는 그녀의 마음속에 어쩔 수 없이 남았다. 그래서 소설의 마지막은 이렇게 이어진다.

> 나는 여전하다.
>
> 그리고 가끔, 아주 가끔, 밤이 너무 조용할 때 진주에 관한 기사를 찾아본다. 어딘가에서 진주를 찾았다는 소식을 말이다. 유골이라도 찾아냈다는 소식을 밤새, 당시의 모든 키워드를 통해서 찾아다닌다.
>
> 나는 이런 이야기를 어디에서고 해 본 적이 없다.

당연히 그녀는 이런 이야기를 어디서도 해 본 일이 없을 것이다. 누군가를 신경 쓰고, 걱정하는 일은 그녀의 몫이 아니라고 생각하기 때문이다. 하지만 그녀는 호재도, 고양이들도 아닌 진주라는 단 한 번 마주한 소녀를 오래도록 근심하며 음지에서 지낼 것이다. 이런 그녀에게 '양(陽)'의 미래가 올 것이라 상상할 수 있을까.

맑은 날도 흐린 날도 유리 너머에 있었다. 햇빛은 하루 중 가장 강할 때에만 계단을 다 내려왔다. 유리를 경계로 바깥은 양지, 실내는 어디까지나 음지였다. 수많은 형광등 불빛으로 서점은 좀 지나치다 할 정도로 밝았으나 조도가 질적으로 달랐다. 나는 뭐랄까, 창백하게 눈을 쏘는 빛 속에서 햇빛을 바라보는 일이 많았다. 어느 날의 일인지는 분명하지 않다. 오후에, 유리를 통해 노랗게 달아오르고 있는 계단을 바라보다가 저 햇빛을 내 피부로 받을 수 있는 시간이 하루 중에 채 30분도 되지 않는다는 것을 알았다. 햇빛이 가장 좋은 순간에도 나는 여기 머물고 시간은 그런 방식으로 다 갈 것이다. 다시는 연애를 못 할지도 모르겠다고 생각했다. 그런 기회를 더는 상상할 수 없었다.

황정은은 입이 없는 사람들이 단 한 번도 해 보지 못했던 이야기를 말로 길어 올리는 작가다. 마치 소설 속의 그녀처럼, 황정은도 이들의 미래에 관해 '선택'하지 않는다. 그래서 황정은의 소설들은 어설픈 동정이나 허무한 체념으로 귀결되지 않는다. '미래가 여전할 것이다.'라는 말은 슬픈 자조처럼 들리기도 하지만 더 나쁘지는 않을 것이라는 작은 바람으로 여겨질 수도 있기 때문이다. 이런 방식의 수사법이 황정은의 것이라는 점을 인식한다면 왜 이 소설의 제목이 「양의 미래」여야 하는지 어렴풋이 짐작할 수 있을 것도 같다.

그러나 역시, 아직도, "양의 미래"란 도대체 무엇일까.

(미발표, 2014)

우리는 슬픔을 먹고 자란다

김애란 『바깥은 여름』에 부쳐

나는 아직도 선명히 기억한다. 『달려라, 아비』(창비, 2005)를 시작으로 『침이 고인다』(문학과지성사, 2007)를 연이어 내고, 각종 문학상을 휩쓸면서 『두근두근 내 인생』(창비, 2011)을 안착시키고 『비행운』(문학과지성사, 2012)으로 탄탄대로를 걷던 김애란의 행보가 2013년 가을 돌연 멈춰 서던 순간을 말이다. 김애란은 『눈물의 과학』이라는 이름으로 연재하던 소설을 중단하면서 모종의 슬럼프를 겪게 되었던 것 같은데, 그 소설은 하늘의 달이 '깨져 버린' 어두운 절망의 세계를 그리려는 것이었다. 희망과 꿈으로서의 '달'을 부수고 "어떻게 하면 절망의 감미(甘味)에 빠지지 않으면서도, 섣부른 낙관에 기대지 않고 이곳에서 걸어나갈 수 있을지"[1]를 고민하려는 시도였다고도 할 수 있겠다. 김애란은 연재를 중단하면서 "'부서진 달' 앞에 혼자 있어보"[2]는 일을 계속하겠다고 썼는데, 이듬해 4월 이곳을 살아가는 인간의 삶에 대해 완전히 다시 생각해야 하는 사건이 일어

1 김애란, '연재를 시작하며 — 눈물의 과학', 《문학동네》, 2013년 봄호, 365쪽.

2 위의 글, 303쪽.

나면서 굳이 달을 부수어야 할 이유도 사라져 버렸다.

> 앞으로 '바다'를 볼 때 이제 우리 눈에는 바다 외에 다른 것도 담길 것이다. '가만히 있으라'는 말 속엔 영원히 그늘이 질 거다. 특정 단어를 쓸 때마다 그 말 아래 깔리는 어둠을 의식하게 될 거다. 어떤 이는 노트에 세월이란 단어를 쓰려다 말고 시간이나 인생이란 낱말로 바꿀 것이다. 4월 16일 이후 어떤 이에게는 '바다'와 '여행'이, '나라'와 '의무'가 전혀 다른 뜻으로 변할 것이다. 당분간 '침몰'과 '익사'는 은유나 상징이 될 수 없을 것이다. 우리는 우리가 본 것으로부터 벗어나지 못할 것이다.[3]

세월호 참사 직후 쓰인 김애란의 이 글은 "이제는 말 몇 개가 아닌 문법 자체가 파괴됐다는 느낌을 받았다."[4]라고 쓸 정도의 충격을 고스란히 보여 주는데, 김애란의 초기작들이 흔히 '명랑'이나 '쾌활함' 같은 단어로 설명될 때도 사실 비애의 감수성이 저변에 깊이 깔려 있었음을 떠올린다면 이러한 행보는 어쩌면 예견된 것이었는지도 모른다. 말에 대한 김애란의 감각이 뛰어나다고 말하면서 "문학적 언어로 치환해서 말하는 일은 절망이나 슬픔 같은 것을 다룰 때 가장 유용"[5]하다고 했던 것은 김연수였는데, 바로 그러한 방식으로 김애란은 『바깥은 여름』(문학동네, 2017)에서 본격적인 '비극'의 작가가 되었다.

이상문학상 수상작인 「침묵의 미래」를 제외하면 『바깥은 여름』에 실린 작품들은 모두 세월호 참사 이후 발표된 것이고, 상실과 그로 인한 슬

3 김애란, 「기우는 봄, 우리가 본 것」, 박민규 외, 『눈먼 자들의 국가』(문학동네, 2014), 14~15쪽.

4 위의 글, 14쪽.

5 김연수, 「김애란論 — 김애란 씨는 어떤 사람인가요?」, 《문학과사회》, 2012년 가을호, 281쪽.

픔을 담고 있다. 전통적인 비극의 입장에서 보자면 고통을 겪는 인물은 숭고한 지위를 가진 소수자이고, 그 고통은 카타르시스의 단계를 동반해 해소된다. 그러나 현대 비극은 "무너진 희망과 유린된 삶"[6]을 다루며 고통은 끝내 해소되지 않는다. 그 속에서 숭고함이나 영웅적인 면모는 당연히 찾아보기 힘들다. 오히려 세계로부터 배제된 소수자가 그러한 고통을 감당하며, "대체로 볼 때 비극적인 것은 사람이 아니라 사건"[7]이기도 하다. 또한 현대 비극은 외부의 거대한 힘으로부터 잉태되는 것이 아니라 "다른 누군가와 마주"하거나, "자신을 적으로" 여길 때 "비극성"을 형성한다.[8] 즉 비극은 상실의 사건으로부터 시작하지만 그 사건이 반드시 자신에게 일어날 이유는 없었다는 점에서 사건 자체의 고통은 다시 이를 경험한 사람의 문제로 돌아온다. 그래서 비극은 늘 사건 '이후'에 주목하게 된다. 이번 소설집에서 김애란은 사건을 간략하고 건조하게 묘사하고, 그 사건 이후 다른 누군가를 마주하거나 또 자신을 적으로 여기게 되는 과정을 서사의 핵심으로 삼고 있다. 그리고 김애란은 그런 이야기를 결코 밋밋하게 쓰는 법이 없다.

*

「침묵의 미래」를 먼저 읽고 가지 않을 수 없다. 이 소설은 마치 막스 피카르트가 「고대의 언어」에서 보여 준 사유를 서사화한 것처럼 보인다.[9] "소

6 테리 이글턴, 이현석 옮김, 『우리 시대의 비극론』(경성대학교 출판부, 2006), 67쪽.

7 위의 책, 155쪽.

8 레지스 드브레, 정진국 옮김, 『이미지의 삶과 죽음』(글항아리, 2011), 469쪽.

수언어박물관"이라는, "천여 명의 화자가 천여 개의 언어를 지키며"(129쪽) 사는 공간을 마련하고, 언어 그 자체를 서술자로 내세워 자신의 마지막 "화자", "어려선 달리기를 잘했고 늙어선 후두암에 걸린", "한때 단지를 탈출한 적 있는 용감한 청년"(140쪽)이 "아흔두 살의 나이로 생을 마감"(126쪽)하기까지의 여정을 따라가는 이 작품은 인간과 언어를 등치시켜 한 사람의 죽음이 곧 한 언어의 죽음임을 가리킨다. 한 언어의 유일한 화자가 죽는 것, 이것이 곧 '침묵의 미래'일 텐데, 그 언어는 어디로 갈까.

> 나는 나무에 그려지고 돌에 새겨지며 태어났다. 내 첫 이름은 '오해'였다. 그러나 사람들이 자기들 필요에 의해 나를 점점 '이해'로 만들었다. 나는 내 이름이었거나 내 이름의 일부였을지 모를 그 낱말을 좋아했다.(145쪽)

> 몸짓과 언어 — 언어보다도 오래된 것은 모방이다. 이것은 자기도 모르게 생기는 것이며, 몸짓에 말을 시키는 것을 전반적으로 억제하거나 근육을 조심스럽게 통제하는 지금도 대단히 위력적인 것이다. 그래서 우리는 감동한 얼굴을 보고 자기 얼굴의 신경 지배를 잃지 않을 수 없다.(우리는 하품이 그것을 보는 사람에게서 진짜 하품을 불러일으키는 것을 관찰할 수 있다.) 모방된 몸짓은 모방한 사람을 모방의 대상이 된 사람의 얼굴이나 몸에 나타내고 있던 감각으로 유도한다. 그래서 사람은 서로 이해하는 법을 배웠다.[10]

9 이를테면 이런 대목들이다. "이 최초의 언어는 지상의 모든 소리들 위에 궁륭을 만들었고, 자연 전체의 모든 목소리들이 그 안에 함께 모였다.", "고대의 언어는 방사형(放射形)으로 세워져 있다. 언제나 한 중심으로부터 시작하여 — 그 중심은 침묵이다 — 다시 그 중심으로 되돌아간다. 중심으로부터 언제나 새롭게 시작하는 그것은 그 분출물이 궁형을 그리며 중앙으로부터 뻗어 나갔다가 다시 중앙으로 되돌아가서 그 속으로 사라지는 분수와도 같다."(막스 피카르트, 최승자 옮김, 『침묵의 세계』(까치, 2010), 63~69쪽)

10 프리드리히 니체, 강두식 옮김, 『인간적인 너무나 인간적인』(동서문화사, 2007), 142쪽.

언어는 결국 모방의 일종이고, 이해의 방식이다. 말을 하지 않아도, 나무에 그리고 돌에 새겨도, 몸짓과 표정으로 보여 주어도 그것은 언어다. 인간은 서로를 이해하기 위해 언어를 고안한 것이 아니라 언어를 통해 비로소 "서로 이해하는 법을 배"운 것이다. "세계의 언어 속에서, 언어는 언어의 존재로서 그리고 존재의 언어로서 침묵"하고 "이러한 침묵 덕분에 존재들은 말하고, 그 속에서 망각과 휴식을 찾는다."[11]라는 블랑쇼의 문장을 빌리면 침묵은 언어를 완성시키는 방식이기도 하다. 그러므로 침묵의 미래는 언어이고, 언어의 미래도 침묵이다.

'말의 죽음'을 다룬 이 소설 이후 김애란은, 마치 죽음이 아니라면 그 어떤 것도 상실이 될 수 없다는 듯, 소설마다 연이어서 죽음을 다루고 있는데, 유일하게 죽음의 그림자가 드리워 있지 않은 소설이 「건너편」이다. 김애란의 이전 작품들을 따라 읽어 온 독자라면 다시 이 작가가 '노량진'으로 돌아왔다는 사실이 우선 반가울 것이다. 소설의 주인공 '도화'와 '이수'는 크리스마스를 앞둔 연인이라는 점에서 「성탄특선」을, 미래를 위해 노량진에서 청춘을 희생하고 쏟아부었던 모습은 「자오선을 지나갈 때」를 떠올리게 한다. 그 작품들이 2007년에 나온 소설집에 실려 있었으므로 정확히 10년 뒤 김애란은 다시 그들의 안부를 묻고 있는 셈이다.

도화는 경찰공무원 시험에 합격해 서울의 '중앙'에서 교통정보를 안내하는 일을 하고 있고, 이수는 7급 공무원 시험에 연이어 낙방하면서도 아직 미련을 버리지 못하고 있다. 즉 도화는 "국가가 인증하고 보증하는 시민"이 되었고, 이수는 "학생도 직장인도 아닌 애매한 성인"이며, "이 사회의 구성원이되 아직 시민은 아닌 것 같은 사람"(99쪽)이다. 이들 두 사람이 같이 살고 있다면 무슨 일이 벌어질지는 어렵지 않게 짐작 가능하다. 김애란은 이 소설에 등장하는 주요 인물들에게 지하철역 이름을 부여

11 모리스 블랑쇼, 이달승 역, 『문학의 공간』(그린비, 2010), 44쪽.

했는데, 그것은 곧 인간의 삶이 각자가 차지하는 공간과 밀접하게 관련되어 있음을 보여 주기 위한 의도일 것이다. 도화와 이수가 노량진에서 그토록 오랜 시간을 보냈지만 정작 수산시장에는 한 번도 가 보지 못했던 것처럼 어떤 공간과의 물리적 거리와 심리적 거리는 엄연히 다르다. 이제 광화문과 경복궁을 옆에 두고 '서울지방경찰청'에서 수도권의 지명을 읊어 가며 교통 상황을 안내하는 도화가 여전히 노량진을 건너오지 못하고 있는 이수에게 이별을 통보하는 것은 "그냥 내 안에 있던 어떤 게 사라졌어. 그리고 그걸 되돌릴 수 있는 방법은 없는 것 같아."(115쪽)라고 말하지 않아도 충분히 자연스럽다.

> —오십오 분 교통정보를 알려드리겠습니다. 오늘 교통량은 적으나 대기가 뿌옇습니다. 안개와 먼지가 뒤엉켜 가시거리가 짧으니 자동차 전조등을 밝게 켜시기 바랍니다. 이어서 노량진……

> 짧은 사이 도화는 잠시 말을 잇지 못했다. (……) 도화는 노량진이라는 낱말을 발음한 순간 목울대에 묵직한 게 올라오는 걸 느꼈다. 단어 하나에 여러 기억이 섞여 뒤엉키는 걸 알았다. 서울시 동작구 노량진동 안에서 여러 번의 봄과 겨울을 난, 한 번도 제철을 만끽하지 못하고 시들어 간 연인의 젊은 얼굴이 떠올랐다.(117쪽)

끝내 김애란은 이들의 마지막을, 이들의 노량진을 소환하면서 울림을 준다. 비단 노량진이 아니더라도 청춘의 한 시기를 보낸, 그러나 "한 번도 제철을 만끽하지 못"했던 공간은 누구에게나 있을 것이다. 이제 그 세계에서 떠나왔다고 생각했지만 어떤 예상하지 못했던 순간에 그 공간을 마주하게 된다면 울컥하지 않을 사람이 있을까. 그것은 그 시절이 아니면 영원히 다시 느껴 볼 수 없을 감정의 알갱이들이 그곳에만 있기 때문일 것이다. 그래서 그 시절은 영원히 사라지지 않는다.

「풍경의 쓸모」의 '정우'는 「건너편」의 '이수'와 여러 면에서 견줄 만하다. 지방대학으로 강의를 나가면서 중심에서 멀어지고 있다고 느끼는 모습이나 약간의 기회라도 얻기 위해 죄책감이나 자괴감을 동반한 거짓과 비밀의 세계에 발을 담그고 만 상황이 그렇다. 특히 이런 인물들은 누군가의 근황이나 소문이 "걱정을 가장한 흥미의 형태로"(「건너편」, 92쪽) 유통되고 마치 "타인이 아닌 자신의 도덕성에 상처 입은 얼굴로 놀란 듯 즐거워하"(「풍경의 쓸모」, 153쪽)는 행위를 예민하게 지켜본다. 때로는 거기에 동참하면서 또 때로는 그것을 역겨워하면서 불행을 공유하는 감각만큼은 무척 날카로워지는데, 그것은 곧 점점 바깥으로 밀려나는 이들의 처지를 짐작하게 한다. 이러한 '말'의 유통과 그로 인한 여론의 형성은 김애란이 소설집 전체에서 주목하고 있는 것이기도 하다. "세상 그 어떤 균이나 병보다 생명력이 긴 게 추문(醜聞)"(「풍경의 쓸모」, 152쪽)이고, 다른 사람의 일, 특히 불행을 소비하는 인간의 말들은 때로는 너무 순수하게 잔인해서 소문의 주인공들은 그런 말과 시선을 피할 수 있다면 더 큰 불행을 감당할 수 있을 것처럼 보이기도 한다.

'곽 교수'가 낸 교통사고를 대신 뒤집어쓴 후부터 '정우'는 그 추문의 세계를 피할 수 없었던 것인지 모른다. 그런 일을 감당함으로써 교수 임용의 가능성을 높일 수 있다면 '정우'는 '아버지'가 가정을 버리고 다른 여자에게로 떠났던 것처럼, 자신도 그렇게 '다른' 행로를 밟을 수 있으리라 생각했을 것이다. 그러나 '아버지'는 끝까지 솔직했고, '정우'는 그렇지 못했다. '아버지'가 끝내 확보한 "전형적"(182쪽)인 풍경의 세계를 '정우'는 결국 갖지 못했다. 그렇게 각자의 풍경은 서로 다른 계절이 되고, 그 "시차"(같은 쪽)는 비극을 낳는다.

어떤 사건 후 뭔가 간명하게 정리할 수 없는 감정을 불만족스럽게 요약하고 나면 특히 그랬다. '그 일' 이후 나는 내 인상이 미묘하게 바뀐 걸 알았다. 그럴 땐 정말 내가 내 과거를 '먹었다'는 생각이 들었다. 그 소화는, 배치는 지금도 진행중이었다.(173쪽)

살아가면서 어떤 일은 절대로 그 이전으로 스스로를 되돌릴 수 없게 만들고, 그 이후의 시간은 제멋대로 흐른다. "볼 안에선 하얀 눈이 흩날리는데, 구 바깥은 온통 여름일 누군가의 시차"(182쪽)는 시간의 차이이면서 곧 풍경의 차이를 가리키는 것이기도 하다. 하지만 이 소설에서 감지되는 상실에의 예감은 아직 흐릿하다. '아버지'를 통해 멀리서 들려오는 부고 소식이 죽음의 그림자를 드리우지만 본격적인 상실이라고 보기는 어려울 것이다.

상실의 슬픔은 「입동」으로부터 시작한다. 「입동」은 이번 소설집의 중요한 특징, 즉 시간은 곧 계절이고 풍경이라는 인식을 가장 잘 나타낸 작품이기도 하다. "그렇게 사소하고 시시한 하루가 쌓여 계절이 되고, 계절이 쌓여 인생이 된다는 걸 배웠다."(20쪽), "시간이 누군가를 일방적으로 편드는 듯했다."(21쪽)라는 말처럼 이 소설에서는 시간 관념이 매우 도드라지는데, 그것이 계절의 감각과 너무도 맞닿아 있어 오히려 계절과 풍경이 시간을 지배하는 것 같이 보이기도 한다. 겨울로 접어드는 절기인 '입동'은 이 부부가 아이를 잃었기 때문에 시작되는 것이 아니다. "사계절이 있는 나라에 사는 건 돈이 많이 드는 일 같아."(31쪽)라는 '아내'의 말처럼 풍경은 그들의 상실과 무관하게 계속 바뀌고, 상실을 경험한 사람들에게 시간은 마치 계절이 바뀌지 않는다면 흐르지 않을 것처럼 느껴지기도 한다. 하지만 그럴 수는 없기 때문에, 그런 일은 불가능하기 때문에 시간의 더께는 슬픔을 차곡차곡 쌓아 간다.

또한 이 소설은 상실의 대상이 '아이'라는 측면에서 이번 소설집에서 가장 처절하게 슬픈 작품이기도 하다. 사실 '아이'를 잃은 이야기는 꽤 자주 등장하기도 하고, 세월호 참사 이후 그러한 소재가 가져다주는 감정의 진폭이 워낙 크다 보니 어느 정도는 익숙해졌다고도 할 수 있을 텐데, 이 소설에서 김애란이 놓치지 않고 더해 놓은 것은 이런 장면들이다.

> 한동안 집이 생겼다는 사실에 꽤 얼떨떨했다. 명의만 내 것일 뿐 여전히 내 집이 아닌데도 그랬다. 이십여 년간 셋방을 부유하다 이제 막 어딘가 가늘고 연한 뿌리를 내린 기분. 씨앗에서 갓 돋은 뿌리 한 올이 땅속 어둠을 뚫고 나갈 때 주위에 퍼지는 미열과 탄식이 내 몸 안에 고스란히 전해지는 느낌이었다. 퇴근 후 샤워를 하고 침대에 누우면 이상한 자부와 불안이 한꺼번에 밀려왔다. 어딘가 어렵게 도착한 기분. 중심은 아니나 그렇다고 원 바깥으로 밀려난 건 아니라는 안도가 한숨처럼 피로인 양 몰려왔다. 그 피로 속에는 앞으로 닥칠 피로를 예상하는 피로, 피곤이 뭔지 아는 피곤도 겹쳐 있었다.(13~14쪽)

김애란은 '집'을 마련한 느낌에 대해 이렇게 묘사하면서 종내에는 '아이를 잃고', '집을 얻게' 되는 상황까지를 그리고 있다. 위에서 인용한 장면은 절반 이상 대출을 끼고 '내 집'을 마련한 '나'의 마음을 너무도 정확하게 표현한 것이지만 실상 '아이'에 관한 것으로도 읽힌다. 아이를 가지고, 아이를 낳고, 아이를 기르던, 그래서 아이와 함께 살아온 지난 오십이 개월간의 부모로서의 마음이 저러했던 것이 아닐까. 분명히 내 것인데 내 것 같지 않은 기분, 이제야 어딘가 '정착'했다는 느낌, "이상한 자부와 불안"의 감각, 앞으로의 "피로"와 "피곤"을 안도하며 생각할 수 있게 된 것은 아마 '영우' 때문이었을 것이다. 그 아이가 "후진하는 어린이집 차에 치여 그 자리서 숨졌"(21쪽)을 때 느낀 이들 부부의 상실감이야 더 설명할 필요도 없겠고, 죽은 아이의 보험금이 들어 있는 통장에 손대지 못하는 모습도 더 말해 무엇하겠냐마는 삶은 잔인하게도 계속 살아지게 된다. 의지나 노력으로 지속되는 것이 아니라 끝내 포기하지는 못해서 어쩔 수 없이 살아진다. '나'가 보험회사 직원이라는 이유로 동네 사람들에게 "차마 입에 담지 못할 소문"(22쪽)을 듣는 것도, "아이 잃은 사람은 옷을 어떻게 입나, 자식 잃은 사람도 시식 코너에서 음식을 먹나"(23쪽) 지켜보는 듯한 시선 때문에 아내가 장을 보러 나가지도 못하는 상황도 그저 그들이 감당해야 할 몫일 뿐이고, 또 그것은 상실의 고통에 비하면 아주 일부에 불과할 뿐이다. 그러니 아내가 그 보험금으로 대출 빚을 갚자고 했을 때 그 말이 얼마나 많은 고통과 망설임 끝에 나왔을지는 감히 짐작조차 하기 어렵다. 도배 작업을 하던 그들이 영우가 자기 이름을 채 완성시키지 못하고 벽 아래에 써 놓은 것을 발견하는 마지막 장면은 그 고통과 슬픔이 영원히 사라지지 않을 것임을 여실히 보여 준다. '나'는 벽지를 든 채로, 벌서듯 두 팔을 바들바들 떨면서 아이가 남긴 글자, 아니 그 구불구불한 무언가 위로 눈물을 뚝뚝 흘리며 서 있다. 이런 순간에도 벽지를 놓아야 할지, 놓지 말아야 할지를 고민해야 하는 게 삶의 잔인함이 아니면 무엇이겠는가. 결국 그렇게 그들이 도달하는 지점은 여기다.

> 많은 이들이 '내가 이만큼 울어 줬으니 너는 이제 그만 울라'며 줄기 긴 꽃으로 아내를 채찍질하는 것처럼 보였다.
> —다른 사람들은 몰라.
> 나는 멍하니 아내 말을 따라 했다.
> —다른 사람들은 몰라.
> 그러곤 내가 아내 말을 완벽하게 이해하고 있다는 걸 알았다.(36~37쪽)

어떤 사람들은 위로할 수 없는 슬픔 같은 것은 없다고 말한다. 작든 크든 상실의 경험이라는 것은 누구에게나 있고, 따지고 보면 인간이 겪을 수 있는 상실의 종류가 그리 많지 않다고도 생각할 수 있기 때문일 것이다. 그러나 그 상실에 담겨 있는 이야기는 모두 다르고, 모든 고통은 개별적인 것이다. 그리고 아이를 잃은 부모라면 아이의 목숨을 돈과 바꾼다는 것이 상상도 할 수 없는 일이라는 것을, 이런 슬픔에 지겹다고 말하거나 슬픔을 그만두라는 이야기는 절대로 할 수 없다는 것을, 다른 사람들은 결코 알지 못하는 지독하게 고통스럽고 처참한 응어리 같은 게 마음속에 자리하게 된다는 것을 김애란은 분명하게 보여 준다.

「노찬성과 에반」은 「입동」의 상실의 서사를 뒤집는다. '아버지'는 트럭이 전복되는 교통사고로 사망했는데, "우연히 돌아가신 게 아니"(41쪽)라는 말과 함께 보험금이 지급되지 않고, 열두 살의 '노찬성'은 할머니와 단둘이 살아간다. 어머니의 자리는 애초에 완전히 비어 있어서 '노찬성'은 엄마에 대한 그리움조차 별로 느끼지 못한다. 이 아이가 할머니가 일하는 고속도로 휴게소에 버려진 한 강아지를 만나 "난생처음 느껴 보는 감각"을 경험하고 "내면에도 묘한 자국"(48쪽)이 생겼다면 이들이 함께 살아가게 되는 건 어쩌면 필연적인 일일 것이다. '에반'이라는 이름을 붙여 '노찬성'이 강아지에게 자신의 생의 자리 한구석을 내어주는 이 과정은 생애 최초의 '사랑'이라고도 볼 수 있다. 그러나 개를 버리고 간 데는 이유가 있는 법이어서 '에반'의 건강은 심상치 않고, 위태로운 고속도로와 금이 간 휴대폰의 이미지, 그리고 '노찬성'이 전혀 가닿을 수 없는, '목사'나 '의사'와 같은 어른들의 사회는 이 이야기도 결국 상실의 방향으로 흐르게 될 것임을 암시한다.

이 소설은 '노찬성'의 시점으로 그려지기 때문에 할머니가 품고 있는 사연이나 이 가족들이 겪어 왔을 고통과 상처에 대해서는 어렴풋이 짐작만 할 수 있을 뿐이다. 그러나 담배를 입에 문 채 "주여, 저를 용서하소서……."(43쪽)라는 말을 반복하는 할머니의 행동으로 보아 아마도 자살이었을 아버지의 죽음, 그리고 "차가 지나가기를 기다렸다는 듯이" "일부러 뛰어드는 것 같았다."(80쪽)는 '에반'의 마지막 모습으로 미루어 보건대 이들은 끝내 생의 무게를 감당하지 못하고 포기해 버린 사람들로 보인다. 그것이 남은 사람들의 짐을 덜어 줄 수 있으리라 생각했던 누군가에게는 '안락사'라는 말조차도 사치였을 텐데, '에반'의 안락사를 위해 돈을 모으던 '노찬성'이 그 일을 차일피일 미루면서 고민 끝에 그 돈을 조금씩 써 버리는 장면을 단순히 순수한 어린아이의 에피소드 정도로 치부하기는 어렵다. 삶과 죽음의 문제가 생활, 특히 돈과 밀접하게 연관될 때, 우리는 누구나 '노찬성'이 된다. 그러니 생각해 보면 달라지는 건 돈의 액수밖에 없다. 누군가의 병이나 죽음 같은 것들을 앞에 두고 우리가 고민하는 문제는 근본적으로는 늘 같다.

손바닥에 고인 땀을 보니 문득 에반을 처음 만난 날이 떠올랐다. 손바닥 위 반짝이던 얼음과 부드럽고 차가운 듯 뜨뜻미지근하며 간질거리던 무엇인가가. 그렇지만 이제 다시는 만질 수 없는 무언가가 가슴을 옥죄었다. 하지만 당장 그것의 이름을 무어라 불러야 할지 몰라 찬성은 어둠 속 갓길을 마냥 걸었다.(81쪽)

그 이름은 '상실'이다. 마음에 각인되어 결코 잊을 수 없지만 절대로 다시 경험할 수는 없는 것, 영원히 사라져 버렸다는 실감이다. 그리고 상실은 어떤 것도 온전하게 내 것이 될 수 없다는 사실을 깨달아 가는 과정이기도 하다.

「어디로 가고 싶으신가요」에서 남편을 잃은 '명지'가 영국의 푸른 하늘을 보며 느끼는 감정도 그런 것이다. "그래서인지 나는 내 앞의 '청명'이 남의 집에서 떼다 붙인 커튼처럼 느껴졌다. 눈앞에서 아름답게 펄럭이는 '현재'가 좋았던 과거 같고, 다가올 미래 같기도 한데, 뭐가 됐든 내 것 같진 않았다."(227쪽)라고 말하는 심정은 주위를 신경 쓰지 않고 편안하게 웃을 수조차 없는, 상실을 경험한 자의 마음에 단단하게 굳어 버린 균열이다. 이 소설에서는 교사인 '남편'이 현장학습을 떠났던 계곡에서 물에 빠진 학생을 구하려다 학생과 함께 익사하는, 아내인 '나'의 입장에서는 황망하기 그지없는 사태가 발생한다. 이제 부부가 마침내 아이를 갖기로 약속하고, 남편은 금연을 시작한 그 첫날에 삶은 잔인하게도 이들을 갈라놓는다.

김애란이 이번 소설집에서 그려 넣는 죽음은 단순하게 한 사람이 사라지는 차원이 아니라 그것 자체로 일종의 전환을 형성해 그 세계를 완전히 뒤바꿔 놓는 사건이다. 죽음을 제공한 원인이 분명하고, 남은 사람들은 이를 수습해야 하며, 때로는 책임을 지거나 사과를 해야 할 사람들도 있는, 관념적으로 거리를 둘 수 없는, 그야말로 현실이고 실감이다. 또 이 죽음은 여기에 남아 그 죽음을 감당해야 하는 사람으로 하여금 '그러지 않았다면' 하고 수없이 가정하게 하고, 스스로를 자책하게 하며, 끊임없이 고통 속에 살게 하는 형벌이다.

그 고통에는 이를테면 시어머니가 "이럴 거면 같이 나오든가, 저라도 살든가. 아이고, 우리 막내, 아까워서 어떻게 해. 허무해서 어떻게 해. 내 새끼……."(231쪽)라고 말하는 장면도 포함된다. 왜 내 남편이어야 했는지, 왜 내 아들이어야 했는지 그 상실의 슬픔에 몸부림칠 때 그들은, 아니 우리는 어쩔 수 없이 이기적인 인간이 된다. 아무리 속으로 삼키려 해도 끝내 터져 나오는 비명 같은 그 말들에는 누군가를 찌르는 가시가 반드시 들어 있다.

> 발인을 마치고 화장장 대기실에 앉아 있는데 시어머니가 '그 사람들, 어떻게 한 명도 안 올 수 있느냐'고 화를 냈다. "도경이가 그래도 자기 학생 구하려다 그리된 건데. 우리도 사람인데 뭐라 할 것도 아니고, 절을 받겠다는 것도 아니고, 피 안 섞인 사이라도 인사 정도는 한번 와 주는 게 예의 아니냐"며 가슴을 쳤다.

—부모가 없는 아이였답니다.

장례식장에서 몇몇 학교 사람들을 만난 아주버니가 말했다.

—할머니나 할아버지는? 걔는 친척도 없대? 누구라도 길러 준 사람이 있을 거 아니야. 누구 하난 봐야 할 거 아니야, 우리 도경이 얼굴을.

—누나랑 둘이 살았나 봐요. 애들끼리. 그런데 그 누나도 어디가 아프답니다. 학교도 관두고…….(230~231쪽)

그러니까 비극은 이런 것이다. 상실로 고통받는 사람들이 각자의 아픔을 헤집어 다시 서로에게 상처를 주는 것. 다시 말해 '예의'를 잃어버리는 것이다. '나'가 '시리'와 대화를 나누면서 시리에게서 발견한, "당시 내 주위 인간들에게선 찾을 수 없던 한 가지 특별한 자질"은 "위안"이나 "이해" 또는 "감동"이 아니라 바로 그 "예의"(238쪽)였다. 상대방의 질문에 대해 사무적인 공손함과 친절함으로 임하는 음성인식 프로그램은 "사람이 죽으면 어떻게 되나요?"라는 질문에 "어디로 가고 싶으신가요?"(259쪽)라고 대답한다. 그 무감한 응대가 '나'에게 묘한 안도감을 안기는 것은 이상한 일이 아니다. '현석'과 같이 아무리 가까운 사람이라도, 아니 오히려 가까운 사람일수록 남편 '도경'의 이름이 매 순간 이들의 만남과 대화에 끼어들기 때문이다. 사람은 사람을 기억하게 하고, 겹쳐 보이게 한다. 사람은 사람이어서 감당할 수 있는 마음의 폭이 정해져 있고, 그것을 넘어서는 고통에는 지치고 힘겨워한다. 그러면 누군가를 상실한 우리에게 필요한 건 사람이 아닌 것일까.

김애란은 한국으로 다시 돌아온 '나'의 손에 "권도경 선생님 사모님께"(262쪽)라고 시작되는 희생자 학생의 누나, 권지은의 편지를 쥐여 준다. 그리고 그 "삐뚤빼뚤한 글씨"로 "몇 번이나 연습"해 적었을 문장들을 읽으면서 "소리도 못 지르고 연신 계곡물을 들이켜며 세상을 향해 길게 손 내밀었을 그 아이의 눈"(265쪽)을 생각한다. 여러 번의 망설임과 고민

끝에 진심을 꾹꾹 눌러 담은 그 말들은 절대로 기계가 할 수 없다. 오로지 인간만이, 그 상실의 고통을 깊이 이해하는 사람만이 '애도'할 수 있다. 편지를 읽고 나서야 "어쩌면 그날, 그 시간, 그곳에선 '삶'이 '죽음'에 뛰어든 게 아니라, '삶'이 '삶'에 뛰어든 게 아니었을까."(266쪽) 하고 '나'는 생각한다. 그리고 우리는 '명지'가 결국 그 아이의 누나를 찾아가리라는 것을 조용히 짐작하면서 소설을 덮는다.

이제 「가리는 손」이 남았다. 여기 실린 작품 중 가장 최근작인데, 김애란의 소설임을 증명하는 특유의 문장들이 곳곳에 산재해 있어 읽는 내내 고개를 끄덕일 수밖에 없었다. '나'는 동남아 남성과 결혼해 아이를 낳았지만 이혼 후 혼자서 아들 '재이'를 키우고 있다. 그 '재이'가 중학생이 되어 노인 폭행 사망 사건에 연루되면서 소설은 이를 둘러싼 세태를 날카롭게 파고들기 시작한다. 김애란은 우선 '재이'가 소위 "다문화"로, "엄마가 아니라 아빠가 동남아"(191쪽)라는 눈에 띄는 '다름' 속에서 성장했음을 엄마인 '나'의 시선으로 보여 준다. 그런 '나'가 보기에 '재이'는 이제 막 스스로를 향한 차별과 편견의 시선을 감지한 사춘기 소년일 뿐이다. 그 과정에서 '재이'가 어떤 상처들을 받고, 또 얼마나 힘들어 할지 '나'는 우려한다. 그러므로 '재이'는 약자이자 소수자이며 차별의 당사자이고 혐오의 피해자다. 그런데 '재이'가 그 노인이 다른 학생들에게 폭행을 당하던 그 순간에 놀라서 손으로 입을 가린 것이 아니라 "틀딱"(220쪽)이라는 말을 듣고 웃음을 감춘 것이라면?

> —너무 스트레스 받지 마. 가진 도덕이, 가져 본 도덕이 그것밖에 없어서 그래.
>
> 오래전 당신과 팔짱을 끼고 걸을 때, 사람들이 자꾸 쳐다보자 당신은 대수롭지 않게 말했지. 병원 어르신들을 보면 가끔 그 말이 떠올랐다. 나는 늘 당신의 그런 영민함이랄까 재치에 반했지만 한편으론 당신이 무언가 가뿐

하게 요약하고 판정할 때마다 묘한 반발심을 느꼈다. 어느 땐 그게 타인을 가장 쉬운 방식으로 이해하는, 한 개인의 역사와 무게, 맥락과 분투를 생략하는 너무 예쁜 합리성처럼 보여서. 이 답답하고 지루한 소도시에서 나부터가 그 합리성에 꽤 목말라 있으면서 그랬다.(199~200쪽)

이 부분은 이번 소설집에서 가장 빛나는 장면 중 하나인데, 오로지 문장만으로만 전달되는, 그러니까 이것이 소설이기 때문에 가능한 방식이어서 읽고 나서 한참을 멈춰 있게 된다. 세대와 인종과 성별 같은 차이를 우리는 틀린 게 아니라 그저 다른 것이라고 세련되게 말하면서 마치 의심할 것은 아무것도 없다는 듯이 깔끔하게 정리하고 넘어가면 되는 것일까. 그런 차이가 사실은 우리들 사이에 어마어마한 간극을 만들고 그 틈은 좀처럼 메워지지 않을 때, 그래서 무수한 차별과 혐오가 그 사이로 삐져나올 때, 그래도 우리는 "예쁜 합리성"의 세계에 계속 머물러야 하는 것일까. 소수자는 늘 윤리적일까. 정치적 올바름은 일종의 도덕적 강박이 아닐까. 쿨함과 꼰대의 거리는 얼마나 먼가. '급식충'과 '틀딱'은 또 얼마나 가까운가. 혐오와 폭력은 어떻게 일상화되는가.

매 문단마다 멈추어 서서 질문을 던져야 할 정도로 이 소설이 제기하는 문제의식은 풍부하다. 자신이 낳아 길렀어도 아득한, 다시 말해 '분명한 타인'인 '재이'를 '나'는 어떻게 이해하고 설득할 수 있을까. 김애란은 여전히 그 방식을 "예의"에서 찾고 있는 듯하다. '나'는 재이에게 그 할아버지의 장례식에 가 보자고 말하면서 "죽은 사람한테 절하는 법"(217쪽)을 가르쳐 준다. "밥 먹는 손을 가리는 거"라면서 "밥 먹는 손 가리는 손, 밥 먹는 손 가리는 예(禮)"(같은 쪽)의 방식으로 재이가 기억하기를 바란다. 또 바로 이어지는 가해자의 인터뷰에서 노인을 폭행한 학생은 "그냥 그 사람에게 '교훈'을 좀 주려 한 것뿐"(같은 쪽)이라고 말한다. 어떤 교훈을 주려고 했을까. 남의 일에 간섭하지 말라는? 나이가 많다고 학생들을 훈계해서는 안 된다는? 아니면 쇠약한 몸으로 감히 건장한 청년들에게 욕설을 던져서는 안 된다고 했을까?

김애란은 어쩌면 우리가 지금 잃어버린 것이 타인에 대한 최소한의 배려, 상대방을 이해해 보려는 최소한의 노력이라고 생각하는 듯하다. 슬픔이 있다면 뒤이어 애도와 위로가 따라야 한다. 그리고 그것이 충분히 이루어진 후에야 절차와 책임과 조치를 강구해야 한다. 사람은 사람이 죽으면 우선 우는 동물이라는 것을, 누군가를 잃게 되는 일이 인간이 겪어야 할 가장 고통스러운 경험임을 김애란은 새삼스럽게 곡진히 보여 준다.

*

김애란의 소설에서 잘 발견되지 않는 특징은 '반복'을 사용한다는 점인데, 예리한 독자라면 이번 책을 읽으며 아마 몇 번 갸우뚱했을 것이다. 분명히 앞에서 봤던 표현 같은데 다시 등장하는 경우가 종종 있기 때문이다. 예를 들어 스노볼을 상상하는 장면은 "유리 볼 안에선 하얀 눈보라가 흩날리는데, 구 바깥은 온통 여름인. 시끄럽고 왕성한 계절인, 그런"(156쪽)으로 한 번, "볼 안에선 하얀 눈이 흩날리는데, 구 바깥은 온통 여름일 누군가의 시차를 상상했다."(182쪽)로 다시 한번 등장한다. 보통의 경우라면 아마 그렇게 두지 못하고 '나는 다시 한번 상상했다.'라는 식으로 분명히 덧붙였을 텐데, 김애란은 이런 순간에 완벽하게 거리를 유지한다. 우리가 머릿속에서 어떤 장면을 여러 번 떠올린다고 해서 그때마다 '여러 번'이라는 수식을 붙이지 않는 것처럼, 그런 말을 붙이지 않고 그냥 같은 장면을 반복해서 떠올려도 전혀 어색하지 않은 것처럼, 그렇게 그 반복을 자연스럽게 수긍하면서 김애란은 인물의 말을 받아쓴다. 그러니까 김애란은 어떤 것을 한 번만 묘사하고 그냥 지나치는 법이 없다. 요컨대 김애란은 모든 문장을 반추하는 방식으로 서사의 겹을 쌓아 나간다. 그 변주의 과정이 자칫 무심한 반복으로 읽힐 수 있을지라도, 작가는 나서지 않은 채 인물에게 모든 것을 맡기고 저만치 물러나 있다. 그래서 김애란의 인물은 그들의 슬픔을 생생하게 독자에게 전한다.

오래전 소설을 마쳤는데도
가끔은 이들이 여전히 갈 곳 모르는 얼굴로
어딘가를 돌아보고 있는 것처럼 느껴진다.

이들 모두 어디에서 온 걸까.
그리고 이제 어디로 가고 싶을까.

내가 이름 붙인 이들이 줄곧 바라보는 곳이 궁금해
이따금 나도 그들 쪽을 향해 고개 돌린다.(269쪽)

이건 '작가의 말'이 아니라 흡사 '독자의 말'인 것 같다. 김애란은 인물들의 이야기를 자세히 받아쓰고 독자의 자리에서 그들을 그저 지켜보고 있다. 이 태도가 김애란의 '표지(標識/表紙)'다. 문을 열고 살짝 몸을 밀어 넣되 그 안으로는 완전히 들어가지 않는, 그래서 어둠 속에서 안과 밖의 시차를 느껴 가며 사태를 가늠해 보는 일.

김애란이라는 작가가 지금 한국 소설의 열렬한 독자층이라 할 수 있을 이삼십 대 여성과 함께 시간을 보내고 있다는 사실이 감사하게 느껴질 만큼, 김애란은 자기 세대에게 필요한 서사를 놓치지 않고 써낸다. 십 년 전의 김애란이 청춘의 비루한 아름다움과 아련함을 그려 내는 작가였다면 지금의 김애란은 이제 더 이상은 청춘이라고 말하기는 어려운, 삶의 무게를 여실히 느낄 수밖에 없는 '우리'의 모습을 묘사하면서 그 슬픔의 순간들을 우리와 함께하고 있다.

김애란이 「서른」에서 "너는 자라 내가 되겠지……. 겨우 내가 되겠지."[12]라고 쓴 문장은 '나' 스스로를 돌아볼 일이 있을 때, 지나간 기억을 떠올릴 때 종종 생각나는 표현이다. 이제 이렇게 말할 수 있을 것 같다. 겨우 내가 되더라도 우리는 이처럼 시간과 슬픔을 먹고, 계속 자란다.

《문학동네》 2017년 가을호

12 김애란, 「서른」, 『비행운』(문학과지성사, 2012), 297쪽.

사라진 후장사실주의와 돌아온 후장사실주의

"후장사실주의는 세계의 인용의 인용이다."[1]라고 외치던 후장사실주의자들이 사라졌다. 물론 정지돈, 오한기, 이상우, 박솔뫼 같은 작가들이 사라진 것은 아니다. '후장사실주의자'라는 레테르가 어느 순간부터 보이지 않게 되었다. 그들은 어디로 갔을까.

조금 오래된 이야기를 해 보자. 1933년 8월, "순연한 연구적 입장에서 상호의 작품을 비판하며 다독 다작을 목적으로 한 사교적 '클럽'"[2]임을 표방하면서 활동을 시작한 '구인회(九人會)'라는 단체가 있었다. 한국 근대문학사를 대충이라도 훑어본 사람이라면 누구나 알 것이고, 설령 들어보지 못했다 하더라도 정지용, 이태준, 김기림, 박태원, 이상, 김유정, 이효석 같은 이름들을 모를 수는 없을 것이다. 문학과 예술을 향유하는 소규모 공동체의 결성은 그 유래와 흐름이 무척 유구하겠지만, 20세기 식민지 조선에서, 이른바 근대문학의 태동 이후 정치적 이념의 공유나 사회적 운

1 정지돈, 「『analrealism vol. 1』에 붙이는 짧은 글 — 뉴질랜드 여행」, 《analrealism vol. 1》(서울생활, 2015), 286쪽.

2 「문단 풍문 — 구인회 창립」, 《동아일보》, 1933년 9월 1일 자.

동의 형태가 아니라 '문학 클럽'으로서의 결속은 사실상 최초로 있는 일이었다. 그들이 했던 일들은 이랬다. 신문 학예면에 윗세대 문인들에 대한 불만과 비판을 쏟아내기도 했고,[3] 회원들 간에 이루어지던 월평회를 확대하여 "시와 소설의 밤" 같은 것을 개최하기도 했으며,[4] 문예 지망생을 위해 구성된 "조선 신문예 강좌"를 열기도 했다.[5]

'구인회'가 이토록 열정적인 한 시기를 보낼 수 있었던 것은 그들 각각이 신문, 잡지 등 문단의 '권력'을 가지고 있었던 지식인이었기 때문이기도 하지만, 일제강점기 말로 향해 가던 시기에서 식민지 조선의 작가들이 할 수 있는 활동이 점점 제한되어 가던 상황도 고려하지 않을 수 없을 것이다. 이럴 때 '순수하게' 문학의 활성화를 위해 조직을 꾸린다는 것은 동시에 명확한 지향을 공유하기 어렵다는 것과 같고, 그것은 곧 결속력 저하를 불러온다.

이석훈 구인회원은 몇 명이나 됩니까.

정지용 십삼 인입니다.

방인근 그러면 십삼인회라고 했으면 좋겠군요.

정지용 直木三十五(나오키 산주고[6] — 인용자 주) 격입니까?

김남천 그동안 회원 변동이 있지 않았습니까. 이무영, 조벽암 양인이 탈퇴했지요.

3 「격! 흉금을 열어 선배에게 일탄을 날림」, 《조선중앙일보》, 1934년 6월 17~29일.

4 「문단의 일성사! '시와 소설의 밤' — 구인회 주최와 본사 학예부 후원」, 《조선중앙일보》, 1934년 6월 25일 자.

5 「구인회의 문예 강좌 — 십팔일로 오일간 경보강당에서」, 《조선일보》, 1935년 2월 17일 자.

6 31세에 三十一(산주이치)이라는 필명을 만든 후 나이를 먹을 때마다 숫자를 바꾸어 나가던, '나오키상'으로 잘 알려진 나오키 산주고의 사례를 빗댄 것이다.

김광섭 이무영 씨도 여기 앉아 계시니 무슨 이유로 탈퇴했는지 알고 싶습니다.

이무영 여기선 말 않는 것이 좋겠지요.

김광섭 퍽 듣고 싶은데요. 직접 탈퇴한 분이니 이야기해도 좋겠지요.

이무영 글로는 발표할 수 있는 성격이지만 여기선 말할 수 없습니다.

함대훈 구인회원들이 다작이더군요.

김남천 구인회의 집회 조직 계획 등을 알고 싶습니다.

정지용 무슨 계획이나 강령이 반드시 있어야 유쾌하겠습니까? 글 좋아하는 친구끼리 모여 보니 구인회가 되었지요.[7]

위의 좌담에서 보이는 구인회에 대한 정지용의 입장은 "글 좋아하는 친구끼리 모여 보니 구인회가 되었"다는, '순수문학 조직'임을 강조하던 연장선상에 있다. 그러나 탈퇴 이유를 끝내 밝히지 않는 이무영의 태도나 정지용이 "구인회의 집회 조직 계획 등"에 관한 질문에 답하는 뉘앙스는 구인회가 단순한 문학 애호 단체로 존속하기 어려운 상황임을 단적으로 드러낸다. 특히 이 시기 점차 힘을 잃어 가던 '조선 프롤레타리아 예술가 동맹(KAPF)'과의 관계를 생각하지 않을 수 없는데, 지금 그 이야기를 하려는 것은 아니고.

요컨대 개인이 아니라 조직이 되는 순간, 이름 옆에 소속이 추가되는 순간, 그 꼬리표는 영원히 남고, 모든 문학 운동은 그래서 실패할 운명을 갖는다. '구인회'는 1935년을 전후해 이상(李箱)이라는 동력을 얻었고 그가 추진했던 것 중 하나는 동인지를 만드는 것이었다. 《시와 소설》은 1936년 3월 이상이 근무하던 창문사로부터 발행되었고, 그는 회원/비회원을 가리지 않고 좋은 작품은 언제든지 실을 것이고,(회원이 아니었던 백

7 「문예좌담회」, 《조선문단》, 1935년 8월호 143~144쪽. 현대식 표기로 약간 수정하여 인용했다.

석의 시가 두 편 실려 있다.) 동인지에 관한 모든 문의는 본인에게 하면 된다고 후기에 쓰면서 의욕적인 태도를 보였지만, 결국《시와 소설》은 '구인회'의 처음이자 마지막 동인지로 남았다. "어쩌다 예회(例會)라고 모이면 출석보다 결석이 더 많으니 변변히 이야기도 못하고 흐지부지 헤어지곤 하는 수가 많다."[8]던 이상의 말은 당시 '구인회' 멤버들의 분위기를 고스란히 보여 준다. 이후 김기림에게 보낸 편지에서도 "구인회(九人會)는 인간 최대의 태만(怠慢)에서 부침(浮沈) 중이오. 팔양(八陽)이 탈회(脫會)했소- 잡지2호(雜誌二號)는 흐지부지요. 게을러서 다 틀려먹을 것 같소.", "《시와 소설》은 회원들이 모두 게을러서 글렀소이다. 그래 폐간(廢刊)하고 그만둘 심산이오."[9] 등의 언급을 하고 있는 것을 보면 이 시기 거의 해체 수순을 밟고 있었던 것으로 보인다. 그렇게 '구인회'는 '실패'했다.

이제《analrealism》을 한번 들여다봐도 좋겠다. 2015년 11월에 첫 호를 내고 아직까지 무소식인 이 잡지는 후장사실주의자들의 동인지다. 이 작가들이 "게을러서 다 틀려먹을 것 같"다는 말을 하려는 것은 아닌데, 아마 틀린 말도 아니라고 그들은 얘기할지 모르겠다. 단순히 각자의 프로필에 꼬리표를 다는 것을 넘어 후장사실주의자임을 선언하는 이 지면에서 가장 강조되는 키워드는 "인용"이다. "후장사실주의는 존재하지 않"지만 "후장사실주의를 인용하는 것은 여전히 가능"하다는, "후장사실주의자는 후장사실주의를 인용하는 사람들, 혹은 후장사실주의에 의해 인용되는 사람들을 가리키는 잠정적 이름"[10]임을 상기할 때, 이는 '구인회'의 작가들이 보여 주던 방식과 유사하다.

8 「편집 후기」, 《시와 소설》, 창문사, 1936년 3월호, 40쪽.

9 「이상서간(李箱書簡)」, 《여성》, 1939년 6월호, 82~83쪽.

10 강동호, 「인용–텍스트 — 후장사실주의 선언에 붙이는 주석」, 《analrealism vol. 1》, 283쪽.

소설가 박태원은 자신의 작품에 이상을 자주 등장시켰다. '벗'이라고 칭하거나 '하웅(河雄)' 같은 이름을 붙이기도 했지만, '상(箱)'으로 직접 부르기도 했다. 이상 역시 생전에 발표하지는 못했지만 아래와 같은 글을 쓰기도 했다.

> 암만해도 성을 안 낼 뿐만 아니라 누구를 대할 때든지 늘 좋은 낯으로 해야 쓰느니 하는 타입의 우수(優秀)한 견본(見本)이 김기림(金起林)이라.
>
> 좋은 낯을 하기는 해도 적(敵)이 비례(非禮)를 했다거나 끔찍이 못난 소리를 했다거나 하면 잠자코 속으로만 꿀꺽 업신여기고 그만두는, 그러기 때문에 근시안경(近視眼鏡)을 쓴 위험 인물(危險人物)이 박태원(朴泰遠)이다.
>
> 업신여겨야 할 경우(境遇)에 "이놈! 네까진 놈이 뭘 아느냐."라든가 성을 내면 "여! 어디 뎀벼 봐라."쯤 할 줄 아는, 하되, 그저 그럴 줄 알다뿐이지 그만큼 해두고 주저앉는 파(派)에, 고만 이유로 코밑에 수염을 저축(貯蓄)한 정지용(鄭芝溶)이 있다.
>
> 모자(帽子)를 홱 벗어던지고 두루마기도 마고자도 민첩(敏捷)하게 턱 벗어던지고 두 팔 홀떡 부르걷고 주먹으로는 적(敵)의 벌마구니를, 발길로는 적(敵)의 사타구니를 격파(擊破)하고도 오히려 행유여력(行有餘力)에 엉덩방아를 찧고야 그치는 희유(稀有)의 투사(鬪士)가 있으니 김유정(金裕貞)이다. (중략)
>
> 소설(小說)을 쓸 작정(作定)이다. 네 분을 각각(各各) 주인(主人)으로 하는 네 편(篇)의 소설(小說)이다.[11]

각각을 주인공으로 하는 소설을 쓰겠다는 "작정"은 단순히 서사의 인물로 등장시키겠다는 의미가 아니다. 또한 이를 통해 비평적 작가론을 써

11 이상, 「김유정」, 《청색지》, 1939년 5월호; 인용은 권영민 편, 『이상 전집』 2(뿔, 2009), 177~178쪽.

보겠다는 것 역시 아니고, 에세이를 쓰겠다는 것도 아니다. 이것은 정확히 말 그대로 소설, 하나의 텍스트로 그들을 이해하겠다는 의미다. 결과적으로 그것은 "인용-텍스트"가 된다. 정지돈이 오한기를 등장시키고, 오한기가 이상우를 언급하는 일이 후장사실주의자의 텍스트가 되듯, 이상과 박태원의 텍스트에는 구인회의 인장이 곳곳에 박혀 있다.[12]

이것은 또한 상호 텍스트성만으로 설명하기도 어렵다. 이상이 정지용의 시를 자신의 소설에서 인용한다고 해서 그 두 작품의 상관성을 들여다보는 일이 그다지 의미 있는 작업이 아니듯, 후장사실주의자들의 텍스트에서 일종의 '영향 관계'를 찾는 것 역시 별로 소득이 없을 것이다. 이 작가들에게 중요한 것은 세계의 재현이 아니라 인용이기 때문이다. 다시 강조해서 말하자. 그들이 인용이라고 쓰는 자리에는 보통 재현이라는 말이 들어가기 마련이다. '소설은 세계의 재현이다.' 그렇지 않다. 소설은 세계의 인용이며, 세계의 인용의 인용이다.

메타적인 그들의 작업은 그러므로 세계 그 자체로부터 의미가 담보되지 않고 세계의 인용으로부터 의미를 가진다. 세계의 인용이 무엇일까. 그것은 시와 소설, 영화와 연극, 음악과 미술이다. 즉 예술에 의해, 예술가들에 의해 그들의 텍스트는 보증 받는다. 무수한 예술적 레퍼런스만이 소설을 지탱하는 근거가 된다. 그것은 "지성의 아우라"와 "권위의 심미화"[13]를 촉발하는 것이 아니라 재현이 되어 버릴지도 모른다는 두려움 속에서 절

12 박태원의 「방란장 주인 — 성군 중의 하나」는 한 문장으로 쓰인 단편소설이라는 점에서 주목받아 왔다. 그러나 이 소설은 바로 《시와 소설》에 실렸다는 점에서, 또 이후 「성군」 같은 작품을 참고하면 이상의 시도와 마찬가지로 박태원이 "방란장 주인", "자작", "만성", "수경 선생", "윌리엄 텔" 등으로 지칭되는 각각의 인물에 관해 '예술가-텍스트' 연작을 기획했다고 볼 수 있다는 점도 중요한 지점이다. 졸고, 「1930년대 소설의 미적 주체와 텍스트의 존립 양상 — 박태원과 이상을 중심으로」, 《구보학보》11호, 2014년 12월호 참조.

13 이은지, 「누가 후장사실주의를 두려워하는가」, 《자음과모음》, 2017년 가을호, 202쪽.

박하게 출구를 찾는 행위이다. 요컨대 그들의 텍스트는 삶을 문학으로 만드는 것이 아니라 문학을 삶으로 만드는 일이다.

《시와 소설》에서 이상은 "어느 시대에도 그 현대인은 절망한다. 절망이 기교를 낳고 기교 때문에 또 절망한다."라고 썼으며, 자신은 결코 20세기의 인간이 되지 못하고 19세기에 머무르고 말 것이라고 자조적인 어조로 여러 차례 말한 바 있다. 후장사실주의자들 역시 지난 세기의 소설과, 또 새롭다고 말해지던 그 많은 '이야기'들과 작별하고 싶은 듯하다. 그러나 '이미 그들은 실패한다.' 이상처럼 스물여덟에 요절하거나, 박태원처럼 월북하여 역사소설가가 되지는 않겠지만 그들은 다른 방식으로 똑같이 실패할 것이다. 실패는 예견되어 있고, 갱신의 굴레는 반복된다. 단지 쓰고 싶은 것을 썼을 뿐이라는 말이, 기교의 혼종과 서사의 혼란이 "'실험적인 것'에 대한 자의식을 드러내지 않는 것"[14]은 아니다. 그것은 오히려 명백히 기존의 문학에 대한 반동이며, 이들의 '문학의 기쁨'이다. 마치 '구인회'라는 존재가 '순수문학 단체'임을 표방할 때, 얼마나 '비순수'를 의식하고 있는지 느껴지는 것처럼.

최근 후장사실주의 작가들의 행보는 꽤 인상적이다. 『사랑하는 개』(스위밍꿀, 2018)에서 박솔뫼의 소설은 한층 가벼워졌는데, 그 헐거움이 작가의 시선과 문장을 통해 오히려 서사의 밀도를 높이고 있고, 오한기는 「바게트 소년병」(《문학과사회》, 2017년 가을호) 같은 작품을 통해 특유의 상상력을 보여 주면서 '기묘한 리얼리스트'로 자리 잡는 듯하며, 정지돈은 「빛은 어디에서나 온다」(《창작과비평》, 2018년 여름호)로 여전히 허구와 사실 사이에서, 과거와 현재 가운데서 '미래의 소설'을 쓰려고 하고 있다.

특히 주목한 것은 이상우의 근작들이다. 「부채꼴 모양의 타일이 이렇

14 이광호, 「누가 비트를 두려워하랴 — 이상우와 소설의 유령들」, 《문학과사회》, 2015년 여름호, 341쪽.

게」(《쓺》, 2018년 상반기호), 「장다름의 집 안에서」(《문학과사회》, 2018년 여름호), 「자피로와 친구들」(《문장 웹진》, 2018년 10월호) 등의 작업은 아마도 이상우가 이탈리아 로마에 체류하면서 쓴 작품이 아닐까 싶은데, 그곳에서 만난 인물들은 일종의 '세계-텍스트'가 되고, 이상우는 그것을 '일기' 같은 파편화된 서사로 받아쓰면서 소설의 시공간을 만들어 나간다.

베개 밖 흐르는 머리칼 침대 아래로 검은색 오른 어깨선 수두 자국 팔꿈치 담요 밖 매니큐어 벗겨진 발톱 흘린 듯이 옷가지들 물처럼 파묻힌 얼굴 베개 속 흐르는 머리칼 사이로 햇빛이 조금씩 방으로 침대 밑에서 기어 나오는 여자 더듬거리며 검은색 머리칼 두 여자가 방 안에 유리를 통과해 온 모양새로 부서진 빛은 투명한 둘레들 침대에 누워 잠든 여자의 뒤통수를 바라보는 침대 밑에서 기어 나온 여자 창문 없는 방 베개 옆 흐르는 머리칼[15]

이상이 「날개」의 서두를 "박제가 되어 버린 천재를 아시오?"라는 문장으로 시작하는 에피그램으로 열었던 것처럼, 이상우는 소설의 첫 페이지를 이 한 단락에 할애함으로써 그가 어떤 소설을 쓸 것인지를 예고한다. 그것은 단지 조사나 어미를 없앤다거나 술어가 아닌 명사로 문장을 갈음하는 형식적인 부분만을 의미하는 것이 아니다. 본질적으로 소설이 어떤 장면을 묘사하는 방식에 대해, 인물과 풍경을 '동시에' 제시할 수 있는 가능성에 관해, 그는 문장을 통한 재현이 아니라 최소한의 단어를 통한 인용으로 소설의 한 형태를 구현하려고 한다.

부스러기 빵 바구니 없는 대리석 식탁에서 개어진 앞치마의 줄무늬 일어나듯이 원목 의자로부터 창틀 모양으로 햇빛은 유선형 접시 그릇 테두리

15 이상우, 「부채꼴 모양의 타일이 이렇게」, 《쓺》, 2018년 상반기호, 286쪽.

상아색 두른 벽지 냄새 나는데 무슨 냄새? 베이컨 같은데 난 케일주스 그건 생각만 해도 토할 것 같아 어쩌라고 은쟁반 커피컵 자국 끊어진 채 둥그런 손잡이 주전자 은빛 물기 마른 싱크대 차 마셔 본 적 있어?[16]

이 소설에서도 이상우는 완성되지 않은 문장으로 풍경을 그려 내면서 인물들의 대화를 그 사이에 끼워 넣는다. 이런 방식의 서술은 약 여덟 페이지를 거듭하다가 마침표를 찍는데, 한 문장으로 쓰인 박태원의 「방란장 주인」이 떠오르는 것은 당연한 일이다. 그러나 박태원의 시도가 종결어미를 쓰지 않고 연결어미를 통해 계속 이어 나갔던, 즉 쉼표가 찍혀 있을 뿐 사실상 한 문장이라고 보기는 어려운 다소 단순한 실험적 서술의 형태였다면, 이상우는 문장 성분은 최대한 생략하고 정보값, 즉 인용을 최대한 늘리는 방식을 택하고 있다는 것이 특징이다. 서술자의 눈에 보이는 모든 실체들을 모조리 써넣겠다는 듯이, 그래서 아주 광범위하면서도 극단적으로 디테일한 묘사를, 즉 시각예술의 그것을 모사하면서 이를 넘어선 어떤 서술의 형식을 이상우는 가늠해 보고 있는 것이다. 그리고 그러한 방식의 서술 뒤에 '일기'의 형식으로, 가장 일상적이며 자유로운 개인적 글쓰기의 방식을 덧붙이는데, 이것은 앞선 극도의 작위적 서술과 (부)조화를 이루면서 소설의 세계에 대한 인식의 지평을 넓힌다.

그러고 나서야 우리가 잘 아는 소설의 방식, 어떤 인물의 이야기가 등장한다. 아마 그 첫 번째가 '자피로'인 것 같고, '케이와와', '오사마', '링' 등의 이야기가 이어질지 모른다. 이들은 누가 뭐래도 이 세계의 '예술가'들이고, '힙스터'들이며, 결국 '후장사실주의자'들이다. 그들은 인용을 통해 아주 느슨한 공동체를 형성한다. 서로가 서로를 씀으로써 그 의미를 획득할 수 있고, 그러한 행위가 곧 그들의 '현실'이다. 그러므로 다시 말하

16 이상우, 「장다름의 집 안에서」, 《문학과사회》, 2018년 여름호, 142쪽.

건대 이들에게 소설은 세계의 반영이나 재현이 아니다. 이렇게 말할 수도 있을 것 같다. 후장사실주의는 세계의 인용(引用)의 인용(人用)의 인용(認容)이라고.

《크릿터》 1호, 2019년.

문자라는 이데아와 혀의 시뮬라크르

백민석론

1 형식주의자 혹은 스타일리스트 백민석

세상에는 무수한 소설가들이 있지만 조금만 떨어져 일별하면 의외로 이러저러한 범주로 묶기 어렵지 않다는 것을 알 수 있다. 사실 인간이 상상할 수 있는 서사의 영역과 그 바탕이 되는 세계관은 그 도구가 언어이기 때문에 한정적이라고 할 수 있다. 모든 문학사 서술이 가능한 것은 바로 이 때문이고, 위대하고 훌륭한 작가일수록 "세상의 온갖 멋진 이름들"로 지칭되는 "중심" 속에 손쉽게 포섭된다.[1] 작가 백민석이 늘 추구하는 것은 그 중심의 이면으로 들어가 그곳으로부터 이탈하는 것인데, 그가 더실 해밋을 인용해 말했듯 "똑같은 스타일을 반복하는 작가는 죽은 작가"[2]라고 여기는 점은 그 이탈조차도 형식적으로 되풀이되어서는 곤란하다는 의미일 것이다.

1 백민석, 『교양과 광기의 일기』(한겨레출판, 2017), 11쪽.

2 백민석·금정연, 「인터뷰: 우리 세기의 '공포'를 말하다」, 『공포의 세기』(문학과지성사, 2016) 별책, 24쪽.

백민석의 1995년 등단 이후 『헤이, 우리 소풍 간다』(문학과지성사, 1995), 『내가 사랑한 캔디』(김영사, 1996), 『16믿거나말거나박물지』(문학과지성사, 1997), 『불쌍한 꼬마 한스』(현대문학, 1998), 『목화밭 엽기전』(문학동네, 2000), 『장원의 심부름꾼 소년』(문학동네, 2001), 『러셔』(문학동네, 2003), 『죽은 올빼미 농장』(작가정신, 2003)까지의 행보를 '1기'라고 명명할 수 있는 것은 주지하듯 10년간의 절필이다. 1990년대 한국 소설의 흐름의 한 축이자 세기말을 통과하는 문학적 증상으로서 백민석의 작품은 무수히 이야기되어 왔다. 세계로부터 상처받고 고통 속에서 분노를 쌓아가는 '소년'의 이미지는 그 대표적인 형상이다.[3] 그 소년이 어떻게 성장하는가, 그렇게 해서 어떻게 어른이 되어 가는가를 지독한 방식으로 따라가는 백민석의 서사들은 정신분석학적 독해로 우리를 끌어들인다. 『불쌍한 꼬마 한스』에서처럼 유년기 소년의 도착적 증세는 너무나 프로이트적인 것이고, 또 그것은 마치 "분석가의 담론을 통해 자신의 무의식을 자신의 증상들과 환상들을 통하여 변명하고 싶었던 것"[4]처럼 읽히게도 한다. 특히 『목화밭 엽기전』은 여러 평자들에 의해 정신분석학적 해석의 장이 되기도 했다.[5] 포스트모더니즘 담론과 세기말 감수성이 결합해 폭력과 불

3 위수정은 장정일과 백민석을 묶어 "비성년"이라는 개념으로 분석하면서 "저 기원 없는 유년기를 통과하고 아버지 없는 청년기를 스스로 창조하면서, 이 주체 아닌 주체들이 90년대 말에 공히 그리고 다르게 각각의 소설 안에서 만들어 낸 도착지는 과연 어디인가?"라고 묻는다. 이에 대한 답은 그 "(비)주체는 동물이나 괴물"이 된다는 것인데, 이는 1기 백민석에 대한 일반적인 해석의 경향이다. 위수정, 「1990년대 소설과 '비성년(非成年)—장정일, 백민석의 작품을 중심으로」, 동국대 국어국문학과 석사 논문, 2018, 19쪽.

4 김화진, 「어른/작가되기의 고통, 그 지독한 아픔의 얼룩—백민석의 「불쌍한 꼬마 한스」론」, 《한국문학이론과 비평》 8, 2000년 8월호 202쪽.

5 황종연, 「소설의 악몽—백민석의 『목화밭 엽기전』」, 『비루한 것의 카니발』(문학동네, 2001); 신수정, 「미궁 속의 산책」, 『푸줏간에 걸린 고기』(문학동네, 2003); 신형철, 「당신의 X, 그것은 에티카—김영하 백민석 배수아의 소설과 '윤리의 지형학'」, 《문학동네》, 2005년 봄호; 복도훈, 「포

안, 환멸과 분노 같은 것들이 난무하는, 그래서 거의 묵시록에 가까운 세계 재현을 시도하는 것이 백민석의 특징으로 여겨지곤 했다. 또한 신세대 혹은 "텔레비전 키드"라는 범주를 통해 1990년대 후반 폭발하던 대중문화적 감수성을 문학적으로 승화시키고, 1960~1970년대의 로큰롤, 수많은 영화, 사진, 만화 등을 환기하고 있는 그의 작품들에 관해 "문화적 이미지들을 기표의 차원에서 다룰 뿐이며 기표가 만들어 내는 차이들을 가지고 유희할 따름"이라는, 그리하여 백민석의 문학은 대중문화로 포섭되는 것이 아니라 서사적 '놀이'의 한 형식으로 자리매김한다는 관점도 제출되어 있다.[6]

그렇지만 "백민석을 동시대 다른 젊은 작가들의 소설들과 동렬에 두는 것은 오류"[7]라고 했던 김형중의 말처럼 백민석은 시대의 흐름으로만 설명되지는 않는다. "백민석의 소설은 손쉽게 90년대 신세대 문학의 전형적인 흐름 가운데 하나로 설명되었고 그 특징은 하위문화, 대중문화, 포스트모더니즘, 엽기, 위반과 전복 등의 코드로 환원"되거나 "그렇지 않으면 오랜 서구 고딕(Gothic) 문화의 역사적 전통 속으로 해소되어 버렸다."라는 김영찬의 진단은 최근에 와서 "백민석의 소설이 90년대 문학의 지배적인 흐름과 얼마나 멀리 있는 것인지" 다시금 인식하는 것으로 전개되는데,[8] 그것은 돌아온 백민석, 즉 '2기'의 소설들을 통해 재음미되어야만 한

스트모던 문명의 불만, 괴물들의 이상한 가역반응 — 백민석의 『목화밭 엽기전』, 『러셔』, 『죽은 올빼미 농장』을 중심으로」, 《문학동네》, 2005년 봄호.

6 김동식, 「코믹하면서도 비극적인 괴물의 발생학 — 백민석론」, 《문학동네》, 2000년 봄호, 6장 "스폰지의 감수성과 등가성의 아나키즘" 참조.

7 김형중, 「녀석들에게 무슨 일이 일어났던가? — 백민석론」, 『켄타우로스의 비평』(문학동네, 2004), 16쪽.

8 김영찬, 「분열의 얼룩, 불쌍한 녀석 백민석」, 《문학동네》, 2017년 가을호. 물론 이 글은 '문화사 프로젝트'라는 이름으로 1990년대 문학의 한 장면을 조망하는 기획이고, 2기의 백민석을 다루

다는 점을 분명히 해 두고 싶다.

"헤이, 백민석이 돌아왔다!"라고 외칠 만큼 백민석의 복귀는 문단의 이슈였다.[9] '도서관 소년'이었던 그가 어떤 글도 쓰지 않고, 10여 년을 '평범한 기술직 회사원'으로 지내 온 것은 1기의 백민석이 얼마나 쉼 없이 달려왔던가를 새삼 더듬어 보게 한다. 앞서 살펴보았듯 거의 1년에 한 권씩 책을 내면서 그가 혹 일종의 '소진' 상태를 경험한 것이 아닐까 추측도 해 보게 되는데, 현재의 백민석을 보면 글을 쓰기로 마음먹은 이상 페이스를 조절할 생각 따위는 없는 듯하다. 『혀끝의 남자』(문학과지성사, 2013)를 시작으로 『공포의 세기』(문학과지성사, 2016), 『수림』(예담, 2017), 『교양과 광기의 일기』(한겨레출판사, 2017)를 연이어 펴내고, 『장원의 심부름꾼 소년』, 『죽은 올빼미 농장』, 『목화밭 엽기전』 등의 작품을 개정하여 새로 찍었으며, 『리플릿』(한겨레출판사, 2017), 『아바나의 시민들』(작가정신, 2017), 『헤밍웨이』(아르테, 2018) 등 에세이·산문도 부지런히 썼다. 그뿐인가. 《기획회의》의 리뷰 지면, 각종 창작 관련 강의·연재 등도 마다하지 않고 있고, 복귀 이후 거의 매 계절 계간지에 단편을 발표하고 있으며,[10] 최근 연재소설 「버스킹!」(《문학3》 웹)까지 마무리했다.

이 무시무시한 글쓰기의 동력은 어디에서 오는 것일까. 흔히 그러하듯, 충동이나 분열, 무의식이나 욕망 같은 정신분석학적 개념으로 백민석을 설명하고 싶은 유혹은 여기에서도 느낀다. 또 10년의 공백을 둔 두 시

고 있지는 않다.

9 백민석 · 권여선 · 정용준 · 이수형, 「좌담: 헤이, 백민석이 돌아왔다—세기말 세기초의 한국 소설, 그리고 10년의 공백」, 《문학과사회》, 2013년 겨울호.

10 대표적인 것이 아직 책으로 묶이지 않은 '아트 워' 연작이다. 「소돔 0일」, 《Axt》, 2016년 7월호; 「그저 모든 게 지루했던 인간」, 《문학동네》, 2017년 봄호; 「인간은 누구나 마음속에 정원 하나씩을 가꾼다」, 《웹진 문장》, 2017년 1월호; 「브로콜리 소녀/마시멜로 소년」, 《창작과비평》, 2017년 가을호; 「어째서 당신들은 나 없이도 행복한 건가」, 《Axt》, 2017년 9월호.

기의 작품들을 비교하여 지금의 백민석이 어떤 위치에 있는지 분석할 수 있겠다는 생각도 든다. 그러나 그 전에 정확하게 되짚어 봐야 하는 것은 백민석의 행보에서 결코 변하지 않았다고 느껴지는 점과 무언인가 분명히 달라졌다고 생각되는 것을 인식하는 일이다. 아마도 전자는 "광기와 폭력", 그리고 "적의와 세상의 모든 악덕"이 "바로 우리 자신의 얼굴"이라고 외친다는 점이고,[11] 후자는 그가 점점 더 기민한 형식주의자적 면모를 보인다는 사실이다.[12] 그것은 말 그대로 거의 소설만 썼던 1기와 달리 다양한 글쓰기에 자의 반 타의 반 노출되면서 '소설'이란 무엇인지, 또 '소설의 글쓰기'는 어떤 것인지 백민석이 다시 묻기 시작했다는 의미라고도 볼 수 있을 것이다.[13] 그러므로 우리가 지금 백민석에 관해 이야기를 나눈다면, 그것은 돌아온 그에 대해, 2기의 백민석에 관한 것이어야 하지 않을까?

2 불타는 혀와 느슨한 글쓰기[14]

2013년 『혀끝의 남자』로 백민석은 돌아왔다. 2003년 절필과 잠적 이

11 백민석, 『헤이, 우리 소풍 간다』(문학과지성사, 1995), 155~156쪽.

12 백민석은 소설이 순수할 수 있다면 그것은 오직 언어로만 가능하다고 하면서 "소설언어의 형식적 실험은 좋은데, 그 결과물이 1970~1980년대 서구나 일본에서 이미 쓰인 소설들과 큰 차이가 없다면, 그것은 새로움의 실험일까 구태의 반복일까. 과거의 실험을 반복하고 있다면 그것이 여전히 실험일 수 있을까?" 하고 묻는다. 2기의 작품들은 그 대답으로서의 소설들이다. 백민석, 「순수라는 이데올로기」, 《문학과사회》, 2016년 봄호, 311쪽.

13 백민석이 등장했을 무렵, 정과리는 일찌감치 '책'이라는 물질, '대화'의 양상, '관계'의 양식, '순환'적 서사 등 이 작가의 '형식'에 주목했다. 정과리, 「백민석에 관한 두 장의 하이퍼카드」, 《문학과사회》, 1997년 가을호.

14 2장 서술의 일부는 필자의 리뷰 「아, 형 이제 가지 마요 제발」(《세계의문학》, 2014년 봄호)을 수정·보완한 것임을 밝힌다.

후 십 년 만의 귀환이니 모두가 돌아왔다고 환호할 만했다. 특히 2000년대 중후반의 문학적 세례를 집중적으로 받은 우리 세대에게 백민석은 일종의 신화나 전설처럼 남아 있었고, 그래서 그의 귀환은 환영해 마지않을 수 없는 사건이었다. 그러나 그 환영은 그가 한국문학사에 '필요한 존재'라서가 아니라 그의 절필과 잠적, 그리고 복귀가 문학적 수사의 차원이 아니라는 점에 기인하고 있다. "허물어져 가는 무허가 판자촌에서 태어나 일찍 부모를 잃고, 결국 우울증을 얻게 된 한 소년, 황폐한 절골을 유일한 놀이터 삼고, 누릴 만한 '문화'라곤 TV와 B급 대중음악, 그리고 공짜로 책을 빌려 주던 공립 도서관밖에는 없어서, 스스로를 '우울한 도서관 소년'이었다고 회상하는 어떤 사내"가 "자신의 이력에서 작가라는 직함을 완전히 오려내 버린 채로, 무려 10년을 무명의 기술직 노동자로 살며, 스스로를 상징적 죽음의 상태로 몰아간" 사례는, 당연히 쉽게 찾아볼 수 없는 것이다.[15] 요컨대 그는 언제든지 "작가로서의 나"를 죽이고 "나머지의 나"를 살릴 사람이다.[16] 이렇게 단호하고 정직한 문학적 스탠스, 이런 단독자적 돌올함이야말로 우리가 정말로 환영해야 할 작가 정신이 아닐까.

소설집 『혀끝의 남자』에는 총 아홉 편의 작품이 실려 있다. 처음과 끝의 두 작품이 신작, 나머지 일곱 편은 예전에 발표했던 것들을 고쳐 쓴 것이다. 그러나 굳이 그렇게 경계 지을 필요가 없을 듯하다. 이 작품들은 모두 '백민석의 기원과 행로'를 보여 주고 있기 때문이다. 그는 기 발표작들이 '믿거나말거나박물지' 연작으로 기획된 것이었다고 밝혔고, 실제로도 그러한 제목으로 발표된 적이 있었으나 "지금 여기의 시점으로 모두 고쳐 썼다"는 작가의 말에서 알 수 있듯, 개개의 소설들은 지금의 백민석

15 김형중, 「해설: 무표정하게 타오르는 혀」, 『혀끝의 남자』(문학과지성사, 2013), 237, 243쪽.

16 백민석, 「사랑과 증오의 이모티콘」, 위의 책, 228~229쪽.

과 과거의 백민석이 기묘하게 만나는 장면을 보여 준다. 「폭력의 기원 — 작은 절골에서」의 유년기로부터 「혀끝의 남자」의 2013년 서울시 사당으로 이어지는 이 반추는 날것의 세계로부터 도서관 소년을 거쳐 문학적 바리케이드를 쌓아 올리던 그가 정서의 마비 상태인 "무표정(:.)"에 이르는 과정에 다름 아니다. 그리고 그 무표정은 절필과 잠적이라는 "연옥(煉獄)"을 낳았다.(제목만으로 본다면 이 소설집의 표제작은 오히려 「연옥일기」가 어울린다.) 그리고 다행히도 그는 그 십 년 간의 연옥 속에서 말은 잃되 글을 잃지 않았다. 온갖 말들이 횡행하는 연옥에서 일기를 쓰는 주인공의 모습은 "그래도 책은 계속 읽었다."[17]는 작가의 자기 고백과도 맞닿아 있다.

"글쓰기란 혼잣일이 아니다."라고 말했던 『16믿거나말거나박물지』의 정반대에서 그는 "가장 소중한 독자는 나 자신"이라고 이 소설집의 마지막 문장을 기록해 두었다. 요컨대 『혀끝의 남자』는 백민석이 백민석에게 쓴 책이고, 백민석이 읽어야 할 백민석이며, 백민석의 다음 행보를 보여 주는 복귀작이었다. 자서전과 에세이가 뒤섞이고, 이력서와 사유서, 그리고 출사표가 소설이라는 형식으로 공존하는 이 독특한 책은 일종의 느슨한 글쓰기를 보여 준다. 바로 그 지점이 2기의 백민석을 구성하는 중요한 부분이라고 생각한다. 1기의 백민석은 자신 안의 분노와 증오의 감정을 파편화된 형식, 즉 "비선형"의 방식으로 분출하면서 동시에 그것이 "광기 속으로 미끄러져 들어가"는 것을 두려워하지 않았다.[18] 지금의 백민석은 여전히 혀를 불태워 가며 광기 속에서 골몰하고 있지만 더 이상 해체나 파괴의 방식으로 서사를 구성하지는 않는다. 나는 2기의 백민석의 서사

17 위의 책, 229쪽.

18 백민석·장은수, 「대담: 인공 현실과 비선형 서사의 출현」, 《문학과사회》, 1997년 가을호, 1136쪽.

를 '원형적' 서사라고 이름 붙이고 싶은데, 그것을 잘 보여 주는 것이 『수림』 연작이다.

3 젖은 혀와 원형적 서사

백민석은 복귀 후 한 좌담에서 현재 집필하고 있는 "끔찍하기가 지옥 같은 소설"[19]이 있다고 했고 그것은 『공포의 세기』를 가리키는 것이었을 테다. 실제로 2기 백민석의 두 번째 소설은 발간 순으로 보면 『공포의 세기』이지만 『수림』에 실린 단편들이 2014년부터 2016년 여름까지, 즉 모두 『공포의 세기』 발간 이전에 발표된 것들이라는 점을 고려하면 『수림』은 소설집으로 묶이는 게 늦어졌을 뿐, 사실상 『공포의 세기』와 같은 시기에 쓰인 작품들이라고 봐야 할 것이다.

『공포의 세기』가 백민석의 하드록이라면 『수림』은 소프트록이다. "어두침침하고 우울하게 내리는 긴 장맛비" 속에서 인물들은 욕망을 억제하지 못하고 '죄'를 짓지만, 그것이 파괴적 행태로 나아가지는 않기 때문이다. 아니 조금 더 정확히 말하면 리비도에 휩싸인 『수림』의 인물들이 도달하는 지점은 세계의 파멸이 아니라 주체의 자멸이다. 이 몰락은 죽음에 이르는 길이기도 한데, 백민석의 인물들이 늘 그렇듯 그들은 죽음을 두려워하거나 피하지는 않으며, 그 바탕에는 당연히 '우울'이 있다.

백민석이 작가의 말에서 밝혔듯 이 소설은 "이어달리기처럼, 앞선 단편의 주인공이 이어지는 단편의 인물에게 주인공 자리를 넘겨주는 방식"[20]이다. 작가는 이것을 "순환의 서사 형식"이라고 말하기도 했는데, 그것은 비단 첫 편의 주인공이 결국 마지막 편에 다시 등장한다는 점 때문

19 백민석·권여선·정용준·이수형, 앞의 글, 207쪽.

만은 아닌 것 같다. 원을 그리면서 다시 제자리로 돌아오거나 계속해서 돌아가는 서사, 그것이 인간의 삶이라면 생으로부터 죽음에 이르는 순간까지일 것이고, 이야기의 형식이라면 시작과 끝이 구별되지 않는, 어디에서부터 시작해도 상관없고 어디에서 끝나도 무방한 양식일 것이다. 그런 원형적 서사가 『수림』의 구조이며, 그 구조는 이후의 작품들에서도 조금씩 변주되어 이어진다.

이 소설들은 '장맛비', '물의 터널' 같은 표현을 수시로 반복하면서 '젖는다'는 감각을 공유한다. 우리 몸에서 늘 젖어 있는 대표적인 기관은 아마도 혀일 것이고 그것은 다시 욕망의 대상으로 이어진다. 욕망은 그것이 실현되지 못할 때 우울을 동반하는데, 반대의 경우도 마찬가지다. 비정상적이라고 일컬어질 욕망들의 실현은 결국 '죄'를 짓기 마련이고, 이럴 때 우울은 피해갈 수 없다. "현대인들한테 불안은 종교와도 같은 거예요. 두려워하면서도 숭배하지요."[21]라고 말할 때 '불안'의 자리에 '욕망'과 '우울'을 각각 써 넣어도 틀린 진단으로 읽히지 않는다. 이 때 중요한 것은 사실 욕망의 실현 여부가 아니라 '진짜' 욕망을 들키는 일이다. 나아가 본질적으로 우리가 두려운 것은 '나'의 욕망이 아니라 타자의 욕망을 목도하는 일이다.(주체의 욕망은 곧 타자의 욕망이므로.) "당신과 당신 가족이 진짜로 하는 일이 뭔지 알게 되면 틀림없이 당신네를 싫어하고, 욕하고, 진저리치게 될 테니까."[22]라고 정원을 가꾼다는 '부인'에게 정신과 의사인 '남자'가 내뱉는 말처럼, "끔찍한 걸로 따지면 내가 더 끔찍할걸."[23]이라고

20 백민석, 「작가의 말」, 『수림』(예담, 2017), 278쪽.

21 위의 책, 189쪽.

22 위의 책, 221쪽.

23 위의 책, 35쪽.

“추악한 일면”[24]을 가진 ‘남자’에게 문자를 보내는, ‘노숙인’에 집착하는 ‘여자’의 모습처럼, 타인의 욕망, 즉 ‘진짜 모습’이야말로 공포다. 이 공포의 상태는 필연적으로 폭력을 동반한다. 세상의 공포를 알게 된 순간, 동시에 ‘나’ 역시 세상에 얼마나 공포스러운 존재가 될 수 있는지를 깨닫는 것, 다시 말해 미(美)와 추(醜)의 공존, 상반된 것들의 대립, 불균형, 불평등, 분열, 비대칭 같은 속성이 백민석의 “소설적 탐구의 ‘궁극적인 지점’”이다.[25]

『수림』에서 눈여겨볼 부분 중 하나는 인물들을 지칭하는 방식이다. 대체로 그들은 ‘남자’ 혹은 ‘여자’ 등의 보통명사로 불린다. 가끔 고유명사가 등장하지 않는 것은 아니어서 이들의 이야기를 멀찌감치 읽어 나가다가 갑작스러운 구체성에 포획되는 경험을 하기도 하는데, 소설집에서 거의 유일하게 ‘이름’을 갖는 인물은 ‘링고’다.

> “이제 날 링고라고 불러 줘요.”
> 링고는 사내의 눈을 똑바로 쳐다보며 요구했다.
> “안 돼. 학교에서는 본명을 써야지.”
> “이제 그게 본명이야. 링고라고 안 불러 주면 카톡 내용 다 까고 경찰에 신고할 테니 알아서 하세요.”[26]

“첫 번째 아찌”였던 담임교사에게서 이름을 공인받은 ‘링고’는 본명인 ‘혜원’과 이별한다. 새로운 삶에는 새로운 이름이 필요하고, 이를 통해 비

24 위의 책, 33쪽.

25 손정수, 「삶의 끝으로부터 현상하는 소설 — 백민석론」, 『소설 속의 그와 소설 밖의 나』(민음사, 2016), 232쪽.

26 백민석, 『수림』, 240쪽.

로소 완전히 다른 방식으로 '링고'는 살 수 있게 된다. 그런가 하면 이름을 도무지 기억해 내지 못하는 인물, 특히 '아내'의 이름을 잊어버린 '남자'가 종종 등장하는데, 고유명사의 망각이 정신분석학적으로 흔한 증상임은 주지의 사실이고, 얼굴이 도저히 기억이 나지 않지만 자신이 윤간했던 여자의 이름('유나')만은 또렷이 기억하는 장면 등은 이 인물들의 욕망의 대상이 '언어'임을 가리키는 무의식적 발현일지 모른다. 혹은 저 멀리 『헤이, 우리 소풍 간다』에서처럼 "언어적 고아"[27] 상태라고도 볼 수 있지 않을까. 자신의 언어가 없는 사람들이 마지막으로 잃게 되는 것은 스스로를 지칭하는 말이며, 동시에 자신을 새롭게 지칭할 수 있을 때 그들은 다시 태어난다.

4 피나는 혀와 다른 목소리

『공포의 세기』에서 '모비'나 '한창림'은 각자 다른 원천을 지닌 채로 다시 이름을 얻어 새롭게 태어난 인물들이다.[28] 특히 '모비'의 경우 이 세기의 '악'으로 재탄생했는데, 이 소설의 첫 장에서 '어린 친구'로 등장해 "아, 나는 아무도 아니에요. ……정말로 나는 아무도 아니에요."[29]라고 말하는 장면은 인상적이다. 물론 이 장면의 말미에 백민석은 '모비'라는 이름으로 "공포의 왕"의 출몰을 알리지만, '나는 아무도 아니다.'라는 문장

27 백민석, 『헤이, 우리 소풍 간다』, 316쪽.

28 '모비'는 『러셔』에서, '한창림'은 『목화밭 엽기전』에서 등장했던 인물이다. 백민석은 이러한 '연속성'에 대해 "내 상상력의 한계일 수도 있고 특이점이라고 말할 수도 있을 것 같다."고 하면서 자신은 "장편에 어울리는 설정을 하는 사람"이라고 말한 바 있다. 백민석·금정연, 앞의 책, 12~13쪽.

29 백민석, 『공포의 세기』, 15쪽.

은 필연적으로 '나는 모두다.'를 수반한다. 백민석이 그려 내는 '경', '심', '령', '효', '수' 이 다섯 인물은 끝내 '묻지마 테러'의 형태로 '화(化/火)하는'데 그것은 곧 현대인의 초상과 다름없다. 그들은 메트로폴리탄 속에서 여러 군상들로 나타나는데, 특히 '노숙자'에 대한 백민석의 묘사는 아주 집요해서 언급하지 않을 수 없다.

『수림』에서 공원의 노숙자들을 추적하던 '여자'처럼, '심'은 "왜 내 귀에서 네 좆같은 똥내가 나냐고!"[30]라고 분노하면서 노숙자를 살해하고, '효'는 노숙자의 처지가 되어 "잇몸엔 허연 반점들이 피었고 이 없는 잇집들은 썩어 무너져 가고 있"던 "노숙자들의 임금"[31]을 죽이고 "정의(正義)봉"[32]을 휘두르기 시작한다. 노숙자는 썩어서 악취를 풍기는 끔찍한 예외적 기표이자 현대 도시의 아이콘이다. 재벌이나 정치인 같은 상류층과 달리 노숙자는 공원과 광장에서 늘 목격된다. 그럼에도 불구하고 그들은 언제나 낯설고 기이한 공포의 대상이다. 동시에 외면과 기피, 그리고 무시의 대상이다.

> 하지만 소년들이 조금만 더 주의 깊었다면, 모비가 다루기 쉬운 영혼이 아니라 칠흑 같고 아수라장 같은 영혼을 가졌다는 사실을, 허공을 응시하는 눈의 동공이 때때로 분노로 비정상적으로 커져 있곤 하다는 사실을, 힘없이 가라앉은 말투 속에 강철처럼 담금질된 끔찍한 의지가 숨어 있다는 사실을 알아차렸을 것이다. 무엇보다 모비 역시, 소년들을 하찮은 축구공 이상으로는 보지 않는다는 사실을 깨달았을 것이다.[33]

30 위의 책, 117쪽.

31 위의 책, 71쪽.

32 위의 책, 127쪽.

'모비'의 탄생은 그래서 노숙자의 속성과 비견된다. 그리고 서른셋으로 생을 마친 '모비'는 의심의 여지없이 '예수'의 삶을 체현하고 있으므로 '신=노숙자'라는 등식이 자연스럽게 성립된다. 요컨대 현대사회의 예수는 노숙자다. 그들은 핍박받는 예지자이며, 인류의 죄를 짊어진 성자다. 공포가 "결코 건널 수 없는 나와 미지의 존재 사이의 간극"[34]이라면 그 무서움은 현대사회 도처에 있다. 타인에 대한 두려움이야말로 현대 도시 사회를 구축하는 근본적인 원리이며, 우리는 이제 지령을 받듯 네트워크를 통해 메시지를 전달받는다. 이 과정에서 "미지의 존재"는 언제나 개입한다. "'우리'는 거대 도시에 살고 있으며, 다른 삶은 알지 못"하고, 그리하여 "정신적 묵시록적 세계"[35]를 목도하고 있다는 작가의 말은 마치 "시골"을 경험한 적 없는 '모비'의 꿈속 풍경처럼,[36] 현대사회의 구성원들이 직면한 알 수 없는 세계에 관한 막연한, 또 분명한 두려움을 뜻할 것이다.

그 두려움 앞에서 '모비'가 제시하는 것은 혀에 새긴 '열쇠'와 '책'이다. "내가 열쇠로 그 문을 닫을 것이요, 내가 그 책을 펼쳐 능히 읽을 것이라."[37]라고 말하면서 인간을 "설치류"(이때의 설치류는 舌齒類로 읽어도 좋을 것이다.)라 부르는 '모비'에게 '혀 없는 말'이야말로 신의 뜻이다. 말하는 입 없이 귀로만 들려오는 말, 그러니까 '계시'는 혀를 가진 인간에게는 불가능한 일이다. 다섯 인물 모두가 혀에 타투를 새기고 말을 할 수 없는 상

33 위의 책, 140쪽.

34 위의 책, 165쪽.

35 백민석, 「연재를 시작하며」, 《문학과사회》, 2015년 봄호, 218쪽.

36 "하지만 모비는 그런 것들을 실제로 본 적이 없었다. 시골 바람이 어떤지, 어떤 냄새와 맛이 나는지 몰랐다. (……) 그런 데 가야 할 이유가 그에겐 없었다. 하지만 이제 그는, 좌우로 너른 풀밭이 있고 황혼이 대지에 낮게 깔리는 시골의 둑길을 걷고 있었다."(백민석, 『공포의 세기』, 282~283쪽)

37 위의 책, 300쪽.

태에서 '분신 테러'를 결심하는 것은 어쩌면 당연한 일이다. 입을 닫고 혀를 불태우는 상태에서만 인간은 스스로의 말을 잃고 다른 목소리를 듣기 때문이다.

『공포의 세기』는 욕망과 광기가 '나'의 진짜 모습일지도 모른다는 공포를 전달한다는 측면에서, "형제들아 너희는 선을 행하다가 낙심치 말라."[38]라는 「데살로니가 후서」의 성경 구절처럼 인간의 '선함'은 그냥 주어지지 않는다는 것을 지독하게 보여 주고 있다는 점에서 『수림』과 닮아 있다. 이 두 가지 버전의 백민석은 다시 독특한 형태의 형식으로 만난다.

5 갈라진 혀와 이후의 백민석

쿠바 아바나라는 렌즈를 통해 세계를 두 가지 버전으로 바라보고 있는 『교양과 광기의 일기』의 형식적인 면을 간단히 살피자. 같은 육신을 가진 두 자아의 대립, 정도로 치부하기에는 석연치가 않은데, 앞서 『공포의 세기』가 다양한 인물들을 병렬시키면서 '모비'라는 중심을 두지만 그렇다고 그 중심으로 수렴하지는 않는 구조를 보여 준 것처럼, 이 소설은 처음에는 완전히 분리된 두 자아의 교차 서술로 진행될 것처럼 보이다가 점차 그것이 구별되지 않는 모습으로 전개된다. 뒤집어진 날짜로 일기가 번갈아 가면서 쓰이기는 하지만 두 자아의 목소리는 겹쳐졌다가 갈라지는 것을 반복하는데, 그것이 이 3개월간의 체류기를 '두 번' 읽도록 만든다. 번갈아 읽어 가다 문득 한쪽 일기만을 따라 읽고 싶은 충동을 느끼게 되는 것이 비단 나뿐만은 아닐 것이고, 아마 누구라도 '다나이스'를 만나는 '광기의 나'를 선택하지 않을까 싶다.

38 위의 책, 343쪽.

이 소설은 교양과 광기라는 형편없으면서도 고귀한 인간의 이중성을 다뤘다. 이성적이고 합리적이고 계산적인 듯하지만, 동시에 무법적이고 비현실적이고 충동적인 이중성 말이다. 교양이든 광기든 그는 한 사람이다. 한 사람을 두 가지 상반된 성질로 나눠 생각하는 일은 중심이라는 편의적이고 허구적인 위상에 대한 인간의 집착 때문이다. 어느 한쪽을 중심으로 놓으면 다른 한쪽은 내키는 대로 뱉어 내고 부정할 수 있으니까.[39]

이러한 '이중성'에 대한 관심은 2기의 백민석이 지속하고 있는 주제의식이라고 할 수 있을 텐데, 단순히 선악이 공존하는 인간의 내면을 의미한다기보다, 또 말 그대로 중심이 두 가지 혹은 여러 가지로 나뉜다는 의미만이 아니라 이를테면 어떤 책이든 앞면과 뒷면이 있고 넘기다가 보면 어느 순간 그 상반된 면의 일부들이 동시에 목격되는 경우가 있다는 것이다. 앞뒷면은 결코 동시에 존재할 수는 없지만 구겨지거나 접힌 채로, 혹은 잘려 나간 채로 일부가 공유될 수 있다. 그리고 대부분의 인간은 그렇게 손상된 단면을 여러 겹으로 지닌 삶을 살아간다.

두말할 것도 없이 백민석에게 인간은 '책'이다. 문자라는 신을 섬기는 인류는 각자의 페이지를 앞뒤로 무수히 기록하면서 대체로 '교양'의 오른쪽 페이지만을 바라보며 기도한다. "현대의 개인주의자들에게 진정한 영웅은 무엇보다 자기 자신이기 때문"[40]에 그 기도는 스스로에게 올리는 것이나 다름없다. 그 기도 속으로 "보이지 않는 친구"[41]인 백민석의 목소리는 이렇게 흘러 들러온다. '나를 읽으라.'

《쓺》 2018년 하반기호

39 백민석, 「작가의 말」, 『교양과 광기의 일기』(한겨레출판사, 2017), 227쪽.

40 위의 책, 195쪽.

41 위의 책, 40쪽.

뭐든 쓰겠습니다, 그러나
이기호론

1 실패하는 이기호

이기호가 2000년대 한국 소설의 한 축을 담당했으며 최근까지도 의미 있는 작품들을 생산해 내고 있다는 것에 이의를 제기할 사람은 없을 것이다. 초창기 그의 소설은 형식적 재기 발랄함과 유쾌한 인물들의 전복적 서사로 주목을 받았으며 그것은 더없이 2000년대적인 것이었다. 돌이켜 보면 소설이 정제된 이야기일 필요가 없다는 일련의 인식 아래 상당한 작가들이 그 행렬에 동참했었다.[1] 문학이라는 무거운 미학적 외투를 벗고 꿈틀대는 이야기의 욕망을 입으로 쏟아내는 '이야기꾼' 작가의 재출현은 이 시기 한국문학의 특징이기도 했다. 20여 년을 통과해 지금 당도한 자리에서 돌아보면 이러한 이야기의 세계란 "이성애자 남성 지식인을 중심으로 구성된 한국문학사의 전통"[2]에 가깝다는 사실을 부정할 수 없을 것

1 박민규, 김중혁, 천명관, 김언수, 박형서, 백가흠, 이장욱 등 각자의 방식으로 2000년대를 통과한 작가들을 거론할 수 있고, 나는 지금 의식적으로 남성 작가들만을 떠올리고 있다.

2 오혜진, 「'장편의 시대'와 '이야기꾼'의 우울: 천명관과 정유정에 대한 비평이 말해 주는 몇 가지

이다. 흔히 '백수'라고 지칭되던 하위 주체의 '수다'는 남성 인물의 전유물이었고[3] 이들의 자조적인 요설은 무척 '정치적'이었지만 '올발랐다'고 말하기는 어려울 것이다.

한국문학의 형질이 근본적으로 바뀌고 있고 그 어느 때보다 새로운 문학에 대한 기대가 큰 지금, 다시 2000년대 문학을 돌아보는 일은 효율적이지 않을 수는 있으나 반드시 필요한 일이다. 당시의 불충분을 문제삼고 거칠게 따져 묻는 비난의 방식이 아니라 그 이후의 변화를 통과한 작가의 분투를 비평하는 방식으로 말이다. 그러자면 이기호야말로 매우 훌륭한 샘플이 될 수 있다. 1999년에 데뷔해 2004년에 첫 소설집 『최순덕 성령충만기』를 내고, 2006년에 두 번째 소설집 『갈팡질팡하다가 내 이럴 줄 알았지』를 펴냈으며, 2009년 첫 장편 『사과는 잘해요』를 발간했으니 2000년대의 한 사례로 충분하거니와 2013년 세 번째 소설집 『김 박사는 누구인가?』를, 2014년 두 번째 장편 『차남들의 세계사』를, 2018년 네 번째 소설집 『누구에게나 친절한 교회 오빠 강민호』(이하 『강민호』)와 세 번째 장편 『목양면 방화 사건 전말기 — 욥기 43장』(이하 『목양면』)을 냈으니 그는 2010년대 역시 부지런히 통과해 왔다.[4]

대부분의 작가가 그러하겠지만 '소설이란 무엇인가'라는 물음이 이기

것들」, 『지극히 문학적인 취향』(오월의봄, 2019), 32쪽.

3 정혜경은 박민규, 이기호와 함께 정이현의 소설을 그러한 분석에 포함시키는데 글에서 언급되었듯 "정이현의 '백수'가 대체로 넓은 의미의 중산층에 속한다면, 이기호의 '백수'는 학교를 중퇴했거나 고아로 자란 인물들이어서 프롤레타리아적 환경에 처해 있"으므로 함께 논의하기는 어려워 보인다. 정혜경, 「백수들의 위험한 수다 — 박민규·정이현·이기호의 소설」, 《문학과사회》, 2005년 여름호, 179쪽.

4 짧은 소설, 가족 소설 등의 이름으로 출간된 『웬만해선 아무렇지 않다』(마음산책, 2016), 『세 살 버릇 여름까지 간다』(마음산책, 2017)도 그 행보의 일부이지만 논의의 집중을 위해 편의상 생략했다.

호의 작품 세계를 관통하고 있다. 이것은 단순히 예술의 한 형식을 미학적으로 고민하는 질문이 아니다. 그에게는 소설가는 소설로 말해야 한다는 강한 신념이 있고[5] 이는 소설을 배태하는 현실에 관해, 소설이 될 수밖에 없는 어떤 사건·역사에 대해, 궁극적으로는 소설을 쓰는 '나'를 집요하게 들여다봐야 함을 의미한다. 소설가로 데뷔하고 20년간 소설이란 무엇인지를 소설을 통해 꾸준히 탐구할 수 있었던 것은 작가가 아니라 비평가에게 행운이고 축복일지 모른다. 작가에게는, 그가 스스로 말했듯 결국 "실패의 경우"를 써내야 하는 지점에 맞닥뜨리게 되는 일이고 이기호는 그 "다양한 사례"를 무수히 발표해 왔다.[6]

2 관찰하는 이기호

이기호의 첫 소설집 『최순덕 성령충만기』는 형식의 승리였다. 랩과 비트박스, 자기소개서와 취조 진술서, 고백체, 성경의 의고체 문장 등을 동원해 비루한 인물들의 욕망과 양태를 그려 낸 작품들은 마치 서발턴의 카니발처럼 보였다.[7] 이곳에 등장한 주요 인물 중 하나는 '이시봉'이었는데, 조금씩 변주되면서 이기호의 페르소나로 기능할 이 인물은 작가의 말마

5 이기호는 정치적인 이슈를 소설로 끌어들이는 '모험'에 대해 말하면서 "소설은 어쨌든 예술이고, 예술은 곧 미학"이며 "무언가 하고 싶은 말들이 있는데, 나는 어쨌든 소설가니까 소설이라는 장르를 통해서 이야기를 해야" 한다고 언급한 바 있다. 이기호·임현 대담, 「누구나 알지만 불가능한 이기호」, 《문학동네》, 2018년 여름호, 24~25쪽.

6 위의 글, 42쪽.

7 이에 관해서는 류보선, 「불량배들의 멜랑콜리와 이야기체의 발명 — 이기호 소설의 어떤 경향」, 《문학동네》, 2006년 여름호; 김대성, 「DJ, 래퍼, 소설가 그리고 소설 — 김중혁과 이기호의 소설에 관하여」, 《작가세계》, 2007년 겨울호 등을 참조.

따나 "비루하고 염치없"으며 "교양 없고 막돼 먹은" 낙오자의 전형일 것이다.[8] '시봉'을 분석하고 그 시대적인 의미를 찾는 일은 앞선 시기의 여러 글에서 이루어졌으므로 우리는 '이시봉'과 '이기호'의 거리에 대해 조금 더 살펴보는 것으로 논의를 시작하자.

「햄릿 포에버」에서 연극배우로 등장한 '이시봉'은 피의자가 되어 형사의 취조에 답하고 있으며 「옆에서 본 저 고백은 — 고백 시대」의 '시봉'은 엉망진창이 된 앵벌이 조직을 다시 이끌기 위해 '형님들의 회사'에 취직하고자 자기소개서를 '팔대이'에게 대필해 달라고 하고 있다. '시봉'은 작가인 이기호에 의해 철저히 대상화되어 있으며 주변의 인물들에 '의해' 기록되는 존재다. 흔히 '이시봉'은 '이기호'와 무척 가까운 인물처럼 여겨지지만 실제로 이기호는 멀찌감치 떨어져 '시봉'을 관찰할 뿐이다. 요컨대 '시봉'은 철저히 소설화되어 있으며 현실은 우화적으로 그려진다.[9]

'시봉'은 다시 두 번째 소설집 『갈팡질팡하다가 내 이럴 줄 알았지』에 등장한다. 아마도 이기호의 작품에서 가장 인상적인 장면 중 하나일 국기게양대에 매달린 세 남자 중 한 명(「국기게양대 로맨스 — 당신이 잠든 밤에2」)이자 자해 공갈을 도모하지만 결국 자해만 해 버리는 인물(「당신이 잠든 밤에」)이다. 여기에서 '시봉'은 여전히 친구인 '진만'에 의해 관찰되기도 하지만 국기게양대 양쪽의 '남자'들을 관찰하기도 한다는 점에 주목하지 않을 수 없다. 이 두 단편은 함께 소설집에 실려 있지만 2년의 격차가 있고

8 이기호, 「작가의 말」, 『최순덕 성령충만기』(문학과지성사, 2004), 332쪽.

9 이은지는 이기호 초기작의 한계를 지적하면서 "소설이 자신의 의식에 고무되어 사회를 등질 때, 그 의식의 내부에서 전개되는 모든 운동은 아무리 이상적일지라도 공허하"며 "거기에는 소설의 자기애, 소설의 이기(利己)만이 자리한다."라고 언급했다. 이은지, 「징후적 소설과 그 너머 — 이기호의 『김 박사는 누구인가?』가 맴도는 것들」, 《창작과비평》, 2014년 가을호, 375쪽.

이기호는 "작정하고 '내' 이야기들"[10]을 쓴 자리에 '시봉'을 가져온다. 그리고 「국기게양대 로맨스」의 마지막 장면에서 '시봉'은 함께 매달려 운다. 이 변화, 그러니까 마음이 가는 비루한 인물을 '지켜보는 것'이 아니라 그 인물과 이야기 속에서 '함께하겠다'는 감각이 여기에서 시작된다. 그렇게 보면 인물과의 동일화를 경계하는[11] 이기호의 소설이 '공감의 윤리'라고 부를 만한 지점을 발생시키는 기점으로 2000년대 후반을 설정할 수 있는데, 그것은 첫 장편 『사과는 잘해요』에서 두드러진다.

복지원의 원생으로 등장한 '시봉'과 '나'는 정체를 알 수 없는 알약을 강제로 먹어 가며 무수한 폭력에 노출되면서 동시에 "네가 뭘 잘못했는지 알아?"[12]라는 복지사들의 질문에 답해야만 하는 상황에 처한다. 그래서 그들은 '죄'를 만들어 내고, 만들어 낸 죄를 또 지어 가면서 늘 '사과'한다. 그런데 '사과'는 마치 욕을 했다고 거짓말하자 욕을 할 수밖에 없는 상황이 되는 것처럼, 사과하기 위해서는 잘못을 행해야 하는 모순에 빠진다. 이제 잘하게 된 것이라고는 사과밖에 없는 그들이 "알게 모르게 지은 죄들을 대신 사과해 드립니다."[13]라고 말할 때 이 소설은 일종의 우화나 알레고리로 읽히게 되지만 무엇보다도 '대속(代贖)'을 떠올리지 않을 수 없게 한다.

> 그때 시봉과 나는 이런 말들을 주고받았다.
> "나중에 혹시 나한테 사과하고 싶은 마음이 생기면 말이야."

10 이기호, 「작가의 말, 『갈팡질팡하다가 내 이럴 줄 알았지』(문학동네, 2006), 324쪽.

11 이기호는 "나는 대상화가 꼭 나쁘다고는 생각하지 않아요. 나쁜 건 동일화죠."라고 말한 바 있다. 이기호·임현, 앞의 대담, 44쪽.

12 이기호, 『사과는 잘해요』(현대문학, 2009), 24쪽.

13 위의 책, 108쪽.

"그러면?"

"그냥 너한테 해."

"나한테? 너한테 할 사과를?"

"응."

"왜?"

"뭐, 내 대신 네가 받아도 되니까."[14]

누군가의 죄를 자신이 대신 감당할 수 있다는 감각은 단순히 종교적인 차원으로 그치지 않는다. 우리는 아주 사소한 것부터 삶의 중요한 국면에 이르기까지, 타인의 죄를 감당하게 되기도 하고 타인에게 대신 사과하게 만들기도 한다. 즉 우리에게 어떤 '원죄'가 있다면 결코 혼자 살아가지 못하고 타인과 관계를 맺는다는 것일지 모르는데, '시봉'과 '나'의 관계는 그래서 그 자체로 '죄'다.

그러므로 이 소설은 '나'가 결국 '시봉'을 떠나는 이야기다. 박혜경이 적절하게 지적한 대로 "내가 시봉으로부터 분리되는 과정, (……) 시봉의 분신으로서의 나라는 존재의 미분화 상태로부터 벗어나 독립된 '나'가 되어 가는 어떤 탈각의 과정"[15]이 이 작품의 근간이기도 한 것이다. 즉 관찰의 단계에서 공감으로, 다시 공감을 넘어 '성장'으로 이기호의 인물들은 진화한다. 그런데 그것은 단지 인물의 차원을 넘어 '소설'의 변화로 이어지기도 한다. 2000년대를 통과하면서 이기호는 직접적인 방식으로 서사에 개입하던 서술의 형식을 조금씩 포기하는데, 그러면서 이전보다 더 적극적으로 현실과 역사에 관심을 갖게 된다. 권력의 폭력으로부터 파생된

14 위의 책, 200쪽.

15 박혜경, 「죄 권하는 사회」, 위의 책 해설, 229쪽.

무기력과 공포는 『김 박사는 누구인가?』, 『차남들의 세계사』로 고스란히 연결되면서 왜 그것이 '소설'로 이루어져야 하는지에 관한 질문은 여전히 계속된다.

3 기록하는 이기호

두 번째 소설집에 실린 「나쁜 소설—누군가 누군가에게 소리 내어 읽어 주는 이야기」에서 소설의 세계 속으로 독자를 끌어들여 '당신'을 주인공으로 만들고 이야기를 선택(최면술사의 목소리를 통한 것이기는 하지만)하게 하면서 이기호는 "'윤대녕' 소설"을 거론한다. 그것은 곧 "어쩔 수 없는 현실 세계의 벽"과는 다른, 낭만의 세계이자 "현실 같은 소설"이다.[16] 이기호는 그 '윤대녕 소설'의 낭만적 패배, 아련한 절망에서 다시 이야기를 시작해 보려 한다. 여관방에서 '아가씨'를 불러 소설을 읽어 주면서 소설이 결국 "섹스의 구실 내지는 핑계"로 기능할 뿐임을 적나라하게 보여 주고 "성적 쾌락에 의해 대체되는 소설 읽기"를 제시하면서 문학을 귀속(歸俗)시킨다.[17] 이기호가 소설에 대해 갖는 신념 중 하나는 그것이 '하찮은 이야기'라는 것이다.[18] 만약 소설이 현실에 개입할 수 있고, 심지어 현실을 변화시킬 수 있다면 그것은 소설이 무엇이든지 말할 수 있기 때문에 가능하다고 이기호는 믿는다. 누군가의 삶은 어떻게 말하느냐에 따라 완전히 다르게 이해될 수 있고, 이기호는 "소설을 진짜 소설처럼 받아들

16 이기호, 『갈팡질팡하다가 내 이럴 줄 알았지』(문학동네, 2006), 33쪽.

17 김동식, 「이야기를 꿈꾸는 소설에 관한 이야기」, 《문학과사회》, 2007년 여름호, 208쪽.

18 이 하찮음이 왜 남성 인물이 드러내는 여성에 대한 혐오와 착취의 방식으로 재현되어야 하는지에 관해서는 앞으로 꾸준히 물어야 할 테지만 이 글의 논의의 중심은 아니다.

이"[19]는 몇 되지 않는 작가 중 하나라고 할 수 있을 것이다.

세 번째 소설집인 『김 박사는 누구인가?』에서 이기호는 여전히 현실에서 밀려난 사람들의 이야기에 집중한다. 소설 속 표현을 빌리자면 '후진이 되지 않는 프라이드'처럼, 삶을 견뎌 내기 위해 "잡다한 기능"은 제거되어야 굴러갈 수 있는 인물들 말이다.[20] 그러면서 동시에 이기호의 서사는 그 인물들의 이야기를 받아쓰는 '나'의 역할을 포기하지 않는다. 기록자로서의 이기호는 이제 공적 '이름'에 주목한다. 초창기 이기호의 인물들이 가진 이름이 "개인적 삶의 내밀함과 고유함을 이야기하는 기호"였다면 이제 이들은 "공적 기록에 등재된 기호"로 강조된다.[21] 학적부에 기록된 '김길수'(「행정동」), 판결문 속의 '박수희'(「탄원의 문장」), 개명신청허가서를 쓰려는 '최이정'(「이정(而丁)」) 등 이른바 '고유명사'의 인물들이 다수 등장하기 시작한 점은 이후 이기호의 행보를 짐작게 하는 것이었고, 공적 제도에 의해 등록된 사인(私人)은 필연적으로 개별적 주체에서 역사적 주체로의 인식 전환을 요한다.

『차남들의 세계사』는 "들어 보아라./ 이것은 이 땅의 황당한 독재자 중 한 명인 전두환 장군의 통치 시절 이야기이다."라는 문장으로 시작하지만 서사는 "그의 이름은 나복만(羅福滿)이었다."로부터 출발한다.[22] 앞서 원용한 여러 글에서 이 시기 이기호의 소설적 경향으로 이야기의 '여백'이나 서사의 '부재'를 지적했지만 그것은 역설적으로 이기호 소설의 구체성이 증대되었다는 뜻이기도 하다. "이해되지 않고, 알 수 없는 것들을 이해

19 이기호, 「수인(囚人)」, 『갈팡질팡하다가 내 이럴 줄 알았지』, 209쪽.

20 이기호, 「밀수록 다시 가까워지는」, 『김 박사는 누구인가?』, 81쪽.

21 김동식, 「이야기의 경계를 넘어, 이야기되지 않는 삶을 찾아서」, 위의 책 해설, 381쪽.

22 이기호, 『차남들의 세계사』(민음사, 2014), 11쪽.

하기 위해선, 우선 그것들에 대해서 차근차근 이야기해야" 하고, "그것이 내가 알고 있는, 유일한 윤리"이며 "오직 그 윤리 때문에 이야기는 존재"[23] 한다는 도저한 이기호의 신념은 '역사'라는 거대한 벽 앞에서 흔들린다. 무엇이든 소설이 될 수 있지만 "거기에는 '이야기되지 않는/이야기될 수 없는' '여백'이 존재"한다는 것을 서서히 깨달았기 때문일 것이다.[24]

하지만 소설의 '여백'은 흔히 우리가 상상하는 것과는 달리 적게 이야기하기 때문에 발생하는 것이 아니다. 오히려 그 인물에 대해, 그가 겪었던 사건에 관해 많이 서술하면 할수록 여백은 커진다. 『차남들의 세계사』는 이기호의 소설 중에서도 유례없이 1980년대 독재 정권하 한국 사회의 미시사를 그려 내면서 한 인물의 일대기이자 추적기를 다루는데 정작 '나복만'에 대해 우리가 알 수 있는 것은 아주 일부에 지나지 않는다. 그럼 이 이야기들은 대체 무엇일까.

> 키 작은 집배원은 나복만의 편지를 차곡차곡 라면 박스에 담아 문간방 선반 위에 올려 두었다. 그는 처음엔 그 편지를 원래 주인에게 되돌려줄 마음도 먹었지만, 그러나 시간이 지난 후 그 편지들을 반복해서 읽게 된 사람은 엉뚱하게도 그의 고등학생 아들이었다. 그 아들은 자라서 소설가가 되었다. 그게 누구인지는 다들 말 안 해도 짐작하겠지만……. 뭐 그렇게 된 사정이었다.[25]

'나복만'이 사라진 이후 그가 연인이었던 '김순희'에게 보낸 편지는 소

23 이기호, 「내겐 너무 윤리적인 팬티 한 장」, 『김 박사는 누구인가?』(문학과지성사, 2013), 339쪽.

24 정홍수, 「이야기와 여백, 다시 태어나는 소설—이기호의 소설 세계」, 《문학과사회》, 2013년 가을호, 241쪽.

25 이기호, 『차남들의 세계사』, 302~303쪽.

설가가 된 '나'에게 전달된다. 이 지점이 이기호의 소설적 알리바이이자 핵심인데, 현실에서 이미 일어난 사건은 결코 소설이 될 수 없다는 것, 소설은 그 '이후'나 '나머지'에 대해 쓸 수밖에 없다는 것이 그것이다. 그리고 그 역할을 다른 인물이 대신하도록 만들지 않겠다는 것, 소설가인 '나'가 그것을 온전히 감당하도록 하겠다는 것이기도 하다. 무엇이든 쓸 수 있고, 무엇이든 쓰겠다는 이기호의 신념에는 소설가인 '나'를 통해 인물과의 거리를 유지하겠다는 '대상화'가 전제되어 있다. 이때의 대상화는 단순히 주체와 객체 간의 관계에서 생겨나는 것이 아니라 관찰을 통한 위계의 방식으로 복잡하게 설정되고 그 경계는 늘 위태로운 줄타기일 수밖에 없다. 이기호는 조금 더 아슬아슬해지기로 작정한다.

4 쓰는 이기호

잘 알려져 있듯 이기호의 네 번째 소설집 『누구에게나 친절한 교회 오빠 강민호』(이하 『강민호』)는 '고유명사'의 향연이다. 작가는 그것이 인물 각각의 "개별성"과 "차이", 즉 "예외"를 더 만들기 위한 '단순한 마음'이었다고 언급한 바 있으나,[26] 이 소설집의 작품들이 보여 주는 '이름'의 투쟁과 윤리는 그렇게 단순하지 않다. 또한 비슷한 시기 발간된 세 번째 장편 『목양면 방화 사건 전말기 — 욥기 43장』(이하 『목양면』)도 각 장의 인물들이 나이와 직업을 병기하고 '이름 모를' 형사에게 진술하는 형식으로 이루어져 있다. 소설 속 인물에게 실명에 가까운 이름을 부여하고, 그들의 이야기를 서사화하는 것을 단순히 그 자체로 윤리적인 재현이라 볼 수는 없을 것이다. 그것이 서사의 리얼리티를 높인다는 점에서 그 전략은 어느

26 이기호·임현, 앞의 대담, 46쪽.

정도 유효하지만 단지 이름의 문제라면 성(姓)이 있든 없든, 대명사로 부르든, 이니셜을 부여하든 별다를 것이 없다. 문제는 작가인 자신마저도 인물과 동일한 방식으로 소설에 틈입할 때 발생하는 의미다.

『목양면』에서 '이기호(만 45세, 소설가)'라는 이름으로 쓰인 "작가의 말"이 소설 속 인물들처럼 '형사'의 질문에 답하는 방식이 아니라 그야말로 형식의 외피만 걸치고 있다면, 『강민호』의 「이기호의 말」은 단순히 '작가의 말'을 대체하는 것이 아니라 "소설에 등장하는 '이기호'와 소설을 쓰는 '이기호' 사이에" 존재하는 "벽"을 무너뜨려 보려는 시도다.[27] 그 시도가 언제나 '실패'하고 '불가능'하다는 사실을 이기호가 모를 리 없다. 이 "뻔함"을, 도저히 부끄러워서 견딜 수가 없는 이 거리를 그럼에도 유지하고, 또 끝내 소설로 써내는 이유는 무엇일까.

> 자네, 윤리를 책으로, 소설로, 배울 수 있다고 생각하나?
> 책으로, 소설로, 함께 부끄러움을 느낄 수 있다고 생각하나?
>
> 내가 보기엔 그건 거의 불가능한 일이라네.
> 불가능하다는 것을 깨닫는 것. 그것이 우리가 소설이나 책을 통해 배울 수 있는 유일한 진실이라네.
> 이 말을 하려고 여기까지 왔네.
> 진실이 눈앞에 도착했을 때, 자네는 얼마나 뻔하지 않게 행동할 수 있는가?
> 나는 아직 멀었다네.[28]

27 이기호, 「이기호의 말」, 『누구에게나 친절한 교회 오빠 강민호』(문학동네, 2018), 308쪽.

28 위의 글, 313~314쪽.

이 고백을 "겸손하고 조심"스러운 "실패 선언"으로 읽는 것은 자연스러워 보인다.[29] 그러나 이것은 '작가의 말'이 아니다. 독자를 대상으로, 지금 자신의 소설에 관하여 이런저런 말을 덧붙이는 자리가 아니라 '이기호'라는 인물의 '자기 고백'일 뿐이다. 말 그대로 작가 이기호에게 보내는 '이기호의 말'인 것이다. 그러니 여기에서 독자가 끼어들 자리는 없다. 이것은 '이기호(들)'의 싸움이다.

실제 발표 순서는 약간 다르지만 소설집 『강민호』의 작품 순서는 이기호의 최근 행로를 그대로 보여 주는 듯하다. "모욕을 당할까 봐 모욕을 먼저 느끼며 모욕을 되돌려주는 삶"[30]에 대한 이야기인 「최미진은 어디로」에서 '이기호'는 자신의 책이 '중고나라'에서 다소 '모욕적'으로 거래된다고 느끼고 그 판매자를 찾아나서는데, 사실 그 모욕은 '이기호'가 봉착한 작가로서의 의욕 저하, 맞닥뜨린 생활고로 인한 것이다. 따라서 판매자 '제임스 셔터내려'를 향한 적의는 작가 '이기호'로부터 촉발된 것이며 우리가 주목해야 할 적의는 아마도 '최미진'의 전 남자 친구로 생각되는 '제임스 셔터내려'의 적의일 것이다. 여자 친구가 남겨 두고 간 책에 사인을 한 작가의 책을 팔면서 "이기호/병맛 소설, 갈수록 더 한심해지는, 꼴에 저자 사인본(4,000원 — 그룹 1, 그룹 2에서 다섯 권 구매 시 무료 증정)"[31]이라고 쓰는 것은 '악의'일까. 이런 장면도 있다. 광주로 다시 내려와 '제임스 셔터내려'의 전화를 받는 '이기호' 앞에 담배꽁초를 줍는 노숙자가 나타난다. '이기호'는 통화를 하며 노숙자에게 담배 한 개비를 내밀지만 "그는 내 손에 들린 담배를 가만히 바라보다가 몸을 돌려 다시 광장 반대편

29 이지은, 「'나'와 ㅇㅇ 사이의 소설, 실패하는 착한 소설」, 《크릿터》 1호, 2019, 137쪽.

30 이기호, 「최미진은 어디로」, 『누구에게나 친절한 교회 오빠 강민호』, 33쪽.

31 위의 책, 10쪽.

쪽으로"[32] 걸어간다. 이 '호의'는 왜 거절되었을까.

이기호가 여기에서 깨닫는 것은 누군가의 의도가 상대방에게 정확하게 전달되지 않는다는 사실이면서 동시에 아무리 감추려고 해도 그 의도를 숨길 수는 없다는 것이기도 하다. 이 두 명제가 어떻게 공존할 수 있을까. 용산 참사를 다루면서 그곳에 가지 않고 차를 돌렸던 크레인 기사 '나정만'은 소설가와 인터뷰를 하면서 "거기 있었던 사람들을 만났어야지, 거기에 갔던 크레인 기사를 만났어야지, 왜 나를 찾아왔냐."라고 물으며 "그게 정상"이 아니냐고 반문한다.[33] 이 장면을 두고 소설가 이기호의 "비윤리적인 도피의 흔적"[34]을 찾는 것은 자연스럽다. 하지만 소설가가 정말로 도피하고 싶었다면, 이에 관해 쓰지 않으면 된다. 자신이 지금 말할 수 없거나 쓸 수 없는 것에 대해 굳이 말하고 쓰는 행위는 결코 도피일 수 없다. 이기호는 지금 온갖 수단과 방법을 동원해 비겁한 소설가의 부끄러움을 드러내지만 실상은 "나는 아직 멀었다."라고 말하며 자신을 둘러싼 현실과 부지런히 투쟁하는 중인 것이다.[35]

작가 자신이 밝힌 대로 이 소설집에서 '김숙희'는 "나와 가장 거리가 먼 사람의 이야기"를 써야겠다는 작가의 결심에 따라 "여성 화자"로 등장하는 인물이다.[36] '김숙희'의 진술서로 쓰인 「나를 혐오하게 될 박창수에

32 위의 책, 30쪽.

33 이기호, 「나정만 씨의 살짝 아래로 굽은 붐」, 『누구에게나 친절한 교회 오빠 강민호』, 66쪽.

34 김형중, 「다시, '환대'에 대하여」, 위의 책 해설, 290쪽.

35 그래서 이기호의 이 소설집은 '유교적 마음의 탐구'라는 측면과 '환대의 불가능성'이라는 다소 상반된 틀에서 읽히기도 한다. 전자에 관해서는 한설, 「사단(四端)의 재구성」, 《문학동네》, 2018년 여름호; 후자는 최진석, 「이웃, 그 신성하고도 섬뜩한 이야기」, 《문학과사회》, 2018년 가을호 참조.

36 이기호·임현, 앞의 대담, 33쪽.

게」와 '정재민'이 초점 화자로 등장하는 「오래전 김숙희는」은 같은 사건을 경험한 인물들의 연작이기도 하지만 이 두 작품의 목소리는 사실 구분되지 않는다. '김숙희'의 감정을 생생하고 섬세하게 그려 내기 위해 '박창수'의 긴 서사가 필요했다는 작가의 말은 곧 "가해자의 입장에서 '김숙희'에게 다가간, 작가로선 좀 이상한 경험을 한 소설"이 되고 말았다는 뜻이기도 하다.[37] 즉 이 소설은 여성 서사로 보자면 하나의 실패 사례에 가까울 것인데, 이기호는 그러한 실패를 적극적으로 수긍한다. 이는 사실상 이 소설집의 표제작이라고 할 수 있을 「한정희와 나」에서도 잘 드러난다.

「권순찬과 착한 사람들」과 「누구에게나 친절한 교회 오빠 강민호」가 '나'를 통해 관찰되는 '권순찬'이나 '윤희'의 모습을 그리면서 그것이 '나'의 어떤 죄책감을 불러일으킨다는 측면에서 예의 이기호 단편의 모습에 가깝다면, 「한정희와 나」는 확실히 현재의 이기호에 가깝다. 이 소설은 어떤 인연과 우연으로 인해 "이제 겨우 만으로 열두 살이 된 소녀"[38] '한정희'가 작가인 '나'의 거처에 몇 개월 머물다 간 이야기다. '나'는 안쓰럽고 불행한 '정희'를 동정하고 보살피다가 '정희'가 학교 폭력의 가해 학생으로 '학폭위'에 회부되고, 그 문제를 가볍게 여기는 '정희'의 태도에 "하지 않았으면 좋았을 말들과 해서는 안 되는 말들"[39]을 해 버린다. 이 과정에서 소설가 '나'의 자기반성과 변명, 고백 등은 꽤 직접적으로 서술되는데, 요약하자면 "나 자신이 다 거짓말 같은데" "어떻게 그 상태에서 타인을 이해하고 받아들일 수 있는가"[40]라는 것이다. 다시 강조하건대 이기호는 그 불

37 위의 대담, 33~34쪽.

38 이기호, 「한정희와 나」, 『누구에게나 친절한 교회 오빠 강민호』, 252~253쪽.

39 위의 책, 270쪽.

40 위의 책, 266쪽.

가능성 앞에서 포기하거나 체념하지 않는다.

이렇게 춥고 뺨이 시린 밤, 누군가 나를 찾아온다면, 누군가 나에게 도움을 요청한다면, 그때 나는 그를 어떻게 맞이할 것인가? 그때도 나는 과연 그에게 손을 내밀 수 있을까?

그 생각을 하면 나는 좀처럼 글을 잘 쓸 수가 없었다.[41]

이 질문은 최근작 「위계란 무엇인가」(《자음과모음》, 2019년 가을호)에서 그대로 이어진다. 추운 밤은 아니지만 "그해 여름방학이 시작되고 보름쯤 지난 후" "새벽 2시"에 '채연'이 "내 연구실로 찾아"오기 시작한다.[42] 문창과 교수인 '나'는 집필을 핑계로 늦은 시각까지 연구실에서 밤을 보내기 일쑤였고, 언젠가부터 그 밤에 '채연'이 끼어든 것이다. 여기까지 언급하는 것만으로도 이제 우리는 어떤 불길한 서사를 짐작하게 되겠지만 조금만 더 들여다보자. '채연'과 꽤 많은 밤을 보낸 '나'는 자신에게 왜 잘해 주냐는 '채연'의 질문에 "우정이지, 뭐."라고 대답하면서도 "손을 잡고 싶다는 마음"이 있었음을 굳이 부정하지 않는다.[43] 다음 날 술을 마시고 나타난 '채연'은 '나'에게 어딘가로 차를 태워 달라는 부탁을 하고, 목적지는 '정현지'라는 "채연과 같은 시 동인 선배"[44]의 집이었다. 아마도 '채연'과 모종의 애증 관계였을 '정현지'와의 몸싸움을 '나'가 말리는 것으로 그 밤의 소동, '채연'과의 만남은 끝이 난다. 그리고 '채연'은 사라진다. '나'

41 위의 책, 271쪽.

42 이기호, 「위계란 무엇인가」, 《자음과모음》, 2019년 가을호, 116쪽.

43 위의 책, 127~128쪽.

44 위의 책, 133쪽.

는 그 밤의 일이 "익명게시판"에 올라오는 곤욕을 겪긴 하지만 "정년 보장 심사를 별 어려움 없이 통과"하고 "위계"의 뜻과 "무서운 것과 불안한 것"에 어떤 "차이"가 있는지를 고민한다.[45]

아마도 이 소설의 상황은 이기호가 고민하던, '누군가를 환대하고 도움을 주며 손을 내미는 행위가 정말로 가능한가'의 또 다른 버전일 것이다. '나'는 '채연'을 결국 외면했으므로 역시나 실패의 기록이다. 거기에 더해 20대의 여학생이 늦은 시각 남자 교수의 연구실로 찾아올 때, '나'는 '뻔하게' 행동할 것이라는 자기 고백이기도 하다. 아마 지금의 한국문학 독자라면 이런 상황에 놓인 남교수의 내면에 관해 별로 궁금하지 않을 것이며 '채연'을 비롯한 인물, 또 소설의 사건을 재현하는 방식에 동의하기 어려울 것이다. 하지만 과연 이기호가 그것을 모를까.

이 소설에는 '나'와 '채연' 이외에 동료 교수인 '최 교수'가 등장한다. 사학과의 교수인 그는 학과 구조 조정에 의해 폐과에 직면해 있고, 정년 보장 심사에 계속 탈락하면서 교양학부로 발령될 예정이다. 예전의 이기호라면 아마 '최 교수'로 '나'를 설정했을 것이다. 밀려나고 배제되는 자리에 '나'를 두고 '채연'과 '교수'의 일을 관찰했을 것이다. 하지만 지금의 이기호는 비켜서지 않는다. '이기호'는 자신이 정교수로 재직 중인 소설가이자 기득권 남성이며 자신의 안위만을 걱정하는 소시민임을 부정하지 않는다. 지금 당사자성의 논의가 첨예한 '나'의 시대에 이기호는 작가인 '나'마저 대상화하는 방식으로 소설을 써내고 있다.

45 위의 책, 137~138쪽.

5 앞으로의 이기호

이기호는 무엇이든지 쓴다. 하지만 쓸 수 없는 것이 없다고 생각하지는 않는다. 어떤 것은 쓸 수 없으므로 쓰지 않거나 혹은 쓸 수 없다는 것을 쓰는 방식으로 타협하지 않을 뿐이다. 이기호는 쓸 수 없다는 것을 알지만 일단 쓴다. 소설가라면 소설을 쓰는 것이 일종의 의무이자 책임이라는 신념이 그에게 있기 때문이다. 그래서 이기호의 소설은 늘 정답을 맞히지 못한다. 하지만 오답을 내놓을지언정 답안을 비우지는 않는다. 그리고 불완전한 대답을 하면서 다시 모호하게 질문을 던지지 않는다.

이기호는 무엇이든 쓸 것이다. 그러나 이전의 이기호와는 다른 방식일 것이다. 어떤 이기호는 "얼마나 다른 존재의 목소리를 최대한 근접하게 낼 수 있"[46]는지를 고심하고, 또 다른 이기호는 "공허한 말이나 문장으로 도망치지"[47] 않고 '나'를 더 드러내려 하면서 그 사이 어딘가에서 다시 자신의 행보를 시작할 것이다. 지금 이기호는 "아일랜드 골웨이 카운티 클리프텐 태생으로 2014년부터 2017년까지 대한민국 광주에 있는 광주외국어대학교 기초교양학부 소속 교수"[48]였다가 자동차 사고로 사망한 '싸이먼 그레이'의 일대기를 '위키피디아 문서' 형식으로 쓰고 있다. 이 소설이 이기호의 이력에서 어떤 의미를 갖게 될까. 지금 분명한 것은 "소설가 이기호는 후에 「싸이먼 그레이」라는 동명의 소설을 쓰게 된다"[49]는 사실뿐이다.

《문학과사회》 2019년 겨울호

46 이기호·노승영, 「인터뷰: 다른 존재의 목소리」, 《Axt》, 2018.11/12, 78쪽.

47 이기호·임현, 앞의 대담, 44쪽.

48 이기호, 「싸이먼 그레이」, 《창작과비평》, 2019년 여름호, 245쪽.

49 위의 책, 271쪽.

3부

앞에서 뒤에서 옆에서 좇으며

더 많은 증언들을 위하여

'광주'라는 이름의 서사

1

프랑코 모레티는 자신의 초기 저작에서 "문학 텍스트들은 수사학적 기준에 따라 조직된 역사적 산물"[1]이라고 말하면서, 문학사가 위대한 작품이나 작가에 초점을 맞춘 "사건사"가 되어서는 안 된다고 강조한다. 그는 "문학에서 진정 사회적인 것은 형식"이라는 루카치의 말을 원용하며 "장르"의 개념에 주목한다. 물론 이러한 주장의 근거는 당대성에 주목해 "심성사"(心性史·historie des mentalites)로서의 총체적 역사학을 꿈꾸는 아날학파의 논리에 있는 것이고, 모레티에게는 텍스트의 문화사적 재구에 그 핵심이 있는 것이지만 "장르"라는 개념을 문학사의 중심에 두고 그것을 더 이상 명작들의 "차이"를 보여 주기 위한 "배경"으로 격하시키지 않으려고 시도한다는 점이 더욱 주목할 만해 보인다.

문학 장르에 관해서라면 이데올로기와 씨름하던 러시아의 장르 논의

1 프랑코 모레티, 조형준 옮김, 『공포의 변증법 — 경이로움의 징후들』(새물결, 2014), 406쪽. 강조는 저자.

로부터 노스럽 프라이의 담대한 기획에 이르기까지 두루 살피고 언급해야 할 터이지만 여기에서는 모레티의 입을 다시 한번 잠시 빌리는 것으로 대신하고자 한다.

> 거의 100년 동안 유럽 사회는 소설에게는 쾌적하고, 거의 무제한의 서식지였다. 코젤렉의 『비평과 위기』에 따르면 사적 삶의 영역은 규정상 모든 종류의 재현에 열려 있었다. 하지만 20세기로의 전환기에 가능성들의 지평이 좁혀졌다. 산업과 정치의 격동이 유럽 문화에 동시에 작용해, 개인적 기대들의 영역을 다시 그리고 '역사 감각'과 모더니티의 가치에 대한 태도를 새로 규정할 것을 강요했다. 온갖 다양한 이유에서 교양소설이 이러한 문제들을 해결하기 위한 최적의 상징적 형식이었다.[2]

문학적 진화에 대해 논의하면서 모레티는 20세기에 들어와 교양소설이 "선택"되었고, 그 외의 장르들, 교육소설, 성장소설, 예술가 소설, 알레고리 소설, 서정 소설, 서한체 소설, 풍자소설 등은 "투쟁"에서 사라졌다고 설명한다. 장르 논의에 진화론적 관점을 도입하는 것은 이제 그다지 새로운 일은 아니며 모레티의 주장도 그 맥락을 상세히 따지지 않으면 안 되는, 다소 거친 면이 있지만, 문학이라는 종이 "자연선택"을 하는 원인이 "외부적 압력"에 있음은 여전히 곱씹을 만하다.

아주 단순하게, 그래서 별로 오해의 여지가 없도록 산문문학의 장르를 구분한다면 기록(사실)문학과 허구(상상) 문학으로 나눌 수 있을 듯하다. 그리고 그 사이에 '증언 문학'이라는 이름의 자리를 마련할 수 있을 것 같다. 물론 완벽하게 세계와 분리된 허구의 픽션이나 한 치의 주관적 개입이 없는 르포 같은 것이 불가능한 것처럼, 모든 소설의 형식이 일종의 증

2 위의 책, 371쪽. 강조는 저자.

언이라고 말할 수도 있을 것이다. 하지만 여기에서 언급하는 증언 문학이란 "하나의 역사적 사건을 집중적으로 검토하면서 그 원인과 극복을 모색하는 일련의 작품들"[3]을 지칭하는 것에 가깝다.

그리고 이 증언 문학은 지금 2014년의 한국에서 "선택"되고 있다. 그 선택을 가능하게 하는 외부적 압력은 당연하게도 한국의 정치 사회적 현실이고, 개인을 무력하게 만드는 공고한 세계의 시스템화라고 할 수 있다. 이럴 때 증언이라는 형식은 어떤 의미를 가질 수 있을까.

2

증언은 기록이라기보다 기억에 가까운, 구술성을 띤 형식이다. 어떤 한 개인이 가진 기억들, 알고 있던 사람들, 목격했거나 참여했던 사건들에 대해 이야기하는 방식[4]이며 고백의 형식과는 또 다르다. 고백이 철저하게 자신의 내면에 집중하는 것이라면 증언은 자신을 둘러싼 것들에 대해 말하는 것이기 때문이다. 고백과 증언 모두 그 형식 자체, 그러니까 진실을 담보할 수 있는 가능성을 가진 이야기 방식이라는 점에서 공통점을 갖지만 증언은 고백에 비해 보다 윤리적인 목적을 가진 방식이며 사적(史的)인 성격이 강하다. 증언은 그것이 다성적일수록, 다층적일수록 그 의의가 커진다. 사적(私的) 방식인 고백은 그러므로 다층적일 수 없으며, 이 경우 이미 고백이 아닌 것이 되어 버린다. 하지만 증언은 비록 그것이 엇갈리는 복수성을 띤다고 하더라도 진실에 훨씬 가까워질 수 있다는 점에서 고

3 이 정의는 정찬영, 『한국 증언 소설의 논리』(예림기획, 2000)의 논지를 필자가 간단히 정리해 본 것이다. "증언 소설"이라는 형식에 주목한 저작으로서는 이것이 거의 유일한 것 같다.

4 제임스 홉스, 유병용 옮김, 『증언사 입문』(한울, 1995), 14쪽.

백과는 속성이 다르다.

그러나 역설적이게도 고백은 증언의 한 형태로 유효할 수 있다. 자신의 과오를 가감 없이 밝히는 반성과 회한의 방식이 아니라 자신을 역사에 기입하는 가정과 상상의 방식으로 말이다. 다시 말하자면 이미 경험한 사건에 대한 거짓 없는 진술이 아니라 '나'를 제외한 모든 상황을 '증언'한 뒤, '나'를 사후적으로 사유하는 방식으로서의 고백이 그것이다.

> 사람이 어떤 상황에서 어떻게 되는가 하는 문제는, 역사적 위기 상황에서 인간을 레지스탕이나 학살자로 변신하게 하는 인과관계들의 작용을 깊이 연구한 저자들에 의해 종종 다뤄지곤 했다. 하지만 그런 성찰은 언제나 일반적인 방식으로 이루어질 뿐, **저자들 자신**이 그런 상황에 처했다면 과연 어떻게 행동했을지 자문해 보는 일은 없다.[5]

흥미롭고 도발적인 문학적 문제를 지속적으로 제기하는 프랑스 학자 피에르 바야르는 최근 자신의 저작에서 이미 경험한 사건이 아닌, 자신이 경험'했을지도' 모르는 역사에 자신을 데려다 놓는다. 그는 자신의 아버지의 삶에 자기를 대입하고, 여러 텍스트들을 통해 2차 세계대전을 전후한 역사의 격랑에서 "자신이 그런 상황에 처했다면 과연 어떻게 행동했을지 자문"한다. 이를 통해 그는 이 책의 원제이기도 한, "레지스탕"이 되었을 것인지, "학살자"가 되었을 것인지를 가늠해 본다. 단순한 상상이지만 그리 간단히 해결될 문제는 아니어서, 바야르는 부모의 행적을 낱낱이 공개하지만 끝내 '나'를 고백하지는 못한다. 저런 종류의 질문에 확신을 갖고 대답할 수 있는 사람이란, 아마 없을 것이다. 따라서 고백은 실패한다. 그러나 그 실패는 역설적으로 증언의 성공을 가져온다. 판단의 근거를 마

5 피에르 바야르, 김병욱 옮김, 『나를 고백한다』(여름언덕, 2014), 13쪽. 강조는 저자.

련하기 위해 동원된 '사실'들 때문이다. 그리고 그것은 주어진 상황 속에서 주체의 선택을 기다리는 소설 텍스트의 속성과 잘 들어맞는다.

3

하지만 이럴 때 증언 문학은 역사소설 혹은 이른바 팩션들과 구분되지 않는다. 그렇다면 다시 경험으로서의 증언이라는 개념으로 돌아가야만 할까. 그러지 않기 위해, 우리가 장르로서의 증언 문학을 이야기할 때 반드시 언급해야만 하는 특징이 있다. 그것은 서술의 주체가 "목격자"의 위치에 서 있어야 한다는 것이다.

프리모 레비가 아우슈비츠의 경험에 대해 말하면서 "나는 심판관보다는 증언자의 역할이 좋다."[6]라고 말한 것은 가치판단이나 단죄 혹은 용서를 목적으로 하지 않았다는 의미와 다르지 않다. 그는 일체의 허구를 등장시키지 않고, 사후적으로 접한 수용소의 실상들에 대해서 일절 언급하지 않음으로써, 증언의 신화를 이룩하고자 했다.

> 나는 이성과 토론이 진보를 위한 최선의 도구라고 생각한다. 그래서 정의를 증오 앞에 놓는다. 바로 이런 이유 때문에, 이 책을 쓸 때 의도적으로, 희생자의 한탄 섞인 어조나 복수심을 품은 사람의 날 선 언어가 아닌, 침착하고 절제된 증언의 언어들을 사용하고자 했다. 나는 내 언어가 객관적일수록, 지나치게 흥분하지 않을수록 신뢰를 주고 유용하게 쓰일 거라고 생각했다. 그렇게 할 때에만 정당한 증언이 제 기능을 할 것이며 바로 그때 심판의 장이 마련될 것이다. 심판관은 바로 여러분이다.[7]

6 프리모 레비, 이현경 옮김, 『이것이 인간인가』(돌베개, 2007), 285쪽.

하지만 프리모 레비가 생각했던 "객관적" 언어는 당연하게도 불가능한 것이었다. 그는 "날 선 언어"가 아닌 "증언의 언어들"을 사용하고자 '노력'했지만 그것이 곧 "심판의 장"을 담보해 주는 것은 아니다. 우리가 전해 듣고자 하는 증언은 법정에서의 발언도 아니고 통계적 수치 같은 것도 아니기 때문이다. 결국 문제는 다시 돌아온다. 증언 문학은 고백을 동반해야 하는 것이다. 프리모 레비의 증언이 '문학'이 될 수 있는 이유는 수용소에서도 절망과 슬픔, 그리고 분노만이 있었던 것은 아니라는, 어쩌면 아찔한 고백 때문이다. 따라서 증언은 "날 선 언어"로도, "절제된 언어"로도 이루어져야 한다. 증언이 기록이나 사실과 구분되는 이유가 여기에 있다. 인간의 말이란 결코 객관적일 수 없고, 그래서 도리어 힘을 가진다. 증언은 다성적 고백이어야 한다.

4

한국이라는 공간에서 증언을 요구하는 시간적 사건들은 무수하다. 20세기의 사람들이 견뎌 온 한국의 근현대사는 거의 모든 국면에서 증언이 필요하다고 해도 지나치지 않을 것이다. 문학 쪽에서 보자면 해방 이후 일제강점기에 대한, 보통은 자기반성식의 증언이 있었지만 양적으로나 질적으로나 한국전쟁의 수준을 따라오지는 못한다. 1950년 이후 한국전쟁은 독재와 항거, 민주화와 세계화라는 사적 흐름 속에서도 꾸준히 증언의 대상이 되어 왔다. '전후문학'이라는 이름의 텍스트로부터 현재의 '분단문학'에 이르기까지 그 범주는 정말로 무수하다. 1990년대 중반에 이르러서야 1980년대가 증언의 영역으로 포섭되기 시작하는데, 신경숙

7 위의 책, 269~270쪽.

의 『외딴방』(문학동네, 1995)으로 대표되는 산업화의 갈래가 하나 있다면, 임철우의 『봄날』(문학과지성사, 1998)이 잘 보여 주듯 '광주'로 표상되는 민주화의 갈래가 또 하나 있다고 생각된다. 이 두 갈래는 2000년대를 지나면서 문화와 감성의 영역에서 긍정되기도 했고, 다양한 형태의 복수극으로 탄생하기도 했다.

이러한 경향은 최근 한국문학에서 더욱 심화되고 있다고 여겨진다. 이해경의 『사슴 사냥꾼의 당겨지지 않은 방아쇠』(문학동네, 2013)와 성석제의 『투명인간』(창비, 2014), 이기호의 『차남들의 세계사』(민음사, 2014)와 같은 작품들은 1980년을 전후한 한국 사회의 모습을 잘 짜인 서사로 보여 주는 수작이다. 이 작품들은 단순히 시대를 회고하는 것에 그치지 않고, 다양한 목소리들로 우리가 통과해 온 시간들을 증언한다.

하지만 더 주목해야 할 흐름은 1980년 5월 18일 광주에서의 일을 그려 내는 일군의 작품들이다. 권여선의 『레가토』(창비, 2012)와 공선옥의 『그 노래는 어디서 왔을까』(창비, 2013)는 공히 광주에 '휘말려 버린' 사람들을 다룬다. 이들이 역사의 격랑에 몸을 싣게 된 것은 '우연적'이라는 사실이 강조되고, 그 사태가 어떤 식으로든 끝내 해결될 수 없음을 보여 주고 있다. 그런가 하면 김경욱의 『야구란 무엇인가』(문학동네, 2013)는 광주라는 사건에 집중하기보다 복수라는 행위에 초점을 둔다. 삼십여 년 전 자신의 동생을 죽인 군인에게 복수하기 위해 품속에 칼과 주사위, 그리고 청산가리를 넣어 다니는 그의 복수가 결코 실현될 수 없음은 당연하다. 그에게 복수란 늘 상징적인 행위였고, 따라서 그것이 실제로 가능해진다면 이미 복수가 아닌 것이 되어 버린다. 김경욱은 주인공으로 하여금 군인의 시신을 수습하고 장례를 지내게 만들어 복수의 (불)가능성을 탐색하고 있다. 죽임을 실행하는 것이 아니라 죽음을 "지켜보는 것"으로 귀결되는 복수의 행위는, 결국 "제대로 성공한 복수야말로 용서"[8]라는 차원에서, 혹은 복수란 특정한 방식의 단죄가 아니라 마치 홈플레이트에서 시작해 다시 홈플레이트로 돌아오는 '야구'처럼, 득점하기 위한 과정 자체로 충분하다. 그러니까 그가 칼을 품은 그 순간부터 이미 복수는 성공한 것이다. 다만 그는 다시 '홈'으로 되돌아왔을 뿐이다.

광주를 다룬 가장 최근의 작품은 한강의 『소년이 온다』(창비, 2014)이다. 이 소설은 광주를 다룬 작품 가운데서 가장 유려한 '증언'이지 않을까 생각된다. 한강이라면, 적어도 문장에 관해서는 온전히 신뢰할 수 있는 작가이고 그래서 한강의 소설을 읽는다는 것은 무척 즐거운 일이다. 나는 지금 유려하다든가, 즐겁다는 표현을 부러 쓰면서 이 작품의 무게를 줄여 보려 애쓰고 있는데, 쉽지 않을 것 같다.

이 소설은 시시각각 진행되는 광주항쟁의 사건들을 일일이 증언하지 않는다. 이 작가는 아무런 망설임 없이, 시체가 쌓여 있는 도청의 모습을 곧바로 보여 준다. 그리고 그 속에서 누나들과 시체를 수습하던 중학교 3학년의 한 소년을 등장시킨다. 그 시공간으로 점차 다가가는 사람들, 5월의 광주를 통과해 지금을 살아가고 있는 사람들을 연달아 그려 낸다. 여기까지라면, 한강이 천착해 왔던 고통과 상처의 문제들이 광주를 통해 '재-현'되는 양상이라고 갈음할 수 있었을 것이다. 그런데 이 작가는 에필로그를 통해 고백으로서의 증언 혹은 증언으로서의 고백이라고 할 만한 서사를 감행한다.

누군가에게 조그만 라디오를 선물받았다. 시간을 되돌리는 기능이 있다고 했다. 디지털 계기판에 연도와 날짜를 입력하면 된다고 했다. 그걸 받아 들고 나는 '1980. 5. 18.'이라고 입력했다. 그 일을 쓰려면 거기 있어 봐야 하니까. 그게 최선의 방법이니까. 그러나 다음 순간 나는 인적 없는 광화

8 서영채, 「광주의 복수를 꿈꾸는 일 — 김경욱과 이해경의 장편을 중심으로」, 《문학동네》, 2014년 봄호, 243쪽.

문 네거리에 혼자 서 있었다. 그렇지, 시간만 이동하는 거니까. 여긴 서울이니까. 오월이면 봄이어야 하는데 거리는 십일월 어느날처럼 춥고 황량했다. 무섭도록 고요했다.[9]

일련의 자기 고백이 증언의 지위를 획득하는 순간은 바로 이러한 때이다. 자신을 완전히 역사에 기입하는 이러한 장면은 자신이 열 살에 직접 경험한 서울, 1980년의 5월보다 '사실적'이다. 바꾸어 말하면 훨씬 '증언적'이다. 왜 문학에서의 증언이 경험이나 기억의 복원과 다른 의미를 갖는지, 한강은 증언하기 위해 증언을 찾아다니는 작가 자신을 다시 증언하는 고통스러운 형식으로 이를 보여 주고 있다.

5

김연수의 「파주로」(『사월의 미, 칠월의 솔』, 문학동네, 2013), 박솔뫼의 「그럼 무얼 부르지」(『그럼 무얼 부르지』, 자음과모음, 2014)와 같은 단편들도 '광주'를 간접적으로 다루고 있다. 두 작품 모두 '광주'를 매개로 일종의 세대감을 피력한다는 데서 공통점을 찾을 수 있겠는데, 이 방면에서 오히려 주목되는 작품은 김사과의 『천국에서』(창비, 2013)이다. 사실 이 작품에서는 '광주'는 지명과 현재의 배경으로만 등장할 뿐, 광주항쟁에 관한 언급은 전혀 없다. 하지만 단 한 차례도 5월의 광주를 언급하지 않는 것은 도리어 그 역사에 대해 일종의 부채 의식을 가지고 있음을 짙게 드러내는 것일 수도 있다. 김사과는 광주로 대표되는 486세대의 "영화 같은 삶"과 88만 원 세대의 "이미 망해 버린 삶"을 대비시켜 '우리 세대

9 한강, 『소년이 온다』(창비, 2014), 204쪽.

가 당신들을 지켜보고 있다'는 메시지를 분명하게 던진다. 그것은 곧 '광주'가 여전히 이 시공간에서 강력한 영향력을 가지고 있다는 의미와 다름없다.

이쯤 되면 '광주'의 서사가 갑자기 쏟아져 나오는 이유에 대해 생각해 보지 않을 수 없다. 다시 프리모 레비의 말을 옮겨 본다.

> 나는 이제까지 수용소에서의 모호한 삶에 관해 이야기했고, 앞으로도 그럴 것이다. 당시 많은 사람들이 비참하게, 바닥에 짓눌린 상태로 살았지만 그 기간은 상대적으로 짧았다. 그런 까닭에, 이러한 특수한 인간 상황에 대한 기억들을 과연 간직할 필요가 있는지, 이렇게 하는 게 잘하는 일인지 자문해 볼 수도 있을 것이다.[10]

그러니까 아주 짧은 기간, 너무도 특수한 상황에 관해 자주 언급하는 것은 불필요한 게 아니냐고 되물을 수 있을 것이다. 혹은 그런 특수한 경험보다는 우리가 일상적으로 훨씬 더 자주 마주하게 되는 여러 상황에 관해 이야기하는 편이 더 생산적이지 않겠느냐고도 물을 수 있을 것이다. 프리모 레비는 이런 질문들에 대해 아우슈비츠가 일종의 거대한 "생물학적·사회학적 실험이었다는 점"을 지적한다. 그 특수한 시공간을 통해 인간의 근본적 가치에 대해 사유할 수 있으므로, 증언은 반드시 필요하다고, 그는 대답한다.

한강은 광주를 통해 이렇게 묻는다.

> 그러니까 인간은, 근본적으로 잔인한 존재인 것입니까? 우리들은 단지 보편적인 경험을 한 것뿐입니까? 우리는 존엄하다는 착각 속에 살고 있을

10 프리모 레비, 앞의 책, 131쪽.

뿐, 언제든 아무것도 아닌 것, 벌레, 짐승, 고름과 진물의 덩어리로 변할 수 있는 겁니까? 굴욕당하고 훼손되고 살해되는 것, 그것이 역사 속에서 증명된 인간의 본질입니까?[11]

이 질문에 우리는 어떻게 대답해야 할까. 인간이 인간을 짓밟고 무수한 폭력과 억압을 반복하는 경험이 이제 "보편적인" 것이 되어 버린 이 시대에, 인간은 그런 존재가 아니라고 항변할 수 있을까. '광주'가 더 이상 '실감'되지 않는다면 그것을 역사의 진보라고 말할 수 있을까. 오히려 광주를 상상할 수 없다는 사실 자체가 공포는 아닐까. 여전히 무수한 이 시대의 여러 '광주'에 대해 우리는 이제 '5월의 광주는 이제 일어나지 않아.'라고 여기면서 외면하고 있는 것을 아닐까.

'광주'가 지금 이토록 서사화 되는 것은 지금의 한국 사회가 폭압과 억압으로 회귀하고 있다는 것의 알레고리적 반영이라고 할 수도, 인간의 가치와 존엄성에 대한 근본적인 회의라고도 할 수 있을 것이다. 그러나 더 중요한 것은 '그들'이 아직 살아 있다는 것이다. 학살을 지시했던 통수권자도, 시민의 가슴에 총알을 박아 넣었던 군인들도, 마지막 순간에 도청을 빠져나왔던 시민들도, 피투성이의 시민을 둘러업고 병원에 데려다준 공수부대원도, 사격 명령에 총구를 위로 들어 올렸던 군인들도, 그리고 끝내 이 모든 것을 방관했던 사람들도, 여전히 함께 숨을 쉬며 살아 있다. 아마도 그 '살아 있음'이 시계를 1980년 5월 18일로 되돌리지 못하도록 힘겹게 막고 있는 것이리라.

11 한강, 앞의 책, 134쪽.

6

지금 참사로 점철되고 있는 한국의 2014년은 그 어느 때보다 증언이 필요한 시기인 것 같다. 프리모 레비가 말년에 쓴 저작의 제목이기도 한 "익사한 자와 구조된 자"라는 수사는 지금 한국에서 비유적 의미가 아니다.

> 하지만 다음 사실도 관심을 기울일 만하다. 인간들을 뚜렷하게 구별 짓는 두 개의 범주가 존재한다는 것 말이다. 그것은 구조된 사람과 익사한 사람이라는 범주다. 상반되는 다른 범주들(선한 사람과 악한 사람, 지혜로운 사람과 멍청한 사람, 비겁한 사람과 용기 있는 사람, 불행한 사람과 운 좋은 사람)은 그다지 눈에 띄게 구별되지 않고 선천적인 요소가 적어 보이며, 무엇보다 복잡하고 수많은 중간 단계들을 허용한다.[12]

476명이 배에 탑승해 있었고, 294명이 익사했으며, 172명이 구조되었고, 아직 10명을 찾을 수 없는 상태다. 사건의 진상을 밝혀 달라는 유가족들의 요구는 여전히 수용되지 않고 있다. 새삼스럽지만 우리는 누구나 그 배에 타고 있었을 수 있다는 점에서 "구조된 자"들이다. 이 범주의 사람들은 '증언'에 두려움을 느낀다. 정말로 증언해야 할 사람들은 이미 가라앉았고, "우리가 이야기한다 하더라도 우리를 믿어 주지 않을 거야."라는 절망에, 게다가 "고통스런 순간들은 시간이 가면서 흐릿해지고 윤곽을 잃어버리는 경향"까지 있기 때문이다.[13]

12 프리모 레비, 앞의 책, 132쪽.

13 프리모 레비, 이소영 옮김, 『가라앉은 자와 구조된 자』(돌베개, 2014), 10, 35쪽.

그래서 증언은 구조된 자들을 다시 구조하기 위해 끊임없이 필요하다. 그리고 그것을 감당할 사람들은 이 세계의 작가들일 것이다. 익사한 자들의 영혼을 불러내고, 인간에 대한 믿음을 저버리지 않고, 고통의 밑바닥에서 그 순간들을 끝내 언어로 길어 올릴 '증언자'가 다시, 더 많이 필요하다.

《문학의오늘》 2014년 가을호

치유의 문학

'너머'와 '이후'의 일

#문단_내_성폭력

이 이야기를 모른 체하고 지나갈 수는 없겠다. 몇몇 문인들의 상습적이고도 관습적인 성폭력이 오로지 피해자들의 용기와 결단에 의지한 채 세상에 드러났다. 알았던 사람들에게도, 몰랐던 사람들에게도 놀랍고 충격적이었던 것은 마찬가지였다. 일상적인 성폭력이 만연한 우리 사회에서 사실 새삼스러운 일은 아니었을지 모른다. 다만 그것이 모종의 권력 관계 속에서 얼마나 은폐되고 얼마나 저열하게 이루어졌는지를 목도하니 소위 예술이라는 외피를 뒤집어쓰고 비상식과 비윤리를 자행했던 그들의 작태가 충격적이기까지 하다. 일련의 사건들을 통해 우리가 철저하게 깨달아야 할 것은 이러한 문제를 다룰 때 늘 피해자의 입장에 서야 한다는 점이다. 피해를 입은 사람들은 그 사건 자체를 언급하는 것부터가 대단히 힘든 일인데, 그 사건을 비로소 인식하게 된 우리가 가해자를 단죄하고 법과 원칙을 앞세워 분노를 표출하는 것은 그것 자체로는 옳지만 2차, 3차 가해의 우려가 있음을 인식해야 한다. 우리는 그들의 용기를 지지하고, 피해와 상처가 회복될 수 있도록 옆에서 함께하겠다는 다짐만으로도 충분하다. 현재 이 문제에 관해 연대하고 있는 "페미라이터(femi-writers)"의 '문학 출판계 성폭력·위계 폭력 재발을 막기 위한 작가 서약' 여섯 번째 항목은 이렇다.

> 가해자와 암묵적 방조자가 되지 않는 것을 넘어서, 눈뜨고 있는 목격자이자 증언자가 되겠습니다. 문학 출판계 성폭력·위계 폭력의 피해 생존자들을 지지하며 함께 목소리를 내겠습니다.[1]

불편하고 껄끄럽더라도 부당한 일에 대해 문제를 제기하고, 관행이라는 이름으로 지속되어 온 차별의 구조에 균열을 내고, 고통받고 상처 입은 약자의 편에 서는 것. 이것은 비단 성폭력이나 위계 폭력의 문제에서 우리가 취해야 할 입장뿐만이 아니라 문학이라는 장르가 추구해야 할 기본적인 방향일 것이다. 그러니까 문학적 태도라는 것은 확고하게 옳다는 신념에 가득 찬 어떤 지향이 아니라 사건을 주시하고 그 속에서 무엇이 문제인지를 끝까지 지켜보는 "목격자이자 증언자"의 눈빛이다. 그것은 곧 철저하게 관찰자의 위치에 있되 피해자 중심주의를 견지하는 태도를 의미한다. 이런 태도에서라면 이해나 화해, 용서나 구원 같은 말들은 결코 쉽게 통용될 수 없다.

힐링이라는 허상

문학작품이 주는 여러 효과들 중 이른바 치료(therapy)에 관한 것이

1 「문학 출판계 성폭력·위계 폭력 재발을 막기 위한 작가 서약」 일부. https://docs.google.com/forms/d/e/1FAIpQLSdnNSoK2etBkZT3l188klp9-e87zpphhymHv6OqrXdyjzbEww/viewform?c=0&w=1.

있다. 말 그대로 문학작품을 읽고 그것에 관해 말하거나 쓰는 행위를 통해 자신의 '증상'을 호전시킬 수 있다는 것이다. 우리는 누구나 시나 소설을 읽고 정서적 감응을 경험한 일이 있다. 그것이 어떤 형태이든 심리적 변화를 가져오는 것은 분명한 사실이고, 그 변화가 삶의 중요한 계기나 이정표가 되기도 한다.

> 어느 시대 어떤 체제에서나 개인은 상처를 입고 고통받는다. 문학은 그 상처와 고통의 정체를 밝혀 주고 그 치유의 가능성을 모색하는 것이다. 그것이 값싼 화해나 손쉬운 결말이 아니라 근원적인 문제를 제기하고 생각하게 하는 모색일 때 문학은 우리의 마음에 진정한 위로가 될 수 있다.[2]

문학이 치유의 가능성을 보여 줄 수 있는 것은 인간이 언제나 고통 속에서 살아가는 존재이기 때문일 것이다. 시대가 다르고 상황이 다를지라도 어떤 인물의 고통이 정확히 나의 것과 일치할 수 있다는 환상에 가까운 일은 문학을 통해 충분히 일어날 수 있다. 현실의 제약 때문에 이루어질 수 없는 사랑을 하고 있는 무수한 소설 속 인물들을 떠올려 보자. 불가능한 사랑으로 가슴을 앓는 누군가가 있다면 자신의 고통을 먼저 경험한 그 인물들을 통해, 정확히는 그 인물들의 말과 행동, 그리고 그들의 심리를 묘사하는 작가에 의해 고통의 '공감'을 경험할 것이다. 그런데 문학이 그런 역할을 담당할 수 있다는 것은 독자 중심의 수용 맥락을 전제했을 때의 일이다. 아무리 고통을 절절하게 묘사한 소설이어도 독자가 그것에 감응하지 않으면 '치유'는 결코 이루어질 수 없다.

한때 힐링이라는 이름으로 무수한 담론이 생산되었던 몇 해 전을 생각해 보자. 특히 위로나 공감이라는 딱지를 달고 이 시대의 청춘들에게 제

2 김치수, 『상처와 치유』(문학과지성사, 2010), 7~8쪽.

공되었던 텍스트들은, 그것이 비록 문학 장르가 아닐지라도 금세 그 효용을 잃고 일종의 조롱거리로 전락해 버렸다. 그것은 그 텍스트들이 무가치하다거나 그 텍스트들의 방향이나 목표가 잘못되었기 때문이 아니다. 독자들이 힐링을 원하지 않을 때, 아무리 탁월한 치유의 서사라도 그 앞에서는 소용이 없다. 이것은 앞서 언급한 피해자 중심주의의 논리와 같다. '치유'라는 문학적 태도는 철저히 독자를 중심으로 형성된다. 어떤 텍스트가 그 자체로 치유의 기능을 담당할 수는 없다. 그저 독자의 판단을 지켜보며 치유가 될 수 있도록 "모색"할 따름이다. 위의 인용에서 우리가 주목해야 할 부분은 바로 이 "모색"이라는 어휘다. 문학은 답을 내리는 것이 아니라 답을 찾아가는 과정을 보여 주어야 한다. 그것이 설령 옳지 않은 길이라도 그 모색의 과정이 어떤 독자에게는 위로가 될 수 있다.

우리 시대의 트라우마

한국 사회는 그 어떤 곳보다 역동적이고, 한국문학은 그러한 현실과 늘 맞서 왔다. 한국 근대문학의 출발에는 봉건적 사회의 청산과 근대적 가치의 획득이, 일제강점기에는 식민지 극복과 민족의 회복이, 해방 이후 한국전쟁에 이르기까지에는 좌우 이념의 대립이, 분단 이후에는 산업화에 따른 자본주의의 문제, 정치적 민주주의의 달성 등이 한국문학이 투쟁해야 했던 거대한 문제들이었다.

1990년대를 지나 2000년대에 다다르면서 우리는 IMF 시대를 거쳤고, 급속도로 신자유주의 체제로 접어들었다. 그 과정에서 나라도 망할 수 있다는 사실, 그러니까 경제적으로 무너지는 것이 국가 단위가 될 수 있다는 실감은 개인을 무척 움츠러들게 만들었고, 각자의 몫을 보전하기 위해 우리는 서로 싸울 수밖에 없었다. 어쨌든 대의(大義)는 사라졌고, 문학은 더 이상 '큰 서사'에 구애받지 않고 '작은 서사'에 미시적으로 집중했다. 물론 이를 통해 개인의 가치를 확인하고, 일상을 다시 발견하는 성과는 적지 않은 것이기도 했다.

지금 한국문학은 두 가지 문제를 맞닥뜨리고 있다는 생각이다. 하나는 페미니즘이라는 가치의 재발견과 이를 통한 근본적인 세계의 변혁이며 다른 하나는 세월호 참사에 의한 집단 트라우마의 형성이다. 여기에서는 당연히 후자에 관해 자세히 언급하고자 하는데, 2014년 4월 16일의 일은 한국 현대사의 어떤 사건과 비교해도 그 외상(外傷)이 작지 않기 때문이다.

세월호 참사는 사건의 형태로만 보면 그간 한국 사회가 겪어 왔던 여러 대형 재난 사고와 별로 다르지 않아 보인다. 관리 기관의 부실이 있었고, 원칙과 규제를 지키지 않았으며, 많은 사람이 죽거나 다쳤다. 그러나 우리는 수학여행을 떠났던 아이들을 잃었고 그것은 곧 미래 세대를 지켜줄 아무런 힘이 없다는 무기력의 처참한 증명이었다. 그리고 우리는 그들이 죽어 가는 과정을, 국가와 언론 등 합리적이며 체계적인 시스템이라고 믿었던 것들이 전혀 제대로 작동하지 않는 상황에서, 며칠 동안 지켜보았다. 그러니까 우리는 세월호의 아이들을 죽이고 우리 사회의 문제를 비로소 확인했던 것이다.

흔히 자연재해가 아닌 보통의 참사라면 비행기의 추락이나 건물의 붕괴 같은 것을 떠올리게 된다. 이 경우 수십, 수백 명의 사람들이 목숨을 잃더라도 그 사람들 전체가 어떤 관계를 맺고 있지는 않다. 그냥 그 순간에 거기 있었기 때문에 같은 이유로 모두 죽음을 맞이하게 된 것일 뿐이다. 그러한 사건을 접하면 우리는 대개 절망이나 안타까움 같은 감정을 갖게 될 것이다.

총기 난사 같은 참사를 떠올리면 또 조금 다르다. 그것은 어떤 공동체가 소수의 광기에 의해 무참히 부서지는 사건이며, 비뚤어진 인간의 본성을 정면으로 마주하고 인간에 대해 회의를 갖게 한다. 이를 지켜보는 우리는 참담함과 분노를 동시에 느낀다.

세월호 사건은 이 두 유형의 참사를 합쳐 놓은 최악의 형태로밖에는 보이지 않는다. 참사 당시 해외 언론에서 이 사건을 "전시 아닌 평시에 발생한 사고 중 최악"이라고 말한 것이 이런 의미가 아니었을까. 어떤 집단이 순식간에 외부의 힘에 의해 죽임을 당하는, 그러니까 '학살'은 보통 전시에서 일어나는 일이다. 무기가 아닌 어떤 것에 의해, 하나의 공동체가 처참하게 부서지는 순간은 평시에서 좀처럼 일어나지 않는다. 그런데 같은 학교에 다니던 동급생 절반 이상이 세상을 떠났고 그들의 친구들은 일부 생존했으며, 부모들은 자식의 죽음을 견뎌야 하는 삶을 평생 살게 되었고, 우리는 스스로가 얼마나 무력한 존재인지를 절감했다. 어쩌면 세월호 참사는 그것을 경험한 세대에게는 전쟁보다 더 참혹한 일일지도 모른다. 그래서인지 문학은 그 어느 때보다도 신중하고 조심스러웠다.

세월호를 다룬 텍스트들

세월호의 충격은 너무 커서 당시에는 그것을 당장 문학의 언어로 표현하기조차 어려웠다. 참사 직후 글을 쓰는 사람들이 겨우 내보이기 시작한 것은 사태를 전혀 수습하지 못하고 아이들을 죽음으로 내몰았던 정부에 대한 분노와 수많은 죽음에 대한 애도의 말이었다. 『눈먼 자들의 국가』(문학동네, 2014)나 『우리 모두가 세월호였다』(실천문학사, 2014) 등을 비롯해 당시 발표되었던 여러 작가들의 말은 사건의 문학화에 이르지는 못했다. 그 사건에 대한 최소한의 객관적 거리를 확보할 시간이 필요해서였을 것이다. 임철우의 「연대기, 괴물」(《실천문학》, 2015년 봄호)은 세월호 참사를 직접적으로 언급한 첫 작품일 것이다. 이 작품은 서북청년단 사건으로부터 베트남전쟁, 1980년 광주, 세월호 참사에 이르기까지 한국 사회에 나타난 "괴물"들을 연결시키면서 국가라는 이름의 속박에 의해, 권력이라는 이름의 욕망에 의해, 이념이라는 이름의 폭력에 의해 괴물이 탄생함을 보여 준다. 여기에서 세월호는 배가 기울어진 채 그 모습이 화면으로 방영되던 사건 당시의 충격으로 고스란히 묘사된다. 또한 당시 차츰 일부 극단적인 성향의 정부 지지자들이 드러내기 시작한 유가족에 대한 부정적인 시선들도 여과없이 보여진다. 임철우는 그 괴물을 끝내 응시하면서 세계가 지옥으로 변하더라도 인간이 인간으로서 마지막까지 지킬 수 있는 존엄성이 그래도 남아 있음을 간신히 증명하고 있다.

방현석의 「세월」(《문학동네》, 2015년 가을호)은 여러모로 주목할 만한 작품이었다. 두 가지 측면에서 그러했는데 하나는 우리가 세월호를 기억하는 방식, 즉 "잊지 않겠습니다."에 관한 것이었고, 다른 하나는 어린 학생들의 죽음에 가려진 일반인 희생자들에 관한 것이었다. 나는 베트남의 어떤 가족 이야기로 시작되던 이 소설이 세월호를 다룰 것이라고 전혀 짐작하지 못했다. 소설 중반부에 다다라서야 제주도로 향하던 어떤 배가 등장했고 그제야 이 소설의 제목이 눈에 들어왔다. 그러니까 이 소설은 "잊지 않겠습니다."라고 다짐하면서 잊고 있었던 세월호의 이야기와 단원고 학생들의 죽음에 가려져 잊혀지던 '다른 사람들'을 동시에 다시 떠올리게 만들었던 것이다. 중편의 분량으로 사건 이후까지를 찬찬히 다룬 이 소설은 여전히 세월호에 관한 가장 대표적인 작품이라고 생각된다.

김이설의 「갑사에서 울다」(《자음과모음》, 2016년 봄호)는 세월호 참사를 직접적으로 언급하지는 않고 아이를 잃은 엄마를 등장시킨다. 그리고 여전히 죽은 아이로 고통받는 아내를 이해하지 못하는 비정하고 무심한 남편을 함께 보여 준다. 세월호 유가족을 암시하고 있다고 봐도 좋을 것이다. 소설 속에서 엄마의 고통은 무척이나 절절하게 묘사되고 남편은 비현실적일 정도로 매정하다. 남편은 거의 '악'에 가까운 모습을 보여 주는

데, 이 정도로까지 묘사했어야 하는지가 의문이기는 해도, 또 그것이 '현실'이어서 아프고 답답한 작품이었다.

지금 세월호에 관해 가장 적극적인 작가는 김탁환이라고 봐야 할 것이다. 그는 「찾고 있어요」(《황해문화》, 2016년 여름호)와 『거짓말이다』(북스피어, 2016)를 통해 세월호 잠수사의 이야기를 건져 올리고 있다. 세월호 사건의 당사자들이 더 이상의 상처를 받지 않도록 최대한의 윤리적 태도를 발휘하는 이 작가의 태도가 사실 소설적으로 썩 지지할 만하다고는 생각지 않지만 김탁환 특유의 끈질긴 시선과 디테일의 장점이 고루 발휘되고 있어 인상적이라고 하지 않을 수 없다. 누구도 짐작하기 어려웠던, 잠수사들이 바닷속에서 견뎌야만 했던 시간들에 관해 이 소설은 너무도 핍진하게 보여 준다. 『거짓말이다』의 추천사에서 정혜신은 "깊은 공감을 느끼며 같은 주파수를 공유한 사람들은 의도치 않아도 종내 서로에게 치유적 존재가 된다."라고 썼는데, 이 소설을 읽는다면 적어도 차가운 바다에서 죽음을 건지는 그 아득함에 대해서는 깊이 공감하지 않을 도리가 없을 것이다.

고통에서 빠져나오는 길

글을 읽고 쓴다는 것이 하나의 치유 과정이 될 수 있다면, 사건을 겪은 당사자들의 증언에 귀를 기울이지 않을 수 없다. 『금요일엔 돌아오렴』(창비, 2015)이나 『다시 봄이 올 거예요』(창비, 2016)는 그런 측면에서 쉬이 지나칠 수 없는 책들이다. 유가족이나 생존자의 증언이야말로 그 자체로 문학이거니와 그 고통을 조금이나마 이해해 볼 수 있는 통로가 되기 때문이다. 사실 세월호 이후의 한국문학은 세월호라는 트라우마를 짙게 드리워 왔다. 특히 아이의 죽음이라는 소재는 셀 수 없을 정도로 많이 등장했고, 그것은 명백히 세월호의 영향으로 보아야 할 것이다.

문학이 우리를 치유해 줄 수 있다는 말을 쉽게 믿어서는 안 될 것이다. 그러나 문학을 통해 공감과 위로가 가능하다는 사실은 우리 모두가 잘 알고 있듯 명백하다. 그러니 어쩌면 치유나 치료라는 것은 문학 '너머'의 일일지도 모른다. 다시 말해 우리가 문학으로부터 받은 정서적 감응이 치유로 이어질지는 그 '이후'의 일이어서 문학을 대면하는 순간과는 관계가 없을지도 모른다는 것이다. 하지만 쌍둥이 오빠를 잃은 동생의 마음을 아래와 같은 문장으로 마주하게 되면 대책 없이 믿고 싶어지는 것이다. 문학을 마주하는 그 순간에 나도 모르게 어딘가가 치유된다고.

사막에도 길이 있다.

오빠는 볼펜을 꺼내 손바닥에 메모를 해 두었지. 손바닥에 손금이 꼭 사막의 길 같아. 손바닥을 한참 들여다보고 있던 오빠가 그렇게 말했던가. 흘러내리는 모래를 쥐듯이 손바닥을 가만히 말아 쥐었다.

(만약 우리가 단지 조금 멀리 떨어진 사막의 길 위에 서 있는 거라면
만약 우리가 다만 조금 긴 시차 속에 살고 있는 거라면)

어둠보다 더, 별이 많아.

그 하늘에 압도돼서 겨우 중얼거렸던 이 말을 오빠는 기억할까.

그 밤에.

오빠,
내가 너를 조금 더 빨리 불렀더라면,

내가 오빠를 조금만 더 빨리 일으켜 세웠더라면.

내가 너보다 1분 15초 먼저 세상에 나왔더라면.
내가 너였더라면.[3]

《학산문학》 2016년 겨울호

3 윤해서, 「우리의 눈이 마주친다면」, 《문예중앙》, 2016년 여름호

웰컴 투 메타픽션 월드!

1990년 이후 전위 소설 진영의 형성

"…… 소문은 그냥 꿈같은 거란다. 소문은 우리를 해치지 못해."

"꿈은 우리를 해치나요?"

"꿈은……" 여승은 담배를 바닥에 던지고 발로 문질러 껐다. "꿈은 글과 마찬가지로 직관의 일종이야."

"그게 무슨 말인가요?"[1]

1

이런 방식을 썩 선호하지는 않지만, "전위"라는 말의 사전적 정의부터 한번 짚고 시작해 보자.

1. 전방의 호위(護衛).

2. 계급 투쟁 따위에서 무리의 선두에 서서 지도하는 사람이나 집단. 레

1 배수아, 「뱀과 물」, 《문학사상》, 2016년 10월호.

닌에 의하여 마르크스주의 정당의 조직 원천이 되었다.

3.「군사」=전위대.(부대 이동 시 중단 없는 전진을 보장하기 위하여 본대의 맨 앞에서 경계 · 수색 임무와 아울러 진로를 방해하는 장애물을 제거하는 임무를 맡은 부대).

4.「역사」 중앙의 왼쪽 지역에 둔 부대라는 뜻으로, '충좌위'를 달리 이르는 말.

5.「예술」=아방가르드. 기성의 예술 관념이나 형식을 부정하고 혁신적 예술을 주장한 예술 운동.

6.「운동」 테니스 복식 경기나 배구 따위의 구기 경기에서, 자기 진영 전방에서 공격이나 수비를 담당하는 선수. 또는 그런 위치.≒포워드.[2]

우리가 찾고자 하는 뜻은 5번 항목에 가깝겠지만, 나머지 다섯 가지 설명에서도 의외로 의미 있는 지점들을 발견할 수 있다. 당연하게도 전위는 '앞서 위치하고 있다'는 함의를 갖는다. 4번의 의미를 제외하면 전위는 선두에 있기 때문에 늘 먼저 보고 일찍 들으며 처음으로 어떤 상황을 맞닥뜨리는 개념이라 할 수 있다. 그러나 전위는 단순히 앞에 서 있는, 그러니까 '수동적'인 개념은 아니다. 그저 앞서 있는 것이 아니라 앞장서서 개척하는 '능동적'이며 '적극적'인 개념이기도 하다. 또 전위는 '사람'에 의한 것이고, '투쟁'적인 용어다. 전위는 어떤 것과의 대결을 전제로 하고, 그것을 공격한다는 의미를 갖는다. 그리고 그 포지션에는 혼자만 있는 것이 아니다. 그래서 전위는 집단적인 개념이고 전위에 선 그들은 전선을 형성한다.

한국문학사에서 전위는 늘 존재했지만 같은 모습이었던 적은 단 한 번도 없다. 그리고 항상 그 가치를 충분히 인정받지 못하고, 때때로 뿌리 깊

2 출처: 국립국어원 표준국어대사전.

은 편견과 오해에 직면하기도 했다. 전위는 주류의 문학에 속하지 못하는 사람들의 손쉬운 저항의 방식으로 여겨지기도 했고, 난해함과 실험성으로 인해 문학 텍스트가 갖는 소통의 측면을 무시한다는 시선도 받아 왔다. 하지만 새로운 문학을 꿈꾸던 사람들은 늘 있어 왔고, 그들은 아주 작은 발걸음이었지만 한국문학의 외연이 넓어지고 다양해지는 데 기여했다는 점은 분명하다.

문학에서의 전위는 좁은 의미에서 새로운 기법이나 형식 등을 적극적으로 수행하는 작가나 작품을 가리키지만 넓은 의미에서 보면 새로 쓰이는 모든 문학을 의미한다고도 볼 수 있다. 각각의 작가나 개별 작품에 대한 평가는 차치하더라도 기본적으로 문학은 늘 새롭게 만들어진다. 그러나 어떻게 새로울 것인가. 전위는 바로 이 질문과 매번 싸우는 사람들이다. 초현실주의의 기수 앙드레 브르통은 "쉬르레알리즘 제1차 선언"에서 초현실주의를 "마음의 순수한 자연 현상으로서, 이것으로 인하여 사람이 입으로 말하든 붓으로 쓰든 또는 다른 어떤 방법에 의해서든 간에 사고의 참된 움직임을 표현하는 것. 이것은 또 이성에 의한 어떠한 감독도 받지 않고 심미적인, 또는 윤리적인 관심을 완전히 떠나서 행해지는 사고의 구술"이라 정의한 바 있다.[3] 다다 혹은 쉬르레알리슴의 이름으로 하나의 예술 사조가 될 수 있었던 전위는 기존의 문학이 가지고 있던 완고한 관습들을 거부하는 것으로 시작했다. 이것은 동시에 문학 본연의 것, 근본적으로 문학이 무엇인지를 고민하는 문제와도 같았다. 특히 언어예술이라는 측면에서 문학은 언어 이전의 것 혹은 언어 이후의 것을 사유하지 않을 수 없었다. 하지만 사고를 억압하는 일체의 조건들을 떠나 "마음의 순수한 자연 현상"을 기술한다는 것은 불가능에 가까운 일일 것이다. 그들의

3 앙드레 브르통, 「제1차 선언」, 송재영 옮김, 『다다/쉬르레알리슴 宣言』(문학과지성사, 1987/2008), 133쪽.

성취는 상당히 중요한 것이었고, 어떤 의미에서는 전위라는 개념의 시초가 되기는 했지만, 결국 초현실주의를 꿈꾸었던 자들이 서구 문명과 합리주의에 대한 맹목적인 반항만을 일삼고, 부르주아 문화의 허위를 공격하거나 꿈을 분석하고 자동기술을 실험하는 단계에 머물렀음은 구호로서의 전위가 실제로 구현되는 것이 얼마나 어려운지를 방증한다.[4] 또한 "혁명"이라는 개념에 관해 단순한 문학적 변화를 넘어서 정치 사회적 지평을 고려해야 하는 벽에 부딪힌 초현실주의자들은 혁명이라는 것이 예술의 창조적 차원과 현실의 정치적 차원을 동시에 가리킬 수 있음을 인정하지 않을 수 없었다.

요컨대 전위는 현실을 떠난 사고의 자유로움이 아니라 현실과 가장 가까이에서 치열하게 싸우는 개념이다. 꿈과 환상, 그리고 유토피아적 환상으로 이어지는 단순한 전위의 방식이 아니라 "삶과 죽음, 현실과 상상, 과거와 미래, 소통할 수 있는 것과 소통할 수 없는 것, 높은 것과 낮은 것이 서로 모순되는 것으로 지각되지 않기 시작하는 정신의 어떤 지점"[5]을 표상하는 것이야말로 전위가 추구하는 길일 것이다.

2

한국문학에서 전위는 문학사적으로 일관되고 큰 하나의 줄기를 갖고 있지는 못하지만 문학사적 전환기에서 늘 중요한 역할을 해 왔다. 1920년대 초반 당대의 초현실주의 개념을, 비록 일본을 경유한 것이긴 했지만

4 오생근, 『초현실주의 시와 문학의 혁명』(문학과지성사, 2010), 16~17쪽.

5 앙드레 브르통, 「제2차 선언」, 『다다/쉬르레알리슴 선언』, 157~158쪽. 번역은 일부 수정.

거의 즉각적으로 수용하고 있었던 고한용, 박팔양, 김화산 등이 있었고, 1930년대에는 자신들 스스로를 '별무리(星群)'[6]라고 부르며 전위적 예술 공동체를 자부하던 '구인회'가 있었다. 이 작가들은 폐쇄적이고 제한적인 인적 네트워크를 통해 그들만의 문학 세계를 형성해 나가고 있었는데, 전위가 결국 개인이 아니라 집단 단위에서 이루어질 수밖에 없음을 잘 보여 주는 사례라 할 수 있겠다.[7] 그 뒤를 '삼사문학(三四文學)'의 신백수, 이시우, 조풍연 등이 이었고, 해방과 전쟁의 혼란기를 지나 전후 모더니즘의 기수들이 다시 실존주의를 등에 업고 한국문학의 새로운 차원을 밀고 나간 바 있다. 그리고 1960년 이후의 상황은 아래의 인용이 가장 적확해 보인다.

식민지·해방·분단·전쟁·독재로 이어지는 얼룩진 현대사 속에서 우리

6 박태원의 「성군(星群)」(《조광》, 1937. 11)에서 잘 묘사된다. 대략적인 줄거리는 이렇다. 동경 외곽의 한적한 동네에 "방란장"이라는 다방을 경영하는 가난한 화가가 살고 있다. 그 다방에는 시를 쓴다는 자작, 소설을 쓰겠다는 만성, 색소폰을 연주하는 윌리엄 텔, 이들을 넉넉하게 바라보는 수경 선생 등이 자주 모인다. 이들은 그곳에서 서로에 관해 가감 없는 비판을 가하기도 하고, 서로를 도와주기도 하면서 곤궁한 생활을 버텨 나간다. 이 와중에 방란장 주인은 경영이 어려워진 가게 문을 닫아야 하나 고민하고, 만성이 우리의 예술을 사람들에게 팔아 보자고 제안한다. 그런데 그날 밤, 한 신사가 가게를 찾아오고 그 신사는 아들 윌리엄 텔을 찾으러 온 아버지임이 밝혀진다. 윌리엄 텔은 아버지로부터 도망쳐 이곳에 기거하고 있으면서 아버지의 무수한 호의를 거절해 온 바 있다. 아버지인 그 신사는 아들 윌리엄 텔을 만나 모두의 예상과는 다르게 정식으로 음악 공부를 해 보라 격려한다. 이를 지켜보던 방란장의 예술가들은 감동에 젖어든다.

7 엘렌 디사나야케에 따르면 예술의 핵심은 "특별화하기(making-special)"로 설명된다. 고대 인간들의 제의와 유희 등을 관찰하면서 그는 "공동 참여와 감정의 공유로부터 형성되는 동료 의식은, 소규모 집단이 난폭하고 예측할 수 없는 세계에서 생존하는 데 꼭 필요한 전반적인 협동과 조정을 이끌어 냄으로써 소우주를 형성하는 데 기여했을 것"이라 언급한다. 그리고 다윈주의로 표상되는 진화론에 바탕을 두고 그것이 "미학적 인간"의 출현을 가능케 했다고 설명한다. 이때 특별화하기란 일상을 낯설게 만드는 비일상성을 의미하는 것이며 이는 인간의 행동으로 이루어진다. 엘렌 디사나야케, 김한영 옮김, 『미학적 인간 호모에스테티쿠스』(예담, 2009), 117쪽.

에겐 어쩌면 부정보다는 생존과 이해의 과정이 더 숨 가쁘고 절실했을 수도 있는 것이다. 그래서 뛰어난 지적 통찰력을 드러내는 새로운 기술 방식을 보여 준 최인훈에게서조차 이해와 인식의 양식을 읽게 되지, 해체와 해방의 양식을 읽을 수는 없다. '감수성의 혁명'을 몰고 온 김승옥, 지적 통찰력과 예술적 장인 의식을 결합시킨 탁월한 소설가 이청준에게서 느껴지는 것도 어떤 의미 있는 세계를 구축하려는 노력이지, 기지의 세계를 붕괴시키려는 노력이 아니다. 그러나 그들이 구축한 세계 인식법은 전위적 시야의 근거가 될 것임이 분명해 보인다. 그런 의미에서, 일상성의 빈틈으로 스며 들어가는 서정인의 문체와 보다 공격적인 비수를 들이대는 오정희의 현실 일탈에의 욕망은 그 전위의 예각화 현상일지도 모르겠다. 이들에게서 어떤 자기 절제에 감싸여 있는 전위의 직접적 숨결은, 작품 자체에 대한 불만은 더 크다 하더라도, 오히려 장용학이나 이제하에게서 호흡된다. 그리고 보다 야심에 찼던, 기존의 정신 체계에 대한 조직적 대항체를 창조해 내려 했던 박상륭의 작업은 우리다운 문맥에서 다시 읽힐 필요가 있다. 다른 한편, 이문구의 고향 소설이 구사하는 그 끈끈한 문체가 내게 전위적 양상으로 읽히는 이유는 무엇일까? 나아가 70년대적 문제가 조세희의 실험 정신을 통해 한 고비의 마감을 이룬 것은 특히 의미심장해 보인다. 70년대를 통과하고 나서 최근에 보이는 소설의 소강 상태를 나는 한국 소설의 전환의 모색으로 보고 있다. 그리고 그 전환이 새로운 문학 세대의 강렬한 전위의식에 의해 충전되어 수행되리라는 예상을 해 보는 것이 그리 엉뚱한 일은 아니다.[8]

이인성이 서술한 이 한 대목은 전위의 입장에서 바라본 한국문학사라고도 볼 수 있을 텐데, 그에 따르면 전위란 "해체와 해방의 양식"이고, "기

8 이인성, 「'전위'의 인식, 그리고 소설」, 『식물성의 저항』(열림원, 2000), 31~32쪽.

지의 세계를 붕괴시키려는 노력"이다. 그러면서 동시에 전위적 지향과 작품의 성취는 일치하지 않을 수 있으며, "전위적 시야의 근거"라든가 "전위의 예각화 현상", "어떤 자기 절제에 감싸여 있는 적위의 직접적 숨결", "기존의 정신 체계에 대한 조직적 대항체" 등의 수사를 통해 전위의 여러 양상이 존재함을 서술하고 있다. 그리고 그가 기대했던 "새로운 문학 세대의 강렬한 전위 의식"은 1980년대의 소강 상태를 지나 1990년대에 이른다.[9]

1990년대 이후의 한국문학은 어떠했는가. '운동'의 시대가 지난 뒤 후일담 문학이 쏟아지기도 했고, 여전히 거대 담론과 맞서기도 했으며, 대중문화의 세례에 힘입어 문학도 가벼운 옷을 입기 시작했고, 여성 작가들이 전면에 나서기도 했다. 그리고 무엇보다도 포스트모더니즘의 이름으로 새로운 문학적 실험들이 행해지기 시작했다. 우리 모두가 잘 아는 내용이다. 하지만 1990년대 이후의 '전위'에 관해 본격적으로 정리한 경우는 많지 않다. 한국문학사에서 오래 기억될 작품들은 꽤 생산된 편이지만 문학 혹은 소설 자체에 관해 질문을 던지는, 미약하지만 꾸준히 이어져 온 어떤 흐름에 관해서는 다시 주목할 필요가 있다.

3

아마 한국 소설의 독자라면 지금 이런저런 작품들이 떠올랐을 것이다.

9 1980년대의 '전위'에 관해서는 여러 가지 논의가 있을 수 있다. 특히 노동 문학이나 민중문학의 성취는 문학이 현실의 전위가 될 수 있음을 여실히 보여 준 사례고, '해방'이라는 범주에서 보면 1980년대야말로, 일종의 소강 상태가 아니라 전위를 향한 큰 진전이었다고 볼 수도 있을 것이다. 구체적인 양상과 그 의미에 대해서는 따로 심도 있는 논의가 필요하다.

아니, 일단은 1990년대의 여러 가지 장면들이 떠오르지 않을까. 김영하의 『나는 나를 파괴할 권리가 있다』(문학동네, 1996)를 필두로 비로소 한국 소설이 세련된 모습을 갖췄다고 생각되기 시작한 그때, 김연수와 김경욱도 동시에 등장해 있었다.[10] 그리고 드디어 일군의 여성 작가들이 한국문학에 새로운 바람을 불어넣기 시작했다. 신경숙, 공지영, 은희경, 조경란, 하성란, 한강 등 이들 각자는 '여성'이라는 이유로 묶어 말하기 곤란할 정도로 단단하게 자신의 세계를 구축한 작가들이다. 그리고 지금 특히 그러하지만 '여성적'인 가치는 그 자체로 전위였다. 또 이인성, 최인석, 박상륭 등 독보적인 자기만의 스타일을 밀고 나가는 작가도 여전히 있었다. 하지만 지금 우리가 얘기하고자 하는 전위의 행방은 이쪽이 아니다. 새로운 문학의 방식이라는 넓은 개념의 전위를 적용하면 그것은 1990년대 문학사 자체가 될지도 모른다. 그러나 여기에서 구축한 전위의 노선은 앞서 언급한 대로 명확히 "해체와 해방의 양식"이고, "기지의 세계를 붕괴시키려는 노력"이다.

그렇다면 다시, 우선은 장정일로부터 시작해야 하지 않을까. 한국 소설은 『아담이 눈 뜰 때』(김영사, 1990)로 1990년대를 시작했다고 말할 수밖에 없겠다. 그는 문학이 가졌던 일종의 엄숙주의에 반기를 들면서 금기와 파격을 기치로 내걸고 스스로를 던졌다. 제도와 전통을 벗어나 자유롭고 과감한 문학이 가능함을, 아니 차라리 문학이 그래야만 한다는 것을 치열하게 보여 준 작가였다. 그 길을 이어서 걸었던 것은 백민석과 박민규였다. 백민석은 폭발적이고 강렬한 서사를 완벽하게 장악하는 작가였고 박민규는 기발한 상상력과 능청스러움으로 일견 가볍고 경쾌한 듯하

10 한국 정치사에서 김대중, 김영삼, 김종필의 '삼김 시대'가 있었다면 1990년대 한국문학에서도 세 명의 작가를 묶어 '삼김 시대'라고 한번 불러 봐도 좋지 않을까, 평론가 황현경이 오래전에 말했던 것이다.

면서도 날카로운 문제의식을 보여 주는 작가였다. 주지하듯 백민석은 절필과 잠적 그리고 귀환으로, 박민규 역시 특유의 기행으로 문단을 떠들썩하게 했었다. 이 작가들에게 문학이란 신성한 어떤 것이 아니다. 백민석이 최근작에서 언급했듯 작가로서의 '나'보다 그 밖의 나머지 '나'가 훨씬 중요하다고 그들은 생각한다. 이 돌올한 단독자적 작가 정신이 한국문학에는 꼭 필요했다. 기존의 관습에 얽매이지 않고 새롭고 자유로운 문학을 하고 싶다는 열망은 누구에게나 있다. 하지만 그것은 의지만으로 가능한 것이 결코 아니다. 그리고 나 혼자 그렇게 하고 싶다고 되는 것도 절대로 아니다. 이렇게 써도 된다, 그렇게 해도 좋다는 지지와 격려가 반드시 필요하다. 장정일이 없었다면 백민석이, 백민석이 없었다면 박민규가 없었을 것이라고까지 말할 수는 없겠지만 그랬다면 그들 각자는 무척 외로웠을 것이다.

백민석이 보여 주었던 1990년대 후반과 2000년대 초반의 폭발력을 새롭게 검토할 필요는 없을 듯하다. 다행히 그가 돌아왔고 『혀끝의 남자』(문학과지성사, 2013), 『공포의 세기』(문학과지성사, 2016)를 통해 충분히 이야기할 수 있기 때문이다. 그에게는 언제나 이 자본의 세계에서 가해지는 폭력의 문제가 화두임은 부정할 수 없을 것 같다. 그것은 반드시 물리적인 형태로만 나타나지도 않고 타인이 아닌 스스로에게 행해지기도 하며 겉으로는 전혀 폭력적이지 않은 방식으로 진행되기도 한다. 이 무시무시한 폭력의 세계는 백민석의 기원이자 그가 바라보는 현재이기도 하다.

박민규 역시 2000년대 이후 그가 거두어들인 전위적 성취들을 새삼스럽게 다시 언급하지 않아도 될 정도로 이미 많은 논의가 있었다. 최근 발표된 「홀리랜드」(《창작과비평》, 2016년 겨울호)를 보면 여전히 박민규는 우리가 처음 알던 그 박민규가 맞다는 느낌이다. 그는 정말로 아무렇게나 막 쓰겠다는 의지, 즉 자기 검열에 덫에 빠지지 않고 이것이 '문학'이라는 자의식 없이 그냥 밀고 나가고 있다. 우리가 박민규에게 환호했던 이유가 바로 그것이었다. 이 중편에서 그는 미래의 인류를 설정하는 것은 물론, 예수를 연극으로 재현하는 어떤 행성을 두고 그곳에서 '각본에 의해 배가 기울어지는 상황'을 연출해 낸다. 박민규는 늘 박민규가 아니면 쓸 수 없는 서사를 쓴다. 그리고 그 서사는 전통적인 의미에서의 문학을 망가뜨린다. 그동안 한국문학은 '그렇게' 망가지지 않기 위해 얼마나 심각하고 근엄한 표정을 지어 왔던가.

이 세계를 이어받은 2010년대의 작가들이 김사과와 황정은이다. 폭력과 환상의 세계를 각자의 방식으로 탁월하게 성취한 두 작가에 대해 역시나 길게 언급할 필요는 없어 보인다. 김사과는 여전히 「카레가 있는 책상」(《자음과모음》, 2015년 겨울호), 「이천칠십× 년 부르주아 6대」(《문학동네》, 2016년 가을호) 등을 통해 환멸과 파괴라는 화두를 파워풀하게 보여준다. 황정은은 앞서 나가기보다는 깊어지는 방향을 선택한 듯한데, 중편 「웃는 남자」(《창작과비평》, 2016년 겨울호)는 그간 황정은이 구축했던 세계를 밀도 높게 보여 준다는 생각이 든다. 이 소설을 두고 "가난하고 고달프고 억울한 삶의 피폐함을 가장 통렬히 그릴 때조차 어떤 존중과 존엄을 담고야 마는 황정은 특유의 '시그니처'가 분명"하다고 지적한 것은 적확해 보인다.[11]

한편 최진영 역시 이제는 특별한 소개가 필요 없을 듯한데, 최근 단편의 세계는 『팽이』(창비, 2013)의 그것과는 조금 달라진 것으로 보이지만 『나는 왜 죽지 않았는가』(실천문학사, 2013), 『구의 증명』(은행나무, 2015)에서 확인되듯, 끊임없이 스스로에게 질문을 던지는 방식으로 삶과 죽음, 몰락의 원형을 찾아가는 방식이 인상적이다. 이 작가가 보여 주는 '차가운 광기'도 특별하다는 생각이 든다. 이 계열에서 아주 최근으로 오면 김

11 황정아, 「민주주의는 어떤 '기분'인가— 김금희와 황정은의 최근 소설들」, 《창작과비평》, 2017년 봄호, 62쪽.

남숙이라는 작가가 있고, 꼭 언급해 두고 싶다. 아직 몇 편의 소설밖에 쓰지 않은 2015년에 등단한 이 작가는 고통과 상처라는 문제에 관해, 그러니까 새롭게 쓰기가 무척이나 어려운, 이미 단단하게 자기 입지를 확보한 작가군이 모여 있는 그곳에서 스스로의 재능을 드러내고 있다.「자두」(《악스트》, 2016년 1/2월호)와「파수」(《문학동네》, 2016년 가을호)에 이어「캐치볼」(《문장 웹진》, 2016년 8월)을 읽었을 때, 이 작가에 대한 확신이 들었다.

4

이제 다른 방향으로 눈을 좀 돌려 볼 필요가 있겠다. 전위의 제일 가치가 '해체'라면, 또 그것이 소설이라는 예술 장르, 언어라는 문학의 도구에 관한 것이라면 당연히 배수아로부터 시작해야 할 것이다. 이토록 담대하고 꾸준하게 자신의 작업을 지속해 온 작가는 무척 드물고, 창작과 번역을 통해 언어의 교섭과 그 언어 자체에 대한 숙고가 확보된 작가는 더욱 희귀하다.『푸른 사과가 있는 국도』(고려원, 1995)는 한국 소설이 완전히 다른 질감을 갖고 '이미지'와 '감각'을 전달하는 방식이 가능함을 보여 준 소설집이다. 그는 한국문학의 지루한 스타일로부터 탈피해 소설의 세계에서만 가능한 특유의 기법을 드러낸다. 그것이 곧 언어의 세계였다. 배수아의 인물들(인물이라고 부를 수 있다면)은 언어 속에서만 존재하고, 언어를 통해 세계를 증명한다. 그는 현재까지도 꾸준히 자신의 문제의식을 밀고 나가고 있는데, 특히『에세이스트의 책상』(문학동네, 2003) 이후 '말'과 '목소리'의 세계에 주목하는 배수아만의 천착은 자연스럽게 이국의 세계로, 또 나아가 꿈의 세계로 이어진다. 언어의 지시성보다 그 상징성에 훨씬 주목하는 배수아의 기법은 읽기는 고되지만 그만큼 풍부하다.

배수아와 동시에 한국 문단에 가장 주목할 만한 전위적 작가는 정영문이다. 『겨우 존재하는 인간』(세계사, 1997)으로 시작된 그의 작품은 흔히 우리가 전위적이라고 상상하게 되는 소설의 전형이다. 만연체의 문장, 의미를 찾을 수 없는 서사, 위악과 위선을 통한 쓴웃음, 머릿속을 헤매는 듯한 사고의 연속 등 한국어로 쓰인 수많은 소설 중에서 그의 스타일은 독보적이다. 『어떤 작위의 세계』(문학과지성사, 2011)에 이르러 그 스타일은 완벽하게 한 편의 마스터피스가 되었다. 최근작인 「유형지 엑스에서」(《악스트》, 2016년 3/4월호)도 정영문 특유의 '잘 정리된 혼돈'이 유감없이 발휘되고 있다. 배수아의 경우와 마찬가지로 정영문 역시 번역을 병행하고 있다는 점이 한국어 문장의 스타일을 새롭게 하는 데 영향을 미쳤을 것이다.

2000년대 이후 등장한 한유주와 김태용은 이제 각자의 세계를 확보한 중견의 작가가 되었다. 한유주가 선보이는 '반복'은, 그리고 꿈과 현실의 구분조차 불필요하다는 듯 서술해 나가는 문장은 숨이 막힐 정도로 밀도가 높다. 그 밀도가 장편 단위에서도 가능하다는 것을 『불가능한 동화』(문학과지성사, 2013)에서 보여 주었고, 최근 단편 「식물의 이름」(《문학과사회》, 2016년 봄호), 「개의 계속」(《문장 웹진》, 2016년 11월호) 역시 '반복의 반복'의 계속되는 실험이라는 측면에서 특히 주목할 만하다. 앞선 문장을 뒤의 문장이 반드시 반복해서 연결 짓는 이 특유의 문장 행렬이 어디까지 이어질 수 있을까. 어쨌든 한유주는 그러한 문장의 '연결'이야말로 소설이라는 장르의 속성이라고 생각하는 듯하다. 김태용은 소설이 결국은 한 인물이 어떤 시공간에서 여러 사건을 겪는 장르라고 인정하는 작가다. 그렇지만 김태용의 소설은 자주 길을 잃는다. 소설은 결코 일관된 방향으로 달려가지 않는다. 그는 개연성의 측면을 의식하지 않는 것은 아니지만, 그 연결이 느슨해도 개의치 않는다. 그래서 어떨 때 김태용의 작품은 굉장한 쾌감을 주기도 한다. 결코 이렇게는 진행되지 않을 듯한 이야기가, 도저히 어떤 식으로 이어질지 알 수 없는 이야기가 기묘한 이미지 속에서 흘러가기 때문이다. 장편 『벌거숭이들』(문학과지성사, 2014)에서 잘 드러나듯 김태용은 지금 말과 음악의 관계에 천착하고 있다. 「음악 이전의 밤」(《문학과사회》, 2016년 봄호)에서 그는 '구체'와 '추상'의 절묘한 조화를 보여 준다. 그냥 몸을 맡긴 채 피부로 읽어야 할 소설인데, 비로소 이 작가가 자기만의 길을 개척하고 있는 것 같다.

5

몇몇 작가의 특별한 재능에 의해 지속되어 온 이 전위의 방식은 사실 지금 아주 활기를 띠고 있다.[12] 사건을 전달하는 이야기로서의 소설이 아닌 다른 어떤 것으로서의 소설을 보여 주려는 시도는 늘 유효하지만 때때로 지독한 실패를 동반하기도 하는데, 최근의 후장사실주의 작가들을 지켜볼 가치가 있다면 그 실패를 긍정하고, 오히려 실패하기 위해 쓴다는 점에서 그렇다. 이 작가들은 최근에 첫 소설집을 발간했는데, 하나같이 인상적이다. 우리가 어떤 문학적인 것, 문학성이라는 관념을 상정할 때 그것이 종잡을 수 없이 모호하다고 해서 포기할 수는 없다. 후장사실주의자들은 매번 문학성과 싸운다. 정지돈, 이상우, 오한기의 소설집은 그런 투쟁의 기록이며, 그래서 문학적이다. 『내가 싸우듯이』, 『프리즘』, 『의인법』은 제목에서부터 이들의 문학적 태도를 드러낸다. 정지돈은 참고 문헌과 색인으로 가득한 자신의 소설집에서 "문학이 세계를 구원할 수 있다고 믿나요?"(「눈먼 부엉이」, 『내가 싸우듯이』, 문학과지성사, 2016, 31쪽)라고 물었

12 이 부분은 최근 발표한 졸고, 「순문학이라는 장르 소설—한국문학과 문학성에 대한 단상」(《문장 웹진》, 2016년 11월호)과 일부 중복된다.

고, 오한기는 「작가의 말」(『의인법』, 현대문학, 2015, 326쪽)에서 "이런 문장들을 썼다."고 몇 번씩이나 쓰면서 파편적인 것이야말로 자신의 스탠스임을 보였고, 이상우는 어딜 펼쳐 읽어도, 매번 다르게 "황홀하게 분방"(「객잔」, 『프리즘』, 문학동네, 2015, 92쪽)함을 선보인다.

지금은 이 그룹에 합류했지만 박솔뫼는 따로 언급하지 않을 수 없다. 『을』(자음과모음, 2010), 『백 행을 쓰고 싶다』(문학과지성사, 2013), 『도시의 시간』(민음사, 2014), 『머리부터 천천히』(문학과지성사, 2016) 등 네 편의 장편소설로 이어져 오고 있는 박솔뫼의 소설은 앞선 세대들이 가질 수 없는 특유의 세대 감각이 배면에 있다. 이전의 세대에서 전위적이라 여겨졌던 무성(無性)의 인물, 무위(無爲)의 사건 등은 이제 텍스트의 문제가 아니라 재현의 차원이다. 최근작 「이미 죽은 열두 명의 여자들과」(《악스트》, 2016년 1/2월호), 「우리의 사람들」(《문학과사회》, 2016년 여름호)을 이어 읽으면 확실히 박솔뫼가 조금 변화했다고 느껴지기도 한다. 꿈과 현실, 소설 그 자체에 대한 관심에서 지금의 청년 세대가 공유하는 '공동체'에 대한 의식으로 방향이 약간 옮겨 간 듯하다. 그 감각을 갖고 자유로운 문체로 세계를 그려 내는 스타일은 박솔뫼만이 가능하므로 계속 지지하지 않을 수 없다.

김엄지가 발표한 일련의 작품들 역시 흥미로운 시도이다. 첫 소설집인 『미래를 도모하는 방식 가운데』(문학과지성사, 2015) 이후 장편 『주말, 출근, 산책: 어두움과 비』(민음사, 2015)로부터 시작된 '이니셜 소설'이 그렇다. 그는 A, B, C, D, E 등을 등장시키고 이들의 일상을 건조하게 그려 낸다. 인물들 간의 관계나 특별한 사건에 구애받지 않고, 작가 자신의 가치 판단이 배제된 문장들로 소설을 채워 나간다. 연작으로 발표되고 있는 「예지」 시리즈도 그러한데, 그 단순한 반복들이 아주 미세한 차이와 함께 계속되면서 어느새 다채로워졌다는 느낌을 준다. 중편 「비오는 거리」(《창작과비평》, 2016년 가을호)에 이르면 이 작가의 꾸준한 시도가 문학적 책임

감의 발로라고까지 생각하게 된다. 스스로 지치지 않으면서, 자신이 감당할 수 있는 범위에서, 의미 있는 지점들을 생산해 내고자 하는 김엄지의 작업은 신뢰를 준다. 소설을 읽는 내내 암울하고, 착잡하고, 답답했는데 끝내 개운치 않은 그 느낌도 나쁘지 않았다.

『코러스크로노스』(문학과지성사, 2017)로 집약된 윤해서의 소설도 주목해야 한다. 단지 언어의 문제만이 아니라 그 언어의 주체를 새로운 감각으로 포착해 내려는 이 시도는 우리가 이제껏 경험해 보지 못한 세계를 열어젖힌다. 산문 텍스트가 도달할 수 있는 전위의 최전선에 있는 소설이라고 할 수 있을 텐데, 해체를 위한 해체가 아니라 궁극의 시간과 무한의 공간으로 향하는 수렴의 글쓰기여서 더욱 인상적이다.

양선형과 민병훈 역시 일종의 문학적 강박을 끝까지 밀어붙이는 힘을 가지고 있다. 아직 어떤 결과로 이어질지는 알 수 없으나 「종말기 의료」(《문예중앙》, 2016년 봄호)와 「사살 없음」(《21세기문학》, 2016년 여름호)에서 시작과 끝은 있으나 나아가지 않는 소설이라는 독특한 느낌을 받았고, 서술의 긴장감과 세계의 모호함이 공존하는 모습이 매력적으로 보였다. 민병훈의 작품도 기록해 둘 만하다. 양선형의 작품과 같이 실려 있는 「임무위스키」(《문예중앙》, 2016년 봄호)나 「붉은 증기」(《현대문학》, 2015년 12월호), 「정점 관측」(《문장 웹진》, 2016년 7월호), 「거인이 걸어오고」(《문학과사회》, 2016년 겨울호) 등의 작품은 비슷하면서도 또 여러 가지로 다른 느낌을 준다. 요약 불가능한 어떤 이야기와 맥락이 소거된 사건의 중간으로 뛰어드는 색다른 경험이랄까.

여기에 이장욱과 김솔의 자리를 추가하면 이제 한국 소설에서 가장 주목할 만한 전위적 경향이 '메타픽션'임을 알게 된다. 이장욱의 전방위적 글쓰기는 장르에 관한 감각을 무척 예민하게 만든 듯 하다. 『기린이 아닌 모든 것』(문학과지성사, 2015)에서 보여 준 다채로운 '픽션적 픽션'은 허구라는 소설 장르의 속성만으로도 얼마나 다층적인 차원을 확보할 수 있는지 증명한 훌륭한 사례다. 그는 최근 발표한 「에이프릴 마치의 사랑」(《릿터》, 2016년 10/11월호)에서도 '문학'의 시대적 감각을 정확하게 짚어 내고 텍스트의 생산, 그리고 그 생산의 주체에 관해 아주 흥미로운 균열을 보여 준다. 나아가 김솔이 펼치는 메타픽션의 세계는 사실 놀라운 수준인데, 첫 번째 소설집 『암스테르담 가라지세일 두 번째』(문학과지성사, 2014)는 그 성취에 비해 크게 주목받지 못했다. 그는 소설을 쓴다는 행위, 그리고 소설이라는 장르, 책이라는 물질, 작가와 독자 등 소설을 구성하는 여러 맥락들에 대해 꾸준히 접근한다. 그렇게 이 작가가 써낸 텍스트 자체가 그 고민의 결과로 새로워지는 역설적인 쾌감이 있는데, 2015년에 거의 연작에 가깝게 발표된 「유럽식 독서법」(《문학들》, 2015년 봄호), 「누군가는 할 수 있어야 하는 사업」(《세계의문학》, 2015년 여름호), 「피커딜리 서커스 근처」(《문예중앙》, 2015년 봄호) 등의 작품은 소설이 갖는 '경계'를 지우려는 아주 인상적인 시도다. 「보이지 않는 학교」(《문장 웹진》, 2016년 7월호)에 이르면 마침내 한국 소설도 흥미로운 메타픽션의 세계를 가지게 되었다고 자신 있게 얘기할 수 있다.

6

영국 소설의 경우 메타픽션적 담론은 인물과 이야기를 묘사하는 전통적인 소설 임무에 초점을 맞춘 작품들의 '외곽'에서 주로 등장해 왔다. 이런 작품들은 리얼리즘 수법을 사용하면서 리얼리즘이라는 관습의 인공성을 드러내 버린다. 비평을 선취(先取)함으로써 비평을 무장해제시키는 것이다. 독자를 지적으로 대등한 인간으로 취급하여 소설 작품이 인생의 한 단면이라기보다는 언어적 구성물에 불과하다고 말함으로써 기가 질리게 만든다.[13]

우리는 이제 '메타픽션'이라는 이름으로 한국 소설의 흐름을 따라갈 수 있지 않을까. 영국 소설의 사례를 언급한 위의 인용에서 "인물과 이야기를 묘사하는 전통적인 소설"의 "외곽"에 위치했던 작품들 말이다. 지금 한국 소설의 가장 강력한 흐름은 메타(meta-)라는 접두사다. 어떤 대상 자체에 관해 다시 언급하는 행위를 가리키는, 즉 픽션에 대한 픽션, 픽션을 넘어선 픽션, 픽션 이후의 픽션 등을 의미한다. 이 모호하고 조금 불편한 동어반복은 사실 정확히 메타픽션이 의도하고자 하는 방향이기도 하다. 소설은 최대한 현실에 가깝게, 허구이지만 핍진하게 그려 내는 리얼리즘의 전통이 확고하다. 그러나 메타픽션은 오히려 그것이 작가가 만들어 낸 허구임을, 이것이 다른 장르가 아니라 소설임을 끊임없이 드러내는 방식이다. 그러므로 메타픽션의 입장에서 보면 결코 소설은 '자연주의'일 수 없다.

> 담론과 경험의 '메타'적 층위에 대한 인식이 증가한 것은, 부분적으로는 사회적 및 문화적 자의식이 증가한 결과이다. 하지만 이 측면 외에도 그것은 오늘날 당대 문화 내부에서, 언어가 우리의 일상적인 '리얼리티'에 대한 감각을 구성해 내고 유지하는 기능을 한다는 인식이 보다 커졌음을 반영한다. 언어가 단지 하나의 일관되며 의미 있고 '객관적인' 세계를 수동적으로 반영한다는 단순한 생각은 더 이상 유지하기 어려워졌다. 언어는 하나의 독자적이며 자족적인 체계로서 그 자체의 의미를 발생시킨다…… 따라서 '메타'적 개념들은 이러한 자의적인 언어 체계와 그것과 표면적으로 지시 관계에 있는 세계의 관련성을 탐구하는 데 필요하다.[14]

13 데이비드 로지, 김경우·권은 옮김, 『소설의 기교』(역락, 2011), 328쪽.

14 퍼트리샤 워, 김상구 옮김, 『메타 픽션』(열음사, 1989), 17쪽. 번역은 폴 코블리, 윤혜준 옮김, 『내러티브』(서울대 출판부, 2013), 223쪽을 참조해 수정했다.

사실상 메타픽션의 개념을 최초로 정의한 퍼트리샤 워의 논의를 참조하면 메타픽션은 결국 "자의식이 증가한 결과"다. 새로운 세계를 창조하고 구현하는 것이 아니라 다시 여기의 세계와 나를 되돌아보는 방식이 바로 메타적인 것이다. 특히 문학의 도구인 언어의 차원에서 보면 그 언어 자체가 "객관적"일 수 없다는 인식이 새로운 픽션을 가능하게 한다. 한국 문학이 여러 전위의 단계를 지나 현재 도달해 있는 이곳은 소설이 무엇인지를 계속 물어야만 하는 곳이다.

> 이인성에 있어 소설이란 무엇인가. 물론 근대소설이며 그중에서도 전위성의 소설 추구였다. 리얼리즘이나 샤머니즘에 전면적으로 노출된 이 나라 소설판에서 전위성이란 실험성/난해성의 대명사이기도 했지만, 좌우간 소설이고 근대 소설임에는 틀림없었다. (중략)
>
> 내가 크게 틀리지 않았다면, 이인성이 말하는 '식물성의 저항'이란 조금은 시기상조라 할 수 없을까. 다시 한번 내가 크게 틀리지 않았다면 이인성은 소설가에서 벗어나고자 몸부림은 칠지언정 내심으론 결코 벗어나고자 하지 않았을 것이다.[15]

다시 이인성으로 돌아와 마무리하자. 그의 전위적 행보가 결국은 소설 혹은 소설가의 차원을 벗어나지 못했다는 평가는 물론 틀린 것이 아니다. 하지만 소설의 전위가, "식물성의 저항"이 어떻게 소설이지 않을 수 있을까. 즉 소설의 전위는 오히려 결코 소설을 벗어날 수 없음을 인정했을 때 가능하며 그것은 철저히 소설 안에 갇혀 세계를 구성해 내려는 메타적 방식일 수밖에 없다. 이인성의 방식이 "시기상조"였다면 그것은 그의 '저항'이 형식적 한계에 부딪혀서가 아니라 혼자였기 때문이다. 지금 한국 소설

15 김윤식, 『전위의 기원과 행로 — 이인성 소설의 앞과 뒤』(문학과지성사, 2012), 270~272쪽.

은 메타픽션이라는 전선을 형성하는 중이다. 그리고 그렇게 전위는 함께 걸어간다.

《쓺》 2017년 상반기호

소설, 누군가를 위한

2017년 1월부터 4월까지의 한국 소설

두 개의 거센 물줄기

최근 한국문학계가 여러 가지 문제로 인해 일련의 변화와 혁신의 과정을 거치고 있음은 새삼스러운 일이 아니다. 문학이라는 토대에 대한 작가와 독자 개개인의 인식에서 작품의 생산과 유통 구조에 이르기까지 여러 방식들이 시도되었고, 지금도 여전히 진행 중이다. 두 가지 주요한 흐름이 나타나고 있는데, 우선 기존 문예지의 변화, 새로운 잡지의 탄생, 다양한 독립 출판물 발간 등으로 문학장의 폭이 꽤 넓어졌고, 이를 바탕으로 단편과 장편이라는 단순한 장르 구분에서 자유로워지려는 시도가 빈번하게 이루어지고 있다는 점을 들 수 있겠다. 《악스트》나 《Littor》, 《문학3》 등 주기가 짧은 새로운 잡지에서는 물론이거니와 《문학과사회》 같은 기존 문예지에서도 원고지 30~50매 분량의 초단편 혹은 콩트 형태의 소설을 싣고 있다. 이것은 시대의 변화와 독자의 선호를 반영한 소설의 경량화라기보다 오히려 작가가 소설의 길이에 구애받지 않고 자유롭게 쓰도록 하려는 시도라고 봐야 할 것이다. 물론 이 과정은 원고 청탁에 의해 이루어질 것이고, 여전히 작가는 보다 짧게 제한된 길이 속에서 이야기를 상상해야 할 수도 있겠지만 적어도 원고지 80~100매의 '단편소설'에 이야기를 재단할 필요는 없게 된다. 아울러 《창작과비평》, 《문학동네》 등에서는 중편소설을 꽤 자주 싣고 있고, 다른 문예지들도 '길이'에 대한 제약을 크게 두지는 않는 듯하다. 이런 변화는 단행본 소설에도 그대로 반영되어서 천편일률적이던 소설집의 모양새를 조금 바꿔 놓고 있다.[1]

또 하나의 변화는, 보다 더 근본적인 변화라고 이야기할 수도 있겠는데, 페미니즘이 광범위하게 문학에 영향을 끼치기 시작했다는 것이다. 이는 단순히 여성주의적 시각의 확장이나 문단의 성폭력 사태 등에 관한 이슈 차원이 아니라 그동안 알게 모르게 은폐되어 왔던 차별과 관행, 그리고 폭력의 형식이 한국문학 그 자체이기도 했다는 근본적인 반성이다. 사실 지금 불어닥친 문단의 변화들은 거의 페미니즘이 추동했다고 해도 과언이 아니다. 시스템의 변화는 물론, 창작의 동력으로도 페미니즘은 강력하게 작동하고 있는데, 여성의 문제를 적극적으로 그려 낸 조남주의 『82년생 김지영』은 2017년 상반기에 가장 주목받은 작품 가운데 하나일 것이다. 이 작품은 삼십 대 중후반에 이른 한국 여성들의 삶의 궤적을 따라가면서 그것이 얼마나 많은 차별과 폭력을 경험해야 하는 일이었는지를 대단히 사실적으로 보여 준다. 그러나 시의성의 측면에서 높은 평가를 받는 것에 비해 문학성의 측면에서 보면 밀도가 좀 떨어지는 것도 사실이다. 페미니즘 이슈, 나아가 성(性)의 문제 전반이 한국 소설의 주제로 가장 주목받고 있다는 또 하나의 지표는 『2017년 제8회 젊은작가상 수상 작품집』(문학동네, 2017)이다. 여전히 많은 문학상이 존재하지만 현재 독자들의 관심을 가장 많이 받는 작품집이라고 할 수 있을 텐데, 판매량뿐 아니라 한국 소설의 새로운 목소리를 발굴해 낸다는 측면에서도 의미가 있

1 한때 경장편 혹은 중편소설의 단행본 발간도 꽤 이루어졌는데, 최근에는 활발하지 않은 듯하다.

다. 그런데 이 수상 작품집에 실려 있는 대부분의 소설이 젠더와 폭력의 문제를 다루고 있음은 시사하는 바가 크다. 당대를 이끄는 젊은 작가들이 무엇보다 시급하고 민감하게, 또 중요하게 다루고 있는 주제가 바로 '페미니즘'이고 이 문제가 '개인'의 차원이 아니라 '사회'적이고, '정치'적인 차원에 다다랐다는 방증이기도 하다.

이러한 두 흐름과 맞물려 2017년 1월부터 4월까지 발간된 한국 소설들은 꽤 다채로운 모습을 보여 주었다.[2] 물론 그것이 모두 작품성을 담보하지는 못했지만 다양하고 새로운 시도가 계속된다는 점과 신인과 중견 작가가 고르게 작품을 발표했다는 점은 의미가 있다. 어쩔 수 없이 '일별'에 그치겠지만 최대한으로 읽은 결과는 다음과 같다.

첫 소설 혹은 아주 오래된 소설

이번에 검토한 작품들 가운데 유독 '오래된 소설'이 많았다. 문예지에

2 일일이 모두 언급하지는 못했지만 검토한 작품들은 아래와 같다. 이유, 『커트』(문학과지성사, 2017.1), 명지현, 『눈의 황홀』(문학과지성사, 2017.1), 김도연, 『콩 이야기』(문학동네, 2017.2), 강병융, 『여러분, 이거 다 거짓말인 거 아시죠?』(한겨레출판, 2017.2), 김훈, 『공터에서』(해냄, 2017.2), 김솔, 『망상, 어(語)』(문학동네, 2017.1), 조해진, 『빛의 호위』(창비, 2017.2), 김선재, 『어디에도 어디서도』(문학실험실, 2017.2), 황현진, 『두 번 사는 사람들』(문학동네, 2017.2), 이인휘, 『건너간다』, (창비, 2017.2), 박혜상, 『그가 내린 곳』(문학과지성사, 2017.2), 윤해서, 『코러스크로노스』(문학과지성사, 2017.2), 이수경, 『어머니를 떠나기에 좋은 나이』(강, 2017.2), 이승우, 『사랑의 생애』(위즈덤하우스, 2017.3), 임철우, 『연대기, 괴물』(문학과지성사, 2017.3), 정영문, 『오리무중에 이르다』(문학동네, 2017.3), 이진하 외, 『바디픽션』(제철소, 2017.3), 오현종, 『나는 왕이며 광대였지』(문학동네, 2017.3), 최영미, 『흉터와 무늬』(문학동네, 2017.3), 손원평, 『아몬드』(창비, 2017.3), 공지영, 『할머니는 죽지 않는다』(해냄, 2017.4), 김탁환, 『아름다운 그이는 사람이어라』(베개, 2017.4), 구효서, 『아닌 계절』(문학동네, 2017.4), 김호연, 『고스트라이터즈』(예담, 2017.4), 최영건, 『공기 도미노』(민음사, 2017.4), 방현석, 『세월』(아시아, 2017.4), 손보미, 『디어 랄프 로렌』(문학동네, 2017.4), 유재영, 『하바롭스크의 밤』(민음사, 2017.4), 정영수, 『애호가들』(창비, 2017.4).

꾸준히 발표한 단편소설을 모아 소설집으로 묶어 내는 것은 한국 문단의 일반적인 관행인데, 최근 활동이 뜸했던 작가들 몇몇이 돌아온 것은 우선 반갑다. 먼저 왕성하고 꾸준하게 활동하는 작가이지만 소설집으로는 7년여 만인 김도연의 『콩 이야기』를 언급해야겠다. 이 작가의 입담은 꽤 알려져 있는 편이지만 그것이 아주 독특하다는 점은 별로 부각되지 않은 것 같다. 그의 소설에서는 자연 속에서 살아가는 그야말로 보통 사람들의 일상이 환상적 세계를 만나 기묘한 감각을 형성해 나가는데, 그것이 결국 순박하면서 선한 농촌의 정서와 맞닿아 있다. 동시에 인간이 가진 욕망과 운명의 문제를 역동적으로 제시해 그러한 서사가 촌스럽지 않게 느껴지게 하는 장점도 있다. 하지만 이런 특징이 소설집 전체를 일관되게 지배하고 있어서 다채롭다는 느낌은 주지 못했던 것 같다.

두 번째 소설집을 오랜만에 펴낸 박혜상의 『그가 내린 곳』은 음울함의 정서를 바탕으로 부유하는 사람들의 이야기를 그리고 있다. 제목이 암시하고 있는 대로 이 소설들에서는 '장소'나 '공간'의 문제가 중요하게 여겨지고, 정착하지 못하고 어딘가로 늘 떠나는 이야기가 주를 이룬다. 그러나 이 작품들의 감각은 이미 익숙한 것이 되어 버린 듯하다. 묵묵하면서도 단단한 이야기들이긴 하지만 새롭다는 느낌은 그다지 들지 않았다.

공지영의 『할머니는 죽지 않는다』 역시 너무 오래된 소설임을 부정할 수 없다. 간헐적으로 써냈던 단편들을 묶었는데 그 시차가 매우 크고, 작품의 질적 편차도 꽤 있는 편이다. 끝내 삶과 죽음에 관해 이 작가가 설득해 내는 지점이 없는 것은 아니지만 공지영에게 '회한'의 정서가 너무 빨리 찾아온 것은 아닌가 하는 생각이 든다.

이수경의 소설집 『어머니를 떠나기에 좋은 나이』야말로 정말로 오래되고 늦은, 그러나 첫 책이다. 1998년에 등단해 잠깐의 작품 활동을 거친 뒤 오랜 투병 생활을 겪었다는 이 작가는 어쩌면 지금에 맞는 소설을 쓰는지도 모르겠다. 작품 전면에 부각되는 '여성'의 삶에 관한 문제는, 거침

없이 직접적이고 또 때로는 공격적인 최근 작품의 경향에 비하자면 다소 차분한 편인데 그 찬찬히 톺아 보는 시선이 미더운 측면이 있다. 하지만 전체적으로 올드하다는 느낌이 분명히 있고, 대체로 일인칭으로 전개되는 이야기가 다소 지루한 부분이 있는 것도 사실이다.

첫 소설집을 낸 네 명의 작가 역시 반갑게 접했는데, 각자의 색깔이 선명하게 달라서 읽는 재미가 있었다. 우선 이유의 『커트』를 보자. 이미 장편 『소각의 여왕』으로 2015년 문학동네소설상을 수상한 바 있으므로 데뷔작은 아니지만 등단 이후 꽤 시간이 흘러 첫 소설집을 꾸렸다. 이 작가에게 '꿈'은 '미래'와 동의어인 것 같다. 그 불확실함과 비현실에 깊숙이 몸을 담그는 작품들은 대체로 악몽이지만 유쾌한 지점도 있다. 하지만 이런 정도의 매력으로 장구하고도 완고한 '꿈의 계보'에서 이 작가가 어떤 위치를 차지할 수 있을지는 모르겠다.

윤해서의 『코러스크로노스』는 기다려 온 독자가 많았을 것이다. 이 작가의 종잡을 수 없는 난해한 글쓰기가 한데 모이면 어떤 풍경일지 궁금했기 때문이다. 두툼한 두께를 자랑하는 이 소설집은 그 볼륨만큼이나 읽어 나가기 쉽지 않겠지만 완독할 가치가 충분하다. 언어를 해체하고 이미지로 변환하는 데 전혀 두려움이 없어 보이는 이 작가는 산문 텍스트가 도달할 수 있는 전위의 최전선을 보여 주는 듯하다. 함께 실린 윤경희 평론가의 해설도 이 책을 더욱 풍성하게 한다.

정영수의 첫 소설집 『애호가들』은 매력적이다. 등단 후 꾸준히, 의욕적으로 발표해 온 이 소설들은 감각적으로 새롭다는 느낌을 주면서도 다분히, 여러 가지 의미에서 전통적이고 문학적이다. 소설에 등장하는 인물들과 소재는 무척 작위적인데, 이를 개연성 있게 엮어 내 기어코 이야기로 빠져들게 하는 힘이 있다. 다만 아쉬운 점이 있다면 각 작품의 결말이 너무 흡사한 분위기로 제시된다는 것이다. 그 분위기는 어떤 '허무함'에 가까운데, 그것이 이 작가가 그려 내고자 하는 정서에 가깝다는 생각은 들지만 개별 작품의 매력을 상쇄시켜 전체적으로 심드렁하게 만들어 버리는 측면이 있다.

유재영의 『하바롭스크의 밤』도 자기 색깔이 분명한 데뷔작이다. 여기 실린 작품들은 이야기하기라는 욕망과 이국의 풍경이 만나 사건을 형성해 나가면서 작가 자신이 추구하고자 하는 소설의 가치가 '재미'에 있음을 보여 준다. 사건이 어떻게 진행될 것인지에 대한 원초적인 호기심과 이를 통해 느껴지는 흥미진진함 같은 것들이 이 작가의 지향인 것 같다. 이것은 단순히 서사를 술술 풀어내는 이야기꾼으로서의 재능을 의미하는 것이 아니라 끊임없이 독자로 하여금 그 이야기에 대해 '고민'하게 만드는 설계자로서의 능력에 가깝다. 그러나 이 고민에 독자가 동참하기 위해 필요한 몰입과 설득의 디테일이 너무 많이 제시되고 있어 오히려 매력을 반감시키는 측면도 있다.

세월호 시대의 문학

문학 분야만 그렇지는 않겠지만 2014년 이후로 한국 소설은 세월호 사건에서 결코 자유롭지 못했다. 이 사건을 서사화하는 것부터가 시간이 필요한 일이었는데 이제 비로소 직접적으로 세월호를 다룬 작품들이 속속 발간되고 있는 듯하다. 임철우의 『연대기, 괴물』은 소설의 제목이 잘 보여 주듯 사회와 개인의 '연대기'적 고통과 상처, 그리고 그로 인한 '괴물'의 탄생을 그리고 있는 소설이다. 표제작인 「연대기, 괴물」은 계간《실천문학》2015년 봄호에 발표되었는데 세월호를 직접적으로 다룬 첫 번째 소설이었을 것이다. 서북청년단 사건으로부터 베트남전쟁, 1980년 광주, 세월호 참사에 이르기까지 한국 사회에 나타난 '괴물'들을 연결시키면서 국가라는 이름의 속박에 의해, 권력이라는 이름의 욕망에 의해, 이념이라는 이름의 폭력에 의해 괴물이 탄생하는 모습을 보여 주는 이 소설은 배가 기울어진 채 그 모습이 화면으로 방영되던 세월호 사건 당시의 충격을 고스란히 묘사하고 있다. 또한 당시 차츰 일부 극단적인 성향의 정부 지지자들이 드러내기 시작한 유가족에 대한 부정적인 시선들도 여과 없이 그려진다. 임철우는 그 괴물을 끝까지 응시하면서 세계가 지옥으로 변하더라도 인간이 인간으로서 마지막까지 지킬 수 있는 존엄성이 그래도 남아 있음을, 여기 실린 나머지 여섯 편의 작품들로 간신히 증명하고 있다.

방현석의 중편 「세월」도 세월호 3주기를 기해 단행본으로 발간되었다. 이 소설은 실제 사건의 희생자인 베트남 여성의 가족 이야기를 그리면서 세월호 사건이 한국이라는 국가 시스템의 차원을 넘어 결국 자본의 재앙임을 고통스럽게 보여 주고 있다. "잊지 않겠습니다."라고 말하면서 우리가 얼마나 세월호를 기억하고 있는지, 어린 학생들의 안타까운 죽음으로만 이 사건을 기억하게 되는 것은 아닌지, 이 작가는 묻고 있다.

김탁환은 세월호 작가라고 분명하게 명명될 수 있는 행보를 보여 주고 있다. 조선 시대의 조운선 침몰 사건을 다룬 『목격자들』(민음사, 2015)에 이어 고(故) 김관홍 잠수사를 모델로 한 장편 『거짓말이다』(북스피어, 2016)를 발간했으며, 그리고 이번에 세월호에 관한 여덟 편의 단편을 모은 『아름다운 그이는 사람이어라』를 펴냈다. 부지런한 취재와 조사로 소설의 토대를 구축해 나가는 작가답게 그는 직접 세월호 문제에 뛰어들어 각종 활동을 함께하면서 이를 소설로 형상화해 냈다. 짐작대로 이 소설집의 이야기는 하나하나가 모두 아프고 괴로운 것은 물론이거니와 당연히 슬프고 참담하기까지 하다. 그런데 이 소설들이 문학적으로 훌륭한 작품일 수 있을까에 관해서는 유보적일 수밖에 없었는데, 이야기 자체가 얼마나 잘 구성되었느냐의 문제보다는 이 작가의 태도, 그러니까 진실에 대한 집념과 윤리적 시선이나 증언에 대한 전력투구가 다소 강박적으로 느껴질 때가 있었기 때문이다.

기억할 만한 장편들

김훈의 『공터에서』는 여러모로 가장 주목받은 작품이다. 오랜만의 신작이기도 했고, 자전적인 이야기를 쓴 터라 독자들의 관심이 컸다. 일제강점기와 한국전쟁, 산업화와 베트남 전쟁, 그리고 독재 정권 등 한국 현대사를 관통한 부자(父子)의 행로를 통해 결국은 그것이 '공터'였음을 아주 쓸쓸하게 그려 내고 있다. 이 소설은 김훈 특유의 문장과 분위기가 살아 있으면서도 완결성은 조금 떨어지는 편이어서 좋은 소설이라고 말하기는 어려울지 모르겠다. 그러나 이 작품을 통해 들여다본 김훈의 내면 풍경은 앞으로의 김훈을 궁금하게 만들므로 김훈의 독자라면 읽지 않을 수 없을 것 같다.

이인휘의 『건너간다』 역시 자전적인 소설이다. 노동자 문학 혹은 공장소설의 귀환을 보여 주고 있는 이 작가는 노동자의 현실과 노동운동에 관해 누구보다 핍진하게 그려 낸다. 이 작품에서도 작가 스스로의 일대기를 충분히 활용하면서 노동자로서, 또 노동운동원으로서의 투쟁해 왔던 이력, 그리고 그 가운데 삶의 좌표를 찾지 못해 방황하던 모습 등을 잘 보여 준다. 그러나 당연하게도 소설은 진정성과 정직함만으로 그 예술성을 획득할 수 없다. 이 소설은 작가 이인휘의 신념이 너무 앞선 나머지 노동, 노동자, 노동운동에 관한 고민의 깊이를 개인의 차원에서만 갈무리하고 있다는 생각이 든다.

이승우의 『사랑의 생애』는 흡사 알랭 드 보통의 『왜 나는 너를 사랑하는가』(청미래, 2007)를 떠올리게 하는 사랑에 관한 철학적 소설 혹은 소설적 철학이다. 이승우다운 촘촘한 사유가 이 작가 특유의 문장과 어울려 이야기를 탄탄하게 형성하고 있다. 그러나 소설을 구성하고 있는 인물들의 관계나 이야기 자체는 단순하고 소박해서 흥미가 떨어지고, 사랑에 관한 작가의 서술들은 그다지 특별할 것이 없어 보인다. 그럼에도 끝까지 읽게 만드는 힘은 분명히 있지만 이승우라는 작가의 이름을 고려하면 범작이라는 생각이다.

김호연의 『고스트라이터즈』도 기대에 비해 평범하게 읽혔다. 유령 작가 혹은 대필 작가를 소재로 흥미로운 상상력을 펼치고 있으나 후반부로 갈수록 밀도가 떨어졌다. 소설을 쓰는 창작자의 고민을 들여다보고 싶은 독자라면 흥미가 있겠지만 이 소설의 중요한 설정, 즉 소설을 쓰는 대로 현실이 이루어진다는 것이 이미 익숙한 느낌이라면, 나아가 이 소설의 인물들이 겪는 여러 사건들이 전형적이라고 느껴진다면 성공적이라고 할 수는 없을 듯하다.

최영건의 『공기 도미노』는 이 작가의 첫 소설인데, 첫 작품으로 느껴지지 않는다. 이것은 안정적이고 서사의 폭이 넓어 보인다는 장점이기도 하지만 신선하거나 자기만의 색깔이 잘 느껴지지 않는다는 단점이기도 하다. 가족 구성원들을 인물로 등장시켜 각각의 관계와 사연을 조우하게 만드는 솜씨는 분명 믿을 만한데, 그것이 결국 권태와 환멸의 정서로만 귀결되는 것 같아서 아쉽다. 조금 더 과감하게 이 인물들을 파국으로 몰고 갔더라면 어땠을까 싶다.

손원평의 『아몬드』는 제10회 창비청소년문학상 수상작이다. 주지하듯 『완득이』와 『위저드 베이커리』를 배출했던 그 문학상이다. 이 작가는 영화를 전공하고 시나리오 및 연출 활동을 지속해 온 이력을 가졌는데, 그래서인지 캐릭터의 구축이나 사건의 전개 방식이 무척 드라마틱하다. 감정을 느끼지 못하는 한 소년의 성장기라고 할 수 있을 이 이야기는 선의의 조력자들에 의해 결국 희망적으로 마무리된다. 그 과정이 일견 유치하고 단순해 보일지라도 끝내 감동적인 장면을 연출해 내는 힘이 있기는 한데, 분명한 것은 장르적으로 소설보다는 영화에 가까운 느낌이어서 곱씹을 '문장'이 드물다는 점이다.

독특하고 믿을 만한 이야기들

강병융의 『여러분, 이거 다 거짓말인 거 아시죠?』는 아마 최근 발간된 소설집 중 가장 독특하지 않을까 생각된다. 이 작가 특유의 패러디와 패스티시 기법이 전면적으로 발휘되고 있기 때문이다. 특히 「우라까이」에서 시도한, 소설 전체를 신문 기사의 인용으로 채운 '복붙 소설'과 같은 형태는 흥미로운 정치 풍자로 읽히기도 한다. 그래서 차라리 이 소설집 전체가 그런 풍자적 요소로 채워졌더라면 하는 아쉬움이 남는다. 작가의 기교가 주는 유희는 분명하지만 그것이 결국은 단편적인 수준에서만 끝나버리기 때문이다.

구효서의 『아닌 계절』도 독특한 지점이 있다. 이상문학상 수상작인 「풍경소리」는 어쩔 수 없이 빠졌지만 소설집 전체가 한 편의 연작소설로 읽힐 정도로 구성이 매끄럽다. 의도했는지는 모르겠지만 계절별로 소설이 배치되고 동시에 개별 작품이 아주 다양한 색깔을 띠고 있어 풍성한 느낌을 준다. 그러나 그것은 곧 작품들이 양적·질적으로 불균형적이라는 의미와 같아서 어떤 작품들은 실망스러운 지점이 있다.

김선재의 연작소설 『어디에도 어디서도』는 아주 느슨하고 희미하게 각 작품들이 연결되어 있다. 그 희미함이 단점으로 여겨지지 않고 오히려 매력적으로 느껴지는 것은 이 작가가 주조해 내는 분위기가 희미함 그 자체이기 때문이다. 이 소설의 인물들은 그저 기억 속에서만 떠다니는 존재처럼 보인다. 그래서 '부유하는 감각'이라는 게 어떤 것인지 희미하게 느끼게 만든다. 물론 이 희미함은 어떤 독자에게는 답답하게 느껴질 수도 있겠다.

몸에 관한 일곱 가지 이야기를 모은 젊은 작가들의 테마 소설집 『바디픽션』도 흥미롭게 읽었다. 사실 '몸'이라는 키워드가 이 소설들을 모두 관통하고 있다고 생각되지는 않는다. 오히려 젊은 작가들의 개성이 도드라지는 느낌인데, 그래서 개별 작품들의 매력이 살아 있다. 개인적으로는 임현과 양선형의 작품이 좋았다.

김솔의 『망상, 어(語)』와 정영문의 『오리무중에 이르다』는 그냥 지나쳐서는 안 될 좋은 작품들이다. 이 작품을 통해 김솔이라는 작가가 가진 서사적 힘이 생각보다 세다는 걸 알게 되었다. 그가 만들어 낸 짧은 이야기들은 흥미로운 상상력의 소산이면서 동시에 강렬한 로맨스처럼 느껴지기도 하고 무척 이국적이기도 하다. 아마도 꽤 오랜 기간 동안 틈틈이 써온, 산문에 가까운 김솔의 편린들일 텐데, 지금 김솔이라는 작가의 원천을 잘 보여 주는 것 같다. 정영문은 많이 읽히지 않는 게 당연하다고 생각한다. 정영문을 즐기려면 독자의 입장에서도 상당한 단련이 필요하기 때문이다. 그런 의미에서 이번에 실린 네 편의 소설들은 훈련용으로 아주 적합하다. 기어코 이 소설들을 끝까지 읽어 나가다 보면 어느 순간 이 만연체의 문장에서 헤어날 수 없다는 느낌을 받게 되는데, 아마도 그 순간이 정영문에게서 기대하는 바가 아닐까 싶다.

『빛의 호위』도 그렇다. 조해진이 그려 내는 사려 깊은 세계는 늘 독자를 설득시킨다. 이 작가의 소설 속에서 고통받고 절망하는 자들은 천천히 세계를 이해해 나간다. 그것은 상처의 치유나 고통의 회복, 슬픔에 대한 위로 같은 것이 아니다. 그냥 깊이 들여다보는 것이다. 지독하게 고통스러운 이 삶이 어떤 순간에 아름다워질 수 있는지 말이다. 손보미의 첫 장편 『디어 랄프 로렌』도 '종수'가 세계를 이해해 가는 과정을 이런 방식으로 보여 준다. 결국 소설은 시간을 더듬는 추적의 과정이고, 그 추적은 '디어(dear)'로 시작하는 서로 간의 연결로서만 가능하다는 것을 이 작가는 세련되게 보여 준다.

그날, 카페 밖에서 섀넌은 자신의 목소리를 녹음기에 녹음했다. 그건 누군가에게 목소리로 편지를 쓴 것이나 다름없는 행위였으리라. 그리고 (너무도 당연한 말이지만) 그 편지는 분명히 나에게 보내는 것이 아니었다. 그녀는 그 '편지'를 대체 누구에게 보내고 싶었던 것일까? 보낼 마음은 있었던 것일까? 아니면 애초에 누구에게도 보내지 못하리라는 생각을 하고 녹음한 것이었을까?(323쪽)

모든 소설은 누군가에게 띄우는 편지다. 또 누군가가 다른 누군가를 만나는 이야기다. 다시 말해 이야기 속에서 누군가를 애틋하게 만나는 일은 소설이 줄 수 있는 가장 큰 매력이다. 바로 그 매력을 "1954년에 조셉 프랭클을 만나는 랄프 로렌"(356쪽)의 세계로 손보미는 보여 준다. 여기에서 다룬 작품들 중 유일하게 인용했다. 말할 것도 없이 이 소설이 베스트다.

《자음과모음》 2017년 여름호

한국 소설의 '수준'

2017년 5월부터 7월까지의 한국 소설

무라카미 하루키는 『기사단장 죽이기』(문학동네, 2017) 출간과 관련해 가진 서면 인터뷰에서 이야기는 머리로 만들어지는 것이 아니며 몸에서 자연스럽게 흘러나오는 것이어야 한다면서 동시에 그러한 이야기는 "시간과 공간, 언어나 문화의 차이를 넘어 사람들의 마음을 물리적으로 움직이는 '선량한 힘'을 지닌 것"이라고 말했다.[1] 그간 하루키의 문학 세계를 떠올리면 그 "선량한 힘"이라는 것이 단순히 악의 반대말이 아니라는 것쯤은 짐작할 수 있고, 결국 '옳은 방향'이라는 의미에 가깝다고 할 수 있겠다. 수십만 부가 팔려 나가는 하루키의 상황에 비할 바는 아니자만 올여름의 한국 소설도 유독 선악의 문제, 개인과 역사의 관계에 관해 이야기하는 작품이 많았고, 몇몇 책은 독자들의 주목도 꽤 받았다.

2017년 5월 한국 사회는 변혁의 겨울을 지나 새로운 정권의 탄생을 맞이했고, 그것이 한국문학에 끼칠 영향은 긍정적인 것처럼 보인다. 시인 출신의 문화체육관광부 장관은 내년부터 도서 구입비나 공연 관람비를

1 「신간 펴낸 후, 한국 독자에게 입 열다: 『기사단장 죽이기』 펴낸 하루키 서면 인터뷰」, 홍은주 옮김, 채널예스, 2017. 7. 17. www.ch.yes24.com/Article/View/33862.

추가 소득공제하겠다고 밝혔고, 문화예술인들을 검열하던 '블랙리스트'에 관한 1차 선고도 있었다. 그러나 문학의 적폐를 청산하려는 내부적 노력은 여전히 부족해 보인다. 정권에 대한 지지와 기대를 바탕으로 일종의 거리 두기와 비판적 태도를 잃어버린 몇몇 문학인과 이때다 싶어 자기 이익과 권력을 도모하는 집단적 움직임도 없지 않다. 특히 한국문화예술위원회에서 시행하는 '우수 문예지 발간 지원 사업'이 다시 시작된 것은 다행한 일이지만 그것이 문학의 질적 제고로 이어지고, 다양한 작가들에게 지면이 제공되는 계기가 되려면 그간 힘겹게 진행되었던 문단의 쇄신이 성과를 드러내야 할 것이다.

또한 무엇보다 지속적인 노력이 요구되는 것은 한국문학의 '성별'을 바꾸는 문제다. 여전히 '남성'의 한국문학이 문학계 내부의 문제를 외면한 채 대의에만 집착하는 모습은 헛헛하기까지 한데, 젊은 여성 작가들이 절박하게 써내고 있는 폭력과 억압의 문제라든지, 문학장에 진입하기 위한 예비 문학인들의 요구라든지, 한국문학 독자들의 기대에 부응하기 위한 노력 등은 여전히 주류 문단에서 갈급하지 않은 문제인 듯하다. 작금의 페미니즘 혹은 퀴어 문학이 겨냥하고 있는 것은 단순히 여성이나 성소수자 인권의 문제가 아니라 '남성' 문단이 늘 화두로 삼는 정치·사회적 변혁에 있음을, 즉 혁명을 위한 '대의'가 여기에서 시작되고 있음을 너무 늦게 깨닫지 않아야 할 것이다.

본격적으로 여름의 소설[2]을 검토하기 전에 황석영의 『수인』(문학동네,

2 이번에 검토한 단행본은 다음과 같다. 박영, 『위안의 서』(은행나무, 2017.4), 김주영, 『뜻밖의 생』(문학동네, 2017.5), 이기호, 『세 살 버릇 여름까지 간다』(마음산책, 2017.5), 김혜정, 『오늘의 민수』(문학과지성사, 2017.5), 곽재식, 『토끼의 아리아』(아작, 2017.5), 김학찬, 『굿 이브닝 펭귄』(다산책방, 2017.5), 이외수, 『보복대행전문주식회사』 1, 2(해냄, 2017.5), 이정명, 『선한 이웃』(은행나무, 2017.5), 김영하, 『오직 두 사람』(문학동네, 2017.5), 소재원, 『기억을 잇다』(네오픽션, 2017.6), 도선우, 『저스티스맨』(나무옆의자, 2017.6), 이응준, 『소년을 위한 사랑의 해석』(문학과지성사,

2017)을 언급하고자 한다. 어쩌면 결국 황석영이 쓰려고 했던 '소설'은 이것이 아니었을까, 하는 생각이 들 정도로 그는 이미 그 자신이, 그리고 자신이 걸어왔던 그 길이 문학임을 장대하게 보여 준다. 이것이 소설이 아니고 황석영 자신의 삶일진대 이 서사에 대해, 이 인물의 선택에 관해 더 무슨 말을 할 수 있으랴. 그저 어떤 사람은 이토록 역사적 개인일 수 있다고, 설령 그 길이 틀렸다고 하더라도 그 선택과 삶에 대해 고개를 끄덕일 수밖에 없겠다는 생각이 든다.

역사와 개인

영화평론가 허문영은 최근 한국 영화계에서 지속적으로 생산되는 일제강점기 서사에 대해 "유혹"이라는 표현을 썼다. 두 가지 이유에서 그러한데, 하나는 "그 시대가 영웅서사의 마르지 않는 원천"이라는 점이고, 다른 하나는 "세트의 유혹, 혹은 무대 장치의 유혹"이다.[3] 「암살」, 「밀정」, 「아가씨」, 「박열」, 「동주」, 「군함도」 등 흥행에 어느 정도 성공한 대작들만 떠올려 봐도 일제강점기가 창작자들에게 매력적으로 느껴진다는 점은 분명한 듯하다. 특히 '역사'가 가져다주는 실감과 그 어느 때보다 '글로벌'했

2017.6), 도진기, 『악마의 증명』(비채, 2017.6), 김효나, 『2인용 독백』(문학실험실, 2017.6), 성석제, 『사랑하는, 너무도 사랑하는』(문학동네, 2017.6), 조선희, 『세 여자』 1, 2(한겨레출판, 2017.6), 김보영, 『저 이승의 선지자』(아작, 2017.6), 최진영, 『해가 지는 곳으로』(민음사, 2017.6), 김덕희, 『급소』(문학과지성사, 2017.6), 김애란, 『바깥은 여름』(문학동네, 2017.6), 김희선, 『무한의 책』(현대문학, 2017.6), 강지영, 『개들이 식사할 시간』(자음과모음, 2017.7), 백가흠, 『그리스는 달랐다』(난다, 2017.7), 박현주, 『나의 오컬트한 일상』 1, 2(엘릭시르, 2017.7), 조갑상, 『병산읍지 편찬약사』(창비, 2017.7), 김근우, 『우리의 남극 탐험기』(나무옆의자, 2017.7), 김진명, 『예언』(새움, 2017.7), 정아은, 『맨 얼굴의 사랑』(민음사, 2017.7).

3 허문영, 「일제강점기라는 유혹」, 《한겨레신문》, 2017년 8월 11일자.

던 한국 근대의 모습이 식민지라는 비극과 맞물린다는 점에서, 그리고 지금까지도 그 후유증이 남아 있다는 측면에서 더욱 그러한 것 같다. 조선희의 『세 여자』는 바로 그런 차원에서 논의해 볼 수 있는 작품인데, 거기에 20세기 초 세 명의 '여성' 혁명가를 집요하게 추적하고 있어 더욱 주목된다. 그 비극의 시대에 영웅조차 될 수 없었던, 스스로의 재능과 꿈을 발견할 겨를조차 없었던 여성들에 관한 서사는 이제야 겨우 발견되고 있다.[4] 감춰져 있어 쉽게 드러나지 않았기 때문에 이 여성 서사의 구축은 자료 조사에 굉장한 품을 들이지 않을 수 없었는데, 수년간 이 소설이 빛을 보지 못했던 이유에는 작가 개인의 신변 문제와 더불어 그토록 방대하고 끈질긴 추적이 요구되었다는 점도 분명히 있었던 것 같다. 이를 증명이라도 하듯 이 소설은 인물들의 행적을 따라가면서 다채로운 디테일을 선보인다. 동시에 끝내 한 시대를 살아 낸 사람들에 대한 일종의 경외를 느끼게 하는 두툼한 볼륨도 장점이다. 그러나 약간 아쉬운 것은 사상적 행보와 역사적 흐름에 주목하다 보니 여성 서사 특유의 새로움은 크게 느껴지지 않았다는 점인데, 어쩌면 그것이 바로 작가가 그려 내고자 했던 시대적 한계였다는 생각도 든다.

이정명의 『선한 이웃』은 1987년 민주화 항쟁의 과정을 다루고 있는 작품이다. 소위 '프락치'로 맞물리는 인물들을 대비시켜 그려 내면서 예술과 정치가 충돌하는 서사를 일구고 있다. 그 이야기가 흥미롭지 않은 것은 아닌데 우리가 익숙히 보아 왔던 투쟁의 일대기와 크게 다르지 않고, 때때로 단순하거나 우연적으로 처리되는 장면이 있어 오랜 고민의 결과로 보기는 어려울 것 같다. 김진명의 『예언』도 마찬가지인데, 1983년에

4 비록 소설이 아니고 시대가 다르지만 전혜린을 다룬 김용언의 『문학소녀』(반비, 2017), 한국 여공의 계보학을 폭넓게 고찰하는 루스 배러클러프의 『여공문학』(김원·노지승 옮김, 후마니타스, 2017)과 같은 저작도 궤를 같이한다고 볼 수 있다.

있었던 'KAL 007기 피격 사건'을 다룬 이 소설은 사료에 근거하여 그럴듯한 서사를 구성해 내지만 그 사건 자체의 비극은 가공의 인물 '지민'에게 모두 감당하게 하고, 이를 공산주의 붕괴의 시발점으로 평가해 내는 데 초점이 맞추어져 있다. 자유주의의 기치 아래 주인공의 복수는 용서와 화해로 기울고 2025년 통일에 대한 낙관적인 전망과 근거 없는 예언으로 마무리하기에 이 소설의 설정과 구성은 너무 무리하다.

오히려 이런 측면에서 주목되는 저작은 서명숙의 『영초언니』(문학동네, 2017)다. 독재 정권을 온몸으로 살아갔던 '천영초'라는 인물을 통해 정의와 자유를 위한 투쟁의 한국 현대사를 미시적으로 조망하는 이 작품은 운동권과 혁명 같은 단어와 함께 그 속에 '여성'의 삶을 구체적으로 보여 주고 있어 더욱 인상적이다. 이런 '언니들'의 풍경은 앞으로 계속 이야기되어야 할 것 중에 하나이다.

소설집들

길이가 짧은 소설이 각광받고 있음은 이제 새삼스럽다. 성석제는 그간의 소설들을 새롭게 갈무리하면서 『사랑하는, 너무도 사랑하는』이라는 제목의 '손바닥소설'집을 발표했다. 생각해 보면 성석제야말로 『그곳에는 어처구니들이 산다』(민음사, 1994)의 작가가 아니었던가. 첫 소설집을 이미 짧은 이야기들로 꾸렸던 작가이니, 엽편소설의 원조격이라고도 할 수 있겠다. 이 소설집은 대부분의 원고가 기존에 수록되었던 것이지만 특유의 글맛을 다시 모아 볼 수 있다는 면에서, 또 성석제 소설의 원천을 확인해 가며 책장을 넘길 수 있다는 측면에서 재독의 가치가 있다.

입담이라면 성석제의 후계자라고도 할 수 있을 이기호도 『세 살 버릇 여름까지 간다』라는 제목의 '가족 소설'을 펴냈다. 2011년부터 약 3년간

'유쾌한 기호 씨네'라는 제목으로 연재했던 글을 모은 것인데, 『웬만해선 아무렇지 않다』(마음산책, 2016)에서 보여 줬던 이기호만의 유머와 위트가 여전하고 아내와 아이에 관한 에피소드들이 따뜻하고 정겹다. 이 짧은 이야기들은 최근 이기호가 발표하고 있는 단편소설과도 연관시켜 볼 수 있겠는데, 그것은 실존 인물이나 실화가 주는 '실감'에 대한 고민이다. 소설이 부러 허구임을 강조하거나 소설가 자신을 숨기면서 자전적인 요소를 제거하려 하는 것이 '진정성'을 담보하기에 썩 좋은 방법은 아니라고 판단하고 있는 게 아닌가 싶다.

이응준은 연작소설 『소년을 위한 사랑의 해석』을 발간했다. 예술가의 눈에 비친 사랑과 이별의 모습은 늘 매력적인 소재이지만 이 소설집에 실린 작품의 편차가 매우 크다는 사실은 지적하지 않을 수 없다. 「북극인 김철」로 담담하면서도 흥미롭게 시작된 이 여정이 후반부로 갈수록 자의식 과잉에 빠져들고, 사랑이 곧바로 예술과 등치되어 그 감정 자체를 깊이 사유하지 못하고 있음은 아쉽다. 작가 스스로가 밝히고 있듯 예술로서의 소설, 종교로서의 문학이라는 관념은 이응준이 끝까지 고수하고자 하는 방향인데, 그것이 결국 잘 만들어진 이야기가 아니라 소설가의 믿음과 사유로만 증명된다면 독자를 설득하기 어려워 보인다.

조갑상의 『병산읍지 편찬약사』는 앞서 언급한 '역사와 개인'의 문제를 다루는 적절한 텍스트일 것이다. 특히 이념의 경도가 얼마나 위험한 것인지, 동시에 또 얼마나 쉽게 일어나는지를 잘 보여 주는 이 소설집은 "보도연맹" 사건 같은 굵직한 이슈를 다루되 그 속에서 무수한 개인이 어떻게 고통받고 갈등하는지를 그려 낸다. 과감하게 서사를 밀고 나가고, 사건의 전과 후를 직접적으로 보여 준다는 것은 장점이기도 하지만 그래서 단점이기도 하다. 사건과 갈등은 명확한데 의외로 결론은 모호한 작품도 여럿 있어서 작가 스스로도 '판단'의 위험성을 감지하고 있는 듯했다. 표제작에서 역사적 서술이 필자의 의도에 따라 수정되는 장면은 꽤 인상적이었다.

강지영의 『개들이 식사할 시간』은 이야기 자체가 줄 수 있는 매력을 충분히 발산하고 있는 것으로 보인다. 흥미로운 소재, 흡인력 있는 전개, 긴장감 있는 흐름과 적절한 서사의 리듬 등은 이 작가가 소설가로서의 재능을 충분히 갖추고 있음을 증명하고 있다. 그러나 이 작가가 준비한 '의외성'이나 '반전'들이 대개 독자의 예상을 크게 벗어나지 않는다는 점에서 아쉬움이 있다.

김덕희의 『급소』는 이 작가의 첫 소설집인데, 무엇보다도 다양하고 폭넓은 소재를 다룬다는 점이 놀랍다. 거개의 젊은 작가들이 자신의 장점을 최대한 살려 그것을 하나의 흐름으로 만들어 내는 데 집중하는 반면, 이 작가는 때로는 그것이 실패한다고 하더라도 반복하는 법이 없다. 아직은 한국 소설의 어느 계보에도 포함시킬 수 없는 이 작가의 행보가 기대되는 이유이기도 하다. 다만 어떤 의미에서는 조금 전통적인 서사들이어서 답답하다는 느낌이 들 때가 있었고, 해결해야 할 지점은 버려 두고 굳이 설명이 필요하지 않은 부분을 공들인다는 생각도 있었다. 개인적으로는 「자망(刺網)」이 좋았다.

장편소설

이번 계절은 유독 묵직한 장편들이 많이 출간된 때이기도 했다. 중견급의 작가부터 기대되는 신인까지 폭도 넓었는데, 아쉽게도 완벽하게 지지를 보낼 수 있는 작품은 거의 없었다. 이외수의 『보복대행전문주식회사』부터 보면, 실망스럽다는 말을 꺼낼 수밖에 없다. 식물, 정확히는 나무들과 대화를 나눌 수 있는 '채널링'이라는 설정을 통해 주인공이 한국 사회의 부패를 처단한다는 내용은 이 소설이 그토록 집착하는 '아재 개그' 만큼이나 설득력이 떨어진다. 거기에 작가 자신의 사전적 요소를 곳곳에서 서른 살의 주인공에 투사하고 있는데 작가의 '판타지'라고밖에는 볼 수 없을 것 같다. 이런 단점들은 차치하더라도 소설의 '보복 대행'이 균형을 잃고 결국 4대강 단죄에만 집중되는 것은 그 정치적 올바름을 떠나 명백히 소설의 실패라고 봐야 하지 않을까. 김주영의 『뜻밖의 生』도 주인공 '박호구'의 삶이 우연에 지나치게 기대고 있어서, 또 포구에서 '순희'와의 인연을 맺게 되는 것도 자연스러운 서사로 보기는 어렵다. 소설의 제목 그대로 인간의 삶이라는 것이 얼마나 알 수 없는 방향으로 전개되는 것인지를 여러 흥미로운 장면과 디테일로 보여 주고 있기는 한데 지금의 독자가 수긍하기는 힘든 장면이 꽤 많다.

제3회 황산벌청년문학상을 수상한 박영의 『위안의 서』와 2017 한경 신춘문예 당선작인 『여흥상사』는 데뷔작이자 수상작인 만큼 기대를 갖고 읽었다. 더군다나 『여흥상사』의 경우 '개봉열독 X'라는 마케팅의 일환으로 책의 정보가 공개되지 않은 채 판매되어 더욱 호기심을 가졌었다. 두 작품 모두 공력이 꽤 들어간 무거운 주제여서 쉽게 읽히지는 않았으나 나쁘지 않았다. 하지만 단점도 분명했는데, 죽음의 문제를 두 남녀를 대비해 가며 본격적으로 다룬 『위안의 서』의 경우 소설의 주제와 구도가 너무 명확해서 예외적인 상황을 상상하기가 어려웠고, 중복되는 문장이나 표현이 꽤 많아 집중도가 떨어지는 문제도 있었다. 『여흥상사』는 이야기의 긴장감이나 예측 불허의 전개는 장점이었지만 인물도 서사도 극단적인 결말을 예비하고 있다는 느낌이었다. 두 작가 모두 조금 힘을 빼고 가벼워진 모습이 어떨지 궁금하다.

도선우는 『스파링』(문학동네, 2016)으로 제22회 문학동네소설상을 수상한 데 이어 『저스티스맨』으로 제13회 세계문학상 대상을 받았다. 연거푸 장편 공모에서 수상작을 내는 작가여서 기대하지 않을 수 없었는데 이번 작품은 『스파링』의 후속작 같다는 느낌 정도만을 받았다. 무엇이 정의이고, 어디까지가 우리가 용인할 수 있는 선과 악인지에 관해 연쇄살인의 추적이라는 흥미로운 서사를 제공하고 있기는 한데, '정의 구현'의 담론에 몰두한 나머지 과잉으로 치닫고 있음은 어쩔 수 없는 단점이다. 또 힘이 너무 들어간 채로, 모든 것을 설명하지 않으면 안 된다는 식의 서술도 독자를 지치게 하는 면이 있다.

김근우 역시 제11회 세계문학상을 수상했던 작가인데 『우리의 남극 탐험기』라는 조금은 기묘한 소설을 썼다. 야구선수였다가 삼류 대학을 갔다가 결국 소설가의 길을 가게 된 '나'와 시각장애인이자 영국의 천재적인 경제학자 '어니스트 섀클턴'이 남극 탐험을 떠나는 내용이다. 이들의 만남에는 원인을 알 수 없는 일종의 환청이 개입하고 급기야는 남극에서 '곰'과 대화를 나누며 횡단을 지속하는데, 짐작하듯 이 여정에는 도무지 개연성이라고는 없다. 하지만 이 소설의 여러 단점에도 불구하고 끝내 설득되는 것은 바로 그 대책 없는 전개 덕분인데, 책장을 덮고 곰곰이 생각해 보면 결국은 이른바 '긍정의 힘'이 아닌가 싶다.

소재원의 『기억을 잇다』는 '아버지'에 관한 이야기다. 부자(父子)라는 관계와 아버지라는 이름이 감당해야 할 몫에 관해 말하고 있는 작품인데, 지나치게 교훈적이라는 인상을 지울 수가 없다. 소재원이라는 작가가 대중들에게 꽤 지지를 받고 있고, 독특한 이력을 바탕으로 시의성 있는 작품을 써낸다는 사실 때문에 이 소설에 관해 간략하게 언급할 뿐, 이 작품은 이런 부류의 서사에서 오는 흔한 감동조차 느껴지지 않을 정도로 단점이 많다.

김학찬의 『굿바이 펭귄』은 남성이라면 누구나 공감할 만한 성적(性的) 성장통에 관한 이야기다. 남성의 성기를 펭귄에 비유해 이를 속도감 있는 문장과 적절한 자조와 위트를 섞어 서술하는 방식이 흥미가 없지는 않은데, 이를 통해 이 소설이 청춘의 단면을 보여 주면서 독자로 하여금 깊이 공감하게 했는지는 의문이다. 이 계열이라면 박현욱의 『동정 없는 세상』(문학동네, 2001)이 앞자리에 있을 텐데 지금 이 소설이 거둔 성취가 그것 이상이라고 말하기는 어려울 것이다.

백가흠의 『그리스는 달랐다』와 정아은의 『맨 얼굴의 사랑』은 비슷한 단점을 가지고 있다. 백가흠의 경우 이 소설이 그리스 여행기 혹은 체류기와 별로 구분되지 않는 것 같고, 정아은의 경우 성형수술의 현장과 연예계 및 정재계의 '맨얼굴'을 보여 주는 것 이상의 의미를 찾기 어려웠다. 하지만 두 작품 모두 결국 작품이 목표가 그것이었다면, 충분히 달성되었다고 봐야 할 것 같다. 어쨌든 백가흠의 그리스는 매력적이고, 정아은의 디테일도 생생하기 때문이다.

주목할 책들[5]

올여름의 소설을 언급하면서 김영하의 『오직 두 사람』을 빼놓기란 불가능할 것이다. 이 소설집에 실린 작품들은 발표될 당시에 이미 꽤 주목을 받았던 작품들이고, 수상작도 있어서 아주 익숙한 느낌이지만 또다시 그러모아 읽어 볼 가치가 충분할 만큼 좋은 작품들이다. 개인적으로는 「아이를 찾습니다」와 「오직 두 사람」이 가장 훌륭하다고 생각되는데, 여전히 김영하가 새로운 이야기를 찾기 위해 골몰하고 있다는 생각 때문에 그렇다. 「아이를 찾습니다」는 이렇게 묻는다. 유괴당한 아이를 찾기 위해 모든 것을 포기하며 매달렸는데, 그래서 모든 것이 무너진 상태인데, 결국 11년 만에 아이를 찾게 된다면 그들은 다시 행복해질까. 아이를 잃은 서사가 아니라 아이를 찾은 서사 혹은 아이를 찾은 이후의 서사를 이 작가

5 김희선의 『무한의 책』, 박현주의 『나의 오컬트한 일상』, 곽재식의 『토끼의 아리아』, 도전기의 『악마의 증명』, 김보영의 『저 이승의 선지자』 등도 흥미롭게 읽었으나 장르소설에 관해서는 따로 지면이 있고, 그 특유의 문법에 관해 섣불리 판단하기 어려워 생략했다.

는 보여 준다. 거기에서 또 나아가 아이를 키운다는 것, 부모라는 존재의 의미 등을 고민하게 하고, 유괴와 납치가 돌봄이나 입양과 어떻게 다른지를 새삼스럽게 묻게 만든다. 표제작인 「오직 두 사람」은 불필요한 묘사나 문장이 전혀 없고, 적재적소에서 모든 인물이 기능하고 사건이 벌어지며, 그 밀도 조절도 능수능란하다. 김영하 소설의 전매특허랄까, 눈을 떼지 못하게 하는 매력적인 도입부에, 아빠와 딸로 보여 주는 인간의 '관계 맺음'에 관한 통찰 역시 인상적이었다.

김애란의 『바깥은 여름』도 한국의 소설 독자라면 이견 없이 베스트로 손에 꼽을 것이다. 이 작가가 지금 한국 소설의 열렬한 독자층이라 할 수 있을 20~30대 여성과 함께 시간을 보내고 있다는 사실이 감사하게 느껴질 만큼, 김애란은 자기 세대가 필요한 서사를 놓치지 않고 써낸다. 10년 전의 김애란이 청춘의 비루한 아름다움과 아련함을 그려 내는 작가였다면 지금의 김애란은 이제 더 이상은 청춘이라고 말하기는 어려운, 삶의 무게를 여실히 느낄 수밖에 없는 '우리'의 모습을 묘사하면서 그 슬픔의 순간들을 함께하며 위로하고 있다. 제목이 된 "볼 안에선 하얀 눈이 흩날리는데, 구 바깥은 온통 여름일 누군가의 시차를 상상했다."(182쪽)라는 문장처럼 김애란의 소설들은 고통과 상처를 매개로 각자의 시차를 가질 수밖에 없는 사람들의 이야기를 써낸다. 동시에 「가리는 손」과 같은 작품에서 잘 드러나듯 지금 현재 우리가 고민하고 해결해야 할 문제가 무엇인지에 관해서도 날카롭게 짚어 낸다.

최진영의 『해가 지는 곳으로』와 김효나의 『2인용 독백』을 마지막으로 언급하고자 한다. 최진영은 정말 꾸준히 단편과 장편을 가리지 않고 양적·질적으로 고르게 써내는 작가 중 한 명인데, 이번 소설은 꽤나 이채롭다. 대개 현실에 핍진하게 접근하고, 그 현실이 개인의 삶을 얼마나 짓누르는지에 관해 서술하던 작가여서 파국과 재난 이후를 그려 낸 이 작품은 조금 낯설기까지 하다. 그러나 이 작가가 폭력이나 죽음의 문제에 천착해 왔던 이력을 떠올리면, 또 그런 세계에서 끝내 사랑을 지키려는 인물들을 그려 왔음을 생각하면 이 역시 최진영의 작품이다 싶다. 재난 소설이지만 재난에 관한 논리적인 설명이 없고, 흔히 상상하는 파국 이후의 모습이 대체로 그려져 익숙하다는 단점도 분명히 있다. 코맥 매카시의 『로드』(문학동네, 2008) 혹은 손홍규의 『서울』(창비, 2014)이 떠오르기도 한다. 그럼에도 이 소설은 "사랑해"(189쪽)로 끝나는, 결국 지나와 도리의 마음에 설득당하고 그들이 자신들만의 기적을 찾았기를 바라게 되는 작품이다.

김효나는 『슮』을 통해 작품 활동을 시작해 『2인용 독백』이라는 연작 프로젝트를 진행했는데, 꿈과 환상의 텍스트로서 충분히 설득력이 있어 보인다. 말 그대로 두 사람의 혹은 두 사람을 위한 '독백'이라는 역설적인 제목이 우선 매력적이다. 어떤 이미지를 물성을 가진 실체로 길어 올리는 능력이 아주 뛰어나다는 점, 직전이나 찰나 같은 어떤 '순간'을 최대한 길게 늘여 보려는 소설적 시도 같은 것도 기록해 둘 만하다. 작가의 이력을 참고하면 이러한 작업들은 마치 그림처럼 스케치를 해 나가고 선과 색을 덧입혀 가는 과정처럼 생각되기도 한다. 무엇보다도 대체로 무책임한 전위주의자들과는 달리 서사의 얼개를 분명하게 장악한 채로 소설을 써 나가서 미더운 측면이 있다.

이 네 편의 소설은 지금 한국 소설의 '수준'이라고 보아도 무방하다. 이 작품들에도 설득되지 않는 독자가 있다면 그건 어쩔 수 없는 일인 것 같다. 다만 여전히 한국 소설에 완결된 장편소설이 부족한 것은 사실이다. 이야기를 완벽하게 장악하고 독자로 하여금 그 세계 속에서 깊이 살다 오게 만드는 장편 특유의 매력은 단편소설이 쉽게 대체할 수 없는 것이다. 그 결여를, 서두에서 언급했듯 무라카미 하루키를 비롯한 외국 작가들의 소설에서 독자들은 채우고 있는 것이 아닐까. 가을에는 무엇보다도 한국 장편소설의 약진을 기대해 본다.

《자음과모음》 2017년 가을호

한국 소설의 현재와 미래

2017년 8월부터 10월까지의 한국 소설

그 많던 한국문학에 대한 회의와 부정에도 불구하고, 이토록 많은 작품이 매 계절 발간되는 것을 보면 어쩌면 그 어떤 문화 예술 분야보다 한국문학의 토대가 단단한 것이라는 생각이 든다.[1] 물론 그것은 그만큼의

1 이번 계절에 검토한 작품들은 다음과 같다. 권리, 『폭식 광대』(산지니, 2017.7), 홍양순, 『가족을 묻다』(실천문학사, 2017.7), 정지돈, 『작은 겁쟁이 겁쟁이 새로운 파티』(스위밍꿀, 2017.7), 김금희 외, 『이해 없이 당분간』(짧아도 괜찮아 1)(걷는사람, 2017.8), 김홍신, 『바람으로 그린 그림』(해냄, 2017.8), 박생강, 『우리 사우나는 JTBC 안 봐요』(나무옆의자, 2017.8), 강화길, 『다른 사람』(한겨레출판, 2017.8), 박민정, 『아내들의 학교』(문학동네, 2017.8), 배명훈, 『고고심령학자』(북하우스, 2017.8), 김사과, 『더 나쁜 쪽으로』(문학동네, 2017.8), 유응오, 『하루코의 봄』(실천문학사, 2017.8), 정미경, 『가수는 입을 다무네』(민음사, 2017.8), 김하서, 『줄리의 심장』(자음과모음, 2017.8), 김가경, 『몰리모를 부는 화요일』(강, 2017.8), 백민석, 『수림』(예담, 2017.8), 이승우, 『모르는 사람들』(문학동네, 2017.8), 정미경, 『큰비』(나무옆의자, 2017.9), 최일남, 『국화 밑에서』(문학과지성사, 2017.9), 김혜진, 『딸에 대하여』(민음사, 2017.9), 조영아, 『그녀의 경우』(한겨레출판, 2017.9), 박솔뫼, 『겨울의 눈빛』(문학과지성사, 2017.9), 이주란, 『모두 다른 아버지』(민음사, 2017.9), 주원규, 『나쁜 하나님』(새움, 2017.9), 김솔, 『너도밤나무 바이러스』(문학과지성사, 2017.9), 임현, 『그 개와 같은 말』(현대문학, 2017.10), 정한아, 『친밀한 이방인』(문학동네, 2017.10), 박사랑, 『스크류바』(창비, 2017.10), 권정현, 『칼과 혀』(다산책방, 2017.10), 이현수, 『사라진 요일』(자음과모음, 2017.10), 손원평, 『서른의 반격』(은행나무, 2017.10), 김숨, 『나는 염소가 처음이야』(문학동네, 2017.10), 김숨, 『당신의 신』(문학동네, 2017.10), 윤고은, 『해적판을 타고』(문학과지성사, 2017.10), 배지영, 『안

보수성을 증명하는 것이기도 하고 문학 활동이 다른 예술 장르에 비해 생산과 유통에 있어서 상대적으로 '단순'하다는 의미이기도 하겠지만, 적어도 그 기본적인 물적 기반이 쉽사리 무너지지 않는다는 점은 긍정적이라고 생각한다. 하지만 이 꾸준하게 지속되는 한국문학의 장에서 독자의 자리가 그리 크지 않다는 점은 늘 문제적이다. 수십 종의 소설이 매 계절 발간되지만 그저 '목록'에만 그치지 않고 여러 독자와 만나 '문학적 교류'를 이루는 작품은 매우 드물다.

독서 인구가 무척 적고 문학에 대한 관심도 그리 크지 않은 한국의 소설 시장에서 독자에게 다가갈 수 있는 거의 유일한 방식은 '문학상'이다. 소수의, 그것도 아주 오래된 문학의 독자들로부터 애호를 받고 있던 가즈오 이시구로가 노벨문학상 수상으로 일약 그 이름을 독자들에게 널리 각인시킨 얼마 전의 일은 그 좋은 사례가 될 것이다. 애초에 문학은 "수수한 것"이고 "작가가 서재에서 또박또박 써 나간 것을 독자 홀로 한 행씩 읽어 나"가는 "지극히 개인적인 것"이라고 생각하는 사람들에게는 "미디어가 마구 부추기는 세계 규모의 스펙터클"이 불편할 수도 있겠다. 그러나 동시에 "전 세계에서 책이 이토록 대량으로 나오는 시대에, 어떤 책을 읽을지 고민할 때 도움이 되는 힌트도 필요"하다는 의견도 무시할 수는 없다.[2] 여기에 한국이라는 좁은 문학의 시장은 문학상이 독자가 아닌 작가를 위해 존재하기도 한다. 열악한 출판 현실과 '등단'이라는 문단 특유의 시스템이 공모의 형태로 작가들을 내몰고 있기도 한 것이다. 그 결과 각종 문학상이 난립하고 수상작들의 문학성에 대한 의심의 목소리도 커졌다. 그럼에도 불구하고 문학상은, 그것이 비록 "일종의 채용 시스템"[3]이라 하더

녕, 뜨겁게』(은행나무, 2017.10), 최은미, 『아홉 번째 파도』(문학동네, 2017.10).

2 도코 고지 외, 송태욱 옮김, 『문학상 수상을 축하합니다』(현암사, 2017), 5쪽.

라도 여전히 생산과 소비의 양쪽에서 가장 효율적인 한국문학의 유통 방식임에는 틀림없다. 어떤 분야도 완벽하게 공정하고 자유로운 기회를 제공하지는 않고, 특히 예술 장르라면 말할 필요도 없다. 이미 그 예술 활동을 하기 위한 '도구'에서부터 출발선은 달라지는데, 문학의 생산 활동에 비용이 거의 소모되지 않는다는 점은 차라리 다행이라고 해야 할까.

본격적으로 이 계절의 작품들을 일별하기 전에 정미경의 『가수는 입을 다무네』를 먼저 언급하고자 한다. 올 초 갑작스레 세상을 떠난 이 작가의 유작이어서 2014년 연재 당시의 원고를 그대로 실을 수밖에 없었는데, 과작(寡作)의 작가였던 생전의 정미경을 떠올리면 오래 다듬고 고쳤으리라는 짐작은 어렵지 않게 가능하다. 예술과 삶, 그리고 사랑에 관해, 또 허위와 위악, 속물과 자본에 대해 끈질기게 천착해 왔던 정미경의 행로를 떠올리면 어쩌면 이 작품이 그의 대표작이 될 수도 있었다는 생각은 그러나 이제는 무의미할지도 모르겠다. 아무튼 미완의 형태로 던져진 이 작품이 오히려 정미경의 문학을 더 풍부하게 읽어 낼 가능성을 보여 준다는 점은 분명한 것 같다.

수상작들

올해 동인문학상은 김애란의 『바깥은 여름』(문학동네, 2017), 한국일보문학상은 정세랑의 『피프티피플』(창비, 2016)에게 돌아갔다. 출간된 단행본을 두고 어떤 작품의 성취를 평가하는 것은 '공모'의 형식으로 이루어지는 문학상의 작업보다 어쩌면 수월한 일이라고도 할 수 있다. 심사나 평가의 입장에서 보자면 이미 독자들의 검증을 받은 소수의 작품들에 대

3　장강명, 「문학상을 타고 싶다고?」, 《릿터》, 2017년 6/7월호, 67쪽.

해 가치판단을 내리는 일은 적게는 수십 편, 많게는 수백 편의 '날것'의 원고를 대하는 일에 비해 상대적으로 부담이 덜할 텐데, 그것은 곧 새로운 작가나 작품의 출현에 대한 독자들의 기대와도 관련되어 있을 것이다.

제13회 세계문학상은 도선우의 『저스티스맨』(나무옆의자, 2017)이 대상을 수상해 이미 출간되었고, 우수상을 수상한 박생강의 『우리 사우나는 JTBC 안 봐요』, 정미경(앞서 언급한 작가와는 동명이인이다.)의 『큰비』 두 편이 최근 출간되었다. 박생강은 『수상한 식모들』(문학동네, 2005)로 잘 알려진 박진규 작가의 필명이다. 꾸준히 작품 활동을 해 오던 그가 박생강이라는 이름으로 등장한 것은 『나는 빼빼로가 두려워』(열린책들, 2014)를 출간하면서부터인데 작품의 경향도 조금 더 발랄하고 유쾌한 쪽으로 바뀐 듯하다. 『우리 사우나는 JTBC 안 봐요』는 이제 더 이상 소설을 쓰지 못하는 소설가 손태권이 신도시의 "헬라홀 피트니스 남자 사우나"에서 매니저로 일하는 과정을 그리고 있는데, 전개가 군더더기 없이 시원시원하고 디테일도 갖추고 있어 술술 읽힌다는 장점을 가지고 있다. 소위 "일 퍼센트" 혹은 "갑"의 위치에 있는 사람들이 드나드는 사우나에서 주인공이 겪게 되는 여러 에피소드도, 현재 한국 사회의 단면을 들여다보는 듯한 여러 인물들도 인상적이다. 그러나 한국 사회의 어떤 계층이 가진 욕망에 관해서는 더 깊이 파고들 여지가 분명히 있고, 소설의 공간인 사우나가 어떤 순간 답답하게 느껴진다는 아쉬움이 있다. 정미경의 『큰비』는 "원향"을 중심으로 무속 신앙에 관한 풍부한 디테일을 보여 주는 작품이다. 17세기 조선 사회에서 무녀로 살아간다는 것이 어떤 의미였을지, '믿음'의 세계는 어떻게 가능해지는지에 관해 단단하면서도 유려한 문장으로 풀어가고 있는 이 작품은 그러나 '전형적'이라는 느낌을 지우지는 못하는 것 같다. 군데군데 드러나는 작가의 여성주의적 시선이 조금 더 강조되었더라면 어땠을까 하는 생각이 든다.

제7회 혼불문학상을 수상한 권정현의 『칼과 혀』는 정말이지 의외의 발견이었는데, 큰 기대가 없이 시작했던 이 소설은 이야기가 전개될수록 그 깊이와 밀도에 압도당하고 말았다. 1945년의 만주를 배경으로 일본과 중국, 그리고 조선의 이야기를 각각의 인물과 '요리'라는 모티프로 엮어 놓았는데 흔히 역사소설에서 자주 보이는 과도한 사명감, 사적(史的) 디테일에 대한 지나친 집착 등이 드러나지 않았고, 적절히 초점화를 바꿔 가며 서사를 진행시킨 점이 인상적이었다. '역사'라는 시간적 거리를 서술의 차원에서 좁히지 못하고 끝내 그 세계로 뛰어들지 못한 채 '일어난 일'만 그려 내다 끝나는 거개의 역사소설과 달리 온전히 1945년 8월 즈음의 동아시아 격변기로 투신한 이 작가의 힘이 느껴졌다. 바로 그래서 군데군데 어쩔 수 없이 드러나는 '조사'와 '공부'의 흔적은 조금 아쉽다. 섬세하게 다듬고 고쳤다면 좋았겠지만 다루는 소재를 생각하면 어쩔 수 없는 일 같기도 하다.

손원평은 『아몬드』(창비, 2017)로 제10회 창비청소년문학상을 수상하고 곧바로 『서른의 반격』으로 제5회 제주 4·3 평화문학상을 수상했다. 발표하는 장편마다 수상으로 이어지는 행보는 장강명이나 도선우를 떠올리게 하고, 최근 『알제리의 유령들』(미출간)이라는 작품으로 제23회 문학동네소설상을 수상한 황석영 작가의 딸 황여정과 더불어 손학규 전 의원의 차녀라는 사실 때문에 주목을 받고 있기도 하다. 『서른의 반격』은 전작 『아몬드』에서 보여 주었던 이 작가의 세계관이 그대로 이어지고 있다는 생각을 하게 한다. 아등바등 한국 사회를 견뎌 내는 서른 언저리의 청년들이 현실에 주저앉아 절망하기보다 일종의 '반격'을 기획하는 이야기는, 결국 그것이 실패로 돌아가더라도 그 자체로 의미가 있음을 보여 주고 있다. 하지만 이른바 루저들의 분투기 혹은 청년의 희망가라는 다소 식상한 관점에서 읽힐 수 있고, 1988년생의 세대 감각을 드러내는 장면이나 소설을 감싸는 여러 소재들이 세밀하게 구성되지 못했다는 느낌을 주기도 한다.

제22회 한겨레문학상은 강화길의 『다른 사람』에 돌아갔는데, 이 작가는 이미 『괜찮은 사람』(문학동네, 2016) 등을 통해 잘 알려진바 한국 소설의 페미니즘 물결 최전선에 서 있다. 이 작품 역시 직장 내 성폭력의 문제를 다루면서 여성이 직면하는 수없이 많은 공포와 절망, 부당함과 불편함에 대해 날카롭게 파헤치고 있다. 이런 작품을 읽으면 문학이 세태를 반영하기에는 다소 느린 장르라는 일반적인 인식도 재고하게 되는데, 어떤 의미에서는 이 소설이 한국 사회가 당면하게 될 문제를 '미리' 이야기하고 있는 듯한 느낌도 받기 때문이다.('한샘' 등의 사태를 굳이 자세히 언급할 필요는 없을 것이다.) 무엇보다 인상적인 것은 이 소설이 단순히 성폭력에 대한 고발로, 또 그 사태에 대항하면서 겪게 되는 그럴듯한 경험담으로만 쓰이지 않았다는 점이다. 그런 텍스트라면 소설보다 '네이트판'이 훨씬 풍부하고 직접적일 것이다. 이 소설에 주목해야 하는 것은 끊임없이 '성차'에 관해 질문을 던지고 특히 여성이라는 것은 혹은 여성적이라는 것은 무엇인지, 또 여성의 삶은 어떤 것인지를 계속 고민하면서 끝내 답을 하지 않기 때문이다. 스스로도 아직 모르겠다는 이 작가의 고투가 소설이 진행되는 내내 계속되고 있어서 독자로서는 지지하지 않을 수가 없었다. 수상작이기 때문에 이 소설 말미에는 아홉 명의 심사위원의 심사평이 실려 있는데, 여성 심사위원 5명과 남성 심사위원 4명이 보여 주는 온도차도 꽤 흥미롭다.

소설집들

이번 계절에는 다양한 소설집들이 출간되기도 했는데 먼저 최일남의 『국화 밑에서』를 언급하면서 시작하는 것이 좋겠다. 이제 한국문학에서 1930년대생 작가는 문학사의 영역으로 편입되었고, 지금도 작품 활동을 하는 작가는 매우 드물다는 점에서 최일남의 이 소설집은 그 의미가 꽤 크다고 봐야 할 것이다. 1년에 한 편 정도의 단편을 써 왔고, 그중 일곱 편을 모아 놓은 이 소설집은 노년의 삶과 정서를 다루고 있기는 하지만 어떤 순간에는 놀랍도록 세태를 예리하게 들여다본다. 그 시선이 부러 강조되거나 도드라지지 않고 외려 좀 올드하다는 느낌을 줄 때가 있지만 「스노브 스노브」 같은 작품은 최일남 같은 작가가 아니면 쓸 수 없을 것이다.

첫 소설집을 낸 작가들이 여러 있다. 김가경은 『몰리모를 부는 화요일』로 그간 발표한 10편의 단편을 모았는데, 낯선 감각이나 새로운 시선을 보여 주지는 않지만 이 작가가 구축한 자신만의 스타일이 느껴졌다. 그것은 아주 일상적이고 흔한 소재를 다루면서도 어떤 순간에는 '문학적'이라고 부를 만한, 바로 다음 문장으로 넘어가 버릴 수는 없는 지점을 꼭 만들어 낸다는 것이다. 하지만 그것이 일종의 '패턴'이 되어 버려 여러 편을 거듭해 읽어 갈수록 밀도가 떨어지는 것도 사실이었다.

『스크류바』는 박사랑의 첫 소설집인데 역시나 꾸준히 써 온 10편의 소설들을 눌러 담았다. 독특한 것은 이 작가가 보여 주는 텍스트에 대한, 또 '책'이라는 물질에 대한 관심이다. 동세대의 젊은 작가들이 이를 일종의 지적 유희로 삼고 현학적인 방식으로 산발하여 제시하는 것에 비해 이 작가는 이야기 속에서 그것을 자연스럽게 녹여 내려고 노력한다. 이 글쓰기와 언어에 대한 작가의 감각은 때때로 너무 '솔직'해서 소설의 완성도가 떨어져 보인다는 단점도 분명히 있고, 자전적인 것(경험)과 허구적인 것(텍스트) 사이에서 갈피를 잡지 못한다는 느낌도 있다. 분명한 것은 '이야기' 또는 '이야기하기'에 대한 작가의 관심인데, 이것이 어떻게 이어질지는 이후의 작품을 지켜볼 수밖에 없을 것 같다.

김하서와 권리는 장편을 통해 이미 알려진 작가여서 첫 소설집이라는 사실이 의외였다. 두 작가 모두 '환상성'을 기반으로 현실을 일그러뜨리고 악몽이나 환몽의 세계를 그리기 좋아하는데, 그런 특징들이 주조를 이루고 있다. 『줄리의 심장』은 '환상'과 '불안'이라는 주제를 공유하면서도 개별 작품들의 편차가 좀 있다는 것이,『폭식 광대』의 경우 인물들이 깊이를 형성하지 못하고 소재로만 소모된다는 점이 아쉽다.

이주란의『모두 다른 아버지』는 제목에서도 짐작되듯 '아버지'가 소설 전반에서 꽤 중요한 소재로 쓰이는데, 흔히 정신분석학적 의미에서 '상징적'이거나 억압이나 규율의 '기제'로 작동하는 것이 아니라 그야말로 '나'의 핏줄인, 그래서 내가 속수무책으로 닮아 있을 수밖에 없는 근원으로 등장한다. 그래서 이 작가에게는 출생과 혈연으로 이어진 '가족'의 문제가 무엇보다도 중요해지는데, 이것은 '나'가 처해 있는 현실과 밀접하게 연관되면서 이주란 특유의 시선을 형성하고 있어서 인상적이다. 상처와 절망의 원인을 가족으로부터 끈질기게 발견하고, 이를 원망하고 증오하면서도 그 과정을 통해 또 묘한 위안과 힘을 얻는 이야기를 자연스럽게 써내고 있는데, 이는 동세대 작가들에게서 발견하기 어려운 이주란만의 매력이다.

임현의『그 개와 같은 말』은 이 작가가 따져 묻는 온갖 질문들에 고민을 거듭해 가며 치열하게 읽어 내야 하는 소설집이다. 인간이 가져야 할 '윤리'는 무엇인지, 또 어떤 것에 옳다고 말할 때 그것을 어떻게 표현해야 하는지, 반대로 틀리다는 것을 우리는 어떻게 인식하는지에 관해 이 작가는 거침없이 치고 들어온다. 빽빽하게 들어찬 10편의 작품은 불편하고 찝찝하게 독자를 곤경으로 몰아가는데 작품 하나하나가 무척 논쟁적이어서 주목하지 않을 수 없다. 이에 관해서는 황현경의 해설을 읽는 것으로 충분할 것 같고, 다만 개인적으로는 초기에 발표한 소설들이 보여 준 박력에 비해 최근작들이 약간 힘이 빠진 듯한 느낌이 있다는 점을 말해 두고 싶다.

문제작으로 따지자면 박민정의『아내들의 학교』를 논하지 않을 수 없다. 동시대의 현실에 대해 고민하면서 시공간적으로 시야를 넓히는 일은 무척 어려운데 박민정은 그것을 능숙하면서도 날카롭게 보여 준다. 흔히 이제 시효가 지났다고 생각되는 이데올로기나 국가, 민족, 정체성, 운동권 등에 관한 이야기가 지금-여기와 어떻게 이어지고 있는지, 그리하여 우리가 다시금 곱씹어 사유해야 할 문제가 무엇인지, 근본적인 원인을 어디에서 찾아야 하는지, 이 작가는 탐색을 그치지 않는다. 그 와중에 단편소설이 갖추어야 할 서사적 전략과 장치를 놓치지 않고 있어서 믿을 수 있는 작가라는 인상을 준다. 특히 박민정이 보여 주는, 소재적 차원이 아니라 소설의 전개와 구성에 있어 '플롯의 디테일'은 최근 작가들 중에서는 단연 돋보인다.

백민석의 『수림』과 이승우의 『모르는 사람들』은 한 서평 기사 때문에 나란히 언급할 수밖에 없을 것 같다.[4] '북 리뷰'를 통해 개별 작품에 관한 가치 평가를 내리는 것은 당연한 일이지만, 비슷한 시기에 출간되었을 뿐 같이 읽고 비교할 이유가 전혀 없어 보이는 이 두 소설집을 '언어'라는 키워드로 묶은 것은 아무래도 이해하기가 어려운 것이 사실이기는 하다. 아마도 한쪽은 섬세하면서도 집요한 언어로 인간이라는 존재에 관한 신중하면서도 깊이 있는 사유를 보여 준다고 여겼던 것 같고 다른 한쪽은 남성 작가 특유의 성적 형상화가 범람하면서 그와 동시에 문화예술적인 기호들이 올드하게 제시되는 소설 정도로 치부한 듯하다. 전자는 이승우의 독자라면 누구나 고개를 끄덕일 것이고, 특히 이번 소설집에 실린 소설들 중 「모르는 사람」, 「윔블던, 김태호」, 「안정한 하루」는 이 작가가 도달한 어떤 정점을 보여 주는 것 같아서 이의를 제기하기는 어렵다. 그러나 백민석에 관한 후자의 판단에는 수긍하기 어렵다. 연작소설의 형태로 이루

4 「이미 제 언어를 가진 작가……자기 언어를 찾아가는 작가」, 《한국일보》, 2017년 9월 8일 자. 이 리뷰에 대해 백민석은 자신의 SNS를 통해 해당 기자에게 문제 제기를 했음을 밝힌 바 있고, 답변은 듣지 못한 것으로 알고 있다.

어진 『수림』은 "어두침침하고 우울하게 내리는 긴 장맛비"라는 사전적 의미처럼 끝나지 않는 '어두운 광기'와 '가장된 욕망'을 그리고 있는데, 그것은 단순히 '판타지'의 차원이 아니다. 이 소설을 읽어 나갈 때마다 마주하게 되는 자기 안의 쾌락과 욕망, 혐오와 파괴의 본능 같은 것들이 어떤 순간 간담을 서늘하게 만들기 때문이다. 그것은 일반적인 형태의 '공포'와 조금 다른 것 같다. '나는 저렇게 되지 않을 것이고, 저렇게 될 수도 없지만, 어쩌면 나는 저렇게 될 수도 있고, 저렇게 될 것 같다'는, 막연해서 어딘지 모르게 석연치 않은 두려움 같은 것이 이 소설들 속에 담겨 있다. 「개나리 산울타리」 한 작품만으로도 이 소설에 '자기 언어'가 없다고 말할 수는 없을 것 같다.

김사과와 박솔뫼의 소설집은 따로 덧붙이지 않아도 이미 개별 작품들이 모두 주목을 받아 왔고, 또 그래서 너무 늦게 독자의 손에 가닿은 것 같기도 하다. 박솔뫼의 『겨울의 눈빛』에 실린 소설들은 지금 다시 읽어도 낯선, 박솔뫼 특유의 서사가 9편의 소설들에 고루 퍼져 있다. 아마도 이 소설집 하나만으로도 박솔뫼는 2010년대의 가장 중요한 작가 중 하나로 기록될 것이다. 김사과의 『더 나쁜 쪽으로』 역시 우리가 잘 알고 있는 김사과 그대로다. 여러 가지 측면에서 김사과는 한국의 젊은 세대가 당면'할' 문제를 선취하여 탁월하게 서사화하고 있다고 생각되는데, 지금 이 소설들을 읽으면 마치 김사과가 바로 엊그제 작품을 발표한 듯한 착각에 빠진다. 무엇보다도 도저히 출구를 찾을 수 없고, 모두가 망해 가기만 하는 세계라 하더라도 끝까지 도망치지 않고, '한국'의 현실과 싸우겠다는 김사과의 의지가 더없이 매력적이다. 요컨대 김사과의 소설은 우리 세대를 '선동'한다. 그리고 그 선동은 「카레가 있는 책상」이 보여 주듯 우리가 그토록 말하고 싶었으나 어떻게 말해야 할지 몰랐던 이 '분노'의 정체에 관해 후련하게 질주한다.

마지막으로 김숨이 내놓은 두 권의 소설집을 언급하고자 한다. 『나는 염소가 처음이야』와 『당신의 신』은 나름의 테마를 가지고 기획되었는데, 김숨 작가의 역량을 고스란히 보여 주는 것 같아 미덥다. '동물'이 주로 등장하는 『나는 염소가 처음이야』의 경우 김숨이 『투견』(문학동네, 2005)과 『노란 개를 버리러』(문학동네, 2011)의 작가였음을 새삼 떠올리게 된다. 동물적인 감각과 본성에 대한 김숨의 천착은 그러고 보면 꽤 오래된 것인데 이번 소설집에 실린 작품들은, '동물성을 통해 다시 바라본 인간 존재'와 같은 뻔한 이야기를 하지 않는다. 그야말로 동물이란 무엇인가에 관해, 그러므로 인간까지를 포함해 동물이라는 존재는 무엇인지에 관해 때로는 우화적으로 때로는 핍진하게 파고든다. 그런가 하면 『당신의 신』은 부부 관계를 '경험'한 여성에게 철저하게 포커스를 두고, 결혼이라는 관계로 맺어지고 이혼이라는 절차로 끊어지는, 너무도 '인간적'인 과정을 세 편의 소설을 통해 인상적으로 보여 주고 있다. 이 두 권의 책은 그 질감이 다르면서도 또 서로 공명하고 있는데, 각각 미발표작이 하나씩 실려 있다는 점, 그리고 양윤의, 윤경희 등의 해설이 소설을 더욱 아름답게 만든다는 점에서 그렇다.

장편소설들

소설집이 무척 다양하고 활발하게 간행된 것과는 달리 장편의 경우 우선 양적으로 그 수가 많지 않았던 것 같다. 지난 계절에 미처 다루지 못했던 작품 중 하나가 정지돈의 『작은 겁쟁이 겁쟁이 새로운 파티』였는데, 경장편의 분량이라는 점에서도 그렇지만 그간 정지돈이 보여 주었던 특유의 글쓰기와는 조금 다른 소설이어서 흥미롭게 읽었다. 총기 소지가 합법화된 2063년의 한반도라는 설정만으로도 기대되는 스케일이었는데 막상 '짐'의 행로는 사건이 본격적으로 시작되기 직전에 끝나 버린 느낌이다.

물론 이 소설의 제목을 염두에 두면 이 '작은' 이야기의 목적을 이해하지 못할 것은 아니지만 오래 기억하고 다시 꺼내 볼 이야기가 되기 위해 어느 정도의 볼륨은 어쩔 수 없이 필요한 것 같다는 생각이 들었다.

이현수의 『사라진 요일』은 '라론 증후군'이라는 독특한 소재를 통해 스릴러를 형성하는데, 중반까지 팽팽하게 이어져 오던 긴장감이 사태의 실마리가 제시되는 순간 급격하게 떨어진다는 단점을 가지고 있다. 이런 점에서는 정한아의 『친밀한 이방인』을 아무래도 함께 떠올리지 않을 수 없었는데 자신의 삶을 거짓으로만 이어 왔던 '이유미'를 추적하는 과정은 마지막까지 긴장감을 유지하고 있다는 측면에서는 장점을 가지지만 한 사람의 삶을 재구성하는 방식의 서사는 사실 좀 익숙하고, 그것이 '나'와 얼마나 밀접하게 교호하는지를 고민해 보면 특별함이 조금 상쇄되는 것 같다. 어쩔 수 없이 미야베 미유키의 『화차』(문학동네, 2012)를 떠올리지 않을 수 없기도 하다.

배지영의 『안녕, 뜨겁게』는 외계인과 교신하면서 실종된 아내를 찾으려는 '설계자'에 대한 취재를 시작한 '나'가 그를 따라다니면서 자신의 겪었던 '아빠'의 상실을 치유하고 자신을 둘러싼 여러 문제를 소박하게나마 해결하는, 따뜻한 소설이다. 소설에 등장하는 인물들이 생생한 편이고, 소재들도 나름대로 흥미롭지만 결정적으로 설계자인 '배명호'의 사연과 이를 통한 이야기의 마무리가 앞서 일어났던 모든 일들을 단순하게 만들어 버리는 결과를 낳아 버렸다. 각 장의 연결도 썩 매끄러운 편은 아니어서 배치와 구성에서 조금 더 세심하게 고려했더라면 어땠을까 싶다.

주원규의 『나쁜 하나님』은 목사가 되어 고향으로 돌아온 '민규'가 그 지역 사회의 폐쇄적이고 강압적인 권력 체계를 발견하는 과정, 그리고 '신앙'과 '종교'가 이를 어떻게 묵인하고 있는지를 보여 주는 소설이다. 그러나 종교와 믿음에 관한 깊이 있는 사유가 뒤로 밀려나고, 흥미 위주의 사건들로 소설이 전개되고 있고 특히 마지막 장면은 꼭 그 선택이어야 했을지 조금 의문이 든다. 유응오의 『하루코의 봄』도 마찬가지인데, '하루코'라는 매력적인 캐릭터가 결국 뻔한 화류계의 이야기, 또 '조직'이나 '도박'의 세계에서 일어나는 배신과 반목 등 흔한 느와르의 형태로 귀결되어서 도입부에서 느껴졌던 신선함이 금방 휘발되어 버렸다.

김혜진의 『딸에 대하여』는 아마 최근 가장 주목받은 장편소설 중 하나일 것이다. 동성 연인과 엄마의 집에 들어오게 된 '딸에 대하여' 엄마인 '나'가 딸을 끊임없이 설득하고, 또 딸의 다른 이름인 '그린'을 비롯해 그의 연인 '레인'으로부터 설득당하는 과정은, 사회운동가였다가 지금은 요양원에서 삶을 놓아 가는 '젠'을 돌보는 '나'의 일상과 겹쳐 제시된다. 이런 갈등 속에서 강사 해고 반대 투쟁을 펼치는 딸의 상황까지 더해져 이들이 견뎌 내야 하는 삶의 무게는 끝없이 커져만 간다. 엄마의 목소리로 형상화되는 그런 고민들은 때때로 적확하고 날카롭게 뇌리에 박히지만 개인적으로는 너무 인물들을 극단으로 몰고 가는 것이 아닌가 하는, 김혜진 소설에서 자주 느껴 왔던 불만 같은 것도 있었다. 그럼에도 젠의 장례식을 경유하여 이들 가족이 도달하는 결론이 "아득한 내일"을 걱정하는 것이 아니라 "마주 서 있는 오늘"을 견딘다는 것일 때, 여전히 이 작가를 신뢰하지 않을 수 없게 된다.

김솔의 『너도밤나무 바이러스』도 언급해 두어야겠다. 소설가가 꿈꾸는 텍스트 중 하나는 '이야기라는 것'에 대한 강박 없이, 그러니까 개연성이나 핍진성 같은 픽션적인 요소에 대한 의식 없이, 또 그렇다고 해서 이미지와 은유들로 점철되는 '시적인 어떤 것'도 아닌, 그야말로 '꿈의 텍스트'를 만들어 내는 것일 텐데, 김솔의 이번 소설은 그 유력한 도전으로 생각된다. 목차도 없이 42개의 장으로 이루어진 이 소설은, 느슨하게 연결된 듯 보이지만 결국 마지막 장을 덮을 때 이것이 하나의 '꿈'이라는, 그리하여 완결된 총체성을 구현해 보려는 시도로 보이는데 배수아나 김태용, 혹은 한유주 또는 이상우나 양선형, 그리고 정영문과도 달라 보여서 주목할 수밖에 없을 것 같다.

배명훈이 발표한 『고고심령학자』도 살피자. 무엇보다도 고고심령학자라는 소재 자체가 주는 흥미로움을 무시할 수 없을 것 같다. 이 작가가 심어 놓은 여러 디테일이 꽤 정교해서 그것들이 실재하는 것인지를 검색하다가 얼마나 설계에 공을 들였는지를 새삼 알게 되는 것도 일종의 덤이다. 어떻게 보면 서울에 갑자기 나타난 '성벽'의 비밀을 풀어 파국을 막는 고고심령학자의 이야기 자체는 그렇게 매력적이지 않을 수 있다. 그러나 이 사건을 둘러싼, 전혀 관련이 없어 보이던 여러 요소들, 그러니까 코끼리와 아이들의 노래와 장기와 눈과 천문대 같은 것들이 결국 하나의 점으로 수렴될 때, 장편소설에서 반드시 필요한 이야기의 '완결성'을 느끼게 된다. 어떤 독자들은 이 소설에 대해 너무 '많다'고도 할 것 같고, 또 어떤 독자들은 반대로 너무 '단순'하다고 생각할지도 모르겠지만 '모호'하다고 말할 독자는 없을 것 같다. 사건이 해결되지 않은 채로, 혹은 '열린' 채로 끝나 버리는 그 수많은 한국 소설을 떠올리면 이 이야기가 가진 장점이 분명해진다. 그렇지만 아쉬운 점이 없는 것은 아닌데 소설의 주요 인물들이 여성이어서 그런지 조은수, 김은경, 파키노티 이 세 인물이, 각각의 특징에도 불구하고 별로 구별되지 않고 '하나'의 인물같이 느껴진다는 점이다. 그래서 이 소설은 고고심령학적 사건과 그것을 해결하는 고고심령학자들의 이야기로만 기억될 뿐, 이를테면 '조은수'라는 인물의 이야기로는 재구성되지 못하는 것 같다. 이야기의 구조, 그리고 그 세계를 형성하는 문제와 인물의 형상화를 혹시 같은 차원에서 고민했던 것은 아닐까. 한 인물을 만들어 내는 것은 이야기의 세계를 창조하는 것과 흡사하지만 분명히 다른 문제일 것이기 때문이다.

윤고은의 『해적판을 타고』와 최은미의 『아홉 번째 파도』는 소설의 분위기와 톤이 완전히 대조적이지만 방사능 폐기물, 원자력 발전 등의 문제를 공통적으로 다루고 있어서 흥미롭다. 윤고은은 어느 날 정체를 알 수 없는 폐기물이 마당에 묻히는 한 가족의 일상을 아이인 '유나'의 시선으로 조망하고 있다. 유나를 비롯한 세 남매가 너무도 매력적이어서 소설을 읽는 내내 마치 『어린 왕자』를 보고 있는 듯한 느낌이 들었다.(실제로 소설의 중요한 소재이기도 하다.) 이는 곧 이 소설이 우화적 분위기를 형성하고 있다는 방증이기도 할 텐데 그것이 적절한 디테일을 통해 현실적인 공간(잔꽃마을)을 구성하면서 아예 동화나 우화의 차원으로 떨어지지 않도록 하고 있어서 인상적이다. 또한 이 소설의 결론이라 할 수 있을, 방사능 폐기물을 둘러싸고 '비밀'과 '비극'을 오가며 진행되는 '어른들'의 세계에 대해 그것을 놓치지 않고 "똑똑히 보고 듣고 기억해 두"겠다는 유나의 다짐 또한 음미할 만하다.

최은미의 『아홉 번째 파도』를 마지막으로 읽었다. 발간 일정상 자칫하면 이 소설을 빼놓고 이번 계절을 갈무리할 뻔했는데, 그 생각을 하면 아찔할 정도로 올해 읽었던 모든 작품들 중에서 단연 손에 꼽을 만하다. 첫 장편이라는 것이 도저히 믿기지 않을 정도로, 아니 첫 장편이라서 이렇게 쓸 수 있나 싶을 정도로 '척주'라는 공간을 구축하는 솜씨가 탁월하고, 장편에 걸맞은 이야기의 폭과 깊이를 확보하는 능력도 압도적이다. 소설에 등장하는 인물들 하나하나가 각자의 사연을 품고 생생하게 형상화되어 있으며 특히 송인화, 서상화, 윤태진 이 세 인물에 대해서는 각자의 이야기를 다시 쓸 수 있을 정도다. 핵발전소 건립을 둘러싼 지역사회의 갈등과 폐쇄적인 공동체에서 필연적으로 형성될 수밖에 없는 유착 관계, '약왕성도회'와 같은 정체를 알기 힘든 조직, 석회동굴과 35광구의 개발, 그리고 이 모두를 둘러싼 알 수 없는 실종과 죽음 등은 이 소설이 장편이어야 할 이유를 충분히 증명하고 있다. 무엇보다도 그리 길지 않은 묘사로 인물들 간의 '사랑'의 깊이를 순식간에 짐작게 하는 이 작가의 솜씨가 예사롭지 않았다. 윤태진과 송인화, 특히 서상화와 송인화의 사랑이 그려지는 비중은 소설 전체에서 극히 일부에 불과한데, 권여선이 추천사에 쓴

"슬픈 사랑의 대서사시"라는 표현이 전혀 어색하지 않을 만큼, 오히려 더없이 적절하다고 느껴질 정도로 책장을 덮고 나면 이 소설은 서상화를 향한 송인화의 사랑과 그리움으로 깊이 남는다. 의심의 여지없이 이 계절의 베스트다.

《자음과모음》 2017년 겨울호

더 많은 시도와 더 많은 실패, 그리고 전진

2017년 11월부터 2018년 1월까지의 한국 소설

2017년을 지나 2018년에 다다르는 겨울 동안 한국 문단은 정중동(靜中動)의 행보를 보이는 것 같다.[1] 지난 몇 년간 문단을 휩쓸었던 굵직한 이슈들이 소강 상태로 접어들면서 지금의 문단은 그때와 얼마나 달라졌

1 검토한 작품들은 다음과 같다. 정이안, 『스프린터–언더월드』(캐비넷, 2017.10), 이상우, 『warp』(워크룸프레스, 2017.10), 유진목, 『디스옥타비아』(알마, 2017.10), 이종산, 『커스터머』(문학동네, 2017.11), 이진, 『기타 부기 셔플』(광화문글방, 2017.11), 채현선, 『207마일』(강, 2017.11), 배수아, 『뱀과 물』(문학동네, 2017.11), 진연주, 『이 방에 어떤 생이 다녀갔다』(문학실험실, 2017.11), 조남주 외, 『현남 오빠에게』(다산책방, 2017.11), 이선우, 『바람은 불고 싶은 데로 분다』(실천문학사, 2017.11), 김도연, 『누에의 난』(문학의숲, 2017.11), 김종광, 『조선통신사 1–2』(다산책방, 2017.11), 허택, 『대사증후군』(강, 2017.11), 김보현, 『누군가 이름을 부른다면』(은행나무, 2017.12), 백민석, 『교양과 광기의 일기』(한겨레출판, 2017.12), 윤성호, 『룰렛게임』(문학수첩, 2017.12), 황여정, 『알제리의 유령들』(문학동네, 2017.12), 김숨, 『너는 너로 살고 있니』(마음산책, 2017.12), 윤이형, 『설랑』(나무옆의자, 2017.12), 노희준, 『재미있는 일이라면 뭐든지 가르쳐 드립니다 합자회사』(답, 2017.12), 박지리, 『3차 면접에서 돌발 행동을 보인 MAN에 관하여』(사계절, 2017.12), 전경린, 『이마를 비추는, 발목을 물들이는』(문학동네, 2017.12), 오선영, 『모두의 내력』(호밀밭, 2017.12), 김담, 『기울어진 식탁』(책과나무, 2017.12), 김동식, 『회색 인간』 외 2권(요다, 2017.12), 서유미, 『홀딩, 턴』(위즈덤하우스, 2018.1), 김솔, 『보편적 정신』(민음사, 2018.1), 정미경, 『새벽까지 희미하게』(창비, 2018.1), 정미경, 『당신의 아주 먼 섬』(문학동네, 2018.1), 강화길 외, 『우리는 날마다』(걷는사람, 2018.1), 권정희, 『이선동 클린센터』(고즈넉이엔티, 2018.1), 강병융, 『손가락이 간질간질』(한겨레출판, 2018.1).

는지, 또 앞으로 어떻게 달라져 가야 할지 반추하는 자리가 꽤 마련되었고 나름의 의미를 가졌다고 할 수 있겠다. 무엇보다도 '#문단_내_성폭력' 운동이 시작된 지 1년이 지난 시점에서 그 의미와 전망을 다시금 살펴보는 좌담회('우롱 센텐스') 등의 개최는 우리가 아직도 갈 길이 한참 남았음을, 그러나 더 좋은 문학이 얼마든지 가능함을 새삼 깨닫게 되는 계기가 되었다.

페미니즘이라는 거대한 물결은 사회 현실의 차원과 더불어 문학 내부에서도 지대한 영향을 끼치고 있는데, 이 영향력이 정치적 올바름에 대한 강박으로 창작에 있어서 일종의 검열 기제로 작동하게 되는 것이 아니냐는 우려가 있는 것 같다. 물론 그런 것에 아랑곳하지 않고 여전히 혐오와 차별을 전시하는 작품도 있고, 심지어는 명백히 가해자로 판명된 작가가 아무 일도 없었다는 듯 작품 활동을 재개하기도 하지만 대부분의 작가들이 작품의 정치적 올바름이라는, 어쩌면 해묵은 고민이라고도 할 수 있을 문제에 관해 치열하게 싸워 나가고 있는 것은 사실이다. 이에 대해서 정답을 내리기란 불가능한 일일 것이다. 정치적으로 올바른 문학이 반드시 좋은 문학이라고 할 수도 없고 좋은 문학이라는 것도 모두에게 다른 의미일 것이기 때문이다. 그러나 분명한 것은 작품을 구성하는 요소들이 적어도 작품 내에서는 그 의미를 설명해 낼 수 있어야 한다는 점이다. 우리는 이제 비윤리적이고 부도덕한 설정이 등장할 때, 이것이 불가피한 선택이었는지를 꼼꼼하게 따지게 될 것이다. 또 어떤 작품이 그저 정치적 올바름에 대한 강박으로 쓰인 것은 아닌지, 그래서 작품에 모자란 부분은 없는지 정확히 읽어 내려고 노력할 것이다. 이 과정에서 많은 시행착오가 있을 것이고, 어쩌면 좀처럼 의미 있는 작품이 탄생하지 못할지도 모른다. 그러나 조금씩 문학은 새로워질 것이고, 적어도 더 나빠지지는 않을 것이다.

한 해를 정리하는 시기였던 만큼 '이상문학상', '황순원문학상', '현대

문학상' 등 굵직한 수상 작품집들이 출간되었고, 젊은작가상과 문지문학상 역시 수상자를 발표했다. 이 문학상들은 1년간 문예지에 발표된 단편들을 대상으로 하는데, 흥미롭게도 예년과 달리 대부분의 후보작들이 상이한 편이어서 나란히 놓고 읽는 재미가 있는 것 같다. 이상문학상의 경우 대체로 중견급 작가들의 작품이 주목을 받으면서 손홍규의 중편소설 「꿈을 꾸었다고 말했다」가, 황순원문학상과 현대문학상의 경우 대부분 여성 작가들의 작품이 크게 주목을 받는 가운데 각각 이기호의 「한정희와 나」, 김성중의 「상속」이 수상했다. 마치 지난 한 해 한국 소설은 페미니즘이나 퀴어 등 젠더 이슈에 관한 소설이 대다수를 차지했던 것처럼 느껴지지만 실제로는 아주 다양한 주제의, 다채로운 작품들이 어느 해보다 많았던 시기였다는 것을 새삼 느끼게 된다. 물론 그중 높은 성취를 보인 작품들 대부분이 젠더 문제를 깊이 다루고 있다는 점은 부정할 수 없는 사실이다.

테마(적)소설

최근 출간된 단행본들 역시 다채로운 양상을 보인다. 여러 편의 단편소설을 모아 소설집으로 만들거나 일반적인 형태의 장편소설을 발간하는 기존 관행은 이제 거의 사라진 것이 아닌가 생각될 정도로 많은 소설들이 나름의 형식적 고민을 담아 출간되고 있다. 흔히 '테마소설집'이라 불리는, 한 가지 주제를 여러 작가들이 공유해 각각의 작품을 실어 책으로 펴내는 형태는 사실 새로운 것이 아니다. 그러나 그것이 '시의적절'한 주제일 경우 새삼 테마소설집의 장점을 생각하지 않을 수 없는데, 대표적인 것이 『현남 오빠에게』와 『우리는 날마다』이다.

페미니즘이라는 이슈를 일곱 명의 작가가 나름의 방식을 택해 단편소설로 형상화한 『현남 오빠에게』는 상당히 많은 독자가 이미 주목하고 있는 것 같다. 표제작을 쓴 조남주를 비롯해 최은영, 김이설, 최정화, 손보미, 구병모, 김성중 등은 무엇을 쓰더라도 사실 신뢰하고 읽을 수 있는 작가에 속하는데, 이 소설집에서는 특히 여성의 문제에 관해서라면 아직 쓸 말이 한참 남아 있음을 각자의 시선으로 흥미진진하게 보여 주고 있어 주목하지 않을 수 없다. 단순히 여성이 받는 차별과 혐오를 보여 주는 데서 그치지 않고, 그것이 얼마나 미묘하게 또 일상적으로 이루어지고 있는지 여러 상황에서 날카롭게 지적하고 있을 뿐 아니라 이야기의 재미나 서사적 완결성 역시 충분히 확보하고 있다는 점에서 누구에게나 추천할 수 있는 책이다. 혹시 아직도 왜 여성의 문제가 이토록 여기저기에서 이야기되어야 하는지 이해할 수 없다는 독자들이 있다면 '입문용 교과서'로 쥐여 주기에도 손색이 없어 보인다.

『우리는 날마다』의 경우는 '짧아도 괜찮아'의 두 번째 시리즈인데, 최근 소설의 흐름이기도 한 '미니 픽션'을 형식적으로 표방하고 있는 테마 소설집이다. 원고지 80매에서 100매 분량의 전형적인 한국 단편소설의 양식에 익숙한 독자로서는 이 미니 픽션의 분량이 상당히 어색할 수밖에 없는데, 여러 차례 많은 작품들은 읽다 보면 나름의 매력을 알게 되는 것 같기도 하다. 물론 어떤 소설이 좋은 이야기라면 그것의 분량은 중요하지 않다고 말할 수도 있겠다. 하지만 이야기의 길이라는 것은 이야기의 속성과 절대 분리될 수 없는 것이어서, 어떤 소설은 그것이 짧기 때문에 더 설득력을 가질 수도 있다. 특히 한국 소설의 독자들이 늘 불만으로 지적해 왔던 지나치게 사변적이고 불필요한 묘사가 많다는 단점이 이러한 시도로 인해 개선될 여지도 있어 보인다. 어쩌면 한국의 작가들은 40매 분량의 이야기를 억지로 100매로 늘여 왔던 것일 수도 있기 때문이다. 물론 반대로 200매 분량의 이야기를 어쩔 수 없이 줄여야 했을지도 모른다. 그러므로 중요한 것은 작가가 천편일률적인 단편소설의 형식에서 탈피해 이야기에 걸맞은 옷을 입을 수 있게 하는 지면일 텐데, 그런 점에서도 이 시리즈의 시도는 의의가 있다.

김동식이라는 새로운 작가의 출현도 이런 바탕에서 가능했던 것 같다. 인터넷 게시판에 독특한 상상력과 필력을 발휘해 짧은 이야기를 써 올리던 직장인이 『회색 인간』, 『13일의 김남우』, 『세상에서 가장 약한 요괴』 등 세 권의 소설집을 가지고 문단에 등장했다. 대체로 짧은 소설들이고, 아이디어 위주의 단상이기는 하지만 흡인력이 있는 편이다. 무척 다양한 소재를 나름의 통찰력으로 이토록 꾸준히 써낼 수 있다는 것은 분명한 재능이다. 그러므로 이 작가에게 더 크고 깊이 있는 이야기를 요구하기보다 일주일에 한두 편씩 짧은 이야기를 써 나가는 이런 방식의 글쓰기를 끝까지 밀고 나가기를 기대하는 편이 좋을 것 같다. 한 사람의 내면에서 얼마나 많은 이야기가 쏟아질 수 있는지 궁금해할 사람이 나뿐만은 아닐 것이기 때문이다.

개인적인 테마를 갖고 새로운 방식의 글쓰기를 시도한 경우도 있었는데, 정이현의 '이야기+산문', 김숨의 '그림과 편지 소설', 유진목의 '시와 그림으로 쓴 산문' 등을 대체로 흥미롭게 읽었다. 소설의 내용은 차치하고 이러한 형식적 시도에 대해서 조금은 비판적으로 바라보자면, 김숨의 『너는 너로 살고 있니』의 경우 서술의 기법이 간병인인 '나'가 자신이 돌보는 노인 '당신'에게 띄우는 '편지'의 형식을 띠고 있는데, 흔히 편지 소설이라고 했을 때 상정하게 되는 발신-수신의 형태와는 달리 '나'의 일방적인 서술로만 이루어져 있어 '편지 소설'이라고 이름을 붙일 수 있을지 고민스럽고, 소설에 실려 있는 삽화가 이 이야기를 더 풍성하게 읽히도록 하는지도 좀 의아하다. 소설의 형식적인 측면에서 이 기획이 성공적이라는 생각이 들지 않는 것은 정이현의 『우리가 녹는 온도』 역시 마찬가지다. 각각의 짧은 소설들에 작가가 '나는'으로 시작하는 산문을 일일이 덧붙이는 방식이 오히려 풍부한 독서를 방해하는 것 같고, 소설이라기보다 한

편의 에세이를 읽는다는 느낌이 강하게 들어서 픽션의 매력을, 더군다나 정이현의 소설을 기대했던 독자라면 특히 좀 아쉬울 듯하다. 그에 비하면 유진목의 『디스옥타비아』는 형식 면에서 무척 인상적이다. 이 소설은 제목이 보여 주듯 옥타비아 버틀러를 전유하면서 스스로의 미래를 디스토피아라고 할 수 있을 2059년까지로 설정한 뒤 그곳에서 죽음을 앞둔 '나'의 내면을 일기 형식으로 약 두 달간에 걸쳐 쓴 것이다. 그 기록을 역순으로 읽어 나가면 우리는 이 시대를 살다 간 '나'와 '그'를 만나게 되는데 암흑 속에서도 섬광 같은 사랑을 했던, 그리고 사무치게 그리워할 '과거'를 살아갔던 쓸쓸하고 외롭던 영혼들을 마주한다. 무척 인상적으로 그려진 삽화는 적절하게 소설을 감싸면서 '죽음'의 분위기를 형성한다. 책장을 앞으로 넘기면서 다시 읽어도 좋을 정도로 아주 드물게 실험적인 소설의 형식과 내용이 조우한 결과라고 볼 수 있겠다.

자연스럽게 백민석의 『교양과 광기의 일기』를 언급하지 않을 수 없다. 이 소설은 9월 28일 일본 도쿄에서 출발해 쿠바 아바나에서 약 3개월간 머물다가 12월 23일 미국 라스베이거스로 돌아오게 되는 '일기' 형식이다. 같은 날 두 가지 인격의 '나'가 동시에 일기를 쓰는데 시간이 지날수록 '교양'의 '나'와 '광기'의 '나'가 점점 별로 구분되지 않는다는 점이 독특하게 읽혔다. 아쉬운 점은 이 교차되는 서술 방식의 틀이 두 자아의 대립 구도를 보여 주기에 적절했던 만큼 또 그 틀 안에 소설이 갇혀 버린 것 같다는 점이다. 사실상 소설 속의 '나'는 백민석이고, 이 작가의 사진 에세이 『아바나의 시민들』(작가정신, 2017)을 미리 읽었던 탓이 새로운 흥미를 불러일으키기 어려웠던 점일지도 모르겠다.

SF(적)소설

이번 계절에는 SF소설을 놓치지 않고 읽어 보려 애를 썼다. 또 마침 기왕에 따라 읽던 작가들의 신작도 SF 작품이 많아 함께 다루면 좋겠다 싶었다. 우선 박지리의 『3차 면접에서 돌발 행동을 보인 MAN에 관하여』의 경우 확실히 이 작가가 범상하지 않은 문제의식과 소설적 재능을 가지고 있음을 다시 알게 되었다. 이제 더 신작을 발표할 수 없는 이 작가에 대해서는 『다윈 영의 악의 기원』(사계절, 2016)을 포함하여 더 많은 말을 할 자리가 필요해 보인다.

정이안의 『스프린터-언더월드』도 흥미롭게 읽은 편이었다. 서울 남산 아래 지하 세계를 설정하고 그곳에서 일어나는 비밀스러운 실험이 재앙으로 발발하는 과정, 그리고 이 세계를 지키기 위한 주인공 '단'의 선택 등이 설득력이 있었다. 특히 스프린터라는 설정이 신선하고 매력적이었다. 그러나 이 전대미문의 '테러' 앞에서 인물들의 선택은 너무 '인간적'인 것이 아닐지, 청소년들의 우정과 사랑만으로 감당하기에는 너무 큰 부담이 아닌지 의아한 점도 없지는 않았다. 3부작으로 기획하고 있다고 하니 후속작을 기다려 봐야 할 것 같다.

권정희의 『이선동 클린센터』는 대한민국 스토리공모대전 최우수상 수상 작품이다. 기본적으로 이른바 원 소스 멀티 유즈를 목적으로 한 공모전임을 전제하더라도 이 이야기가 얼마나 2차 창작에 적합한지, 또 다양한 매체에 접목 가능한 이야기인지 갸우뚱하게 된다. 시체 청소라든가 유품 관리, 또 귀신을 보는 인물 등은 익숙한 소재여서 주인공 이선동의 매력이 그리 크지 않은 데다가 그가 사실상 '탐정'으로 활약하는 소설의 전개가 특별히 흥미롭지 않다. 주인공의 사연을 따라가기보다 이선동 클린센터가 해결하는 각각의 사건들을 에피소드 형식으로 구성했더라면 어땠을까 하는 생각이 들지만, 이 이야기가 여타의 비슷한 소재를 가진 여러 이야기들보다 어떤 점에서 더 매력적일지는 의문이다.

강병융의 『손가락이 간질간질』도 특별한 매력을 느끼지 못했다. 왼손 가운뎃손가락에 세 번째 눈이 생긴 고교 야구 선수 '나'를 등장시키면서 전개되는 이 소설은 강병융 특유의 패러디가 곳곳에 등장하지만 대체로 말랑말랑한 청소년 소설로 읽힌다. 문제는 이 소설이 '재미'가 없다는 것인데, '주제 사라마구'나 '언니네 이발관' 정도로 해결될 수 있는 수준이 아닌 것 같다.

윤이형의 『설랑』은 이 작가의 팬이라면 절대 놓쳐서는 안 되는 소설이다. 서로가 서로의 팬이었던 두 작가가 만나 사랑에 빠진다는 내용인데, "늑대인간"이 되는 꿈을 꾸는 '서영'과 "하줄라프"를 쓴 '소운'은 사실 윤이형의 분신이라고 봐야 할 것 같다. 여기에 한국 문단의 디테일이 더해지고, 장르와 순문학의 경계에 있는 작가의 초상마저 등장하면 이 소설은 거의 자전소설에 가까워진다. 그러므로 서영과 소운의 사랑과는 별개로 소설이란 무엇인지, 소설가란 어떤 사람인지에 관해 이 소설은 꽤 많은 정보를 주는데, 이를 통해 윤이형이라는 작가에 대해 우리가 많은 것을 알게 될 뿐만 아니라 이 작가가 이 소설을 아주 즐겁게 썼으리라는 예측도 충분히 가능하다. 윤이형이 최근 써 왔던 작품들이 너무나도 예민한, 촉수가 특정한 방향으로 가 있는 빽빽한 소설이었음을 상기하면 드디어 조금은 그 부담을 내려놓은 게 아닌가 생각된다.

이종산의 『커스터머』는 발간 후 꽤 많은 주목을 받았다. 신체를 완전히 개조할 수 있는 '커스텀'이라는 설정은 소수자의 문제와 이어질 수밖에 없고, 그가 주조해 낸 멸망 이후의 세계와 자연스럽게 이어져 훌륭한 SF소설이면서 동시에 아름다운 퀴어 문학이 되었다. '수니'와 '안'의 로맨스가 이 서사의 주를 이루지만 사실 더 중요한 문제는 인간에게 '주어진 것'과 '선택할 수 있는 것'의 차이에 있다. 그것은 운명의 문제이기도 하고, 인간이라는 종이 가진 신체·정신적 한계일 수도 있다. 이 작가는 그것을 완전히 극단으로 밀어붙여서 '정상/비정상'의 경계를 아예 없애 버렸다. 그러면서 여전히 계급의식과 '신'의 문제 같은 것이 인간에게 남아 있음을 보여 주면서 지금 우리가 당면한 문제를 다시금 고민하게 만든다. '수니'가 '지느러미'가 아닌 '날개'를 선택하는 마지막 장면은 그 어떤 성장소설보다도 감동적으로 읽히는데, 이 커스터머의 세계가 어디까지 이어질지 자못 궁금하다.

전위(적)소설

최근 한국 소설의 한 가지 흐름, 텍스트를 끝까지 붙들고 늘어지면서 픽션 그 자체와의 투쟁을 지속하는 일군의 작가들이 주목할 만한 소설들을 출간했다. 배수아의 『뱀과 물』을 가장 먼저 언급하지 않을 수 없다. 최근 몇 년간 발표한 작품들을 그저 모아 두었을 뿐인데, 이 소설집은 2017년의 가장 중요한 책으로 남게 될 것 같다. 이 소설들은 모두가 모호하고 몽환적이며, 꿈과 환상의 텍스트에 가깝지만 그 세계 자체로는 완벽하게 자족적이다. 기차를 타고 낯선 세계에 당도한 인물이 꿈과 현실, 신화와 전설 속에서 마주하는 사건들은 단지 이국적인 것이 아니라 '이계적(異界的)'이다. 이 완전히 새로운 체험 속에서 우리는 각자의 언어로 서로 만난다.

이상우의 『warp』는 어떨까. 이 소설에 대해서 무슨 말을 할 수 있을지 고민이기는 하지만, 소설의 기획이 "입장들"이라는 점을 고려하면, 그리고 앞으로 정영문, 배수아, 정지돈, 한유주 등의 작가가 참여할 예정이라는 것을 고려할 때 이 소설은 곧 이상우의 문학적 태도라 할 수 있을 것이다. 자유분방함이라는 수식 정도로는 설명되지 않는, 한 페이지도 쉽게 읽기가 어려운 이 소설은 읽어 나가다 보면 의외로 그저 이 작가가 이동하는 대로 따라가기만 하면 된다는 것을 알게 된다. 인물을 따라가는 것이 아니라 공간을 따라 옮겨 가는 이 여정은 뒤를 돌아볼 필요 없이 당면한 언어들과 싸우면서 그냥 모호한 상태로 페이지를 넘기는 행위로 귀결된다. "warp"이라는 것이 어차피 그런 의미가 아닐까.

진연주의 연작소설『이 방에 어떤 생이 다녀갔다』역시 흥미롭게 읽었다. 이 소설집에 실린 다섯 편의 작품이 원래부터 연작이었는지는 잘 모르겠다. 발표하던 당시에는 별로 공통점을 찾을 수 없었기 때문이다. 그러나 모아 놓고 보니 소설 속 인물들은 다들 묘하게 닮아 있고, 그들은 좀처럼 방을 벗어나지 않는다. 그리고 '나'는 검고, 눈멀었으며, 허공에 있는 방에 유폐되어 절대로 '나'를 볼 수 없는 채로 존재한다. 그 인식이 작가 특유의 문장과 만나 고립의 감각을 반복하는데, 그것은 고통과 슬픔을 넘어선 무(無)의 세계여서 아득하고 막막하게 느껴진다.

김솔의『보편적 정신』도 주목할 만한 작품이다. 어쩌면 김솔이 최근 몇 년간 지속해 온 작업의 완성형이라고도 볼 수 있을 텐데, 붉은 페인트를 둘러싼 '회사'의 이야기, 라고 요약할 수도 있겠지만, 사실은 모든 인간적 구획(국가, 민족, 가족 등)을 넘어서는 '자본주의'에 관한 이야기라고 봐야 할 것이다. 철저히 자본주의 시스템의 시선으로 세계를 바라보고 자기만의 방식으로 서사화해 나가고 있는 김솔의 작업은 비교 대상을 찾기 어려울 정도로 독보적이다. "자본주의 사회를 유지하는 혈액과 영양분은 당연히 '거래할 수 있는(tradable)' 상품이며, 그것과 관련된 제도와 생산자와 소비자까지도 상품으로 간주된다."(43쪽)는 인식을 이토록 폭넓은 시각에서 '오래된 이야기의 세계'와 연결하는 방식은 이제 거의 김솔의 시그니처가 되었다.

베스트(들)

정미경 작가가 작고한 지 어느덧 1주기가 지났다. 그 시기에 맞추어 두 권의 책이 출간되었는데, 하나는 유고 상태로 남아 있던 장편 『당신의 아주 먼 섬』이고 다른 하나는 소설집 『새벽까지 희미하게』이다. 전자의 경우 사실 특별히 덧붙일 말이 없다. 생전의 작가였다면 충분히 시간을 갖고 수정을 거쳤겠지만 이제 더 정리할 수도 없는 원고가 되었고, 이대로라면 완성도 있는 작품이라고 보기 어려울 것 같다. 그러나 후자에 관해서라면 다시 읽으면서도 놀랄 만큼 대단한 작품들이라고 말할 수밖에 없을 것이다. 특히 단편 「못」과 「새벽까지 희미하게」는 작가가 생전 발표한 마지막 작품들인데, 이 작가가 절정에 달해 있었다고 생각될 정도로 완벽하게 직조된 소설이다. 인물을 형상화하는 것에서부터 반드시 필요한 사건들만 제시하고 적재적소에서 묘사와 서술을 배치하는 방식까지. 이 소설들은 고통과 상처, 외로움과 그리움, 떠나가 버린 것에 대한 미련과 아쉬움, 삶이라는 비극과 아이러니에 대한 훌륭한 레퍼런스이기도 하지만 단편소설이라는 형식에 있어서도 교과서적이다. 오래 곁에 두고 참고해야 할 소설이다.

전경린의 『이마를 비추는, 발목을 물들이는』도 대단한 작품이다. 나로서는 이 소설을 쓸 때 이 작가가 얼마나 쓸쓸하고 아팠을지 짐작도 가지 않는다. 좋은 장편소설이 늘 그렇듯 '나'의 현재와 과거, 그리고 또 다른 이야기가 겹쳐 흐르면서 삶의 새로운 국면으로 서서히 접어드는 전개가 무척 자연스러웠다. 특히 유년기의 기억들이 '종려할매'를 중심으로 묘사되는 부분이나, '나'를 둘러싼 여러 인물들이 누구 하나 평범하지 않다는 점이 인상적이었다. 무엇보다도 이 소설은 소설이라는 장르가 '성인'의 것임을 보여 준다. 삶이 결코 뜻대로 되지 않는다는 것을 체화해 버린 누군가에게 이 소설은 무척 아프지만, 또 위로가 될 것이다. 그리고 한때나마 문학에 가슴 떨렸던 누군가라면 이 소설이 그때의 감각을 일깨워 줄지도 모른다.

마지막으로 황여정의 『알제리의 유령들』을 꼽는다. 제23회 문학동네소설상 수상작이기도 한 이 소설은 채 200쪽이 되지 않는, 장편소설 치고는 짧은 분량이다. 그러나 이 소설에 담긴 이야기는 무척 넓고 깊다. 1980년대를 경유하는 시대적 배경이나 마르크스의 희곡이 언급되는 알제리와 같은 공간을 두고 하는 말이 아니다. 이 소설에 등장하는 여러 인물, 특히 '율', '철수', '오수'로부터 아직 말해지지 않은 이야기가 무수하기 때문이다. 그리고 어쩌면 그 이야기들은 우리 모두가 알고 있거나 이미 잘 알려진 것일지도 모른다. 그래서 이 작가는 쓰지 않는 것을 택했고 역설적이게도 결국 그 공백이 소설을 풍요롭게 만들었다. 그러니까 소설이란 이런 것일지도 모른다. 꼭 써야 할 것 같지만 굳이 쓰지 않아도 되는 이야기와 굳이 쓰지 않아도 되는 이야기를 기어코 써넣는 행위가 늘 싸우는. 그렇게 보면 이야기란 결국 무엇을 더하고, 무엇을 뺄 것인지 외에는 아무것도 없는 게 아닐까. 그런 의미에서 『알제리의 유령들』은 철저하게 계산적인 이야기고, 그래서 완벽하게 '소설'이다.

《자음과모음》 2018년 봄호

2010년대 한국 소설 리스트.xlsx

2010년대의 끝자락이니 그냥 지나칠 수는 없을 것 같다. 다소 개인적으로 지난 십 년을 돌아보게 되는데, 나는 2010년에 국어국문학과의 현대문학 전공 대학원에 입학했고, 2013년부터 비평 활동을 시작해 지금에 이르렀다. 아마 2010년대를 이삼십 대로 보낸 한국문학의 독자라면 대체로 그럴 테지만, 2010년대의 한국문학, 특히 소설은 내 독서 목록의 대부분을 차지하며 알게 모르게 많은 영향을 주었을 것이다. 언젠가부터 직업적인(?) 독서 비슷하게 되어 버려서 순수(?) 독서의 즐거움은 다소 잃어버렸지만 여전히 한국 소설을 읽는 것은 내가 가장 좋아하는 일이다.

2010년대의 한국 소설(물론 이른바 순문학에 한정해서) 단행본은 거의 내 책장에 꽂혀 있다. 마감을 앞두고 오로지 그 마감만을 제외한 모든 호기심과 의욕이 폭증한 나는 2010년 1월부터 현재까지 발간된 한국 소설 단행본을, 도서관 및 인터넷 서점의 도움을 받아 가면서 엑셀로 정리해 봤다. 약 700권 정도 되는 것 같다. 각종 앤솔러지와 문학상 수상 모음집 등을 제외하고 주요 제도권 문학만을 대상으로 한 결과다. 여기저기 꽂혀 있기는 하지만 700권을 다 읽었다는 건 말도 안되고, 목록을 정리하면서 분명히 읽었는데 말 그대로 백지처럼, 내용이 하나도 기억이 나지 않는 소설도 꽤 있었다. 그럼 대체 이 책들은 다 뭘까, 내가 사고 모으며 읽고 정리했던 이것들은 무슨 의미가 있을까, 생각도 하게 됐다.

2000년대 문학을 떠올리면 여러 작가들의 이름과 작품들이 자연스럽게 떠오르고, 다분히 개인적인 기준에서 박민규와 김애란을 양쪽에 세워 두고 그 시대를 가늠하게 되는데 오히려 2010년대는 도무지 갈피가 잡히지 않는다. 너무 많은 변화가 있었던 것이 사실이기도 하다. 특히 2010년대 후반, 표절 사태 촉발과 '문단 내 성폭력'을 거쳐 '문학계 미투'로 이어지는 페미니즘 리부트의 과정에서 한국문학계는 전례 없는 수준의 변화를 겪었고, 이럴 때 10년 단위의 회고와 정리가 큰 의미를 갖기 어렵다는 생각도 든다.

하지만 아무래도 그냥 넘어갈 수는 없고, 나는 다시 엑셀 파일을 들여다보았다. 2010년대를 누구보다 성실하게 보낸 작가들이 꽤 눈에 띄었다. 구병모, 구효서, 권여선, 기준영, 김경욱, 김금희, 김도연, 김려령, 김사과, 김선재, 김솔, 김숨, 김영하, 김이설, 김인숙, 김중혁, 김태용, 박솔뫼, 배명훈, 배수아, 백가흠, 백민석, 성석제, 손보미, 안보윤, 염승숙, 윤고은, 윤성희, 윤이형, 은희경, 이기호, 이승우, 이장욱, 임철우, 장강명, 전경린, 정미경, 정세랑, 정유정, 정용준, 조남주, 조해진, 주원규, 천명관, 최민석, 최수철, 최은미, 최정화, 최제훈, 최진영, 편혜영, 한강, 황석영, 황정은 등.

이렇게 정렬하고 나서야 왜 2010년대의 한국 소설이 그토록 정보량이 가득 차 있는데도 나에게 막막하게 느껴졌는지 조금 알게 되었다. 지금 언급한 작가들은 대체로 5권 내외의 단행본을 꾸준히 발간하고 나름대로 주목을 받으며 2010년대를 보낸 작가들이다. 그러니 여기에 양적으로 적지만 영향력은 무척 컸던 작가들, 최근 활발하게 활동하면서 독자와 문단의 호응을 얻는 많은 작가들은 또 빠져 있는 셈이다. 이를 고려하면 '2010년대를 대표하는 한국 작가'는 못해도 70명쯤은 되지 않을까. 기억을 한 번 더듬어 보자. 물론 완전히 개인적인 취향과 선호를 반영한 회고

이며, 말 그대로 리스트만 정리한다는 생각이다.

2010년

최진영이 『당신 옆을 스쳐간 그 소녀의 이름은』(한겨레출판)으로 제 15회 한겨레문학상을 받는다. 배명훈이 『안녕, 인공존재!』(북하우스)로 문단에 나왔으며 최제훈이 『퀴르발 남작의 성』(문학과지성사)과 『일곱 개의 고양이 눈』(자음과모음)을 연달아 발표한다. 박민규의 『더블』(창비)은 이 작가의 2010년대 마지막 단행본이 되었으며, 황석영의 『강남몽』(창비), 신경숙의 『어디선가 나를 찾는 전화벨이 울리고』(문학동네), 한강의 『바람이 분다, 가라』(문학과지성사)도 이해에 출간되었다. 천명관의 『고령화 가족』(문학동네), 김언수의 『설계자들』(문학동네), 그리고 박범신의 『은교』(문학동네)도 2010년의 작품들이다. 김사과의 『영이 02』(창비), 권여선의 『내 정원의 붉은 열매』(문학동네), 배수아의 『올빼미의 없음』(창비), 이장욱의 『고백의 제왕』(창비), 윤고은의 『1인용 식탁』(문학과지성사) 등의 소설집도 그해였다. 그리고 무엇보다도, 황정은의 『백의 그림자』(민음사)가 나온 해였다.

2011년

정유정의 『7년의 밤』(은행나무)이 독자를 매혹시켰다. 정용준이 『가나』(문학과지성사)로, 정세랑이 『덧니가 보고 싶어』(난다)로, 김성중이 『개그맨』(문학과지성사)으로, 장강명이 『표백』(한겨레문학)으로 작품 활동을 시작했다. 편혜영의 『저녁의 구애』(문학과지성사), 조해진의 『로기완을 만났다』(창비), 천운영의 『생강』(창비), 김애란의 첫 장편 『두근두근 내 인생』(창비)이 나온 것도, 정영문의 『어떤 작위의 세계』(문학과지성사)가 문학상을 휩쓴 것도 이해였다.

2012년

김연수가 『원더보이』(문학동네), 『파도가 바다의 일이라면』(자음과모음)를 썼고, 김영하도 『너의 목소리가 들려』(문학동네)를 발표했다. 은희경의 『태연한 인생』(창비), 권여선의 『레가토』(창비)와 같은 장편도, 아주 오래 기억될 두 소설집, 황정은의 『파씨의 입문』(창비), 김애란의 『비행운』(문학과지성사)이 발간된 것도 이해였다.

2013년

최은미의 『너무 아름다운 꿈』(문학동네), 최진영의 『팽이』(창비), 기준영의 『연애소설』(문학동네), 손보미의 『그들에게 린디합을』(문학동네)이 발간되었다. 모두 이 작가들의 첫 소설집이었다. 이기호의 『김 박사는 누구인가?』(문학과지성사), 조경란의 『일요일의 철학』(창비), 권여선의 『비자나무 숲』(문학과지성사), 정미경의 『프랑스식 세탁소』(창비), 김연수의 『사월의 미, 칠월의 솔』(문학동네) 등 다양한 중견 작가의 소설집도 발간되었으며, 박솔뫼의 『백 행을 쓰고 싶다』(문학과지성사), 구병모의 『파과』(자음과모음), 정이현의 『안녕, 내 모든 것』(창비), 김영하의 『살인자의 기억법』(문학동네), 김경욱의 『야구란 무엇인가』(문학동네), 김사과의 『천국에서』(창비), 황정은의 『야만적인 앨리스씨』(문학동네), 이장욱의 『천국보다 낯선』(민음사) 등의 장편이 쏟아진 것도 이해였다. 그리고 백민석이 『혀끝의 남자』(문학과지성사)로 복귀했다.

2014년

백수린이 『폴링 인 폴』(문학동네)로, 김금희가 『센티멘털도 하루 이틀』(창비)로, 김솔이 『암스테르담 가라지세일 두 번째』(문학과지성사)로, 김희선이 『라면의 황제』(자음과모음)로, 박민정이 『유령이 신체를 얻을 때』(민음사)로 첫 소설집을 내며 등장했다. 황정은은 『계속해보겠습니다』

(창비)를 냈고, 이기호는 『차남들의 세계사』(민음사)를 냈으며, 김혜진이 『중앙역』(웅진지식하우스)으로 제5회 중앙장편문학상을 수상했다. 그리고 한강이 그해 5월 『소년이 온다』(창비)를 발표했다.

2015년

장강명의 『한국이 싫어서』(민음사), 『그믐, 또는 당신이 세계를 기억하는 방식』(문학동네), 『댓글부대』(은행나무)가 잇따라 출간되었다. 김성중의 『국경시장』(문학동네), 구병모의 『그것이 나만은 아니기를』(문학과지성사), 이장욱의 『기린이 아닌 모든 것』(문학과지성사), 최은미의 『목련정전』(문학과지성사), 이상우의 『프리즘』(문학동네), 오한기의 『의인법』(현대문학) 등은 주목할 만한 소설집이었다. 신경숙 작가의 표절 사태가 터지기도 했지만 전반적으로는 눈에 띄는 작품이 적은 해였다. 하지만 임솔아의 『최선의 삶』(문학동네), 정세랑의 『보건교사 안은영』(민음사)이 이해에 나왔다.

2016년

기다렸다는 듯이 좋은 작품들이 쏟아져 나왔다. 특히 소설집의 경우 윤이형의 『러브 레플리카』(문학동네), 권여선의 『안녕 주정뱅이』(창비), 김금희의 『너무 한낮의 연애』(문학동네), 정지돈의 『내가 싸우듯이』(문학과지성사), 최은영의 『쇼코의 미소』(문학동네), 백수린의 『참담한 빛』(창비), 정이현의 『상냥한 폭력의 시대』(문학과지성사), 황정은의 『아무도 아닌』(문학동네), 강화길의 『괜찮은 사람』(문학동네) 등에 오래 기억될 작품들이 많다. 편혜영의 『홀』(문학과지성사), 정유정의 『종의 기원』(은행나무), 정세랑의 『피프티 피플』(창비) 같은 장편도 발표되었다. 별로 주목을 받지는 못했지만 숨은 명작(?)도 많은 편인데, 임성순의 『자기 개발의 정석』(민음사), 박솔뫼의 『머리부터 천천히』(문학과지성사), 김언수의 『뜨거운 피』(문학동네), 김중혁의 『나는 농담이다』(민음사), 이은희의 『1004번의 파르티타』(문학동네), 백민석의 『공포의 세기』(문학과지성사) 등이 그렇다. 무엇보다도 이해에는 '문단 내 성폭력' 고발이 이어졌고, 문학에서도 페미니즘 리부트가 본격적으로 시작됐다. 조남주의 『82년생 김지영』(민음사)이 10월에 출간되었다.

2017년

윤해서가 『코러스크로노스』(문학과지성사)로, 정영수가 『애호가들』(창비)로, 김효나가 『2인용 독백』(문학실험실)으로, 이주란이 『모두 다른 아버지』(민음사)로 최영건이 『공기 도미노』(민음사)로 첫 책을 냈다. 조해진의 『빛의 호위』(창비), 김영하의 『오직 두 사람』(문학동네), 김애란의 『바깥은 여름』(문학동네), 박민정의 『아내들의 학교』(문학동네), 김사과의 『더 나쁜 쪽으로』(문학동네), 박솔뫼의 『겨울의 눈빛』(문학과지성사), 배수아의 『뱀과 물』(문학동네)도 이해에 나왔다. 손원평의 『아몬드』(창비), 김희선의 『무한의 책』(현대문학), 손보미의 『디어 랄프 로렌』(문학동네), 최진영의 『해가 지는 곳으로』(민음사), 배명훈의 『고고심령학자』(북하우스), 김혜진의 『딸에 대하여』(민음사), 윤고은의 『해적판을 타고』(문학과지성사), 이종산의 『커스터머』(문학동네), 최은미의 『아홉 번째 파도』(문학동네), 황여정의 『알제리의 유령들』(문학동네), 전경린의 『이마를 비추는, 발목을 물들이는』(문학동네) 등의 좋은 장편들이 발간된 해이기도 하다.

2018년

정미경 작가의 마지막 책 두 권, 『새벽까지 희미하게』(창비), 『당신의 아주 먼 섬』(문학동네)이 나왔다. 박형서가 『당신의 노후』(현대문학)와 『낭만주의』(문학동네)를, 김금희가 『경애의 마음』(창비)과 『나의 사랑, 매기』(현대문학)를, 구병모 작가는 『네 이웃의 식탁』(민음사)과 『단 하나의 문장』(문학동네)을 냈다. 이기호의 『누구에게나 친절한 교회 오빠 강민호』(문학동네), 조경란의 『언젠가 떠내려가는 집에서』(문학과지성사), 한강의 『흰』(문학동네), 김태용의 『음악 이전의 책』(문학실험실), 정영문 『강물에 떠내려가는 7인의 사무라이』(워크룸프레스), 윤성희의 『첫 문장』(현대문학) 등 중견작가의 작품도 꾸준히 나왔다. 하지만 젊은 작가들이 어느 때보다 주목을 받은 해이기도 했는데, 천희란의 『영의 기원』(현대문학), 최정화의 『모든 것을 제자리에』(문학동네), 김봉곤의 『여름, 스피드』(문학동네), 최은영의 『내게 무해한 사람』(문학동네), 오한기의 『나는 자급자족한다』(현대문학), 양선형의 『감상 소설』(문학과지성사), 손보미의 『우아한 밤과 고양이들』(문학과지성사), 박상영의 『알려지지 않은 예술가의 눈물과 자이툰 파스타』(문학동네), 우다영의 『밤의 징조와 연인들』(민음사), 정세랑의 『옥상에서 만나요』(창비) 등을 꼽을 수 있겠다.

아직 한 달이 남긴 했고, 못 읽은 책도 좀 있어서 올해의 리스트는 좀 불완전하다. 첫 책이 나온 작가들이 꽤 있다. 한정현의 『줄리아나 도쿄』(스위밍꿀), 김세희의 『가만한 나날』(민음사)과 『항구의 사랑』(민음사), 송지현의 『이를테면 에필로그의 방식으로』(문학과지성사), 김초엽의 『우리가 빛의 속도로 갈 수 없다면』(허블), 임승훈의 『지구에서의 내 삶은 형편없었다』(문학동네), 조우리의 『라스트러브』(창비), 장류진의 『일의 기쁨과 슬픔』(창비) 등이다. 중견 작가들도 신작을 많이 냈다. 권여선의 『레몬』(창비), 조해진의 『단순한 진심』(민음사), 윤이형의 『작은마음동호회』(문학동네), 한유주의 『연대기』(문학과지성사), 은희경의 『빛의 과거』(문학과지성사), 공선옥의 『은주의 영화』(창비), 배수아의 『멀리 있다 우루는 늦을 것이다』(워크룸프레스), 이장욱의 『에이프릴 마치의 사랑』(문학동네), 윤성희의 『상냥한 사람』(창비) 등이 눈에 띈다. 백수린의 『친애하는, 친애하는』(현대문학), 정지돈의 『우리는 다른 사람들의 기억에서 살 것이다』(워크룸프레스), 임솔아의 『눈과 사람과 눈사람』(문학동네), 김금희의 『오직 한 사람의 차지』(문학동네), 정소현의 『품위 있는 삶』(창비), 최진영의 『겨울방학』(민음사), 『이제야 언니에게』(창비) 등의 작품도 발간되었다. 황정은의 『디디의 우산』(창비), 박상영의 『대도시의 사랑법』(창비), 이주란의 『한 사람을 위한 마음』(문학동네)은 2010년대의 끝자락에 한국 소설이 도달한 풍경이라도 봐도 좋을 것이다.

《자음과모음》 2019년 겨울호

4부

누군가가 누군가를 만나는 것

소설이 감당해야 하는 일

황정은, 『야만적인 앨리스씨』

지금, 한국문학에서 가장 주목받는 작가를 한 명만 꼽으라면 조금 망설이는 척하다가 황정은이라는 이름을 꺼내야 할 것 같다. 2005년부터 소설을 쓰기 시작한 그는, 채 십 년이 되지 않는 사이에 두 권의 소설집과 두 권의 장편소설을 발표했다. 다작도 과작도 아닌 작가의 이력을 굳이 상기시키는 것은 『야만적인 앨리스씨』(문학동네, 2013)라는 근작이 자리한 위치를 지적하기 위함이다. 이 소설을 읽는다면 황정은의 전작들, 특히 『파씨의 입문』과 모티프, 주제의식 같은 것을 상당히 공유하고 있음을 어렵지 않게 알 수 있을 것이다. 그리고 그것들이 하나의 이야기 아래 모였을 때 얼마나 큰 울림을 주는지도 알 수 있을 것이다. 『야만적인 앨리스씨』는 황정은의 버전 2.0이라고 부를 수 있을, 일종의 완전판이기 때문이다.

처음의 황정은은 곧잘 '환상'이라는 키워드로 연결되는 작가였다. 그것은 더할 나위 없이 적확한 지적인 것처럼 보였고, 이 작가도 좀체 그것을 포기할 생각이 없어 보였다. 그러나 지금의 황정은에게 환상성의 프리즘을 가져다 대면 보이는 색깔이 별로 없을 것이다. 그녀가 천착하고 있는 것은 자신이 발 디디고 있는 현실이기 때문이다. 아니, 보다 정확히 말하자면 처음부터 황정은은 현실을 벗어난 적이 없었다. 그저 방향이 달랐던 것이다. 이제 이 작가는 환상에 서서 현실을 보는 것이 아니라 현실에 서서 환상을 보고 있다.(이는 『야만적인 앨리스씨』 이후 발표한 작품들에서 더욱 두드러진다.) 이 기저에 지금 여기의 현실은 그것 자체로 환상이라는 것, 그렇지 않고는 견뎌내기 어려울 만큼 이 세계가 잘못되어 있다는 것, 끝이 분명한 고통을 어떻게 감당해야 할 것인가에 관한 사유가 깔려 있음은 물론이다.

> 앨리시어는 꿈을 꾼다. 과거의 앨리시어와 현재의 앨리시어, 수면의 바로 위와 바로 밑처럼 순식간에 모든 순간을 오가는 그를 꿈꾼다. 여기 그 순간들이 있다. 앨리시어의 꿈 말이다. 현재의 앨리시어가 불쑥 터져나오는 과거이고 과거의 앨리시어가 창백한 싹처럼 문득 돋아나는 현재이다. 앨리시어는 지금 어디에 있나.(37쪽)

어떤 순간에 삶의 시계가 멈추어 버린 사람이 있다. 그러나 숨은 멈추지 않아서 그 시간들을 끊임없이 다시 살아야 하는 사람이 있다. 그의 이름은 앨리시어. 앨리시어에게 과거와 미래와 현재는 구분되지 않는다. 봄의 과거가 겨울이 아니고, 여름의 미래가 가을이 아니듯 "환등기처럼 돌아가고 돌아오는" 계절의 시간들이 그에게 반복될 뿐이다. '그 사건'이 일어난 순간까지의 시간들은 과거지만 언제나 현재고, 동시에 미래거나 추측의 상태다. 그러니 이 소설은 "앞으로도 앨리시어는 그렇게 한다."는 진술이 성립되고, "그대는 어디까지 왔나."라고 계속해서 되물을 수밖에 없는 것이다. 이 반복, 아니 차라리 반추라고 부르는 것이 적당할 이 되새김의 방식이 만들어 내는 어떤 낯섦이야말로 황정은의 것이다. 그것은 고모리에서의 시간들이기도 하고, 여러 명의 앨리시어이기도 하며, 결국 이 소설 속의 이야기들이다.

황정은의 작품들이 대체로 그러하듯 이 소설 역시 기존의 소설 문법을 유려하게 뒤흔들고 있는데, 그중 하나가 이렇다. 지금의 앨리시어가 유년의 앨리시어를 이야기하므로 이 소설은 삼인칭이다. 그런데 과거의 앨리시어라고 해도 그 역시 '나'이기 때문에 일인칭이 될 수밖에 없다. 동시에 앨리시어는 이인칭의 "그대"를 계속해서 호명한다. 이런 서술자를 지금껏 만나 본 일이 있었던가. 요컨대 시제와 시점의 무화. 이럴 때 앨리시어와 그대의 경계는 무너진다. 앨리시어의 과거와 그대의 현재가 '우리의 미래'가 된다. 이것이 소설에서, 혹은 소설로 가능한 연대라고 하면 지나칠까.

이 소설 속 가족들의 이야기를 잠깐 들여다보자. 아버지에게는 큰아버지의 시체를 찾아다니던 할머니의 이야기가 있다. 모든 생명은 존귀하다는 '목숨론'의 근거다. 어머니에게는 징그럽게 사육되어 자신을 잡아먹는 애새끼들의 이야기가 있다. 주체할 수 없는 폭력성을 띠게 하는 '씨발됨'의 원인이다. 그러나 목숨의 가치를 말하면서 입이 찢어진 물고기를 도로 놓아주는 인간은 "아무래도 믿을 수 없는 것"이고, 폭력의 행사는 자신의 괴로운 과거나 상처 때문이 아니라 그냥 "때리고 싶어서 때리는 거"라고 앨리시어는 말한다. 이들의 이야기는 그것이 현실이든 꿈이든 학습되거나 경험한 것이다. 그러나 앨리시어의 이야기들은 지어내고 만들어졌다는 점에서 완전히 다르다. 사람에게 시집간 여우의 이야기를 눈치 빠른 동생이 "우리 뒷집 아줌마" 이야기가 아니냐고 의심하기도 하지만 어쨌건 그것은 여우의 이야기고, 얌들과 네꼬의 이야기처럼 앨리시어가 동생에게 꾸며서 들려준 이야기다. 주어진 이야기와 지어낸 이야기, 이를 조심스럽게 세계와 소설로 바꾸어 보면 어떨까. 이를테면 어머니의 꿈 이야기를 앨리시어가 다시 반복하는 장면이 있다. 두 이야기의 결정적 차이는 어머니가 살인자로 "너"를 지칭하고 있는 데 반해 앨리시어는 그를 "쿠키맨"으로 부르고, 자신은 그 광경을 지켜보고 있다는 것에 있다. 그렇게 해야만 그 잔혹한 세계를 견딜 수 있는 것이다. 이 방식이 '소설적'이라고 말하는 것도 지나칠까.

폭력의 시간들이 지나간 뒤 동생이 앨리시어에게 '이야기'를 원하는 것 역시 그 순간들을 견디기 위함이다. 앨리시어는 '나는 이렇게 할 것이다' 혹은 '너는 어떻게 할 것이냐'고 끊임없이 묻는 말들에 대항해 "소년이 있었다."라고 시작하는 이야기를 들려주고 싶은 것이다. 커다란 나무 아래에서 지루하게 살아가던 앨리스의 이야기. 앨리스는 끝이 보이지 않는 토끼굴에서 떨어지고 있다. 아무리 떨어져도 바닥에 닿지를 않는, 그래서 이게 언제 끝날 것인가 골똘하게 생각하게 되는 '낙하'다. 동생은 늘 그렇듯 묻는다. "그래서 어떻게 되냐." 다른 이야기들과 달리 앨리시어는 이 이야기를 끝맺지 못한다. 동생의 삶이 먼저 끝났기 때문이다. 이것이 동생에게 들려준 마지막 이야기라서, 앨리시어는 앨리시어다. 그는 바닥에 닿기 전까지 낙하를 반복하면서 자신을 반추해야 하는 운명이다. 그러나 언젠가 앨리시어는 바닥에 닿게 될 것이고, "이야기는 언제고 끝날 것"이다. 동시에 그 끝은 아주 "천천히 올 것"이고 또 "고통스러울 것"이다. 이를 소설의 운명이라고 말한다면, 그것은 조금 지나친 말이 될지도 모르겠다.

이 책의 3장인 '再(재), 外(외)'는 에필로그이면서, 작가의 말이기도 하고, 한 편의 시처럼 보이기도 한다. 여기에서 황정은은 이 세계의 바깥을 꿈꾸는 것에 대해 이야기한다. 봉준호에게 그것은 기차의 문을 부수는 것이었고(「설국열차」), 김사과에게는 수족관을 깨는 것이었다.(『천국에서』) 『야만적인 앨리스씨』의 경우는 어떨까. 커다란 나무 아래에서 그저 무슨 일이 일어나기만을 기다리고 있던 앨리스 소년의 이야기를 듣고 "나무 바깥으로 나가면 상황 끝, 오케이?"라고 말하는 한 남자가 있다. 그러나 황정은에게 그것은 "마치 갤럭시와도 같은 대답"이다. 그들이 개인의 내면이나 상처, 고통 같은 것을 중요하게 생각하지 않아서가 아니다. 지금 눈앞의 문제들에 대해 모든 힘을 소모해 버려서 분노는커녕 절망조차 할 수 없는 사람들이 있기 때문이다. 고작 불쾌한 냄새를 풍겨 사람들의 무방비한 점막에 들러붙고자 할 뿐인 앨리시어들이 있기 때문이다. 그래서 세계의 바깥으로 나가기 전에 소설이 감당해야 할 일은 "알기 때문에 모르고 싶어하고 모르고 싶기 때문에 결국은 모"르는 존재들에 관해 먼저 이야기하는 것이다. 그것은 하위주체에 대한 일방적인 수긍이거나 세계에 관한 당위적인 희망이 아니라 '따뜻한 냉소' 혹은 '긍정적 허무' 같은 것이다. 그러니 이렇게 말할 수도 있지 않을까. 어쩌면 『야만적인 앨리스씨』는 『난장이가 쏘아올린 작은 공』 이후 그토록 기다려 왔던 한국문학의 모습이 아닌가 하고. 물론 이건 확실히 지나친 말이다.

《문학동네》 2013년 봄호

이걸 무어라 부르지

박솔뫼, 『그럼 무얼 부르지』

『그럼 무얼 부르지』(자음과모음, 2014)는 이제는 '신인'이라는 수식어가 어색한 박솔뫼의 첫 소설집이다. 데뷔작 『을』(자음과모음, 2010)이 던진 잔잔한 파문은 이후 이 작가가 발표한 여러 작품들에 이어졌고, 그것은 대개 호의적인 것이었다. 나로서는 이 작가가 배수아와 한강의 중간 정도에 서 있는 것처럼 느껴졌고, 『백 행을 쓰고 싶다』(문학과지성사, 2013)에 이르러서는 조금 무덤덤한 표정을 지었던 것 같다. 그렇지만 이 작가의 단편들에는 계속해서 주목할 수밖에 없었다. 그것은 사유의 깊이나 문체의 새로움 같은 것이 아니라 어떤 '세대감' 때문이었다. '무성(無性)'의 인물들이 등장해 '무위(無性)'의 사건을 발생시킨다는 것을 그 특징으로 꼽을 수 있겠으나(박솔뫼를 해설한 몇몇 비평가들이 이미 지적한 바 있다.) 그것만으로는 충분하지 않다. 이 세대감을 해명하는 것이야말로 박솔뫼를 그 자체로 읽을 수 있게 만들 것이다.

그 전에 "그 자체"라는 수사를 주목해 보자. 이것은 박솔뫼를 읽어 내는 데 유효하다. 이 작가의 소설에는 유독 잠과 꿈이 자주 등장한다. 잠이나 꿈은 상당히 독특한 어감을 갖는데, 그것은 동족 목적어(cognate object)라 불린다. '잠을 자다', '꿈을 꾸다'와 같은 어구에서 동사의 명사형이 그대로 목적어로 가능한 것을 가리킨다. 이것은 서구의 문법 용어를 빌려 온 것이고, 실제로 잠이나 꿈은 영어로도 동족 목적어임을 알 수 있다. 그런데 한국어에서 이 현상은 훨씬 독특하게 나타난다. '춤'이나 '삶'을 비롯해 '그림', '걸음', '울음' 등을 적용해 보라. 아마도 개개인의 어감에 따라 어색하게 느껴지는 경우도 있을 것이다. 아무튼 문제는 박솔뫼가 이렇게 서술한다는 것에 있다.

> 사장은 어느 날 나에게 출근하기 전에 무엇을 하느냐고 물었고 나는 잠을 잔다고 말했다. 잠을 잔다. 잠을 자고 꿈을 꾼다. 거기에는 뭔가가 있다. 이불 속에 누나가 있는 것처럼, 이불 속에 누나가 있는 것을 느끼는 것처럼, 잠을 자고 꿈을 꾸는 것에는 무언가가 있다. 꿈을 꾸는 느낌은, 이불 속의 누나와 이야기하는 느낌이다. 꿈에서 깨어 지난밤 꿈을 생각하는 일은 어젯밤 나를 안고 있던 누나의 팔을 생각하는 기분이다. 그 모든 것에는 무언가가 있다.(「차가운 혀」, 15쪽)

잠과 꿈에 관해서라면 『을』이 훨씬 더 유용한 텍스트이지만 이 소설집에서도 잠을 자고, 꿈을 꾸는 것에 '뭔가가 있다'는 사유가 배면에 깔려 있다. 그 '무언가'를 언어화할 수 없음은 당연하다. 그것은 마치 '잠을 자다'와 '꿈을 꾸다'라는 말을 내뱉을 때 느껴지는 기묘한 낯섦과도 비슷하다. 박솔뫼의 작품에서 영화나 연극, 또 극장이나 무대가 중요한 모티프로 기능한다는 것은 새삼스러운 지적이지만 이것이 잠과 꿈의 매커니즘을 공유한다는 지적은 드물어 보인다. 세계를 경험한다는 것은 현실의 직접성뿐만 아니라 환상과 미디어의 간접성으로부터도 오는 것이고, 오히려 그러한 간접성이 박솔뫼의 인물들에게는 더 큰 비중을 갖는다. 그러니 도리어 간접성이라는 말은 어폐를 갖고, 무엇이 직접이고 간접인지 구분하는 것은 무의미할 것이다. 바로 이럴 때 "그 자체"라는 수사가 의미를 가진다.

꿈을 꾸는 인물들, 무대를 바라보는 인물들은 세계의 일부로 그것을 경험하고 있는 것이 아니라 그 순간 "그 자체"가 된다.[1]

따라서 박솔뫼가 꿈꾸는 궁극의 "그 자체"는 당연히 소설이 되지 않을 수 없다.[2] 「안나의 테이블」에 등장하는 소설가-서술자는 자신이 소설가라는 자각은 뚜렷하지만 나르시시즘에 빠지지 않는다. 소설 그 자체를 위해서는 작가의 특권적 지위를 내려놓는 동시에 자신이 바로 이 소설의 작가임을 끊임없이 되새겨야 한다. 그래야 일곱 살의 조카에게 수수께끼를 내면서 이렇게 쓸 수 있는 것이다.

> 모두 다 함께 이야기해서, 무엇이 무엇인지 말해 주면 좋겠다. 조카는 이미 답을 알고 있거나 일곱 살을 일곱 번 살아도 알지 못할 것이다. 하지만 어쨌거나 답은 많을수록 좋은 것이지? 그렇다고 대답하고 이제 하나부터 무얼까 생각해 볼 시간이다.(「안나의 테이블」, 227쪽)

이 작품의 마지막 문단에서 사용하고 있는 작가의 문체를 주목해야 한다. 조심스러운 전망과 바람, 추측과 질문, 희미한 다짐 같은 것으로 읽히는 어미들이 섬세하다. 그러면서 "무엇이 무엇인지", "답은 많을수록 좋은 것"이니까 "생각해 볼 시간"이라고 작가는 쓰고 있다. 결국 "무엇"이라고

1 이 구절을 인용하지 않을 수 없다. "민주는 어젯밤의 잠처럼, 이것은 어떤 그 자체라는 생각이 들었다. 잠 그 자체의 잠, 꿈 그 자체의 꿈처럼 어떤 그 자체. 민주는 이 시간을 어느 순간에라도 소리 내어 불러내지 않겠다고 안개에 대고 속삭였다. 아무도 듣지 못하게 은밀한 목소리로 말이다. 이것은 실제로 불러내어지지 않는 어떤 그 자체였다."(「을」, 48쪽)

2 그 시도가 『백 행을 쓰고 싶다』이지 않았을까. 이 책의 해설을 쓴 조효원은 박솔뫼의 글쓰기가 일종의 기로에 서 있으며 그것은 '문학'과 '세계의 산문'이라는 갈림길 앞임을 언급한 바 있다. 대체로 동의하지만 나는 박솔뫼의 위태로운 균형이 무너지는 순간에 "그 자체"의 글쓰기가 실현되지 않을까 생각한다.

밖에 명명할 수 없는 그것, 이미 알고 있는 것이면서도 영원히 알 수 없는 "무엇", 그래서 하나하나 생각해 볼 도리밖에 없는 "무엇"을 그저 "무엇"이라고 쓸 수밖에 없는 것도 어쩌면 당연하다.

앞서 언급한 어떤 "세대감"이라는 것이 그저 "무엇"이라고밖에 말할 수 없는 것임을 이야기하기 위해 많이 돌아왔다. 몇 작품을 더 읽어 보자.

「해만」과 「해만의 지도」는 "해만"이라는 가상의 섬을 배경으로 한다. 그곳에는 "수도"의 학교로부터, 직장으로부터 떠나온 사람들이 모여든다. 그들은 해만에서 책을 읽고, 요리를 하며, 노래를 부르고, 잠을 잔다. 그리고 부모에게 붙잡혀 혹은 돈이 떨어져 다시 수도로 돌아간다. 이 인물들에게서 일종의 무기력함을 읽어 내는 것은 쉬운 일이지만 이들에게 공감하고 다시 그 인물들을 비평적 언어로 써내는 일은 대단히 어려운 일이다.

「그럼 무얼 부르지」는 조금 더 구체적이다. 이 세대에게 1980년의 광주는 대학의 선배에게 전해 듣는 사건이 아니다. 그렇다고 그것을 책이나 영상을 통해 학습하는 세대도 아니다. 1980년의 광주란 한국어와 한국 문화를 공부하고자 하는 외국인을 통해 "아, 5·18이 May eighteenth구나!" 하고 깨닫는 정도의 실감인 것이다. 이는 결코 비판의 지점이 될 수 없다. 세대적 정체성을 형성하는 것은 그 세대들이 아니라 그 세대를 둘러싼 세계이기 때문이다. 그러니 이걸 대체 무어라 부를 수 있을까.

이 소설집에 실린 소설들은, 작가의 말에서도 밝혀 놓았지만 "데뷔하고 작품을 발표하기 시작하던 때의 소설들"이고, 그것은 2010~2012년 정도의 기간에 쓰인 일곱 편이다. 그 이후에 쓰여 여기 실리지 못한 단편들도 그 수를 헤아리면 아마 일곱 편에 가까울 것이다. 굳이 이 이야기를 하는 이유는 이 작가가 놀랍게도 '다시 쓰기'나 '겹쳐 쓰기' 같은 방식을 통해 연작성을 구현하고 있기 때문이다.[3] "해만", "수도", "부산" 등의 지명,

3 소설집의 해설을 쓴 손정수 역시 박솔뫼의 소설 전체가 모티프의 공유를 통해 연결 구조를 이루

"영화"나 "극장", "노래방"과 같은 공간적 알레고리,[4] "잠"과 "꿈"의 반복, 여러 인물들의 재등장 등이 그러하다. 아마 가장 최근작이라고 생각되는 「어두운 밤을 향해 흔들흔들」(《21세기문학》, 2014년 봄호)조차 "부산"을 공유하고 있다. 그러니 박솔뫼를 읽으려면 '전부 다' 읽어야 한다. 그리고 '계속해서' 읽어야 한다. 무엇이 무엇인지에 대답하기 위해서, 대답은 많을수록 좋으므로.

이 지면은 『그럼 무얼 부르지』에 할애된 공간이므로 애써 빼먹은 이야기가 있는데, 그것은 원전 사고에 대한 박솔뫼의 관심이다. 1980년의 광주가 가질 수 없는 실감을 2011년의 후쿠시마가 가져다준다. 게다가 그것은 자칫하면 세계가 '망해 버린다'는 종말의 실감이다.[5] 이 지점이 "세대감"을 설명하는 데 도움을 줄 수 있을 것이다. 해묵은 표현이지만 이에 관해서는 지면을 달리할 수밖에 없다. 다만 이 글을 읽게 될 익명의 독자에게 이 '사실'만 적시한다.

세월호가 침몰했던 지난 4월 16일, 원자력안전위원회는 부산의 고리원전 핵발전소 1호기의 재가동을 승인했다.

《실천문학》 2014년 여름호

며 그것은 끊임없이 확장되는 양상을 보인다고 설명한다.

4 이 표현은 김형중의 것을 빌린 것이다.

5 이에 관해서는 황현경의 「꽃과 총—다시, 멸망 전야의 소설」(《문학동네》, 2013년 가을호)이 자세하다. 박솔뫼의 소설에서 또 하나 주목해야 하는 것이 "노래"인데, 그는 노래로 대표되는 일상의 사소함들이 간신히, 혹은 희미하게 세상을 원래대로 있게 만드는 힘이라 믿고 있다. 그랬으면 좋겠다.

사려 깊은 세 가지 목소리

황정은, 『계속해보겠습니다』

소설은 결국 언어의 예술이라 같은 이야기를 하더라도, '누가' 하느냐에 따라 완전히 달라질 수 있다. '어떻게'가 아니라 '누가'인 이유는 소설이 또 결국 화자의 예술이기 때문이다. 소설은 문자로 이루어져 있지만 그 문자들 속에서 우리는 어떤 목소리를 듣게 된다. 소설 속의 인물들이 목소리를 통해 재현되는 일종의 피조물이라고 볼 때, 이 목소리의 주인공이 사실은 소설의 주인이다. 그리고 그 목소리는, 당연한 말이겠지만 우리 모두에게 다르게 들린다. 따라서 내가 읽은 한 편의 소설은 다른 누구의 것과도 다른, 오로지 나만의 것이고, 내 안에 들어 있는 목소리였지만 지금까지 결코 들어 본 적 없는 목소리를 듣게 되는 순간이다. 그런데 그것은, 역시 당연한 말이겠지만 '좋은 소설'의 경우에만 그러하다.

황정은의 소설 『계속해보겠습니다』(창비, 2014) 속에는 세 개의 목소리가 있다. 소라와, 나나와, 나기. 연재 당시 제목이 "소라나나나기"였던 것을 상기하면, 이 세 명이 가지고 있는 끈끈한 유대감을 어렴풋이 짐작할 수 있다. 소라와 나나는 자매고, 나기는 기묘한 형태의 옆집에 살던 또래의 소년이었다. 그리고 소라, 나나의 엄마 애자, 나기의 엄마 순자, 나나의 애인 모세 등이 '소라나나나기'의 삶에 함께 서 있는 사람들이다. 여기에서 분명하게 해 두어야 할 것은 '엄마'라든가 '애인'이라는 명명이 그 인물을 설명하기에 별로 적합하지 않다는 것이다. 이 소설 속의 목소리가 정의하는 삶이란 "하나뿐인 부족의 멸종"이기 때문에, '관계'를 지칭하는 말들은 무시된다. 아니, 무시된다기보다 그 관계라는 것이 너무도 복잡하고 상상할 수 없을 정도로 달라서 하나의 단어로 정의하는 방식은 '거부'된다. 이를테면 소라와 나나의 엄마인 애자와 나기의 엄마인 순자는 얼마나 다른가. 그들은 '엄마'라는 단어로 결코 한데 묶을 수 없는 생을 살고 있다. 나나의 애인인 모세 역시 마찬가지다. "사랑에 관해서라면 (……) 헤어지더라도 배신을 당하더라고 어느 한쪽이 불시에 사라지더라도 이윽고 괜찮아, 라고 할 수 있는 정도. 그 정도가 좋습니다."(104쪽)라고 표현하는 감정을 갖게 된 사람에 대해 애인이라는 말을 붙일 수 있을까. 나나가 그 사람의 아이를 가지게 되었다고 해도 말이다.

그러니까 이 소설은 "간장을 좋아하는 소라"라는 부족과, "간장을 싫어하는 나나"라는 부족, "간장을 싫어하지도 좋아하지도 않는 나기"라는 부족의 이야기다.(왜 갑자기 "간장"인지 의아할 테지만 나는 이 장면을 굳이 설명하지 않으려 한다. 이 책의 52쪽을 펼친 후 직접 읽어 보시라.) 그리고 그 부족은 재차 얘기하건대 단 한 명뿐이다. 족장이자 동시에 부족민인 운명, 어떨 때는 내가 삶의 주인인 것처럼 느껴지지만 대체로는 삶이 내 것이 아니라고 느끼는 어떤 부족. 그 부족을 감싸는 사려 깊은 목소리가 이 소설의 주인공이다.

소설 초반부, 애자는 인간의 생이란 언제고 갑자기, 톱니바퀴에 갈려 죽어서 중단될 수 있는 것이라 말한다.(12쪽) 자신의 남편 김금주의 비참한 죽음은 그가 특별해서 그런 것이 아니라 그냥 "그게 인생의 본질"이라는 것. "허망"해서, "무엇에도 애쓸 필요가 없"는 것이 인간의 삶이라는 '단언'이다. 그래서 살아가는 데는 "아무래도 좋을 일과 아무래도 좋을 것"으로 가득 채우는 편이 좋다는 말, "죽고 나면 그뿐"이라는 말들을 무심하게 흘리고, 그 말들은 "달콤하게 썩은 복숭아 같고 독이 감긴 아름다운 주문" 처럼 소라를 말려들게 한다. 그래서 소라는 "좋은 것"만 보고 들으려고 한다. 그런데 그 말, 우리가 어디서 자주 듣던 게 아닌가. 아주 작은 아이를 위한 축복의 말, 세상의 추(醜)를 멀리하기 바라는 마음. 그 마음을 교묘하게 바꾸어 이 작가는 "아무래도 좋은 것"을 찾아다녀야 했던 소라를 그리고 있다.

나나가 경계하는 것은 "전심전력"을 다하는 삶이다. 애자의 남편이자, 소라와 나나의 아빠인 김금주의 죽음은 소꿉놀이로 제사를 지내는 아이들의 풍경, 같은 것을 남겼다. '전심전력'을 다해 사랑했으므로 그 죽음 앞에서 단번에 무너지는 애자의 삶을, 아이들은 목도한다. 그래서 나나는 늘 적당한 거리를 유지한다. 특히 '가족'이라는 이름 아래 탄생하는 온갖 "당연한 수순"에 대해 끝없는 회의를 드러낸다. 그리고 결국 모세와의 결혼을 거부한다.

나기는 소라와 나나를 동굴 속에서 꺼내 준 인물처럼 그려지지만 사실 더 깊숙한 동굴에서 생을 지내 왔다. 나는 그 동굴의 사연에 관해서 여기에서 이야기하지는 않을 참이지만 그곳이 엄청난 고통으로 점철되어 있었음은 짐작 가능할 것이다. 그곳을 헤쳐 나온 나기는 그러므로, 단단한 사람이다. 동시에 그는 하염없이 '너'를 기다리는 약한 사람이다. 그러니까 사소하고 여린 존재들이 삶을 단단하게 살아가기 위한 태도, 같은 것을 나기는 익혔다. 타인의 고통을 끝내 알 수는 없지만 자신의 고통을 통해 타인의 고통을 이해해 보려는 시도, 그래서 "괴물"이 되지 않으려고 노력하는 것이 바로 그것이다.

섬세하고 사려 깊은 이 세 개의 목소리가 들려주는 이야기는 특별할 것이 아무것도 없다. 아마도 줄거리를 요약하면 단순하기 그지없을 것이다. 이런 이야기는 넓은 것이 아니라 깊다. 시작은 있지만 끝이 없는 이야기다. 그리고 이를 감당하는 힘은 황정은의 문장이다. 작가로서의 황정은은 한국어로 소설을 쓰는 일에 언제나 전심전력을 다한다는 느낌이다. 허투루 쓰이지 않는 어휘들, 많은 것을 담고 있는 이름들, 담백하면서도 정곡을 찌르는 대화들, 앞뒤로 밀착되어 좀처럼 떼어 내 읽기 어려운 문장들. 이런 것들이 여리고 희미한 이야기들을 견고하게 지탱한다. 그리고 이 작가의 어떤 태도.

세계는 망했다, 혹은 망한다, 또는 망할 것이라는 진단이 이 작가의 소설 세계를 지배하고 있는 것 같다. 그것은 비단 황정은만의 문제의식은 아니다. 한국의 젊은 작가들은 대개 이런 문제에 고심하고 있는 것으로 보이기 때문이다. 그런데 황정은의 포즈는 자못 독특한 면이 있다.

> 그렇게 금방 망하지 않아.
> 세계는, 하고 덧붙이자 나나가 말했다.
> 그렇게 길게 망해 가면 고통스럽지 않을까.
> 단번에 망하는 게 좋아?
> 아니.
> 그럼 길게 망해 가자.
> 망해야 돼?
> 그렇게 금방 망하지는 않겠다는 얘기야.(222쪽)

세계는 망한다. 아니, 망하지 않을지도 모른다. 그런데 망해 가고 있는 것 같다. 그럼 언제 망하게 되나. 모르겠다. 하지만 "금방 망하지는 않겠다는 얘기", 그것이 황정은이 가진 태도다. 『百의 그림자』(민음사, 2010)를 시작으로 『야만적인 앨리스씨』(문학동네, 2013)를 거쳐 『계속해보겠습니다』에 도달한 황정은은 사람과 삶에 대해, 세계에 관해 '선택'하지 않는다.

소라는 직장의 어떤 남자와 사랑에 빠진 것 같지만 그렇지 않을지도 모른다. 나나는 아마도 아이를 낳을 테지만 가족이 되지는 않을 것이다.

나기는 '너'를 기다리지만 끝내 오지 않을 것이다.

그럼에도 불구하고 계속해 보겠다는 것, 하찮고 무의미하고 덧없는 존재들이지만 소중하지 않은 것은 아니므로 삶을, 사랑을, 이야기를 계속해 보겠다는 이 태도야말로 작가 황정은을 지지하지 않을 수 없는 이유다.

《문학의오늘》 2014년 겨울호

소설적인 너무나 소설적인

김경욱, 『소년은 늙지 않는다』

이런 문장으로 시작하는 것은 조금 면구스럽지만, 김경욱에 대해 쓰는 일은 정말 어렵다. 등단 이래 여섯 권의 장편소설과 일곱 권의 소설집을 꾸준히 발표해 온 그에게 "진화하는 소설 기계"(서영채)라든가, "잘하는 능력"(백지은) 같은 수사 외에 또 어떻게 이 작가를 설명할 수 있을까. 그럼에도 김경욱의 소설은 비평에의 욕구를 강하게 불러일으키기도 하는데, 그것은 그의 작품이 전형적인 '소설'이기 때문이다. 전형적인 '소설'이라니, 고작 이런 표현을 쓸 수밖에 없는 것이 비평적 무능처럼 느껴지기도 하지만 달리 언급할 방도가 없다.

김경욱은 단편과 장편을 고루 잘 쓰는, 흔치 않은 작가 중 한 명이다. 그것은 곧 그 자체로 그의 작품들이 다채롭다는 방증이기도 하다. 특히 소설집의 경우 각각의 작품들이 다양한 스펙트럼을 갖고 있어, 대개의 소설집들이 보여 주는 어떤 '흐름'이, 이 작가에게는 존재하지 않는다. 그것은 해석적 난경을 제공하기도 하지만, 또 동시에 독서의 쾌감을 가져다주기도 한다. 각 작품들이 긴밀하게 연결되는 유려한 흐름의 소설집을 마주했을 때의 만족감이 있듯, 모든 작품들이 완전히 새롭게 시작되는 이러한 유형의 소설집이 주는 풍족함도 있는 것이다. 그리고 그것은 개별 작품들의 질적 수준이 담보되지 않으면 당연히 실패하기 마련인데, 김경욱은 늘 쉽사리 실패하지 않는 작가 중 한 명이다.

『소년은 늙지 않는다』(문학과지성사, 2014)는 『신에게는 손자가 없다』(창비, 2011) 이후 김경욱이 3년간 쓴 단편들을 모은 것이다. 전술했듯 여기 실린 작품들은 스펙트럼이 매우 넓다. 현실에 바짝 기대어 있다가도, 우주적 공간으로 서사를 확장하고, 또 어떤 순간에는 파국 혹은 묵시록적 상상력을 보여 주기도 한다. 이 작품들에게서 단 하나의 일관성을 찾는다면 그것은 '소설적'이라는 것이다. 여기에서 '소설적'이라는 말은 단순한 수사적 차원이 아니라, 여러 서사 매체의 출현으로 소설이 끝내 유지하지 못한, 혹은 포기할 수밖에 없었던 '무언가'를 의미하는 것이다. 그것은 곧 1990년대 중후반 한국문학의 새로움을 이끌었던 세대의 변모를 가리키는 것이기도 한데, 이를테면 이 소설집의 「스프레이」, 「승강기」 등의 작품은 1990년대 한국문학의 새로운 출발을 알리던 여러 작품들과 매우 닮아 있다. 한국 사회의 대표적 공간이라 할 수 있을 아파트를 배경으로 일어나는 이 소설 속 일련의 사건들은 소박한 에피소드였던 일들이 걷잡을 수 없이 커지면서 서사적 긴장감을 유지하고, 그 가운데 단순히 보아 넘길 수 없는 현실의 문제들이 군데군데 박혀 있다는 점에서 특히 1990년대적이다. 요컨대 동시대의 다른 소설가들이 소설만이 보여 줄 수 있는 다른 방식의 서사를 고민할 때, 김경욱은 여전히 '소설적'이라고 믿는 이러한 방식을 고수하고 있는 것이다. 그래서 때때로 올드해 보이기도 하고, 소재나 모티프에 비해 아쉬움이 남는 작품도 종종 발견되는 것이 사실이다. 목사의 두 아들을 소재로 한 「빅브라더」나 우주적 상상력을 선취한 「지구공정」의 경우, 단편으로 소비되기에는 채워지지 못한 서사나 남는 문제들이 꽤 있다. 그런데 사실 이런 작품들에게서 느껴지는 것은 아쉬움이라기보다 '아까움'에 가깝다.

이 작가는 한 편의 소설을 만들어 내기 위해 구상해야 하는 여러 가지

요소들, 즉 인물이라든가 사건, 세계, 현실, 디테일 등에 관해 별로 어려움을 느끼지 않는 것 같다. 「소년은 늙지 않는다」의 파국, 자살 면허라는 독특한 설정의 「인생은 아름다워」, 지구 멸망 이후 달로의 이주를 그린 「지구공정」 등의 세계는 일견 허술해 보인다. 많은 디테일들이 생략되어 있고, 전후 사정은 짐작으로만 파악 가능한 정도이기 때문이다. 그러나 그곳에서 벌어지는 사건은 흥미롭기 그지없고, 인물들은 충분히 매력적이어서, 이 세계를 좀 더 탄탄하게 축조해 더 큰 서사로 만들었다면 어땠을까를 생각할 수밖에 없게 만든다. 이럴 때 몇몇 작품들은 '아깝다'는 판단이 들면서도, 사실 이런 식의 '아까움'이야말로 김경욱만의 특징이 아닐까 생각되기도 한다. 왜냐하면 이 작가는 단편과 장편의 소재를 따로 삼지 않기 때문이다.

「염소의 주사위」는 의심의 여지없이 『야구란 무엇인가』(문학동네, 2013)의 단편 버전이다. 아마 이 단편을 쓴 뒤, 김경욱은 '야구'와 '자폐증 아들'이라는 모티프를 더해 장편으로 꾸렸을 것이다. 또한 '빨갱이'와 '고문'의 문제를 다룬 「개의 맛」, 유괴범으로 의심받는 사내의 이야기인 「아홉 번째 아이」 등도 어느 정도 영향을 준 것으로 보인다. 문제는 그러한 단편소설들이 어떻게 장편의 밑그림으로 작용했는지의 여부가 아니라 두 상이한 형식 간의 질적 차이를 이 작가가 어떻게 인식하고 있느냐는 것이다. 만약 다른 작가였다면 이미 장편소설로 확대된 자신의 단편소설을 소설집에 넣지 않았을 것이다. 더군다나 이 작품의 경우 소재나 서사가 유사한 정도가 아니라 아예 똑같은 문장들도 즐비하기 때문이다. 그러나 작가는 「염소의 주사위」를 소설집에 포함시켜 놓았고, 김경욱 같은 작가에게 직업적 '태만'이란 결코 어울리지 않는 말이니 그 의도를 간단하게나마 추측해 보는 것이 소모적인 일은 아닐 것이다.

요점은 단편 「염소의 주사위」가 그 밀도에 있어서 장편 『야구란 무엇인가』에 결코 뒤지지 않는다는 것이다. 오히려 사태의 핵심을 정확하게 지적하는 방식으로 쓰인 단편의 옷이 더 잘 어울린다는 느낌마저 있다. 그러니까 김경욱은 특정한 이야기는 특정한 방식으로 말해져야 한다는, 즉 단편에 어울리는 소재가 있고 장편으로 쓰일 법한 서사가 있다는 식의 편견을 조용히 무너뜨리고 있는 것이다. 이는 지금까지 김경욱이 걸어온 이력이 증명하지만, 이 소설집의 여러 작품들에서 특히 두드러진다. 예를 들어 「아홉번 째 아이」는 장편 소설의 프롤로그 정도로 읽힌다. 정말 중요한 사건이 이제 막 시작되려는 순간, 소설이 끝나기 때문이다. 그러나 거기에서 소설이 끝나기 때문에 독자는 방금 읽은 그 짧은 서사를 반추하지 않을 수 없게 되고, 종내는 '김 상사'를 의심하게 될 것이다. 그러니 장편과 단편을 갈라서 소설의 특징을 감식하려는 일련의 시도들은 김경욱의 작품 앞에서 힘을 잃을 수밖에 없다. 그의 소설은 그저, 너무나 '소설적'이기 때문이다.

《자음과모음》 2015년 봄호

문학성을 회복하는 방법

정용준, 『우리는 혈육이 아니냐』

몇몇 사건으로 인해 문학에 관한 논의가 활발해서인지 '문학'이란 대체 무엇인가 자주 고민하게 된다. 이야기도, 소설도 아닌 문학이란 무엇일까. 문학적이라는, 혹은 문학성이라는 말은 어떤 의미일까. 그냥 이야기가 재미있다거나 소설이 흥미롭다는 것이 아니라 문학성이 있다고 굳이 말하는 이유는 대체 무엇일까. 답을 내리기 어려운 질문이지만, 아마도 언어로 구성되어 있는 하나의 단위가 결국 독자에게 어떤 '변화'를 가져다줄 때, 그것을 문학적인 순간이라 부를 수 있지 않을까. 그게 세계에 대한 통찰력이든, 새로운 경험을 하게 해 주는 놀라운 상상력이든, 놀랍도록 디테일한 재현이든 말이다. 여기 그 '변화'의 가능성을 믿는 작가가 있다.

이제 세 번째 책을 내는 정용준은 「작가의 말」에 "소설이 좋다."라고 쓰면서, "소설이 세계를 바꿀 수는 없겠지"만 "쓰는 자"와 "읽는 자", 즉 "사람은 바꾼다."라고 말했다. 맞는 말이고, 멋진 말이라서 조금 비틀어 보고 싶다. 겨우 소설이 당연히 세계를 바꿀 수 있을 리 없다. 그러나 사람은 바꾸기 때문에, 그 사람이 바라보는 세계는 바뀐다. 그리고 쓰는 자와 읽는 자는 다르게 바뀐다. 소설을 통해 우리는 누구나, 그게 뭐가 됐든 바뀌게 되지만, 그 변화의 양상은 누구도 같지 않다. 이런 변화를 둘러싼 풍경들이 문학의 자리이고, 결국 문학이 도달해야 하는 방향은 인간으로 하여금 조금 더 나은 사람이 되었다고 여기게끔 만드는, 그걸 정확히 설명할 수는 없지만 "어딘지 모르게 조금은 변한 듯한 기분"(「해설」, 252쪽)이 들도록 하는 쪽이 아닐까.

『우리는 혈육이 아니냐』(문학동네, 2015)에 실린 이야기들과 문장을 통해 누구보다도 먼저 변했던 것은 정용준 자신인 것 같다. 유달리 공을 들인 게 느껴지는 이 소설집에서 평범한 인물은 등장하지 않는다. 고통과 상처의 늪에 빠져 있는 인물들이 얼마나 힘겹게 생을 버티고 있는지 작가는 시종일관 세세하게 그려 낸다. 그러면서도 그 인물들을 바라보는 시선에 '애정'이 깃들어 있다. 현실은 대체로 끔찍하고, 사건은 충격적이며, 삶은 피폐하기 그지없지만 그럼에도 그들은 '살아 낸다'. 오로지 슬픔과 절망으로 삶이 가득 차 있다면 어떤 인간이 이를 버틸 수 있을 것인가. 끔찍한 경험을 가진 삶에도 기어코 빛나는 순간이 있다. 그건 용서나 화해 같은 극적인 변화이기도 하지만, 대부분 사소한 공감, 하찮은 것에 대한 애정 같은 데서 비롯된다. 정용준은 그 미묘한 '희망'의 순간을 티 나지 않게, 그렇지만 희미하게 알 수는 있게 쓴다. 그건 아마도 미리 기획되고 예정된 것이 아니라 쓰면서, 쓰는 자로서, 쓰는 사람이기 때문에 자연스럽게 갖게 된 애정에 기반하고 있는 것 같다.

첫 번째 소설집 『가나』(문학과지성사, 2011)를 발간한 후 4년 만에 나온 이 소설집은 작가의 그간 왕성했던 활동들을 감안하면 이른 편이 아니다. 또한 이 소설집에 '선별'된 작품들을 찬찬히 살피면 작가가 무심하게 작품들을 모으지 않았음을, 오히려 지나치게 고민하고 망설였음을 어렵지 않게 알 수 있다. 여기 실린 작품들 대부분이 발표할 당시의 제목과 퍽 다르다는 점이 우선 그러하다.(그래서 작품의 최초 발표 지면을 소설집 말미에 수록하는 일반적 관행을 굳이 따르지 않았던 것 같다.) 또한 소설집의 테마에 맞게 작품들을 그러모으면서 문장들도 깊이 고심해 새로 손본 것으로 생각된다. 그러나 그 선별과 수정 과정이 결과적으로 만족스러웠는지는 모르겠다.(「위대한 용사에게」는 「이국의 소년」으로 바뀌었는데, 몇 번을 생각해도 원제가 매력적인 것 같다.)

정용준은 소설집이 단순히 단편들의 집합이 아니라 한 권의 '책'으로서 의미를 가지기를 바랐을 것이다. 그것은 지극히 당연한 것이어서 이의를 제기할 수 없다. 그러나 그러한 지향이 어떤 도식성에 빠질 위험은 늘 존재하는 것 같다. 이를테면 표제작인 「우리는 혈육이 아니냐」에서 증명되듯 이 소설집을 감싸는 문제의식은 '피', '혈연', '가족' 등인데 그것이 주인공의 직업을 통해 "투석기"라는 소재로 표현될 때, 핵심은 간명해지지만 "몸속에 남아 있는 피를 투석기에 모두 돌리면 나는 그와 아무 상관없는 사람이 될 수 있을까."(61~62쪽)와 같은 문장은 충분히 예측 가능해진다. 요컨대 독자인 우리는 작품에서 만나는 어떤 흥미로운 인물에 대해 결국 문제는 '혈연'일 것임을 너무 일찍 알아 버린다.

「474번」이 그렇다. 이 작품은 어떠한 감정의 기복이나 표정의 변화 없이 어린아이까지도 무참히 살해하는 연쇄살인범을 주인공으로 내세운다. "모든 혐의를 인정합니다. 공범은 없습니다. 개인적인 원한도 없고 그 어떤 정치적 의도도 없습니다. 이렇게 하면 사형을 선고받을 수 있을 것 같았습니다. 저는 사형을 원합니다. 집행해 주세요."(13쪽)라고 단호하게 말하는 인물, 그래서 전 국민적인 여론으로 사형을 집행하는 것이 "아이러니하게도 우리 모두가 합심하여 그를 돕는 것"(24쪽)처럼 느껴지게 만드는 이 인물이 끝내 혈연의 굴레로 다시 돌아오고 마는 것은 무척 아쉽다. 누나이자 엄마인 여자로부터 홀로 버림받아 "유령"으로 살아온 사연이 밝혀지는 순간 서사의 박진감은 어쩔 수 없이 떨어진다. 나는 "474번"이 소설의 마지막 장면에서 꽃게를 먹은 뒤 교도관을 죽이거나 스스로 목숨을 끊는 '반전'을 상상했는데, 정용준이라면 그럴 리가 없다는 생각도 동시에 들었다.

이처럼 그의 소설들은 처참하면서 동시에 어쩔 수 없다는 듯이 따뜻하다. '따뜻하다'라고 썼지만 정말로 따뜻한 것은 아니어서, 아주 희미한 이 긍정의 기운을 어떻게 표현해야 할지는 모르겠다. 이 소설집에 실린 작품들에서 '죽음'이 등장하지 않는 작품은 없다. 아니 오히려 너무 쉽게, 그들은 '죽임'을 당한다. 그럼에도 정용준의 소설이 지옥의 풍경을 보여 주지 않는 것은 어쩌면 시간의 힘 덕분이 아닐까 싶다. 이 소설집에서 그의 작품들은 "사건 이후의 삶"(「해설」, 266쪽)을 보여 주기 때문이다.

무엇이 문학적이냐고, 문학성을 담보할 수 있냐고 물었을 때, 정용준은 '사건'이 아니라 '시간'이라고 여기는 것 같다. 문학적인 사건이 있을 수 있지만, 그래서 그 사건을 문학화하는 것은 너무 쉬운 방법이라고 그는 생각하는 것일지도 모르겠다. 그는 오히려 문학이 주목해야 하는 것이 사건이 벌어진 이후 끝내 지속되는 남은 자들의 삶이라고, 그것도 아주 오랜 시간 동안 그 사건을 기억하며 살아가는 사람들에 관한 것이라고 믿는다. 그러나 그러한 방식이 사건의 의미를 축소시키거나 사태의 실감을 감소시킬 수 있음은 언제나 염두에 두어야 한다. 정용준은 「내려」와 「이국의 소년」에서 '다른 목소리'를 등장시켜 이를 해결하는데, 뻔한 서사를 뻔하지 않게 만든 훌륭한 전략이었다고 생각한다.

그럼에도 '시간'이라는 것은 단편소설에서 감당하기 쉬운 성격이 아니다. 「미드윈터 — 오늘 죽는 사람처럼」은 전형적인 단편소설의 형태를 갖추고 있으면서 동시에 그래서 가질 수밖에 없는 한계를 잘 보여 준다. 어떤 이유에서인지 독특한 성격을 지닌 인물이 등장하고, 그 인물의 곁에 좀처럼 그를 이해하지 못하는 또 다른 인물이 등장하며, 끝내 그들의 사연이 밝혀지면서 서로를 이해하게 되는 서사. 그리고 거기에 예술이나 국적, 언어 등 무거운 질문과 진지한 사유들을 덧칠하면 매끈한 한 편의 소설이 탄생한다. 하지만 이 매끈함은 이들의 사연이 가진 시간의 결을 충분히 더듬지 못한다. 때때로 소설의 매력은 약간의 모자람이나 넘침에서 오기 때문이다. 그 지점에서 주목되는 것은 「안부」다. '문학적'으로 사건을 풀어내고, 켜켜이 쌓인 시간들을 길지 않은 문장들로 깊이 살아 내게 하는 것은 역시나 디테일이 담보된 진심이다. 군대에서 의문사를 당한 아들의 억울함을 풀기 위해 6년간 싸워 온 "엄마"의 시간들은 사려 깊고 적확한 문장 속에서 오롯이 살아 있다. 그 시간들을 거쳐 "내게 더는 안부를 묻지 말기를. 나는 아직 괜찮다."(184쪽)라는 마지막 문장에 도달했을 때 어쩔 수 없이 감동적이다. 괜찮다는 말이 진심이라는 것을 알지만 동시에 우리는 "엄마"가 영원히 괜찮지 않을 것임을 알기 때문이다.

이제 「개들」에 관해 이야기해야 할 때가 된 것 같다. 이 소설집에서 단연 이채를 띠는 것이 「개들」이라는 작품인데, 이는 다른 작품들과 달리 삶에 육박하면서 사건 그 자체를 강렬하게 그려 내고 있다는 점에서 그러하다. 이 작품은 폭력과 고통에 관한 인상적인 서사이면서 인간의 몸에 대한 집요한 탐구서다. 사실 정용준이 인간 근원의 존재론적 탐색을 지속하는 여러 작가들과 변별되는 중요한 지점이 바로 '몸'이라는 실체에 대한 꾸준한 관심이다. 훼손된 신체, 선천적 장애, 육체적 폭력 등은 정용준이 초기부터 밀고 나간 문제의식이었고 장편 『바벨』(문학과지성사, 2014)에서도 말(언어)이라는 관념만큼이나 중요하게 다루어지던 것이 입(혀)이라는 신체였다. 이 소설에서 작가는 육체를 가진 동물이 몸을 결박당하고, 구타당하며, 끝내 고통 속에 죽어 가는 존재임을, 핍진하고 섬뜩하게 묘사되는 '개들'의 사육 및 도살 장면을 통해 보여 준다. 그리고 그 서사를, 정용준답게, 고통을 느끼지 못하는 인물을 등장시켜 이끌어 나간다. '통각'이 핵심적인 문제라면 그것을 이리저리 돌려 말하지 않고 인물에 그대로 투영하는 정직한 방식이다. 나는 이것이 정용준이 가진 장점이자 단점이라고 생각하는데, 그에게는 문학적인 것에 대한 모종의 '강박' 같은 것이 느껴진다. 그것은 때때로 훌륭하고 깊이 있는 서사를 만들어내기도 하지만 전형적이고 도식적인 이야기로 귀결되기도 한다. 그럼에도 정용준을 지지할 수 있는 것은 끝내 그가 묘한 울림이나 먹먹함을 만들어 내는 작가이기 때문이다. 그리고 그것은 의심할 여지없이 소설을 진심으로 사랑하는 작가의 태도로부터 온다. 그 태도와 집요한 존재론적 사유가 만나 거대한 문학적 성채를 이루었던 이청준의 사례를, 나는 정용준에게 자꾸 대입해 보고 싶어진다.

《문학의오늘》 2015년 겨울호

끔찍한 아름다움

최은미, 『목련정전』

최은미의 『목련정전』(문학과지성사, 2015)은 첫번째 소설집이었던 『너무 아름다운 꿈』(문학동네, 2013)의 몇몇 특징들을 확대, 심화하고 있는 것으로 일견 느껴진다. 악몽 같은 현실이 아니라 현실이 악몽 그 자체라는 전제 아래 전개되던 그 서사 말이다. 최은미는 여기에서 한 발 더 나가 '지옥'의 풍경을 다양한 서사 '양식'을 동원해 펼쳐 내고 있는데, 김형중이 해설에서 지적했듯 이를 "마법적 세계로의 귀환"으로 명명하는 것은 더할 나위 없이 적절해 보인다. 그러나 최은미 소설에서의 그러한 '세계'와는 별개로 작품 속에 등장하는 매우 흥미로운, 반드시 주인공이라고는 할 수 없을 어떤 인물들에 대해 언급하는 것은 꼭 필요한 일이다. 그들은 대체로 말이 없고, 현실에 순응하고 살아가는 듯 보이지만 실제로는 지옥에서 견딜 수 있는 최소한의 윤리를 가진 단단한 사람들이다.

가령 「한밤」의 '이월' 같은 인물이 그러하다. 영문도 모른 채 아이를 낳자마자 '미래산후조리원'으로 납치된 수십 명의 산모들 가운데, 끝까지 그 세계에 대항하는 것은 이월뿐이다. 도저히 받아들일 수 없었던 세계가 부분적 이해에 의해 조금씩 익숙해지고, 의심과 궁금증이 어느 정도 해소될 때, 대부분의 사람들은 '적응'을 택한다. 바로 그 순간이 지옥의 시작임을, 이 작가는 알고 있는 것 같다. 모든 의문이 풀리는 듯 보였던 그 순간에, "답을 알면서도 가르쳐 주지 않아. 어떻게 되나 보려고!"(326쪽)라고 외치는 이월의 모습은 결코 포섭되지 않을, 단독자의 모습을 보여 준다. 「어느 작은」의 '공'도 빼놓을 수 없을 것이다. 축산협동조합이라는 흥미로운 세계와 그 구성원들의 군상을 균형 있게 풀어낸 이 소설에서 공은 여러 불행과 괴로움 속에서도 끝내 자신을 지키는 인물이다. 그것은 문자 그대로 소와 사랑했던, "어느 산골 소년의 사랑 이야기"에 기인한다. 유년 시절 기이한 흥분 속에 소의 직장 속으로 자신의 팔을 쑥 집어넣었던 소년에게 '인공수정'은 당연히 매번 성공할 수밖에 없는 일이었다. 그 '마법'적 순간은 현실의 '비법'이 될 수 없으므로 그는 자신을 몰아붙이던 류에게 "너는, 소 생각을 소똥만큼도 안 하는 놈이야."(288쪽)라고 일갈한다.

때때로 삶의 어떤 순간은 설명하기 어렵다. 아니, 오히려 생의 변화를 가져오는 결정적 순간은 대부분 설명 불가능하다. 심지어 그 순간은 대체로 자각되지 못한 채 사후적으로 재구성된다. 그 순간을 그려 내는 것이 단편소설이 가진 하나의 미학이라고 한다면 최은미의 소설들은 이를 잘 증명해 주는 것 같다. 한순간에 스며들어 있는 여러 이야기들을 다양한 양식을 동원해 직조하고, 지나온 순간이 가질 수밖에 없는 어떤 역설을 포착해 내는 방식이 그것이다. 나는 이러한 최은미의 기법을 '끔찍한 아름다움'을 그려 내는 방식이라 부르고 싶다.

우선 「근린(近隣)」이 그 사례로 적절하겠다. '근린공원'에 소형 비행체가 추락하는 사고가 일어나기까지 그 공원을 둘러싼 몇몇 이야기들을, 작가는 천천히 들려준다. 타인에게 거의 무방비로 노출되는 일상은 다시 말해 끊임없이 '관찰'당하는 것과 같다. 이 소설에 등장하는 여러 인물들은 서로를 다양한 방식으로 관찰하면서 배제의 시선을 던진다. 그 관찰의 지옥 속에 떨어진 비행체가 '무인정찰기'라는 설정은 지독한 아이러니를 보여 주며 한 여자를 죽음에 이르게 한다. 「창 너머 겨울」에서 사타구니의 가려움을 참지 못하고 결국 락스에 몸을 담그는 '남자', 「백 일 동안」에서 금강송에 새파랗게 핀 곰팡이를 보고 불을 지르는 '강상기' 등 결국 끔찍한 결말에 다다르는 이런 이야기들에서 기묘한 아름다움을 느끼는 것이 비단 나뿐만은 아닐 것 같다. 최은미의 소설은 망설이지 않고 극단으로 달려가지만 그것이 그로테스크로 수렴되지는 않는다. 차라리 미학적 파괴라고 하는 편이 나을지 모르겠다. 최은미의 작품들에서 나타나는 죽음의 장면을 보라. 동화나 신화 혹은 전설과 민담에서 수없이 자행되었던 '순례적 죽음'과 흡사하다. 「목련정전」이 표제작인 이유도 거기에 있지 않나 싶다. 결국 어미의 죄를 받아들이고 나무에 목을 매다는 목련의 모습은 끔찍하게 아름답다.

> 능선으로 해가 진다. 나무의 그림자가 맞은편 산을 뒤덮는다. 하루의 빛이 사라지기 직전, 모든 것들이 가장 반짝이는 순간, 목련은 드디어 괄약근이 완전히 풀어지면서 움직임이 멎는다. 포개진 꽃잎이 저녁을 준비하는 오후의 막바지. 언덕 아래로 밀잠자리가 걷히고 구름이 새털처럼 풀어지며 하늘을 채운다. 귀를 후비는 괴성만이 능선을 타고 미끄러진다.
>
> 마을 어디에서나 나무와, 나무에 매달려 죽은 목련이 보인다.(127쪽)

《자음과모음》 2016년 봄호

단호한 표정의 정직한 소설

김혜진, 『어비』

0

새삼스러운 질문을 던지는 것으로 이 글을 시작하자. 소설이 할 수 있는 일은 무엇일까. 소설가는 소설을 무엇이라고 생각할까. 소설이 세계를, 또는 인간을 바꿀 수 있다고 믿는 누군가와 소설 따위는 그저 이야기의 한 방식일 뿐이라고 여기는 누군가는 얼마나 다른 것일까. 현실을 날카롭게 파고드는 소설과 사유와 몽상을 자유롭게 헤매는 소설은 다른 것일까. 누구도 같은 대답을 하지 않을 이 질문들에 김혜진이라면 이렇게 답할 듯싶다. 소설은 어떤 인물이 어떤 공간에서 어떤 사건을 겪는, 우리가 너무도 잘 아는 그 세 가지 요소로 이루어져 있을 뿐이라고. 아마도 그는 소설이 무언가를 할 수 있다는 희망 앞에서 짐짓 손사래를 치겠지만 그러면서 동시에 무기력하게 절망하지는 않겠다는 단단한 표정을 지어 보일 것이다. 김혜진이 바라보는 세계는 잔인하고 비참하며, 아픈 상처와 깊은 고통이 도처에 널려 있는 곳이지만, 매우 놀랍고도 흥미롭게도, 그는 그래도 '견딜 만하다'고 말하고 있다. 『어비』(민음사, 2016)에 실린 소설들을 쭉 읽어 나가다 보면 김혜진의 작품들이 쓸데없이 힘주지 않고, 전통적인 소설의 방식 그대로, 이상하리만치 '정직하다'는 느낌을 받게 된다. 그리고 소설에 대한 그 태도는 현실을 바라보는 작가의 눈과 동일하다는 사실을 어렵지 않게 알 수 있다. 섣부르게 동정하거나 연민하지 않고, 적절한 거리를 유지하면서, 대단하고 거창한 무언가가 있다는 듯 위장하지 않는 이 일관된 태도가 김혜진을, 김혜진의 소설을 동시대, 동세대 작가들과 구별짓게 만드는 힘이다.

1 인물들: 단단하게 자기를 지키는, 결코 쉽게 무너지지 않는

소설은 무엇보다도 '인물'에 관한 것이기 때문에 소설가들의 관심이 소수자에게 쏠리는 것은 당연하다. 그리고 어떤 인물들은 이미 그 자체가 '소설적'이어서 인물의 행로를 따라가기만 해도 인상적인 한 편의 소설이 되는데, 이를테면 '어비'나 '와와' 같은 사람들이 특히 그렇다. 김혜진은 이런 인물들을 단순히 독특하게 그려 내는 것에 그치지 않고, 집요하고 또 끈질기게 응시한다. 「치킨런」의 치킨 배달부, 「줄넘기」의 노인, 「한밤의 산행」의 사번, 오번, 「광장 근처」의 남자, 「비눗방울 맨」의 비눗방울 남자 등은 좌절이나 절망 속에서도 그것이 원망과 적의로 점철되지 않고, 각자의 방식으로 모두 단단하게 자기를 지키는 사람들이다. 무엇보다 「아무도 모른다」의 '엄마'는, '해고'로 인해 순식간에 무너져 내린 삶을 어떻게 다시 부여잡을 수 있는지 담담하게 보여 주고 있어 인상적이다. 이십여 년을 상담원으로 근무한 회사에서 자신의 동료들이 차례차례 해고되는 것을 지켜보다가 급기야 자신의 차례가 되었을 때, '엄마'는 체념하지 않고 스스로 투쟁하는 방식을 택한다. 흔히 "일인 시위"라는 말로 명명되는, 휴대폰 모양의 상자를 뒤집어쓰고 회사 앞으로 여전히 "출근"하기로 한 '엄마'의 결심은 변화에 대한 기대라기보다 여전히 "자기 자리를 지키는" 일이 소중함을 보여 준다. "어쨌건 이것도 일이니까 성실해야지."라고 말하며 끝내 아들이 대신 지키던 자신의 자리로 돌아오는 소설의 마지막 장면은 우리가 이 잔인한 세계를 견딜 수 있는 유일한 방법이 어떤 것일지 어렴풋이 짐작게 한다. 이를테면 십 년 동안 매일 수백 번의 줄넘기를 반복하는 노인, 첨예한 갈등의 공간에서 유유히 비눗방울을 날려 대는 남자는 그러니까 생을 포기한 사람들이 아니라 최선을 다해 버티고 있는 사람들이다. 「줄넘기」에서 노인은 하루에 천오백 개 이상의 줄넘기를 할 수 있는 방법으로 "하나, 하나, 하나" 구령을 붙여 줄을 넘어 보라고 제안한다. "하나, 둘, 하지 않고 하나, 하나, 하는 데에는" 당연히 "연습이 필요할 터"이지만 일견 비정상적이고 무의미해 보이는 일이라도 그것이 꾸준히 반복되면서 자신의 일상이 될 때, 우리는 아슬아슬하게나마 이 세계를 견딜 수 있다고 작가는 노인의 입을 빌려 말하고 있는 것이다.

「와와의 문」에서 '나'가 와와에게 궁금해하는 것은 그가 겪은 "대지진"의 경험에 관한 것이다. 그러나 와와는 지진이 일어나던 때의 이야기가 아니라 가족들이 구입했던 선풍기, 남편이 만들었던 의자, 함께 빚었던 만두 같은 것들에 관해 말할 뿐이다. 아무리 묻고(問) 들어도(聞) 와와의 문(門)은 열리지 않는다. 그것은 곧 '나'가 '정'에 관해 제대로 이야기하지 못하는 것과도 같다. "요약되고 간추려진 이야기"로 결코 말할 수 없는 일들이기 때문이다. 그래서 이야기는 계속 다른 곳으로 흐른다. 그러니까 그들은 "서로의 문을 어떻게 열고 들어가야 하는지조차 모르는 셈"이었던 것이다. 이 소설의 마지막 장면에서 무언가를 갑자기 들켜 버린 사람처럼 도망치듯 와와에게서 벗어나는 '나'의 모습은 결국 자신이 와와를 하나의 '인물'로 여기고 있다는 생각 때문이었을 것이다. 일종의 죄책감이라고도 할 수 있을 그 곤혹스럽고 불편한 느낌은 정작 필요한 일에 도움은 주지 못하고 타인의 고통과 절망을 소비하고 있다는 생각일 테고, 그것은 소설가로서의 이 작가가 가진 고민 그 자체라고 할 수 있다. 소수자를 소설의 인물로 그려 내는 것은 혹시 소설가의 자기 위안은 아닐까, 그들을 너무 손쉽게 소수자라고 명명하는 것은 아닐까, 어떤 시선으로 그들을 들여다봐야 할까, 등의 고민 말이다. 「광장 근처」를 잠깐 인용한다.

> 악덕 기업주의 횡포로 거리로 몰려난 우리가 다시 일을 할 수 있도록 도와달라고 목이 쉬도록 외쳐 대면서 내 일은 엿같이 생각하는구나. 그는 생각했다. 새파랗게 어린 중학생들한테까지 굽실거리고 하소연할 줄 알면서 왜 내게만 저딴 식인가. 생각만 했다.(「광장 근처」, 147쪽)

대부분의 사람들이 기쁨과 희열 속에서 열광할 때 누군가의 삶은 무너지고 있음을 보여 주는 이 작품에서 이런 대목은 인상적이다. 자신들의 처지를 호소하며 도움을 청하는 사람들이 노점 좌판에서 DVD를 판매하는 '나'를 업신여기고 무시하는 이 장면에서 우리는 이들이 서로를 존중할 여력이 있을 리 없다는 것을 새삼스럽게 알게 된다. 타인을 진심으로 이해하고 그리하여 서로가 같은 입장이 되어 함께 싸워 나가는 일은 사실 거의 불가능하다는 것을 이 작가는 알고 있다. 그래서 김혜진의 소설은 결코 '연대'로 나아가지 않는다. 오히려 연대의 가능성을 끊임없이 회의하는 쪽에 더 가까운데, 그 전형적인 인물은 「어비」에서 찾을 수 있다.

'어비'는 최소한의 삶을 산다. 다른 사람들과의 관계나 미래에 대한 계획 같은 '불필요한 것들'은 철저하게 배제하고, 자신의 현재를 위해 반드시 필요한 것들로만 그의 세계를 구성한다. 그래서 그 최소한은 쉽게 무너지지 않는다. 벼리고 벼려 끝내 남아 있는 최소한이기 때문이다. 스스로 터득한 그 생존의 방식은 '일반적'으로 거의 납득되지 않는다. "일만 잘하면 되"는 게 아니라 "사람들이랑 이야기도 하고 그래야" 한다는 '상식'에 대해 '어비'는 "그냥 별로 말할 게 없어요. 진짜요."라고 대답한다. 이 단호한 태도는 김혜진 소설의 인물들이 갖는 특징, 즉 어쩔 수 없이 체득해야 했던 자발적 고립과 단단한 유폐를 고스란히 보여 준다. 그리고 그 태도로 인해 그들은, 결코 쉽게 무너지지 않는다.

2 공간들: 익숙하고도 낯선, 늘 누군가가 있는

김혜진의 소설들에서 유난히 강조되는 것은 사실 '공간'의 문제이기도 하다. 그는 공원이나 광장, 주택가, 도심 등 공적인 공간을 늘 서사의 중심으로 삼는다.(장편 『중앙역』(웅진지식하우스, 2014)의 독자라면 익숙한 느낌을 가졌을 것이다.) 아마도 김혜진은 그러한 공간들에 대해 일상적이면서 동시에 아주 낯선 곳이라는 감각을 가지고 있는 것 같다. 생각해 보면 우리가 사는 동네나 공원, 광장 등은 아주 오래 머무르는 장소가 아니다. 흔히 그런 공간들은 집이나 방 같은 일상적인 공간과 유사한 느낌을 주지만, 사실 아주 제한적으로 체험되는 낯선 장소에 가깝다. 그러므로 그곳이 '일상'의 공간이 된다는 것은 어쩌면 아주 끔찍한 일일 수 있음을 이 작가는 보여 준다.

> 드문드문 켜진 창들을 달고 건물들은 어둠 속에 잠겨 있었다. 색이 모두 사라진 밤에는 동네의 풍경이 견딜 수 없을 만큼 무거워져 저 아래로 굴러 떨어질 것만 같았다. 원룸과 다세대 건물은 오르막을 따라 위태롭게 늘어서 있었는데 좁은 골목을 돌고 돌아 올라가다 보면 동네가 무한히 계속되는 게 아닐까 하는 착각이 들 정도였다.(「치킨런」, 91쪽)

> 환하고 반듯한 산책로와 널찍한 도로 가에 일렬로 늘어선 건물들, 그런 동네가 아니라도 기형적인 건물과 위태로운 옥탑방이 늘어선 좁은 골목을

떠날 수 있다면 얼마나 좋을까. 그러니까 떠나기 위해 나는 쉬지 않고 동네를 돌고 또 도는 셈이었다.(「치킨런」, 99쪽)

어제나 그제처럼 나는 또 동네를 뱅글뱅글 돌며 확실한 죽음의 방식을 찾아 헤매야 할 것이었다. 오늘은 정말 찾을 수 있을까. 고개를 들자, 익숙한 풍경이 눈에 들어왔다. 멀리서 보면 한꺼번에 고꾸라질 것처럼 가파른 풍경이었다. 어쨌거나 우리는 나란한 보폭으로 다시 동네로 걸어 들어가고 있었다.(「치킨런」, 112쪽)

등단작이기도 한 이 작품에서 자살을 도와주는 치킨 배달부의 이야기 사이로 군데군데 드러나는 공간에 대한 작가의 인식은 강박적으로까지 보인다. 가파른 오르막에 다닥다닥 붙어 있는 기형적인 건물들은 김혜진이 새롭게 길어 올린 풍경은 물론 아니다. 그러나 주인공이 맞닥뜨리는 모든 사건, 실연과 배달과 자살과 돈 같은 것들이 모두 이 '동네'에서 벌어지고 있음을 우리는 새삼스럽게 알게 되는데, 특히 그것이 반복적인 묘사를 통해 무척 강조되고 있는 바, 이 작가의 시선이 어디로 향할지 충분히 짐작할 수 있는 면이 있다. 이 소설의 모티프가 되었을 가수 달빛요정역전만루홈런의 노래 "치킨런"에는 "내 인생의 영토는 여기까지/ 주공 일단지 그대의 치킨런"이라는 후렴이 반복되는데, 이처럼 김혜진은 우리가 공유 혹은 점유하고 있다고 생각하는, 그러나 결코 소유할 수는 없는 어떤 공간에 대해 꾸준히 언급한다. 「쿵푸도 있다」의 "서울"은 우리가 무의식적으로 삭제해 버린 어떤 풍경을 보여 주고, 「한밤의 산행」에서 "구역" 같은 곳은 대체 우리가 지키려고 하는 것은 무엇인가를 되묻게 만들며, 「아무도 모른다」의 "회사"는 해고라는 사태의 본질이 결국은 공간의 상실과 그로부터의 추방임을 보여 준다.

무엇보다도 "광장"은 김혜진 소설의 본토와도 같은 공간인데, 「광장 근처」와 「비눗방울 맨」이 이를 잘 보여 준다. 그가 그려 내는 광장은 모든 것이 모여 혼잡하게 뒤섞여 있는, 이 세계의 축소판 같은 곳이다. 투쟁과 저항, 폭력과 억압, 열정과 욕망, 무기력과 절망, 일상과 비일상이 두서없이 출몰하는 그곳에서 김혜진은 늘 '뒤편'을, '구석'을 바라본다. 「광장 근처」에서 벌어지고 있는 사건과 마치 무관하다는 듯 지속적으로 보이는 장면은 전광판 위에 홀로 올라가 있는 사람의 "실루엣"이다. 이제는 그냥 광장의 일부가 되어 버린 그 모습을 김혜진은 마지막 장면에서까지 응시한다. 「비눗방울맨」 역시 마찬가지다. 비눗방울을 불어 내는 그 사람은 슬그머니 '나'의 앞에 태연하게 나타난다. 그리고 이 모든 사태와 무관하게, 또 무심하게 공간의 일부가 되어 마지막 장면에 또 등장한다. 그러나 이들은 결코 무관한 사람들이 아니며, 오히려 그들이야말로 광장의 주인이라 말해야 할지 모르겠다. 흔히 광장이라는 공간은 누구도 도달할 수 없고 다만 그 "근처"에만 잠시 머무를 수 있는 곳이라 여겨지기 마련이지만, 광장이 일상의 공간인 사람들이 있으며, 우리가 적어도 알고 있어야 할 것은 그곳에 늘 누군가가 있다는 사실이라고 김혜진은 몇 번이나 강조하고 있기 때문이다.

3 사건들: 질문과 대답, 그리고 일

수업이 끝나고 나는 와와가 대답하지 않고 그대로 안고 가 버린 몇 개의 질문들을 알게 되었다. 너의 가족은 몇 명이니? 너는 누구와 사니? 너의 남편은 무슨 일을 하니? 너는 이번 휴가에 무엇을 할 거니? 너는 어떤 날씨를 좋아하니? 너의 아이들을 몇 명이니? 너는 무슨 공부를 했니? 너는 혹은 너의 가족은, 으로 시작되는 수많은 질문 중 무엇이 와와를 망설이게 하고 머뭇거리게 만들었는지 찾고 싶었지만 그건 어려운 일이었다.(「와와의

문」, 211쪽)

학생이야? 졸업했어? 혼자 살아? 부모님은? 형제는? 맏이야? 고향은? 학교는? 하는 질문들이 따라 나왔다.(「어비」, 14쪽)

김혜진의 소설 속에는 무언가를 잃어버리는 이야기가 자주 등장한다. 대체로 그 상실의 대상은 사람이지만, 때로는 물건이기도 하고, 직업이 되기도 하며, 고양이일 때도 있다. 그것은 곧 이 작가의 소설들에서 중요한 주제 중 하나가 상실에 대한 두려움임을 보여 주는 것이라 할 수 있을 것이다. 그 두려움의 기저에는 그들이 가진 것이 '최소한'이기 때문에, 그것마저 잃어버리면 모든 것이 사라져 버릴지도 모른다는 절박함이 있다. 여기에서 더 중요한 것은 이들에게 상실에의 감각을 환기시키는 것이 일상적으로 마주하는 '질문'들이라는 것이다. 위의 인용에서처럼 타인의 존재를 확인하려는 끊임없는 질문들은 상대방을 이해하려는 노력이라기보다 그들이 괴물이나 유령이 아님을 확인하고, 안심하려는 과정에 가깝다. 그러므로 '사건'은 질문에 대답하지 않을 때 일어나는데, 그들은 그냥 사라져 버리는 방식을 택한다.

「쿵푸도 있다」와 「비눗방울 맨」에서 '나'는 자신에게 던져지는 질문에 제대로 대답하지 못한다. '나'의 이동과 행동에는 별다른 이유가 없는, 그저 집에 가기 위해서, 자전거를 타며 거리를 산책하기 위해서 길을 나섰을 뿐이기 때문이다. 제대로 대답하지 못했던 질문들은 '나'를 점점 더 곤경에 처하게 만들고, '나'로서는 어서 이 상황에서 벗어나야겠다는 판단밖에 들지 않게 된다. 「어비」가 이를 더욱 잘 보여 준다. '어비'는 늘 "진짜로" 말할 것이 없었고, 잘못이나 실수를 한 일도 없었다. 그러나 바로 그 이유 때문에 '어비'는 사라져야 했다. "종일 일만 하면 그게 잘하는 거야? 일만 하면 되나? 일만 하면 돼?"라는 질문, 그러니까 적당히 서로 어울리고, 좋게 좋게 해결하고, 웬만하면 그냥 넘어가자는 식의 요구에 '어비'는 결코 응하지 않는다. 그래서 '어비'가 인터넷 개인 방송에 등장하는 모습은 사실 자연스럽다. 그곳이야말로 누구도 '어비'에 관해 묻지 않기 때문이다. 묻는다고 해도 그 행위 자체에 관해 물을 뿐이지, '어비'의 배경에 관해서는 전혀 궁금해하지 않으며, 그가 대답할 이유도 없다.

> 어쨌든 더 나은 일을 구해야 했다.
> 저도 이제 좀 제대로 취업을 해야죠.(「어비」, 19쪽)

> 어쨌든 이렇게 사람들의 부탁을 들어주다 보면 가까워질 테고 그러면 제대로 된 업무를 할 수 있겠지. 일다운 일을 할 수 있겠지. 그렇게 생각했던 것 같다.(「어비」, 29쪽)

'어비'의 행로를 지켜보던 '나'에게는 늘 제대로 된 일, 진짜 일, 나은 일, 일다운 일에 대한 강박이 있다. 그것은 김혜진 소설 전체의 주된 문제의식인데, 아마 "일"에 관한 이런 식의 언급은 매 작품마다 한두 구절씩 찾아낼 수 있을 것이다. 제대로 된 일이란 여러 가지 의미를 가진다. 지정된 일터, 근무 시간, 보장된 정년, 어느 정도의 임금, 사회로부터의 인정, 무언가를 하고 있다는 개인적 성취감 등. 그러나 무엇보다도 중요한 것은 그 일이 "어쨌든" 지금보다는 나아야 한다는 점이다. 끊임없이 좀 더 나은 곳을 찾아야 하는, 하지만 그다지 나아지지도 않는 지금 세대의 고민이 김혜진 작품 전반에 깔려 있다. 「한밤의 산행」에서 철거 반대 시위를 주도하던 '여자'가 "이런 거 경험 있으면 취직할 때 유리하다고 해서 하는 거라고요. 저도 삼 학년인데. 이런 거 하고 싶겠어요."라고 말하는 장면은 아마 이 소설집에서 가장 인상적인 장면들 중 하나일 텐데, '연대'의 가치가 아니라 자기 삶의 최소한의 안위가 보장될 '가능성'에 투신하는 모습이야말로 이 세대의 자화상이다. 그리고 그것은 누누이 강조되고 있는바, 나쁘거나 잘못된 것이 아니다.

0

학생 아닌가?
감독관이 묻는다.
졸업했어요.
그가 답한다.
그럼 일을 해야지.
감독관이 꾸짖는다.
일하는데요.
그가 항변한다.
이게 무슨 일이야. 진짜 일을 해야지.(「광장 근처」, 151~152쪽)

자신이 수집한 DVD를 노점에서 팔기로 결심한 '그'에게 "진짜 일을 해야" 한다고 말하는 '감독관'의 모습은 사실 우리 내면에 있는, 그러나 쉽게 말할 수는 없었던 목소리일지도 모른다. 「쿵푸도 있다」의 '나'와 '지수'가 나누는 대화처럼, 우리 조금 더 나아져야 하지 않겠냐고 말하면서 결국 한숨을 쉬며 헤어지는 일. 이런 모습들이 김혜진이 보여 주는 마지막 장면이다. 어쩌면 김혜진은 여기까지가 소설이 감당할 수 있는 지점이라고 생각할 수도, 지금으로서는 여기까지밖에 말할 수 없다고 생각할지도 모르겠다. 어쨌든 확실한 것은 그가 정직하다는 것이다. 부러 과장하거나 너무 애쓰지 않고, 감당할 수 있는 지점에 꼿꼿이 서 있겠다는 그 태도가 말이다. 그리고 그것은 이제 확실하게 김혜진만의 색깔이 되었다.

소재주의라는 매혹과 실패

장강명, 『우리의 소원은 전쟁』

어느덧 장강명이 쓴 소설이 두 자릿수에 가까워졌다. 등단작이자 한겨레문학상을 수상한 『표백』(한겨레출판사, 2011), 수림문학상을 받은 『열광금지, 에바로드』(연합뉴스, 2014), 문학동네작가상을 받은 『그믐, 또는 당신이 세계를 기억하는 방식』(문학동네, 2015), 제주 4·3평화문학상과 오늘의 작가상을 동시에 수상한 『댓글부대』(은행나무, 2015) 등의 수상작들 외에도 많은 주목을 받았던 『한국이 싫어서』(민음사, 2015)가 있고, 장편 『호모도미난스』(은행나무, 2014), 연작소설집 『뤼미에르 피플』(한겨레출판사, 2012)까지, 그리고 필요할 때는 단편도 써 가며 『아스타틴』(에픽로그, 2017) 같은 본격 SF 중편소설까지 펴냈다. 우리가 지금 다룰 작품은 장강명의 장편소설 중 최근작인 『우리의 소원은 전쟁』(예담, 2016)이다.

이제 장강명에 관해서라면 어느 정도 합의된 평가를 내릴 수 있을 것 같다. 장르적 문법에 관심을 갖고 소설을 시작했고, 기자 생활을 거치면서 한국 사회의 현실에 관해 구체적이고 생생한 눈을 가질 수 있었으며, 이를 바탕으로 전업 소설가로의 전환 이후 소설의 문제의식과 주제 설정에 탁월한 감각을 보였다는 점이다. 그런데 장강명의 그런 장점들이 작가 자신의 표현을 빌리자면 "패턴"[1]이 되어 버리면서 소재와 주제만 바뀔 뿐 형식적으로는 그저 반복에 그치고 있는 것이 아닐까 하는 의문이 조금씩 생기기 시작한다.

장강명이라는 작가의 소설 작법이 꽤나 독특하다는 것은 작가 후기에서 찾아볼 수 있는데, 그는 모든 책에서 자신이 소설을 쓰면서 참고한 2차 자료에 관해 지나칠 정도로 상세하게 밝혀 놓고 있다. 그것은 곧 소설가가 어떤 문제에 관해 작품을 쓸 때 머릿속으로만 구상하는 것이 아니라 그 문제를 다룬 각종 텍스트를 깊이 참조한다는 것인데 흥미로우면서도 동시에 의아한 것은 그것이 일종의 '강박'처럼 보인다는 것이다.

> 초고를 꼼꼼하게 읽고 많은 조언을 주신 감수자 두 분께 감사 말씀을 드립니다. (중략) 두 분 덕에 초기 원고의 각종 고증 오류를 바로잡을 수 있었습니다. 그럼에도 여전히 잘못된 서술이 남아 있다면 전적으로 작가인 저의 책임입니다.(「작가의 말」, 510쪽)

소설은 허구의 픽션이기 때문에 의의를 가질 수 있는 장르다. 소설가에게는 소설에 관해 그것이 '사실'임을 증명할 이유가 전혀 없다. 물론 불필요한 오해나 왜곡을 불러일으킬 수 있는 어떤 부분에 관해 소설가가 그것이 '상상'의 소산임을 밝히는 경우는 더러 있고, 명백한 참조나 인용에 관해서 출처를 밝히는 경우도 왕왕 있다.[2] 그렇지만 "고증의 오류"나 "잘

1 삶이 일종의 "패턴"임을 흥미롭게 그려 낸 『그믐, 또는 당신이 세계를 기억하는 방식』(문학동네, 2015)에서 가져왔다.

2 무라카미 하루키는 「드라이브 마이 카」(《文藝春秋》, 2013. 12; 《세계의문학》 2013년 겨울호에도 동시에 발표되었다.)라는 소설에서 담배꽁초를 차창 밖으로 던지는 장면을 묘사한 적이 있다. 그때 일본의 한 지명을 인용해 그 지역에서는 그런 행동이 흔한 일이라는 식의 문장을 썼는데, 해당 주민들의 항의를 받아 소설집에서는 이를 수정한 일이 있다.

못된 서술"에 관해 작가가 책임을 운운하는 문장은 번역서에서나 등장하는 표현이고, 굳이 꼽자면 역사소설 혹은 실화소설에서나 요구되는 것이 아닐까. 그런데 우리가 잘 알다시피 장강명의 소설은 그쪽과는 오히려 정반대에 있는, 그야말로 '소설'에 가깝다. 그렇다면 무엇이 그를 그토록 자료 조사와 디테일에 집착하도록 만드는 것일까.

이에 대해 장강명이 오랜 기자 생활을 거쳤다고 말하는 것은 너무 쉬운 대답이다. 여기에서 함께 다루고 있는 김훈의 사례만 보더라도 이것이 기자 출신 남성 작가의 특징적 글쓰기라고 단언하기는 어렵다. 요컨대 장강명식 글쓰기는 일종의 '소재주의'다. 그는 문제적인 소재를 다루기 위해 그에 관한 조사를 시작하고 책, 논문, 인터넷 자료, 전문가의 조언 등을 광범위하게 섭렵한다. 그리고 이를 토대로 서사의 시공간을 마련하고 그 이후에 무슨 사건이 일어날지, 어떤 인물이 필요할지를 결정한다. 초기의 장강명은 이 과정을 아주 긴밀하게, 또 여러 고민을 거쳐 진행했고, 그의 소설은 그만큼 깊었다. 그런데 최근의 장강명에게는 서사의 밀도를 소재 그 자체의 파급력에만 의지하려는 경향이 감지되는데, 이를테면 이렇다. 『한국이 싫어서』는 '헬조선'에 관한 청년 세대의 절망적이고 자조적인 인식을 깊이 있게 보여 줄 것 같았지만 결국은 행복을 찾아 '탈조선'한다는 식의 단순한 이야기밖에 되지 못했고, 『댓글부대』는 국정원 불법 선거개입 문제를 깊숙이 파고 들어갈 듯할 인상을 주지만 여론 형성의 구조나 그 시스템에 대한 천착보다는 비뚤어진 욕망과 불분명한 음모의 선정성만 부각되고 말았다. 『우리의 소원은 전쟁』도 마찬가지다. 남북통일을 이상적이고 막연한 희망으로서만 바라보는 시선에 대해 그것이 사실은 더 큰 혼란과 문제점을 가져올 수 있다는 통일의 역설에 관해 이야기하는 소설인 것처럼 보이지만 그것은 그저 배경일 뿐, 지역의 폭력 세력과 장사꾼들, 그리고 군부 세력이 결탁하여 벌이는 흔한 누아르에 가깝다. 폭발적으로 쏟아져 나온 최근 장강명의 소설들은 섭렵된 자료와 확보된 디테일이 서사에 긴밀히 복무하지 못한다는 공통점이 있다.

물론 소설이 제목의 기대를 충족시켜 주지 못하는 것은 반대로 제목을 아주 잘 지었다고도 볼 수 있을 텐데, 최근 장강명의 소설들이 흔하고 뻔한 이야기를 그 자체로 새롭게 '구상'하지 않고 한국의 현실에서 새로운 '소재'를 끌어와 그 익숙함을 상쇄하려는 시도는 문제적이다. 만약 장강명 소설의 중심이 '소재'로 향하고 있다면 『우리의 소원은 전쟁』은 그 지점에서도 실패에 가깝다. 이를테면 장리철로 대변되는 북한의 특수부대 출신에 대한 일종의 전형적 '환상'은 이 소설에서도 반복된다. 그가 혈혈단신으로 살상에 최적화된 인간 병기의 모습을 보여 주면서 끝까지 살아남아 최종적인 복수까지 다짐하는 과정은 누아르 장르의 문법 중 하나일 텐데, 사실 이 소설의 모든 인물과 사건이 그 문법을 충실히 따르고 있다.(이 소설의 인물들은 역할에 따른 목표가 분명하다.) 그럼에도 이야기의 밀도나 긴장감이 좀처럼 높아지지 않는 것은 "통일과도정부"가 들어선 북한의 "장풍군"이 충분히 설명되지 못했기 때문이다. 아니, 그저 설명만 있었기 때문이다. 예컨대 이런 질문들이 머릿속을 떠나지 않는 것이다. 남북이 통일의 시기에 접어든 이후의 혼란이 너무 단순하게 정리된 것은 아닐까, 특히 "유엔 평화유지군"의 무기력한 모습이나 남한 사회에 대한 너무 적은 묘사는 오히려 북한의 상황을 비현실적으로 느끼게 하는 것은 아닐까, 작가는 분명히 프롤로그에서 "몇 년 전까지 통일 전문가들이 가장 이상적이라고 생각했던 시나리오가 현실이 되자, 아귀와 수라들의 축생도가 열렸다."(12쪽)고 했는데 이 소설이 그 정도의 파괴력을 가지고 있는 것일까.

두 가지 정도 구체적인 불만을 지적하고 싶다. 하나는 이 소설의 인물들이 나누는 대화다. 아무리 통일의 시기이고, 남한의 표준어가 나름대로 정착되는 과정이라 하더라도 북한 언어에 대한 감각이 거의 나타나지 않는다. 그래서 인물들이 가진 목소리는 생생함이 떨어지고 입체적이지 못한데 그것은 디테일의 실패라고밖에 볼 수 없고, 이는 장강명이라는 작가에게 있어 치명적인 것이다. 또 하나는 여성 인물을 다루는 방식이다. 장리철과 함께 사건을 해결해 나가는 '은명화', 평화유지군 쪽에서 사건에 접근하는 말레이시아 대위 '미셸 롱'이 중요한 역할을 담당하면서도 끝내 그동안의 여성 인물이 그려져 왔던 방식, 즉 긴박한 순간에 연민이나 동정 같은 '감정'을 발휘해 사건을 혼란에 빠뜨린다거나 '미인계'의 전략을 사용한다든가 결국 동료에게 사랑의 감정을 느낀다든가 하는 식의 설정은 장강명답지 않은, 너무 뒤떨어진 전략이다. 개인적으로 나는 『댓글부대』에서 지나치게 강조된 성매매 문화에 대한 묘사나 최근 단편에서 발견되는 여성에 대한 시선이 조금 우려스러운데, 장강명에게라면 이런 기대나 요구를 해 봐도 좋지 않을까. 그가 문단이라는 집단과 문학이라는 제도에 큰 관심이 있는 만큼, '문단 내 성폭력'이나 '권력으로서의 성차' 같은 작금의 페미니즘 이슈에 도전해 주기를. 장강명이 쓰는 페미니즘 소설이 기대되는 게 비단 나뿐만은 아닐 것이다. 이런 소재주의라면 벌써부터 흥미진진하지 않은가.

《문학과사회》 2017년 여름호

비장함을 버릴 때 오는 것들

김훈, 『공터에서』

여러 시선들이 있겠지만 김훈은 문제적이고 중요한 작가다. 자기만의 문장이 있으며, 쓰고 싶은 것이 늘 분명하고, 그것을 바탕으로 전력을 다하기 때문이다. 그런 확신과 단언이 때로는 독자의 감각과 어긋나기도 하지만 김훈이 가진 작가 정신은 결코 쉽게 소설을 쓰지 않았음을 증명해 왔고, 무엇보다도 그의 단단한 문장이 이를 지탱해 주는 근간이었다. 단문으로 이토록 풍부하게 묘사할 수 있다는 사실은 김훈을 풍경의 작가로 일컫게 했고, 그의 소설은 광활하고 웅장하면서도 섬세하고 날카로웠다. 그러한 김훈 문학의 '풍경'과 '묘사' 속에서 자못 의아했던 것은, 김훈이 늘 가지고 있는 어떤 비장함이었다. 역사 속으로 달려갔을 때, 그것은 서사의 무게감과 깊이를 확보해 주는 훌륭한 방편이었지만 지금의 현실을 그려 낼 때 그 비장함은 단지 부담스러운 외피로 보였기 때문이다. 무엇이 이 작가를 이토록 비장하게 만드는 것일까. 그 문제는 일단 차치하더라도, 그의 비장함이 역사소설 쪽에서 특유의 성공을 거둔 것에 비해 현대사를 다루었던 몇몇 작품에서 실패했음은 부정할 수 없다. 더군다나 에세이스트로서의 김훈의 탁월함을 떠올리면 소설가로서 김훈은 어딘가 '강박'적이라는 느낌을 지울 수가 없는 것이다.

이번 소설은 『흑산』(학고재, 2011) 이후 6년 만의 단행본이지만 김훈이 그간 계속 침묵해 왔던 것은 아니다. 2013년 겨울부터 김훈은 다시 단편소설을 발표하기 시작했고, 약 1년간 꾸준히 작품을 써 왔다. 현실의 사건을 바탕으로 취재와 조사를 거쳐 서사화하는 일종의 저널리즘적 글쓰기는 여전했고, 소설들은 사실 좀 들쭉날쭉했다. 그 일련의 단편들에서 감지되었던 것은 김훈의 글쓰기가 '산문' 쪽으로, '자전적'인 방향으로 옮겨 가고 있다는 것이었다. 그것은 20세기를 오래 살아온, 이제는 흔치 않은 작가만이 가질 수 있는 한국 현대사에 대한 감각이었다.

『공터에서』(해냄, 2017)가 김훈의 이력에서 아주 특별한 위치를 차지할 수밖에 없는 것은 이 작품이 말 그대로 자기 이야기이기 때문이다. 그의 아버지 김광주와 그 자신이 살아온 삶의 자취가 거의 그대로 소설에 녹아들어 있다. 김훈은 그가 '보고 들은' 것을 쓰는 작가였지, 스스로를 드러내는 편은 아니었다. 조금 더 정확하게 이야기하면 그에게 소설은 산문적 글쓰기와는 구분되는 어떤 것이었다. 그런데 그 경계가 거의 최초로, 이 작품에서는 허물어지고 있다. 그러므로 이 소설은 마동수를 김광주로, 마차세 그리고 마장세의 일부를 김훈으로 읽지 않으면 무의미하다. 중국을 떠돌며 일제강점기를 견뎌 냈지만 해방된 조국의 사회에 끝내 순응하지 못한 마동수의 행적은 김광주의 그것이고, 그 아버지의 그림자에서 벗어나지 못한 채 방황하고 헤매는 마장세와 마차세의 삶은 김훈 자신의 것이다.

이 소설은 김훈이 처음으로 비장하지 않게 쓴 소설이라고, 나는 생각한다. 작가 자신이 말했듯 "내 마음의 깊은 바닥에 들러붙어 있는 기억과 인상의 파편들을 엮은 글"(352쪽)이 『공터에서』이다. 이야기는 그저 펼쳐져 있고, 내가 알던 김훈이라면 결코 용납하지 않았을 중복되는 서술과 과감한 생략이 서슴지 않고 나타난다. 나는 이 작품이 퇴고를 별로 거치지 않았을 것이라 확신한다. 김훈식으로 표현하자면, 내처 달리고 뒤돌아

보지 않았다고 할 수 있을 텐데, 그렇게 생겨난 틈과 균열이 이 소설을 매력적으로 만든다. 소설의 각 장에 달린 제목은 너무나 건조하고 단순하며 분량도 제각각이다. 뚜벅뚜벅 마동수의 삶으로 걸어 들어가는 초반부가 압도적인 것에 반해 중후반부는 서사의 밀도가 급격히 떨어지며, 이야기는 갑자기 끝나 버린다. 과연 김훈다운 문장도 많지만 동시에 거칠고 다듬어지지 않은 표현도 적지 않고 잘 알려져 있듯 여성 인물에 대한 평면적인 이해와 설정, 묘사가 문제적이기도 하다. 요컨대 이 소설은 김훈의 작품 중에서 가장 훌륭한 작품이라고 말하기는 어려울 것이다. 그러나 그의 이력에서 가장 중요한 작품이 될 것은 분명하다.

역설적이게도, 방금 언급했던 많은 단점들이 이 소설을 지지하는 이유가 되었다. 김훈은 이 소설에서 많은 것을 감당하면서, 또 동시에 포기하면서 글을 써 나간 듯하다. 한국 현대사의 질곡에서 벗어나지 못한 채 스스로의 기억을 되짚는 고통, 떠밀리고 쫓겨 다녀 결국은 무기력하게 남루해져 버린 사람들의 슬픔 같은 것은 물론이거니와 작가 자신에게 덕지덕지 붙어 있는 생의 흔적들을 정직하게 밀고 나가려는 태도가 느껴진다. 그것은 결기에 싸인 비장함이 아니라 스스로를 해방시키는 자유로움이다. 일제강점기와 한국전쟁, 산업화와 독재 정권의 현실을 그리면서 이 작품처럼 이데올로기의 문제를 건조하게 처리하는 방식은 좀처럼 찾기 힘들다. 김훈은 한국 현대사가 이념의 문제로 귀결되는 것이 아니라 결국 먹고사는 문제였음을, 세상에 나왔으므로 살아야 하는 인간의 절대명제에 관한 것임을 무척 쓸쓸하게 그려 낸다.

허기와 식욕에 관한 김훈의 집요한 시선은 잘 알려진 것이지만 이 소설에서는 그것이 혈연 혹은 피의 문제, 그리고 생식 또는 번식의 문제와 더욱 깊이 연결되어 있다. 아기가 맹렬하게 빨아 대는 어미의 젖, 매질을 당한 후 경찰서 앞에서 먹던 선짓국, 조촐하게 차려진 식탁 위의 고추장찌개 같은 것들은 그것이 결국 생식(生殖/食)임을, 그 빗금 속에 수

많은 먹음과 먹임을 통해 떼려야 뗄 수 없는 것들이 다시 생겨남을 끈덕지게 보여 준다. "제 한 몸뿐이지. 누구의 자식도 아니야."(295쪽)라고 말할 수 있는 인간은 아무도 없고, 혼자라는 적막감과 쓸쓸함은 영원히 견뎌야 하는 실존의 문제이다. 동시에 혈연이라는 사슬은 스스로를 옥죄어 오고 "사슬을 끊어야 하는데, 그 속박에서 벗어날 수 없을 것이라는 예감"(343쪽)에 결박되어 있는 것은 김훈만이 아니다. 인간은 누구나 종국에는 자신의 근원을 마주하게 된다. 그리고 그 얼굴은 내가 아니라 나를 만든 사람의 것이다.

김훈은 자신의 아버지 김광주와 스스로를 소설에 그대로 가져다 쓰면서도 그들이 '작가'였음은 아예 언급하지 않았다. 김훈은 왜 소멸되기를 바라는 자신의 기억과 인상에 글쓰기의 자리는 마련하지 않은 것일까. 소설가는 소설로 연을 끊고 기억을 떠나보내므로, 아직 김훈에게는 할 말이 남아 있는 것으로 보인다. 그러니 이런 흔한 문장으로 마무리할 수밖에 없지 않을까. 김훈의 다음 소설이 기다려진다.

《문학과사회》 2017년 여름호

소설을 믿는 소설

손보미, 『디어 랄프 로렌』

손보미의 첫 장편소설 『디어 랄프로렌』(문학동네, 2017)이 출간되었다. 그간 인상적인 단편들로 익히 주목을 받아 온 작가였고, 그래서 그가 써내는 장편은 어떤 모습일지 궁금했다. 결론부터 말하자면 이 첫 장편소설은 손보미의 단편을 그대로 확장해 놓은 것 같고, 장편으로의 성공적인 안착으로 여겨진다. 『그들에게 린디합을』(문학동네, 2013)에서 잘 드러났던 손보미 특유의 이국적 감각, 소설의 인물이나 배경에 관해서만이 아니라 소설의 서술과 구조가 '한국적'이지 않은 이 작가만의 특징이 잘 드러나고 있고 무엇보다도 왜 어떤 이야기는 '소설'이어야 하는지에 관해 이 소설은 매력적으로 보여 주고 있다.

1954년의 세계와 그 세계의 몇몇 기억들로 시작하는 이 소설은 결국 "랄프 로렌과 조셉 프랭클이 만난 해"(12쪽)로 우리를 데려간다. 뉴욕대학교 물리학과 대학원 과정에 유학 중인 '종수'가 지도 교수인 '미츠오 기쿠'로부터 다른 진로를 알아보는 것이 좋겠다는, 사실상 연구실에서 쫓겨나는 장면으로 이 소설은 시작된다. 고통과 괴로움으로 신음하던 '종수'가 우연히 잠겨 있던 자신의 서랍 속에서 '수영'의 청첩장과 "디어 종수"(32쪽)로 시작하는 메모를 발견하면서 '종수'는 열여덟의 기억으로 속

절없이 끌려간다. 그 스스로도 믿을 수 없을 정도로, 까맣게 잊고 있던 그 기억은 '랄프 로렌'의 마니아였던 '수영'의 부탁으로 미국의 디자이너 '랄프 로렌'에게 유일하게 그 브랜드에서 제작하지 않았던 '시계'를 만들어 달라는 부탁의 편지를 함께 작성해 갔던 시간들이었다. 그 기억에서 출발해 '종수'는 랄프 로렌이 어떤 사람이었는지, 어떤 삶을 살아왔는지 추적하기 시작한다.

우선은 이런 질문을 던지지 않을 수 없겠다. 왜 '종수'에게는 '랄프 로렌'이 그토록 중요한 사람이었을까. 사실상 현재 그의 처지와 상황에서는 아무런 관련이 없는, 게다가 그런 일이 있었는지 새삼스러울 정도로 완전히 잊고 지냈던 수영과의 기억은 그가 갑자기 '랄프 로렌'의 삶에 관심을 갖게 된 것에 대해 아무런 설명도 되지 못한다. 특히 이 관심이 '종수'가 미국에서 한국으로 돌아오기까지의 삶 전체를 지배할 정도로 영향을 주는 것은 이해하기 어렵다. 그런데 바로 이 지점이 소설을 매력적으로 만드는데, 그것은 작품 속에서 '종수'의 목소리로도 계속 언급되고 있듯이 이 모든 것이 '우연'이기 때문이다. 삶은 대체로 이해할 수 없는, 예측할 수 없는 일들로 진행된다는 것. 자신이 처한 상황과 무관하게 어떤 일들은 계속 일어나고 또 이 과정에서 마주하게 되는 어떤 '기억'은 삶의 방향을 완전히 돌려놓기도 한다고, 이 소설은 말하고 있다.

'종수'는 수영의 기억과 함께 '랄프 로렌'의 삶 속에 속수무책으로 빠져든다. 그리고 그 행로를 따라가면서 여러 인물과 사건을 마주하고, 특히 '조셉 프랭클'을 만나게 된다. 유년의 랄프 로렌을 조셉 프랭클이 거두어 키웠기 때문에 이 만남은 필연적인 것이었지만 조셉 프랭클이 '시계공'이었다는 사실은 우연히 알게 된 사실이었다. 시계라는 이 퍼즐의 조각은 수영과의 편지 작성, '랄프 로렌'이라는 브랜드를 관통하면서 '종수'로 하여금 이 추적을 멈출 수 없게 한다.

자신의 삶이 너무도 명백하게 변화하는 순간을 마주했을 때, 그것도 상처를 안은 채 고통과 절망 속으로 빠져들 때, 우리는 이것을 어떻게 받아들여야 할까. 우리는 왜 그렇게 되었을까, 어떻게 이런 상태가 되었을까 질문을 던지면서 끊임없이 이유와 원인을 찾게 된다. 누구라도 그럴 것이다. 그 과정은 곧 세계를 이해하는 방식과도 같다. '나'의 경험과 기억이 다른 인물과 세계를 만나 이해의 폭을 넓히는 과정만이 유일하게 삶을 살아 나갈 수 있는 방식이다. 그런데 이것은 곧 '소설'의 과정이자 방식이 아닌가. '종수'가 '랄프 로렌'의 궤적을 따라가는 과정에서 스스로 '작가'라고 소개하는 여러 장면들을 떠올리면, 마치 작가에게는 누군가의 삶을 추적할 수 있는 권리가 있는 것처럼도 느껴진다. 이 소설은 결국 '종수'가 세계를 이해해 가는 과정이고, 그것이 다시 소설이 된다. 이는 시간을 더듬는 추적의 과정으로서의 소설 텍스트가 늘 경험하는 일종의 역설이다. 그리고 그것은 소설에 대한 '믿음'으로 지탱된다.

이 소설을 쓴 것은 작가 손보미이지만, 소설 속에서는 엄연히 '나', 즉 '종수'로 여겨진다. 또 랄프 로렌은 현존하는 디자이너(아직 생존해 있다.)이자 브랜드이고 그를 둘러싼 이야기들은 사실이기도, 아니기도 하다. 게다가 이 소설은 한국어로 쓰여 있지만 '종수'가 보고 들은 정보는 대부분이 영어로 이루어진 것이다. 전술했듯, 이 장편소설은 손보미의 단편이 확장된 형태이고 실제로 「디어 랄프 로렌」(《현대문학》, 2014년 9월호)이라는 제목으로 이미 발표된 바도 있다. 작가는 그 사실을 이렇게 활용하고 있다.

> 내가 이 책을 쓰는 데 주요한 역할을 한 사람들이 많다. (……) 다만 특별히 언급하고 싶은 한 사람은 내가 알고 지낸 소설가 S이다. 그는 내가 이 이야기를 글로 남겨야 한다고 줄기차게 주장했고, 그리고 그렇게 하지 못하는 나를 위해 자신이 직접 '디어 랄프 로렌'이라는 제목으로 단편소설을 쓰기도 했다. 그 소설을 읽는 내내 내 안의 어떤 것이 계속 나를 부추겼다.(14쪽)

재차 언급하건대 이 소설의 작가이자 서술자로 내세워져 있는 '나'는 손보미가 아니지만 손보미이고, 랄프 로렌 역시 실존 인물이지만 실존 인물과 다르다. 작가는 서술자를 설정해야만 하고 현실의 어떤 부분을 사실적으로 재현하지 않을 수 없게 된다. 그럴 때 생기는 어쩔 수 없는 딜레마에 대해 손보미는 이를 적극적으로 드러내어 활용하는 전략을 취한다. 이것은 소설에 대한 믿음이 없이는 불가능하다. "만약, 이 소설에 나오는 어떤 내용들이 우리가 살고 있는 세계의 것과 일치하거나 혹은 반대로 일치하지 않는다면, 그건 전적으로 우연에 근거한 것"(357쪽)이라는 작가의 말에 수긍할 수 있는 독자라야 이 소설과 제대로 만날 수 있을 것이다. 그렇지 않다면, 즉 이 소설의 형식과 내용이 작위적이고 편의적으로 느껴진다면 어쩌면 아무것도 아닌 이야기가 될 수도 있다.

그렇게 소설을 들여다보면 아쉬운 점도 있다. 손보미가 의도한 것이 명백히 소설임을 밝힘으로써 역설적으로 소설이라는 장르의 경계를 허물고자 했던 것이라면 진짜 작가인 손보미의 '작가의 말'을 생략하는 것이 어땠을까 하는 것이다. 이 소설의 프롤로그와 에필로그는 사실상 '종수'의 '작가의 말'이므로 그것으로도 충분하지 않았을까. '소설가 S'는 그저 표지의 이름으로만 남았다면, 훨씬 매력적이지 않았을까. 요컨대 이 소설 전체는 사실상 소설에 관한 소설이고, 이 경우 메타픽션으로도 읽을 수 있게 된다. '종수'가 '랄프 로렌'을 찾아 나서고, 그에 관한 취재와 자료 조사를 면밀하고도 집요하게 진행하는 과정은 그 자체로 소설의 방식이기 때문이다.

그러나 굳이 그렇게 읽지 않아도 좋다. 어쨌든 결국 인간의 삶은, 소설은 시간을 더듬는 추적의 과정이고, 그 추적은 '디어(dear)'로 시작하는 서로 간의 연결로써만 가능하다는 것을 이 작가는 끝내 설득시키고 있기 때문이다. 그리고 그는 무척 세련된 방식으로, 이 복잡하게 얽혀 있는 실타래를 풀어 나간다. 어떤 사람들은 결국 만나게 되어 있고, 어떤 일들은 결국 일어나게 되어 있다. 우리가 지금-여기에서 되돌아보는 모든 시간은 전부 그렇다.

> 그날, 카페 밖에서 섀넌은 자신의 목소리를 녹음기에 녹음했다. 그건 누군가에게 목소리로 편지를 쓴 것이나 다름없는 행위였으리라. 그리고 (너무도 당연한 말이지만) 그 편지는 분명히 나에게 보내는 것이 아니었다. 그녀는 그 '편지'를 대체 누구에게 보내고 싶었던 것일까? 보낼 마음은 있었던 것일까? 아니면 애초에 누구에게도 보내지 못하리라는 생각을 하고 녹음한 것이었을까?(323쪽)

모든 소설은 누군가에게 띄우는 편지다. 또 누군가가 다른 누군가를 만나는 이야기다. 다시 말해 이야기 속에서 누군가를 애틋하게 만나는 일은 소설이 줄 수 있는 가장 큰 매력이다. 바로 그 매력을 손보미는 이 작품에서 매 순간 보여 준다. '종수'가 마주하는 모든 인물들은 그 자체로도 의미가 있지만 서로가 '연결'되어 있기 때문에 그 삶에는 가치가 부여된다. 서로가 만나야 한다는 그 믿음이 없다면 소설이라는 장르는 대체로 무의미해진다. 우리는 어떤 인물들을 만나 그 세계를 대면한다. 그것이 소설의 전부고, 여기에 작가와 독자의 자리는 없다. 그저 누군가가 누군가를 만나는 것이다. 『디어 랄프 로렌』은 바로 그런 소설이다.

《학산문학》 2017년 가을호

사랑하는 사람, 살아남는 사람

최진영, 『해가 지는 곳으로』

1 재난의 이야기들

소설이 현실의 반영이어야 한다는 견고한 통념만큼이나 소설의 상상력에 큰 의미를 부여하는 관점이 있어 왔다. 모름지기 인간이 꾸며내는 이야기란 그것이 새로운 세계를 완벽하게 열어젖힐 때 가장 매력적이고, 언어를 통한 '다른' 세계의 구현이야말로 우리의 시야를 확장시키는 가장 효율적인 방법임에는 어느 정도 동의할 수 있을 것 같다. 하지만 서사 장르 중 소설이 그러한 세계의 창조와 구현에 가장 적합하다는 이야기를 하려는 것은 아니다. 이를테면 영화에서 구현되는 스펙터클의 시·청각적 현전은 소설이 주지 못하는 훨씬 더 강렬한 체험일 수 있기 때문이다. 요컨대 서사 장르에서 상상력의 정도는 우위를 설정할 수 있는 것이 아닐 것이다.

이러한 상상력, 다른 세계로의 전환, 새로운 시공간의 구축 등은 우리가 발 딛고 있는 현실 세계의 여러 문제들과 무관하지 않다. 오히려 쉽게 해법을 찾을 수 없는 현실의 다양한 문제들이 새로운 서사로의 욕망을 추동한다고 보아야 할 것이다. 즉 새로운 세계의 재현은 현실로부터의 도피가 아니라 그에 대한 투쟁에 가깝다. 바로 그러한 관점에서 '재난'의 상상력은 늘 소설의 주된 관심사가 되어 왔다. 우리는 가끔, 어쩌면 자주 파국과 멸망의 순간을 상상하고, 그 '이후' 역시 궁금해 한다. 재난의 순간은 절대로 현실에서 경험하고 싶지 않은 끔찍한 상상이지만, 그럼에도 그 재난을 상상하지 않고는 현실을 감당할 수 없다고 여겨질 때 우리는 재난 서사에 자연스럽게 이끌린다.

재난은 사전적으로 '상당한 물리적 상해나 파괴, 생명의 상실, 혹은 환경의 급격한 변화를 야기하는 자연적 혹은 인공적 위해'를 뜻한다. 크게 지진, 쓰나미, 홍수, 가뭄, 기아, 전염병 등의 자연재해와 원자력 유출, 기름 유출, 전쟁, 테러리즘, 전력마비, 폭발사고 등의 인공재해로 분류되기도 한다. 이 지면에서 '재난'에 관한 이론적 검토를 하려는 것은 아니므로 조금 단순하게 정리를 하자면 결국 재난의 본질은 그것이 "삶과 사회를 변화시키는 큰 사고"라는 데 있다.[1]

바로 이러한 관점이라면 사실 '재난'은 소설에서 인물들이 겪는 거의 모든 사건과 갈등을 뜻한다고도 볼 수 있다. 현실의 외부적 조건의 변화에 따라 개인이 감당해야 할 몫이 커지고, 급기야 일상을 유지하기 어려워지는 순간은 특별한 것이 아니다. 고전소설 속 갈등의 배경에는 흔히 사회적 재난 상태가 존재하고, 근대소설 초기의 주인공들은 전쟁과 홍수, 기아 등에 자주 노출되어 있었다.[2] 단순하게 생각해 봐도 일제강점기, 한국전쟁, 독재 등 한반도의 정치 사회적 현실은 사실상 거의 재난의 상태였고, 거기에서 파생된 충격적인 사건들은 셀 수 없이 많다. 그리고 한국 소설은 그러한 재난을 형상화하는 데 게으르지는 않았던 것 같다. 무수한 작품들이

1 문강형준, 「왜 '재난'인가?」, 《문화과학》, 2012년 겨울호(통권 제72호), 19-20쪽.

2 '재난'이나 '재앙' 등을 키워드로 여러 시기의 다양한 작품을 분석한 글은 이제 적잖이 찾아 볼 수 있다.

재난 속에서 인간의 실존적 고민을 담아내려 했고 그 성과도 꽤 있었다.

장르문학에서는 재난과 파국의 모티프가 늘 각광받아 왔다. 세계의 종말로부터 시작되는 인간의 이야기 혹은 인간의 멸망과 함께 전개되는 새로운 세계의 이야기 등은 언제나 주요 소재였는데, 최근 더욱 활발해진 것 같다. 이를테면 재난 서사는 이른바 장르의 장르라고도 할 수 있을 텐데, 소위 문단의 순문학에서도 그러한 재난의 상상력은 꽤 꾸준히 창작되고 있다.

특히 2000년대 이후 박민규를 비롯한 여러 작가들이 재난의 상상력을 발휘한 이야기들을 풀어냈지만 지금과는 그 결이 무척 달랐던 것 같다. 과거의 재난 서사가 현실을 전복시키고 그것을 통해 세계를 바라보는 시각을 전환해 보려는 시도였다면, 최근의 재난 서사는 도저히 희망을 찾을 수 없는 현실이 배면에 깔린 채로, 그 파국의 세계가 오히려 현실을 잊게 하는 역할을 하는 듯하다. 일상에 짓눌린 우리가 재난을 겪고 나서야 그 무거움을 재음미하게 되는 재난 서사의 '클리셰'는 이제 지금 우리의 현실 역시 일종의 재난 상태임을 역설적으로 보여 준다.

최근 한국 소설에서는 주목할 만한 재난 서사가 꽤 있다. 김애란, 황정은 등을 비롯해 여러 작가들이 단편에서도 재난의 상상력을 발휘했고, 편혜영의 『재와 빨강』(창비, 2010), 김중혁의 『좀비들』(창비, 2010), 윤고은의 『밤의 여행자들』(민음사, 2013), 정유정의 『28』(은행나무, 2013), 정용준의 『바벨』(문학과지성사, 2014), 손홍규의 『서울』(창비, 2014) 등 주목받은 작품 일부만 나열해도 그 수가 적지는 않다. 또한 최근에도 정지돈의 『작은 겁쟁이 겁쟁이 새로운 파티』(스위밍꿀, 2017)라든가 배명훈의 『고고심령학자』(북하우스, 2017) 같은 작품이 그러한 계열로 읽힐 수 있다. 여기에 윤고은의 『해적판을 타고』(문학과지성사, 2017)와 최은미의 『아홉 번째 파도』(문학동네, 2017)까지 넓은 범주의 재난 서사로 포괄할 수 있다면 재난의 상상력은 한국 소설에서 상당히 지속적인 영향력을 갖고 있다고 말할 수도 있겠다.

그러나 각 작품들이 다루는 있는 재난의 범주는 조금씩 다르고, 이야기의 방향과 주제 의식 역시 하나로 묶기에는 무리가 있다. 이러한 소설들을 유형화하고, 그 특징을 짚어 내는 것은 꼭 필요한 작업[3]이며, 또 한편으로는 재난의 관점에서 '세월호 이후'의 한국 소설의 전개 양상을 고찰하는 것[4] 역시 중요한 일일 것이다. 하지만 이 글에서는 최근 발표된 재난 서사 계열의 작품 중 가장 주목할 만한 최진영의 『해가 지는 곳으로』(민음사, 2017)를 중점적으로 살펴보려 한다. 출간 후 많은 주목을 받았음에도 아직 충분히 비평적으로 논의되지는 못한 것 같고, 특히 재난 서사의 관점에서 이 소설이 보여 주는 몇 가지 특징들은 의미가 적지 않다고 생각된다.

2 어디에나 있고 어디에도 없는

"당신은 한국을 아는가? 한국은 아직 그곳에 있는가?"[5]라는 문장으로 시작하는 이 소설의 프롤로그는 같은 문장을 반복하면서 "전 세계를 뒤덮

3 아래의 논문들을 참고할 수 있다. 복도훈, 「세계의 끝: 최근 한국 소설에 나타난 재난의 상상력과 이데올로기적 증상」, 《인문학연구》 42권, 2011년 8월호; 오혜진, 「출구없는 재난의 편재, 공포와 불안의 서사」, 《우리문학연구》 48호, 2015년 10월호; 김지혜, 「재난 서사에 담긴 종교적 상징과 파국의 의미 — 김애란, 윤고은, 정용준의 소설을 중심으로」, 《현대문학이론연구》 70권, 2017년 9월호.

4 이 역시 다음의 글을 참고할 수 있다. 양경언, 「눈먼 자들의 귀 열기 — 세월호 이후, 작가들의 공동 작업에 대한 기록」, 《창작과비평》 167호, 2015년 봄호; 신샛별, 「부모의 자리에 서서 — 최근 소설이 '세월호'를 사유하는 방식」, 《창작과비평》 168호, 2015년 여름호; 김형중, 「문학과 증언: 세월호 이후의 한국문학」, 《감성연구》 12권, 2016년 2월호; 이재용, 「재현의 (불)가능성과 반복의 필요성」, 《작가들》 64호, 2018년 봄호.

5 최진영, 『해가 지는 곳으로』(민음사, 2017), 9쪽. 이후 인용 시 본문에 쪽수만 표기한다.

은 재앙을 피해 러시아를 떠돈 적이 있다. 그때 나는 서른아홉 살이었다."(14쪽)로 마무리된다.

이런 서사에서 우리가 우선 궁금해하는 것은 도대체 어떤 '재앙'이 세계를 덮쳤느냐는 것일 테다. 이십 대 초반의 평범한 대학생이었을 뿐인 '도리'에게 원인을 알 수 없는 기괴한 바이러스가 퍼지고 있다는 뉴스는 그저 먼 나라의 이야기로만 들리지는 않았다. '어른들'이 언제나처럼 해결책을 찾을 테니 안심하라고 말할 때, '도리'는 이렇게 생각한다.

> 세계는 확실히 전복될 것이다. 인간의 의지가 위기를 절망으로 바꿀 것이다. 똑똑한 사람들이 찾아내는 것은 해결책이 아닌 더 큰 재앙일 것이다.(18쪽)

바이러스의 원인이 무엇인지, 어떤 경로로 그것이 전파되고 죽음에 이르게 하는지, 어떻게 해야 그것을 막을 수 있는지 '도리'는 아무것도 알지 못한다. 하지만 '도리'에게 세계의 멸망과 그로 인한 절망은 필연적인 예감으로 다가온다. 이는 부모 세대의 세계에 대한 믿음이 더 이상 유효하지 않다는 것을 보여 준다. 다시 말해 이제 재난이라는 것은 단순히 어떤 사고, 사건이 일어나고 그 해결책을 찾는 방식으로 전개되지 않는다. 종말의 감각은 매우 분명하게 오고, 그것을 극복하리라는 낙관은 불가능하다. 따라서 이 소설에서 중요해지는 것은 재난을 인식하는 세대적, 젠더적 감각이지 재난의 과학적 근거와 논리적 타당성이 아니다. 작가의 말대로 이 소설은 "곳곳에 설명하지 않은 부분이 있"(192쪽)고, 그중 하나가 이 바이러스의 '정체'일 것이다. 대체로 재난 서사에서 재난의 원인과 결과에 대한 설명이 부족하다는 것은 작품의 결여로 여겨진다. 그러나 이 작품이 겨냥하고 있는 지점은 재난에 대한 설명과 설득이 아니라 그것을 인지하는 감각에 관한 것이다. '도리'가 "아빠가 죽은 날 바로 짐을 꾸"리고 동생인 "미소의 손을 잡고 무조건 인천항으로"(18쪽) 가는 장면은 마치 이런 상황을 예상이라도 했다는 듯 어떤 강렬한 예감에 사로잡힌 행동이라고밖에 볼 수 없다. 즉 '도리'에게 세계에 대한 믿음이 깨진 것은 이미 오래 전일 것이고, 그는 (무)의식적으로 언제든 이 곳의 현실이 무너져 내릴 수 있다는 것을 체득해 왔던 것이다. 이러한 세대적 감각은 황정은을 비롯해 김사과, 박솔뫼 같은 작가 역시 공유하고 있는 지점이다. 세계는 바이러스로 단번에 망한 것 같지만 이 소설에서 보듯 금방 망하지도 않고, 길게 망해 간다. 전원을 내리듯 인류가 순식간에 절멸하는 일은 손쉬운 재난의 상상이다. 그리고 그것은 어쩌면 지금 세대가 몰래 꿈꾸는 유토피아적 결말일지 모른다. 하지만 우리가 고통스럽게 이 소설에서 직면하는 것은 '버틸 것인가, 버릴 것인가' 중 하나를 선택해야만 한다는 사실이다.

3 그럼에도 살아간다는 것

이 소설은 한국을 떠나 러시아 대륙을 횡단하는 '도리'와 '미소' 자매, '지나'의 가족과 '건지', '류'와 '단' 부부와 아들 '해민'의 이야기다. 이들은 각자의 사연을 지닌 채 황량한 겨울의 대륙을 불안과 공포 속에 떠돈다. 그리고 무수한 죽음과 배고픔, 추위 속에서 끝내 서로에 대한 믿음과 사랑을 놓지 않으면서 "러시아에서 보낸 두어 달"(13쪽)을 견뎌 낸다.

> 잠을 자지 않아도 해가 떴다. 숨을 쉴 수 없는데 죽지 않았다. 보고 듣는 것이 악몽인지 현실인지 구분되지 않을 만큼 각성 상태였다. 불타는 건물을 보며 내가 저지른 짓이 아닌가 의심했다. 죽은 자를 보며 내가 죽인 것은 아닐까 공포에 떨었다. 세상이 흉한 춤을 추었다. 기괴한 노랫소리가 사방에서 들렸다. 말하지 않는데도 저주의 주문이 절로 새어나왔다. 울지 않는

데도 눈물이 흘렀다.(35쪽)

이들 앞에 닥친 상황을 묘사하는 부분은 재난이 인간에게 어떤 의미인지를 단적으로 보여 준다. 모든 것을 믿을 수 없고, 삶 자체를 회의하게 되는 그 순간에 우리는 무엇으로 살아가야 할까.

그것은 당연히 사랑이라고, 사랑일 수밖에 없다고 이 소설은 말한다. 사랑이 있다면 "지금 여기서" "새로운 인생"(52쪽)을 시작할 수 있다고, 사랑이 있어야 우리는 미래를 상상할 수 있다고 '지나'와 '도리'는 말한다. 그것은 마치 '도리'가 구해 와 선물해 준 "립스틱"(53쪽)과 같다. 무기나 식량, 정보가 될 만한 물건이나 생필품이 아니라 "이전에는 눈길도 주지 않던 것들, 이 시대에 하등 쓸모없는 것들, 쓸모없기에 구하기"(53쪽) 쉬운 것들이 비로소 눈에 띄기 시작한다. 요컨대 사랑으로 인해 인간은 '풍부'해지는 것이다.

또한 재난 속에서 그들은 재난 '이전'의 일상과 관계에 대해 다시금 생각하게 된다. 재난이 아니었다면 "우리가 살던 집은 우리 집이 되지 않았을 것이고 이 대출이 끝나면 저 대출이 시작되었을 것이고 이따금씩 우리는, 힘들어 죽겠다는 말로 죽음을 밀어냈을 것이"라고, "고요하게 담담하게 각자의 인생을 삭감해 나갔을 것이"(22쪽)이라고 '도리'는 말한다. 거기에 말을 하지 못하는 어린 동생 '미소'의 처지를 생각한다면 "심야 라디오를 만들고 싶"(21쪽)다던 '도리'의 꿈 역시 수많은 장벽에 부딪혔을 것임은 쉽게 짐작 가능하다. 그러나 지금 '도리'에게는 "아이 간을 파먹으려는 미친놈들"(19쪽)로부터 '미소'를 지켜야 한다는 것, '지나'와 함께 "지금 여기서 시작"(64쪽)하겠다는 마음뿐이다. 그것 자체로 충분하다고, '도리'는 느낀다.

'건지' 역시 마찬가지다. 가정과 학교에서 폭력에 시달리던 그에게 지금 남은 것은 '지나'를 향한 마음과 함께 자라난 새로운 삶에 대한 꿈이다.

따뜻한 "해변에 집을 짓고 바다에서 헤엄을 치면서", "물고기를 잡고 새콤달콤한 열매를 따서 사랑하는 사람에게"(38쪽) 주겠다는 꿈. 바이러스가 창궐한 황량한 겨울의 대륙 한복판에서 홀로 꾸기에는 일견 터무니없어 보이는 꿈이지만 '건지'에게는 확고한 신념이 생겨나 있다.

> 역시 벙커 같은 곳에는 가고 싶지 않다.
>
> 그런 곳에서 다시 사람들에 섞여 살아남고 싶지는 않다.
>
> 나는 아주 고요하게 살아남을 것이다. 죽는 날까지 좋은 것을 지킬 것이다. 좋은 것은 소중한 것. 내 중심에 있는 이것.
>
> 그렇게 마음먹었다.(131쪽)

"어른들이 말하는 벙커란 것이 정말 있고 누군가는 그곳에서 이 재난에도 고귀하고 청결하게 살아가고 있다면", "그들로 인해 인류가 다시 풍성해진다면 그 인류는 지금까지와 다른 세상을 만들어 낼까?"(131쪽)라고 '건지'는 묻는다. 여기에서 다시 '어른들의 세계'와 결별하겠다는 세대 감각이 드러난다. 타인의 고통에 아랑곳하지 않고 자신의 안위만을 지키려는 어른들의 세계, 즉 '지나'의 '아버지'의 논리에 굴복하지 않겠다는 것이다. '재난'을 근거로 내 삶을 지키기 위해 어쩔 수 없이 이기적이고 잔인한 선택을 할 수밖에 없다는 그 판단은, 생존을 연장하는 전략일지 모르나 존엄성을 갉아먹는 돌이킬 수 없는 선택임을 '건지'를 비롯한 이 소설의 인물들은 잘 알고 있다.

'류' 역시 딸 '해림'을 잃은 채로 남편인 '단', 일곱 살의 아들 '해민'과 이곳에 와 있다. '류'는 비로소 '단'이 다른 사람을 만났었다는 사실에 대해 그와 대화를 나눌 수 있게 되고, 그를 더 이상 사랑하지 않는다는 것을 깨닫는다. 동시에 '해민'을 보며 "지켜야 한다. 사람이 무엇인지 잊지 말아야 한다. 우리 집엔 언제 가느냐고 해민이 또 묻는다면 대답해야 한다.

최선을 다해 설명해야 한다. 미루는 삶은 끝났다. 사랑한다고 말해야 한다."(99~100쪽)라고 다짐한다. 일상에 치여 늘 다음으로 넘기곤 했던 그 말과 감정 들에 대해 '류'는 이제야 똑바로 마주할 수 있게 된 것이다.

4　오직 사랑하는 이들만이 살아남는다

이제 '지나'의 이야기를 해 보자. 아버지를 비롯해 친지들과 대형 트럭을 타고 도망치듯 떠나온 '지나' 일행은 계속해서 생존의 가능성을 찾아 '이동'한다. 아버지의 지시에 따라 국경으로 향하던 '지나' 일행은 그 과정에서 많은 희생을 치르고, '도시'에 도착해 지옥을 경험한다. 그 지옥 속에서 버틸 수 있었던 것은 '전사'가 된 아버지가 주는 헛된 희망도 아니었고, 허기와 추위가 조금이나마 해결되었다는 안도도 아니었다.

> 도리가 불러 주던 내 이름. 도리의 목소리. 그 도톰한 귓불. 미소의 눈빛. 건지의 꿈. 살아만 있으라 간절히 바라는 것들. 그런 것을 떠올리다 보면 절로 다짐하게 되었다.
> 나는 절대 이곳에서 죽지 않는다.
> 이곳에서만큼은 죽지 않는다.(139쪽)

끔찍한 밤이 계속될 때 '지나'가 떠올리는 것은 '도리'와 '미소', '건지'였다. 이들의 세계에서만 희망이라는 것이 있었다. 말할 것도 없이 이들은 '소수자'다. 여성, 장애 아동, 가정·학교 폭력의 피해자, 레즈비언 등 마이너리티의 정체성을 가진 이들이 재난을 견딜 수 있는 강한 힘을 가지고 있는 것이다. 그들이 경험한 일상과 현실은 이미 재난이었으므로, 그들은 쉽게 무너지지 않는다. 소수자로서의 그들이 완벽하게 다수의 세계를 전복시키는 장면은 '지나'와 '도리'가 재회하는 순간이다.

> 정지 화면이 풀려 버린 듯 두 사람이 조금씩 가까워져 두 손으로 생생하게 서로의 얼굴을 만지고 부둥켜안고 상처를 핥아 주듯 입을 맞출 때, 우리 주변에는 수십 명의 지치고 야윈 사람들이 제각각 바닥에 너부러져서, 무거운 몸을 벽에 기대고 앉아서, 구겨진 종이처럼 웅크린 채 망연히 허공을 바라보고 있었다. 허공에는 옛 성인의 초상화가 걸려 있었다. 사형 도구였다가 구원의 상징이 된 십자가가 걸려 있었다. 모두 따로 떨어져 각자의 고통과 불행에 침잠하여 있던 그때, 옛 성인과 예수와 예수 옆의 두 강도까지 홀로 고독하게 각자의 자리에 묶여 있던 그 자리에서 서로를 마주 보고 안아 주는 사람은 오직 둘뿐이었다. (……)
>
> 누군가 욕을 하며 두 사람을 향해 침을 뱉었다.
>
> 알아들을 수 없었지만 더러운 느낌은 확연히 전해졌다.(164~165쪽)

이 완전하게 사랑의 순간을 나누는 두 여자에게 누군가의 혐오는 아무런 영향도 끼치지 못한다. '류'가 "도리와 지나가 주고받는 눈빛과 미소의 깨끗한 표정 속에서 마치 내가 보호받는 기분"(165쪽)을 느끼는 것은 당연하다. 누구도 이런 상황에서 그런 눈빛을 발산할 수 없기 때문이다.

결국 이 소설의 말미에 이르러 '우리'라는 이름으로 살아남는 '도리'와 '지나'는, 재난으로부터 희망을 찾는다면 그것은 '여성'으로만 가능하다는 것을 분명하게 보여 준다. '류'와 '건지'가 성취한 기적이 각자의 몫으로 가능했다면 '도리'와 '지나'는 서로가 아니었다면 이 세계를 견디지 못했을 것이다. 아마도 이 소설 속 재난은 겨울이 지나 봄이 오면서 해소된 것으로 보이는데, '미소'는 끝내 어른이 되지 못했지만 '류'는 '해민'을 지켜보면서, '건지'는 '지나'에 대한 마음으로, '도리'와 '지나'는 서로를 사랑하면서 살아남았다.

파국의 순간에 사랑으로 살아남는 이야기는 그다지 새로운 것이 아니다. 그러나 이 소설은 사랑이 무엇인지를 물으면서 그것이 결코 '남성적'인, '이성애적'인 것만이 아님을 분명히 한다. 고착화 된 어른들의 사랑이 불어닥친 재난 앞에서 폭력을 방치하고 절망을 심화시키는 역할밖에 하지 못함을 이 소설은 또한 잘 보여 준다. 이러한 배제와 생략으로 비로소 우리는 "오직 사랑하는 이들만이 살아남는다."[6]는 것을 깨닫는 것과 동시에 지금 우리들의 사랑이 일종의 재난임을 감지하게 된다. 그러므로 우리는 지금 이 세계와 늘 맞서 싸워야 하고, 최진영의 소설은 그 투쟁이 '여성'을 통해 가능하다는 것을 보여 준다. 재난은 늘 원초적인 '힘'을 다시 강조하는 세계로 귀환하고, 그것은 당연하다는 듯 남성들의 몫이었다. 그러나 그들이 지닌 힘이라는 것도 거대한 재난 앞에서는 얼마나 보잘것없었나.

『해가 지는 곳으로』가 무수한 재난 서사와 구별되는 지점이 있다면 그것은 본격적인 '여성의 사랑 이야기'라는 점일 것이다. 이를 통해 한국의 재난 서사는 조금은 다른 시선을 얻게 되었다. "사랑은 남는다. 사라지고 사라져도 여기 있을 우주처럼."(192쪽)

《학산문학》, 2018년 겨울호.

6 짐 자머시의 영화 제목에서 가져왔다. 원제는 「Only Lovers Left Alive」(2013).

난망하는 소설

민병훈, 『재구성』

그 복지원에 수용된 인원은 무려 3,500여 명. 진짜 지체장애로 수용된 인원은 대략 300-400여 명 정도였던 것 같고, 나머지는 신체가 멀쩡한 상태로 잡혀 와 상당수가 정신이상자가 되거나 지체장애인이 되었다. 사라진 사람들도 많았고, 죽은 사람은 시신 해부용으로 팔려 나갔다.[1]

— 형제복지원 생존자 한종선의 말

국가는 '사회질서 유지'라는 이름으로 '정상'의 범주를 벗어나는 사람들을 마구잡이로 잡아들였다. 민주화의 요구는 갈수록 거세졌으며 경제가 호황을 이루었고 올림픽이 코앞이었다. 폭력으로 제압하고 납치해서 감금하는 것만큼 빠르고 확실한 방법은 없었다. 범죄를 저지를 가능성이 있다는 이유만으로, 행색이 수상하다는 명목으로, 남들과 달라 교정이 필요하다는 지시로 그들은 '시설'로 보내졌다. 군부독재 정권이 주도하고 그 부역자들이 공모한 '매스게임'의 시대정신은 개별자의 자리를 모조리 없애 버렸다. 그리고 그 거대한 '단체 생활'에 대부분의 사람들은 자연스

1 한종선 외, 『살아남은 아이 — 우리는 어떻게 공모자가 되었나?』(문주, 2012), 10쪽.

럽게 적응했다.

> 학교는 매년 비슷한 시기와 비슷한 지역에서 수련회를 열었다. (……) 틈만 나면 수련회 조교들은 조장들에게 인원 점검을 명령했다. 앉은 번호, 시작. 수련생들은 도미노처럼 무릎앉아를 하며 번호를 외쳤다. (……) 음식을 남겼다간 오리걸음을 해야 했다. 극기 훈련장에선 모두 올빼미가 됐다. (……) 수련회 마지막 날 밤에는 양초가 담긴 종이컵을 들었다.[2]

이제는 유구하다고 할 수 있을 이 풍경은 바로 그 20세기 한국 사회가 만들어 낸 기이한 '기억' 중 하나다. 식민지를 거쳐 전쟁과 분단, 급속한 산업화와 독재 정권을 정신없이 경험한 이 사회는 가장 효율적이고도 잔인한 방식으로 안정되어 갔다. "항상 가족처럼 봉사하겠습니다."[3] 이 말이 전혀 어색하지 않은 사회, 모두가 가족이 되어야만 안심하는 곳, 그렇게 한국 사회는 끈끈해져 갔다.

민병훈 소설의 시작이 여기에 있다고 하면 다소 과한 생각일까. 너무도 익숙해서 대체로 심상하게 기억되곤 하지만 바로 저런 순간이, 영원히 지워지지 않는 원체험일 수 있음을 민병훈은 보여 준다. 우리 모두가 경험한바, '수련원'으로 표상되는 유년기의 집단 체험은 극기 훈련, 정신 단련, 복명복창, 연대책임 같은 강렬한 트라우마적 기억을 형성한다. 통제의 낮을 견디고 촛불의 밤을 눈물로 보낸 뒤 자신들만의 은밀한 시간을 갖던 그 낯설고도 드라마틱한 기억에는 공포와 불안, 흥분과 욕망이 뒤섞여 있었고 어쩌면 우리는 그 이전으로 결코 돌아갈 수 없었던 것이 아닐까.

2 민병훈, 「파견」, 『파견』(테오리아, 2017), 17~18쪽.

3 민병훈, 「비저장용으로」, 위의 책, 60쪽.

자연스럽게 「모두진술(冒頭陳述)」로 가 보자. "재판장님과 배심원 여러분"에게 "가능한 한 모든 것을, 기억하는 전부를 말하겠"다는 '나'의 선언은 그러나 "진실"(142쪽)에 가닿지 못한다. '알프스 수련원'에 '나'는 언제부터 어떤 이유로 기거하고 있는지, '원장'과 '교관'들은 '나'를 어떻게 대하고 있는지, 화재 사건과 실종된 수련생의 실체는 무엇인지 우리는 끝내 알 수 없다. '나'에게 무언가를 요구하는 '원장'과 '나'를 묶고 때리고 풀어주던 교관 '탁' 등으로 미루어 보건대 '나'가 모종의 학대와 폭력을, 아마도 매우 끔찍하게 당하고 있으리라는 사실은 짐작 가능하다. 하지만 동시에 "밥은 맛있고 방은 안락"한 "집과 같은 곳이"어서 "할 수만 있다면 그곳에서 오랜 기간 지내고 싶었"(161쪽)다고 '나'가 진술할 때, 이 간극은 대체 어디서 오는 것일까? 우리가 민병훈의 "다른 이야기를"(163쪽) 읽어 보지 않을 수 없는 이유다.

『재구성』(민음사, 2020)에서 두드러지는 것은 단연 공간이다. 수련이나 복지, 형제, 교육이나 수덕(修德) 같은 말을 달고 '언덕 위 하얀 집'으로 자리 잡은 그 공간이 우선 눈에 띄지만 우주원이나 과학단지, 박물관, 탄광촌, 방공호, 광장과 제단 등 낯설고 거대한 시설들, 또 기차, 비행기, 전투기, 기중기 등 육중한 기계들 역시 매우 중요한 소재로 자리매김한다. 특히 이 소설집의 3부는 그러한 공간의 향연이라고 할 수 있을 것이다.

「버티고」는 이 작가의 데뷔작이자 민병훈적 공간, 인물, 사건들이 총체적으로 그려지고 있는 대표작이라 할 수 있다. "초계비행 중이던 전투기가 조종사와 함께 사라졌다."(167쪽)라는 문장으로 시작해 그 행적을 추적(민병훈의 작품 속에서 취재나 조사, 파견 등으로 자주 변주되는)하는 인물의 이야기가 그것인데, "대체 왜 환경보호와 관련한 기사를 싣는 주간지에서 항공사고를 취재해야 하는지"(168쪽) 의아해하는 '음'과 같은 인물 역시 민병훈 소설의 전형이라고 볼 수 있겠다. '음'이 향하는 곳은 매우 기묘한 공간이다. '항공우주원'은 '과학단지' 내에 위치하고 있는데 그곳은 예전에는 '공항'이었으며 '나루터'에서 배를 타고 강을 건너면 빠르게 도착할 수 있는 곳이다. 강물 속에는 "기계가 되다 만 듯한 모습의 기계들이"(174쪽) 잔뜩 쌓여 있고, 드넓은 폐적장에는 "수명을 다한 비행기 수백 대가 일정한 간격으로 줄을 맞춰 대기하고 있"(189쪽)다. 이곳에, 이런 방식으로 당도한 '음'을 따라가며 우리는 그가 모종의 음모에 빠졌거나 환상을 체험하고 있다고 느낀다. 그것은 자연스러운 독해지만, 민병훈은 이 이야기에 유년기의 기억을 겹쳐 놓음으로써 아주 깊숙한 의식 속으로 우리를 데려간다. '음'은 이곳에 "견학인지 소풍인지" "세계박람회"가 개최되었을 때 친구와 함께 "어떤 산업체의 부스에서, 생전 처음 보는 기계를 보며 꽤 오랜 시간 서 있었"(169쪽)음을 떠올린다. 다분히 '대전 엑스포'의 자취를 떠올리게 하는 이 장면은 '선생님'에 대한 기억으로 이어지는데, 그 기계를 스케치하라는 숙제에 '음'은 "도통 기억이 나질 않"았고, "역정을 내며 본인이 직접 칠판에 그림을 그렸"던 선생님을 반 전체가 비웃다가 "운동장을 오후 내내 돌았"(184쪽)던 것이다. 그 기억을 떠올리고 난 뒤 '음'에게 나타난 풍경은 안내원의 인솔에 따라 줄을 맞춰 이동하는 사람들이 일제히 자신에게 손을 흔드는 모습이다. 곧바로 "검은 토사물"(185쪽)을 게워 내고 마는 '음'은 흡사 '기계' 같아 보이며, 그제야 규율에 따라 오와 열을 맞추고 마치 한몸처럼 움직이는 인간들의 모습이 정체를 알 수 없는 기계처럼 낯설다는 것을 우리는 깨닫는다. 그러니까 바다를 하늘로 착각해 추락한 조종사처럼, 기계에 대한 '믿음'과 자신이 느끼는 '감' 사이에서 착각과 오작동은 언제든 일어날 수 있으며 그렇기에 우리는 끊임없이 스스로를 재구해야 할 수밖에 없다는 것이다.

「붉은 증기」에서 '마수'를 찾는 '대령'의 행로 역시 마찬가지다. 전쟁의 포화 속에서 기계음과 연기, 기름 냄새가 지독한 이곳에선 '기계-인간'이 가득하다. 부품들로 배를 채우는 인간, "기차를 자신의 몸처럼 느끼"(208쪽)며 화물용 기차에 몸을 싣는 인간, "살이 물컹 잡히고 감촉이 생생"(214쪽)한 오토마톤들. 이른바 들뢰즈적인 의미에서 그 '기계-신체'는 마음껏 분할하고 '붉은 증기'를 내뿜고 선두에 서기 시작한 '마수'를 '대령'은 뒤에서 따르는데, "매연이 지독"(217쪽)한 이 풍경은 단순한 디스토피아는 아닌 듯하다. '마수'라는 이름에서 연상되는 사악한 손길을 굳이 의식하지 않더라도 "마수가 손을 올린다. 일순 무리가 정지한다."(217쪽)와 같은 문장에서 우리는 이 도열과 행진이 언제고 '오작동'할 수 있다는 불안을 감지하는데, 사실 그 불안은 획일화된 질서 속에서 안정을 느끼는 우리 안의 지배-복종 정서를 건드리는 것이라고도 할 수 있다. 그러므로 우리는 이 소설의 마지막 장면에서 혼란을 염려하거나 불안에 잠식되는 것이 아니라 반역이나 혁명의 기대를 품어야 하는 게 아닐까.

죽은 "탁의 연구를 이어받"(219쪽)은 '나'와 '탁'을 추적하던 '그'의 이야기가 교차되는 「정점 관측」도 이러한 관점에서 읽어 볼 수 있다. '그'가 '탁'을 방관하면서 '탁'에게 기대하던 것은 무엇이었을까. "제단을 만들고 제단 안에 믿음을 만들고 바라보고 무릎 꿇고 서로의 손바닥을 확인하며 집으로 돌아가는 그들"(237쪽)을 이해할 수 없고 위험하다고 여기는 '연방 정부'와 '요원'들은 '그'에게 제단을 폭파하라는 지령을 수행하기를 요구한다. '그'가 '탁'을 방조하고 유예하면서 기다리는 것은 자신의 실패일까, '탁'의 실패일까.

> 이 연구는 효력이 없다. 본 연구의 목적은 그들이 상정하고 스스로 설계한 임의의 건축물 혹은 물체에 대한 의미를 해결하고 재건하려는 것이었지만 그것은 형상화될 수 없는 상상 속의 위치다. 수많은 관측 도구들이 시장에서 판을 쳤고 관측이 행해진 장소들이 해상이든 육상이든 천상이든 간에 위·경도와는 아무런 상관이 없고 중요한 것은 국지적으로 움직인 무리가 지금도 어딘가 또 다른 광장을 만들었을 거라는 가정이다.(244쪽)

무엇을 믿는지, 그 믿음의 실체가 무엇인지가 중요한 것이 아니라 믿음 그 자체, 믿는다는 신념 아래 수반되는 행위들에 주목한다면 '확신'이야말로 외려 텅 비었음을 알게 된다. 자료와 기록을 믿고 과학이나 종교적 지식을 신봉하지 않았던 '탁'은 "효력" 같은 것은 없지만 "관측"한다는 것이 어떤 의미인지 알고 있었고, "수집된 자료들은 모두 한 방향을 가리켰"(237쪽)지만 확신하지 않았다. 계속되는 관측을 통한 예측. 그것은 마치 자신의 기억을 되돌아보며 "믿을 수 없는 먼 미래"(246쪽)를 기다리는 일과도 같다. 바꾸어 말하면 기억을 통해서만 이루어지는 미래가 있다는 것이고 그것은 결국 죽음 이후이다.

「여섯 명의 블루」를 읽는다. "특수화물로 분류돼서 화물칸에 적재"(110쪽)된, '천'의 시신을 수습하기 위해 공항으로 향하는 여섯 명의 친구들이 각각의 기억을 쏟아내고 있다. 그 기억들은 모두 '블루'와 관계되어 있다. 푸르다고 생각했지만 사실은 그렇지 않았던 강이나 바다, 혹은 모두 암흑이라고 여겼지만 '천'의 눈에는 파랗고 푸르게 보인다는 밤하늘이나 우주, 그리고 푸른 숲이나 도깨비불 같은 것. 과거의 기억들은 이제 어떤 예감으로 여겨지고, 유튜브 영상이나 문자메시지로 남아 있는 흔적은 재해석을 기다린다. 어떤 죽음은 여전히 '실종' 같아서 언제고 돌아오리라는 망상을 남기는데 그 "파란 기억"이 그저 애도의 차원만은 아님을, 그 휘청거림과 "파란 기울기"(134쪽)가 지속되는 한 "말을 안 꺼낼수록 기억이 자꾸 떠오"(130쪽)르는 것을 막을 수 없다고 민병훈은 쓰고 있다.

「원인」을 이어서 읽자. 이 소설 역시 강한 죽음의 그림자가 드리워져 있다. '태풍이 형'의 죽음은 "1999년 3월 23일"(65쪽)의 밤과 "3월 24일"(61쪽)의 새벽, "309노후 전투기 보관소"(77쪽)와 관련이 있다. 그 죽음은 '나'로 하여금 일어났거나 '나'의 결과라고, '나'는 생각한다. "의사는 공포가 나를 바꿔 놓았다고 말"(77쪽)하고, "떠올리지 말라고"(83쪽)도

했다. 그러나 '나'는 20여 년 전 그 사건의 '원인'에서 벗어날 수가 없다. "몸에 솟아나는 돌기들", "아무도 듣지 못하는 소리를 새벽마다 듣"(65쪽)는 일, "인과라는 말을 벽보 떼듯 떼고 싶었"(66쪽)던 일, 그러니까 "기억이라고 생각했던 꿈들"(69쪽)이 기억도 아니고 꿈도 아닐 때, '나'에게는 "모든 것이 원인"(87쪽)이며 모든 일은 현재형이다. 단순히 과거의 일을 떠올리는 행위로서의 기억이 아니라, 또 그 기억들이 매번 생생하게 달라질 때 선후 관계는 무의미해진다. 이는 곧 기억에서 시간성을 지우는 일이고 그럴 때 남는 것은 늘 현재이며, 마치 디제이가 자신의 리스트를 턴테이블에 반복해 돌리듯 기억은 끊임없이 '재구성' 될 수밖에 없다.

표제작인 「재구성」이 이를 잘 보여 준다. "공원 벤치에 앉아 비가 내리길 기다리고 있었다."(36쪽)라는 소설의 첫 문장은 "누군가를 기다리"(37쪽)는 행위로, "문 닫은 서점"(39쪽)이나 "강가 벤치"(41쪽)로, "너를 기다리"(46쪽)고 있는 것으로 점점 변주, 구체화된다. 결국 '우리'의 이야기가 등장하기까지 지속되는 것은 '기다린다'는 감각이다. 그리고 '나'는 "기억은 없"고 "기억을 가져오는 계기만 있"(50쪽)는 상태를 반복한다. '의사'들은 늘 자신에게 무의미한 처방만을 내리고 기억의 "회복"(56쪽)을 강조하지만 '나'는 떠오르는 모든 것들을 전부 부정해도 "이런 생각의 흐름으로만 이곳에서 며칠을 보"(60쪽)낼 수 있는 것이다. 「원인」의 '나'가 그랬던 것처럼 '~않았다'로 연속되는 기억들은 앞선 진술들을 모두 뒤집으면서 동시에 강한 확신을 주어서 '실재'를 알 수 없게 만든다. 즉 이국의 강변 공원 벤치였던 이 소설의 풍경은 오두막과 구릉, 잔디밭이 있는 공원으로 바뀌고 누군가를 기다리고 있다는 그 분명해 보였던 서술조차 결국 '재구성'될 필요가 있기 때문이다. 인과를 거부하는 서술, 다시 쓰기와 복기의 방식 등은 이제 그렇게 낯설지만은 않다. 우리는 서사를 해체하거나 무의미의 의미를 쌓아 올리는 글쓰기의 사례를 적잖이 알고 있다. 민병훈이 독특한 것은 그가 인과라는 시간성을 회의하고 공간성에 집중한다는 점이다. "순간이라기보다 공간으로 파악되는 현실감"(36쪽)이 그것인데, 이는 곧 "그 누군가에 대해 떠올리는 일을, 어떻게든 갖은 방법으로, 계속 지연시키고 싶었"(42쪽)다는 말과 다르지 않다. 공간을 통해 시간을 넘어서려는 고투가 민병훈 소설 전반에 흐르고 그것은 '난망(難忘/難望)'하다. 잊기는 어렵고, 무언가를 기대하기는 더욱 어려운 그 기억들은 "상실"이나 "거부"(50쪽)라기보다 기억의 과잉, 폭발에 가깝다. 동시에 이야기는 발산하는 것처럼 보이지만 사실 수렴된다. 「장화를 신고 걸었다 비는 오지 않았지만 연꽃 사이를 헤치며」(이하 「장화」)가 대표적이다.

"못질 소리"(9쪽)가 배면에 흐르는 이 소설에는 민병훈의 인장들로 가득하다. 특히 '수'와의 관계는 「재구성」의 프롤로그로 읽히며 광장의 빅밴드는 「정점 관측」을 떠올리게 하고 트럼펫 연주를 하는 '나'는 「원인」의 디제잉을 떠올리게 하며 곧 살펴볼 「서울」과도 밀접해 보인다. 핵심은 이것이다.

> 남았다는 건, 앞으로 기억에 시달리는 일만 남은 거라고, 기억에 시달리고 시달려서, 어떤 기억은 또렷해지고, 어떤 기억은 희미해지는, 기억하기 싫은 순간만 기억나고, 기억하고 싶은 것들은 자꾸만 멀어지는, 이 기억을 믿어도 되는지, 의심과 의문을 번갈아 떠올리며, 기억에 휘둘릴 거라고.(31쪽)

농약을 마신 '그'(아마도 아버지로 여겨지는)로 인해 생성된, 또 '수'와 유년의 기억이 자꾸만 현재와 겹쳐지는 '나'의 모습은 일종의 몽유병처럼 형상화된다. 기억과 꿈의 경계가 흐려지는 장면들은 사력을 다해 '엉망으로' 트럼펫을 불어 대는 '나'를 연상케 하고 현재형으로 시작한 과거의 이야기는 과거형으로 서술되는 현재로 끝난다. 요컨대 기억은 너무도 생생한 꿈이지만 개연성이라고는 찾을 수 없고, 그것은 곧 '소설'이라는 형식에 적용된다.

그래서 「서울」은 사실 가장 먼저 읽어야 할 작품이라고도 할 수 있다. "지난 일에 대해 생각하지 않기로 했다."(88쪽)지만 지난 일들을 계속해서 돌아보는 이 소설은 민병훈의 서사를 이해하는 열쇠가 된다. 「서울-남작」까지 포함하면 이 작품들은 마치 보너스 트랙 혹은 히든 트랙 같은 느낌을 주기도 하는데, "습관 같은 묘사와 의미 없는 서사에 진절머리가 났고 분할된 세계의 격자를 유지하고 싶었"(95쪽)다는 서술은 민병훈의 소설이 어떤 방식으로 구축되어 나가는지를 잘 보여 준다. 그는 그 스스로도 "자꾸만 이런 식으로 흘러가는 장면들에 넌덜머리"(100쪽)를 내면서 이야기를 쌓아 나간다. "나는 쌓인다."(105쪽)라는 말처럼 민병훈의 인물은, 이야기는 쌓일 뿐이다. 쌓이는 일에는 개연성이 들어설 자리가 없다. 어떤 일들은 벌어지고, 어떤 것들은 기억되고, 어떤 것들은 사라지고, 어떤 것들은 끼어든다. 이럴 때 소설은 그저 축적일 뿐이다.

어쩌면 민병훈의 소설은 그의 표현처럼 '달력 뒤에 쓰는 유서'일지 모르겠다. 시간이 차곡차곡 쌓인 그 뒤편에 기억을 기입해서 죽음을 예비하는 행위, 또 끊임없이 기억의 원천을 찾아 헤매는 작업들. 그렇게 우리는 자연스럽게 각자의 기억에 접속한다. 그 기억들은 대체로 미화되어 있다. 끔찍하고 낯선 경험들은 여전히 남아 있지만 미묘하게 자신을 바꾼, 그 시작과 근원은 겹겹이 은폐되어 있다. 그리고 우리는 그 까마득한 기억을 대체로 포기한다. 적당한 기억에 의존해 자신의 현재를 의탁하고 스스로를 분석하며 미래를 견딘다. 그러나 민병훈의 소설은 기억과의 타협을 거부하고 방황을 수리한다. 강물 위로 흐르는 불빛에서, 가로등 불빛 아래에서, 촛불을 앞에 두고 그는 떠올린다. 아니, 너는 온다. 말 그대로 불현듯.

노태훈

1984년 경남 산청에서 태어났다. 서울대학교 국어국문학과에서 공부했고 「1990년대 한국소설과 소수성 연구」로 박사학위를 받았다. 2013년 중앙신인문학상 평론 부문에 당선되어 비평 활동을 시작했다. 현재 계간 《자음과모음》의 편집위원을 맡고 있다.

현장비평

1판 1쇄 찍음 2023년 3월 3일
1판 1쇄 펴냄 2023년 3월 10일

지은이 노태훈
발행인 박근섭, 박상준
펴낸곳 (주)민음사

출판등록 1966. 5.19. (제16-490호)
주소 서울특별시 강남구 도산대로1길 62(신사동) 강남출판문화센터 5층 (우편번호 06027)
대표전화 02-515-2000 팩시밀리 | 02-515-2007
홈페이지 WWW.MINUMSA.COM

값 22,000원

ISBN 978-89-374-1241-7 04810 978-89-374-1220-2(세트)

이 도서는 2021년도 한국문화예술위원회 아르코문학창작기금지원사업에 선정되어 발간되었습니다.